W0349050

acabus

Jörg Olbrich

Der Winterkönig

Geschichten des Dreißigjährigen Krieges

Roman

acabus

Olbrich, Jörg: Der Winterkönig. Geschichten des Dreißigjährigen Krieges 1. Hamburg, acabus Verlag 2018

2. überarbeitete und erweitere Auflage
ISBN: 978-3-86282-528-8

Dieses Buch ist auch als eBook erhältlich und kann über den Handel oder den Verlag bezogen werden.
ePub-eBook: ISBN 978-3-86282-530-1
PDF-eBook: ISBN 978-3-86282-529-5

Lektorat: Laura Künstler, acabus Verlag
Satz: Laura Künstler, acabus Verlag
Cover: © Marta Czerwinski, acabus Verlag
Covermotiv: Soldat: © vitaly tiagunov, fotolia.com; Leinentuch: https://pixabay.com/de/weiß-stoff-vorhang-transparenz-2130332/
Karte: © Annelie Lamers

Bibliografische Information der Deutschen Nationalbibliothek:
Die Deutsche Nationalbibliothek verzeichnet diese Publikation in der Deutschen Nationalbibliografie; detaillierte bibliografische Daten sind im Internet über http://dnb.d-nb.de abrufbar.

Der acabus Verlag ist ein Imprint der Diplomica Verlag GmbH, Hermannstal 119k, 22119 Hamburg.

© acabus Verlag, Hamburg 2018
1. Auflage 2017, acabus Verlag Hamburg
Alle Rechte vorbehalten.
http://www.acabus-verlag.de
Printed in Europe

Europa um 1618

Reichskreise 1618

- Niedersächsischer Kreis
- Obersächsischer Kreis
- Fränkischer Kreis
- Burgundischer Kreis
- Bayrischer Kreis
- Österreichischer Kreis
- Schwäbischer Kreis
- Oberrheinischer Kreis
- Kurrheinischer Kreis
- Niederrheinisch-Westfälischer Kreis
- Kreisfreie Gebiete

× *Schlachten des Dreißigjährigen Kriegs*

KÖNIGREICH DÄNEMARK
Ostsee
Holstein
Rep. der Niederlande (Generalstaaten)
Mecklenburg
1628 Wolgast
Preußen
1636 Wittstock
1623 Stadtlohn
1626 Lutter
Brandenburg
KÖNIGREICH POLEN
Sachsen
Lausitz
Hessen
1631 & 1642 Breitenfeld
uxemburg
Schlesien
1620 Weißer Berg
Prag
1622 Wimpfen
Franken
Lothringen
1634 Nördlingen
Pilsen
1645 Jankau
Böhmen
Baden
Budweis
Mähren
Elsas
1643 Tuttlingen
1648 Zusmarshausen
KÖNIGREICH UNGARN
Würtem-berg
Bayern
Pressburg
Wien
Burgund
Eidgenossenschaft
Tirol
Krain
Reichsitalien
OSMANISCHES REICH
Mittelmeer
KIRCHEN-STAAT
200 Kilometer

Prag, 23. Mai 1618

»Was ist das für ein Lärm?«, schrie Jaroslav Borsita Martinitz und schlug ärgerlich mit der Faust auf den Tisch.

Philipp Fabricius fuhr erschrocken zusammen und warf dabei mit dem Ärmel seines schwarzen Mantels fast das Tintenfass vor sich um. Es gelang ihm gerade noch rechtzeitig, das Gefäß festzuhalten, bevor es über die Kante fiel und den kostbaren Marmorfußboden der böhmischen Hofkanzlei in der Prager Burg verschmutzte. Er sah den königlichen Statthalter vorwurfsvoll an, den das allerdings nicht zu interessieren schien. Wie immer, wenn sich Martinitz durch irgendetwas gestört fühlte, drehte er nervös mit dem Zeigefinger an den fingerlangen Barthaaren.

»Bei diesem Krach kann man unmöglich arbeiten«, pflichtete Wilhelm Slavata, der oberste Landrichter, seinem Freund bei.

»Fabricius, geh und schau nach, was dort unten im Gange ist«, befahl Martinitz. Der Statthalter rutschte unruhig auf seinem Stuhl vor und fuhr sich mit der knochigen rechten Hand über den kahlen Schädel.

Philipp wusste, dass ihm nichts anderes übrig blieb, als der Aufforderung von Martinitz zu folgen. Trotz seiner für diese Jahreszeit viel zu dicken Kleidung fror der Sekretär der königlichen Statthalter entsetzlich. Pflichtbewusst war er den vier Statthaltern Martinitz, Slavata, Ladislaus von Sternberg und Diepold von Lobkowitz am Morgen nach der Kirche in das Amtszimmer gefolgt, obwohl er spürte, wie das Fieber seinen Körper gepackt hielt. Sein normalerweise lockiges, schwarzes Haar klebte ihm in klumpigen Strähnen am Kopf, und er sah alles um sich herum wie durch einen nebligen Schleier. Philipp betete darum, dass die heutige Sitzung ein schnelles Ende finden würde und er sich bald in seinem Bett verkriechen konnte, hatte aber die düstere Vorahnung, dass daraus nichts werden würde.

In diesem Moment flog die schwere Holztür der Ratsstube mit einem Knall auf und schlug krachend gegen die Wand. Sofort stürmte eine Horde wütender und bewaffneter Männer in den Raum. Sie sprang über die drei Besucherbänke vor den Statthaltern auf diese zu. Spätestens jetzt bereute Philipp es, an diesem Morgen nicht in seiner Kammer geblieben zu sein. Er hätte einen Verweis bekommen, wenn er nicht zum Dienst erschienen wäre, fürchtete aber, dass das was nun folgte , wesentlich schlimmer für ihn ausgehen könnte.

»Was fällt Euch ein, einfach so hier hereinzustürmen«, schrie Martinitz und sprang so heftig auf, dass er dabei mit seinem gewölbten Bauch fast den Tisch umstieß, an dem er saß.

»Das werdet Ihr gleich erfahren«, antwortete Matthias von Thurn. Wie ein Richter stand der grauhaarige Graf vor den königlichen Beamten und deutete mit dem Finger auf sie. »Ergreift sie und schafft sie nach draußen.«

Die vier Statthalter wollten ihre Waffen ziehen, wurden aber von der Menge regelrecht überrannt, bevor sie zu einer Gegenwehr fähig waren. Auch Philipp wurde gepackt und von den Männern aus dem Raum hinaus in den breiten Flur gezogen, in dem normalerweise die Bittsteller warteten.

»Was hat das zu bedeuten?«, fragte Martinitz mit sich überschlagender Stimme.

»Ihr seid zu weit gegangen«, antwortete von Thurn. »Heute werdet Ihr für Eure Taten zur Rechenschaft gezogen. Die Zeit der Unterdrückung der protestantischen Stände ist nun vorbei.«

Philipp sah sich um und erkannte, dass die Eindringlinge überall standen. Von unten drängten sich weitere Männer über die Treppe nach oben. Fast alle hatten die Hände an ihren Waffen und waren bereit, diese sofort gegen die Statthalter einzusetzen, sollte es denn nötig sein. Eine Flucht war ausgeschlossen. Philipp hoffte, dass von Thurn ihn gehen lassen würde. Schließlich protokollierte er die Versammlungen der Statthalter lediglich und war nicht für ihre Taten verantwortlich. Dabei wusste er nur zu gut, dass die Horde ihre Revolte gegen die Hofkanzlei nicht ohne Grund durchführte.

Der Sekretär schaute zu Martinitz und Slavata. Beide Männer waren erbleicht. Von dem anfänglichen Selbstbewusstsein, mit dem sie sich gegen die Angreifer gestellt hatten, war nichts mehr übrig geblieben. Unruhig ließen sie ihre Blicke über die endlos erscheinende Gruppe der Eindringlinge schweifen. Ladislaus von Sternberg und Diepold von Lobkowitz hatten sich erst gar nicht gegen von Thurn und seine Mannen gewehrt und standen lethargisch im Flur, als ginge sie der Aufstand der Stände nichts an.

Graf von Thurn hob die Hände und brachte die wild durcheinander schreiende Menge so zum Schweigen. Er sprach mit lauter Stimme, sodass ihn jeder im Flur hören konnte: »Seit der Regentschaft von König Ferdinand werden die Rechte der protestantischen Stände in Böhmen mit Füßen getreten. Selbst vor der Zerstörung unserer Kirchen schreckten die Jesuiten nicht zurück. Dies war ein klarer Verstoß gegen den Majestätsbrief, der von Kaiser Rudolf II im Jahr 1609 ausgestellt und später von Kaiser Matthias bestätigt worden ist.«

Während die meisten Anwesenden die Worte ihres Rädelsführers nickend bestätigten, erschrak Philipp bis ins Mark. Er kannte das von Graf von Thurn angesprochene Dokument, in dem den böhmischen Landeseinwohnern eine freie Religionswahl und der Aufbau einer protestantischen Kirchenorganisation erlaubt wurde. Selbst der Bau von evangelischen Kirchen auf den königlichen Kammergütern war gestattet worden. Wenn sich die Statthalter von Prag nun tatsächlich offen gegen diesen Majestätsbrief gestellt haben sollten, würde ihr Leben keinen Pfifferling mehr wert sein. Philipp wusste nur zu gut, dass auch er dann kaum noch mit heiler Haut davonkommen konnte.

»Um unser Recht durchzusetzen, haben wir uns in einem Protestschreiben an Kaiser Matthias gewandt«, fuhr von Thurn fort. »Doch in Wien fand unser Anliegen kein Gehör. Im Gegenteil, dem protestantischen Adel wurde verboten, weitere Ständeversammlungen abzuhalten. Der Kaiser drohte uns sogar mit dem Verlust des Leibes und der Ehre, wenn wir seine Anordnung nicht befolgen. Es stellt sich uns nun die Frage, was Matthias dazu brachte, von seinem Weg abzuweichen und sich gegen den Majestätsbrief zu stellen, den er selbst bestätigt hat. Von den anwesenden Statthaltern wollen wir wissen, ob sie von dem kaiserlichen Schreiben gewusst haben oder gar dazu rieten und es approbierten.«

Der Flur schien sich während der Worte von Graf von Thurn weiter gefüllt zu haben. Die Männer standen dicht gedrängt und schoben sich gegenseitig immer weiter vor. Philipp hatte das Gefühl, keine Luft mehr zu bekommen. Es roch nach Schweiß, und die Hitze im Flur schien mit jeder Sekunde zuzunehmen. Aus Angst davor, von der Menge totgetreten zu werden, sollte er zu Boden fallen, kämpfte der Sekretär verzweifelt gegen den drohenden Schwindel an.

Die Eindringlinge rückten noch enger zusammen. Alle wollten wissen, was die Statthalter nun zu ihrer Verteidigung vorbringen würden. Trotz seiner Schwäche war auch Philipp gespannt, ob es ihnen gelang, sich aus dieser bescheidenen Lage herauszuwinden. Von den Wachen der Burg war sicherlich keine Hilfe zu erwarten. Die Männer waren entweder von den Rebellen überwältigt worden oder geflohen.

»Wir sind dem Kaiser mit schwerem Eid verpflichtet und verbunden«, antwortete Martinitz sichtlich um Fassung bemüht. Weil er von seinen Widersachern an beiden Armen festgehalten wurde, war er kaum in der Lage sich zu rühren. »Wir dürfen nichts offenbaren, was die Statthalter im Namen des Königs in ihrem Kreis beraten.«

»Ihr irrt, wenn Ihr glaubt, dass wir unverrichteter Dinge wieder abziehen werden«, sagte von Thurn mit energischer Stimme. »Wir verlangen hier und heute eine Antwort. Gebt Ihr diese nicht, wird das von den protestantischen Ständen als Schuldeingeständnis gewertet werden.«

»Ich muss energisch protestieren und kann guten Gewissens sagen, dass wir weder zu diesem, dem Majestätsbrief zuwider laufenden Schreiben geraten, noch davon gewusst haben.«

Philipp sah Ladislaus von Sternberg überrascht an. Der stand zittrig zwischen den Rebellen und hielt den Gehstock, den er benötigte seit er vor zwei Jahren vom Pferd gefallen war und sich das Bein verdreht hatte, krampfhaft fest. Normalerweise wählte der Mann den Weg des geringsten Widerstandes. Sein Protest passte nicht zu dem Verhalten, das Philipp sonst von ihm kannte.

Der Sekretär betete, dass die adeligen Herren nun schnell zu einer Endscheidung kommen würden. Ihm selbst fiel es immer schwerer, sich auf den Beinen zu halten, obwohl auch er nach wie vor von zwei Männern gepackt wurde. Er hatte das Gefühl, dass der Lärm in der Burg sein Fieber noch steigerte und seinen Kopf früher oder später zum Bersten bringen würde.

»Herr Burggraf«, sprach von Thurn von Sternberg direkt an. »Wir wissen wohl, dass Ihr und Diepold von Lobkowitz fromme Herren seid und den protestantischen Ständen nicht schaden wolltet. Herr Slavata und Herr Martinitz sind die Feinde unserer Religion und wollen uns um den Majestätsbrief bringen.«

»Das ist eine Lüge«, protestierte Martinitz und versuchte, auf seinen Widersacher zuzugehen. Daran wurde er aber von den anderen Männern gehindert.

»Dann stimmt es nicht, dass Ihr beide schon bei der Sitzung des Landtages nicht anwesend wart, bei dem der Majestätsbrief entlassen wurde, und Ihr seitdem alles darauf verwendet, das Dokument außer Kraft zu setzen?«

Weder Martinitz noch Slavata antworteten auf diese Anschuldigungen. Philipp wusste nur zu gut, dass beide Statthalter immer wieder nach Möglichkeiten gesucht hatten, gegen die Protestanten vorzugehen. Er hatte dies selbst dokumentiert. Den Männern war es ein Dorn im Auge, dass der protestantische Teil der Bevölkerung in Prag immer mehr zunahm.

Die Tatsache, dass von Thurn gnädig mit von Sternberg und von Lobkowitz umging, ließ den Sekretär hoffen, ebenfalls aus dem Gebäude herauszukommen, ohne Schaden zu nehmen.

In den nächsten Minuten wurden weitere Vorwürfe vorgebracht. Martinitz und Slavata versuchten vergeblich, sich zu verteidigen, gerieten aber immer mehr in die Zwickmühle. Weil mehrere Männer durcheinandersprachen und seine Kopfschmerzen immer unerträglicher wurden, konnte Philipp den Worten nicht mehr folgen. Er spürte, dass er dieser Tortur nicht mehr lange standhalten konnte. Wie auch immer die Entscheidung über seine Zukunft ausfallen mochte, er betete, dass diese rasch getroffen würde. Falls es tatsächlich Gottes Wille war, den jungen Sekretär mit gerade einmal zwanzig Jahren zu sich zu holen, sollte er ihm die Gnade eines schnellen Todes gewähren.

Plötzlich verschaffte sich Graf von Thurn mit lauter Stimme Gehör und riss damit auch Philipp aus seiner Lethargie. »Die Herren von Sternberg und von Lobkowitz sollen nun die Burg verlassen. Ihnen wird nichts geschehen. Keiner von uns wird Hand an sie legen. Die anderen beiden dagegen werden nun unseren Richtspruch erfahren.«

Zunächst rührten sich die beiden Angesprochenen nicht und starrten von Thurn überrascht an. Erst als sie von den Eindringlingen in Richtung Ausgang geschoben wurden, erkannten sie, dass es der Graf ernst meinte, und bahnten sich fluchtartig ihren Weg zur Treppe. Philipps Hoffnung, nun ebenfalls freigelassen zu werden, erfüllte sich nicht.

»Seht, liebe Herren, diese Zwei sind unsere größten Feinde. Sie wollen uns um den Majestätsbrief und die Freiheiten unserer Religion bringen. Glaubet gewiss, dass unsere Stände niemals mit unseren Weibern und Kindern in Frieden leben können, solange diese Herren im Lande verweilen. Wir würden unseres Lebens nicht sicher sein. Wenn wir sie weiter gewähren lassen, ist es um unsere Religion geschehen und wir alle hier werden an Leib, Ehre und Gut verdorben und verloren sein.«

Ein Raunen ging durch den Flur. Graf von Thurn stand in der Mitte des Raumes und genoss seinen Triumph sichtlich. Der Anführer der Rebellion wirkte auf Philipp wie ein Kriegsherr auf dem Schlachtfeld, der seine Männer aufhetzte, bevor er sie in den Kampf schickte.

»Derethalben deklarieren wir die beiden als Feinde und werden mit ernstlicher Strafe gegen sie verfahren.«

Philipp blickte in die entsetzten Gesichter der beiden Statthalter. Beide wussten nur zu gut, dass ihre letzte Stunde geschlagen hatte, sollte nicht noch ein Wunder geschehen. Während Slavata um seine Fassung rang, forderte Martinitz von den Eindringlingen, zu einem Beichtvater geführt zu werden, bevor das Urteil an ihm vollstreckt wurde.

»Wir werden Euch jetzt sicher nicht noch einem schelmischen Jesuiten zuführen«, entgegnete von Thurn und deutete zum Fenster. »Hinaus mit ihnen.«

In diesem Moment brach der Tumult los. Gleich fünf der anwesenden Ritter stürzten sich auf Martinitz und zogen ihn zum geöffneten Fenster. Philipp versuchte, sich nach hinten zu drängen, wurde aber von seinen Widersachern festgehalten.

»Jesu, Sohn des lebendigen Gottes, erbarme dich meiner!«, schrie der Statthalter und versuchte sich gegen die übermächtigen Angreifer zu wehren.

Philipp sah voller Entsetzen zu, wie der Oberkörper von Martinitz durch das schmale Fenster geschoben wurde. Sofort machten sich drei Männer an seinen Beinen zu schaffen, hoben sie an und warfen den Statthalter hinaus.

»Jesus, Maria«, schrie Martinitz. Seinen Fall konnte aber nichts mehr aufhalten.

»Wir wollen sehen, ob ihm seine Maria helfen wird«, sagte von Thurn spöttisch.

Der Sekretär konnte nicht erkennen, was weiter mit Martinitz geschah. Die Männer standen so dicht an den Fenstern, dass es unmöglich war, einen Blick an ihnen vorbei zu werfen. Philipp war überzeugt, dass der Statthalter den Fall unmöglich überlebt haben konnte; immerhin lag das Fenster siebzehn Meter über dem Boden. Die aufgeregten Rufe der Protestanten belehrten ihn jedoch eines Besseren.

»Er bewegt sich noch«, rief einer der Männer und deutete nach unten.

Die Stimmung im Flur heizte sich noch weiter auf. Die Eindringlinge schrien wild durcheinander. Philipp bekam einen Schlag gegen den Kopf und nahm nun alles nur noch verschleierter wahr.

Wieder musste sich von Thurn mit energischer Stimme Gehör verschaffen. »Edle Herren, noch ist unsere Aufgabe hier nicht beendet«, rief er und zeigte auf Slavata. »Da habt ihr den anderen.«

Auch dem zweiten Statthalter blieb keine Möglichkeit zur Gegenwehr. Er klammerte sich verzweifelt mit den Händen am Fensterrahmen fest, musste aber loslassen, als ihm einer der Männer mit dem Kopf seines Dolches auf die Finger schlug.

Mit blankem Entsetzen spürte Philipp, wie nun auch er von den Eindringlingen gepackt und zum Fenster geschleift wurde. »Ich habe nichts mit den Taten der Statthalter zu schaffen«, rief er verzweifelt. »Ich bin nur der Sekretär.«

In ihrer Rage machten die Männer um Graf von Thurn jetzt aber keine Unterschiede mehr. Sie drückten Philipp durch das Fenster, und er würde genauso fallen wie die beiden Statthalter zuvor. Sein durch das Fieber geschwächter Körper ließ keine Gegenwehr zu. Er merkte, wie er den Halt verlor und sah, wie der Graben unter ihm immer näher kam. Ein Fenstersims stoppte seinen Fall. Philipp spürte einen stechenden Schmerz in der Hüfte. Dann rutschte er an der Mauer entlang in die Tiefe. Die unzähligen Schläge gegen Arme und Beine nahm der Sekretär kaum wahr. Innerlich hatte er bereits mit dem Leben abgeschlossen.

Der Aufprall in dem Graben vor dem Schloss erschütterte Philipps Körper. Er stieß mit dem linken Ellenbogen gegen einen Stein und schrie auf. Der Schmerz zog durch seinen gesamten Körper und schien keine Stelle auslassen zu wollen. Und doch – der Sekretär konnte es nicht fassen – hatte er den Sturz überlebt. Neben sich sah er, wie Martinitz versuchte, den scheinbar leblosen Körper von Slavata, dem das Blut aus einer Wunde an der Schläfe lief, aus dem Graben zu ziehen. Auch die Dienerschaft, welche die Burg beim Eintreffen der Rebellen verlassen haben musste, eilte den Statthaltern nun endlich zur Hilfe.

Plötzlich krachten Schüsse von oben. Philipp schaute zu dem Fenster und sah, wie sich die protestantischen Grafen und Ritter dort zusammendrängten und ihre Waffen nach unten richteten. Zu seinem Glück behinderten sie sich dabei aber gegenseitig und schafften es nicht, einen gezielten Schuss abzugeben. Er musste hier weg.

»Lauft in den Graben hinunter und macht der Sache ein Ende«, befahl von Thurn oben mit lauter Stimme.

Die protestantischen Eindringlinge waren aber zu weit von der Stelle entfernt, an der ihre drei Opfer auf den Boden geschlagen waren. Jetzt geriet es ihnen zum Nachteil, dass sie allesamt in die Burg gestürmt waren und jeder bei der Verhandlung gegen die Statthalter hatte dabei sein wollen.

»Geh nach Wien!«, befahl Martinitz seinem Sekretär. »Kaiser und König müssen erfahren, was heute hier geschehen ist.« Der Statthalter hielt sich mit schmerzverzerrtem Gesicht den Brustkorb und schien große Mühe beim Sprechen zu haben. Seine Worte wurden von keuchendem Atem begleitet und waren fast nicht zu verstehen.

»Ich kann Euch hier nicht alleine lassen«, entgegnete Philipp und sah seinen Herrn ängstlich an. Er selbst spürte stechende Schmerzen in den Ellenbogen und Knien, schien sich bei dem Sturz aber keine Brüche zugezogen zu haben.

»Das musst du aber. Wir haben noch genug Freunde in der Stadt, die uns helfen werden. Sorge dich nicht um Slavata und mich. Geh nach Wien. Dort wird man wissen, was zu tun ist, um diesem gottlosen Treiben ein Ende zu bereiten.«

Philipp sah, dass nun immer mehr königliche Soldaten und Diener auf den Graben zustürmten, um ihre Herren zu retten. Slavata wurde aufgehoben und von der Burg weggetragen. Zwei Männer stützten Martinitz, der mit dem rechten Fuß nicht auftreten konnte, und halfen ihm so bei der Flucht.

Überall um die Burg herum erklangen Schreie. Mittlerweile schien sich halb Prag am Ort des Geschehens versammelt zu haben. Wenn Philipp dem Befehl seines Statthalters nachkommen wollte, musste er den Tumult nutzen und versuchen, unbemerkt zu verschwinden.

Als er sich auf seinem linken Arm abstützte, gab dieser nach und der Sekretär fiel mit dem Gesicht in den Dreck. Die Schmerzen waren unerträglich. Benommen schaute er auf den zerrissenen und blutdurchtränkten Ärmel seiner Jacke. Am liebsten wäre er jetzt einfach im Graben liegen geblieben und hätte auf sein Ende gewartet. Nein! So wollte er nicht sterben.

Er mobilisierte seine letzten Kräfte, nahm seinen ganzen Mut zusammen und kroch aus dem Graben. Als Philipp merkte, dass sich niemand für ihn interessierte, humpelte er, so schnell es sein geschundener Körper zuließ, davon. Als er einige Minuten später die Moldau erreichte, kämpfte er gegen das Verlangen seines schmerzenden Körpers nach einer Pause an und überquerte hinkend den Fluss. Die Schreie an der Burg wurden leiser. Hinter sich konnte Philipp keinen Menschen sehen. Er war seinen Häschern also entwischt und für den Moment mit dem Leben davongekommen.

***

In seiner Kammer packte Philipp nur die nötigsten Dinge zusammen. Er wusste, dass man ihn hier zuerst suchen würde und musste die Stadt so schnell wie möglich verlassen. Die Schmerzen in seinem Körper wurden mit jedem Schritt stärker. Seine Kleidung war an Armen und Beinen zerrissen und voller Blut von zahlreichen Schürfwunden. Es gab nichts, was der Sekretär jetzt lieber tun würde, als sich einfach auf sein Bett fallenzulassen und zu schlafen. Aber er musste sich in Sicherheit bringen.

Weniger als fünf Minuten nachdem er das Haus, in dem er lebte, betreten hatte, verließ er es wieder. Die Zeit, sich wenigstens notdürftig zu reinigen und frische Kleidung anzulegen, nahm er sich nicht. Er ging zu einem Kutscher, von dem er wusste, dass er den Statthaltern treu ergeben war. Sie vereinbarten einen Treffpunkt, der etwa einen Kilometer von der Stadt entfernt war. Bis dahin musste sich Philipp alleine durchschlagen. Es war zu gefährlich, den Versuch zu unternehmen, in der Kutsche durch die Stadttore zu fahren.

Der Weg zum vereinbarten Treffpunkt brachte Philipp an den Rand der Verzweiflung. Er stand mehrfach kurz davor aufzugeben. Mit jedem Schritt zog ihm der Schmerz durch seine Beine hoch bis zur Brust. Das Wissen darum, wie viel davon abhing, dass er Wien so schnell wie möglich erreichte, verlieh ihm jedoch die Kraft, sein Ziel zu erreichen. Graf von Thurn durfte mit seiner schändlichen Tat nicht durchkommen.

Der Kutscher erwartete ihn bereits, als Philipp schwer atmend bei dem Mann ankam. Völlig fertig stieg er in die Fahrgastzelle und ließ sich dort auf eine Bank fallen. Schlafen konnte der Sekretär aber auch jetzt nicht. Jeder Stein, über den die Räder der Kutsche holperten, versetzte seinem Körper einen schmerzenden Stich und zwang ihn dazu, sich aufzusetzen. Die Tortur endete erst, als eine gnädige Ohnmacht ihn von seiner Pein befreite.

Prag, 24. Mai 1618

»Ich kann noch immer nicht fassen, dass Ihr diesen furchtbaren Sturz überlebt habt«, sagte Polyxena von Lobkowitz und sah ihren Gast kopfschüttelnd an.

Trotz des Tumultes am gestrigen Tag war die Gräfin, wie immer wenn sie Besucher im Haus hatte, perfekt zurechtgemacht. Ihre braunen Haare waren streng nach hinten gekämmt und am Hinterkopf zu einem Knoten gebunden. Sie trug ein mit Blumen besticktes Kleid, dessen Kragen ihre Wangen zur Hälfte bedeckte.

Sie hatte die beiden Statthalter nach dem Anschlag in ihrem Palais aufgenommen und für die Pflege der Verletzten gesorgt. Nun saß sie gemeinsam mit ihrem Ehemann Diepold von Lobkowitz und Jaroslav Borsita Martinitz im Speisesaal ihres Anwesens. An den Wänden des Raumes zeigten kostbare Porträts die lange Geschichte der Adelsfamilie und den Reichtum der von Lobkowitzes.

»Die allerseligste Jungfrau Maria hat uns mit ihrem Mantel in den Lüften gehalten und zur Erde getragen.« Martinitz hatte seinen geschwollenen Fuß zum Kühlen in einen Wassereimer gestellt. Ansonsten hatte er den Sturz wesentlich besser überstanden als sein Kollege und lediglich ein paar Kratzer im Gesicht und an den Händen.

»Wenn das so ist, muss das böhmische Volk von dieser Rettung erfahren«, erklärte Polyxena bestimmt. »Es ist wichtig, dass die Leute erkennen, dass der katholische Glaube der richtige ist und gottesfürchtige Menschen vor den protestantischen Rebellen geschützt werden.«

»Graf von Thurn und seine Mannen werden sich auch dadurch nicht aufhalten lassen«, gab Diepold von Lobkowitz zu bedenken.

»Kaiser und König werden den protestantischen Ständen diesen Frevel nicht durchgehen lassen«, entgegnete die Gräfin. »Sei du lieber froh, dass du vor tätlichen Angriffen bewahrt wurdest. Wien muss erfahren, was hier geschehen ist. Es müssen sofort Maßnahmen getroffen werden. Nicht auszudenken, was passiert, wenn die Rebellen ihre Macht in der Stadt erst einmal gefestigt haben.«

»Unser Sekretär ist auf dem Weg dorthin«, sagte Martinitz.

»Dann hoffen wir, dass er auch dort ankommt und der Kaiser die richtigen Schritte in die Wege leitet.«

Diepold von Lobkowitz nickte zustimmend. Martinitz wusste, dass er es nicht wagen würde, sich vor anderen Personen offen gegen sein Weib zu stellen. Er selbst akzeptierte den evangelischen Glauben durchaus neben den katholischen Werten. Vermutlich hatte ihn diese Tatsache davor bewahrt, ebenfalls aus dem Fenster geworfen zu werden. Für seine Gemahlin galt diese Einstellung aber genauso wenig wie für Martinitz und Slavata.

»Wie geht es unserem geschätzten Kollegen?«

»Er schläft noch und erholt sich von den Verletzungen«, antwortete die Gräfin. »Ihn hat es deutlich ärger getroffen als Euch.«

»Slavata hat sich an dem steinernen Gesims des untersten Fensters angestoßen und ist im Graben mit dem Kopf auf einen Stein gefallen. Ich bete zu Gott, dass er bald erwacht und eine schnelle Genesung erfährt.«

»Das hoffen wir alle«, sagte Diepold von Lobkowitz.

In der Tat hatte es Slavata von allen drei Opfern am schlimmsten erwischt. Martinitz selbst würde zwar noch ein paar Tage unter den Schmerzen leiden, im Vergleich zu seinem Amtskollegen ging es ihm aber den Umständen entsprechend gut.

»Was gedenkt Ihr nun zu unternehmen?«, fragte die Gräfin und sah Martinitz herausfordernd an. »Im Moment dürfte es zu gefährlich sein, Euch offen in den Straßen Prags blicken zu lassen.«

»Das ist es in der Tat«, gab Martinitz zu. »Wir müssen auf Hilfe aus Wien hoffen. Ansonsten sind wir mit unseren wenigen treu ergebenen Soldaten den protestantischen Ständen hoffnungslos unterlegen. Bis dahin bitte ich Euch, mir und dem Grafen Slavata weiterhin Eure Gastfreundschaft zu gewähren.«

»Die habt Ihr, solange es von Nöten ist«, antwortete Polyxena. »Graf von Thurn wird es nicht wagen, ohne meine Erlaubnis auch nur einen Fuß in mein Haus zu setzen. Hier seid Ihr sicher.«

»Dafür bin ich Euch sehr dankbar. Darüber hinaus werden wir noch eine Möglichkeit finden müssen, zu erfahren, was die protestantischen Stände unternehmen und was in der Burg vor sich geht.«

»Darum werde ich mich kümmern, Martinitz«, sagte Diepold von Lobkowitz. »Im Gegensatz zu Euch kann ich mich frei in der Stadt bewegen. Von Thurn kann unmöglich alle katholischen Adeligen aus dem Weg schaffen, und ich denke auch nicht, dass dies seine Absicht ist. Ferdinand ist der wahre Feind der Protestanten. Nach seiner Wahl zum König von Böhmen hat er klar gegen den evangelischen Glauben Stellung bezogen und den Majestätsbrief in Frage gestellt. Damit hat er die Stände gegen sich aufgebracht und die Rebellion provoziert.«

»Sei trotzdem vorsichtig«, sagte Polyxena. »Niemand kann sagen, wie die Prager Bürger auf den gestrigen Tag reagieren werden. Wenn die Stimmung hochkocht, ist niemand mehr sicher.«

»Mach dir um mich keine Gedanken. Unser Volk ist zu großen Teilen katholisch. Es werden längst nicht alle gutheißen, was in der Prager Burg geschehen ist.«

Martinitz sah Diepold von Lobkowitz nach, als dieser den Raum verließ. Er wusste, dass sich der Mann nicht so leicht in Gefahr begeben würde. Eher redete er Graf von Thurn nach dem Mund, als dass er seinen eigenen Wohlstand riskierte. Martinitz selbst war zur Untätigkeit gezwungen. Für ihn war der einzige sichere Platz das Anwesen der Gräfin von Lobkowitz. Die Tatsache, dass die ihm vermutlich die meiste Zeit über Gesellschaft leisten würde, um etwas Abwechslung in ihr ansonsten tristes Leben zu bekommen, machte es für Martinitz wesentlich leichter, seine derzeitige Lage zu ertragen. Auch wenn die Gräfin die Fünfzig bereits überschritten hatte, sah man ihr dieses Alter keineswegs an. Außerdem war Polyxena klug und ließ sich nicht so leicht etwas vormachen.

***

»Warum habt Ihr selbst nicht den Vorsitz übernommen?«, fragte Graf Wenzel Wilhelm von Ruppau, sah sein Gegenüber stirnrunzelnd an und wischte sich mit der Hand eine der wenigen schon lange ergrauten Haarsträhnen weg, die noch auf seinem Kopf wuchsen.

»Ihr seid für diese Aufgabe besser geeignet als ich«, antwortete Graf Matthias von Thurn. »Wir haben heute die Macht in dieser Stadt übernommen. Wenn wir diese behalten wollen, werden wir nicht umhin kommen, uns gegen einen Angriff der kaiserlichen Armee zu rüsten. Der wird früher oder später kommen.«

»Ihr wollt einen Krieg gegen das Kaiserreich führen?«

»Nicht, wenn es sich vermeiden lässt. König Ferdinand wird die gestrigen Ereignisse nicht ohne weiteres hinnehmen und den Kaiser davon überzeugen, unsere Rebellion niederzuschlagen. Darauf müssen wir uns vorbereiten. Daher sehe ich es als meine Aufgabe an, eine Armee aufzustellen und deren Oberbefehl zu übernehmen.«

»Ich sehe ein, dass dies notwendig ist«, sagte von Ruppau. »Dennoch erhoffe ich mir, zu einer friedlichen Lösung mit dem Kaiser zu gelangen.«

»Solange Ferdinand König von Böhmen ist, wird dies nicht gelingen.«

»Also wollt Ihr ihn absetzen?«

»Zunächst müssen wir Zeit gewinnen. Noch steht ein Großteil des katholischen Adels auf unserer Seite. Wir müssen unsere Macht stärken. Matthias wird nicht mehr ewig leben. Sollte Ferdinand dann zum neuen Kaiser gewählt werden, *wird* es einen Krieg in Böhmen geben.«

Die beiden Männer saßen allein im Sitzungssaal der Prager Burg, in dem tags zuvor noch die Statthalter ihre Arbeit verrichtet hatten, um die weiteren Schritte zu planen. Von Thurn war fest entschlossen, Ferdinand zuvorzukommen und wenn nötig, sogar mit einem Heer nach Wien zu ziehen. Mit ihrem Aufstand hatten sie eine Rebellion ausgelöst. Wenn sie jetzt kleinbeigaben, würde die

Stellung der Protestanten in Böhmen noch schwächer werden, als sie es vorher gewesen war. Das durfte nicht geschehen.

Von Thurn wollte von Ruppau allerdings jetzt nicht zu viel von seinen Plänen mitteilen. Wichtig war es zunächst, Ordnung in die Regierung der Stadt zu bekommen. Alles Weitere würde er dem Vorsitzenden des neuen Direktoriums später erklären. Er hielt von Ruppau für einen intelligenten Mann, der sich darauf verstehen würde, die Geschicke des Landes in die Hand zu nehmen. Von Thurn durfte nicht riskieren, dass er vor der Größe seiner Aufgabe kniff und sich doch noch auf die Seite von König Ferdinand schlug. Dann wäre alles umsonst gewesen.

Im Sitzungssaal der Prager Burg hatten die Aufständischen in einer Versammlung ein Direktorium gewählt, in dem jeweils zehn Vertreter des Adels, der Ritter und der Bürger der Stadt ihren Platz fanden. Zum Vorsitzenden des Gremiums war Graf Wenzel Wilhelm von Ruppau gewählt worden. Damit waren die Statthalter des Königs abgesetzt.

»Ich erwarte regelmäßig Berichte über den Fortgang bei der Erstellung des Heeres«, sagte von Ruppau nach einer Weile.

»Selbstverständlich«, antwortete von Thurn. »Schließlich seid Ihr der Regent dieser Stadt.«

***

»Was ist passiert?«, fragte Philipp Fabricius und schaute verwirrt in das Gesicht einer ihm unbekannten jungen Frau, die über ihn gebeugt stand. »Wo bin ich hier? Wer seid Ihr?«

»Ihr stellt viele Fragen auf einmal«, antwortete die Unbekannte tadelnd. »Ich bin Magdalena Lava. Ihr seid hier in Sicherheit. Mehr braucht Ihr im Moment nicht zu wissen.«

»Wie lange habe ich geschlafen?«

»Einen ganzen Tag. Es ist fast Abend.«

Philipp sah sich in dem Raum, in dem er untergebracht war, um. Neben dem Bett stand eine schlichte Holztruhe, ansonsten war das Zimmer leer, aber sehr sauber. Nur langsam kehrten seine Erinnerungen wieder zurück. Die schrecklichen Szenen, die sich in der Prager Burg abgespielt hatten, nahmen in seinem Geist Gestalt an. Plötzlich fiel ihm alles wieder ein. Der Anschlag auf die Statthalter und ihn selbst, seine Flucht aus der Stadt. Der Kutscher musste ihn in ein Gasthaus gebracht haben. Sicher hatte der Mann Angst gehabt, dass ihm sein Fahrgast unterwegs verstarb und hatte die Reise deshalb unterbrochen.

»Ich muss so schnell wie möglich weiter«, sagte er mit müder Stimme. Erst jetzt merkte er, wie ausgetrocknet sein Mund war. Obwohl er in einem Bett lag und man ihn dick zugedeckt hatte, fror er entsetzlich. Egal wie schwer ihm aber der weitere Weg nach Wien fallen würde, er durfte nicht hierbleiben.

»Ihr müsst zunächst wieder zu Kräften kommen«, entgegnete Magdalena mit entschlossener Stimme, die keinen Widerspruch duldete. »Ich werde Euch nicht aus diesem Zimmer herauslassen. Zumindest heute nicht.«

»Ich habe eine wichtige Nachricht, die so schnell wie möglich in Wien ankommen muss. Wenn mein Auftrag erfüllt ist, kann ich mich immer noch ausruhen.«

»Nein. Ihr werdet mindestens noch eine Nacht in diesem Bett bleiben. Tot werdet Ihr Eure Nachricht nicht übermitteln können.«

Ein Blick in die Augen der jungen Frau reichte Philipp aus, um zu erkennen, wie ernst es ihr mit ihren Worten war. Ihm fiel auf, wie schön Magdalena war. Sie hatte lange braune Haare und ihre ebenfalls braunen Augen schienen unergründlich zu sein. Er schätzte, dass sie etwa so alt war wie er selbst. Höchstens ein Jahr jünger.

Philipp sah Magdalena weiter an. Er spürte, dass er sich sehr leicht in das zarte Gesicht mit dem herzlichen Lächeln verlieben könnte, wusste aber auch, dass dafür nicht der richtige Zeitpunkt war. In Prag hatte er sich nie viel aus den jungen Frauen gemacht. Seine Karriere als Sekretär war immer das einzig Wichtige für ihn gewesen. Jetzt hatte er das Gefühl, einen Engel vor sich zu haben.

Er versuchte sich aufzusetzen, legte sich aber sofort wieder zurück auf das Kissen, als sein Körper an fast allen Stellen zu schmerzen begann.

»Seid Ihr immer noch der Meinung, dass Ihr heute weiterreisen wollt?«, fragte Magdalena und sah ihren Gast mitfühlend an.

»Es geht nicht darum, was ich will. Ich muss so schnell wie möglich nach Wien. Mein Name ist übrigens Philipp Fabricius.«

»Ich weiß. Das hat mir der Kutscher bereits gesagt.«

»Wo ist er?«

»Unten im Schankraum.«

»Könnt Ihr ihm sagen, dass er die Pferde einspannen soll?«

»Nein. Ihr werdet heute nicht mehr abreisen. Es wird bald dunkel und dann ist die Fahrt viel zu gefährlich. Wir leben in unsicheren Zeiten. Sicher wollt Ihr nicht mit irgendwelchen Wegelagerern darüber streiten, ob sie Euch weiterfahren lassen oder nicht. Schon gar nicht in Eurem Zustand. Ich werde Euch jetzt eine Suppe holen. Wenn Ihr nicht mehr im Bett liegt, wenn ich wiederkomme, binde ich Euch daran fest.«

Magdalena wartete Philipps Antwort nicht ab und verließ den Raum. Der Sekretär nutzte die Gelegenheit, seinen Körper näher zu untersuchen. Erst jetzt fiel ihm auf, dass er bis auf ein paar Verbände völlig unbekleidet war. Er konnte nur hoffen, dass es der Kutscher gewesen war, der ihn ausgezogen hatte und nicht Magdalena. Danach fragen würde Philipp allerdings nicht, seine Lage war peinlich genug.

Trotz seiner beginnenden Kopfschmerzen und der immer noch großen Müdigkeit zwang sich Philipp dazu, wach zu bleiben. Ihm war klar, dass er höchstens eine Tagesreise von Prag entfernt war. Er war also noch lange nicht außer Gefahr. Magdalena musste ihm mehr über sich erzählen. Er wollte nicht befürchten müssen, dass sie ihn nach einem falschen Wort an einen protestantischen Adeligen verriet.

Die junge Frau kehrte schneller zurück, als Philipp erwartet hatte. In der Hand hielt sie eine Schale mit einer dampfenden Flüssigkeit.

»Ich habe Euch eine Hühnerbrühe warm gemacht.«

»Ich habe keinen Hunger.«

»Ihr müsst etwas essen, wenn Ihr wieder zu Kräften kommen wollt.«

»Kann ich bitte zunächst einen Becher Wasser bekommen?«

»Natürlich.«

Philipp setzte sich leicht auf, und Magdalena legte das Kissen so zurecht, dass er sich mit dem Kopf darauf abstützen konnte. Dann hielt sie ihm einen Becher mit Wasser an die Lippen.

»Danke«, sagte Philipp, nachdem er ein paar kleine Schlucke getrunken hatte. »Erzählt mir, wo ich hier bin.«

»Wir sind im Gasthaus meiner Eltern. Es liegt etwas abseits der Handelsroute, wird aber häufig von Reisenden besucht. Im Moment seid Ihr und Euer Kutscher die einzigen Gäste.«

»Warum seid Ihr noch hier?«

»Wie meint Ihr das?«

»Eine so hübsche Frau hat doch sicher zahlreiche Verehrer. Warum seid Ihr bei Euren Eltern geblieben?«

»Weil sie mich brauchen. Außerdem war bisher kein Mann hier, der es wert gewesen wäre, mit ihm fortzugehen. Ich bin katholisch erzogen und werde nicht mit dem erstbesten Kerl mitgehen, der mich umwirbt. Und jetzt wird gegessen.«

Philipp musste innerlich lächeln, als er sah, dass Magdalena leicht errötet war. Dabei hatte er sie mit seinen Fragen nicht kokettieren wollen. Er wusste jetzt aber, dass sie den richtigen Glauben hatte und ihn sicher nicht an die Protestanten verraten würde. Die Wirtstochter nahm einen Löffel mit Suppe und hielt ihn an seinen Mund. Die Brühe war warm, aber nicht zu heiß. Philipp spürte schnell, wie gut es ihm tat, etwas davon zu essen. Als die Schale zur Hälfte leer war, konnte er nicht mehr.

»Ihr müsst jetzt schlafen«, erklärte Magdalena bestimmt. »Ich werde zwischendurch immer wieder nach Euch schauen. Wenn das Fieber morgen verschwunden ist, könnt Ihr Eure Reise fortsetzen.«

***

»Den Kerl muss uns die Heilige Jungfrau Maria persönlich geschickt haben«, sagte Jakub Lava und rieb sich die schwieligen Hände.

»Wie kommst du darauf?«

»Er wird uns unsere Sorgen nehmen, mein Kind.«

Magdalena saß mit ihren Eltern in der Küche beim Essen. Es gab einen Gemüseeintopf mit einem Rest Hühnerfleisch vom Vortag. Die Einrichtung war karg. Die Familie hatte gerade das Nötigste, um sich mit ihrem Gasthof am Leben zu halten. Magdalenas Eltern standen die Sorgen ins Gesicht geschrieben. Die langen arbeitsreichen Jahre hatten sie gezeichnet. Johannas Haare waren ergraut, Jakub hatte schon lange keine mehr. In den letzten Wochen waren nur wenige Besucher gekommen. Überall im Reich war zu spüren, dass sich die Lage zwischen den Protestanten und dem böhmischen König zuspitzte. Die Familie wusste nicht genau, was am gestrigen Tag in Prag vorgefallen war. Der Kutscher, der am späten Abend mit seinem kranken Fahrgast bei ihnen angekommen war, hatte von einer Rebellion in der Stadt gesprochen.

»Die Zeiten sind schwer«, sprach Jakub weiter. Er stand auf, ging zu seiner Tochter und legte ihr die Hände auf die Schulter. »Die Leute sprechen von einem möglichen Krieg. Wir haben keine Ersparnisse mehr und werden das Gasthaus nicht behalten können, wenn niemand mehr zu uns kommt und für Essen und Unterkunft bezahlt. Unser Gast scheint eine wichtige Person zu sein. Sicher hat er genug Geld, um uns für unsere Mühen großzügig zu entlohnen.«

»Er sagt, dass er so schnell wie möglich nach Wien reisen muss«, sagte Magdalena. »Wir können ihn nicht lange gegen seinen Willen in unserem Haus festhalten.«

»Das habe ich auch nicht gesagt. Wenn er wirklich eine wichtige Botschaft für den Kaiser hat, dürfen wir seine Mission nicht in Gefahr bringen. Im Gegenteil: Wir müssen ihm helfen! Je schneller die Rebellion der Protestanten niedergeschlagen wird, umso eher kehrt der Friede in unser Reich zurück. Und damit auch die Besucher in unser Gasthaus.«

Magdalena sah ihren Vater nachdenklich an. Normalerweise sprach er nicht viel. Selten hatte sie ihn so lange reden hören. Dennoch verstand sie nicht, was genau sie tun sollten. Sie schaute zu ihrer Mutter, die ihrem Blick jedoch auswich. In diesem Moment wusste sie, dass ihre Eltern bereits eine Entscheidung getroffen hatten.

»Was soll ich tun?«

»Du fährst mit diesem Fabricius nach Wien und sorgst dafür, dass er unterwegs nicht stirbt.«

»Ihr schickt mich weg?« Magdalena sah ihren Vater entsetzt an. Warum wollte er, dass sie das Gasthaus verließ?

»Nein, mein Kind. Du sollst ja nicht in Wien bleiben. Der Sekretär aus Prag wird dich aber großzügig für diesen Dienst entlohnen. Vielleicht schaffen wir es mit dem Geld, unser Gasthaus zu behalten.«

»Was, wenn Fabricius nicht will, dass ich ihn begleite?«

»Es wird dir schon etwas einfallen, wie du ihn überzeugen kannst. Die Entscheidung ist gefallen. Ihr werdet morgen aufbrechen.«

***

Als Philipp am nächsten Morgen erwachte, fühlte er sich zwar deutlich besser, merkte aber, dass er immer noch Fieber hatte. Die Prellungen, die er sich bei dem Sturz aus dem Fenster zugezogen hatte, schmerzten nach wie vor bei jeder Bewegung. Am meisten machte ihm sein linker Ellenbogen zu schaffen. Noch immer konnte er den Arm kaum bewegen. Als er sich aufsetzte, spürte er leichten Schwindel, kämpfte aber dagegen an. Er musste seine Reise heute fortsetzen. Egal wie schwer ihm das auch fallen mochte.

Durch das Fenster fielen die ersten Sonnenstrahlen, und Philipp konnte sich in dem Zimmer umsehen. Er erschrak, als sein Blick plötzlich auf Magdalena fiel, die neben seinem Bett auf einem Stuhl schlief. Hatte sie etwa die ganze Nacht bei ihm gesessen?

Die Wirtstochter schien zu bemerken, dass Philipp sie beobachtete, und öffnete die Augen.

»Geht es Euch besser?«

»Ein bisschen.« Philipp stellte die Beine auf den Boden und wollte aufstehen, als ihm einfiel, dass er unbekleidet war. Verlegen sah er Magdalena an. »Wo sind meine Sachen?«

»Sie waren völlig verdreckt. Meine Mutter hat sie gewaschen und die Löcher gestopft. Ich kann sie Euch holen.« Magdalena machte keine Anstalten aufzustehen und sah Philipp stattdessen skeptisch an. »Wollt Ihr heute wirklich aufbrechen? In Eurem Zustand werdet Ihr Wien nicht lebend erreichen.«

»Ich habe Euch doch gesagt, dass ich dringend dorthin muss. Ich habe eine sehr wichtige Nachricht für den Kaiser. In Prag gab es einen Aufstand und er muss so schnell wie möglich davon erfahren. Ich kann nicht länger bleiben.«

»Werdet Ihr später nach Prag zurückkehren?«

»Ich habe es vor.«

»Wie lange wird das dauern?«

»Ich weiß es nicht genau. Eine Woche vielleicht. Höchstens zehn Tage.«

»Dann werde ich Euch begleiten.«

»Ihr werdet was?« Philipp sah Magdalena überrascht an. Er hatte damit gerechnet, von ihr weitere Vorträge zu hören, dass er so krank nicht weiterreisen konnte, nicht aber mit diesem Vorschlag.

»Ihr müsst heute weiter. Das verstehe ich. Allein werdet Ihr Euer Ziel aber nicht erreichen.«

»Der Kutscher ist bei mir.«

»Er wird sich nicht um Euch kümmern können. Ihr habt die Wahl. Entweder bleibt Ihr hier, oder ich komme mit.«

»Das wollt Ihr wirklich tun?« Noch immer war Philipp von Magdalenas Vorschlag völlig überrascht. Auch wunderte er sich darüber, wie selbstsicher die junge Frau ihm gegenüber auftrat. Offensichtlich wusste sie genau, was sie wollte.

»Ja. Natürlich mache ich das nicht umsonst. Pro Tag, an dem wir unterwegs sind, zahlt Ihr meinem Vater einen Taler. Die ersten sieben bekommt er im Voraus.«

Ach, daher weht der Wind, dachte Philipp und lächelte Magdalena an. »Wie kommt Ihr darauf, dass ich so viel Geld habe?«

»An Eurer Kleidung kann man erkennen, dass Ihr nicht arm seid. Auch wenn die Sachen in einem erbärmlichen Zustand sind, müssen sie einmal teuer gewesen sein. Wenn Ihr so ohne Weiteres beim Kaiser vorgelassen werdet, bekleidet Ihr sicher ein hohes Amt.«

Dumm ist sie nicht. Philipp musste zugeben, dass ihm der Gedanke, die weitere Reise gemeinsam mit Magdalena anzutreten, durchaus gefiel. »Was wird Euer Vater dazu sagen?«

»Er ist einverstanden. Wir brauchen das Geld.«

»Ihr habt also bereits mit ihm gesprochen.«

»Ja. Ich wusste, dass ich Euch nicht würde überzeugen können, noch eine weitere Nacht hierzubleiben.«

Wieder musste Philipp anerkennen, dass Magdalena sehr genau wusste, was sie wollte. Natürlich ging es ihrer Familie um die Bezahlung. Er konnte sich gut vorstellen, wie schwer es sein musste, mit den Einnahmen aus dem Wirtshaus zu leben. Es kamen sicher weniger Gäste hierher, als Magdalena zugegeben hatte. Den geforderten Preis konnte er bezahlen. Später würde er das Geld von Slavata oder Martinitz zurückverlangen.

»Könnt Ihr mir dann jetzt bitte meine Sachen holen?«

Magdalena musste lachen. Sofort verliebte sich Philipp in den Klang. Er würde alles daran setzen, die junge Frau während der nächsten Tage für sich zu gewinnen. Der Weg nach Wien war weit, und er war fest entschlossen, die Zeit zu nutzen.

Eine Stunde später saßen Philipp und Magdalena in der Küche. Die Wirtsleute hatten dem Sekretär noch ein reichhaltiges Frühstück aufgetischt, von dem er allerdings nicht viel essen konnte. Jakub Lava hatte sich von dem Sekretär die sieben Taler auszahlen lassen und ihn eindringlich gewarnt, gut auf seine Tochter aufzupassen. Philipp hatte dem Mann versichert, dass seiner Tochter nichts geschehen würde. Von Johanna Lava bekamen sie noch ein gut gefülltes Paket mit Reiseproviant. Dann stand der Abfahrt nichts mehr im Wege.

Wien, 27. Mai 1618

»Ich fühle mich geehrt, meine Arbeit als kaiserlicher Schreiber antreten zu dürfen«, sagte Anton Serger, als er von Wilhelm Zeidler im Kaiserhof empfangen wurde. Den ganzen Morgen über hatte er sich überlegt, wie er seinen neuen Meister begrüßen sollte und an diesem Satz gefeilt. Jetzt war er so nervös, dass er fast seinen eigenen Namen vergessen hätte.

»Das solltest du auch. Wir haben dich auserwählt, weil du die Universität als Bester deines Jahrganges abgeschlossen hast.«

»Ich habe hart dafür gearbeitet.«

»Natürlich hast du das. Nun beginnt die Zeit, in der du dich zu bewähren hast. Es gibt nicht Wenige, die für diese Anstellung im Kaiserhof töten würden. Vergiss die Zeit auf der Universität. Hier musst du beweisen, dass du dieser Aufgabe würdig bist.«

Anton schaute den alten Professor skeptisch an. Er hatte einen freundlicheren Empfang erwartet und nicht damit gerechnet, dass Zeidler seine Leistungen gleich in den ersten Minuten derartig in Frage stellen würde. Er hatte aber auch gehörigen Respekt vor diesem Mann, der eine hohe Stellung bekleidete und das Vertrauen des Kaisers genoss.

»Ich bin mir der Herausforderungen, die man hier an mich stellt, durchaus bewusst«, sagte er leicht säuerlich.

»Das bist du nicht. Vermutlich denkst du, dass dir nun die ganze Welt offen steht. Das ist aber nicht der Fall. Als Erstes wirst du lernen müssen, demütig zu sein. Ich fürchte, dass das die schwierigste Aufgabe für dich werden wird.«

Das fängt ja gut an, dachte Anton. Als Sohn einer Kaufmannsfamilie aus Wien war es ihm dank der Unterstützung seiner Eltern in den vergangenen Jahren möglich gewesen, sich voll auf sein Studium zu konzentrieren. Er hatte alles daran gesetzt, als Schreiber eine gute Anstellung zu finden und sein Glück kaum fassen können, als man ihn tatsächlich an den Kaiserhof rief. Jetzt war er noch nicht einmal im Gebäude und bekam schon erste Zweifel, ob sich hier wirklich ein Traum für ihn erfüllte. Er atmete tief durch und strich sich die langen dunkelblonden Haare aus dem Gesicht.

»Ich werde meine Aufgabe zu Eurer vollen Zufriedenheit ausführen.«

»Das werden wir sehen. Folge mir.«

Endlich führte Zeidler seinen neuen Helfer in den Palast. Anton wusste, dass der Alte für ihn die wichtigste Person war. Der Professor ging leicht gebeugt und musste sich auf einem Stock abstützen. Seine wenigen grauen Haare hingen in einzelnen Strähnen von seinem Kopf und sahen aus, als würden sie jeden Moment abfallen. Seine Haut war faltig und von dunklen Flecken übersät. Zeidler war alt. Sehr alt. Ewig würde er nicht mehr als erster Chronist am Kaiserhof tätig sein können. Diese Aufgabe wollte Anton von seinem neuen Meister übernehmen. Bis dahin konnte allerdings noch einige Zeit vergehen und er nahm sich vor, noch so viel wie möglich von dem Alten zu lernen.

»Dein Zimmer werden dir die Bediensteten später zeigen. Zunächst gehen wir in die Bibliothek. Dort wirst du in den nächsten Wochen den Großteil deiner Zeit verbringen. Ich hoffe, du bist das Vertrauen wert, welches man in dich setzt.«

Anton war es mehr als recht, dass er zunächst seinen Arbeitsplatz sehen sollte. Er war gespannt auf die Menge von Schriften und Büchern, die in der Bibliothek des Kaisers auf ihn wartete. Nach allem, was man sich auf der Universität erzählte, musste sie gewaltig sein.

Was er wenige Minuten später sah, übertraf seine Erwartungen bei Weitem. Der Raum, in den ihn Zeidler führte, erschien ihm riesig. Er war voller Regale, die bis an die Decke reichten und bis auf den letzten Platz gefüllt waren. Der Raum war so hoch, dass Anton die obersten Böden nicht einmal erreichen würde, wenn er seine doppelte Größe hätte. Mehrere Leitern ermöglichten es, an die Bücher und Schriftrollen, die dort lagen, zu gelangen.

»Ich bin beeindruckt«, sagte Anton staunend und ließ sich von Zeidler in einen Nebenraum führen, in dem es drei Schreibtische gab, die voller Bücher lagen.

»In den ersten Wochen deiner Ausbildung wirst du sehr viel lesen müssen«, erklärte Wilhelm Zeidler. »Ich gehe davon aus, dass du schreiben kannst und auch einiges über die derzeitige Politik im Land weißt. Dieses Wissen wirst du vertiefen. Du musst lernen, die Geschehnisse am Kaiserhof zusammenzufassen und in kurzen Chronikeinträgen festzuhalten. Dabei werde ich dir helfen.«

»Wie lange arbeitet Ihr schon für den Kaiser?«

»Ich bin seit fast vierzig Jahren am Kaiserhof und diente bereits drei Herren.«

Anton sah den Professor überrascht an. Er musste noch älter sein, als er es zunächst gedacht hatte. So spannend die Aufgabe als kaiserlicher Schreiber auch sein mochte, Anton vermutete, dass Zeidler ein sehr einsames Leben zwischen seinen Büchern verbracht hatte. Vielleicht erklärte dies seine verschrobene Art.

»Was ist meine erste Aufgabe?«, fragte Anton neugierig. Er brannte darauf, endlich mit seiner Arbeit zu beginnen und schwor sich, dass er alles daran setzen würde, Zeidler nicht zu enttäuschen. Das war er auch seinem Vater schuldig, der fast vor Stolz geplatzt wäre, als Anton ihm von seiner Anstellung am Kaiserhof berichtet hatte.

»Dein Tatendrang ehrt dich«, sagte Zeidler und lächelte zum ersten Mal, seitdem sich die beiden begegnet waren. »Wir werden an einer Sitzung von Kaiser Matthias, Ferdinand und den Beratern teilnehmen.«

»Wir dürfen bei den Amtsgeschäften des Kaisers zuhören?«

»Natürlich. Wie glaubst du, sollen wir sie sonst protokollieren?«

Anton spürte die Anspannung in seinem Körper. Er hatte nicht damit gerechnet, so schnell auf den Kaiser und seinen Beraterstab zu treffen. Zeidler führte seinen neuen Schüler durch die Gänge des Schlosses. Waren diese zunächst noch sehr schlicht gehalten, wurden sie immer prunkvoller, je näher sie sich den Räumlichkeiten des

Kaisers näherten. Die Wände hingen voller bunt bestickter Teppiche und es standen viele alte Rüstungen auf dem Flur. Anton fand nicht die Zeit, sich die Portraits der letzten Kaiser des Heiligen Römischen Reiches Deutscher Nation anzusehen und beschloss, dies so schnell wie möglich nachzuholen. Seine Nervosität stieg ins Unermessliche, als Zeidler die schwere Holztür zum Sitzungssaal öffnete.

***

»Ist das Wien?«, fragte Magdalena und sah aufgeregt aus dem Fenster der Kutsche.

»Ja«, bestätigte Philipp. »Wir haben unser Ziel fast erreicht.«

»Ich hätte nicht gedacht, dass die Stadt so groß ist.«

»Sie ist wunderschön. Nicht umsonst haben die Kaiser sie für ihren Hof ausgewählt.«

»Ich habe noch nie so viele Häuser auf einmal gesehen.«

Philipp lächelte seine Begleiterin an. In den letzten Tagen hatte sie ihm immer wieder erzählt, wie neugierig sie auf die Stadt war. In ihrem bisherigen Leben war sie nicht weit vom Gasthof ihrer Eltern weggekommen und kannte nur das nahegelegene Dorf und das Jesuitenkloster, das auf einem Hügel daneben errichtet worden war. Selbst Prag hatte sie niemals gesehen, obwohl es nur eine Tagesreise von ihrer Heimat entfernt lag.

Unterwegs hatte Philipp Magdalena damit aufgezogen, dass sie ihm eigentlich einen Teil der Reisekosten erstatten müsste. Dennoch bereute er es nicht, ihrem Vater das Geld gegeben zu haben, damit seine Tochter ihn nach Wien begleitete. Er wusste nicht, ob er sein Ziel ohne ihre Hilfe erreicht hätte. Gerade in den ersten zwei Tagen war er noch sehr vom Fieber geschwächt gewesen. Magdalena hatte ihn immer wieder gezwungen zu essen und zu trinken und dafür gesorgt, dass er sich mit Decken warmhielt, obwohl die Temperaturen im Freien bereits sommerlich warm waren.

Mittlerweile ging es Philipp deutlich besser. Die Prellungen an seinem Körper schmerzten noch immer, aber dies spürte er nur, wenn die Kutsche unsanft über einen Stein fuhr. Das Fieber war ebenfalls zurückgegangen. Dennoch freute er sich darauf, endlich wieder in einem Bett schlafen zu können. Um die verlorene Zeit aufzuholen, waren sie große Teile der vergangenen Nächte durchgefahren. Geschlafen hatten sie in der Kutsche und nur gehalten, damit Johann die Pferde versorgen konnte und diese sich ein paar Stunden ausruhen konnten. Unterwegs hatten sie die Tiere drei Mal gegen frische eingetauscht.

»Es wird dir in Wien gefallen. Man wird uns im Kaiserhof Unterkunft gewähren. Es wird uns an nichts fehlen.«

»Du glaubst also wirklich, dass wir im Schloss willkommen sein werden?«

»Daran musst du nicht zweifeln. Du weißt, dass ich wichtige Nachrichten für den Kaiser und König Ferdinand habe. Sie werden dankbar sein, wenn ich ihnen von den Vorfällen in Prag berichte.«

»Gilt das aber auch für mich?«

»Habe keine Sorge. Man wird dich gut behandeln. Genauso wie Johann.«

»Der Kutscher wird sicher in der Nähe der Pferde schlafen wollen.«

»Das wirst du nicht müssen«, antworte Philipp und musste lachen. Seit er Magdalena kannte, hatte er sie nie so unsicher erlebt. Der Anblick der Stadt hatte sie stärker beeindruckt, als der Sekretär erwartet hätte. Er hatte sich längst in seine Begleiterin verliebt. Allerdings war Magdalena bisher allen Bemühungen, die er um die junge Frau angestellt hatte, geschickt ausgewichen. Nach unzähligen Versuchen war es ihm aber zumindest gelungen, seine Begleiterin zur vertrauensvollen Anrede zu bewegen. Obwohl sie jetzt schon mehrere Tage gemeinsam unterwegs waren, konnte er noch immer nicht sagen, ob sie ihn nur des Geldes wegen begleitete.

»Wie lange werden wir in Wien bleiben?«

»Das kann ich dir noch nicht sagen. Ich weiß nicht, welche Aufgaben mir der Kaiser nach meinem Bericht geben wird, denke aber, dass er mich schnell wieder nach Prag zurückschicken wird.«

»Dann wirst du mir die Stadt nicht zeigen können?« Magdalena schaute Philipp sichtlich enttäuscht an.

»Ich war selbst erst einmal hier und kenne mich nicht sehr gut aus. Wir werden aber sicherlich die Zeit finden, Wien genauer zu betrachten.« Nur zu gerne würde Philipp die Gelegenheit für einen romantischen Spaziergang mit Magdalena nutzen. Er war fest entschlossen, weiter um sie zu werben. Er könnte es nicht ertragen, wenn beide nach ihrer gemeinsamen Reise wieder getrennter Wege gehen würden. »Wenn du jetzt nach draußen schaust, siehst du das Schloss.«

Magdalena antworte nicht. Sie starrte wie gebannt aus dem Fenster. Philipp hätte viel darum gegeben, jetzt ihren Gesichtsausdruck sehen zu können. Im Moment konnte er sich aber leider nicht weiter um seine Begleiterin kümmern. Die Kutsche hielt auf einem Vorplatz vor dem Eingang des Schlosses an. Sofort kamen zwei Wachen auf sie zu, öffneten die Türen und forderten die Reisenden auf auszusteigen.

»Ich muss so schnell wie möglich zum Kaiser«, erklärte Philipp mit fester Stimme.

***

Anton kam aus dem Staunen nicht mehr heraus. Ehrfürchtig starrte er den Kaiser des Heiligen Römischen Reichs Deutscher Nation und Ferdinand, den König von Böhmen, an, die mit ihren jeweiligen Beratern an einem großen, ovalen Tisch saßen, der etwa zwanzig Personen Platz bot. Zeidler hatte ihm zu Beginn der Sitzung die einzelnen Namen der Anwesenden mitgeteilt. Alle hatte Anton sich jedoch nicht merken können.

Es fiel ihm schwer, sich auf die Gespräche der Adeligen zu konzentrieren und ruhig auf seinem Platz sitzen zu bleiben. Alles war neu und strömte unerwartet plötzlich auf den jungen Schreiber ein, der damit gerechnet hatte, den Großteil seiner Zeit in der Bibliothek zu verbringen. Wegen seiner Unruhe fing sich Anton tadelnde Blicke seines neuen Lehrmeisters ein. Zeidler, der es gewohnt war, an den Sitzungen teilzunehmen, hockte ruhig auf dem Stuhl und machte sich ab und an Notizen. Die beiden Schreiber saßen an einem kleinen Tisch, der nahe genug bei den Adeligen stand, damit sie alles hören konnten, aber weit genug von ihnen entfernt war, um sie nicht zu stören.

Plötzlich stürmte ein Mann der kaiserlichen Wache in den Saal und richtete sofort das Wort an die Adeligen, ohne dass man ihm dieses erteilt hatte. »Draußen steht ein Philipp Fabricius aus Prag, Eure Exzellenz. Er sagt, dass er Euch dringend sprechen muss.«

»Bringt ihn herein«, befahl Kaiser Matthias ungehalten. »Ich will hören, warum uns ein Bote bei unserer Versammlung stören will. Und gnade ihm Gott, wenn es nicht wichtig ist.«

Gespannt sah Anton zu, wie ein junger Mann in den Raum geführt wurde. Diesem ging es sichtlich schlecht. Er war blass und schien Probleme beim Gehen zu haben. Außerdem hielt er den linken Arm in einer gebeugten Stellung vor dem Körper. Seine Kleidung war schmutzig. So wie er aussah, musste er in aller Eile von Prag nach Wien gereist sein.

»Mein Name ist Philipp Fabricius«, sagte der Bote, nachdem er sich verbeugt hatte und zum Sprechen aufgefordert worden war. »Ich bin Sekretär der Statthalter in der Prager Burg. Vor vier Tagen ereignete sich dort Furchtbares. Unter der Führung von Graf Matthias von Thurn wagten die Protestanten einen Aufstand. Dabei wurden die Herren Slavata und Martinitz und außerdem ich selbst aus dem Fenster der böhmischen Hofkanzlei geworfen. Wir haben mit viel Glück und unter Gottes Schutz überlebt.«

»Das ist eine Rebellion«, brauste König Ferdinand auf und schlug mit der Faust auf den Tisch. Sein zusammengedrehter Schnauzbart zitterte dabei heftig über den sich vor Wut rötenden Wangen. »Das dürfen wir den Protestanten nicht durchgehen lassen. Wir müssen sofort einen Gegenschlag vorbereiten!«

»Noch wissen wir zu wenig«, mahnte Kardinal Klesl, der Bischof von Wien und Kanzler des Kaisers. »Wir dürfen uns kein vorschnelles Urteil bilden.«

»Berichte von Anfang an«, befahl der Kaiser und schnitt Ferdinand, der gerade gegen die Worte des Geistlichen aufbegehren wollte, mit einer herrischen Handbewegung das Wort ab.

Jetzt wird es interessant, dachte Anton. Er beobachtete, wie das Gesicht von König Ferdinand immer röter wurde. Sicherlich kochte er vor Wut. Immerhin richtete sich der Aufstand in erster Linie gegen seine Regentschaft. Würde er Matthias tatsächlich davon überzeugen können, einen Krieg gegen die protestantischen Stände zu führen?

Philipp Fabricius berichtete nun ausführlich von den Geschehnissen in der Prager Burg. Während der Kaiser eher einen gelangweilten Eindruck auf Anton machte, schien König Ferdinand seine Wut kaum noch im Zaum halten zu können. Unruhig drehte er abwechselnd an den Barthaaren an seinem Kinn und denen am Schnauzbart.

Auch den kaiserlichen Beratern war anzusehen, wie sehr sie die Worte des Sekretärs aus Prag beunruhigten. Dennoch wurde Fabricius von keinem der Anwesenden unterbrochen. Erst als er mit seinem Bericht zu Ende war, ergriff Kardinal Klesl das Wort.

»Das sind in der Tat schwerwiegende Anschuldigungen, die Ihr da gegen die protestantischen Stände erhebt.«

»Anschuldigungen?«, schrie König Ferdinand dazwischen. »Es ist doch offensichtlich, dass der Mann die Wahrheit spricht. Die Vorfälle haben tatsächlich stattgefunden. Wir müssen mit aller Entschlossenheit gegen diese Rebellion vorgehen!«

»Wir sollten den Aufstand nicht überbewerten«, entgegnete Klesl. »Die Herren in Prag werden sich schon wieder zusammenraufen.«

»Soll ich etwa zusehen, wie dieser Graf von Thurn die Regentschaft über mein Reich übernimmt?«, schrie Ferdinand aufgebracht.

»Habt Ihr vor, persönlich nach Prag zu reisen, um die Geschicke der Stadt wieder in die richtigen Bahnen zu lenken?«

»Ihr wisst genauso gut wie ich, dass mir dies im Moment nicht möglich ist«, beantwortete der König die Frage des Kardinals. »Meine Krönung in Ungarn steht kurz bevor. Ich kann jetzt nicht nach Prag reisen.«

»Wir werden die Stände zu Ruhe und Besonnenheit auffordern«, übernahm Kaiser Matthias das Wort. »Ich gedenke nicht, mit einer überzogenen Reaktion auf die Unruhen einen Krieg heraufzubeschwören.«

»Um den zu verhindern, ist es längst zu spät«, antwortete Ferdinand ärgerlich.

»Ihr wisst, dass sich der Kaiserhof die Kosten nicht leisten kann«, hielt Kaiser Matthias energisch dagegen.

»Die eingezogenen Güter der Rebellen werden die Unkosten für den Krieg reichlich kompensieren und der Schrecken der Hinrichtung wird die Stände zum Gehorsam bringen.« Ferdinand machte keinen Hehl daraus, dass er nicht damit einverstanden war, den Ständen in Prag ihre Rebellion ungestraft durchgehen zu lassen. Schließlich war er der König von Böhmen. Der Aufstand richtete sich damit vor allem gegen ihn.

»Die Entscheidung ist gefallen«, sagte der Kaiser. »Gebt dem Sekretär eine Unterkunft. Versorgt ihn mit Speis und Trank. Er und seine Begleiter sollen sich von der Reise erholen, bevor sie wieder in ihre Heimat zurückkehren. Ich werde ein Schreiben an die Herren in Prag verfassen. Ein Bote wird noch heute dorthin aufbrechen.«

Als Philipp Fabricius den Saal verließ, nahm sich Anton vor, unbedingt noch mit ihm zu sprechen, bevor der Sekretär aus Wien abreiste. Es konnte kein Fehler sein, wenn er den Kontakt mit seinem Kollegen aus Prag pflegte. Eine innere Stimme sagte ihm, dass er dem jungen Mann noch öfters begegnen würde.

Nach dem Ende der Besprechung war Ferdinand der Erste, der aufstand und mit entschlossenen Schritten den Saal verließ. Ein Blick in sein Gesicht reichte Anton aus, um zu wissen, dass er den getroffenen Entscheidungen nicht im Geringsten zustimmte. Als König von Böhmen war er es, der von den Vorfällen in Prag am direktesten betroffen war. Als nur noch Matthias, Wilhelm und Anton im Raum anwesend waren, rief der Kaiser die beiden Schreiber zu sich.

***

»Das ist also dein neuer Schüler«, stellte Kaiser Matthias fest, nachdem Zeidler und Anton an seinem Beratungstisch Platz genommen hatten.

»So ist es, Eure Majestät. Er kommt direkt von der Universität und hat dort als Bester seines Jahrgangs abgeschlossen.«

Anton musste innerlich lächeln. Hatte ihn der Professor jetzt tatsächlich vor dem Kaiser gelobt? Das passte nicht zu den Worten, die er selbst sich einige Stunden zuvor von dem Alten hatte anhören müssen.

»Ich heiße dich in meinem Schloss willkommen, junger Freund. Halte dich stets an die Anweisungen deines Meisters und du kannst es als kaiserlicher Schreiber weit bringen.«

»Ich werde mein Bestes geben, Eure Exzellenz«, antwortete Anton verlegen. Er hätte nicht erwartet, vom Kaiser so direkt angesprochen zu werden. Es würde wohl noch einige Tage dauern, bis er sich daran gewöhnte, regelmäßig mit den höchstgestellten Persönlichkeiten des Reiches zu verkehren.

»Du kannst gleich damit beginnen«, sagte der Kaiser in freundlichem Ton. »Ich werde dir nun ein Schreiben an die Stände in Prag diktieren.«

Anton spürte Zeidlers Hand auf seiner Schulter. Er schaute seinen Lehrmeister an, der ihm aufmunternd zunickte.

»Liebe Getreue«, begann der Kaiser sein Diktat und Anton schrieb die Worte eifrig mit. »Es ist uns zu Ohren gekommen, was sich am Mittwoch nach der Kreuzwoche, am 23. Tag des Monats Mai in unserem Prager Schloss und der königlichen Residenz zugetragen hat. Die böhmische Kanzlei, in der höchste Sicherheit und Respekt herrschen sollten, wurde zum Austragungsort eines Streites, den es unbedingt niederzulegen gilt. Ich versichere, dass sowohl der Kaiserhof in Wien als auch der böhmische König den Majestätsbrief ehren und nicht beabsichtigen, den dort getroffenen Regelungen zuwiderzuhandeln. Ich ermahne die Stände in Prag, sich zum Wohle des Volkes friedlich zu verhalten und freundlich miteinander umzugehen.«

»Hast du alles notiert?«, fragte Zeidler und Anton antwortete mit einem Nicken.

»Schreib den Brief, versehe ihn mit dem kaiserlichen Siegel und überreiche ihn dem Boten.«

Zeidler gab Anton das Zeichen zum Aufstehen. Mit seiner letzten Anweisung hatte Matthias die beiden Schreiber entlassen. Die ungleichen Männer standen auf und verließen den Sitzungssaal.

Heidelberg, 02. Juni 1618

»Wir erwarten ein weiteres Kind.«

Friedrich blieb stehen und hielt seine Gemahlin Elisabeth vorsichtig am Arm fest. »Wann?«

»Ich denke, es wird schon im Herbst soweit sein.«

»Damit machst du mich zum glücklichsten Menschen in der Stadt.« Friedrich sah seiner Gemahlin strahlend in ihre dunkelbraunen Augen und strich ihr zärtlich eine ihrer lockigen Strähnen von der Schulter.

»Bist du das nicht schon?«, gab Elisabeth lachend zurück.

»Ich bin es immer, wenn wir zusammen sind.«

Friedrich nahm seine Gemahlin in den Arm und sie küssten sich innig. Mit dem vierjährigen Heinrich Friedrich und dem im Vorjahr geborenen Karl Ludwig, hatte die Ehe der beiden bereits zwei Söhne hervorgebracht. Der pfälzische Kurfürst war überglücklich, dass er jetzt bereits zum dritten Mal Vater werden sollte. Genau wie Elisabeth würde er im kommenden Jahr fünfundzwanzig werden. Sie konnten noch viele gemeinsame Kinder bekommen.

»Lass uns noch ein Stück gehen«, bat Elisabeth ihren Gatten und löste sich aus seiner Umarmung. Sie hakte sich bei ihm unter, und sie schritten langsam über den mit weißem Kies überzogenen Weg, der sie zwischen der blühenden Blumenpracht hindurchführte. Zu Ehren seiner Gemahlin hatte Friedrich neben dem Schloss den prächtigsten Garten angelegt, den man im ganzen Reich finden konnte. Auch wenn die Arbeiten des Baumeisters Salomon de Caus, den Friedrich eigens wegen dieser Anlage nach Heidelberg geholt hatte, noch nicht fertig waren, war der Garten bereits jetzt doppelt so groß wie die Fläche des gesamten Schlosses. Auf den vier Terrassen waren Statuen, Pflanzen, Blumen und Bäume in den unterschiedlichsten Farben und Größen perfekt aufeinander abgestimmt.

Die zahlreichen Gäste des Kurfürsten bewunderten die Anlage und lobten Friedrich ob seines Geschmacks. Um Elisabeth einen Ort zu bieten, an dem sie immer allein sein konnte, hatte Friedrich ihr an der Westseite des Schlosses noch einen kleineren Garten angelegt. Als einziger Eingang diente ein prächtiges Tor, welches der Kurfürst in nur einer einzigen Nacht hatte bauen lassen, um seine Gemahlin zu ihrem 19. Geburtstag zu überraschen.

Friedrich und Elisabeth genossen die gemeinsame Zeit in ihrem Garten, durch den sie fast täglich einen Spaziergang unternahmen. Gerade in der jetzigen Jahreszeit, wo alles in blühender Pracht stand, konnte die Kurfürstin nicht genug davon bekommen. Es war jetzt fünf Jahre her, dass Elisabeth nach ihrer Hochzeit von London nach Heidelberg gekommen war. In der Zwischenzeit hatte Friedrich alles unternommen, um das Schloss nach ihren Wünschen umbauen zu lassen.

Als Tochter vom englischen König Jakob I und Anna von Dänemark war Elisabeth einen hohen Lebensstandard gewohnt. Diesen wollte Friedrich seiner Gemahlin auch in der neuen Heimat bieten. Zunächst war der Londoner Adel gegen die Heirat gewesen, weil sie der Meinung waren, dass ein Kurfürst kein standesgemäßer Ehemann für eine Königstochter war. Als sie den jungen Mann aber kennengelernt hatten und ihnen die Strukturen des deutschen Adels erläutert wurden, hatten sie ihre Meinung geändert.

Plötzlich wurde die Zweisamkeit der beiden unterbrochen. Ein Bediensteter kam eiligen Schrittes zu ihnen und verbeugte sich kurz vor seinem Kurfürstenpaar, das gerade im Schatten zwischen den Apfel- und Kirschbäumen entlangschritt. »Der Fürst von Anhalt ist soeben angekommen und wünscht Euch zu sprechen.«

»Was ist passiert?«, fragte Elisabeth auf Englisch.

Obwohl sie schon so lange in Heidelberg war, weigerte sie sich strikt die deutsche Sprache zu lernen und zu sprechen. Friedrich vermutete zwar, dass sie mittlerweile vieles von dem verstand, was gesprochen wurde, ließ ihr aber ihren Willen. Er selbst beherrschte die Muttersprache seiner Gemahlin fließend. Es war ihm ganz recht, dass die Bediensteten nicht viel von den Gesprächen zwischen ihm und Elisabeth verstanden.

»Ich muss mich mit dem Rat treffen«, antwortete Friedrich, der den Rest des Tages lieber mit seiner Gemahlin verbracht hätte. »Soll ich dich noch in deine Gemächer begleiten?«

»Das ist nicht nötig. Ich werde noch ein wenig die Luft hier draußen genießen. Es ist so ein herrlicher Tag. Ich verbringe ohnehin viel zu viel Zeit im Schloss.«

***

»Es gab einen Aufstand in Böhmen«, begrüßte Fürst Christian von Anhalt, der von Amberg aus die Geschicke der Oberpfalz leitete, seinen Herrn, als dieser die Sitzung des Rates erreichte.

»Was ist passiert?«

»Im Prager Schloss ist es zu dem Aufstand gekommen. Die protestantischen Stände haben gegen die katholischen Statthalter rebelliert und drei der Herren aus dem Fenster geworfen. Danach bildeten sie ein eigenes Direktorium, welches die Macht in Böhmen übernommen hat.«

Friedrich sah seinen Berater überrascht an. »Ich wusste, dass es in Böhmen brodelt, hätte aber nie gedacht, dass von Thurn und seine Getreuen so weit gehen würden.«

»Letztlich blieb ihnen nichts anderes übrig, als sich gegen die Unterdrückung zu wehren.«

»Das könnte zu einem Krieg führen«, erklärte Friedrich. »König Ferdinand wird sich das nicht gefallen lassen.«

»Solange der Kaiser versucht, die Herren in Prag zu beruhigen, kann Ferdinand nichts unternehmen«, entgegnete von Anhalt.

»Wie sollen wir uns verhalten?«, wandte sich Friedrich an seine Berater. Die Nachricht aus Prag war für den Kurfürsten ein Schock. Nachdem die protestantische Union nach einem Streit mit dem Speyerer Bischof die Festungswerke in Udenheim zerstört hatte, konnte die Rebellion das Verhältnis mit der katholischen Liga ernsthaft gefährten. Friedrich vermutete, dass Christian von Anhalt fordern würde, man müsse die Protestanten in Böhmen unterstützen. Wenn er sein eigenes Kurfürstentum nicht in einen Krieg führen wollte, durfte er sich aber nicht offen auf die Seite der Rebellion schlagen, auch wenn er die Schuld für den Konflikt bei den Jesuiten und der spanischen Partei am Wiener Hof sah.

»Wir sollten versuchen, zwischen dem Kaiser und Prag zu vermitteln«, sagte einer der Berater.

»Die Kurpfalz muss sich offen zur protestantischen Union bekennen«, entgegnete von Anhalt energisch. »Damit haben wir die Möglichkeit, gegen die Unterdrückung durch die katholische Liga vorzugehen.«

»Mit dem Majestätsbrief hat sich der Kaiser verpflichtet, die Religionsfreiheit in seinem Reich zu schützen«, entgegnete der Berater.

»Hält er sich aber daran?«, gab ein Zweiter zu bedenken.

»Wenn nicht, ist es die Aufgabe der Kurpfalz, ihn an sein Versprechen zu erinnern und ihn zur Einhaltung des Majestätsbriefes zu ermahnen.«

»Genau dies werden wir tun«, erklärte Friedrich entschlossen und wandte sich an von Anhalt. »Ich weiß, dass Ihr gegenteiliger Auffassung seid. Solange sich ein Krieg aber verhindern lässt, werde ich alles in meiner Macht Stehende tun, um zu einer friedlichen Lösung des Konfliktes beizutragen. Ich muss auch an die Menschen in der Kurpfalz denken.« *Und an meine eigene Familie*, fügte Friedrich in Gedanken hinzu.

Wien, 04. Juni 1618

Als Philipp am Morgen erwachte, fühlte er sich zum ersten Mal seit den schrecklichen Ereignissen in Prag ausgeschlafen. Er sah zum Fenster und stellte fest, dass der Tag bereits weit vorangeschritten sein musste. Die Sonne stand hoch am Himmel und schickte ihre Strahlen ins Zimmer des Sekretärs.

Nachdem er seinen Bericht vor dem Kaiser und seinem Beraterstab abgeben hatte, war Philipp am Ende seiner Kräfte gewesen. Die ersten beiden Tage schlief er fast durchgehend und stand nur auf, um die Mahlzeiten zu sich zu nehmen, die ihm von einer Küchenmagd gebracht wurden. Von ihr erfuhr er auch, dass Magdalena bei den Bediensteten untergebracht worden war und es ihr gut ging. Seine Bitte, man möge die junge Frau zu ihm bringen, wurde allerdings nicht erfüllt. Der Hofarzt, der ihn zweimal am Tag besuchte, riet ihm eindringlich, dass er sich ausruhen müsse, damit er wieder zu Kräften kam.

Philipp setzte sich im Bett auf. Sein Fieber war verschwunden und auch die Blessuren des Sturzes waren so weit verheilt, dass sie ihn kaum mehr störten. Lediglich der Ellenbogen schmerzte noch, wenn er seinen Arm gerade ausstreckte. Er beschloss, sein Zimmer an diesem Tag zu verlassen. Es konnte nicht mehr lange dauern, bis ihn der Kaiser zurück nach Prag schickte. Bis dahin wollte er noch ein bisschen Zeit mit Magdalena verbringen und mit ihr die Stadt erkunden.

Von diesem Entschluss beseelt, stand Philipp auf und trat ans Fenster. Im Hof vor dem Schloss konnte er ein paar Landsknechte beobachten, die im Gleichschritt vorbeigingen. Er vermutete, dass der Kaiser seine Armee verstärken wollte, um gerüstet zu sein, falls sich der Böhmische Aufstand ausweitete. Matthias schien von der Nachricht aus Prag zwar nicht besonders beeindruckt gewesen zu sein, dennoch durfte er die Vorkommnisse nicht zu sehr auf die leichte Schulter nehmen. Auch würde Ferdinand alles daransetzen, den Kaiser davon zu überzeugen, dass man mit aller Gewalt gegen die Rebellen vorgehen musste.

Philipp hörte ein Klopfen an der Tür und drehte sich um. »Herein!«

Der Hofarzt betrat den Raum und sah seinen Patienten streng an. »Wie ich sehe, geht es Euch besser.«

»Ja. Ich habe lange genug im Bett gelegen.«

»Das freut mich zu hören. Dennoch muss ich Euch bitten, zumindest noch einen Tag in Eurem Zimmer zu bleiben und auszuruhen.«

»Warum soll ich hierbleiben?«, entgegnete Philipp genervt.

»Ihr hattet gestern noch Fieber. Ihr müsst wieder vollständig bei Kräften sein, wenn Ihr den langen Rückweg nach Prag antreten wollt.«

»Darf ich wenigstens einen Spaziergang im Schlossgarten machen? Frische Luft kann sicher nicht schaden.«

»Dagegen spricht tatsächlich nichts. Aber übertreibt es nicht.«

»Das werde ich nicht.« Philipp war fest entschlossen, den Spaziergang gemeinsam mit Magdalena zu unternehmen. Sicher würde bald die Küchenmagd kommen und sein Essen bringen. Sie musste seiner Reisebegleiterin ausrichten, dass er sie vor dem Schloss treffen wollte.

»Ich werde dem Kaiser ausrichten, dass Ihr soweit genesen seid, Eure Reise morgen anzutreten. Er wird veranlassen, dass alle Vorbereitungen dafür getroffen werden.«

»Ich danke Euch.« Der Gedanke, Wien am nächsten Tag bereits wieder verlassen zu müssen, gefiel Philipp nicht. Wenn es aber des Kaisers Wunsch war, dass der Sekretär so schnell wie möglich nach Prag zurückkehrte, würde er diesen erfüllen.

Kurz nachdem der Hofarzt Philipps Zimmer verlassen hatte, kam die Küchenmagd. Zunächst sträubte sie sich dagegen, seine Bitte zu erfüllen. Als er ihr aber versicherte, dass er ohnehin am nächsten Tag abreisen würde und ihm der Arzt erlaubt hatte, das Schloss zu verlassen, versprach sie, Magdalena seine Botschaft auszurichten.

Als Philipp gerade seine inzwischen gereinigte Kleidung angezogen hatte, klopfte es erneut an der Tür.

***

In der ersten Woche im kaiserlichen Schloss blieb Anton kaum die Zeit, sich an seiner neuen Arbeitsstätte umzusehen. Nach dem spannenden ersten Tag hatte der junge Schreiber den Großteil seiner Zeit in der Bibliothek verbracht und versucht, alles zu lesen, was ihm sein Lehrmeister vorlegte. Zeidler ließ seinen Schüler dabei nicht eine Sekunde aus dem Auge. Er konnte keinen Schritt tun, ohne dass der Alte ihn beobachtete.

Wilhelm Zeidler übertrug seinem Schützling allerdings auch Aufgaben, die Anton mit Stolz erfüllten. Er durfte seinen ersten Chronikbeitrag schreiben, den er von seinem Meister diktiert bekam. Hierin protokollierte er die Ereignisse in Böhmen und die Ankunft von Graf von Buquoy, der in Brüssel für die Spanier tätig gewesen und jetzt nach Wien beordert worden war, um seine Stelle als kaiserlicher Feldmarschall anzutreten.

Noch immer hatte Anton den Wunsch, mit dem jungen Sekretär aus Prag zu sprechen. Wenn Zeidler ihn allerdings weiterhin derartig unter Beobachtung hielt, war Philipp sicher abgereist, bevor er selbst auch nur in dessen Nähe gelangen konnte. Am dritten Tag hielt Anton es schließlich nicht mehr aus und bat Zeidler darum, dem Sekretär einen Besuch abstatten zu dürfen. Er erklärte seinem Lehrmeister, dass es nicht schaden könne, wenn man die Kontakte zu den Schreibern in anderen Residenzstädten aufrechterhielt. Dem hatte Zeidler schließlich schmunzelnd nachgegeben.

Nun stand Anton vor der Tür des Gastes aus Prag und war überrascht, als ihm sofort nach seinem ersten Klopfen geöffnet wurde. Der Sekretär der böhmischen Statthalter stand im Mantel vor ihm und schien sein Zimmer gerade verlassen zu wollen.

»Wie ich sehe, komme ich ungelegen«, sagte Anton entschuldigend.

»Ich wollte gerade zu einem Spaziergang aufbrechen, habe aber noch ein paar Minuten Zeit«, antwortete Philipp. »Ihr seid einer der Schreiber, die dabei waren, als ich dem Kaiser Bericht erstattete.«

»Ja. Das war an meinem ersten Tag hier im Schloss. Seither hat mir mein Lehrmeister keine freie Minute gelassen. Sonst hätte ich Euch früher besucht. Mein Name ist Anton.«

»Ich bin Philipp«, antwortete der Sekretär aus Prag und reichte seinem Wiener Kollegen die Hand. »Ihr habt eine aussichtsreiche Laufbahn vor Euch.«

»Das wünsche ich mir sehr. Ihr dagegen habt diesen Erfolg bereits.«

»Es ist kein erstrebenswertes Ziel, aus dem Fenster geworfen zu werden und in die Tiefe zu stürzen.«

»Das meinte ich nicht«, sagte Anton. »Ihr seid aber doch immerhin der erste Schreiber der böhmischen Statthalter.«

»Ich weiß nicht, ob ich das noch bin«, antwortete Philipp. »In meiner Heimat hat sich in den letzten zwei Wochen viel verändert. Es ist zu bezweifeln, dass man mich meine Arbeit in der Kanzlei wieder aufnehmen lässt.«

»Und dennoch wollt Ihr zurück nach Prag?«

»Was bleibt mir anderes übrig? Wenn mich der Kaiser zurückschickt, werde ich mich nicht dagegen wehren. Ich breche morgen auf.«

Anton sah seinen Kollegen bedauernd an. »Es ist schade, dass Ihr nicht noch länger hier in Wien bleiben könnt. Wir hätten uns sicher viel zu erzählen.«

»Vielleicht treffen wir uns bald wieder«, entgegnete Philipp und lächelte seinen Besucher an.

»Das würde mich freuen«, sagte Anton und meinte dies genau, wie er es sagte. Philipp war ihm auf Anhieb sympathisch und er bedauerte, dass ihm in seiner Heimat derart schreckliche Dinge widerfahren waren.

»Wenn Ihr möchtet, könnt Ihr mich bis zum Ausgang begleiten. Dann könnt Ihr mir von der Bibliothek des Schlosses erzählen, die sicherlich imposant ist.«

»Ich könnte sie Euch zeigen.«

»Das würde mich in der Tat sehr interessieren. Leider muss ich Euer Angebot aber ablehnen. Meine Begleiterin erwartet mich vor dem Schloss. Ich habe sie seit meiner Ankunft in Wien nicht mehr gesehen und möchte sie nicht warten lassen.«

»Das verstehe ich sehr gut«, antwortete Anton enttäuscht. Er ärgerte sich darüber, dass er Zeidler nicht früher gebeten hatte, den Sekretär aus Prag besuchen zu dürfen.

Auf dem Weg zum Ausgang berichtete Philipp, wie es ihm auf der Fahrt nach Wien ergangen war und Anton erzählte von seinen ersten Tagen als kaiserlicher Schreiber. Sie verabredeten, am nächsten Morgen gemeinsam zu frühstücken und verabschiedeten sich, als sie sahen, dass Magdalena Philipp bereits in der Empfangshalle des Schlosses erwartete.

***

»Wie ist es dir in den letzten Tagen ergangen?«, fragte Philipp besorgt, als er mit Magdalena gemeinsam in den prächtigen Schlossgarten trat.

»Man hat mich gut behandelt. Du musst dir keine Gedanken machen.«

»Du hast schon gehört, dass wir morgen nach Prag aufbrechen?«

»Ja. Fühlst du dich denn schon kräftig genug für die lange Reise?«

»Das schon. Es tut mir nur leid, dass ich dir die Stadt nicht zeigen konnte.«

»Das hat Johann bereits getan. Er kennt sich überraschend gut in Wien aus.«

Philipp versuchte, sich nicht anmerken zu lassen, wie sehr ihn die Tatsache schmerzte, dass es Johann gewesen war, der mit Magdalena durch die Stadt spazierte und nicht er selbst. Der Kutscher war mindestens doppelt so alt wie die junge Wirtstochter und würde für Philipp keine Konkurrenz darstellen. Dennoch hatte die Sache einen schalen Beigeschmack. »Wo ist Johann jetzt?«

»Soweit ich weiß, bereitet er alles für die Reise vor. Erzähl du mir jetzt aber, wie es war, beim Kaiser vorzusprechen.«

»Die Nachrichten aus Prag wurden gelassener entgegengenommen, als ich es erwartet hatte«, berichtete Philipp. »Einzig König Ferdinand war völlig außer sich und wäre am liebsten sofort gegen die protestantischen Stände ins Feld gezogen.«

»Denkst du, dass es Krieg geben wird?«, wollte Magdalena wissen und sah Philipp ängstlich an.

»Ich hoffe es nicht. Er würde niemandem nützen. Dem Kaiser nicht und den Protestanten schon gar nicht.«

»Es könnte aber dennoch dazu kommen?«

»Wenn sich die Lage weiter zuspitzt, ja. Graf von Thurn kann jetzt nicht mehr zurück, wenn er sein Gesicht nicht verlieren will. Deshalb fürchte ich, dass die Stände die Macht in Prag niemals an Ferdinands Statthalter zurückgeben werden.«

»Damit zwingen sie ihren König zum Handeln.«

»So ist es. Das Haus Habsburg wird nicht auf das böhmische Königreich verzichten. Ich bete für eine friedliche Lösung, daran zu glauben, fällt mir aber schwer.«

Die beiden schlenderten noch fast zwei Stunden langsam durch den prächtigen Schlossgarten, in dem die Blumen in den unterschiedlichsten Farben erstrahlten. Die Sträucher und Hecken waren akkurat geschnitten. Philipp sah zwei Männer, welche die Pflanzen aus Eimern wässerten. Er freute sich darüber, wie sehr es seiner Begleiterin hier gefiel. Am liebsten wäre er mit ihr in Wien geblieben und hätte sie zur Frau genommen. Im Moment durfte er daran aber noch nicht denken. Philipp hatte in Prag eine Aufgabe zu erfüllen und würde sich dieser stellen. Wenn sich die Lage beruhigt hatte, wollte er zu Magdalenas Vater gehen und um ihre Hand anhalten. Dann konnten sie noch immer nach Wien zurückkehren.

»Begleitest du mich in mein Zimmer?«, fragte Philipp, als sie wieder in der Empfangshalle des Schlosses ankamen.

»Wäre das nicht unschicklich?«

»Es braucht ja niemand zu erfahren.«

»Ich habe dir schon gesagt, dass ich nicht so leicht zu haben bin.«

»Ich schwöre, dass ich dich nicht anrühren werde.«

»Du musst an deinen Ruf denken. Ich werde in meine Kammer gehen. Morgen müssen wir beizeiten aufbrechen.«

Der Blick, den Magdalena Philipp zuwarf, zeigte ihm, wie gerne sie seinem Wunsch entsprochen hätte und die Nacht über bei ihm geblieben wäre. Zum ersten Mal hatte er das Gefühl, dass seine Begleiterin die Gefühle, die er für sie hegte, erwiderte. Er verabschiedete sich von Magdalena und ging in der Hoffnung in sein Zimmer, dass ihnen eine gemeinsame Zukunft beschieden sein würde. Der Weg nach Prag war lang …

Böhmen, 09. Juni 1618

»Wir haben unser Ziel fast erreicht«, sagte Philipp, als er gemeinsam mit Magdalena aus der Kutsche ausstieg, um sich die Beine zu vertreten.

Johann hatte angehalten und schöpfte mit einem Eimer Wasser aus einem Bach, damit die beiden Pferde trinken konnten.

»Dann werden sich unsere Wege jetzt trennen«, antwortete Magdalena und sah ihren Begleiter traurig an.

»Das muss nicht so sein«, entgegnete Philipp.

»Wird es aber. Du reist spätestens morgen weiter nach Prag und ich werde im Gasthof meiner Eltern bleiben.«

»Und wenn du mich begleiten würdest?«

»Ich habe dir doch schon mehrmals gesagt, dass ich das nicht kann.«

Philipp antwortete nicht und sah schweigend in die Ferne auf eine Hügelkette. Dahinter lag das Gasthaus von Magdalenas Eltern. In den Tagen seit ihrer Abreise aus Wien hatten sich die beiden viel unterhalten. Mit jeder Stunde, in der Philipp den Worten seiner schönen Begleiterin lauschen konnte, verliebte er sich mehr in sie. Alles in ihm wehrte sich dagegen, sie zurückzulassen. Und das würde er auch nicht. Zuerst musste Philipp Magdalenas Vater überzeugen. Wenn der einer Heirat seiner Tochter zustimmte, konnte auch sie selbst nicht mehr dagegen sein.

Dank einer großzügigen Entlohnung durch den Kaiser konnten es sich die Reisenden leisten, unterwegs in Gasthöfen zu übernachten, wodurch die Fahrt wesentlich angenehmer verlief als der Hinweg. Während Johann es vorgezogen hatte, in der Nähe seiner Tiere zu schlafen, waren Philipp und Magdalena jeweils in einem Zimmer untergekommen. Der Traum einer gemeinsamen Nacht mit seiner Angebeteten war dem Sekretär aus Prag leider nicht erfüllt worden. Er respektierte aber, dass sich die junge Frau nicht zu einer sündhaften Tat hinreißen lassen wollte.

Im Laufe des letzten Tages ihrer Reise war Magdalena immer schweigsamer geworden. Philipp vermutete, dass ihr die bevorstehende Trennung genauso schwerfiel wie ihm selbst.

»Ein Unwetter zieht auf«, erklärte Johann kurze Zeit später. »Wir müssen weiter, wenn wir unser Ziel trocken erreichen wollen.«

Philipp schaute zum strahlend blauen Himmel, der lediglich von ein paar kleineren Wolken durchzogen wurde. Für ihn sah es nicht so aus, als sollte es am heutigen Tag noch regnen. Dennoch verließ er sich auf die Aussage des Kutschers. Er war bereits sein ganzes Leben lang in der Gegend unterwegs und hatte mehr Erfahrung.

Magdalena ließ sich von Philipp in die Kutsche helfen und warf ihm als Dank einen liebevollen Blick zu. Auf der weiteren Reise sprachen die beiden nur wenig. Jeder hing seinen eigenen Gedanken nach, die sich um die nahe Zukunft und ihren baldigen Abschied drehten. Aus Angst, dass sie ihm dieses Vorhaben wieder ausreden konnte, hatte Philipp Magdalena bisher nicht gesagt, dass er mit ihrem Vater reden wollte.

Als sie die Hügelkuppe erreichten und ins Tal schauen konnten, sahen sie plötzlich Rauch aufsteigen.

»Das ist in der Nähe unseres Gasthauses«, schrie Magdalena entsetzt und klammerte sich an Philipps Arm.

»Bist du sicher?«

»Natürlich bin ich das. Ich habe mein ganzes Leben hier verbracht.«

»Johann, wir müssen sofort dorthin«, schrie Philipp nach draußen.

Der Kutscher trieb seine Pferde an, so schnell es der steinige Untergrund zuließ. Als sie näher herankamen, erkannten sie, dass ein Teil des Rauches dort aufstieg, wo das Gasthaus lag. Außerdem schienen das Dorf und das Jesuitenkloster betroffen zu sein.

»Ich muss hier raus«, schrie Magdalena. Sie wehrte Philipp ab, der versuchte sie festzuhalten, und sprang aus der Kutsche, bevor diese zum Stehen kam.

»Vater!« Magdalena rannte auf die rauchenden Überreste zu, die einmal das Gasthaus ihrer Eltern gewesen waren. Das Dach war eingestürzt und auch Teile der Wände waren zusammengefallen. Menschen sahen sie nicht.

Philipp spürte einen Kloß im Hals, als er das Bild der Verwüstung sah. Er sprang ebenfalls aus der Kutsche und sah aus dem Augenwinkel, dass Johann ihm folgte. Hier kam jedoch jede Hilfe zu spät. Philipp spürte die Panik in sich aufsteigen, als er Magdalena nicht mehr entdecken konnte. War sie etwa in die Trümmer des Gebäudes gelaufen?

»Magdalena, wo bist du?«, schrie der Sekretär so laut er konnte, bekam aber zunächst keine Antwort. Irgendwo bellte ein Hund. Ansonsten lag eine gespenstische Stille über dem Ort.

Plötzlich hörte er einen Schrei. Ohne zu zögern, stürmte auch Philipp jetzt in die Reste des Gasthauses und wäre dabei beinahe über einen heruntergefallenen Balken gestürzt. Es stank entsetzlich nach Rauch und verkohltem Holz. Die Luft war noch immer so heiß, dass jeder Atemzug schmerzte.

»Wo bist du?«, schrie Philipp, doch Magdalena antwortete nicht. Es blieb ihm nichts anderes übrig, als die Trümmer weiter zu durchsuchen. Er fand Magdalena im ehemaligen Gastraum über einen reglosen Körper zwischen den verkohlten Überresten gebeugt. Als er ihr die Hand auf die Schulter legte, sah sie ihn mit rußverschmutztem Gesicht und Tränen in den Augen an.

»Wir sind zu spät gekommen.«

Philipp erkannte, dass es sich bei der Toten um die Wirtin handelte. Er griff Magdalena am Arm und wollte sie aus der Ruine ziehen, doch die wehrte in ab. »Lass mich in Ruhe.«

»Komm hier rüber«, rief Johann, der sich ebenfalls zwischen den Trümmern bewegte. Der Kutscher hatte Magdalenas Vater gefunden, der den Angriff auf sein Anwesen genauso wenig überlebt hatte wie sein Weib. Seine Kleidung war teilweise verschmort und es stank nach verbranntem Fleisch.

»Was kann hier geschehen sein?«, fragte Philipp entsetzt.

»Ich weiß es nicht. Lange her ist es jedoch noch nicht. Ich denke, dass es hier am Morgen einen Überfall gegeben hat.«

»Ich kann mir auch denken, wer die Verantwortung dafür trägt.«

»Ich glaube nicht, dass es die protestantischen Stände waren«, widersprach Johann.

»Wer denn sonst? Siehst du die Rauchwolken am Hügel? Dort steht ein Jesuitenkloster. Sicher hat es hier einen Angriff gegeben. Der Ort und das Gasthaus waren einfach nur im Weg.«

Philipp ging zurück zu Magdalena und legte ihr behutsam den Arm auf die Schulter. »Wir können nicht hierbleiben«, sagte er leise.

»Wohin soll ich denn sonst? Ich lebe hier. Wie oft soll ich dir noch sagen, dass ich den Gasthof meiner Eltern nicht verlassen werde?«

»Es gibt keinen Gasthof mehr. Wir müssen von hier weg. Wer auch immer hinter diesem hinterhältigen Anschlag steckt, er könnte wieder zurückkehren. Hier bist du nicht sicher. Komm mit nach Prag. Hier kannst du nichts mehr tun.«

»Das würde dem feinen Herrn so passen«, schrie Magdalena und schlug Philipps Hand weg. »Dir scheint der Tod meiner Eltern ja gerade recht zu kommen.«

Philipp sah Magdalena schockiert an. Wie konnte sie so etwas sagen? »Es tut mir schrecklich leid, was hier geschehen ist«, entgegnete er leise. »Das musst du mir glauben.«

»Warum? Immerhin ist alles deine Schuld. Wären wir einen Tag früher aus Wien abgereist, hätten meine Eltern noch gelebt. Ach, was sage ich. Ich hätte erst gar nicht mit dir kommen sollen.«

Philipp erschrak bis ins Mark, als er Magdalenas wütenden Blick sah. Er verstand den Schmerz, den die junge Frau in diesen Minuten durchlitt, immerhin hatte er selbst seine Eltern bei einem Brand verloren, als er gerade einmal so alt war, dass er laufen konnte. »Ich weiß, wie furchtbar der Tod deiner Eltern für dich ist. Du hättest ihn aber nicht verhindern können. Wärst du hier gewesen, als man das Gasthaus angegriffen hat, würdest du jetzt selbst nicht mehr leben. Und das weißt du auch.«

»Geh endlich weg!«, schrie Magdalena. »Ich will dich nie wiedersehen.«

Philipp wich ein Stück zurück, als ihn der unbändige Zorn in Magdalenas Augen traf. Er ahnte, dass sie nicht ernst meinte, was sie sagte. Dennoch war es ein großer Schock, solche Worte aus ihrem Mund zu hören. Langsam ging er zurück zur Kutsche, wo Johann ihn bereits erwartete.

»Wird die junge Dame uns nicht begleiten?«

»Das weiß ich nicht. Lassen wir ihr einfach einen Moment Zeit. Sie hat gerade ihre Eltern verloren.«

Philipp setzte sich in die Kutsche, lehnte sich zurück und schlug die Hände über seinem Gesicht zusammen. Die Ereignisse der letzten Tage waren zu viel für den jungen Sekretär. In seinem bisherigen Leben gehörte es zu den spannenden Geschehnissen, wenn sich zwei Adelige über Ländereien stritten und dabei die Statthalter um eine Entscheidung gebeten hatten.

Wenige Augenblicke später riss ihn ein Donnerschlag aus seinen Gedanken. Johann hatte recht behalten. Der Regen ließ nicht lange auf sich warten und ergoss sich in Strömen über die Kutsche und die Überreste des Gasthauses. Johann kam zu Philipp in die Kabine geflüchtet und sah seinen Herrn fragend an.

»Wir warten noch«, erklärte Philipp. »Der Regen wird Magdalena zwingen, zu uns in die Kutsche zu kommen.«

Tatsächlich öffnete sich wenige Augenblicke später die Tür zum Innenraum, und Magdalena stieg ein. Sie war völlig durchnässt. Die Haare klebten an ihrem Kopf, und in ihrem Gesicht schimmerten die Wassertropfen. Philipp wusste, dass diese nicht nur vom Regen kamen.

»Ich habe es nicht so gemeint«, sagte Magdalena nach einer Weile. »Es tut mir leid.«

»Das weiß ich«, antwortete Philipp und legte seiner Begleiterin eine Decke über die Schultern. Gerne hätte er sie jetzt einfach tröstend in den Arm genommen, wagte aber nicht Magdalena anzurühren.

»Wenn es aufhört zu regnen, begraben wir Vater und Mutter.«

»Wir müssen weiter«, entgegnete Johann, als der Regen langsam schwächer wurde. »Wenn das Unwetter vorbei ist, werden

Leute kommen. Wir können nicht wissen, ob sie auf unserer Seite stehen.«

»Wir können sie doch nicht einfach so da liegen lassen!«, schrie Magdalena den Kutscher an.

»Wir haben keine andere Wahl. Wir können uns nicht gegen einen Angriff wehren. Im Moment ist es einfach zu gefährlich. Wir sind schon viel zu lange hier. Wir müssen so schnell wie möglich aufbrechen.«

»Er hat recht«, sagte Philipp und Magdalena nickte stumm. Während der Kutscher ausstieg, um nachzusehen, ob mit den Pferden alles in Ordnung war, strich Philipp Magdalena sanft über die Wange. »Begleite mich nach Prag. Ich werde für dich sorgen und schwöre dir, dass ich dich niemals zu irgendetwas drängen werde.«

»Ich komme mit«, antwortete Magdalena und sah Philipp tief in die Augen. »Das hätte ich auch getan, wenn meine Eltern nicht ermordet worden wären.«

***

Sie erreichten Prag am Abend des nächsten Tages, kurz vor Einbruch der Dämmerung. Philipp war sehr gespannt darauf, was ihn in der Stadt erwartet. Sicher hatte sich vieles verändert, seit er sie vor etwas mehr als drei Wochen verlassen hatte. Bisher hatte er vorgehabt, direkt nach seiner Ankunft die Prager Burg zu besuchen. Eine innere Stimme riet ihm jetzt allerdings davon ab.

Zunächst wollte er versuchen zu erfahren, was aus Slavata und Martinitz geworden war. Dazu war es am besten, zunächst die Statthalter von Sternberg oder von Lobkowitz aufzusuchen. Die Herren waren beim Aufstand der Protestanten verschont worden und würden sicher noch in der Stadt sein.

»Wohin soll ich Euch fahren?«, wollte Johann wissen, nachdem sie die Tore der Stadt passiert hatten.

»Zum Anwesen der Polyxena von Lobkowitz«, antwortete Philipp. Er kannte die Gräfin als strenge Katholikin, die bedingungslos auf der Seite der Habsburger stand. Dort würden Magdalena und er sicher sein. Er war überrascht, wie ruhig es in der Stadt zuging. Die Tore waren normal bewacht und die Soldaten machten sich nicht einmal die Mühe, die Kutsche genauer zu durchsuchen. Nichts deutete mehr auf die Ereignisse hin, wegen der Philipp die Stadt verlassen hatte.

»Gleich sind wir am Ziel«, sagte Philipp zu Magdalena. Die junge Frau tat ihm unendlich leid. Nachdem sie vom verbrannten Gasthof ihrer Eltern aufgebrochen waren, hatte sie kein Wort gesprochen, sondern die ganze Zeit über nur stumm ins Leere geschaut. Philipp hatte sie in Ruhe gelassen und ebenfalls geschwiegen. Er hoffte, dass es seiner Begleiterin schnell gelingen würde, sich in der Stadt zurechtzufinden. Bisher hatten sie nicht darüber gesprochen, wo Magdalena wohnen wollte. Philipp hatte die kleine Kammer im Haus eines Schneiderehepaars stets ausgereicht. Er brauchte nicht viel und hatte sein Leben seiner Arbeit verschrieben. Für zwei Personen würde der Platz jedoch nicht ausreichen. Außerdem würden die Besitzer des Hauses nicht dulden, dass er die Kammer gemeinsam mit einer Frau bewohnte, ohne dass die beiden verheiratet waren. Jetzt bedauerte er es, dass er sich nicht früher um eine größere Bleibe gekümmert hatte.

Als sie das Anwesen von Polyxena von Lobkowitz erreichten, wurden sie dort von deren Gemahl und Ladislaus von Sternberg begrüßt, die im Freien standen und sich unterhielten.

»Es freut mich sehr, dich bei voller Gesundheit zu sehen«, sagte Diepold von Lobkowitz und schlug Philipp freundschaftlich auf die Schulter. »Wie ist es dir in der Zwischenzeit ergangen?«

»Ich war in Wien und habe dem Kaiser von der Rebellion in unserer Stadt berichtet.«

»Was sagt Matthias zu den Vorfällen?«, wollte von Sternberg wissen.

»Er ist an einer friedlichen Lösung interessiert.«

»Das ist gut. Gilt das auch für König Ferdinand?«

»Nein«, antwortete Philipp. »Er hat versucht den Kaiser zu überzeugen, gegen die Protestanten vorzugehen. Er will den Krieg. Wie stehen die Aufständischen in der Stadt dazu? Wollen sie sich wirklich auf einen langwierigen Streit mit ihrem König einlassen?«

»Lasst uns das drinnen besprechen«, warf Diepold von Lobkowitz ein. »Wir sollten nicht riskieren, dass jemand unsere Worte mithört.«

Eine halbe Stunde später saß Philipp mit den beiden Statthaltern und Polyxena zusammen am Tisch. Magdalena hatte es vorgezogen, sich zurückzuziehen und ein Zimmer bekommen, in dem sie sich ausruhen konnte. Die Hausherrin hatte ihrer Dienerschaft aufgetragen, ein Mahl und Wein aufzutischen. Philipp merkte erst jetzt, wie hungrig er nach der langen Reise war und ließ sich nicht lange bitten, sich an den Speisen zu bedienen.

»Die Stimmung in der Stadt ist zwiegespalten«, nahm von Sternberg das Gespräch wieder auf. »Es gibt ein Direktorium, welches die Macht in Böhmen übernommen hat. Graf von Thurn ist dabei, ein Heer aufzustellen und rüstet zu einem möglichen Kampf.«

»Also wollen die Protestanten ihr Recht mit Gewalt durchsetzen«, stellte Philipp fest.

»Zumindest sind sie dazu bereit«, bestätigte von Lobkowitz. »Es sind aber nicht nur die protestantischen Stände, die sich gegen den König formiert haben. Auch ein Großteil des katholischen Adels hat sich auf die Seite der Aufständischen geschlagen. Sie wollen Frieden im Reich. Diesen sahen sie bedroht, als ihr Kaiser sich gegen den Majestätsbrief gestellt hat.«

»Das hat er gar nicht«, entgegnete Philipp. »Zumindest behauptete er das. Matthias will keinen Krieg.«

»Den wollen wir auch nicht«, sagte von Lobkowitz.

»Wie steht Ihr zu der Rebellion?« Philipp war gespannt, welche Antwort er nun von den beiden ehemaligen Statthaltern bekommen würde. Offensichtlich sahen sie sich nicht in Gefahr. Sie mussten sich also mit von Thurn und seinem Gefolge arrangiert haben.

»Wir können die Beweggründe der Protestanten nachvollziehen, auch wenn wir sie keinesfalls billigen«, übernahm Polyxena das Wort. »Die Rebellen gehören an den Galgen. Ein Krieg würde allerdings sehr großes Leid über unsere Stadt bringen. Letztlich geht es uns allen um eine friedliche Lösung. Daher haben wir eine beratende Position übernommen und wollen versuchen, zwischen dem neuen Direktorium und dem König zu vermitteln.«

»Was ist mit Martinitz und Slavata?«

»Sie sind nach ihrer Genesung nach München aufgebrochen und wollen dort abwarten, wie sich die Lage entwickelt«, erklärte Polyxena. »Hier wären sie ihres Lebens nicht mehr sicher gewesen.«

»Was soll ich jetzt tun? Kann ich mich überhaupt in der Stadt blicken lassen?«

»Die Menschen in Prag sind geteilter Meinung über eure wundersame Rettung«, antwortete von Sternberg. »Die katholischen Bürger glauben, dass ihr von der Jungfrau Maria persönlich gerettet worden seid und damit unter ihrem Schutz steht. Graf von Thurn behauptet, ein Misthaufen habe euren Fall gebremst und auch so vor schlimmeren Verletzungen bewahrt. Sein Groll richtet sich aber nicht gegen dich. In der Stadt wird dir nichts geschehen. Du kannst in deine Kammer zurück. Das Schloss solltest du allerdings nicht aufsuchen. Halte dich von Graf von Thurn und dem Direktorium fern.«

»Was soll ich noch in Prag, wenn ich meine Arbeit als Sekretär nicht mehr aufnehmen kann?«

»Wir können einen Schreiber gut gebrauchen«, sagte Diepold von Lobkowitz. »Wenn du einverstanden bist, kannst du hier für meine Gemahlin und mich tätig werden.«

»Das ist ein großzügiges Angebot, das ich gerne annehme.« Philipp war erleichtert, dass ihm die Möglichkeit geboten wurde, wieder Fuß in der Stadt zu fassen. Er brauchte ein Einkommen, wenn er Magdalena ein gutes Leben bieten wollte. Zwar würde er mit dem Geld des Kaisers noch einige Zeit auskommen, irgendwann würde es aber aufgebraucht sein. »Was ist mit Magdalena?«

»Die junge Frau wird bei uns bleiben«, erklärte Polyxena mit fester Stimme, die keinen Widerspruch duldete. »In der heutigen Nacht wirst auch du Gast in unserem Haus sein. Alles Weitere wird sich morgen ergeben. Ich bin sicher, dass du nach der langen Reise müde bist und dich ausruhen willst. Es ist spät geworden.«

Philipp war froh, dass er in dieser Nacht nicht mehr zu seinem eigenen Haus aufbrechen musste. Tatsächlich steckten ihm die langen Tage in der Kutsche in den Knochen. Ein paar Stunden Schlaf würden ihm guttun.

Von einer Bediensteten der Gräfin wurde Philipp in ein Gästezimmer geführt. Er zog seine Kleidung aus, legte sich auf das Bett und schlief wenige Sekunden später ein.

Wien, 17. Juni 1618

»Heute werden wir prüfen, ob du in den letzten Wochen etwas gelernt hast«, sagte Zeidler, als er die Bibliothek betrat, in der Anton bereits seit zwei Stunden saß und im Schein zweier Kerzen las.

Er sah seinen Lehrmeister überrascht an. Der Alte schien an diesem Morgen außerordentlich gute Laune zu haben.

»Wie meint Ihr das?«

»Ich will sehen, ob du in der Lage bist, die Ereignisse in Europa klar und verständlich zusammenzufassen.«

»Also soll ich einen Text schreiben?«

»Nein. Ich stelle dir Fragen und du versuchst so knapp und präzise zu antworten, wie es dir möglich ist.«

»Ich verstehe.« Anton war nicht klar, was Zeidler mit dieser Übung bezweckte. Wenn er allerdings in den letzten Wochen eines gelernt hatte, dann, dass es keinen Sinn machte, mit seinem Meister zu diskutieren. Bisher hatte er ihm nie etwas über seine Ziele gesagt, sondern ihm lediglich Anweisungen erteilt. In den ersten Tagen hatte Anton seinen Meister oft nicht richtig verstanden, weil der sehr undeutlich sprach, wenn die beiden allein waren. Zeidler hatte immer sehr verärgert reagiert, wenn er etwas wiederholen musste und seinem Schüler die Schuld gegeben. Mittlerweile hatte sich Anton an die Sprache des Alten gewöhnt und verstand jedes Wort.

»Bist du bereit?«

»Ich denke schon.« Anton sah Zeidler irritiert an. Was auch immer der Alte vorhatte, es schien ihm eine diebische Freude zu bereiten. Für ihn selbst konnte das nichts Gutes bedeuten.

»Welche Königreiche grenzen direkt an das Heilige Römische Reich Deutscher Nation?«

»Das ist leicht«, gab Anton zurück. »Diese Frage hätte ich bereits beantworten können, bevor ich meine Arbeit hier begonnen habe.«

»Dann tue es bitte.«

»Es sind die Königreiche Ungarn, Polen, Dänemark, Frankreich und England. Außerdem die Republik Venedig, der Kirchenstadt Rom, das Mittelmeer und die Nord- und Ostsee.«

»Sehr gut. Wie wird es regiert?«

»Zunächst einmal durch den römisch-deutschen Kaiser. Dann haben wir die Kurfürsten, die Reichsfürsten und die Reichsgrafen.«

»Vergiss die Reichsritter nicht.«

»Die höchsten Instanzen sind der Reichshofrat und das Reichskammergericht, wobei letzteres durch die Spannungen im Reich praktisch nicht mehr handlungsfähig ist.« Anton wunderte sich darüber, wie einfach die Fragen waren, die sein Lehrmeister ihm stellte. Was sollte diese Prüfung?

»Wie ist die politische Lage außerhalb des Reiches?«

»Es gibt Konflikte zwischen den Königreichen Frankreich und Spanien, welche durch den dynastischen Gegensatz zwischen den Habsburgern und dem französischen König entstanden sind. Außerdem besteht derzeit ein Waffenstillstand zwischen Spanien und den Niederlanden, der in etwa drei Jahren ausläuft. Die Königreiche Dänemark und Schweden streiten um die Herrschaft über die Ostsee.«

Anton beobachtete Zeidler genau. Nichts an der Miene des alten Mannes verriet aber, ob er mit den Antworten seines Schützlings zufrieden war oder nicht.

»Kommen wir zur Situation im Reich«, sagte Zeidler. »Was hat es mit der Protestantischen Union auf sich und wann wurde sie gegründet?«

»Weil die Protestanten ihre Interessen vom Kaiser und den Institutionen des Reiches nicht in gebührendem Maße vertreten sahen, gründeten sie am 14. Mai 1608 in Auhausen die Protestantische Union. Insgesamt schlossen sich acht Fürsten und siebzehn Städte zusammen. Einer der Hauptwortführer war Christian von Anhalt, der vom Kurfürsten der Pfalz, Friedrich dem V., bevollmächtigt ist. Seit 1610 bestimmt er als Kanzler auch offiziell die kurpfälzische Außenpolitik.«

»Wie reagierten die Habsburger auf diesen Bund?«

»Unter der Federführung von Maximilian dem I. von Bayern wurde am 10. Juli 1609 in München die katholische Liga als Defensivbündnis gegen die Protestantische Union gegründet. Ihr traten fast alle katholischen Fürstentümer und Stände bei.«

Wilhelm Zeidler setzte seine Befragung noch über drei Stunden fort. Auch wenn Anton fast jede der geforderten Antworten nennen konnte, geriet er allmählich ins Schwitzen. Hatte er Zeidler in den ersten Wochen seiner Tätigkeit einen Grund geliefert, ihn auf die Probe zu stellen? War am Ende vielleicht sogar seine Anstellung im Schloss in Gefahr?

»Hol uns etwas zu trinken«, sagte Zeidler schließlich und lächelte seinen Schüler an.

»Wir haben noch Wasser hier.« Anton hatte mit der nächsten Frage gerechnet. Die Aufforderung seines Lehrmeisters kam für ihn völlig überraschend.

»Ich habe von Wein gesprochen.«

Anton beeilte sich nun, Zeidlers Auftrag auszuführen. Auch wenn er noch immer nicht so recht verstand, was heute in den Alten gefahren war, sah er es als positives Zeichen an, dass er mit seinem Schüler ein Glas Wein trinken wollte. Dabei war es noch nicht einmal Mittag. Seitdem Anton gemeinsam mit Zeidler in der Bibliothek tätig war, hatte der sich allenfalls einmal ein Gläschen am Abend gegönnt. Und selbst das konnte Anton an den Fingern einer Hand abzählen.

Auf dem Weg in die Küche zerbrach er sich weiter den Kopf darüber, was das Besondere an diesem Tag sein konnte. Gestern war der Alte noch völlig normal gewesen. Am heutigen Morgen war es zum ersten Mal vorgekommen, dass Zeidler nach seinem Schüler in die Bibliothek gekommen war. Irgendetwas musste vorher geschehen sein.

Als Anton mit dem Wein zurückkehrte, saß Zeidler in einem Sessel und tat so, als würde er in einem Buch lesen. Sein Schüler wusste aber ganz genau, dass die Augen seines Lehrmeisters inzwischen viel zu schlecht waren, als dass er bei dem dämmrigen Licht im Raum auch nur einen Buchstaben erkennen konnte. Wenn der Alte las, hatte er immer mindestens eine Kerze brennen und hielt sich die Schrift direkt vor das Gesicht.

Anton stellte die Gläser auf dem Tisch ab und füllte sie mit Wein. Dann setzte er sich wieder auf seinen Platz und wartete auf Zeidlers Reaktion. Der ließ seinen Schützling noch einen Moment schmoren und erhob dann sein Glas.

»Heute gibt es einen Grund für uns beide, miteinander anzustoßen.«

Sag mir endlich, was du wirklich von mir willst, dachte Anton, der die Spannung nicht mehr lange würde ertragen können. Dennoch wagte er es nicht, seinen Lehrmeister zu drängen und sah ihn nur erwartungsvoll an.

»Ich hatte heute Morgen bereits ein Gespräch mit König Ferdinand«, sagte Zeidler nach einer Weile.

»Um was ging es dabei?«, fragte Anton, der noch nicht verstand, was das mit den vielen Fragen zu tun hatte, die ihm sein Lehrmeister heute gestellt hatte.

»Er wird in einer Woche nach Pressburg reisen und dort am 01. Tag im Monat Juli zum König von Ungarn gekrönt werden. Er hat den Kaiser gebeten, ihm während seiner Reise einen Schreiber zur Verfügung zu stellen.«

»Das bedeutet, ich werde alleine in der Bibliothek sein«, stellte Anton fest. Insgeheim war er enttäuscht. Warum machte der Alte so ein Theater, wenn es nur darum ging, dass Anton alleine in der Bibliothek bleiben und für den Kaiser bereitstehen sollte.

»Du hast mich nicht verstanden.«

»Dann erklärt mir bitte, was Ihr mir sagen wollt.«

»Ich bin zu alt für eine solche Reise. Meine Augen werden von Tag zu Tag schlechter und meine Knochen beginnen bereits zu schmerzen, wenn ich nur an die lange Fahrt in der Kutsche denke.«

Endlich verstand Anton die Richtung, in die das Gespräch mit seinem Lehrmeister lief. »Ich soll König Ferdinand nach Pressburg begleiten?«

»So ist es. Ich habe dir deshalb heute so viele Fragen gestellt, weil ich wissen wollte, ob du dieser Aufgabe gewachsen bist.«

Antons Herz machte einen Sprung und er spürte den Stolz in seiner Brust. Er konnte es kaum glauben. Seit seinem ersten Tag in der kaiserlichen Bibliothek hatte er immer mehr den Eindruck gewonnen, es seinem Lehrmeister in nichts recht machen zu können. Jetzt sollte er den König von Böhmen als Schreiber nach Ungarn begleiten, wo der die Krone erhalten sollte. Antons Gedanken überschlugen sich. Die Reise würde seine bisher größte Bewährungsprobe darstellen. Man musste kein Prophet sein, um vorauszusagen, dass Ferdinand irgendwann auch Kaiser über das Heilige Römische Reich Deutscher Nation werden würde. Wenn sich Anton in Ungarn bewährte, würde er sein Vertrauen gewinnen und auf eine dauerhafte Anstellung am Kaiserhof hoffen dürfen. Dann musste er sich niemals wieder Gedanken um seine Zukunft machen und hätte ausgesorgt.

»Wie entscheidest du dich? Wirst du das Angebot annehmen?«

»Natürlich werde ich das!«, antwortete Anton aufgeregt. »Es wäre eine Dummheit, es nicht zu tun.«

»Das wäre es zweifellos«, stimmte Zeidler lächelnd zu. »Bevor du nach Pressburg aufbrichst, werde ich dich noch vieles über das Königreich Ungarn lehren. Heute gebe ich dir aber den Rest des Tages frei. Das hast du dir redlich verdient.«

»Ich bin Euch sehr dankbar.« Zum ersten Mal zeigte Zeidler menschliche Züge. Anton hatte immer gehofft, dass sich hinter der rauen Schale seines Meisters ein weicher Kern befand. Heute hatte er die Bestätigung dafür bekommen. Er begann, den alten Griesgram zu mögen. »Darf ich in die Stadt gehen und meine Eltern besuchen?«

»Heute steht dir frei zu tun, was auch immer du willst. Denk aber daran, dass du mit niemandem über die Dinge sprechen darfst, die du am Kaiserhof erfährst. Auch über deine Fahrt nach Pressburg wirst du schweigen.«

»Selbstverständlich werde ich das.«

Anton war mehr als erleichtert, als er die Bibliothek verließ und zum Ausgang des Schlosses ging. Bei der Prüfung hatte er es mehrfach mit der Angst zu tun bekommen und nie erwartet, dass sich der weitere Tag so für ihn entwickeln würde. Jetzt freute er sich darauf, nach über drei Wochen seine Eltern wiederzusehen. Sicher machten auch die sich Sorgen um ihren Sohn und würden erleichtert sein, wenn er sie einmal besuchen kam.

Prag, 23. Juni 1618

»Die Mitglieder des Direktoriums wissen offenbar selbst nicht so recht, wie es im Reich weitergehen soll«, sagte Diepold von Lobkowitz, der gerade von einem Gespräch mit Graf Wilhelm von Ruppau zurückkehrte.

»Was ist passiert?«, gab Polyxena zurück. Die Gräfin saß gemeinsam mit Philipp im Arbeitszimmer, wo sie ein paar eingegangene Schriften durchgearbeitet hatten.

»Nichts ist passiert«, antwortete ihr Gemahl. »Das ist ja das Problem. Die protestantischen Stände haben durch ihre Rebellion die Macht im Reich übernommen, wissen nun allerdings selbst nicht damit umzugehen. Das Direktorium will den Frieden für das Reich bewahren und akzeptiert derzeit auch noch die Vormachtstellung der Habsburger. Graf von Thurn dagegen vergrößert seine Armee. Täglich kommen neue Landsknechte hinzu und bald wird nicht mehr genug Platz in der Stadt sein, um sie alle unterzubringen.«

»Warum verpflichtet von Thurn so viele Männer?«, fragte Philipp.

»Wenn es nach ihm ginge, würde er alle Habsburger und Jesuiten aus Böhmen vertreiben und mit seiner Armee bis zum Kaiserhof vordringen.«

»Die anderen Reichsfürsten werden ihm nicht dabei zusehen und warten, bis Böhmen an Macht gewinnt«, sagte Philipp.

»Natürlich nicht«, stimmte Diepold zu. »Auch in Wien wird die Armee verstärkt. Darüber hinaus bin ich mir sicher, dass Maximilian von Bayern ebenfalls Soldaten bereitstellen wird. Mit Graf von Tilly hat er einen Feldherrn an seiner Seite, der über eine große Erfahrung verfügt und in der Lage ist, von Thurn mit seinem Heer in seine Schranken zu verweisen. Gelingt es dem Direktorium nicht, den Grafen unter Kontrolle zu behalten, wird sich ein Krieg in Böhmen nicht mehr lange verhindern lassen.«

»Ich hatte vor einem Monat schon erwartet, dass König Ferdinand mit einer Armee gegen Prag vorrücken würde«, sagte Polyxena.

»Das hätte er auch getan«, stimmte Philipp zu. »Der Kaiser und Kardinal Klesl haben das allerdings verhindert. Ich weiß, dass Ferdinand bald zum König von Ungarn gekrönt wird. Danach wird er sein Augenmerk wieder auf Böhmen richten und alles daran setzen, die Macht über das Reich zurückzugewinnen.«

»Auch in der Stadt werden die kritischen Stimmen lauter«, berichtete Diepold. »Die meisten Bürger sind zwar protestantisch und können die Gründe für die Rebellion nachvollziehen. Einen Krieg will jedoch niemand. Das Direktorium muss mit seiner Politik alle Stände im Reich berücksichtigen, wenn es nicht zu einem neuen Aufstand kommen soll. In der Zwischenzeit kommt es überall im Land zu Überfällen auf Klöster und kleinere Dörfer. Die Soldaten machen auf dem Weg nach Prag alles nieder, was sich ihnen in den Weg stellt.«

»Das haben wir ja beim Gasthof von Magdalenas Eltern gesehen«, sagte Philipp. Er hatte genug gehört und wollte Polyxena und Diepold nicht weiter mit seiner Anwesenheit stören. Seine Arbeiten waren erledigt. Er wollte, bevor er in seine Kammer ging, noch zu Magdalena, die damit beauftragt worden war, sich um Wenzel Eusebius, den neunjährigen Sohn von Polyxena und Diepold, zu kümmern. Er verabschiedete sich von seinen Arbeitgebern und trat ins Freie, wo er von der warmen Nachmittagssonne empfangen wurde. Dort sah er Wenzel, der einen Gärtner dabei beobachtete, wie er die Hecke schnitt.

»Wo ist Magdalena?«, fragte Philipp den Jungen.

»Das weiß ich nicht.«

»Hat sie nichts gesagt?«

»Nur, dass sie in die Stadt wollte.«

Mehr als beunruhigt machte sich Philipp auf den Nachhauseweg. Es passte nicht zu Magdalena, dass sie einfach verschwand, ohne jemandem Bescheid zu sagen. Bisher hatte die junge Frau eher Angst davor gehabt, das Haus zu verlassen und hielt sich von anderen Menschen fern. Kurz dachte er daran, mit Polyxena über ihr Verschwinden zu sprechen, aber er wollte nicht, dass Magdalena am Ende noch Ärger mit der Gräfin bekam. Die von Lobkowitzes waren sehr gut zu ihr, und auch Philipp selbst war froh, das Ehepaar auf seiner Seite zu wissen. Er hoffte, dass Magdalena einfach nur losgegangen war, um ein paar Besorgungen zu machen. Sie würde sicher bald zurückkehren.

Seit dem Aufstand in der Prager Burg war jetzt genau ein Monat vergangen. Es lag eine große Unsicherheit über der Stadt. Viele Bürger hatten Angst vor der Zukunft. Es gab nicht wenige Menschen, die kein Verständnis für die Rebellion hatten und die alten Verhältnisse gerne wiederhergestellt sähen. Andere standen voll auf der Seite von Thurns und der anderen Aufständischen und waren bereit, für ihre Freiheit zu kämpfen. Immer wieder kam es zu Zwischenfällen in den Straßen der Stadt, wenn die Verfechter der beiden Lager in hitzige Diskussionen gerieten und in ihrem Übermut aufeinander losgingen.

Auch außerhalb Prags merkte man die Auswirkungen des Aufstandes. Der Tod von Magdalenas Eltern war nur ein Beispiel dafür, wie sehr es im Reich brodelte. Immer wieder trafen Nachrichten von verwüsteten Dörfern bei Polyxena ein.

Philipp hatte selbst sehr unterschiedliche Reaktionen auf seine Rückkehr nach Prag erfahren. Während die protestantischen Bürger ihn mit abfälligen Blicken bedachten, sah ihn die katholische Bevölkerung als Helden, der von der Heiligen Maria persönlich gerettet worden war. Seitdem er in die Stadt zurückgekehrt war, wurde er mit Geschenken überhäuft. Das Schneiderehepaar, bei dem er wohnte, hatte sich regelrecht überschlagen und prahlte in der Nachbarschaft mit ihrem Mieter.

Graf von Thurn war Philipp in den Tagen seit seiner Rückkehr aus Wien zweimal begegnet. Dank der Fürsprache von Polyxena von Lobkowitz, die großen Einfluss auf die Bürger der Stadt hatte, wagte es der Feldherr nicht, etwas gegen den Sekretär zu unternehmen. Dennoch wusste Philipp, dass der ihn am liebsten aus Prag verjagt hätte. Von Thurn hatte die wundersame Rettung der drei Opfer des Aufstandes auf einen Misthaufen geschoben, der im Graben vor dem Fenster gelegen haben sollte und damit versucht, die Statthalter in einem schlechten Licht darzustellen.

Philipp hatte in den letzten Tagen oft darüber nachgedacht, die Stadt zu verlassen. Er wusste, dass er damit bei Magdalena offene Türen einrennen würde. Sie fühlte sich nicht wohl und sprach sehr wenig. Mit jedem Tag zog sie sich mehr zurück und ergab sich ihrer Trauer. Selbst dem lebenslustigen Wenzel Eusebius gelang es nur sehr selten, ihr ein Lächeln zu entlocken.

Philipp zeigte großes Verständnis und unternahm alles, um der jungen Frau den Aufenthalt in der Stadt so angenehm wie möglich zu machen. Als ihre Heimat würde Magdalena Prag aber nie bezeichnen. Egal was Philipp unternahm. Seit dem Tod ihrer Eltern kam er nicht mehr an sie heran. Sie schien ihre Lebensfreude vollkommen verloren zu haben.

Mit diesen eher trüben Gedanken erreichte Philipp das Haus, in dem er wohnte. Er wollte gerade die Tür öffnen, als Magdalena plötzlich vor ihm stand.

»Wo kommst du denn her?«, fragte Philipp und sah die junge Frau überrascht an. »Du hast mich erschreckt.«

»Ich muss mit dir sprechen«, sagte Magdalena.

Philipp erkannte an ihren Augen, dass sie geweint hatte. Er ging zu ihr und wollte sie tröstend in den Arm nehmen, doch Magdalena wich ihm aus und verschränkte die Arme vor der Brust.

»Ich werde nach Hause zurückkehren.«

»Was sagst du da?« Philipp glaubte, seinen Ohren nicht trauen zu können. Wollte ihm Magdalena tatsächlich gerade mitteilen, dass sie ihn verlassen würde? Er spürte einen plötzlichen Druck in der Brust und begann zu zittern. Das Atmen fiel ihm schwer. Er starrte die junge Frau vor sich an und schüttelte langsam mit dem Kopf.

»Ich gehöre nicht in diese Stadt.«

»Aber wo willst du denn hin?«

»Zurück in meine Heimat.«

»Das Gasthaus deiner Eltern ist zerstört. Wo willst du denn leben?« Jedes Wort von Magdalena versetzte Philipp einen schmerzhaften Stich. War sie nur zu ihm gekommen, um sich zu verabschieden?

»Im Dorf gibt es sicher Arbeit für mich. Es gibt dort noch mehr Menschen, die alles verloren haben. Ich kann ihnen beim Wiederaufbau helfen.«

»Aber warum willst du weg? Habe ich irgendetwas falsch gemacht?«

»Es ist nicht wegen dir. Es sind die Menschen in Prag. Auch wenn sie sich mir gegenüber freundlich verhalten, habe ich das Gefühl, dass sie hinter meinem Rücken über mich reden.«

»Du wirst bei Polyxena und Diepold immer willkommen sein.«

»Das weiß ich. Es ist die Dienerschaft, die hinter meinem Rücken über mich tuschelt. Das ertrage ich nicht mehr lange. Ich habe nie etwas Unrechtes getan.«

»Natürlich hast du das nicht.« Philipp dachte fieberhaft nach. Es musste eine Möglichkeit geben, wie er seine Angebetete davon überzeugen konnte, bei ihm in der Stadt zu bleiben.

»Werde meine Frau.«

»Was?«

»Heirate mich. Wir können uns ein Haus bauen und zusammen in der Stadt leben. Dann wird es keiner mehr wagen, schlecht über dich zu reden.«

»Ich kann nicht. Der Tod meiner Eltern geht mir nicht aus dem Kopf. Wir haben sie noch nicht einmal begraben.«

»Du weißt, dass wir das nicht konnten.«

»Dennoch tut mir es in der Seele weh. Immer wenn ich die Augen schließe, sehe ich meine Eltern zwischen den Trümmern des Gasthauses liegen. Ich muss zurück nach Hause.«

»Dann werde ich dich begleiten.« Philipp war fest entschlossen, Magdalena nicht alleine gehen zu lassen. Er konnte sich ein Leben ohne sie nicht mehr vorstellen und würde alles für die junge Frau tun.

»Das würdest du tun?«

»Wenn es dein Wunsch ist.«

»Dein Platz ist in dieser Stadt.«

»Nein. Er ist an deiner Seite. Wenn du Prag verlassen willst, komme ich mit.«

»Das kann ich nicht zulassen.«

»Dann musst du ebenfalls in der Stadt bleiben.« Philipp sah Magdalena entschlossen an. Sie wirkte plötzlich unsicher und schien nicht zu wissen, was sie antworten sollte. »Lass uns morgen noch einmal in Ruhe über alles sprechen«, schlug Philipp schließlich vor. »Wir werden eine Lösung finden.«

»Einverstanden. Begleitest du mich zurück? Ich möchte nicht noch einmal alleine durch die Stadt laufen.«

»Natürlich. Warum bist du nicht zu mir gekommen, als ich noch bei den von Lobkowitzes war? Der Weg hierher ist viel zu gefährlich.«

»Ich wollte mit dir alleine sprechen.«

»Das hättest du auch dort gekonnt.«

***

Als er an diesem Abend in seinem Bett lag, konnte Philipp keinen Schlaf finden. Das Gespräch mit Magdalena wollte ihm einfach nicht aus dem Kopf gehen. Der Gedanke, dass er sie für immer verlieren könnte, war unerträglich und schmerzte in seinem gesamten Körper. Die ganze Nacht über wälzte er sich unruhig in seinem Bett hin und her und schreckte mehrmals schweißgebadet auf. Als er sein Zimmer am Morgen verließ, hatte er das Gefühl, überhaupt nicht geschlafen zu haben.

Pressburg, 01. Juli 1618

Anton schreckte aus dem Schlaf hoch und hatte das Gefühl, sein Kopf würde explodieren. Stöhnend ließ er sich zurück auf das Bett fallen und blickte Richtung Fenster. *Was in Gottes Namen ist passiert,* dachte er. Seine Zunge hing ihm wie ein trockener Schwamm im Mund, sein Durst war entsetzlich. Er kämpfte gegen seine Kopfschmerzen an und setzte sich erneut auf. Dabei schien sich das Zimmer um ihn herum zu drehen. Er kämpfte gegen den Schwindel an und stand auf. *Ich muss etwas trinken.*

»Wohin gehst du?«, fragte eine Frauenstimme.

Anton drehte sich entsetzt zum Bett um, aus dem er gerade aufgestanden war. Dort lag eine dralle Rothaarige, die lediglich bis zum Bauch zugedeckt war und ihm so einen Blick auf ihren üppigen Busen gewährte. Er schaute an sich selbst herunter und stellte fest, dass auch er nackt war. Offensichtlich hatte er mit der Dame die Nacht verbracht. Dumm nur, dass er sich weder daran erinnern konnte, wie ihr Name war, noch daran, wie sie in sein Zimmer gekommen war.

»Ich habe Durst«, ächzte Anton, weil ihm in dieser Situation nichts Besseres einfiel.

»Du siehst aus, als hättest du ein Gespenst gesehen.«

»Könntest du bitte deine Blöße bedecken?«

»Warum? Heute Nacht hat es dich auch nicht gestört, dass wir beide nicht bekleidet waren. Ganz im Gegenteil. Außerdem bist du gerade selbst entblößt.«

Anton griff nach der Decke und band sie sich unbeholfen um die Hüften. Was auch immer in den vergangenen Stunden passiert war, er steckte in Schwierigkeiten. In Großen sogar. Wenn man das Weib in seinem Zimmer erwischte, würde er die Krönungszeremonie im Kerker verbringen. *Der König. Ich muss sofort in den Martinsdom.*

»Du musst sofort verschwinden.«

»Willst du nicht lieber zu mir zurück ins Bett kommen?«

»Du liebe Güte, nein!« Anton sah die junge Frau schockiert an, die sich jetzt der Decke entledigte und komplett unbekleidet vor ihm lag. Er musste zugeben, dass sie alles zu bieten hatte, was ein Mann sich von einem Weib wünschen konnte. Aus ihren hellblauen Augen blickte sie ihn verführerisch an und strich sich eine blonde Haarsträhne aus dem Gesicht. Anton schluckte und sein Hals wurde noch trockener.

»Ich kann nicht.«

»Heute Nacht konntest du.«

Anton wollte das Weib in diesem Moment nur noch loswerden. Sie machte allerdings keine Anstalten, sich endlich aus dem Bett zu erheben und fuhr sich stattdessen mit einer Hand über die Brust und winkte ihn mit der zweiten zu sich. So sehr Anton sich anstrengte, es wollte ihm einfach nicht einfallen, wann er das Weib getroffen hatte. Er konnte nicht einmal sagen, ob sie eine Adelige war, oder ob sie zu den Dienstboten des Schlosses gehörte. In beiden Fällen hatte er ein Problem, wenn herauskam, wo sie sich die Nacht über aufgehalten hatte.

Nur langsam kehrten die Erinnerungen an den vergangenen Tag zurück. Das Denken bereitete Anton noch immer große Kopfschmerzen und er hatte das Gefühl, alles wie in einem Traum zu erleben. Am vorherigen Mittag war er mit dem König und einem Tross von über zweihundert Menschen in Pressburg angekommen. Am Abend hatte es einen Empfang zu Ehren von Ferdinand gegeben, bei dem der Wein in wahren Strömen geflossen war. Irgendwo dort musste er dann seine nächtliche Bekanntschaft gemacht haben.

Ich brauche meine Hose. Anton sah sich im Raum um und atmete erleichtert auf, als er seine Sachen auf einem Stuhl liegen sah. So schnell es sein körperlicher Zustand zuließ, zog er sich an und drehte sich dann wieder zum Bett um.

»Willst du nicht aufstehen?«

»Warum die Eile?«

»Ich muss in den Dom. Ferdinand wird heute zum König gekrönt. Als sein Schreiber darf ich das nicht verpassen. Willst du nicht ebenfalls an der Zeremonie teilnehmen?«

»Seit wann werden Küchenhilfen zu so etwas eingeladen?«

Also keine Adelige. Anton atmete auf. Wenn das Weib zum Personal gehörte, gab es vielleicht doch noch die Möglichkeit ungeschoren aus der Sache herauszukommen. »Du hast aber doch sicher viel mit der Vorbereitung der Feierlichkeiten zu tun.«

»Das habe ich. Es ist aber noch früh am Morgen. Schau mal durch das Fenster. Die Sonne ist gerade erst aufgegangen. Warum hast du es so eilig? Hast du etwa Angst, mit mir gesehen zu werden?«

Was denkst du denn? Natürlich habe ich das. »Es könnte unangenehme Fragen aufwerfen, wenn man uns unbekleidet in diesem Zimmer erwischt. Du musst gehen. Und zwar sofort.«

»In der Nacht hast du ganz anders geredet.«

Da war ich auch volltrunken wie ein alter Säufer!

»Ich hoffe, du erinnerst dich noch an die Versprechungen, die du mir gemacht hast.«

»Wie könnte ich die vergessen?«

»Dann holst du mich nach Wien, sobald du die Stellung des kaiserlichen Schreibers bekommen hast?«

Gott bewahre, nein. Anton sah das Weib entsetzt an. Die merkte wohl, dass es ihrem Liebhaber nun doch nicht mehr so ernst war, und warf ihm einen vorwurfsvollen Blick zu.

»Du hast es mir versprochen.« Noch immer lag sie unbekleidet im Bett und machte weder Anstalten aufzustehen, noch endlich ihre Blöße zu bedecken.

Trotz allem gefiel Anton sehr, was er sah. Die Wiener Frauen hatten aber auch schöne Töchter und er würde das Weib auf keinen Fall mit nach Hause nehmen. Zeidler würde ihn glatt aus dem Kaiserhof werfen, wenn er es wagte, sie mit dorthin zu nehmen.

»Noch unterstütze ich meinen Meister nur. Es kann noch dauern, bis ich der erste Schreiber des Kaisers werde.«

»Das hast du mir gestern schon gesagt. Ich kann warten. Auch wenn es noch ein Jahr dauert, bis du mich zu dir nach Wien holst.«

»Können wir heute Abend noch einmal darüber sprechen«, versuchte es Anton, der mit der Situation völlig überfordert war und in diesem Moment beschloss, nie wieder einen Becher Wein anzurühren.

»Nach den Feierlichkeiten im Ballsaal?«

»Ja. Jetzt muss ich wirklich dringend weg. Und du musst ebenfalls gehen. Das musst du verstehen.«

»Das tue ich auch, mein Geliebter.«

Nenn mich nie wieder so.

Anton hatte es jetzt noch eiliger, das Weib aus diesem Zimmer herauszubekommen. Der Durst war unerträglich und außerdem musste er sich dringend erleichtern. Er öffnete die Tür einen Spalt breit und sah vorsichtig nach draußen. Im Flur war alles ruhig.

»Wo willst du denn hin?«

»Ich bin gleich wieder da. Es wäre besser, wenn du dann nicht mehr in meinem Zimmer wärst.« Es schien tatsächlich noch recht früh zu sein. Auf dem Weg zum Abort traf er niemanden. Wenn sich das Weibsbild beeilte, würde man sie nicht sehen, wie sie sich aus seinem Zimmer und zurück in den Trakt des Dienstpersonals schlich.

Zu Antons Erleichterung war sie tatsächlich nicht mehr im Raum, als er seine Notdurft verrichtet hatte und in das Zimmer zurückkehrte. Der junge Mann hatte nicht vor, sich noch einmal mit dem Weib zu treffen. Am Abend würde er schon eine Möglichkeit finden, ihr aus dem Weg zu gehen.

***

Drei Stunden später saß Anton im Martinsdom und wartete auf den Beginn der Zeremonie. Er war einer der Ersten gewesen, die die Kathedrale betreten hatten, und beobachtete die weiteren Besucher, die nach und nach ihre Plätze einnahmen. Noch immer litt er an den Nachwirkungen seines nächtlichen Abenteuers und der vorangegangenen Reise. Der Schreiber dachte daran, dass in den letzten Tagen Vieles ganz anders gekommen war, als er es noch vor einer Woche erwartet hatte.

Den ersten Schock hatte Anton gleich nach dem Aufbruch aus Wien erlitten. Die wenigen Kutschen waren dem Materialtransport vorbehalten gewesen. So war dem Schreiber nichts anderes übriggeblieben, als zu reiten. In seinem bisherigen Leben waren ihm Pferde immer suspekt gewesen und er hatte gewaltigen Respekt vor den großen Tieren.

Es hatte Stunden gedauert, bis er auf der Reise nach Pressburg soweit mit dem Pferd zurechtgekommen war, dass es seine Anweisungen befolgte. Nachdem er den ganzen Tag auf dem Rücken des Tieres zugebracht hatte, konnte er am Abend kaum laufen und musste sich am nächsten Morgen unter dem Gelächter der Landsknechte beim Aufsitzen helfen lassen.

König Ferdinand hatte ihm befohlen, immer neben ihm zu reiten, obwohl er die Dienste seines Schreibers unterwegs nicht ein einziges Mal in Anspruch genommen hatte. Anton vermutete, dass er so einer Konversation mit Kardinal Klesl aus dem Weg gehen wollte. Der kaiserliche Berater von Matthias begleitete den Tross nach Pressburg, und Ferdinand ließ keine Gelegenheit aus, ihm zu zeigen, wie sehr ihm dies missfiel.

Am vorletzten Tag der Reise trafen sie auf Erzherzog Maximilian von Bayern und setzten den Weg nach Pressburg mit ihm und seinem Gefolge fort. Ferdinands Laune besserte sich sichtlich, als der Bruder seiner Mutter neben ihm ritt, und er ließ seinen Schreiber aus den Augen, der die Gelegenheit nutzte, sich etwas zurückfallen zu lassen. Die beiden Habsburger unterhielten sich lebhaft und ließen sich dabei auch über die Rebellion in Böhmen aus. Kardinal Klesl ritt hinter ihnen und hörte den mächtigen Männern mit bitterer Miene zu.

Die vier Tage, die sie bis zu ihrem Ziel brauchten, gehörten zu den bisher schlimmsten in Antons Leben. Wegen dem langen Ritt schmerzte sein Körper. Er konnte auch jetzt noch nicht wieder normal gehen und sein Rücken brannte wie Feuer. Kardinal Klesl hatte ihm unterwegs mehrfach geraten, nicht so verkrampft auf dem Pferd zu sitzen und den Rücken gerade zu halten. In seiner Angst herunterzufallen, hatte er diese Empfehlung aber nicht befolgen können.

Der abendliche Empfang in Pressburg war dagegen durchaus spannend und aufregend gewesen. Noch nie hatte er so viele Adelige auf einmal gesehen. Zu Beginn schien die Stimmung etwas gereizt zu sein, und Anton hatte den Eindruck gewonnen, dass nicht alle der Anwesenden froh über Ferdinands Krönung waren. Insbesondere die Vertreter der protestantischen Stände hatten ihm immer wieder unverhohlene Blicke zugeworfen und in ihren Gesprächen abwertend mit den Fingern auf den König gedeutet. Aus Mangel an einem Gesprächspartner hatte Anton die Zeit während des Banketts genutzt und die Menschen um sich herum genau beobachtet.

Auch wenn der Empfang zu Ferdinands Ehren gegeben worden war, hatte der sich gemeinsam mit dem Erzherzog von Bayern früh zurückgezogen. Danach war der Wein in Strömen geflossen. Auf sein nächtliches Abenteuer mit dem wilden Weibsstück hätte Anton allerdings liebend gerne verzichtet, zumal er sich nicht einmal mehr daran erinnern konnte, wie er mit der Rothaarigen in sein Zimmer gekommen war …

Inzwischen war die Kathedrale bis auf den letzten Platz gefüllt. Der Martinsdom war mit bunten Fahnen geschmückt, welche die Wappen der Habsburger, des Heiligen Römischen Reiches Deutscher Nation und des ungarischen Reichs zeigten. Der kostbare Marmorboden glänzte im farbigen Licht, das durch die aufwändig bemalten Fenster des Domes fiel und das Kirchenschiff erhellte. Anton vermutete, dass der Bischof seine Novizen die ganze Nacht den Innenraum der Kathedrale hatte schrubben lassen. Alles war für die Krönung des neuen Regenten des ungarischen Reiches bereit. Lediglich die Soldaten, die verhindern sollten, dass sich einer der Gäste dem Altar näherte, störten den festlichen Eindruck in der Kathedrale.

Es kam Anton vor, als würde die Luft mit jeder Person, die den Dom betrat, wärmer und schlechter. Anton spürte wie sein Hals immer trockener wurde. Er sehnte sich nach einem Krug Wasser, wusste aber, dass er noch mehrere Stunden ohne etwas zu trinken auskommen musste.

Anton wendete seine Aufmerksamkeit den Besuchern im Martinsdom zu. In den Gesichtern der Menschen sah er, dass viele eher aus Zwang anwesend waren als aus echtem Interesse. Der ungarische Adel wirkte gelangweilt und teilweise sogar abweisend.

Das einfachere Volk zeigte sich dagegen von der Pracht beeindruckt. Reglos standen die Menschen auf ihren Plätzen und warteten ehrfürchtig auf den Beginn der Zeremonie. Anton konnte im Sinne des angehenden Königs nur hoffen, dass Ferdinand im ungarischen Reich nicht ähnliche Probleme bekommen würde wie in Böhmen. Er befürchtete aber, dass dies recht schnell der Fall sein würde, schließlich war auch ein Großteil der ungarischen Stände protestantisch. Nicht auszudenken, wenn sich die Ungarn mit den Böhmen verbündeten! Das wäre das Ende jeglicher Friedensbewegungen und würde einen vermutlich langen Krieg bedeuten.

Endlich wurde Ferdinand von den geistlichen Würdenträgern hereingeführt. Im Dom wurde es schlagartig still. Trotz der großen Wärme im Saal spürte Anton, wie ihm ein eisiger Schauer über den Rücken lief. Er trug schwarze Reiterstiefel und eine weiße Uniformjacke. Die rote Hose erinnerte den Schreiber an seine Bettgefährtin in der vergangenen Nacht. Sofort, als er an das sündige Weib dachte, kehrte sein schlechtes Gewissen zurück.

Hinter dem Bischof gingen zwei Kirchendiener, die violette Schleifen über ihren schwarzen Gewändern trugen. Die beiden hielten je ein rotes Samtkissen mit der goldenen Stephanskrone und dem königlichen Zepter und brachten diese zum Altar. Beiden war anzumerken, dass der kostbare Schatz ein immenses Gewicht haben musste.

Als Letzter trat Kardinal Klesl zum Altar und warf Erzherzog Maximilian, der in der vordersten Besucherreihe saß, einen finsteren Blick zu. Genau wie der Bischof aus Pressburg trug er ein samtenes Gewand, auf dessen weißen Untergrund mit goldenen Fäden heilige Motive gestickt waren.

Anton hörte den Worten des Bischofs kaum zu, als dieser die Zeremonie eröffnete und beobachtete stattdessen die Reaktionen des ungarischen Adels. Die Blicke der Menschen waren zu einem großen Anteil angewidert oder verachtend.

Als der Bischof nach seiner Ansprache und der Vereidigung Ferdinands die Krone auf das Haupt des Königs setzte, gab es verhaltenen Beifall. Ferdinand ließ sich von den abweisenden Reaktionen des Publikums nicht beeindrucken. Er stand vor dem Altar und blickte stolz in die Runde. Die halbrunde Krone schien wie für seinen Kopf gemacht zu sein. Auf ihrer Oberseite war ein goldenes Kreuz angebracht. Der König nahm das Zepter in die Hand und schritt erhaben durch den breiten Flur zum Ausgang des Martinsdoms. Anton schaute seinem König begeistert dabei zu, wie er die Kathedrale verließ. Am Ende der Zeremonie schienen es dann alle besonders eilig zu haben, den Martinsdom zu verlassen. Anton selbst war einer der letzten, die aus der Kathedrale ins Freie traten. Die Hitze des Tages traf ihn wie ein Schlag, und er wischte sich den Schweiß von der Stirn. Innerhalb des Martinsdoms war es angenehm kühl gewesen. Hier draußen jedoch war die Luft schwül und warm. Anton, dessen Magen sich noch immer nicht von dem vielen Wein des Vorabends erholt hatte, beeilte sich, den Sonnenstrahlen zu entkommen und schritt eilig Richtung Burg. Dort ging er direkt zum Ballsaal, wo die Feierlichkeiten zu Ehren des Königs stattfinden sollten.

***

Während der Feierlichkeit versuchte Anton, sich nicht anmerken zu lassen, dass er sich am liebsten sofort, nachdem die Speisen abgetragen worden waren, verabschiedet hätte. Er saß den ganzen Tag neben Kardinal Klesl, der nur schweigend mit dem Messer in seinem Essen herumstocherte und dem König finstere Blicke zuwarf. Ferdinand schien ebenfalls kein sonderlich großes Interesse an dem Fest zu haben und leerte gelangweilt einen Becher Wein nach dem anderen, während sich der Erzherzog von Bayern mit dem ungarischen Adel unterhielt.

Anton war erleichtert, als er sah, dass seine Gefährtin von letzter Nacht an einem anderen Tisch servierte und er so nicht in die Verlegenheit kam, vor den anderen Gästen mit ihr reden zu müssen. Zwar warf sie ihm hin und wieder wissende Blicke zu, doch Anton tat so, als kenne er das Weib nicht. Genau genommen war das sogar die Wahrheit, immerhin wusste er noch immer nicht, wie ihr Name war.

Als zu später Stunde eine Gruppe von Spielleuten auftrat, um die Anwesenden bei Laune zu halten, entschied sich Anton zu gehen. Der König hatte sein Fest inzwischen ebenfalls verlassen. Insgesamt war die Stimmung genauso angespannt gewesen, wie schon bei der Krönungszeremonie. Anton erachtete es nicht für empfehlenswert, dass der neue König des ungarischen Reiches sich zukünftig allein in den Straßen der Stadt aufhielt. Er konnte es nicht fassen, wie feindselig die Menschen auf ihr neues Oberhaupt reagierten. Als Anton in den Burghof trat, wurde er von einer der Küchenhilfen aufgehalten.

»Wollt Ihr das Fest schon verlassen?«

»Es ist spät. Ich habe ein paar anstrengende Tage hinter mir und bin froh, wenn ich mich ausruhen kann.« *Was will die jetzt von mir?*, dachte Anton. *Auf eine weitere Bekanntschaft in Pressburg kann ich gerne verzichten.*

»Vroni dachte, Ihr würdet sie im Anschluss an das Fest im Burggarten treffen.«

Ach daher weht der Wind. »Daraus wird heute nichts.« Anton wollte gar nicht wissen, wie viel die Küchenhilfe von der vergangenen Nacht wusste, befürchtete aber, dass sie bestens im Bilde war. Zumindest wusste er jetzt den Namen des Weibes.

»Sag deiner Freundin, dass ich morgen eine Gelegenheit finden werde, sie zu treffen.«

»Sie wird sehr enttäuscht sein, wenn Ihr heute nicht auf sie wartet.«

»Ich werde dir keine Rechenschaft darüber ablegen, wie ich den restlichen Abend verbringe. Richte Vroni aus, was ich dir gesagt habe. Mehr braucht dich nicht zu interessieren.« *Das wird ja immer besser*, dachte Anton wütend. *Wenn das so weitergeht, habe ich bald die Hälfte der Bediensteten der Burg am Hals.*

Er entschloss sich, im Burghof zu warten, bis die Magd verschwunden war, bevor er sich in sein Zimmer zur Nachtruhe begab. Obwohl es bereits dämmerte, war es noch immer unerträglich warm und schwül.

Anton dachte an Wien. Er freute sich darauf, endlich an den Kaiserhof zurückkehren zu dürfen, wenn es ihm auch vor der Reise bangte. Zeidler war sicherlich ebenfalls froh, wenn sein Schüler zurückkehrte und ihm die anstrengenderen Arbeiten abnahm. Natürlich würde der Meister das gegenüber Anton niemals zugeben.

Der Schreiber schaute zum Himmel. In den wenigen Minuten, die er sich nun im Freien aufgehalten hatte, war es merklich dunkler geworden. Das konnte nicht nur am Einbruch der Nacht liegen. Tatsächlich blickte Anton nun auf ein paar schwarze Wolken, die über die Stadt zogen. Anton spürte einen Windhauch und zog gierig die etwas frischere Luft in seine Lungen. Dann trafen ihn die ersten Regentropfen. Begleitet von einem heftigen Donnerschlag öffnete der Himmel seine Schleusen. Anton gelang es nicht mehr, schnell genug das Innere des Schlosses zu erreichen. Er rannte in Richtung Eingang, rutschte auf dem nassen Granitboden aus und fiel auf den ohnehin noch schmerzenden Rücken. Gnadenlos ergoss sich eine wahre Sintflut auf den Schreiber und innerhalb von Sekunden war seine Kleidung völlig durchweicht.

Anton rappelte sich hoch und hatte die Tür fast erreicht, als ein Blitz den Schlossgarten hell erleuchtete. Der nächste Donner folgte keine Sekunde später. Jetzt stieg Panik in ihm hoch. Schon als kleiner Junge hatte er sich sehr vor Gewittern gefürchtet und diese Angst bis heute nicht ablegen können. Es war ausgerechnet Vroni, die die Tür öffnete und ihn in den trockenen Flur hineinzog.

***

»Was machst du bei diesem Wetter allein im Freien?«

»Ich brauchte frische Luft«, antwortete Anton und schaute Vroni überrascht an. Wo war sie so plötzlich hergekommen? Hatte sie von ihrer Freundin erfahren, dass er sich im Burghof aufhielt? »Als ich rausgegangen bin, war es noch trocken und warm.«

»Das Wetter kann sich hier sehr schnell ändern.«

Vroni hatte ein Tuch dabei und wollte Anton das Wasser aus dem Gesicht wischen, doch er schob sie von sich. »Lass das sein. Was, wenn uns hier jemand zusammen sieht?«

»Es wird niemand kommen. Die meisten Gäste sind noch im Ballsaal.«

Im gleichen Moment öffnete sich eine Seitentür und drei Männer stürmten herein. »Ihr müsst sofort mitkommen«, schrie einer von ihnen. »Der Blitz ist in den Schlossturm eingeschlagen!«

Die Stallburschen warteten nicht auf eine Antwort von Anton oder Vroni und zogen sie einfach mit sich.

»Wo wollt ihr hin?«, rief Anton und versuchte sich loszureißen.

»Auf die obere Terrasse. Wir müssen das Feuer löschen!«

Sie rannten eine Treppe hinauf in einen Vorraum des Ballsaals. Von dort aus gelangten sie auf die Terrasse. Anton fuhr erschrocken zusammen, als er die riesigen Flammen sah, die aus dem Schlossturm herausschlugen. Im noch immer strömenden Regen hatten die Menschen eine Kette gebildet und reichten zügig Eimer mit Wasser weiter.

»Steh hier nicht einfach so rum!«, schrie Vroni Anton an.

Dem blieb nichts anderes übrig, als den Eimer weiterzureichen, den er von einem Mann hinter sich entgegennahm. Die Schreie der Menschen, die verzweifelt versuchten das Feuer zu löschen, mischten sich in die Donnerschläge und das Prasseln des Regens. Plötzlich wurde Anton von jemandem zur Seite gestoßen und fiel erneut auf den Boden. Er wollte sich gerade beschweren, als ein rauchender Holzbalken an der Stelle aufschlug, an der er gerade noch gestanden hatte. Anton stieß einen entsetzten Schrei aus und nahm die Hand dankbar entgegen, die in wieder auf die Beine zog. Er wischte sich das Wasser aus den Augen und sah zum Turm, aus dessen Dach noch immer die Flammen schlugen.

Auch die anderen Menschen hatten mitbekommen, dass Teile der Holzbalken auf die Terrasse geschlagen waren, dennoch blieben sie an ihrem Platz und stellten sich weiter ihrem aussichtslos erscheinenden Kampf gegen die Flammen. Auch im Ballsaal musste man mittlerweile mitbekommen haben, was sich außerhalb des Schlosses abspielte. Einige der Adeligen kamen heraus, um ihre Landsleute zu unterstützen. Die meisten zogen es jedoch vor, sich im hinteren Teil des Schlosses in Sicherheit zu bringen.

Ohne den Regen wäre es den Pressburgern wohl nicht gelungen, das Feuer im Schlossturm zu löschen. Die Unmengen an Wasser, die sich nach wie vor über die Stadt ergossen, brachten aber schließlich die Rettung.

Anton sah, wie die Landsknechte und weitere Helfer mit Wassereimern in den Turm stürmten, um dort die restlichen Flammen zu bekämpfen. Der Schreiber vertraute darauf, dass es den Pressburgern nun gelang, den Brand unter ihre Kontrolle zu bringen. Für ihn wurde es Zeit, endlich aus der nassen Kleidung herauszukommen. Er watete durch die Wasserpfützen und atmete erleichtert durch, als er sich wieder im Vorraum des Ballsaales befand. Der bot ein Bild der Verwüstung. Tische und Stühle waren umgeworfen, Weinkelche lagen auf dem Boden und auch die Platten mit den Speisen waren überall im Raum verteilt. Menschen entdeckte Anton nicht.

***

Am nächsten Morgen erinnerte sich Anton an die Ereignisse des Abends wie an einen Traum. Alles kam ihm unwirklich vor. Seine noch immer tropfnasse Kleidung bewies ihm allerdings, dass sich das Unwetter und der Brand im Schlossturm tatsächlich ereignet hatten.

Von einem Bediensteten bekam Anton trockene Kleidung und machte sich auf den Weg zum Schlossturm. Er wusste, dass dort die Stephanskrone und die anderen königlichen Schätze untergebracht waren und wollte schauen, wie groß der Schaden war. Als er am Ballsaal vorbeiging, war dort nichts mehr von den Verwüstungen zu sehen. Alle Tische und Stühle standen wieder an ihrem Platz. Die Dienerschaft des Schlosses hatte sogar bereits alles für das Mittagsbankett vorbereitet. Zu seiner Erleichterung waren weder Vroni noch ihre Freundin zu sehen.

Auch auf der Terrasse waren die Spuren des Unwetters inzwischen beseitigt worden. Handwerker waren gerade dabei, die Schäden am Turm zu reparieren. Nach Antons Einschätzung war lediglich das Dach von den Flammen zerstört worden. Die Pressburger konnten froh sein, dass nichts Schlimmeres passiert war.

Am Nachmittag gab es auf dem Schlossplatz eine Parade der Landsknechte zu Ehren von König Ferdinand, der das Schauspiel gemeinsam mit Erzherzog Maximilian betrachtete. Auch der Adel aus Pressburg war anwesend. Es herrschte strahlender Sonnenschein und die Damen nutzten die Gelegenheit, sich in ihren prächtigsten Kleidern zu zeigen. Die Dienerschaft hatte Stuhlreihen aufgebaut, die bis auf den letzten Platz belegt waren.

Zu seinem Leidwesen war Anton nichts anderes übriggeblieben, als sich in der oberen Ecke neben Kardinal Klesl zu setzen. Der Jesuit machte einen gelangweilten Eindruck. Trotz der hohen Temperaturen trug er einen schwarzen Umhang, dessen Fütterung mit Samt umnäht war.

»Wie gefällt Euch diese Reise nach Pressburg, mein junger Freund?«

Anton sah Klesl überrascht an. Er hat nicht damit gerechnet, dass der Kardinal, der dem Schreiber in den letzten Tagen keinerlei Beachtung geschenkt hatte, ihn ansprechen würde. »Ich erachte es für wichtig, dass das ungarische Reich einen König bekommen hat, der dem Kaiser treu ergeben ist«, sagte er vorsichtig.

»Ist er das denn?«

»Ich verstehe Euch nicht …«

Anton lief ein Schauer über den Rücken. Er hätte das Gespräch mit Klesl am liebsten sofort wieder beendet und wäre gegangen. Wollte ihn der Kardinal etwa über König Ferdinand ausfragen? Weil der Jesuit über große Macht im Kaiserhof verfügte, durfte ihn Anton nicht verärgern, wenn er seine Anstellung als kaiserlicher Sekretär nicht in Gefahr bringen wollte. Er hatte allerdings auch nicht das Bedürfnis, einen Pakt mit dem Mann zu schließen.

»Denkt Ihr, dass Ferdinand und Matthias auf einer Seite stehen?«

»Natürlich tun sie das«, antwortete Anton.

»Ich weiß, dass der König nur zu gerne gegen Prag in den Krieg ziehen würde.«

»Warum sollte er das tun?«, gab Anton zurück, dem die Situation immer unheimlicher wurde. »Schließlich ist er der König von Böhmen.«

»Was glaubt Ihr, wie lange das noch der Fall ist?«

Zu seiner Erleichterung ersparte eine Salve aus den Musketen der Landsknechte Anton zunächst die Antwort. Er fühlte sich mehr als unwohl in seiner Haut. Klesl schien ihm mit seinen starren Augen direkt hinter die Stirn schauen zu können und nur auf eine falsche Reaktion des Schreibers zu warten.

Unter dem Beifall der Zuschauer luden die Landsknechte ihre Musketen nach und richteten die Läufe ihrer Waffen in die Luft. Ein ungarischer Obrist gab das Zeichen, die zweite Salve zu Ehren des Königs abzufeuern. Dieses Mal war Anton auf den Lärm vorbereitet und erschreckte nicht. Neben ihm zuckte der Kardinal jedoch plötzlich zusammen und sprang auf.

»Was ist mit Euch?«, fragte Anton überrascht.

Klesl stand mit bleichem Gesicht vor seinem Stuhl und starrte entsetzt auf einen Riss in seinem Umhang. »Ich bin von einer Kugel gestreift worden«, schrie er voller Panik.

Anton sah mit weit aufgerissenen Augen zu den Landsknechten und schüttelte den Kopf. »Wie kann so etwas passieren?«

Klesl antwortete nicht. Der Kardinal musste sich am Stuhl abstützen. Anton konnte den Schock des Mannes verstehen. Hätte er zehn Zentimeter weiter links gesessen, hätte ihn die Kugel getötet.

Die Zuschauer schienen nichts davon mitbekommen zu haben, dass sich hinter ihnen beinahe ein tödlicher Unfall ereignet hatte. Lediglich König Ferdinand warf einen Blick zu den oberen Reihen. Der konnte auf die Entfernung aber unmöglich etwas gesehen haben. Die Gedanken rasten durch Antons Kopf. War es etwa die Absicht der Landsknechte gewesen, Kardinal Klesl zu ermorden?

Sie zielten nach oben, da hätte es eigentlich keinen Treffer geben dürfen … Hatte der König am Ende sogar davon gewusst?

Erst jetzt wurde Anton klar, dass die Kugel auch genauso gut ihn hätte treffen können. Ihm wurde schwindelig und er hielt sich krampfhaft an seinem Stuhl fest. Auf Kardinal Klesl, der von zwei seiner Bediensteten ins Schloss begleitet wurde, achtete er jetzt nicht mehr.

Böhmen, 03. Juli 1618

»Was ist hier nur passiert?«, fragte Magdalena mit Tränen in den Augen und deutete auf die abgebrannten Häuser des kleinen Ortes. Alles lag in Trümmern. In den Gassen lagen kaputtgeschlagene Stühle, Töpfe und Werkzeuge. Selbst die Kirche war nicht verschont worden und bildete nun ohne Dach den traurigen Mittelpunkt des Dorfes. Wo aber waren die Bewohner?

»Ich hatte so etwas befürchtet«, sagte Philipp und legte Magdalena tröstend den Arm um die Schultern. »Dieses Ausmaß der Zerstörung habe ich aber nicht erwartet.«

»Du hattest Recht, wir hätten nicht hierherkommen sollen. Meine Heimat existiert nicht mehr. Wer um Gottes Willen tut so etwas? Bisher habe ich geglaubt, dass sich der Krieg noch verhindern lässt. Hier sieht es aber so aus, als wäre er bereits in vollem Gange.«

»Es sind die Söldner auf dem Weg nach Prag. Leider unterscheiden sie nicht zwischen Freund und Feind.«

»Wenn das so ist, sind wir nirgendwo in diesem Reich mehr sicher.«

Philipp antwortete nicht. Er wollte Magdalena nicht das Gefühl geben, dass er es bereute, sie in ihre Heimat begleitet zu haben. Nach dem Abend, an dem sie ihm eröffnet hatte, Prag verlassen zu wollen, war Magdalena noch schweigsamer geworden als vorher. Philipp hatte schließlich vorgeschlagen, zum Gasthaus ihrer Eltern zu reiten und gehofft, dass Magdalena mit ihm nach Prag zurückkam, wenn sie sah, dass sie hier nichts mehr ausrichten konnte. Es tat ihm entsetzlich leid, dass er ihr diesen grauenvollen Anblick nicht hatte ersparen können.

Philipp hatte sich bei Polyxena von Lobkowitz zwei Pferde geliehen und sie gebeten, ihn für ein paar Tage aus dem Dienst zu entlassen. Zunächst war die Gräfin eher skeptisch gewesen, hatte aber schließlich zugestimmt, als Philipp ihr den Grund für seine Bitte erklärt hatte. Er und Magdalena waren am frühen Morgen losgeritten und hatten ihr Ziel gegen Nachmittag erreicht. Ohne Kutsche ließ sich der Weg bedeutend schneller bereisen.

Am Gasthaus von Magdalenas Eltern hatte sich nichts verändert. Zu Philipps Erleichterung hatte man allerdings die Leichen weggeschafft. Sie waren zum Dorf geritten, weil Magdalena herausfinden wollte, wo man die beiden beerdigt hatte. Als sie die ersten Ruinen sahen, waren sie von den Pferden gestiegen und hatten diese an einem Baum festgebunden.

»Es können aber doch nicht alle umgekommen sein«, sagte Magdalena mit trauriger Stimme.

»Stimmt. Irgendjemand muss die Toten bestattet haben.«

Philipp fing sich für diese Bemerkung einen bösen Blick ein und bereute sofort, dass er nicht sensibler reagiert hatte. Er litt mit Magdalena, aber es fiel ihm schwer, seine Gefühle zu zeigen.

»Lass uns durch den Ort gehen, vielleicht finden wir doch noch jemanden, der sich aus Angst davor versteckt hat, dass die Leute zurückkehren könnten, die dieses Unheil zu verantworten haben.«

»Ich hoffe wirklich, dass hier noch jemand ist.«

Die beiden gingen durch die einzige Straße, die mitten durch den kleinen Ort führte. Menschen sahen sie nicht. Zu Philipps erneuter Erleichterung aber auch immer noch keine Toten. Es musste schon eine Weile her sein, dass dieses Dorf verwüstet worden war. Nach der Hitze der letzten Tage hätten die Leichen keinen schönen Anblick geboten.

»Willst du die einzelnen Häuser durchsuchen?«, fragte Philipp Magdalena, als sie den Ort durchquert und noch immer nichts gefunden hatten.

»Es bleibt uns nichts anderes übrig. Wenn hier noch jemand ist, müssen wir ihn finden. Aber wir bleiben zusammen.«

Sie nahmen sich Haus für Haus vor, fanden aber nichts, was ihnen weiterhalf. Räuber mussten das Dorf nach seiner Zerstörung geplündert und alles Brauchbare mitgenommen haben. In den leergeräumten Vorratskammern fanden sie noch nicht einmal mehr ein Stück Brot.

»Jetzt bleibt uns nur noch die Kirche«, sagte Philipp am Ende erschöpft. Magdalena folgte ihm durch den Eingang. Beide sahen entsetzt, dass selbst der Altar von den Räubern geschändet worden war. Der komplette Innenraum der Kirche war zerstört. Dort, wo einmal kostbare Verzierungen gehangen hatten, gab es jetzt nur noch kahle, verrußte Wände.

»Noch einen Schritt weiter und ihr seid tot.«

Philipp erschrak. Die Frauenstimme war aus dem hinteren Teil der Kirche gekommen, der in völliger Dunkelheit lag. Er zweifelte keine Sekunde daran, dass die Unbekannte ihre Drohung wahrmachen würde. Was auch immer an diesem Ort geschehen war, wenn es Überlebende gab, mussten diese sehr vorsichtig auf Fremde reagieren.

»Ich bin es: Magdalena.«

»Lava?«

»Ja.«

»Ich dachte, du wärst tot.« Eine junge Frau mit langen, verdreckten Haaren und völlig verschmutzter Kleidung trat aus der Dunkelheit und blieb vor Magdalena stehen. »Du bist es tatsächlich«, sagte sie überrascht und senkte ihre Muskete.

»Das ist Karla«, sagte Magdalena, noch während sie auf die Frau zuging und sie in den Arm nahm. »Ich bin so froh, dass du lebst!«

»Wer ist der Kerl bei dir?« Das Misstrauen war deutlich aus Karlas Stimme herauszuhören.

»Sein Name ist Philipp Fabricius. Er hat als Sekretär für die Statthalter in der Prager Burg gearbeitet, bevor es zum Aufstand gekommen ist.«

»Deine Eltern haben davon erzählt, bevor das hier alles passiert ist. Sie sagten, dass du mit ihm nach Wien gereist bist.«

»Das ist richtig. Als wir zurückgekommen sind, lag unser Gasthaus schon in Trümmern. Was in Gottes Namen ist hier geschehen?«, fragte Magdalena um einen ruhigen Tonfall bemüht.

»Es begann im Kloster. Es wurde von einer Horde von fast fünfzig bewaffneten Männern überfallen. Sie kamen in der Morgendämmerung und trieben die Jesuiten aus ihren Betten. Einige der Mönche wurden sofort getötet. Die anderen flohen in Richtung Dorf.«

»Wo sie aber auch nicht in Sicherheit waren«, vermutete Philipp.

»Nein. Das waren sie nicht.« Karlas Stimme klang verbittert. Sie musste eine schreckliche Zeit hinter sich haben, wenn sie seit dem Überfall alleine im Dorf geblieben war.

»Die Horde hat unseren Ort überrannt. Die Männer unterschieden nicht mehr zwischen Bewohnern und Mönchen. Wer ihnen zu nahe kam, wurde gnadenlos erschlagen. Sie hatten Fackeln dabei und brannten alles nieder. Nicht einmal vor unserer Kirche haben sie haltgemacht.«

»Und vor dem Gasthaus meiner Eltern auch nicht«, sagte Magdalena traurig.

»Ich war dort ...«, sagte Karla. »Doch leider kam jede Hilfe zu spät.«

»Wo sind die anderen Dorfbewohner?«, fragte Philipp, der sah, wie Magdalena mit den Tränen kämpfte und nicht sprechen konnte.

»Einige wurden ermordet«, antwortete Karla. »Nachdem die Horde verschwunden war, kamen Räuber, die schauen wollten, ob im Ort noch etwas zu holen ist. Es kam zu erbitterten Kämpfen, die viele der Bauern nicht überlebt haben. Die anderen sind weggegangen, nachdem wir die Toten beerdigt haben. Sie suchen in den anderen Orten nach einer Bleibe und Arbeit.«

»Dann bist nur noch du hier?«, Philipp war verwundert darüber, dass die junge Frau trotz der furchtbaren Ereignisse im Dorf geblieben war. Sie hatte großes Glück gehabt, dass sie den Plünderern nicht in die Hände gefallen war.

»Nein. Der Pater ist auch noch hier. Er ist verletzt und liegt im hinteren Teil der Kirche. Ich kümmere mich um ihn.«

»Können wir mit ihm sprechen?«, fragte Philipp.

»Er schläft und wird nur noch selten wach. Sie haben ihm eine Klinge in den Bauch gerammt. Ich habe ihn verbunden und ihm zu essen und zu trinken gegeben. Trotzdem wird er jeden Tag ein bisschen schwächer. Ich fürchte, dass er sterben wird. Ich habe versucht, ihn von hier wegzubringen, aber das konnte ich alleine nicht schaffen. Jetzt ist es zu spät dafür.«

»Wir werden dir helfen!«, sagte Magdalena. Sie schien ihre Fassung zurückerlangt zu haben und machte auf Philipp einen entschlossenen Eindruck.

»Ich sage doch, es ist zu spät«, sagte Karla traurig. »Kommt mit. Wir gehen zu ihm.«

Die junge Frau führte die beiden in den hinteren Teil der Kirche. Ein Nebenraum wurde von zwei Kerzen so weit beleuchtet, dass zumindest Umrisse schemenhaft zu erkennen waren. Der Pater lag in einer Ecke auf einem provisorischen Lager. Er bemerkte nicht, dass Karla nicht alleine zu ihm zurückkehrte, und rührte sich nicht. Als Philipp den leblosen Körper sah, kam ihm ein furchtbarer Verdacht. Langsam schritt er auf den Pater zu und ging neben ihm in die Hocke.

»Er ist tot«, stellte Philipp vorsichtig fest, nachdem er einen Blick in die gebrochenen Augen des Paters geworfen hatte.

Karla stieß einen entsetzten Schrei aus und warf sich neben der Leiche auf den Boden. Philipp wollte ihr gerne helfen, wusste aber nicht, was er tun sollte. Endlich reagierte Magdalena. Sie setzte sich neben die Frau, die weinend auf dem Boden lag, und nahm sie in den Arm. Weil er das Gefühl hatte, die beiden zu stören, entschloss sich Philipp, nach draußen zu gehen und dort auf die jungen Frauen zu warten.

***

Philipp saß vor der Kirche auf der Treppe und hing trüben Gedanken nach. Der Ort war zu einem Geisterdorf geworden. Das Grauen hatte sich wie ein Teppich über die Ruinen gelegt. Der Sekretär schaute fröstelnd zur Kirchentür, als die beiden Frauen schließlich ins Freie traten.

»Wir müssen den Pater begraben«, sagte Magdalena leise.

»Das werden wir tun«, stimmte Philipp zu. Er wollte Magdalena den Arm um die Schulter lege, traute sich aber nicht so recht, sich ihr zu nähern. »Wo finden wir Werkzeug?«, fragte er stattdessen.

»Ich hole einen Spaten«, antwortete Karla und ging mit gesenktem Kopf an der Kirche vorbei zu einem kleinen Haus, dessen Dach ebenfalls vollständig verbrannt war.

Magdalena führte Philipp zum Friedhof. Der Sekretär konnte den Schmerz seiner Begleiterin fast körperlich spüren. Auch ihm selbst tat es unendlich weh zu sehen, was in diesem Ort geschehen war, obwohl er keinen der Menschen gekannt hatte, die hier gelebt hatten. Waren das die Vorboten eines unvermeidlichen Krieges? Mussten die Bauern im Reich nun für den Machtwechsel in Prag bezahlen?

»Wo liegen meine Eltern?«, fragte Magdalena, als Karla mit dem Spaten auf dem Friedhof ankam.

»Die Gräber sind im hinteren Teil.« Die junge Frau ging voran und sie erreichten den Bereich, an dem siebzehn neue Gräber zu sehen waren. Magdalena ging zu den Holzkreuzen, die ihr zeigten, wo ihre Eltern ihre letzte Ruhestätte gefunden hatten. Mit gesenktem Kopf blieb sie vor den beiden Hügeln stehen.

Philipp und Karla blieben zurück und ließen Magdalena in Ruhe, während die sich in einem letzten Gebet von Vater und Mutter verabschiedete.

Karla wies Philipp am Ende der Reihe mit den frischen Erdhaufen eine Stelle, an der das neue Grab ausgehoben werden sollte. Er nahm ihr den Spaten ab, ging zu der Stelle und begann zu graben. Schnell spürte er die Schweißtropfen auf der Stirn. Er atmete schwer, wollte sich aber auf keinen Fall von einer der beiden Frauen ablösen lassen. In seinem bisherigen Leben hatte Philipp nur sehr selten körperliche Arbeit leisten müssen und stattdessen viel Zeit an seinem Schreibtisch verbracht. Die ungewohnte Tätigkeit forderte ihren Tribut, lenkte ihn aber wenigstens etwas ab. Gerne hätte sich Philipp seines Hemdes entledigt, wusste aber, dass er das an diesem Ort nicht durfte.

Endlich war das Grab tief genug und Philipp stieg aus dem Loch heraus. Dankbar nahm er Karla einen Becher mit Wasser ab und leerte ihn in einem Zug. Die beiden Frauen ließen ihn einen Moment verschnaufen, bevor alle gemeinsam zurück in die Kirche gingen, um den Leichnam zu holen.

»Hast du eine Decke?«, fragte Philipp, der den Geistlichen nicht einfach so in die Erde legen wollte. Wenn es schon keinen Sarg gab, wollte er den Körper des Toten wenigstens ein bisschen schützen. Er hätte es nicht geschafft, auch nur einen Spaten voll Erde auf die Leiche zu werfen, wenn das verzerrte Gesicht des Paters noch zu sehen gewesen wäre.

Als Karla mit einer Decke zurückkehrte, wickelten sie den Toten mit vereinten Kräften darin ein und trugen ihn auf den Friedhof. Wieder ergriff Philipp den Spaten und übernahm es, das Grab zuzuschaufeln. Als er mit seiner Arbeit fertig war, war er völlig verschwitzt und am Ende seiner Kräfte. Es war bereits spät am Abend, aber immer noch sehr warm.

»Was willst du jetzt machen?«, fragte Magdalena, nachdem sie ein letztes Gebet für den Toten gesprochen hatten, und schaute Karla traurig an.

»Ich werde nicht hierbleiben. Meine Eltern sind weitergezogen. Ich habe versprochen, mit dem Pater nachzukommen, wenn es ihm besser geht. Jetzt ist er tot und es gibt nichts mehr, was ich hier noch ausrichten kann. Ich werde den Ort morgen verlassen. Wenn du willst, kannst du mit mir kommen.«

Philip erschrak. Bisher war er fest davon ausgegangen, dass Magdalena nach dem Besuch in ihrer Heimat mit ihm zurück nach Prag reisen würde. Wenn sie sich jetzt Karla anschloss, konnte es sein, dass er sie doch noch endgültig verlor. Sie kannten sich erst seit wenigen Wochen. Dennoch war Magdalena zum wichtigsten Menschen in seinem Leben geworden. In den ersten beiden Wochen hatte sich der Sekretär in die Wirtstochter verliebt. Und obwohl die vergangenen Tage für beide sehr schwierig gewesen waren und auch, wenn die Stimmung zwischen ihnen sehr getrübt war, hatten sie diese Zeit gemeinsam überstanden.

»Ich werde zurück nach Prag gehen«, sagte Magdalena zu Philipps Erleichterung. »Es gibt nichts mehr, was mich hier hält. Gestern dachte ich noch, dass ich lieber wieder in meiner Heimat leben möchte. Jetzt weiß ich, dass sie nicht mehr vorhanden ist.« Die

Gesichtszüge der jungen Frau wirkten wie erstarrt und ihre Stimme schien jegliches Leben verloren zu haben.

»Dann trennen sich unsere Wege wohl endgültig«, sagte Karla. »Ich werde die Nacht noch in der Kirche bleiben und morgen aufbrechen.«

»Wir werden noch einmal zu den Resten des Gasthauses reiten und dort übernachten«, sagte Magdalena und nahm Philipp damit die Entscheidung ab, ob sie den Rückweg noch in der Nacht antreten sollten. »Leb wohl, Karla. Ich hoffe, wir werden uns eines Tages unter glücklicheren Umständen wiedersehen.« Die beiden Frauen umarmten sich und blieben einige Sekunden in dieser Haltung stehen. Beide schienen zu spüren, dass sie sich niemals wiedersehen würden.

Auch Philipp verabschiedete sich und verließ mit Magdalena gemeinsam den Ort. Als sie den Baum erreichten, an dem sie die Pferde festgebunden hatten, waren diese verschwunden.

Pressburg, 04. Juli 1618

»Wo hast du denn die ganzen letzten Tage gesteckt?«, hörte Anton die verärgerte Stimme hinter sich und spürte einen eiskalten Schauer über seinen Rücken jagen. *Was will die denn jetzt noch?*

»Wolltest du etwa gehen, ohne mir auf Wiedersehen zu sagen?«

Um ehrlich zu sein, ja. »Natürlich nicht. Ich wollte dich schon die ganze Zeit über besuchen, hatte aber zu viel zu tun. Ich musste für den König mehrere Schreiben aufsetzten. Du weißt ja selbst, wie viel seit dem Brand im Schlossturm geschehen ist.« Um zu vermeiden, dass jemand hörte, was er mit Vroni zu bereden hatte, war Anton notgedrungen nah an sie herangetreten. Er hatte leise gesprochen und hoffte, dass das Weibsbild nun ebenfalls ihre Stimme drosseln würde.

In den vergangenen Tagen hatte er wenig Zeit mit König Ferdinand verbracht, der sich oft mit Erzherzog Maximilian zurückgezogen hatte. Das musste Vroni allerdings nicht wissen. Anton war ihr bewusst aus dem Weg gegangen, um nicht an die Nacht mit ihr und seine Versprechungen erinnert zu werden. Jetzt hatte sie ihn aber doch noch erwischt. Und das kurz bevor er mit König Ferdinand, dem Erzherzog von Bayern und deren Gefolge die Rückreise nach Wien antreten würde. Er konnte es kaum abwarten, diese Stadt endlich zu verlassen.

»Ich dachte wirklich, du würdest einfach so abreisen.«

Genau das hatte ich vor. »Kannst du bitte etwas leiser sprechen?«

»Warum? Hast du etwa Angst, dass jemand uns zusammen sieht? Schließlich sind wir praktisch verlobt.«

Gott bewahre, bloß das nicht! »Es muss ja nicht jeder gleich hören, was wir miteinander reden. Ich wäre, bevor wir abreisen schon noch zu dir gekommen, um dir auf Wiedersehen zu sagen.«

»Das musst du ja jetzt nicht mehr. Ich werde für immer bei dir bleiben.«

»Was soll das nun wieder bedeuten?«

»Ich komme mit dir nach Wien.«

Nein, das wirst du nicht! Anton sah Vroni beschwörend an und versuchte, sich dabei nicht von ihrer üppigen Oberweite ablenken zu lassen. »Ich habe dir doch gesagt, dass du mich nicht begleiten kannst und ich dich nachholen werde, sobald ich die Anstellung als kaiserlicher Schreiber sicher habe.«

»Das musst du nicht mehr. Ich habe bereits alles geregelt. Wir können sofort aufbrechen.«

»Hast du nicht verstanden, was ich dir gesagt habe?« *Gott hilf mir, dieses Weibsbild endlich loszuwerden.*

»*Du* verstehst nicht. Es ist bereits alles geregelt. Ich werde mit euch nach Wien kommen.«

»Und wie stellst du dir das vor?«

»Zwei Küchenmägde des Königs sind spurlos verschwunden. Sie haben wohl beschlossen, in Ungarn zu bleiben. Euer Koch hat bei uns in der Burg nachgefragt, ob jemand von uns bereit wäre, mit nach Wien zu reisen und eine Anstellung im Kaiserhof anzutreten. Da ich ungebunden bin, habe ich mich dafür gemeldet.«

Lieber Gott, sag, dass das nicht wahr ist.

»Du freust dich ja gar nicht.« Vroni sah den Schreiber beleidigt an.

»Doch«, entgegnete Anton schnell, obwohl er Vroni am liebsten eigenhändig in die Küche zurückgebracht und dort festgebunden hätte. »Das kommt nur sehr überraschend.«

»Ich freue mich so sehr auf Wien. Wir können uns jeden Tag sehen und noch in diesem Jahr heiraten!«

Ganz sicher nicht. »Nicht so eilig. Du weißt doch, dass mir mein Lehrmeister kaum eine freie Minute lässt. Ich werde mich nicht jeden Tag mit dir treffen können. Und heiraten werde ich erst, wenn meine Zukunft am Kaiserhof gesichert ist.« *Du wirst niemals mein Weib werden. Vorher ertränke ich dich eigenhändig in dem tiefsten Brunnen, den ich finden kann.* Es kostete Anton große Mühe, die Beherrschung zu behalten und sich nicht auf der Stelle auf das Weib zu stürzen, das so hartnäckig an ihm klebte wie eine Honigwabe.

»Es wird schon alles gut werden«, sagte Vroni unbeschwert und strahlte über das ganze Gesicht. »Ich muss jetzt zum Koch. Wir sehen uns spätestens, wenn wir unser Nachtlager aufgeschlagen haben.«

Vronis Blick versprach Anton, dass sie ihm angenehme Abendstunden bereiten würde. Genau darauf wollte er aber lieber verzichten. Er musste einen Weg finden, sich unterwegs von ihr fernzuhalten. Wenn sie erst einmal am Kaiserhof waren, würde er seine Ruhe haben.

***

Anton stellte sich auf einen langweiligen Tag ein. Er ritt wieder hinter König Ferdinand und Erzherzog Maximilian, die sich wie bereits auf dem Hinweg angeregt unterhielten. In den Straßen der Stadt hatten sich ein paar wenige Bürger versammelt, um ihren König zu verabschieden. Diesen winkte Ferdinand freundlich zu.

Vroni war am Ende des Zuges bei den anderen Mägden. Wenigstens tagsüber würde Anton also vor ihr Ruhe haben. Er musste eine Möglichkeit finden, das Weib in Wien schnell loszuwerden. Er hatte hart für die Anstellung am Kaiserhof gearbeitet und wollte seine Zukunft nicht durch eine Liebschaft gefährden, an deren Beginn er sich nicht einmal erinnern konnte.

Sie waren gerade einmal eine Viertelstunde unterwegs und hatten Pressburg eben erst verlassen, als zwei Kundschafter zurückkehrten, die vorausgeritten waren, um sicherzustellen, dass unterwegs keine bösen Überraschungen auf den König und sein Gefolge warteten.

»Wir haben zwei tote Frauen gefunden«, meldete einer der beiden Männer.

»Wo das?«, fragte der König, der über die Störung sichtlich verärgert war.

Der Mann deutete auf ein kleines Wäldchen vor ihnen. »Sie liegen da zwischen den Bäumen.«

»Darum sollen sich die Soldaten aus Pressburg kümmern. Wir können uns nicht durch jeden Bauernstreit aufhalten lassen. Sonst kommen wir nie in Wien an.«

Damit hatte der König ausgesprochen, was auch Anton dachte. So tragisch der Tod der Frauen auch sein mochte, es war nicht die Aufgabe des Königs, sich mit der Aufklärung eines gewöhnlichen Mordes zu befassen.

»Ich kenne die Frauen«, sagte der Kundschafter. »Sie gehören zu unseren Küchenmägden.«

»Bist du sicher?«

»Ja, Eure Majestät.«

»Führt den Koch zu den Toten. Wenn er deinen Verdacht bestätigt, begrabt sie dort. Wir werden eine kurze Rast einlegen. Ich erwarte, dass ihr die Sache schnell zu einem Ende bringt, damit wir weiterreisen können.«

Jetzt wird es spannend. Wenn die beiden Toten tatsächlich aus ihrer Gruppe kamen, konnte ihr Tod eine größere Bedeutung haben. Die ungarischen Adeligen hatten ihren König alles andere als freundlich empfangen. War dies der Grund für den Mord an den Mägden? Oder steckte am Ende etwas ganz anderes dahinter? Anton versuchte, Vroni in der Menge ausfindig zu machen, konnte sie aber nicht sehen. Hatte sie etwas mit dem Verschwinden der beiden Frauen zu tun? Für sie selbst hatte sich damit die Möglichkeit ergeben, eine Anstellung am Kaiserhof zu finden. Würde sie aber tatsächlich so weit gehen, um dieses Ziel zu erreichen?

Anton wollte nicht glauben, dass Vroni zu einer derartigen Tat fähig war. Zum ersten Mal wünschte er sich, mit dem Weib zu sprechen. Die Gelegenheit, sie zu den beiden Mägden zu befragen, würde sich aber sicher noch ergeben. Anton fragte sich auch, warum man die Frauen so abgelegt hatte, dass die Soldaten von König Ferdinand sie überhaupt hatten finden können. Das sprach dafür, dass jemand aus dem ungarischen Reich ein Zeichen setzen wollte. Vroni hätte die Toten sicher besser versteckt, wenn sie in den Mord verwickelt war.

Der ungarische Adel musste allerdings auch wissen, dass zwei tote Mägde König Ferdinand nicht sonderlich beeindrucken würden. Sicher hätten sie ein anderes Ziel ausgewählt, um dem König ihren

Unmut zu zeigen. Es war natürlich auch möglich, dass die beiden Küchenmägde einer normalen Räuberbande zum Opfer gefallen waren.

Während Anton all diesen Überlegungen nachhing, kehrten die Soldaten mit dem Koch zu der Gruppe zurück.

»Gehörten die Frauen zu deinen Mägden?«, fragte der König, der ziemlich ungehalten war, weil die Unterbrechung ihrer Reise so lange dauerte.

»Ja, Eure Majestät. Beiden wurde mit einem Messer die Kehle durchgeschnitten. Ich kann nicht verstehen, wie so etwas geschehen konnte! Das waren anständige Mädchen, die keinerlei Ärger gemacht haben.«

Dem Koch war anzusehen, wie sehr er mit der Fassung rang. Kardinal Klesl, der nach dem Vorfall bei der Parade sehr schweigsam geworden war, und Erzbischof Maximilian taten so, als ginge sie die ganze Sache nichts an und auch der König schien nicht gewillt zu sein, noch länger vor der Stadt zu verweilen. Er gab den Befehl zum Aufbruch und ritt hinter einer Gruppe von sechs Soldaten an der Spitze des Zuges.

Der restliche Tag verlief so, wie es Anton erwartet hatte. Der königliche Tross setzte seine Reise ohne weitere Zwischenfälle fort. Ferdinand und Maximilian blickten schweigend nach vorne und schienen es eilig zu haben, das ungarische Reich zu verlassen. Auch Klesl sprach Anton nicht an, so dass der in Ruhe seinen Gedanken nachhängen konnte, die sich darum drehten, ob Vroni etwas mit dem Mord an den beiden Mägden zu tun haben konnte. Auch die Frage, wie es sein konnte, dass der Kardinal beinah von einer Kugel getroffen worden war, wollte ihm nicht mehr aus dem Kopf gehen.

Während Anton zerstreut dabei half, die Zelte aufzubauen, sah er immer wieder zum Koch und seinen Mägden. Vroni sah er aber erst, als er sich am Abend sein Essen abholte. In ihrem Blick lag ein Versprechen für die Nacht, welches Anton aber auf keinen Fall einfordern würde. So gerne er das Weib zur Rede gestellt hätte, er durfte nicht in Verdacht geraten, dass er mit der Magd anbändelte.

Es würde seiner Karriere nicht guttun, wenn er gleich an ihrem Beginn beim König in Verruf geriet.

Anton verbrachte den restlichen Abend in dem geräumigen Zelt von König Ferdinand, wo er die Ereignisse ihrer bisherigen Reise protokollierte. Als er kurz nach Einbruch der Dunkelheit für diesen Tag aus dem Dienst entlassen wurde, ging er zu einem Wäldchen, um sich zu erleichtern. Vroni stand ganz plötzlich hinter ihm.

»Musst du dich so an mich heranschleichen?«, fragte Anton ärgerlich.

»Du hast selbst gesagt, dass keiner merken soll, wenn wir uns treffen.«

»Deshalb sollten wir auch warten, bis wir in Wien sind.«

»Gerade ist aber niemand hier!« Vronis Stimme war nicht mehr als ein Hauchen und sie kam so nahe an Anton heran, dass der ihre Brust an seinem Oberkörper spüren konnte. Dann küsste sie ihn auf den Hals.

»Hör sofort auf damit. Was wenn uns jemand sieht? Wir dürften gar nicht zusammen sprechen.«

»Was ist so schlimm? Wir reden doch nur.«

»Es ist mitten in der Nacht. Was willst du denn überhaupt?«

»Ich wollte dich sehen. Freust du dich denn nicht?«

»Doch, natürlich tue ich das …« Anton wusste, dass er Vroni jetzt nicht so schnell wieder loswerden würde. »Komm, wir gehen ein Stück von hier weg«, sagte er deshalb.

Die beiden schlichen sich durch den Wald weg vom Lager und gingen so weit, bis sie außer Hörweite waren. Sofort fiel Vroni Anton wieder um den Hals.

»Hör auf. Deswegen sind wir nicht hier«, zischte er, während er Vroni auf Abstand drängte.

»Weswegen dann?«

»Wir müssen reden. Sicher hast du mitbekommen, dass man die beiden Küchenmägde gefunden hat.«

»Ja. Sie wurden ermordet.«

»Weißt du etwas darüber?«

»Wie meinst du das? Denkst du etwa, dass ich etwas damit zu tun habe.« Vroni sah Anton entrüstet an.

»Nein, natürlich nicht«, antwortete der schnell. »Es könnte ja sein, dass du etwas gehört hast.« Anton hatte das Gefühl, dass die schöne Ungarin ihm etwas verschwieg. Auch wenn sie so tat, als könnte sie kein Wässerchen trüben, ahnte er, dass sie ihm noch einige böse Überraschungen bescheren würde.

»Das habe ich nicht.« Vroni zog ihr Kleid über die Schultern nach unten, so dass Anton auf ihren nackten Busen schauen konnte.

»Du musst mir zuhören«, sagte er und zwang sich dem Weib ins Gesicht zu sehen. »Wir dürfen uns so lange nicht mehr treffen, bis wir in Wien sind. Wenn wir erwischt werden, verlieren wir beide unsere Anstellung. Du landest dann als Hure in den Gossen der Stadt. Das willst du doch sicher nicht riskieren.« Innerlich atmete er tief durch. Er hatte der Ungarin gute Gründe genannt, die sie nicht so einfach beiseite wischen konnte.

»Natürlich nicht.« Vroni schien zu begreifen, dass Anton in dieser Nacht nicht auf ihre eindeutigen Angebote eingehen würde, und richtete ihr Kleid. »Werden wir zusammen sein, wenn wir in Wien sind?«

»Wir werden uns dort oft sehen können.«

»Also wirst du mich heiraten?«

Nein, das werde ich nicht. »Wir kennen uns noch viel zu wenig.«

»Du hast es mir versprochen.«

»Ich habe dir gesagt, dass ich zunächst meine Arbeit machen muss. Ein Weib kann ich mir nehmen, wenn ich zum ersten Schreiber des Kaisers bestimmt worden bin. Vielleicht dauert das aber noch Jahre.«

»Und wenn das nicht geschieht?«, jammerte Vroni.

»Das wird es. Verlasse dich darauf.«

»Gut. Ich werde auf dich warten. In Wien entkommst du mir nicht. Sicher wirst du nicht wollen, dass ich dem König erzähle, dass du dich an den beiden Küchenmägden vergangen hast und das Gleiche auch bei mir versuchtest.«

»Bist du von Sinnen?«, fuhr Anton die junge Frau an und packte sie mit beiden Händen an den Schultern. »Kein Wort davon ist wahr!«

»Wird der König dir das aber glauben?« Ein hinterhältiges Lächeln umspielte ihre Lippen.

Du gottlose Hexe. Das werde ich dir irgendwann heimzahlen. Der Tag wird kommen, an dem du es bereuen wirst, mir gedroht zu haben! Anton konnte es nicht fassen, dass Vroni tatsächlich zu derartigen Mitteln greifen wollte, um ihn zu zwingen, sie zur Frau zu nehmen. Wenn es ihr um Reichtum ging, gab es in Wien viele Männer, die ihr mehr zu bieten hatten als Anton. Auch dann, wenn er tatsächlich der erste kaiserliche Schreiber war. Widerwillig musste er sich aber auch eingestehen, dass er im Moment auf das falsche Spiel des Weibes eingehen musste.

»Lass uns zurück zum Lager gehen«, sagte Anton schließlich besänftigend. »In den nächsten Tagen müssen wir vorsichtig sein. Wenn wir in Wien sind, werde ich dir ein paar schöne Plätze zeigen.«

Vroni schien besänftigt und warf Anton ein honigsüßes Lächeln zu. »Ich freue mich sehr auf die Stadt.«

Wenn es nach mir geht, wirst du sie nicht mehr lebend verlassen.

Böhmen, 04. Juli 1618

»Es wird uns nichts anderes übrigbleiben, als zu laufen«, beantwortete Philipp Magdalenas Frage, wie sie nun nach Prag kommen sollten.

»Das wird mindestens drei Tage dauern.«

»Dennoch haben wir keine andere Wahl. Wir haben nicht die Mittel, neue Pferde zu kaufen. Und selbst wenn, woher sollten wir sie bekommen?«

»Du hast Recht«, gab Magdalena zu, wirkte dabei aber alles andere als glücklich. »Lass uns gleich losgehen.«

Nachdem sie am Abend zuvor das Verschwinden ihrer Pferde bemerkt hatten, waren sie zum ehemaligen Gasthaus von Magdalenas Eltern gegangen und hatten dort die Nacht im Freien verbracht. Dank der sommerlichen Temperaturen war es nicht schlimm gewesen, draußen zu schlafen. Viel mehr Sorgen machte es Philipp, dass sie den Räubern in die Arme laufen könnten, welche die Pferde gestohlen hatten. Es konnte jederzeit sein, dass sie auf Diebe oder anderes lichtscheues Gesindel trafen. Philipp war kein Soldat und hatte einem möglichen Angriff nichts entgegenzusetzen.

Zunächst hatten sie zum Handelsweg gehen wollen, der sie direkt nach Prag führen würde. Beide waren sich aber schnell einig geworden, dass die dort lauernden Gefahren zu groß waren. Der Umweg würde Zeit kosten, ihnen aber vielleicht das Leben retten.

An einem Apfelbaum füllten sie sich ihre Taschen mit Obst, damit sie den Tag über zumindest etwas Essbares dabei hatten. Am Abend wollten sie sehen, ob sie in einem der Dörfer eine Mahlzeit bekamen. Geld hatten sie genug, wenn sie aber niemanden fanden, der ihnen etwas verkaufte, würde ihnen das nicht viel nützen. Philipp hoffte, dass es nicht überall im Reich zu solchen Zerstörungen gekommen war wie in Magdalenas Heimatort.

Im Laufe des Tages wurde es immer wärmer. Obwohl Magdalena und Philipp sich beeilen wollten, ihr Ziel zu erreichen, machten sie in der Mittagshitze unter ein paar Bäumen an einem einsamen Waldsee Halt. Magdalena lehnte Philipps Vorschlag, sich in dem kalten Wasser zu erfrischen, ab und hing stattdessen ihren trübseligen Gedanken nach. Der Sekretär gab sich alle Mühe, seine Begleiterin aufzumuntern, doch all seine Versuche, ein Gespräch zu beginnen, liefen ins Leere. Schließlich gab er es auf und nutzte die Zeit, um ein bisschen zu schlafen. Der Tag würde noch anstrengend genug werden.

Plötzlich schreckte Philipp aus dem Schlaf. Irgendetwas hatte sich verändert und ihn geweckt. Er setzte sich auf und hörte die Stimmen, die von der anderen Seite des Sees zu ihnen hinüberhallten. Auch Magdalena war aufmerksam geworden und blickte in die Richtung. Langsam kamen die Stimmen näher.

»Können das die Männer sein, die unsere Pferde geraubt haben?«, fragte sie leise.

»Wenn es so ist, sollten wir uns verstecken. Ich glaube nicht, dass es gut wäre, ihnen in die Arme zu laufen.«

»Aber wo sollen wir so schnell hin? Sie kommen immer näher.«

»Auf den Baum.« Philipp reagierte sofort. Es wunderte ihn selbst, wie ruhig er in dieser Situation war.

»Was?« Magdalena sah Philipp entsetzt an, schien aber genau verstanden zu haben, welchen Vorschlag er gemacht hatte.

»Wir müssen klettern. Und zwar schnell!« Philipp verlieh seinen Worten Nachdruck, indem er Magdalena sanft aber bestimmt auf den Baum zuschob. Dann half er seiner Gefährtin dabei, sich die ersten Äste der dicken Eiche hochzuhangeln. Er folgte ihr, so schnell er konnte. Als sie etwa zehn Meter über dem Boden waren, suchten sie sich einen sicheren Halt und schauten nach unten.

»Das ist Irrsinn«, flüsterte Magdalena und blickte Philipp ängstlich an.

»Wir müssen nur leise sein, dann entdecken sie uns nicht. Vielleicht erfahren wir sogar mehr darüber, was in der Gegend los ist.«

»Wenn sie uns sehen, bringen sie uns um.«

»Das wird nicht passieren!«

Ihre Hoffnung, dass die Männer schnell verschwinden würden, erfüllte sich nicht. Ganz im Gegenteil entschieden sie sich für den gleichen Rastplatz, an dem auch Philipp und Magdalena der Mittagssonne entkommen waren. Insgesamt waren sie zu fünft und hatten sieben Pferde dabei. Zwei davon kannten Magdalena und Philipp nur zu gut. Die Hoffnung, sich die Tiere von den Räubern zurückholen zu können, war allerdings mehr als gering. Wenn sie entdeckt wurden, würden die Männer sie wohl kaum am Leben lassen. Daran, was sie mit der jungen Frau anstellen konnten, bevor sie sie töteten, wollte Philipp gar nicht erst denken.

Die Fremden waren allesamt muskulös und rochen nach Gewalt. Alle waren bärtig und trugen ihre verfilzten Haare lang. Keiner der Männer sah aus, als würde er allzu großen Wert auf die Pflege seines Körpers legen. Dafür waren die Schwerter und Musketen, die sie bei sich trugen, in einem tadellosen Zustand. Philipp vermutete, dass es sich um Söldner handelte.

»Wir warten, bis es etwas kühler wird«, sagte einer der Männer in befehlsgewohnten Ton. »Dann reiten wir weiter. Ich will Prag noch heute erreichen. Graf von Thurn zahlt gut und wir werden ein leichtes Leben haben!«

»Zumindest, bis er uns in den Krieg führt«, warf einer der anderen Männer trocken ein.

»Ich glaube nicht, dass das passiert. Und selbst wenn, dann werden uns die Kämpfe zu großem Reichtum führen! Bisher wurden wir als Plünderer gejagt und geächtet. Jetzt brauchen uns die hohen Herren. Vertraut mir. Für uns sind durch den Aufstand der Protestanten bessere Zeiten angebrochen!«

Diese Ansprache des Anführers bestätigte, was Philipp schon lange vermutete: Von Thurn rüstete zum Krieg und es war ihm dabei völlig egal, ob das Volk unter den zahlreichen Räubern und Mördern litt, die sich unter seinen Soldaten befanden. Die Männer wollten keine friedliche Lösung. Philipp hätte gerne mehr erfahren, doch die Söldner machten es sich auf dem Boden bequem und genossen schweigend den Schatten.

Magdalena hatte jegliche Gesichtsfarbe verloren und in ihren Augen funkelte die Angst. Philipp warf ihr einen beruhigenden Blick zu. Auch er selbst wünschte sich, dass die Horde sich schnell wieder zum Aufbruch bereitmachte. Sein Körper begann, in der unbequemen Lage zu schmerzen. Dennoch blieb auch die Neugierde und er hoffte, dass er noch mehr von den Männern erfahren würde.

Dabei konnten sie nur froh sein, unter dem Blätterdach des Baumes einen Schutz vor den brennenden Sonnenstrahlen gefunden zu haben.

***

Philipp hatte die Stunden nicht gezählt, die er mit Magdalena auf dem Baum zugebracht hatte, aber sie kamen ihm vor wie eine Ewigkeit. Die Räuber unter ihnen hatten es alles andere als eilig und warteten ab, bis es fast Abend war. Zu ihrem Leidwesen blieben immer mindestens zwei der Männer wach, so dass sie es nicht wagen konnten, ihr Versteck zu verlassen und einen Fluchtversuch zu unternehmen. Eine Möglichkeit, an ihre Pferde zu gelangen, fanden sie erst recht nicht. Beide hatten Hunger, trauten sich aber nicht in einen knackigen Apfel zu beißen, aus Angst, die Geräusche könnten sie verraten. Noch schlimmer war der Durst.

»Wir müssen von dem Baum runter«, sagte Philipp, als die Männer endlich verschwunden und außer Hörweite waren.

»Ich kann nicht«, gab Magdalena schwach zurück. »Wenn ich mich bewege, tut alles weh. Ich habe keine Kraft mehr in den Beinen.«

»Mir geht es genauso. Hierbleiben können wir aber nicht. Wir müssen uns zusammenreißen.« Durch die langen Stunden im Baum, in denen sich die beiden nicht bewegt hatten, hatten sie ihre Muskeln völlig überanspurcht. Jede noch so kleine Bewegung schmerzte entsetzlich – vor allem in den Beinen. Philipp streckte den Fuß aus, um einen Ast unter sich zu erreichen, und stöhnte auf.

»Wenn ich versuche, mich zu bewegen, falle ich herunter«, sagte Magdalena verzweifelt und sah Philipp mit schmerzverzerrtem Gesicht an.

»Lockere deine Beine«, antwortete Philipp. Er selbst versuchte, sich so auf einen Ast zu setzen, dass er die Füße frei bewegen konnte. Dann zog er die Beine an und strecke sie wieder aus. Trotz der Schmerzen, die sich dabei von den Zehen bis zum Oberschenkel zogen, machte er so lange weiter, bis er wieder genug Gefühl in den Muskeln hatte, um mit dem Abstieg zu beginnen. Magdalena tat es ihm gleich. Sie schrie mehrfach vor Schmerzen auf, zwang sich aber ebenfalls nicht aufzugeben.

Als sich beide stark genug fühlten, den Weg nach unten anzutreten, kletterte Philipp als Erster in die Tiefe. Endlich spürte er den Boden unter seinem Fuß und ließ sich einfach fallen. Wenige Sekunden später landete Magdalena auf ihm und stieß ihm dabei den Ellenbogen in den Bauch. Für einen Moment blieb Philipp die Luft weg. Stöhnend schob er seine Gefährtin von sich herunter und hielt sich mit verkrümmtem Körper den Magen.

Beide blieben mit schmerzenden Gliedern auf dem Boden liegen und waren froh, diesen Alptraum überstanden zu haben. Sollten die Räuber jetzt zurückkehren, würden sie nicht den Hauch einer Chance haben, sich gegen die Männer zu wehren.

Doch niemand näherte sich dem See und es begann schließlich zu dämmern.

»Wir müssen weiter«, sagte Philipp, obwohl er selbst am liebsten einfach die ganze Nacht unter dem Baum liegengeblieben wäre. Er stand auf und bereute dies in dem Moment, als er seine Beine mit seinem Körpergewicht belastete. Aus den Augenwinkeln sah er, dass Magdalena ähnliche Probleme hatte, wie er selbst. Die ersten Schritte waren die Hölle. Die beiden stützen sich gegenseitig und schafften es so langsam Meter für Meter zurückzulegen. Je weiter sie gingen, umso einfacher fiel ihnen das Laufen. Die Schmerzen allerdings blieben und begleiteten sie, bis sie tief in der Nacht bei einem einsamen Gehöft ankamen.

»Es ist alles dunkel. Glaubst du, es ist jemand im Haus?« Magdalena sah Philipp aus ängstlichen Augen an.

»Das denke ich schon. Die Bewohner könnten uns allerdings angreifen, wenn wir sie jetzt wecken. Lass uns in die Scheune gehen und dort übernachten. Wenn wir früh genug verschwinden, merkt keiner, dass wir überhaupt da waren.«

***

Philipp und Magdalena standen mit den ersten Sonnenstrahlen auf und verließen die Scheune. Weil sie das Gefühl hatten, kurz vor dem Verhungern zu stehen, klopften sie an die Tür des Haupthauses.

»Wo in Gottes Namen kommt ihr denn her?«, fragte die ältere Frau misstrauisch, die ihnen die Tür öffnete und sie kritisch von oben bis unten betrachtete. Philipp vermutete, dass er die Bäuerin des Hofes vor sich hatte. Ihre Haare waren hinter dem Kopftuch zu einem Knoten gebunden und sie trug eine saubere, weiße Schürze.

»Unser Dorf wurde niedergebrannt«, antwortete Magdalena mit trauriger Stimme, verschwieg aber die Tatsache, dass der Vorfall bereits mehrere Wochen her war.

Sofort änderte sich der Blick der Bäuerin und wurde sanfter. »Kommt erst einmal herein. Ihr seht aus, als könntet ihr eine warme Brühe vertragen!«

Philipp und Magdalena nahmen die Einladung dankbar an und folgten der Frau ins Innere. Dort saß ein grauhaariger Mann in einem Sessel und blickte ihnen mürrisch entgegen.

»Wir haben Besuch, Josef«, sagte die Alte und forderte ihre Gäste auf, sich an einen Tisch zu setzen.

»Sag ihnen, dass es hier nichts zu holen gibt«, erwiderte der Alte. »Wir haben selbst nicht genug.«

»Für eine warme Mahlzeit wird es reichen«, widersprach die Frau unbeirrt und wandte sich dann wieder ihren Gästen zu. »Ihr müsst meinem Ehemann verzeihen. Seitdem sein Körper zu schwach ist, die Felder zu bestellen, ist er sehr griesgrämig geworden. Ihr seid aber natürlich willkommen. Ich werde eine Suppe zubereiten, damit ihr etwas in den Magen bekommt.«

»Habt ihr keine Kinder, die auf dem Hof helfen können?«, fragte Philipp neugierig.

»Wir haben zwei Söhne. Beide sind vor zwei Wochen nach Prag aufgebrochen, um sich Graf von Thurn anzuschließen. Ich habe sie angefleht, ihren Vater und mich nicht alleine zu lassen. Sie wollten aber nicht hören. Die Verlockung von Reichtum und Ruhm war einfach zu groß.«

»Und sonst ist niemand da, der euch hilft?«

»Nein. Wir haben nicht genug Geld, um einen Knecht anzustellen. Ich werde versuchen, wenigstens einen kleinen Teil der Felder zu bestellen. Dann werden wir schon nicht verhungern.«

Philipp konnte sich gut vorstellen, dass Josef nicht sehr glücklich darüber war, seine Söhne an das Heer des Grafen zu verlieren. Kein Wunder, dass der Mann nicht gut auf Fremde zu sprechen war.

Während sich sein Weib um das Essen kümmerte, ignorierte Josef seine Gäste und sah schweigend aus dem Fenster. Philipp und Magdalena war es ganz recht, dass er ihnen keine weiteren Fragen stellte. Philipp beschloss, den beiden einen Taler für ihre Gastfreundschaft zu geben. Vielleicht würde das die Laune des Alten verbessern und er wäre bereit, ihnen zu berichten, ob es in der Gegend ähnliche Vorfälle wie in Magdalenas Heimatort gegeben hatte.

Tatsächlich wurde Josef redselig, als der Taler in seiner Jackentasche verschwunden war. Während seine Gäste aßen, berichtete er davon, dass viele junge Männer aufgebrochen waren, um in der böhmischen Armee ihr Land zu verteidigen. Angriffe auf die Bauern habe es aber nicht gegeben, sah man von ein paar herumziehenden Räubern ab. Ohne das Jesuitenkloster in der Nähe wären vielleicht auch der Gasthof von Magdalenas Eltern und das Dorf verschont geblieben.

Philipp und Magdalena bedankten sich bei ihren Gastgebern und setzten ihren Weg dann fort. Beide bedauerten es, dass die Alten keine Pferde hatten, die sie ihnen hätten abkaufen können. So blieb ihnen nichts anderes übrig, als weiterhin zu Fuß zu gehen.

Am nächsten Tag erreichten sie Prag. Unterwegs kreuzten zwei Mal kleinere Gruppen von Landsknechten ihren Weg. Bevor sie aber entdeckt wurden, gelang es Magdalena und Philipp sich zu verstecken. In der Stadt gingen sie sofort zum Anwesen der Familie von Lobkowitz, um zu berichten, was sie seit ihrer Abreise erlebt hatten.

***

»Das ist ja furchtbar«, sagte Polyxena von Lobkowitz, nachdem Philipp und Magdalena ihr und ihrem Gatten alles erzählt hatten. »Du armes Ding! Es muss schrecklich gewesen sein, deine Heimat so verwüstet vorzufinden. Wenn ich etwas für dich tun kann, scheue dich nicht, es mir zu sagen.«

»Ja, es war schlimm«, sagte Magdalena und begann zu weinen, woraufhin sie Polyxena tröstend in den Arm nahm. Alles, was Magdalena in den letzten Tagen hatte zurückhalten können, brach nun aus ihr heraus.

»Wir hatten Glück, dass uns die Räuber nicht in die Hände bekommen haben!« Noch jetzt durchlief Philipp ein eisiger Schauer, als er an die vielen Stunden dachte, in denen sie auf dem Baum gesessen hatten.

»Das hattet ihr allerdings«, sagte Diepold von Lobkowitz. »Ich kann es nicht fassen, dass von Thurn seine Truppen derartig im Land wüten lässt.«

»Gab es denn noch mehr Dörfer, die angegriffen wurden?«, fragte Philipp.

»Mir sind zumindest noch keine Vorfälle diesen Ausmaßes zu Ohren gekommen. Bisher wurde lediglich von kleineren Übergriffen auf die Bevölkerung berichtet, was allerdings auch schon schlimm genug ist!«

»Die Pferde werde ich Euch natürlich ersetzen«, sagte Philipp demütig.

»Nichts wirst du!«, entgegnete Diepold. »Ich werde mir die Tiere bei von Thurn persönlich zurückholen. Gleich morgen werde ich ihn zur Rede stellen. Bei allem Verständnis für die Verfechter des protestantischen Glaubens, die Söldner sind eindeutig zu weit gegangen.«

»Ja, das sind sie«, sagte Philipp. »Einige der Dorfbewohner wurden regelrecht abgeschlachtet.« Bei den letzten Worten hatte sich seine Stimme in ein kaum zu verstehendes Krächzen verwandeln. Jetzt, wo sie in Sicherheit waren, spürte Philipp, wie der Druck von ihm abfiel und sich stattdessen das Entsetzen über die schrecklichen Ereignisse in seinem Körper ausbreitete.

»Ich denke, dass ihr ab jetzt besser in Prag bleiben solltet«, sagte Polyxena nach einer Weile bitter. »Außerhalb der Stadtmauern ist es viel zu gefährlich geworden.«

»Wo soll das nur hinführen?«, sagte Magdalena, die noch immer Tränen in den Augen hatte.

»Wenn von Thurn und das Direktorium nicht zur Vernunft kommen, lässt sich ein Krieg nicht mehr lange vermeiden«, antwortete der Hausherr. »Noch ist Ferdinand der böhmische König. Er wird nicht zusehen, wie sein Volk niedergemetzelt wird. Schon gar nicht, wenn hauptsächlich Katholiken den Tod finden!«

»Wenn er aber seine Truppen schickt, sterben noch mehr Menschen«, sagte Magdalena.

»Dennoch wird er es tun. Irgendwann wird Ferdinand Kaiser sein. Er kann nicht zulassen, dass Böhmen sich vom Römischen Kaiserreich Deutscher Nation trennt, wenn er nicht will, dass es ihnen die Adeligen in anderen Reichen gleichtun. Wenn es in Ungarn und Österreich zu weiteren Aufständen kommt, werden die Habsburger deutlich an Macht verlieren.«

»Was sollen wir jetzt tun?«, fragte Magdalena.

»Ihr beide unternehmt gar nichts«, antwortete Polyxena entschieden. »Ihr solltet euch besser aus der Politik heraushalten. Mein Gatte wird mit von Thurn sprechen.«

Damit war alles Wichtige besprochen, und Philipp blieb nichts anderes übrig, als sich auf den Weg zu seiner Kammer zu machen. Er wäre gerne bei Magdalena geblieben, der anzusehen war, wie sehr ihr die letzten Tage zugesetzt hatten. Dies würde Polyxena jedoch nicht zulassen.

***

»Wie könnt Ihr es zulassen, dass Eure Männer das böhmische Volk abschlachten?«

Matthias von Thurn sah Diepold von Lobkowitz überrascht an, als dieser mit hochrotem Gesicht in sein Amtszimmer gestürmt kam.

»Ich weiß nicht, wovon Ihr sprecht.«

»Von dem Dorf, das Eure Mannen dem Erdboden gleichgemacht haben!«

»Das war ein bedauerlicher Zwischenfall.« Die Überraschung in von Thurns Gesicht wich einem gelangweilten Ausdruck.

»Das waren unschuldige Menschen!«, rief von Lobkowitz nun ob der Gleichgültigkeit seines Gegenübers noch erboster aus.

»Im Krieg gibt es manchmal Opfer zu beklagen.« Von Thurn verstand den Ärger des Grafen durchaus, wollte ihm gegenüber allerdings nicht zugeben, dass die Soldaten es zu weit getrieben hatten.

»Wir haben keinen Krieg!«, schrie von Lobkowitz voller Zorn.

»Noch nicht. Glaubt Ihr aber wirklich, dass Ferdinand uns in Frieden lassen wird?«

»Wenn Ihr ihn weiter herausfordert, sicher nicht!«

»Ihr dürft nicht vergessen, wer sich gegen den Majestätsbrief gestellt und damit für den Unfrieden in Prag gesorgt hat«, sagte von Thurn.

»Sicher nicht die armen Bauern, die Euren Mannen zum Opfer gefallen sind!«

»Der Angriff war gegen Jesuiten gerichtet. Die sind alles andere als unschuldig.«

»Es waren Mönche, die in Frieden lebten.«

»Nein, von Lobkowitz. Es waren Männer, die neben ihrer Religion keinen anderen Glauben duldeten.«

»Das gibt Euch nicht das Recht, sie zu töten. Wenn Ihr der Meinung seid, dass katholische Mönche es nicht wert sind, friedlich in unserem Reich leben zu dürfen, seid Ihr es, der gegen das Recht der Glaubensfreiheit verstößt.«

»Wagt es nicht, mich zurechtweisen zu wollen!«, sagte von Thurn nun auch aufgebracht. »Habt Ihr etwa vergessen, dass wir Euer eigenes Leben geschont haben? Ihr solltet Euch nicht gegen die neue Macht in Prag stellen, wenn ihr weiter in dieser Stadt leben wollt!«

»Mehr habt Ihr zu den Vorfällen also nicht zu sagen?«

»Nein«, antwortete von Thurn. Er hatte die Männer, die den Angriff vorgenommen hatten, bereits für ihr Verhalten gerügt und ihnen klargemacht, dass das böhmische Volk in Frieden gelassen werden müsse. Das würde er von Lobkowitz aber nicht sagen. Noch brauchte er ihn und vor allem seine Gattin, deren Einfluss auch ihm selbst schaden konnte. Auf keinen Fall aber würde er sich von den katholischen Adeligen vorschreiben lassen, was er zu tun hatte. Diese Zeiten waren ein für alle Mal vorbei.

»Woher wisst Ihr überhaupt von den Vorfällen?«

»Ich habe meine Informanten«, antwortete von Lobkowitz ausweichend. »Diese hatten großes Glück, dass sie den Räubern nicht in die Hände gefallen sind. Außerdem wurden ihnen zwei Pferde gestohlen. Ich erwarte, dass Ihr die Tiere noch heute zu meinem Haus bringen lasst.«

»Ich werde mich darum kümmern«, sagte von Thurn, der bereit war, dieses Zugeständnis zu machen, um weiteren Ärger zu vermeiden. Er nahm sich vor, in den nächsten Tagen ein sehr scharfes Auge auf Polyxena von Lobkowitz und ihren Gatten zu werfen. Unterschätzen durfte er die beiden auf keinen Fall. Das Letzte, was er gebrauchen konnte, war eine Revolte gegen das neu gegründete Direktorium. Diese würde er um jeden Preis verhindern – notfalls mit Gewalt.

Wien, 21. Juli 1618

Eintrag in die kaiserliche Chronik des Heiligen Römischen Reiches Deutscher Nation:

In Unwissenheit von Kaiser Matthias wurde Kardinal Klesl am Abend des gestrigen Tages von König Ferdinand an den Hof gerufen und von seiner Hoheit und Erzherzog Maximilian von Bayern mit Zustimmung des spanischen Botschafters seines Amtes enthoben. Gemeinsam mit den Obristen Grafen Dampierre und von Collalto hat Freiherr von Preiner den Kardinal verhaftet und in aller Heimlichkeit aus dem Schloss geschafft.

Im Anwesen des Kardinals Klesl, welches zur gleichen Zeit gesperrt und mit Soldaten besetzt wurde, fand man am heutigen Tag Dokumente, die Schriftwechsel mit den Türken und den protestantischen Ständen in Böhmen beinhalteten, und legte sie dem Kaiser vor. Des Weiteren wurden unter Kardinal Klesls Besitztümern vierhunderttausend Gulden sichergestellt und in die Schatzkammer des Kaiserhofs überführt.

Unterdessen nehmen die böhmischen Unruhen zu. Weitere Jesuiten wurden angegriffen und flohen aus dem Reich.

»Du solltest noch erwähnen, wie ungehalten der Kaiser über die Verhaftung des Kardinals hinter seinem Rücken war«, sagte Zeidler, nachdem Anton ihm seinen ersten Chronikeintrag, den er eigenständig hatte verfassen dürfen, vorgetragen hatte.

»Dagegen unternommen hat er aber nichts.«

»Weil es zu spät dafür war. König Ferdinand und Erzherzog Maximilian haben die Sache gut vorbereitet und sich einen ihrer ärgsten Widersacher vom Hals geschafft.«

»Immerhin hat man in seinem Haus Beweise für seine Schuld gefunden«, gab Anton zu bedenken.

»Es gab einen Schriftwechsel mit den böhmischen Protestanten. Das bedeutet noch lange nicht, dass der Kardinal auf Seiten der Aufständischen war.«

»König Ferdinand legte es so aus.«

»Weil Klesl ihm im Wege war.«

»Ich werde die Eintragung noch entsprechend ergänzen.« *Eher gibst du ja sowieso keine Ruhe.* Anton hatte nicht erwartet, dass sein Lehrmeister seinen Chronikeintrag unverändert akzeptieren würde, ärgerte sich aber dennoch darüber, dass er den Text nun noch einmal vorschreiben musste, bevor er ihn in die eigentliche Chronik übertragen durfte.

Außerdem machte er sich Sorgen um seinen Lehrmeister. Zeidler gab es zwar nicht offen zu, aber es war eine Tatsache, dass seine Augen von Tag zu Tag schlechter wurden. Auch merkte Anton, dass er sich immer öfter an den Wänden abstützen musste, wenn er sich außerhalb der Bibliothek bewegte. Immer häufiger passierten dem Alten kleine Missgeschicke wie das Umstoßen seines Weinkelches oder das Stolpern über einen Stuhl, der nicht dort stand, wo es Zeidler gewohnt war.

Anton wagte es jedoch nicht, seinen Lehrmeister auf dessen Problem anzusprechen. Dennoch waren die Anzeichen dafür, dass es Zeidler zunehmend schlechter ging, nicht zu übersehen.

Es klopfte an der Tür und eine Küchenmagd trat ein, um den beiden Schreibern das Essen zu bringen. Mit Schrecken erkannte Anton, dass es sich dabei um Vroni handelte.

Ich habe ihr doch gesagt, dass sie nicht hierherkommen soll! Will das Weib mich ruinieren?

»Ich bringe Euer Essen«, sagte Vroni in zuckersüßem Ton und sah Anton an, als würde sie nackt vor ihm auf dem Bett liegen. Der schüttelte kaum merklich den Kopf.

Nicht hier, wollte er schreien, sah die Magd aber nur böse an. Sie sollte es ja nicht wagen, vor Zeidler etwas Falsches zu sagen.

»Stell es dort auf den Tisch«, sagte Anton und versuchte dabei möglichst gleichgültig zu klingen. Sein Lehrmeister schien sich gar nicht für die Anwesenheit des Weibes zu interessieren und stand suchend an einer der Regalwände.

»Wie Ihr befehlt«, antwortete Vroni und streckte Anton trotzig die Zunge heraus. Dann trat sie näher an ihn heran und flüsterte in sein Ohr. »Komm heute zu unserem Treffpunkt.«

Am liebsten würde ich dich erwürgen. Anton sah sich besorgt zu Zeidler um, doch der schien nichts gehört zu haben. Wenn Vroni aber nicht bald verschwand, würde er sicher Verdacht schöpfen.

Als er sicher war, dass der Alte nicht zu ihnen schaute, nickte Anton und deutete zur Tür. Vroni war damit offensichtlich zufrieden und ging ohne ein weiteres Wort aus dem Zimmer. Anton atmete erleichtert auf, als sie die Tür nach einer gefühlten Ewigkeit endlich schloss.

»Die Kleine scheint ein Auge auf dich geworfen zu haben«, bemerkte Zeidler zu Antons Entsetzen.

»Wie kommt Ihr darauf?«

»Es mag sein, dass ich nicht mehr gut sehen kann, aber blind bin ich noch lange nicht.« Zeidler sah seinen Schüler vorwurfsvoll an. »Wenn du längere Zeit am Kaiserhof beschäftigt sein willst, solltest du dich nicht mit der Dienerschaft einlassen. Du wärst nicht der Erste, der seine Zukunft wegen eines Weibsbilds aufs Spiel setzt.«

Gerissener, alter Hund. Ich dachte, du seist tatsächlich kurz davor, blind zu werden. Ich werde noch besser aufpassen müssen.

»Es ist nicht meine Absicht, mich an ein Weib zu binden. Zumindest jetzt noch nicht, wo ich gerade erst mein Studium beendet habe.«

»Lass dir Zeit damit.«

»Wenn ich einmal heirate, will ich meinem Weib auch etwas bieten können.« *Vroni bringe ich eher um, als dass ich sie zu meiner Frau mache.*

»Die Versuchung, die ein schönes Weib auf einen jungen Mann ausüben kann, ist groß«, warnte Zeidler. »Hüte dich davor.«

»Warum habt Ihr nie geheiratet?«

»Meine Liebe gehört den Büchern. Sie lügen nicht und sind immer da, wenn man zu ihnen zurückkehrt. Ich habe ein langes und glückliches Leben hinter mir und es nie bedauert, es ohne ein Weib an meiner Seite verbracht zu haben.«

Deswegen bist du auch so ein alter Griesgram geworden. Anton war sich durchaus bewusst, dass es für ihn sehr gefährlich werden konnte, wenn er sich weiter mit Vroni einließ. Er hatte aber auch ihre Warnung nicht vergessen. Wenn er sich jetzt von ihr abwand, konnte ihm das Weib großen Schaden zufügen.

Seit seiner Rückkehr aus Pressburg hatte er sich bisher zwei Mal mit Vroni getroffen. Sie hatten einen Platz in einem Teil der Stallungen gefunden, der schon lange nicht mehr genutzt wurde. Dorthin verirrte sich sehr selten ein Mensch. Schon gar nicht in der Nacht. Anton musste zugeben, dass Vroni sich gut darauf verstand, ihm alle Wünsche zu erfüllen. Wenn nicht die Angst, erwischt zu werden, ein ständiger Begleiter bei ihrem Liebesspiel gewesen wäre, hätte er sicher mehr Gefallen daran gefunden.

Trotzdem – auch wenn er es nicht wahrhaben wollte – genoss er die gemeinsamen Stunden und konnte nicht genug davon bekommen, mit seinen Fingern die samtweiche Haut ihres Körpers zu streicheln. Er spürte, wie sich etwas bei ihm regte, wenn er an die üppigen, wohlgeformten Brüste dachte. Dennoch liebte er Vroni nicht und würde es auch niemals tun. Sie war zweifellos nicht die Frau, mit der gemeinsam er sein Leben verbringen wollte.

Nachdem Anton und sein Lehrmeister ihre Mahlzeit beendet hatten, widmeten sie sich wieder ihren Büchern. Die Menge an Schriften, die Zeidler seinem Schüler vorlegte, schien endlos zu sein, und er war sich sicher, niemals alles in der Bibliothek lesen zu können. Zeidler behauptete immer, dass er jede Schriftrolle kannte. So recht daran glauben konnte Anton aber nicht.

Endlich wurde es Abend, und Zeidler erlaubte seinem Schützling sich zurückzuziehen. Er selbst wollte noch in der Bibliothek bleiben. Anton vermutete, dass der Alte dort die ganze Nacht verbringen würde, wie es in den letzten Wochen immer häufiger vorkam.

Mittlerweile hatte Anton den alten Mann, der es ihm nicht immer leichtmachte und selten mit seiner Arbeit zufrieden war, fast ein bisschen ins Herz geschlossen. Er wünschte ihm auf keinen Fall etwas Schlechtes und hoffte, dass er noch ein paar Jahre lang sein Leben am Kaiserhof genießen konnte. Anton würde ihm, so gut er es vermochte, dabei helfen.

***

»Ich dachte schon, du würdest mich hier bis zum Morgen warten lassen«, sagte Vroni vorwurfsvoll, als Anton die alten Stallungen betrat.

»Wenn ich sage, dass ich da sein werde, komme ich auch. Du musst mir nicht jedes Mal Vorwürfe machen. Wir müssen vorsichtig sein. Das weißt du.«

»Wir treffen uns viel zu selten. Da ist es doch kein Wunder, dass ich ungeduldig bin.« Vroni schmiegte sich eng an Anton und er konnte ihre Brüste spüren. Alle Zweifel, ob es eine gute Idee war, sich mit ihr in den alten Stallungen zu treffen, waren vergessen. Hier würde sie schon niemand finden. Entkommen würde er dem Weib ohnehin nicht, so lange sie hier in Wien blieb. Dann konnte er es auch genießen, mit ihr zusammen zu sein.

Anton löste sich von Vroni und zog sie in den hinteren Teil der Stallungen. Dort breiteten sie eine alte Decke auf den Strohresten aus.

»Es ist kalt hier«, stellte Vroni naserümpfend fest. »Außerdem stinkt es.«

»Wir können gerne an einem anderen Abend wiederkommen.«

»Nein, du wirst mich einfach warmhalten müssen.« Vroni lächelte verführerisch und ließ ihr Kleid zu Boden sinken.

Anton ließ sich auch nicht lange bitten. Eilig entledigte er sich ebenfalls seiner Kleidung. Dabei hing sein Blick wie gebannt an den vollen Brüsten des Weibes und er spürte die Erregung zwischen seinen Beinen. Dann nahm er Vroni in den Arm und sie küssten sich innig. Sie ließen sich langsam zu Boden sinken und Anton merkte, dass Vroni mehr als bereit für ihn war.

Er bedeckte ihre Brüste mit Küssen und das Zittern ihres Körpers stachelte ihn weiter an. Den zufriedenen Seufzer, den Vroni ausstieß, als er in sie eindrang, hörte er kaum. In den nächsten Minuten war alles um die beiden herum vergessen. Sie versanken in ihrem Liebesspiel und gaben sich einander völlig hin.

»Wann wirst du mich endlich zu deinem Weib machen?«, fragte Vroni, als sie etwa eine halbe Stunde später völlig verschwitz nebeneinanderlagen.

»Das fragst du mich immer, wenn wir uns sehen. Ich habe dir doch jetzt oft genug gesagt, dass ich zunächst an meine Anstellung am Kaiserhof denken muss. Warum kannst du das nicht verstehen?«

»Weil ich immer mit dir zusammen sein will. In einem eigenen Bett in unserem Haus und nicht in diesem verrotteten Stall.«

»Du wirst dich noch eine Weile gedulden müssen.«

»Und wenn ich das nicht will?«

Dann geh eben zurück nach Pressburg. Anton verzichtete auf eine Antwort. Er wusste, dass Vroni niemals Ruhe geben würde – egal, welche Argumente er auch vorbrachte. Fast täglich bereute er die eine unchristliche Nacht vor Ferdinands Krönung. Warum musste er ausgerechnet an ein Weibsbild geraten, das sich so an ihn klammerte? Pressburg war weit entfernt. Warum hatte sie nicht einfach dortbleiben können? Wie er Vroni jemals wieder loswerden sollte, wusste Anton nicht. Er musste aber eine Lösung finden. Und das bald.

»Dein Meister sieht krank aus«, sagte Vroni nach einer Weile. »Und er ist bereits sehr alt.«

»Was soll das jetzt bedeuten?«

»Falls er stirbt, wird dich der Kaiser zu seinem ersten Schreiber machen, und wir sind alle Sorgen los.«

Um Gottes Willen. »Bist du von Sinnen? An so etwas darfst du nicht einmal denken!«

»Ich habe aber recht, oder nicht?« In Vronis Stimme schwang ein bedeutungsschwerer Ton mit.

»Nein! Und ich will davon nie wieder etwas hören. Was du da andeutest, kommt für mich nicht in Frage. Und du wirst dich ebenfalls zurückhalten!« Anton, der schon lange davon überzeugt war, dass Vroni zumindest eine Teilschuld am Tod der beiden Küchenmägde in Pressburg trug, traute dem Weib durchaus einen Mord zu. Er selbst würde dabei allerdings nicht mitmachen. So schwierig Zeidler auch an manchen Tagen war, ihm durfte nichts geschehen!

»Du musst versprechen, dass du meinen Lehrmeister in Ruhe lässt!«

»Es war ja nur so ein Gedanke …«

»Nein, Vroni, du musst es mir versprechen. Auf diese Art will ich Zeidlers Stellung nicht übernehmen!«

»Ich verspreche es. Wenn du so an dem Alten hängst, lassen wir ihn in Ruhe. Ewig warten werde ich aber auch nicht. Es gibt auch noch andere Männer in Wien.«

Du könntest mir keinen größeren Gefallen erweisen, als dir einen davon zu suchen.

Heidelberg, 26. Juli 1618

»Wenn es dir recht ist, werde ich mich jetzt zurückziehen.«

»Natürlich ist es das, meine Liebe. Ich weiß ja, wie schwer dir solche Empfänge in deinem Zustand fallen. Ich werde noch bleiben müssen, komme aber so schnell nach, wie es mir möglich ist.« Friedrich warf seiner Gattin einen liebevollen Blick zu.

Er wusste, wie ungern sich Elisabeth im Festsaal aufhielt, wenn dieser voller Menschen war. Weil sie nicht verstand, was am Tisch gesprochen wurde, langweilten sie solche Anlässe. Hinzu kam, dass sie deutlich mehr unter ihrem Umstand litt, als bei den ersten beiden Kindern, die sie zur Welt gebracht hatte.

»Du musst dich nicht beeilen«, sagte Elisabeth. »Vermutlich schlafe ich bereits, wenn du zu Bett gehst.«

Nachdem seine Gattin sich verabschiedet und den Saal so würdevoll, wie es ihr derzeitiger Umstand gestattete, verlassen hatte, widmete sich Friedrich wieder seinen Gästen. Am Mittag war der sächsische Kurfürst mit einem Gefolge von etwa achtzig Personen in Heidelberg angekommen. Friedrich hatte es sich nicht nehmen lassen, am Abend ein Fest zu Ehren seiner Gäste abzuhalten. Der Wein floss in großen Mengen und nicht nur der Kurfürst lobte dessen Qualität.

Im Gegensatz zu Elisabeth mochte Friedrich solche Empfänge und zeigte sich bei der Bewirtung großzügig. Die Dienerschaft hatte eine große Weinmenge aus dem Fass im Gewölbe, das so groß war, dass eine Familie mit vier Personen darin hätte wohnen können, geholt. Der Vorrat in diesem Behältnis schien grenzenlos.

Bisher waren weder Friedrich noch Johann Georg I. auf den eigentlichen Grund des Besuches zu sprechen gekommen. Dazu hatten sie am nächsten Tag genug Zeit, wenn sie mit ihren Beratern zusammenkamen. Friedrich war gespannt darauf, was diese Gespräche bringen würden. Das Direktorium in Prag hatte die beiden Kurfürsten offiziell um die Vermittlung zwischen ihnen und Kaiser

Matthias gebeten. Jetzt galt es, einen Krieg zu verhindern, der immer unausweichlicher zu werden schien, je länger die Landsknechte beider Seiten ihr Unwesen in den Gebieten der jeweils anderen Partei trieben.

»Geht es Eurer Gattin nicht gut?«, riss Johann Georg Friedrich aus seinen Gedanken.

»Oh doch. Sehr gut sogar. Wir erwarten ja unser drittes Kind.«

»Da darf ich gratulieren! Wann wird es denn so weit sein?«

»Genau können wir das nicht sagen. Frühestens aber im September.«

»So bald schon. Eurer Gattin sind ihre Umstände kaum anzusehen. Im Gegenteil ist sie dadurch noch schöner geworden.«

Friedrich nickte zustimmend. Er wusste, dass Johann Georg ein Schmeichler war und anderen hochrangigen Personen gerne nach dem Mund redete, um sich nach Möglichkeit einen Vorteil zu verschaffen. Was Elisabeths Schönheit anging, war er aber mit seinem Gast absolut einer Meinung. Die beiden unterhielten sich noch etwa eine Stunde, dann schien der sächsische Kurfürst genug von dem Wein zu haben. Den ganzen Abend über hatten die Mägde dafür gesorgt, dass die Kelche niemals leer wurden. Jetzt zeigte der Alkohol auch bei Johann Georg seine Wirkung.

Friedrich war das nur recht. Wenn sein Gast zu Bett ging, konnte er sich ebenfalls zurückziehen. Das Gefolge aus Sachsen und die eigenen Berater von Friedrich konnten sich auch alleine beschäftigen und der Musik der Spielleute lauschen. Er selbst wollte lieber nach Elisabeth sehen und hoffte, dass seine Gattin noch wach war.

***

»Ich habe nicht so rasch mit dir gerechnet«, begrüßte Elisabeth ihren Gatten, als er das Schlafgemach betrat.

»Georg Johann hat sich ebenfalls zurückgezogen. Es gibt für mich keinen Grund, länger bei dem Empfang zu bleiben.«

»Du bist wegen mir früher gegangen«, Elisabeth sah ihren Gatten lächelnd an. »Das hättest du nicht tun müssen.«

»Ich wollte dich nicht zu lange warten lassen.« Friedrich legte seine enge Uniform ab und streifte ein Nachtgewand über. Dann legte er sich zu Elisabeth in das breite Himmelbett.

»Wird es einen Krieg geben?«, fragte sie, während er ihr zärtlich über die Wölbung ihres Bauches strich.

»Ich werde alles daransetzen, um das zu verhindern. Spätestens, wenn Ferdinand Kaiser des Heiligen Römischen Reiches Deutscher Nation ist, wird er seine Truppen nach Böhmen schicken. Vielleicht sogar früher.«

»Kannst du etwas dagegen tun?«

»Ich fürchte, nein. Georg Johann und ich werden versuchen, zwischen den Protestanten in Prag und dem Kaiser zu vermitteln. Aber auch Graf von Thurn wird nicht nachgegeben. Er darf sich keine Schwäche leisten, wenn er nicht will, dass die Zustände von vor dem Aufstand zurückkommen. Und das werden sie, wenn er jetzt die Macht zurück an König Ferdinand gibt.«

»Auf welcher Seite stehen wir?«

»Das weißt du, meine Liebe. Wir sind als Kalvinisten den Protestanten näher als den Katholiken. Wenn es zum Krieg kommt, wird sich die Protestantische Union auf die Seite von Böhmen stellen.«

»Gibt es keinen Weg, unser Reich zu schonen?«

»Nicht, wenn es zum Äußersten kommt. Du darfst nicht vergessen, dass ich das Oberhaupt der Union bin.«

»Ist das nicht Christian von Anhalt?«

»Er ist in meinem Namen tätig. Sorge dich nicht zu sehr, wir sind weit weg von Böhmen und in Sicherheit. Selbst wenn es zu einem Krieg kommt, wird er nicht in der Kurpfalz stattfinden.«

»Ich habe Angst um unsere Kinder.«

»Das verstehe ich sehr gut. Ich kann dir aber versichern, dass ihnen nichts geschehen wird. Und dir auch nicht.«

Friedrich sah Elisabeth an, dass seine Worte sie nicht beruhigten. Gerne wollte er ihr die Sorgen nehmen, wusste aber nicht, was er noch sagen sollte. Sie hatte ja recht. Es konnten ihnen durchaus sehr schwere Zeiten bevorstehen.

»Versuch jetzt zu schlafen. Du musst dich schonen und darfst dir nicht zu viele Sorgen machen. Denk an unser Kind. Schon bald wird es zur Welt kommen und uns zu noch glücklicheren Eltern machen, als wir es ohnehin bereits sind.«

»Du hast recht«, sagte Elisabeth. Sie sah ihren Gatten liebevoll an und küsste ihn sanft auf den Mund. »Du solltest ebenfalls schlafen. Morgen wird ein anstrengender Tag für dich werden.«

Friedrich löschte die Kerze und es wurde fast komplett dunkel im Raum. Der zunehmende Mond schickte lediglich einen kleinen Lichtschimmer durch das Fenster des Schlafzimmers. Der Kurfürst lag noch lange wach und dachte an die Zukunft der Kurpfalz und den Konflikt zwischen Böhmen und seinem König. Elisabeths gleichmäßige Atemzüge verrieten ihm, dass sie eingeschlafen war. Er würde alles daransetzen, für die Sicherheit seiner Gattin und der Kinder zu sorgen. Sie waren sein ganzes Glück. Auf keinen Fall durfte ihnen etwas geschehen.

***

»Wir müssen das neue böhmische Direktorium mit unseren Truppen unterstützen!«, forderte Christian von Anhalt mit energischer Stimme.

»Unsere Aufgabe ist es, zwischen Prag und Wien zu vermitteln«, entgegnete Georg Johann I.. »Im Interesse der Menschen in unserem Reich, sollten wir versuchen, einen Krieg mit aller Kraft zu verhindern. Wenn wir jetzt Truppen entsenden, beschwören wir den Krieg nur eigenhändig herauf!«

Friedrich sah die Männer nacheinander an. Im Grunde genommen hatten sie beide recht. Genau hier lag das Problem. Böhmen hatte die beiden Kurfürsten offiziell um Vermittlung gebeten. Beide gehörten der Protestantischen Union an, und Graf von Thurn erwartete sicher Hilfe von ihnen, sollte es tatsächlich zu Kämpfen kommen. Ihr Eingreifen zu Gunsten des Direktoriums in Prag würde aber auch die katholische Liga auf den Plan rufen. Herzog Maximilian stand sicher bereits bereit und würde sich uneingeschränkt auf die Seite von Kaiser Matthias und Ferdinand stellen. Dann war zu befürchten, dass sich der Krieg sehr schnell über die Grenzen von Böhmen hinaus ausweiten würde.

»Wir müssen besonnen vorgehen«, sagte Friedrich daher. »Die Lage ist angespannt. Wenn wir jetzt voreilige Schlüsse ziehen, kann das zum Auslöser eines Krieges werden, der unser gesamtes Reich spalten wird. Wir müssen den Protestanten in Böhmen aber auch beistehen, wenn es zum Äußersten kommt.«

»Beides zugleich wird kaum möglich sein«, gab Georg Johann zu bedenken.

»Vielleicht doch«, entgegnete Friedrich nachdenklich.

»Wie meint Ihr das?«

»Wir werden zunächst darauf verzichten, offen Partei zu ergreifen, und die Aufgabe erfüllen, die an uns herangetragen wurde. Ich werde Graf von Solms als Vermittler nach Prag entsenden. Ihr schickt einen Boten nach Wien, der dem Kaiser und Ferdinand mitteilt, dass die Protestanten in Prag eine gütliche Lösung suchen.«

»Ist das alles?«, fragte Christian von Anhalt enttäuscht, der offensichtlich mit einer anderen Entscheidung des Kurfürsten gerechnet hatte.

»Zunächst ja. Darüber hinaus werden wir unser Heer in Bereitschaft halten. Außerdem wird Graf von Mansfeld mit seinen Truppen nach Prag reisen, um die Stände dort zu unterstützen, falls die kaiserlichen Truppen einfallen.« Friedrich wusste, dass durchaus die Gefahr bestand, dass gerade Ferdinand es als Grund zum Feldzug gegen Böhmen sehen konnte, wenn dort ein weiteres Heer Stellung bezog. Weil von Mansfeld aber neutral war, konnte man der Protestantischen Union nicht vorwerfen, zu Gunsten der Rebellion Stellung bezogen zu haben.

»So soll es geschehen«, sagte Georg Johann, und auch Christian von Anhalt schien mit dieser Lösung einverstanden zu sein.

Sie alle wussten, wie viel auf dem Spiel stand und keiner wollte einen Fehler machen, der sein eigenes Reich in einen Krieg stürzen konnte.

Prag, 03. August 1618

»Du musst Geduld mit Magdalena haben«, sagte Polyxena mit leicht vorwurfsvollem Unterton in der Stimme.

»Das habe ich ja. Warum aber will sie nicht mit mir sprechen? Gibt sie mir etwa die Schuld an allem, was passiert ist?« Philipp war verzweifelt. Er hatte Magdalena nicht mehr gesehen, seitdem sie gemeinsam aus ihrem Heimatort zurückgekehrt waren. Polyxena von Lobkowitz sagte ihm jedes Mal, wenn er nach ihr fragte, dass sie die zurückliegenden Ereignisse verarbeiten müsse und sich deshalb zurückgezogen hatte. Philipp hatte Verständnis für die junge Frau, die alles verloren hatte und er wollte ihr so gerne helfen. Das konnte er aber nicht, wenn sie sich von ihm zurückzog. Es tat ihm in der Seele weh, nicht zu wissen, was Magdalena tat und wie es ihr ging.

»Sie gibt dir nicht die Schuld. Tief in ihrem Innersten weiß sie, dass sie ebenfalls nicht mehr leben würde, wäre sie nicht mit dir nach Wien gereist. Sie hätte den Tod ihrer Eltern nicht verhindern können.«

»Es ist etwas in ihr zerbrochen, als sie die Leichen gesehen hat …«

»Ja. Gib ihr die Zeit, die sie braucht, bis die Wunden in ihrem Herzen geheilt sind.«

»Werden sie denn heilen?«, fragte Philipp wenig hoffnungsvoll.

»Irgendwann wird sie sich erholt haben. Wie lange das dauert, weiß niemand. Wenn es ihr bessergeht, wird sie zu dir kommen. Ich bin mir sicher, dass ihr beide eine gemeinsame Zukunft haben werdet.«

»Das wäre mein allergrößter Wunsch.«

»Das weiß ich.«

In diesem Moment betrat Diepold von Lobkowitz den Raum. Philipp stellte erleichtert fest, dass der Graf einen zuversichtlichen Gesichtsausdruck zeigte. Gemeinsam mit Polyxena hatte er auf seine Rückkehr gewartet. Sie wollten erfahren, ob sich etwas an der angespannten Lage in der Stadt geändert hatte.

»Konntest du mit Graf von Solms sprechen?«

»Ja«, antwortete Diepold auf die Frage seiner Gattin. »Er bestätigte mir unsere Vermutung, dass er im Auftrag des pfälzischen Kurfürsten nach Prag gereist ist. Die Protestantische Union ist darum bemüht, den Frieden zu wahren. Georg Johann von Sachsen verweilt in Wien, um dort beim Kaiser für die Belange des böhmischen Volkes zu werben.«

»Was ist mit von Ruppau?«

»Er und das Direktorium wollen den Frieden ebenfalls erhalten. Lediglich Graf von Thurn würde am liebsten sofort gegen die kaiserlichen Truppen vorrücken.«

»Deine Worte würden mich beruhigen«, sagte Polyxena nachdenklich, »wäre da nicht Graf von Mansfeld. Seine Anwesenheit in Prag könnte der Kaiser als Provokation auffassen.«

»Die Kurfürsten von Sachsen und der Kurpfalz versuchen, Matthias davon zu überzeugen, dass von Mansfeld die Kriegshandlungen nicht eröffnen wird. Es bleibt uns nichts anderes übrig, als auf eine besonnene Handlung des Kaisers zu hoffen.«

»Das macht mir große Sorgen«, gab Polyxena zu. »Nach der Verhaftung von Kardinal Klesl ist der Einfluss von Ferdinand auf den Kaiser größer geworden. Der König würde sofort gegen Prag vorrücken, wenn er von Matthias freie Hand bekäme.«

»Die Zeiten sind schwer«, sagte Diepold seufzend.

»Und sie werden nicht leichter. Ferdinand könnte der nächste Kaiser des Heiligen Römischen Reichs sein. Das weiß er selbst auch nur zu gut. Wenn er die Macht hat, wird er sich Böhmen zurückholen. Dann müssen wir uns auf einen möglicherweise sehr langen Krieg vorbereiten.«

Philipp hatte dem Gespräch der beiden schweigend zugehört und hing seinen Gedanken nach. Alle wussten, dass Kaiser Matthias schwächer geworden war. Er selbst hatte ihn in Wien gesehen und war erschreckt gewesen, wie zerbrechlich der Körper des Kaisers wirkte. Sie konnten nur beten, dass er sich erholte und noch lange in seinem Amt bleiben konnte.

Polyxena und Diepold entschlossen sich, einen Brief an den Kaiser zu schreiben, um ihm das Geschehen in Prag zu schildern. Außerhalb des Schlosses war nichts von den Unruhen zu spüren, und die Bevölkerung der Stadt ging ihrem normalen Tagewerk nach. Die Aufregung, die der Fenstersturz unter den Menschen hervorgerufen hatte, war dem Alltag gewichen. Auch aus den Dörfern waren keine weiteren Schreckensmeldungen mehr nach Prag gekommen.

Philipp ließ sich von seinen Arbeitgebern den Brief diktieren und begab sich dann am frühen Abend in seine Kammer. Wie immer, wenn er das Anwesen verließ, dachte er an Magdalena, die sich irgendwo in den oberen Gemächern aufhielt. Er hätte alles dafür gegeben, wenigstens ein paar Minuten mit ihr sprechen zu dürfen.

***

Philipp fühlte eine nie gekannte Leere in seinem Kopf. Er litt noch stärker unter Magdalenas Schweigen, als er Polyxena gegenüber zugegeben hatte. Er hätte die junge Frau überall hinbegleitet, wenn sie ihm nur sagte, dass sie es wollte. In den letzten Tagen hatte er öfters darüber nachgedacht, Prag zu verlassen. Sollte sich Magdalena wirklich von ihm abwenden, hielt ihn nichts mehr in dieser Stadt. Er würde es nicht überleben, zu wissen, dass sie ganz in seiner Nähe war und er sie trotzdem nie erreichen konnte.

Von Anton, der Philipp einen Brief geschrieben hatte, wusste er, dass in der kaiserlichen Armee Schreiber gesucht wurden. Zwar wäre dies ein deutlich gefährlicheres Leben als in Prag, aber er war entschlossen, diesen Weg zu gehen, sollte Magdalena ihn tatsächlich nicht mehr wiedersehen wollen.

Niedergeschlagen ging Philipp durch die Straßen der Stadt. Die Menschen, die ihn ansprachen, grüßte er freundlich zurück. Ansonsten vermied er Gespräche. Er wollte jetzt nur mit seinen Gedanken alleine sein und wusste, dass ihm eine lange Nacht bevorstand, in der er nur schwer seinen Schlaf finden würde. Philipp war froh, dass die vielen Besuche der Prager Bürger fast völlig aufgehört hatten. Nach seiner Rückkehr in die Stadt hatte man einen großen Wirbel um ihn veranstaltet, der jetzt nachließ. Das war ihm auch mehr als recht.

Mit müden Bewegungen öffnete Philipp die Tür zu seiner Kammer und trat ein. Die Besitzer des Hauses waren nicht da. Die Leere in dem Gemäuer, die ihn vorher nie gestört hatte, drohte ihn nun zu erdrücken. Bevor er Magdalena kennengelernt hatte, war er zufrieden mit seinem Leben gewesen. Er hatte eine gute Anstellung, die ihm ein sorgenfreies Leben versprach. Mit dem Aufstand der protestantischen Stände war alles anders geworden. Dennoch wünschte sich Philipp sein altes Leben nicht zurück. Magdalena hätte er nie kennen gelernt, wenn Graf von Thurn nicht mit seinen Mannen in die Prager Burg gestürmt wäre.

Philipp trat in seine Kammer ein und merkte sofort, dass etwas anders war. Er brauchte aber einen Moment, um festzustellen, was. Dann fiel es ihm auf: Es war der Geruch. Jemand hatte gelüftet und frische Luft in den Raum gelassen, die den modrigen Gestank vertrieben hatte, den Philipp gewohnt war.

»Du kommst spät«, begrüßte ihn Magdalena, die wie aus dem Nichts hinter ihm erschien – mit einem Lächeln.

Zunächst brachte Philipp vor Freude kein Wort heraus und starrte die junge Frau völlig überrascht an. Dann ging er zu ihr und nahm sie in den Arm.

»Du hast mir gefehlt! Du glaubst gar nicht, wie glücklich ich bin, dich zu sehen!«

»Ich habe dich auch vermisst«, sagte Magdalena und erwiderte die Umarmung.

Die beiden blieben einen Moment lang so stehen. Philipp hatte dabei das Gefühl, die Zeit wäre stehen geblieben. Er konnte es noch immer nicht fassen, dass sie tatsächlich hier war.

»Ist das ein Traum?«

»Nein«, erwiderte Magdalena lachend und löste sich von Philipp. »Ich bin tatsächlich hier.«

»Wie bist du in das Haus gekommen?«

»Die Schneiderin hat mich hereingelassen, bevor sie mit ihrem Gatten zu seinen Eltern gegangen ist.«

»Ich habe schon befürchtet, du würdest mich niemals wiedersehen wollen.«

»Dafür hätte ich gar keinen Grund. Nach dem Tod meiner Eltern brauchte ich einfach Zeit, um meine Gedanken zu ordnen.«

»Ich habe befürchtet, du gibst mir die Schuld an allem.«

»Ich gebe zu, dass ich in den ersten Minuten so gedacht habe, als ich meine toten Eltern gesehen habe. Ich wollte dich damals nach Wien begleiten. Das habe ich mir lange selbst vorgeworfen. Polyxena hat mir immer wieder gesagt, dass diese Reise mein Leben gerettet hat. Ich habe lange gebraucht, um das einzusehen.«

»Und jetzt geht es dir besser?«

»Ja. Ich bin hergekommen, weil ich mit dir sprechen muss.«

Philipp hatte das Gefühl, sein Herzschlag würde für einen Moment aussetzen. Er betete zu Gott, dass Magdalena ihm jetzt nicht doch noch für immer Lebewohl sagen würde.

»Warum schaust du mich so entgeistert an?«

»Ich habe einfach Angst, dass du mich verlassen willst.«

»Nein, Philipp. Ganz im Gegenteil. Ich bin gekommen, um dir zu sagen, dass ich bereit bin, deine Frau zu werden. Das heißt, wenn du das noch willst.«

»Ist das wahr?«

»Warum sollte ich lügen?«

Wieder nahm Philipp Magdalena in den Arm und drückte sie fest an sich. »Damit machst du mich zum glücklichsten Menschen auf der Welt!«

»Du übertreibst«, sagte sie lachend und fuhr dann in etwas ernsterem Ton fort, »Ich wusste schon, dass wir zusammengehören, als du todkrank in unserem Gasthaus aufgetaucht bist. Seit diesem Tag ist aber einfach zu viel passiert. Jetzt bin ich mir über meine Gefühle im Klaren und weiß, wie sehr ich dich liebe.«

Den restlichen Abend verbrachten die beiden zusammen beim Essen. Magdalena hatte die Zeit seiner Abwesenheit genutzt und ihnen in der Küche im unteren Stockwerk eine Mahlzeit zubereitet. Philipp musste lächeln, als er daran dachte, dass sie die Schneiderin in ihren Plan eingeweiht haben musste, den Sekretär zu überraschen. Obwohl es ihm vorzüglich schmeckte, brachte er vor Aufregung kaum einen Bissen herunter. Zu groß war die Freude darüber, dass Magdalena seinen Antrag endlich angenommen hatte. Wenn es nach ihm gegangen wäre, hätte dieser Abend niemals geendet.

»Bringst du mich zurück?«, fragte Magdalena schließlich nach dem Essen.

»Wohin?« Irritiert sah Philipp sie an.

»Ins Haus von Polyxena. Was hast du denn gedacht?

»Ich hatte gehofft, wir verbringen die Nacht gemeinsam …«

»Das wäre unschicklich! Wir wollen doch nicht, dass die Leute über uns reden. Außerdem werden deine Vermieter bald zurückkehren. Wir wollen doch nicht, dass sie dich hinauswerfen.« Magdalena sah Philipp mit einem warmen Lächeln an. »Bald bin ich dein Weib. Dann werde ich ganz dir gehören. Bis dahin wirst du aber warten müssen.«

»Du hast natürlich recht.« Philipp versuchte, sich seine Enttäuschung nicht anmerken zu lassen. Ihn selbst hätte das Gerede in der Stadt nicht gestört, wenn Magdalena jetzt bei ihm geblieben wäre. Dennoch schwor sich Philipp, sie nicht zu bedrängen. Vor wenigen Stunden hatte er noch mit der Angst gelebt, sie zu verlieren; jetzt überwog seine Freude alles.

»Natürlich werde ich dich begleiten. Es ist dunkel und ich möchte nicht, dass du den Weg alleine gehen musst.«

Wien, 28. August 1618

Eintrag in die kaiserliche Chronik des Heiligen Römischen Reiches Deutscher Nation:

Ein Bote des Papstes hat bestätigt, dass Kardinal Klesl über Innsbruck nach Rom verschleppt wurde und dort in der Engelsburg in Haft sitzt.

Die Lage zwischen dem Kaiser und dem Direktorium in Prag verhärtet sich weiter.

Der Spanier Karl Bonaventura Graf von Buquoy hat sich als Feldherr über die kaiserlichen Truppen in Marsch gesetzt und ist auf dem Weg nach Böhmen.

Unterdessen ist Graf Ernst von Mansfeld mit 2000 Mannen in Böhmen angekommen, um den Ständen zu dienen. Er hat sich anno 1608 im Elsässischen Krieg in Erzherzog Leopolds Diensten als Kriegsobrist bewährt. Da er dort keine Beförderung erfuhr, hat er seine Religion beiseite gestellt und sich auf die protestantische Seite geschlagen. Die Stände halten die böhmischen Grenzen besetzt, um ein Eindringen der kaiserlichen Armee zu verhindern.

»Wenn du so weitermachst, wirst du es als Schreiber am Kaiserhof weit bringen«, sagte Zeidler und nickte Anton anerkennend zu.

»Ich habe den besten Lehrmeister«, erwiderte Anton, der Zeidler nicht zeigen wollte, wie sehr er sich über dessen Lob freute.

»Du brauchst mir nicht zu schmeicheln. Ich weiß selbst, dass meine Jahre bald gezählt sind. Du hast das Zeug dazu, mir ein würdiger Nachfolger zu werden.«

Anton war überrascht. In den vielen Wochen, in denen er nun in der Bibliothek des Kaiserhofs tätig war, hatte er noch nicht viele lobende Worte von seinem Meister gehört. Offensichtlich schien der aber mit seiner Arbeit sehr zufrieden zu sein. Das erfüllte Anton mit Stolz.

Zeidler nahm einen Schluck Wasser und wollte gerade zu einem seiner Vorträge ansetzen, als er plötzlich nach Luft schnappte.

»Was ist mit Euch?«, fragte Anton entsetzt und sprang auf.

»Ich bekomme keine Luft«, keuchte er.

Anton bekam es mit der Angst zu tun, als er sah, wie sein Lehrmeister immer mehr Probleme mit der Atmung bekam. Er packte ihn unter den Schultern und zog ihn samt Stuhl zum Fenster, welches er sofort weit aufriss. Danach riss er Zeidler die Robe vom Hals, damit die ihm die Luft nicht zusätzlich abschnürte.

»Wasser«, ächzte Zeidler. »Bring mir Wasser.«

Anton rannte zurück an den Tisch, an dem er gerade noch mit seinem Lehrmeister gesessen hatte, und nahm dessen Glas in die Hand.

Kann es an dem Wasser liegen? Der Alte hat erst einen Schluck davon getrunken, schoss es Anton durch den Kopf. Er war ratlos. Es war erst wenige Minuten her, dass ihnen eine Magd einen neuen Krug gebracht hatte. Anton selbst trank nach dem Essen lieber Wein und überließ das Wasser daher Zeidler. Vroni wusste das, weil sie die beiden in den letzten Wochen öfters bedient hatte. Konnte sie etwas damit zu tun haben, dass es Zeidler mit einem Mal so schlecht ging? Zuzutrauen wäre es dem Weib gewesen, zumal sie Anton bereits auf den Gesundheitszustand des Alten angesprochen hatte. Wenn sein Verdacht richtig war, würde Zeidler es nicht überleben, wenn er den ganzen Becher trank.

Anton lief zurück zu seinem Lehrmeister und stellte erleichtert fest, dass dessen Atmung gleichmäßiger geworden war. »Ich hole neues Wasser«, sagte er und rannte los.

Als Anton wenige Minuten später zu Zeidler zurückkehrte, war der so blass wie Mehl. Schwach nahm er seinem Schüler den Becher mit Wasser ab und trank in langsamen Schlucken.

»Ich bringe Euch in Euer Zimmer«, sagte Anton, nachdem sein Lehrmeister sich soweit erholt hatte, dass er seine Umgebung wieder deutlicher wahrnahm.

»Das wird nicht nötig sein. Es geht mir bereits viel besser.« Der Schreiber klang immer noch schwach und außer Atem.

»Dieses eine Mal werdet Ihr tun, was ich Euch sage!«

Nachdem Anton Zeidler in sein Bett gelegt und sein Kissen so gerichtet hatte, dass sein Lehrmeister bequem lag und gut Luft bekam, zog er sich einen Stuhl heran und setzte sich neben ihn.

»Was soll das werden?«

»Ich bleibe hier.«

»Behandle mich nicht wie einen kleinen Jungen. Ich hatte einen Schwächeanfall. Es geht mir wieder gut.«

Das glaubst du doch selbst nicht. Ich werde nicht zulassen, dass du aufstehst, sobald ich das Zimmer verlassen habe.

»Ich bleibe hier, bis Ihr Euch vollständig erholt habt. Wenn Euch das lieber ist, kann ich aber auch einen Heiler holen.«

»Wage es ja nicht.«

Anton musste sich ein Grinsen verkneifen. Er wusste, wie wenig der Alte von der Heilkunst hielt. Er würde sich nur mit Hilfe von Gewalt untersuchen lassen. Auch wenn es Zeidler inzwischen tatsächlich etwas besser zu gehen schien, war Anton alles andere als beruhigt. Der Gedanke, dass das Wasser vergiftet gewesen sein konnte, brannte sich fest in seinem Gehirn ein. Gott sei Dank hatte Zeidler nicht viel davon getrunken!

Es dauerte nur wenige Minuten, bis der Alte erschöpft einschlief. Anton beobachtete den Mann und wurde sich zum ersten Mal richtig bewusst, dass sein Lehrmeister wohl tatsächlich nicht mehr lange leben würde. Er war schwächer, als Anton es erwartet hatte. Dass er kaum noch etwas sehen konnte, war nur eines der Zeichen dafür.

***

Als er am nächsten Morgen erwachte, spürte Anton die Schmerzen in seinem Nacken. Er sah sich um und stellte fest, dass er die Nacht in Zeidlers Zimmer verbracht hatte. Es dauerte ein paar Sekunden, bis ihm einfiel, warum dies so war. Dann sprang er auf, als hätte ihn jemand mit der Heugabel gestochen.

Was ist mit dem Alten?

Anton sah erleichtert, dass sein Lehrmeister ruhig schlief, und lächelte zufrieden, als er die Schnarchlaute hörte.

Es geht ihm also tatsächlich besser.

Ein Blick aus dem Fenster verriet Anton, dass es noch sehr früh am Morgen war. Die Dämmerung hatte gerade erst begonnen. Er dachte darüber nach, was er jetzt am besten tun sollte. Natürlich konnte er warten, bis Zeidler erwachte. Es wäre dem Alten allerdings sicher nicht recht, seinen Schüler an seinem Bett vorzufinden. Wenn er stattdessen einfach verschwand, würde sein Lehrmeister nicht merken, dass er die ganze Nacht bei ihm gewesen war.

Anton entschloss sich also, in sein eigenes Zimmer zu gehen. Auf halbem Weg dorthin änderte er jedoch seinen Plan. *Ich werde nachsehen, ob ich dieses teuflische Weibsstück in der Küche finde. Sie ist mir einige Antworten schuldig!*

Kurz bevor er den Kellerbereich erreichte, traf Anton auf eine der Mägde. Er wusste, dass sie sich mit Vroni ein Zimmer teilte, und sie würde ihm sicher sagen können, ob die schon in der Küche war.

»Sie schläft sicher noch«, sagte die Magd, als Anton sie nach Vroni fragte. »Was willst du denn von ihr?«

»Das ist nicht so wichtig. Ich wollte ihr nur ein paar Fragen stellen.«

»So früh am Morgen?«

»Ich konnte nicht mehr schlafen«, log Anton. Er musste der jungen Frau ja nicht alles erzählen. »Wann beginnt sie ihre Arbeit denn?«

»Vroni hat heute frei. Wenn es etwas Wichtiges ist, werdet Ihr wohl mit mir vorliebnehmen müssen.«

»Ist schon recht«, entgegnete Anton. »Die Sache hat Zeit. Sicher werde ich sie in den nächsten Tagen mal treffen.«

Er konnte der Magd ansehen, dass sie ihm seine Ausreden nicht so recht glauben wollte. Sicher würde sie sich irgendeinen Schmarrn zusammenreimen und damit den Tratsch unter den Weibern in Gang setzen. Das war Anton allerdings in diesem Moment egal. Er wusste, wo Vroni ihr Zimmer hatte. Sicher war sie dort jetzt alleine. Sie würde ihm nicht ausweichen können.

***

»Anton«, rief Vroni erfreut, als er in die kleine Kammer der Dienstmägde trat. »Du musst es aber sehr nötig haben, wenn du extra hierher zu mir kommst.«

»Red nicht so dumm daher! Deswegen bin ich nicht hier. Was hast du mit Zeidler gemacht?«

»Was ist denn mit ihm?«

»Tu nicht so, als wüsstest du nicht, was passiert ist!«

»Ich weiß nicht, wovon du sprichst.«

Das weißt du verlogene Hexe sehr gut! Anton kochte vor Wut. »Zeidler hatte einen Anfall und wäre gestern Abend beinahe gestorben!«

»Das tut mir sehr leid. Geht es ihm besser?«

Du scheinheiliges Luder.

Vroni setzte sich auf, und Anton konnte sehen, dass sie unbekleidet geschlafen hatte. Das teuflische Weib schien nicht das geringste Schamgefühl zu besitzen. Heute schaffte es Anton jedoch mühelos, den Blick von Vronis Brüsten abzuwenden und sah ihr zornig ins Gesicht.

»Zeidler hat vergiftetes Wasser getrunken. Zum Glück nur einen kleinen Schluck. Er bekam keine Luft mehr, ich habe ihn aber retten können.«

»Ich habe euch den Wasserkrug nicht gebracht.«

»Von einem Krug habe ich nichts gesagt.«

»Ihr bekommt immer einen Krug.«

Da hast du sogar recht. Trotzdem glaube ich dir kein Wort.

»Es tut mir leid, was geschehen ist. Zeidler ist ein alter Mann und du hast selbst gesagt, dass er krank ist. Woher willst du wissen, dass das Wasser vergiftet war? Er kann auch einen normalen Anfall gehabt haben.«

»Bist du sicher, dass du nichts damit zu tun hast?«

»Würdest du mir eine derartig schändliche Tat wirklich zutrauen?«

Das und noch viel Schlimmeres. »Schwöre mir, dass du Zeidler nicht vergiften wolltest.«

»Ich schwöre es.«

Anton glaubte Vroni noch immer nicht, konnte ihr aber auch nicht beweisen, dass sie etwas mit Zeidlers Anfall zu tun hatte. Er würde in Zukunft ein sehr wachsames Auge auf das Weibsstück haben müssen.

»Willst du nicht zu mir ins Bett kommen?«, fragte Vroni mit rauchiger Stimme und zog die Decke noch ein Stück weiter herunter.

»Um Gottes Willen – nein! Glaubst du wirklich, dass mir nach dieser Nacht der Sinn danach steht?«

»Ich könnte dich auf andere Gedanken bringen«, hauchte sie verführerisch.

Das würde dir so passen. »Nein. Auch in den nächsten Tagen werden wir uns nicht treffen.«

»Wieso denn nicht?« Vroni setzte ein schnippische Miene auf und zog die Decke vor ihre Brust.

»Weil ich im Moment andere Sorgen habe. Und komm mir jetzt nicht mit irgendwelchen Drohungen. Ich werde mich nicht weiter von dir unter Druck setzen lassen!«

Anton wartete Vronis Antwort nicht ab und verließ hastig den Raum. Zum ersten Mal war es ihm gelungen, sich ihren Reizen zu widersetzen und standhaft zu bleiben. Vielleicht gelang es ihm doch noch, dieses Weib loszuwerden, das ihn zweifellos verhext haben musste.

Heidelberg, 17. September 1618

»Wir werden einen Krieg nicht mehr verhindern können«, sagte Christian von Anhalt, der persönlich zurück nach Heidelberg gereist war, um seinem Kurfürsten über die neuesten Entwicklungen zu berichten.

Die beiden Männer saßen allein in Friedrichs kleinem Besprechungsraum. Es waren weder Berater noch Schreiber dabei, sodass sich die beiden Männer ungestört unterhalten konnten. Nicht einmal die Bediensteten waren anwesend, damit nichts von den heiklen Gesprächen nach außen dringen konnte.

»Was macht Euch da so sicher?«

»Von Thurn und das Prager Direktorium haben angekündigt, König Ferdinand abzusetzen und einen eigenen Thronfolger zu wählen. Darauf kann es aus Wien nur eine Antwort geben: Von dort aus haben sich die Heere bereits Richtung Böhmen in Marsch gesetzt.«

»Also hatten unsere Vermittlungsversuche keinen Erfolg«, stellte Friedrich nüchtern fest.

»Mir wurde berichtet, dass die kaiserlichen Truppen auf ihrem Feldzug durch Böhmen große Verwüstungen angerichtet haben. Sie plündern das Land und rauben die Menschen aus. Das Direktorium hat einen Brief an den Kaiser verfasst, in dem es sich offiziell beschwert.«

»Was ist mit Graf von Solms? Hält er sich noch in Prag auf?«

»Er hat sich von Mansfeld angeschlossen und ist nun einer seiner Heerführer. Es wird nicht mehr lange dauern, bis es zur ersten Schlacht kommt. Es ist an der Zeit, dass wir die Protestantische Union dazu aufrufen, Partei für Böhmen zu ergreifen und Mittel zur Verfügung zu stellen!« Von Anhalt klang entschlossen.

»Wenn wir das tun, wird sich der Krieg nicht auf Böhmen begrenzen lassen.«

»Das wird er ohnehin nicht. Graf von Thurn ist so von seiner Stärke überzeugt, dass er sogar bereit ist, gegen Wien zu ziehen.«

»Davon müssen wir ihn abhalten!«, entfuhr es dem Kurfürsten erschrocken.

»Das wird nicht gelingen. Auch die Ungarn stehen kurz vor einem Aufstand. Wenn sie sich mit Böhmen und Mähren zusammenschließen, werden sie ein Heer aufstellen können, das Wien durchaus gefährlich werden kann.«

»Wenn das passiert, wird sich die katholische Liga einschalten«, sagte Friedrich nachdenklich. »Dann weitet sich der Krieg auf das gesamte Römische Reich aus.«

»So ist es. Auch die Kurpfalz wird betroffen sein.«

»Das ist zu befürchten. Wenn wir die Union aber bereits jetzt in den Kampf einbeziehen, wird das Ergebnis ebenso sein.«

»Da habt Ihr Recht, mein Fürst. Dennoch sind wir dann von Anfang an in einer besseren Position.«

»Ich hatte meine große Hoffnung auf Kaiser Matthias gesetzt«, sagte Friedrich nach einem kurzen Moment des Schweigens. »Offenbar hat er aber nicht mehr die Kraft, sich gegen den Willen von Ferdinand durchzusetzen.«

»Der Kaiser ist krank und wird das Ende dieses Konfliktes wohl nicht mehr erleben. Seitdem sich Ferdinand Kardinal Klesl vom Hals geschafft hat, ist er der wahre Regent des Heiligen Römischen Reiches. Spätestens, wenn er offiziell Kaiser ist, wird er mit aller Entschlossenheit gegen die böhmischen Stände vorgehen!«

»Und gegen alle anderen, die sich auf deren Seite geschlagen haben …«

»Dennoch rate ich dringend, für die böhmische Sache Partei zu ergreifen. Wenn es Ferdinand doch noch gelingt, den Aufstand zu beenden, wird er nicht damit aufhören, gegen alle Protestanten im Reich vorzugehen. Der Kaiserbrief ist dann nichts mehr wert – nicht in Böhmen und auch nicht im restlichen Reich.«

»Das muss nicht passieren. Auch Ferdinand wird seine Regentschaft nicht mit einem Krieg gegen die Menschen seines Reiches beginnen wollen.« So misslich die Lage auch zu sein schien, noch wollte Friedrich die Hoffnung nicht aufgeben.

»Ich fürchte, dass er nur darauf wartet, dass es endlich soweit ist.

Friedrich sah nicht so schwarz in die Zukunft wie sein Statthalter Christian von Anhalt. Dennoch musste er zugeben, dass der Mann mit Vielem recht hatte. Es war in der Tat nicht leicht, die richtige Entscheidung zu treffen. Friedrich dachte vor allem an die Kurpfalz und natürlich an seine eigene Familie, deren Sicherheit er nicht riskieren wollte.

In diesem Moment stürzte eine der Mägde in den Raum.

»Wie kannst du es wagen, uns in unserem Gespräch zu stören«, brauste Friedrich auf.

»Es geht um Elisabeth«, brachte die Magd atemlos hervor.

»Was ist passiert?«

»Das Kind«, sagte die junge Frau aufgeregt. »Es wird jeden Moment soweit sein.«

***

Friedrich stürmte aus dem Raum und rannte die Treppe hinauf zu Elisabeths Gemächern. Christian von Anhalt zögerte einen Moment, folgte seinem Fürsten dann aber. Aus dem Raum, in dem die Fürstin gerade ihr Kind zur Welt brachte, waren die Schreie der werdenden Mutter zu hören. Friedrich wollte das Zimmer betreten, wurde aber von einer der drei Hebammen zurückgehalten.

»Ihr könnt jetzt nicht zu Eurer Frau!«

»Wie geht es ihr? Was ist mit dem Kind?«

»Beruhigt Euch. Die Fürstin hat bereits zwei gesunde Jungen zur Welt gebracht. Sie wird auch diese Niederkunft überstehen.«

»Wann kann ich zu ihr?«

»Sobald sie entbunden hat. Das kann nicht mehr lange dauern. Und jetzt wartet ab und lasst uns unsere Arbeit machen.« Die Hebamme verschwand wieder in dem Zimmer und ließ einen hilflosen Kurfürsten zurück. Friedrich hasste es, wenn er warten musste. Er war es gewohnt, zu handeln und Entscheidungen zu treffen. Jetzt stand er wie ein Knabe vor der Tür und wusste nicht, was er tun sollte. Auch wenn es bereits das dritte Mal war, dass ihm Elisabeth ein Kind schenkte, an die Anspannung direkt vor der Niederkunft würde er sich wohl nie gewöhnen.

Wieder hörten die Männer auf dem Flur Elisabeths Schreie. Friedrich wollte die Tür öffnen, wurde aber von Christian von Anhalt zurückgehalten.

»Ihr habt doch gehört, was die Amme gesagt hat. Ihr könnt jetzt nichts tun, mein Fürst.«

»Es ist zum aus der Haut fahren! Die Warterei macht mich wahnsinnig!« Aufgeregt lief der Kurfürst im Flur auf und ab. Jedes Mal, wenn er einen der Schreie hörte, lief ihm ein eisiger Schauer über den Rücken. Er gäbe alles darum, seiner Frau jetzt helfen zu können, wusste aber selbst genau, dass er das nicht konnte.

Endlich hörten die beiden Männer den Schrei eines Säuglings.

»Es ist soweit«, sagte Friedrich voller Freude und ging auf die Zimmertür zu, die in diesem Moment geöffnet wurde.

»Ich darf Euch gratulieren«, sagte die Hebamme. »Ihr habt eine Tochter bekommen. Mutter und Kind sind wohlauf. Ihr dürft jetzt zu ihnen.«

Friedrich nickte der Amme dankbar zu und ging auf das Bett zu, in dem Elisabeth sich ausruhte. Sie strahlte über das ganze Gesicht und hielt ihr Kind vor der Brust fest.

»Dieses Mal ist es ein Mädchen«, begrüßte sie ihn gleichermaßen freudig als auch erschöpft.

»Sie ist wunderschön!« Friedrich neigte sich zu seiner Frau herunter und küsste sie zärtlich auf die Stirn, dann streichelte er sanft über die schwarzen Haare des kleinen Mädchens. »Genau wie ihre Mutter.«

»Willst du unseren Söhnen nicht sagen, dass sie eine Schwester bekommen haben?«

»Das mache ich später. Ich möchte noch einen Moment bei euch bleiben. Dann kannst du dich ausruhen.«

Friedrich drehte sich kurz zu Christian von Anhalt um, der lächelnd in der offenen Zimmertür stand. »Sagt der Dienerschaft, dass sie reichlich Wein aus dem großen Fass abfüllen sollen. Wir haben etwas zu feiern!«

»Ich gratuliere Euch. Bleibt noch bei Eurer Gemahlin und Eurer Tochter. Ich werde mich um alles kümmern«, antwortete der Statthalter noch immer lächelnd.

Friedrich sah zwischen Elisabeth und der Kleinen hin und her. »Hast du dir schon einen Namen überlegt?«

»Nein, das wollte ich dir überlassen.«

»Dann soll sie Elisabeth heißen.« Wieder küsste Friedrich seine Frau auf die Stirn. »Ruh dich jetzt aus. Ich gehe zu Heinrich Friedrich und Karl Ludwig.«

Pilsen, 19. September 1618

»Gib gut auf dich acht, mein Junge«, sagte Agnes Scheidt mit schwacher Stimme. Sie versuchte sich aufzusetzen, hatte aber nicht die Kraft dazu und ließ ihren Kopf zurück auf das verschwitzte Kissen sinken.

»Bleib ruhig liegen, Mutter. Du musst dich nicht um mich sorgen. Ich werde schon auf mich aufpassen.«

»Das musst du mir versprechen, Hermann. Den Menschen in dieser Stadt stehen schwere Zeiten bevor. Halt dich aus allem Ärger heraus und tu nichts anderes als deine Arbeit.«

»Du weißt, dass ich immer für dich da sein werde.« Seine Mutter im Sterben liegen zu sehen, brach dem Zwanzigjährigen fast das Herz. In den letzten Tagen hatte er ihren körperlichen Verfall beobachten müssen. Nun wurde sie fast stündlich schwächer und schaffte es nicht einmal mehr, etwas zu essen. Seit dem letzten Morgen hatte er ihr Zimmer lediglich verlassen, um ihr etwas zu trinken zu holen, oder um sich zu erleichtern. Er wünschte sich nichts mehr, als seiner Mutter helfen zu können, war aber ratlos, was er noch tun sollte. Der einzige Arzt der Stadt hatte ihm eine Medizin angeboten, die sich die Familie aber nicht leisten konnte.

»Es geht nicht um mich. Ich sterbe und möchte in dem Wissen einschlafen, dass du nichts tun wirst, was dich in Gefahr bringt. Versprich mir das.« Agnes versuchte ihre Stimme kräftig klingen zu lassen, brachte aber nicht mehr als krächzende Töne zustande.

»Das werde ich nicht!« Hermann tat es in der Seele weh, seine Mutter am Totenbett anlügen zu müssen. Was sie aber von ihm verlangte, konnte er nicht tun. Er hatte das Gefühl, sein Leben zu verschwenden. Er wollte raus aus diesem Haus, raus aus der Stadt und am besten auch raus aus Böhmen. Auf keinen Fall würde er sein Leben damit verbringen, als Schmied in der Scheune seines Elternhauses zu arbeiten. Sein Vater hatte dies sein ganzes Leben lang getan und Pilsen nie verlassen. So würde es ihm nicht ergehen.

Agnes wünschte sich, dass ihr Sohn in die Fußstapfen seines Vaters trat, der vor einem Jahr bei einem Unfall in der Schmiede gestorben war. Hermann wusste das und hatte bisher sein Bestes gegeben. Seine Mutter war der einzige Grund, warum er noch in der Stadt war. Wenn sie von ihm ging, gäbe es keinen Menschen mehr, der ihn in Pilsen hielt. Er würde in das Heer eintreten und seine Heimat bei der nächsten Gelegenheit verlassen.

»Halt dich vor allem von dem Krieg fern«, sagte Agnes und begann zu husten.

Hermann reichte seiner Mutter einen Krug. Sie versuchte, einen kleinen Schluck zu trinken. Dabei lief ihr mehr Wasser am Kinn herunter, als sie schlucken konnte.

»Wir haben keinen Krieg«, sagte Hermann, obwohl er sehr genau wusste, dass es nur eine Frage der Zeit war, bis die Protestanten gegen das strengkatholische und dem Kaiser treuergebene Pilsen vorrückten. Er wollte nicht, dass sich seine Mutter Sorgen machte.

Agnes Scheidt hatte ihr ganzes Leben lang hart gearbeitet. Sie war fünfundvierzig Jahre alt. Ihr Körper war völlig ausgemergelt und ohne Kraft. Nach dem Tod ihres Mannes hatte sie den Rest Lebensfreude verloren. Hermann war der Einzige, den sie noch hatte, weswegen er auch bei seiner Mutter geblieben war. Von seinen Plänen, die Stadt zu verlassen, hatte er ihr nie erzählt und wollte es jetzt nicht mehr nachholen.

Hermann würde das Haus seiner Eltern samt der Schmiede verkaufen müssen, um Geld für ein Pferd und Waffen zu bekommen. Dann würde er auf der Seite der kaiserlichen Armee in die Schlacht ziehen. Seine Familie hatte nie viel besessen. Das Wenige reichte gerade aus, um es Hermann zu ermöglichen, sein Soldatenleben zu beginnen, ohne die niedrigste Stellung im Heer einnehmen zu müssen.

»Der Krieg naht«, widersprach Agnes ihrem Sohn. »Glaube nicht, dass ich nicht mitbekommen habe, was im Reich vor sich geht. Es wird nicht mehr lange dauern, bis Pilsen belagert wird. Du darfst keine Partei ergreifen! Egal, welches Heer als Sieger aus der Schlacht hervorgeht, sie werden einen Schmied brauchen!« Agnes musste ihre Rede unterbrechen und hustete kraftlos. »Setze die Arbeit deines Vaters fort und suche dir eine Frau!«

Das Sprechen hatte Agnes weiter geschwächt und sie bekam keinen weiteren Ton hervor. Als Hermann ihr erneut zu trinken geben wollte, wehrte sie den Krug ab.

»Hör auf meine Worte und renne nicht ins Verderben«, sagte sie schließlich so leise, das Hermann sie kaum verstehen konnte.

»Soll ich den Pater holen?«, fragte Hermann nach einer Weile, weil er nicht wusste, was er seiner Mutter sonst sagen sollte.

»Es ist zu spät«, ächzte Agnes leise. »Meine letzte Stunde ist gekommen. Hör auf das, was ich dir gesagt habe. Öffne die Kiste deines Vaters. Dort wirst du ein paar Dinge finden, die dir helfen werden.«

Hermann wollte seiner Mutter widersprechen und ihr sagen, dass sie noch nicht sterben würde, brachte aber keinen Ton heraus. Agnes Scheidt sah ihren Sohn aus müden Augen an und lächelte ein letztes Mal. Dann brach ihr Blick und ihr Körper erschlaffte.

***

Hermann hockte auf dem Stuhl und hielt das Gesicht in seinen kräftigen Händen vergraben. Er konnte später nicht mehr sagen, wie lange er neben dem Bett seiner toten Mutter gesessen hatte. Die Welt um ihn herum schien still zu stehen, und er interessierte sich auch nicht für sie.

In den letzten Tagen war es seiner Mutter immer schlechter gegangen und ihm war klargeworden, dass der Zeitpunkt ihres Todes dicht bevorstand. Dennoch traf es ihn schwer, dass es jetzt so mit ihr zu Ende gegangen war. In den letzten Stunden hatte er bittere Tränen vergossen und die Hand seiner Mutter gehalten, als könnte er sie so auf ihrem letzten Weg beschützen.

Irgendwann rieb er sich entschlossen über die kurzen Stoppeln auf seinem Kopf und stand auf. Als kleiner Junge hatte er sich die

Haare im Schmiedefeuer seines Vaters versenkt und dabei großes Glück gehabt, sich nicht das Gesicht zu verbrennen. Seit diesem Tag hatte er sie sich immer von seiner Mutter schneiden lassen, sobald sie länger als ein Zeigefinger geworden waren. Hermann liefen Tränen aus den Augen, als er daran dachte, dass Agnes Scheidt nie wieder die Haare ihres Sohnes abschneiden würde. Wieder kostete es ihn große Mühe, sich zusammenzureißen. Er wusste, dass er dem Pater Bescheid sagen und sich um die Beerdigung kümmern musste. Das war der letzte Dienst, den er seiner Mutter noch erweisen konnte. Zunächst wollte er aber sehen, was Agnes ihrem Sohn unbedingt hatte zeigen wollen.

Es fiel Hermann schwer, die Kiste seines Vaters zu öffnen, um den er noch immer sehr trauerte. Sein alter Herr hatte ihm nicht nur sein Handwerk beigebracht, sondern ihm auch gezeigt, wie er mit den Auftraggebern verhandeln musste, um einen guten Preis für die Arbeit zu bekommen. Auch wenn er alles getan und immer hart gearbeitet hatte, war die Familie nie wohlhabend gewesen und hatte immer um ihr Überleben kämpfen müssen.

Endlich fasste sich Hermann ein Herz und öffnete die Truhe. Wie er erwartet hatte, fand er darin die Arbeitskleidung seines Vaters und ein paar Werkzeuge. Beides würde er nicht mehr brauchen, wenn er die Schmiede verkauft hatte.

Hermann wollte den Deckel schon wieder schließen, als er plötzlich einen verschlissenen Lederbeutel in der Größe einer Faust entdeckte, der mindestens so alt sein musste wie er selbst. Erstaunt nahm er ihn heraus und wunderte sich darüber, wie schwer er war. Als er die Schnüre öffnete, hörte er, wie Metall gegeneinanderschlug. Dann sah er die Taler und ihm stockte der Atem.

Woher kamen die Münzen? Warum hatte sein Vater seine Familie nahe an der Grenze zur Armut leben lassen, wenn er so viel Geld hatte? Wofür hatte er es gespart?

Hermann sah traurig zu seiner toten Mutter. Hatte sie von dem Beutel gewusst? Er hätte von den Münzen die Medizin kaufen können, die ihr Leben verlängert hätte.

»Warum hast du mir nichts von dem Geld gesagt?« Mit einem tiefen Seufzer stand Hermann auf. Er war entschlossen, seinen Plan, die Stadt zu verlassen, nicht aufzugeben. Er wusste, dass seine Eltern sich gewünscht hätten, dass er die Schmiede weiter betrieb. Dennoch wollte er sich in seinem Entschluss nicht mehr beeinflussen lassen. Im Land herrschte Krieg. Es war nur eine Frage der Zeit, dass ein protestantisches Heer vor der katholischen Stadt stehen würde. Egal, welche Truppen danach die Stadt besetzen mochten, er wollte nicht ewig darin gefangen sein!

Hermann verließ das Haus und ging in Richtung der Kirche, um den Pater zu holen. Der hatte die Kranke am Abend vorher besucht, wusste also, dass es mit der Frau zu Ende gehen würde. Auf der Straße traf Hermann auf Aneta Slowa. *Die hat mir gerade noch gefehlt*, dachte er, konnte dem Weib aber nicht mehr ausweichen.

»Was ist los mit dir? Du siehst furchtbar aus.«

»Mutter ist vor ein paar Stunden verstorben.«

»Mein Beileid. Brauchst du Hilfe?« Anetas Stimme klang besorgt, in ihren Augen dagegen war nicht das geringste Gefühl zu erkennen.

»Nein. Ich bin auf dem Weg zum Pater.« Hermann wollte nicht, dass sich Aneta in seine Angelegenheiten einmischte. Es hatte Zeiten gegeben, in denen sich die beiden sehr nahegestanden hatten. Dann aber hatte er das Weib mit einem anderen erwischt. Seitdem mied er ihre Nähe und wollte nichts mehr von ihr wissen. Auch die anderen Frauen in der Stadt interessierten ihn nicht mehr. Ans Heiraten hatte er nach der Zeit mit Aneta nie wieder gedacht. Sie war auch einer der Gründe, warum er Pilsen verlassen wollte. Er würde sein Glück bei den kaiserlichen Truppen suchen. Sie waren sein Weg aus Böhmen hinaus.

»Was ist mit der Schmiede?«, fragte Aneta neugierig.

»Mutter ist gerade erst gestorben«, gab Hermann ärgerlich zurück. Er hatte nicht vor, dem geschwätzigen Weibsbild von seinen Plänen zu erzählen, damit die sie innerhalb der nächsten Stunden in der ganzen Stadt breittreten konnte. Sie würde ihm sicher keine Träne nachweinen, wenn er die Stadt verlassen hatte. »Ich werde mich darum kümmern, wenn sie bestattet worden ist!«

Endlich merkte Aneta, dass Hermann seine Ruhe haben wollte und ließ ihn weitergehen. Er ging zum Pater und sprach mit ihm über die Bestattung, die am nächsten Tag stattfand. Es kamen viele Bürger der Stadt zu ihm, um Hermann ihr Beileid auszudrücken.

Als die spanischen Truppen einige Tage später nach Pilsen kamen und die Stadt besetzten, sprach er bei deren Hauptmann vor und trat in die Dienste des Kaisers ein. Zuvor hatte er den Händlern und Handwerkern im Ort seinen Besitz angeboten. Einen Käufer für Haus und Schmiede fand er jedoch nicht.

Prag, 04. Oktober 1618

»Frau Fabricius, ich lege Euch mein bescheidenes Reich zu Füßen!«

»Ich danke Euch, Herr Fabricius. Das ist sehr großzügig von Euch.«

Philipp öffnete die Tür zu seinem neuen Haus, das er sich mit Hilfe seiner Ersparnisse und der Fürsprache von Polyxena von Lobkowitz hatte kaufen können, nahm Magdalena auf den Arm und trug sie über die Schwelle. Nachdem er sie wieder auf dem Boden abgesetzt hatte, fiel sie ihm um den Hals und sie küssten sich innig. Immer wieder hatte Philipp sich diesen Moment in den letzten Wochen vorgestellt. Das Gefühl, Magdalenas Lippen auf seinen zu spüren, übertraf aber alles, was er jemals erlebt, oder zu träumen gewagt hatte. Für ihn war am heutigen Tag sein größter Wunsch in Erfüllung gegangen. Magdalena war nun seine Frau. Sie würden für immer zusammen sein. Philipp schwor sich, alles zu tun, damit sein Weib diesen Schritt niemals in ihrem Leben bereute!

Für die beiden Frischvermählten schien in diesem Moment die Zeit stillzustehen. Ihre Küsse wurden immer leidenschaftlicher, bis Magdalena sich schließlich von Philipp löste.

»Führ mich nach oben«, sagte sie und sah ihn sehnsüchtig an.

Das wollte sich Philipp nicht zweimal sagen lassen. Er nahm seine Frau bei der Hand und schritt mit ihr eilig die Treppe hinauf. Noch immer konnte er es nicht fassen, dass er jetzt wirklich mit Magdalena verheiratet war und mit ihr gemeinsam sein Leben gestalten durfte.

Diepold von Lobkowitz hatte gegen den Willen von Graf von Thurn, der es Philipp nie verziehen hatte, dass er nach dem Fenstersturz nach Wien geflohen war, um den Kaiser von dem Aufstand zu unterrichten, durchgesetzt, dass die Trauung im Veitsdom hatte stattfinden können. Es waren nicht viele Gäste anwesend gewesen, aber das störte das junge Paar nicht. Im Anschluss an den Gottesdienst hatte es sich Polyxena nicht nehmen lassen, eine kleine Hochzeitsfeier auf ihrem Anwesen zu veranstalten.

Magdalena und Philipp hatten unzählige Glückwünsche über sich ergehen lassen müssen. Bier und Wein flossen in Strömen. Die Gäste waren über die Abwechslung froh, von denen es in den schwierigen Zeiten viel zu wenige gab, und feierten ausgelassen. Endlich hatte man aber dann doch ein Einsehen mit dem jungen Brautpaar gehabt und sie in ihre Hochzeitsnacht entlassen. Jetzt waren sie zum ersten Mal als Mann und Frau in dem Haus, welches ab heute ihnen beiden gehörte.

Als sie das Schlafzimmer erreichten, umarmte Magdalena ihren Mann erneut und ließ sich mit ihm auf das neue Bett fallen, das Philipp am Vortag vom Schreiner geliefert bekommen hatte.

»Zieh mich aus«, forderte Magdalena ihren Mann auf. »Ich habe sehr lange auf diese Nacht gewartet!«

»Ich auch. Ich liebe dich mehr als alles andere auf der Welt.«

Wieder küssten sie sich und Philipp versuchte umständlich Magdalenas Hochzeitsgewand aufzubekommen, welches hinter ihrem Rücken verschnürt war. Erst als sie ihm half, gelang es, ihr das lästige Kleidungsstück auszuziehen. Philipp streichelte erregt über Magdalenas weiche Haut. Sie stöhnte auf, als er mit der Hand über ihre kleinen Brüste fuhr. Dann zog sie an seinem Hemd und streifte es ihm über den Kopf. Wenige Augenblicke später waren beide nackt und vergaßen die Welt um sich herum völlig. Die aufgestaute Sehnsucht der beiden nacheinander fand nun ein Ventil, durch das sie aus ihnen herausfließen konnte, und Philipp spürte eine Woge des Glücks in seinem Körper, als er langsam in sie eindrang.

Als Magdalena eine Stunde später in Philipps Armen eingeschlafen war, streichelte er liebevoll über ihre langen Haare. Er wagte es nicht sich zu bewegen, weil er sie nicht wecken wollte. Wieder durchströmten ihn Gefühle absoluten Glückes. Er war mit der schönsten Frau in ganz Böhmen verheiratet. Für den Moment konnte er die Sorgen wegen des bevorstehenden Krieges vergessen. Wenn es in der Stadt zu gefährlich werden würde, wollte er sie mit Magdalena verlassen. Antons Angebot aus Wien konnte er jetzt nicht mehr annehmen. Als Schreiber in einem Heer wäre er einer ständigen Gefahr ausgesetzt. Philipp wollte nicht, dass sein Weib und die Kinder, die hoffentlich bald kommen würden, sich um ihn sorgen mussten. Er war allerdings bereit dazu, sich mit seinem Weib irgendwo auf einem Hof niederzulassen.

***

In den nächsten drei Tagen verließen sie das Haus nur, um gemeinsam auf dem Markt ein paar Besorgungen zu machen. Die meiste Zeit verbrachten sie im Bett. Beiden kam es so vor, als hätten sie nach den schwierigen Monaten viel nachzuholen. Magdalena wich nicht von Philipps Seite, und der konnte nicht genug davon bekommen, mit seinen Händen jede Stelle ihres Körpers zu erkunden.

Am vierten Tag nach der Hochzeit wurde es für Philipp Zeit, seine Arbeit im Hause der von Lobkowitzes wiederaufzunehmen. Es fiel ihm schwer, Magdalena am Morgen alleine in ihrem Haus zurückzulassen. Auch wenn es nur für ein paar Stunden war, fand er es schrecklich, von ihr getrennt zu sein.

Polyxena begrüßte ihren Schreiber mit einem wissenden Lächeln. Philipp brauchte nicht viel zu erzählen. Die Gräfin wusste auch so, wie die beiden die letzten Tage verbracht hatten. Er bedankte sich noch einmal bei der Gräfin, die ihm versicherte, dass es ihr eine große Freude gewesen sei, die Feier für das glückliche Brautpaar auszurichten.

Von Diepold erfuhr Philipp, dass die böhmischen Stände Ferdinand jetzt endgültig als König absetzen wollten. Weder ihm selbst noch Graf von Solms war es gelungen, das Direktorium von Prag davon zu überzeugen, dass sie einen Krieg nur schwer würden gewinnen können.

Diepold berichtete auch, dass von Mansfeld mit seinen Mannen weiter vorrückte. Es war nur noch eine Frage der Zeit, bis er das erste Mal mit der kaiserlichen Armee aufeinandertraf.

»Werdet Ihr denn in der Stadt bleiben?«, fragte Philipp.

»Warum sollten wir weggehen?«, gab Polyxena zurück. »Der Streit mit König Ferdinand beschränkt sich längst nicht mehr auf die Religionsfreiheit. Das Direktorium weiß, dass es auf die katholischen Adeligen angewiesen ist. Außerdem sind weit weniger Menschen in Böhmen protestantisch, als Graf von Thurn es gerne sehen würde.«

»Es werden nicht alle Bürger der Stadt damit einverstanden sein, wenn das Direktorium einen Krieg gegen den Kaiser führt.«

»Das mag sein«, gab Polyxena zu. »Dennoch werden sie sich nicht gegen von Thurn und von Ruppau stellen. Warum sollten sie das auch tun? Die meisten von ihnen profitieren mittlerweile davon, dass viele Soldaten in der Stadt sind, weil sie so ihre Waren besser verkaufen können. Die Schlachten finden weit von Prag entfernt statt. Die Bürger fühlen sich hier sicher.«

»Das kann sich aber schnell ändern, wenn es nicht gelingt, die kaiserliche Armee zurückzuschlagen.«

»Ja, Philipp. Das Volk glaubt aber nicht daran, dass dies geschehen wird.«

»Glaubt Ihr es denn?«

»Ich weiß es nicht«, antwortete Polyxena. »Wie auch immer. Mein Gatte und ich bleiben in Prag. Wenn du mit Magdalena gehen willst, kann ich das verstehen. Ich würde euch nicht aufhalten.«

»Wir werden ebenfalls hierbleiben. Zumindest vorerst.«

»Gib auf dein Weib acht«, sagte Diepold. »Du musst das tun, was für deine Familie am besten ist.«

»Das werde ich«, antwortete Philipp. »Das werde ich ganz sicher!«

Wien, 12. November 1618

Eintrag in die kaiserliche Chronik des Heiligen Römischen Reiches Deutscher Nation:

Am frühen Morgen des heutigen Tages kam Graf von Collalto aus Böhmen zurück und berichtete über das dortige Kriegsgeschehen. So sei die kaiserliche Armee unter Karl Bonaventura, Graf von Buquoy, am 09. November von Graf von Thurn und seinem Heer von fast 14.000 Mann bei Lomnitz geschlagen worden. Zweihundert Kaiserliche wurden gefangen genommen. Die Armee zog sich nach Budweis zurück und sicherte die Stadt.

Graf von Buquoy lässt von seinem Boten ausrichten, dass er mehr Truppen benötigt und diese sich so schnell wie möglich auf den Weg nach Böhmen machen sollen. Es bestünde die Gefahr, dass die Stadt Pilsen ansonsten von den Protestanten überrannt werde, und der Kaiser so seine letzte Bastion in Böhmen verlöre, die ihm treu ergeben ist.

Anton atmete tief durch. Er wischte die Spitze der Schreibfeder mit einem Tuch sauber und legte sie neben das versilberte Fässchen mit Tusche. Obwohl es etwa so groß war wie Antons geschlossene Faust, musste er das Behältnis einmal in der Woche auffüllen. Immer wieder hatte ihn sein Meister darauf hingewiesen, wie wichtig es sei, sein Handwerkszeug in Ordnung zu halten. Anfangs hatte Anton den Alten noch belächelt, gab ihm mittlerweile aber recht.

Den Eintrag in die Chronik hatte Anton an diesem Tag zum ersten Mal vorgenommen, ohne dass Zeidler ihn korrigierte. Seit dem Anfall hatte sich der Gesundheitszustand seines Lehrmeisters kontinuierlich verschlechtert. Er schlief sehr viel und schaffte es kaum noch, sich aus eigenen Kräften aus seinem Bett zu erheben. Die Heiler sahen jeden Tag nach dem alten Schreiber und der Kaiser hatte befohlen, dass ihm jede erdenkliche Hilfe zu gewähren sei. Dennoch ging es ihm noch immer nicht besser.

Nach wie vor schloss Anton nicht aus, dass Vroni seinen Lehrmeister vergiftet hatte und er nur deshalb überhaupt noch am Leben war, weil er nur wenig von dem Wasser getrunken hatte. Beweisen konnte er dies dem Weib aber nicht. Mit dem Hofarzt hatte er über seinen Verdacht gesprochen. Weil aber keine Reste des Wassers mehr vorhanden waren, konnte nicht geprüft werden, ob es tatsächlich vergiftet gewesen war.

Durch Zeidlers Krankheit waren Antons Aufgaben im Kaiserhof sehr viel umfangreicher geworden. Jeden Morgen ging er mit König Ferdinand die Post durch und bekam verschiedene Briefe diktiert, die er bis zum Mittag schreiben musste. Den Kaiser sah er nicht oft. Von der Dienerschaft erfuhr er, dass auch der Gesundheitszustand von Matthias schlechter geworden war. Er überließ es daher im Wesentlichen Ferdinand, die Regierungsgeschäfte zu führen.

Heute jedoch waren der Kaiser und der König anwesend, als Graf von Collalto Bericht über die Geschehnisse in Böhmen erstattete. Der Obrist machte Anton Angst. Dies lag nicht nur an der Narbe, die sich von der Mitte der Stirn bis zum rechten Auge des Spaniers zog. Von Collaltos Blick war eisern. Sein Lächeln glich mehr einer Grimasse und reichte nicht bis zu den Augen. Im Dunkeln wollte Anton dem Grafen nicht begegnen und ihn schon gar nicht zum Feind haben.

Während Ferdinand sofort verlangte, man müsse ein weiteres Heer nach Böhmen entsenden, wies Matthias auf die hohen Kosten hin, die der Konflikt mit Böhmen bereits jetzt verursacht hatte. Die Krone konnte es sich nicht lange leisten, einen Krieg gegen die Stände in Prag zu führen. Ferdinand sah dies ein, merkte allerdings an, dass man ein schnelles Ende des Konfliktes nur mit mehr Soldaten erreichen konnte. Der Kaiser versprach, den spanischen König um Hilfe und weitere Soldaten zu bitten. Das entsprechende Schreiben diktierte er Anton nach Ende der Beratung.

Der Sekretär hatte bis zum Abend zu tun und fand erst dann die Zeit, seinen Chronikeintrag zu verfassen. Jetzt war er müde, aber zufrieden. Sowohl Kaiser Matthias als auch König Ferdinand hatten

Anton gelobt und ihm versichert, wie zufrieden sie mit seiner Arbeit waren. Wenn sich Zeidler nicht bald erholte, würde er tatsächlich schneller zum ersten Schreiber des Kaiserhofes aufsteigen, als er es erwartet hatte. So sehr er sich das aber auch wünschte, Anton hoffte darauf, dass sich sein Lehrmeister erholen und ihn noch einige Zeit unterrichten würde.

***

»Ich habe Euch eine Suppe mitgebracht«, begrüßte Anton eine Stunde später seinen Lehrmeister. Auch wenn Zeidler selbst nicht aufstehen durfte, verlangte er von seinem Schüler, dass er ihn jeden Tag über die Ereignisse am Hof informierte.

»Du kommst spät.«

»Es ging nicht eher. Graf von Collalto ist aus Böhmen zurückgekehrt und hat schlechte Nachrichten mitgebracht.«

»Was ist passiert?«

»Wollt Ihr nicht zunächst Eure Suppe essen? Sie wird sonst kalt.«

»Das kann ich tun, während du mir alles erzählst!«

Anton wartete, bis Zeidler sich den Löffel nahm und zu essen begann. Er hatte dem Koch versprechen müssen, dass er sich persönlich davon überzeugte, dass der Alte die Mahlzeit auch zu sich nahm. Während sein Lehrmeister aß, berichtete er von der Niederlage bei Lomnitz und dem Disput zwischen Matthias und Ferdinand.

»Der Kaiser hat recht«, sagte Zeidler, nachdem Anton ihm alles erzählt hatte. »Ein Krieg ist teuer. Das Reich kann sich keine lange Auseinandersetzung mit Böhmen leisten.«

»Dennoch darf man die Stände nicht zu mächtig werden lassen«, entgegnete Anton. »Graf von Thurn wird keine Ruhe geben. Er wird es nicht dabei belassen, Ferdinand als König von Böhmen abzusetzen.«

»Nein, mein Junge. Das wird er nicht.«

Anton freute sich, dass es dem Alten an diesem Tag offenbar etwas besser ging. Zeidler leerte die Schale bis auf den letzten Löffel und legte dann den Kopf auf sein Kissen.

»Du musst versuchen mit von Collalto zu sprechen«, sagte Zeidler schließlich.

»Soweit ich weiß, will der Graf schon morgen wieder nach Böhmen aufbrechen.« Anton verspürte nicht die geringste Lust auf ein weiteres Zusammentreffen mit dem unheimlichen, spanischen Offizier. Wer konnte schon sagen, wie rüpelhaft sich der Mann verhielt, wenn er es nicht mit den Regenten des Reiches, sondern einem schwächlichen Schreiber zu tun hatte.

»Versuch ihn vorher zu treffen. Es ist wichtig, dass du dir ein Bild darüber verschaffst, wie es in Böhmen aussieht. Du musst dir jede Einzelheit von der Schlacht berichten lassen und dann alles dokumentieren.«

»Ich werde ihn noch heute aufsuchen!«

Anton atmete tief durch. Er war müde und hatte vorgehabt, sich gleich nach dem Besuch bei Zeidler zur Ruhe zu legen. Daraus würde nun nichts werden. Er beschloss, in den Kasernen nach von Collalto zu suchen. Dort wäre er wenigstens nicht mit ihm alleine, sollte es ihm tatsächlich gelingen, den Spanier zu finden.

»Geh jetzt. Der Graf wird sich sicher früh zur Ruhe begeben. Er hat eine lange Reise vor sich.«

Wenn du nicht krank wärst, würde ich mich nicht so scheuchen lassen!

Anton verabschiedete sich von Zeidler und ging in Richtung der Unterkünfte von von Collalto und seines Gefolges. Dort sagte ihm einer der Soldaten, dass er nicht wisse, wo der Graf abgeblieben sei und dass er es später noch einmal versuchen solle.

Das kann eine lange Nacht werden.

Es dämmerte bereits. Anton hatte keine Lust bis zum Morgen auf von Collalto zu warten. Er selbst wurde bereits früh von König Ferdinand erwartet und wollte vorher noch ein paar Stunden schlafen. Er entschloss sich zu einem kleinen Spaziergang. Sollte der Graf danach noch immer nicht aufgetaucht sein, konnte er Zeidler zumindest versichern, alles versucht zu haben.

Anton schlenderte durch den Park und kam, ohne es sich vorgenommen zu haben, zu den alten Stallungen. Mit Vroni hatte er sich dort nicht mehr getroffen, seit Zeidler seinen Anfall gehabt hatte.

Plötzlich hörte Anton Geräusche aus den alten Stallungen. Er entschloss sich, näher heranzugehen, um der Sache auf den Grund zu gehen. Vor der Tür blieb er überrascht stehen. Aus dem Innern erklangen Stöhnlaute, die ihm mehr als bekannt vorkamen.

Was treibt diese verfluchte Hexe hier?

***

So leise wie möglich öffnete Anton die Tür und trat in die alten Stallungen ein. Die Geräusche verrieten ihm, dass sich hier tatsächlich ein Pärchen vergnügte. Er glaubte, zumindest bei dem Weib, genau zu wissen, um wen es sich handelte. Sollte sich sein Verdacht bestätigen, wäre er die Hexe ein für alle Mal los!

Anton schaffte es, sich, ohne ein Geräusch zu verursachen, an die beiden Liebenden heranzuschleichen, die offenbar nicht damit rechneten, dass sie jemand entdecken könnte. Warum auch? Normalerweise verirrte sich hier niemand her. Besonders nicht in der Nacht.

Durch ein Fenster im oberen Bereich des alten Baus schien so viel Mondlicht, dass Anton alles zumindest schemenhaft erkennen konnte. Von der Stelle aus, wo die beiden ihr Liebesnest gefunden hatte, drang außerdem der Schein einer Kerze hervor.

Jetzt habe ich dich. Anton ging um eine Ecke, hinter der er die beiden sehen würde. Er freute sich diebisch darauf, Vronis Gesicht zu sehen, wenn er sie mit einem anderen Mann überraschte. Der durfte das Weib dann gerne behalten. Als er die beiden sah und sich sein Verdacht bestätigte, musste sich Anton sehr zusammenreißen, keinen Jubelschrei auszustoßen. Er wartete noch einen Moment ab. Als ihn die beiden, die sich mit nackten Körpern auf der Decke wälzten, dann noch immer nicht bemerkten, klatschte er in die Hände.

»Anton«, rief Vroni erschrocken und starrte ihn entsetzt an. »Was machst du denn hier?«

»Findest du nicht auch, dass du mir diese Frage beantworten solltest?«, gab Anton zurück und versuchte dabei eine böse Miene aufzusetzen.

Sie darf nicht merken, wie sehr ich diesen Moment genieße.

»Es ist nicht so wie du denkst«, sagte sie schnell.

»Erspare mir deine Lügen. Es ist mehr als offensichtlich, was du hier treibst.«

»Was will der Kerl? Kennst du ihn etwa?«

Entsetzt stellte Anton fest, dass es sich bei Vronis Gespielen um keinen geringeren als Graf von Collalto handelte, der den Störenfried zornig anstarrte. Seine Narbe sah in dem schwachen Licht aus, als wäre sie mit Blut nachgezogen worden. Der Spanier konnte froh sein, dass ihn diese Verletzung nicht sein Augenlicht gekostet hatte.

Anton nahm seinen ganzen Mut zusammen und sprach von Collalto an. »Ihr kennt mich ebenfalls. Ich war als Schreiber dabei, als Ihr dem Kaiser von den Vorkommnissen in Lomnitz berichtetet. Ich wollte Euch noch ein paar Fragen dazu stellen, sehe aber, dass Ihr im Moment zu beschäftigt dafür seid.«

»Es hat Euch nicht zu interessieren, was ich tue«, sagte von Collalto und winkte herrisch ab.

»Da irrt Ihr Euch gewaltig. Dieses Weib hat mir ewige Liebe versprochen. Sehr weit scheint es damit allerdings nicht her zu sein.«

»Ich wollte nicht mit dem Kerl hierherkommen. Er hat mich dazu gezwungen. Das musst du mir glauben!«, rief Vroni flehentlich aus.

»Die Hure lügt!«

»Ich sage die Wahrheit!«

»Nein, Vroni. Wenn das tatsächlich so gewesen wäre, hätte ich euch nicht ausgerechnet hier vorgefunden. Es ist vorbei!«, Anton bemühte sich um einen herrischen und entschlossenen Tonfall.

»Wie meinst du das?«

»Denkst du wirklich, dass ich dich jetzt noch zur Frau nehmen werde? Meinetwegen kannst du mit dem Grafen zurück nach Böhmen gehen!«

»Was erlaubt Ihr Euch?«, fuhr von Collalto dazwischen. »So redet man nicht mit einer Dame!«

»Ich sehe keine.«

Der Graf erhob sich und dachte endlich daran, sich wenigstens seine Hose anzuziehen. Plötzlich hielt er jedoch seine Pistole in der Hand und richtete sie auf Anton.

»Was soll das jetzt werden?«, fragte dieser fassungslos.

»Ich muss sicher sein, dass niemand sonst erfährt, was heute Nacht hier vorgefallen ist.«

»Tu das nicht«, rief Vroni entsetzt.

»Ich habe keine andere Wahl.«

»Doch, die habt Ihr«, entgegnete Anton. »Von mir wird keiner etwas erfahren. Im Grunde bin ich Euch sogar dankbar dafür, dass ihr mir die Augen geöffnet und gezeigt habt, an was für ein verlogenes Weibsbild ich geraten bin.«

»Ihr gebt mir Euer Wort?« Der Soldat zog die Augenbrauen hoch.

»Ja. Ich bin mir aber nicht sicher, dass das Weib ebenfalls ihren Mund hält.«

»Anton, wie kannst du so etwas sagen?«

Spiele du nur den Unschuldsengel, aus dieser Lage helfe ich dir nicht heraus. Meinetwegen kann der Graf dich an Ort und Stelle erschießen!

»Ich werde jetzt gehen. Ein Schuss würde weitere Leute aufschrecken. Dann könntet Ihr nicht mehr verheimlichen, was hier geschehen ist, was für Euren Ruf sicher nicht von Vorteil wäre …« Anton wartete nicht, ob ihm von Collalto eine Antwort gab. Er vertraute darauf, dass der Graf weise genug war, die Wahrheit in seinen Worten zu erkennen. An einem Gespräch mit dem Kerl war er jetzt nicht mehr interessiert. Zeidler würde er sagen, dass er keine Gelegenheit gefunden hatte, mit ihm vor dessen Abreise zu reden.

Als er ins Freie trat, spürte Anton, wie seine Knie zitterten. Das Zusammentreffen mit dem Spanier hatte ihm mehr Angst bereitet, als er zugeben wollte. Dennoch konnte er sich ein Grinsen nicht mehr verkneifen, als er ein Stück von den alten Stallungen entfernt war und sicher sein konnte, nicht doch noch von dem Spanier verfolgt zu werden.

Vroni hatte sich mit ihrer Freizügigkeit selbst ins Abseits gestellt. Egal was sie jetzt unternahm. Sie würde Anton nichts mehr anhaben können. Die Reise von Pressburg war mittlerweile so lange her, dass dem Weib niemand mehr glauben würde, wenn sie Anton jetzt bezichtigte, etwas mit dem Tod der beiden Küchenmägde zu tun zu haben. Damit hätte sie früher kommen müssen. Für von Collalto stand dagegen sehr viel mehr auf dem Spiel.

Ich bin sie los! Anton konnte es nicht fassen, dass er nun endlich Ruhe vor dem sündigen Weibsbild hatte. *Ich bin sie tatsächlich endlich losgeworden!*

Pilsen, 17. November 1618

»Die Mansfelder werden die Stadt überrennen«, sagte Peter Haag, der sich genau wie Hermann den Truppen unter der Führung des spanischen Hauptmannes angeschlossen hatte. Die beiden standen an der inneren Stadtmauer und schauten auf die Truppen der protestantischen Stände, die sich zu Tausenden vor Pilsen versammelten.

»Die Ringe werden uns schützen«, entgegnete Hermann und verstärkte den Griff um die Hellebarde, mit der er sich gegen die Angreifer verteidigen wollte, sobald er die Munition für seine beiden Musketen aufgebraucht hatte. Dank des Erbes von seinem Vater war er in der Lage gewesen, sich besser zu bewaffnen als die meisten anderen. Peter hatte lediglich einen Degen und würde Hermann die Muskete nachladen, der eindeutig der bessere Schütze von beiden war.

»Glaubst du wirklich, wir sind hier lange sicher?«, fragte er fast weinerlich. Von der Selbstsicherheit, die er sonst zur Schau trug, war nichts mehr übrig geblieben. »Schau dir die Geschütze an. Damit werden die Kerle die Mauern in Stücke schießen.«

Hermann musste seinem Kamerad recht geben. Die Übermacht der Angreifer schien tatsächlich gewaltig. Sie hatten zwei Geschütze in Stellung gebracht, die auf die äußere Befestigungsmauer zielten. Leider waren sie so weit entfernt, dass sie die Männer, die sie bedienten, mit den Kugeln ihrer Musketen nicht erreichen konnten. Wenn es den Angreifern gelang, ein Loch in den Wall zu schießen, war der Weg in die Vorstädte frei, die zwischen den beiden Ringen lagen. Dennoch glaubte Hermann nicht, dass die Feinde in den inneren Bereich von Pilsen vorstoßen konnten. Er vertraute darauf, dass er und seine Kameraden es schafften, die Angreifer zurückzuschlagen.

»Die Stadt hätte den Akkord bezahlen sollen.«

»Meinst du das wirklich?«, fragte Hermann und schaute Peter verwundert an. »Die Protestanten verlangen sechzigtausend rheinische Taler. Was wäre den Bürgern in Pilsen dann noch geblieben?«

»Ihr Leben.«

»Noch ist niemand gestorben.«

»Es wird ein Blutbad geben, wenn sich der Stadtrat weiterhin weigert, zu zahlen«, erklärte Peter und zog seine Schafsmütze tiefer in die Stirn. Es war kalt geworden und auf der Mauer hatten die Soldaten wenig Schutz vor dem Wind. Auch Hermann fror, verzichtete aber auf eine Kopfbedeckung, damit die ihn später nicht behinderte.

Ein Kamerad der beiden hatte Peter und Hermann von der Forderung der protestantischen Stände berichtet. Weil er als Wache im Rathaus eingeteilt gewesen war, als ein Bote den Räten das Schreiben überbrachte, war er einer der Ersten gewesen, die davon erfahren hatten.

»Du musst auf unsere Stärke vertrauen!«, sagte Hermann entschieden. »Wir werden die Rebellen zurückschlagen. Gott ist auf unserer Seite.«

In diesem Moment krachten die Kanonen los. Der Krach, den die Geschütze dabei erzeugten, war ohrenbetäubend. Peter rief Hermann etwas zu, doch der konnte seinen Kameraden nicht verstehen. Wieder entluden sich die Kanonen. Die Kugeln schlugen gegen den Befestigungsring. Hermann spürte, wie die Mauer unter seinen Füßen bebte und sah entsetzt, wie mehrere Steine aus ihr herausbrachen.

»Schießt sie ab!«, schrie Hermann und richtete seine Muskete auf die heranstürmenden Angreifer.

»Es sind zu viele«, antwortete Peter, der sich beeilte, die Waffe nachzuladen. »Wir sollten machen, dass wir hier wegkommen!«

»Nein. Wir werden uns den Rebellen entgegenstellen. Noch sind sie nicht in der Stadt!« Hermann richtete seine zweite Waffe auf die Horde und drückte ab. Auch die anderen Soldaten auf dem Verteidigungsring schossen nun mit den Musketen auf die Angreifer.

»Sind die von Sinnen?«, schrie Peter und deutete auf eine Gruppe kaiserlicher Soldaten, welche die Häuser in den Vorstädten in Brand setzten.

»Sie halten die Rebellen auf«, antwortete Hermann, der den Plan des Hauptmannes durchschaute. Die ersten Angreifer schafften es durch die Bresche in der Mauer zu gelangen, mussten aber vor den Flammen zurückweichen.

»Wir schlagen sie zurück«, spornte Hermann seinen Kameraden grimmig an. Die kaiserlichen Soldaten hatten sich auf dem Ring verteilt und schossen eine Salve nach der anderen auf die Angreifer ab. Immer mehr Mansfelder lagen tot oder verletzt auf dem Boden. Selbst aus der Entfernung konnte Hermann die Blutlachen am Boden erkennen. Wind und Kälte waren vergessen. Jetzt zählte es nur noch, so viele Gegner wie möglich auszuschalten.

Den Mansfeldern gelang es nicht, die brennenden Häuser zwischen den beiden Stadtringen zu überwinden. Der Ansturm ebbte ab. Die Angreifer zogen sich so weit zurück, dass sie außer Schussweite waren. Die Schreie der Sterbenden und Flüchtenden übertönten das Prasseln des Feuers.

In sicherer Entfernung bildeten die Mansfelder nun einen Belagerungsring, der so dicht war, dass ein Versuch ihn zu durchbrechen aussichtslos erschien. Den Pilsenern war es für den Moment gelungen, ihre Stadt zu verteidigen. Sie kamen aber auch nicht mehr aus ihr heraus. Die Kaiserlichen mussten nun hoffen, dass Graf von Buquoy Hilfe aus Budweis schickte und diese Pilsen erreichte, bevor die Protestanten die Stadt einnehmen konnten.

***

»Verschließt die Lücke!«, brüllte der Hauptmann seinen Männern zu, die sich zwischen den beiden Ringen und den noch immer brennenden Häusern verschanzt hatten, um dort einen weiteren Angriff abzuwehren. Mittlerweile war es Nacht. Die Flammen gaben genug Licht ab, damit die Ausbesserungsarbeiten an der Stadtmauer verrichtet werden konnten. Im hellen Schein gaben die Männer allerdings auch ein gutes Ziel für die Rebellen ab, die kontinuierlich vereinzelte Schüsse auf Pilsen abgaben. Für die Wärme, die von den brennenden Häusern ausging, war der Schmied allerdings dankbar. Den ganzen Tag über hatte er trotz seiner dicken Kleidung fierend auf der Mauer gesessen. Vor allem die Hände schmerzten noch immer von der Kälte des Tages.

Hermann war so müde, dass er sich kaum noch auf den Beinen halten konnte. Der erste Angriff der Protestanten hatte mehrere Stunden gedauert. Immer wieder hatte er mit seinen Musketen auf die Feinde geschossen und jeden Treffer mit einem Jubelschrei begleitet. Jetzt, als er das grausame Bild der Verwüstung sah, war seine Begeisterung wie weggeblasen. Überall lagen Tote und es stank nach verbranntem Fleisch und dem verkohlten Holz der abgebrannten Häuser. So hatte sich der junge Schmied seinen Dienst im Heer nicht vorgestellt.

Nachdem die Soldaten durch die feindlichen Geschütze und Musketen ebenfalls einen Teil ihrer Kameraden verloren hatten, machte sich nun die Angst unter ihnen breit. Auf dem Verteidigungsring waren sie dem ständigen Beschuss der Protestanten ausgesetzt. Nicht allen war es gelungen, sich beim Einschlag einer Kanonenkugel rechtzeitig in Sicherheit zu bringen.

Jeder der Männer wusste, dass von Mansfeld spätestens am nächsten Tag einen nächsten Angriff beginnen würde. Keiner konnte wissen, ob es ihnen ein weiteres Mal gelang, ihre Stadt vor den Eindringlingen zu schützen.

In dieser Nacht schien ganz Pilsen auf den Beinen zu sein. Alle Bürger halfen bei den Arbeiten mit. Sie klemmten eiserne Haken in die Löcher der Mauer und füllten die Zwischenräume mit Mist, dessen Gestank sich unter den Brandgeruch mischte. Hermann kämpfte gegen den Brechreiz an und Tränen brannten ihm in den Augen.

Als sich die Pilsener endlich in den inneren Stadtring zurückziehen konnten, wurde Hermann gemeinsam mit Peter eingeteilt, auf der Mauer Wache zu halten. An Schlaf war somit nicht zu denken, obwohl beide bereits den ganzen Tag auf den Beinen gewesen waren. Die Glücklichen, die in die Unterkünfte geschickt wurden, um sich ein paar Stunden auszuruhen, warfen den Männern auf der Mauer mitleidige Blicke zu. Auch sie würden aber in wenigen Stunden wieder ihren Mann stehen müssen.

Der zweite Angriff kam in den frühen Morgenstunden. Lange saßen Hermann und Peter noch nicht auf ihrem Posten. Einer ihrer Kameraden schlug Alarm und es kam augenblicklich Bewegung in die Stadt. Während die Soldaten sich beeilten, an der Mauer Stellung zu beziehen, flohen die Bürger von Pilsen in die Kirche.

Die Rebellen rannten in breiter Front auf die Stadtmauer zu. Ein Teil der Angreifer watete dabei durch ein seichtes Gewässer und versuchte so, die Verteidiger auseinanderzuziehen, die sich nun an mehreren Stellen gegen die Mansfelder wehren mussten. Sobald die Angreifer in Schussweite waren, krachten die Musketen der Verteidiger los. Auch Hermann und Peter nahmen die Protestanten wieder unter Beschuss. Viele von ihnen wurden getroffen, bevor sie die Stadtmauer erreichten. Dort wartete eine bittere Enttäuschung auf die Angreifer. Sie strömten zu der Stelle, an der die Pilsener in der Nacht ihre Mauer ausgebessert hatten. Ein Durchkommen gab es nicht. So blieb ihnen nichts Anderes übrig, als sich auf ein Neues in Sicherheit zu bringen.

Zeit zum Verschnaufen bekamen Hermann und seine Kameraden dennoch nicht. Von Mansfeld ließ die Kanonen vorrücken und nahm die Stadt erneut unter Beschuss. Gleichzeitig versuchten die Soldaten nun mit Leitern, die Mauer zu überwinden. Wieder fielen viele Angreifer unter dem Beschuss der Kaiserlichen. Schreie des Schmerzes und der Wut hallten über das Schlachtfeld.

Auch das Heer der Verteidiger musste jetzt schwere Verluste hinnehmen, weil die Geschütze immer größere Löcher in den äußeren Stadtring schossen. Die Rebellen nutzten diese Öffnungen und drangen in die Vorstädte ein, wo sie alles niedermetzelten und die sie schließlich überrannten.

Hermann und Peter hielten auf dem inneren Ring aus und wehrten sich mit Degen und Hellebarde verzweifelt gegen die Angreifer.

Die Munition für Hermanns Musketen war verbraucht, sodass sie ihre Gegner näher an sich herankommen lassen mussten, als es ihnen lieb war. Ihr einziger Vorteil bestand darin, dass sie von oben auf die Mansfelder einstechen konnten. Den ganzen Tag über versuchten die Angreifer vergeblich, sich dem inneren Ring zu nähern, mussten aber schließlich aufgeben und sich in ihr Lager zurückziehen. Der Beschuss durch die Kanonen ging jedoch weiter. Die Kugeln richteten eine Schneise der Zerstörung an, die sich bis zum inneren Ring erstreckte. Dieses Mal bekamen die Verteidiger der Stadt keine Gelegenheit, die Schäden wenigstens notdürftig auszubessern.

***

»Ich habe dir doch gesagt, dass die Stadt nicht so leicht einzunehmen ist«, sagte Hermann siegessicher am fünften Tag der Belagerung. Einen zweiten Sturm der protestantischen Kräfte auf die innere Mauer hatte es nicht gegeben. Es war ruhig. Über der Stadt lag eine gespenstische Stille. Die Bürger hatten Angst und es wären sicherlich viele von ihnen geflohen, wenn es einen Weg aus Pilsen heraus gegeben hätte.

»Die Rebellen werden nicht aufgeben«, erwiderte Peter. »Ich habe so ein Gefühl, dass es heute zu den entscheidenden Kämpfen kommen wird, und ich glaube nicht, dass wir die Sieger sein werden.« Aus Peters Stimme klang nicht einmal mehr Angst. Er wirkte vollkommen resigniert und schien die Hoffnung, heil aus dieser Belagerung herauszukommen, aufgegeben zu haben.

»Vielleicht kommt doch noch Hilfe aus Budweis.«

»Wenn Graf von Buquoy vorhätte, Männer nach Pilsen zu schicken, wären die längst hier.«

Hermann verzichtete auf eine Antwort. Bisher hatte er Recht behalten, und Peters Sorgen waren unbegründet geblieben.

»Ich habe das Gefühl, es wird jeden Tag kälter«, sagte Peter nach einer Weile. Offensichtlich wollte der Soldat, der vor wenigen Wochen noch ein einfacher Bauer gewesen war, das Gespräch mit seinem Kameraden in Gang halten. Die beiden kannten sich seit ihrer Kindheit, hatten aber nie viel miteinander zu tun gehabt.

»Das tut es«, stimmte Hermann zu. Er freute sich ebenfalls auf ihr Dienstende und darauf, eine warme Suppe zu bekommen. Längst hatten die beiden Männer das Gefühl, ihre Glieder seien eingefroren.

Plötzlich hörte Hermann Schreie neben sich und sah herüber zum Lager der Rebellen. Die rückten in diesem Moment mit ihren Geschützen auf die Stadt vor. Der Schmied hatte das Gefühl, als würde ihm das Herz in den Magen rutschen. Der Zeitpunkt war gekommen, an dem die Pilsener ihre Stadt erneut verteidigen mussten!

Diesmal wurden die Geschosse näher an die Stadt herangebracht. Die Kaiserlichen feuerten nun aus allen Rohren auf die Angreifer und brachten ihnen hohe Verluste bei. Dennoch kamen die Protestanten unaufhaltsam näher. Immer wenn die Verteidiger eine Lücke in deren Formation schossen, wurde diese sofort wieder durch nachrückende Soldaten geschlossen. Dann donnerten die Kanonen los und rissen Löcher in den inneren Stadtring.

Hermann sah, wie seine Kameraden neben ihm aus lauter Verzweiflung von der Mauer sprangen und dabei keine Rücksicht darauf nahmen, dass sie sich bei der Landung ihre Knochen brechen könnten. Einige waren dabei zu langsam und wurden noch in der Luft von den Kanonenkugeln selbst oder Trümmerteilen getroffen. Ein Körper landete direkt vor Hermanns Füßen auf der Mauer. Er blickte in das völlig zerfetzte Gesicht seines Kameraden, spürte den Würgreiz und übergab sich, bis nichts mehr in seinem Magen übrig war.

»Wir müssen hier weg!«, schrie ihm Peter panisch zu und riss ihn so aus seiner Schreckstarre. Beide sprangen von der Mauer, um hinter dem Stadtring Schutz zu suchen. Hermann kam mit den Füßen auf und ging in die Knie. Der harte Schlag trieb ihm stechende Schmerzen durch die Beine, die er in seiner Panik aber nicht richtig wahrnahm. Sekunden später schlug eine Kanonenkugel genau an der Stelle ein, wo die beiden gerade noch gestanden hatten.

»Das war knapp«, sagte Hermann und sah Peter dankbar an.

»Wir brauchen Deckung!«

Die beiden rannten in Richtung Stadtzentrum und verschanzten sich dann in einem der Häuser. Von dort aus sahen sie, wie die Rebellen versuchten, mit Leitern über die Stadtmauern zu gelangen. Die Ersten, die es schafften, wurden von den Verteidigern, die weiterhin auf der Mauer standhielten, mit Piken aufgespießt. Schließlich wurden es aber zu viele. Die Kaiserlichen mussten sich zurückziehen und die Angreifer strömten in die Stadt wie ein unbändiger Fluss.

Bei ihrem Rückzug zum Markplatz entzündeten die Pilsener die eigenen Häuser in der Hoffnung, die Eindringlinge so aufzuhalten. Die Kaiserlichen beschossen die Rebellen vom Marktplatz aus mit ihren Geschützen und stoppten deren Vorwärtsdrang. Die Straßen der Stadt waren mit Leichen übersäht und übergossen mit Blut.

Hört das denn nie auf?, dachte Hermann und rannte gemeinsam mit Peter zu seinen eigenen Leuten. Er schalt sich selbst einen Narren, weil er unbedingt in das Heer hatte eintreten wollen. Es wäre besser gewesen, wenn er mit dem Geld seines Vaters Pilsen direkt nach dem Tod seiner Mutter verlassen hätte und nie wieder zurückgekehrt wäre.

Aus sicherer Deckung schaute Hermann in Richtung Mauer. Kaum ein Stein stand noch auf dem anderen. Die Häuser am Stadtrand brannten allesamt lichterloh. Angreifer entdeckte er nicht. Sie hielten sich aus dem Schussfeld der Geschütze fern.

Eine Bewegung neben sich zog Hermanns Aufmerksamkeit auf sich. Er traute seinen Augen kaum, als er sah, wie eine Gruppe von Mansfeldern mit Äxten, Beilen und Steinpiken bewaffnet unter einem der brennenden Häuser zum Vorschein kam. Kaum dass sie ihren Tunnel, den sie unter dem Gebäude hindurch gegraben haben mussten, verlassen hatten, stürmten die Männer zum Markplatz und überwältigten die Verteidiger an den Geschützen. Damit war der Weg für das protestantische Heer frei: Mit lautem Geschrei stürmten sie durch die Straßen von Pilsen und stürzten sich auf ihre Feinde.

Den Kaiserlichen gelang es nicht länger, gegen die Übermacht der Angreifer zu bestehen. Hermann hatte sich mit Peter und zwei weiteren Kameraden in einem Haus verschanzt. Schnell mussten sie einsehen, dass es einfach zu viele Feinde waren, die sich nun auf dem Marktplatz versammelten. Pilsen war gefallen. Dies mussten nun auch die Stadträte und die spanischen Hauptmänner anerkennen. Sie kapitulierten vor Graf von Mansfeld.

Hermann und die anderen Söldner der kaiserlichen Truppen wurden vor die Wahl gestellt, Pilsen zu verlassen, oder sich auf die Seite der Mansfelder zu stellen.

»Wenn wir für die Protestanten kämpfen, können wir in der Stadt bleiben«, versuchte Peter Hermann zu überzeugen. Die beiden saßen auf dem Marktplatz und aßen eine warme Suppe mit einem trockenen Stück Brot. Nach der Kapitulation hatten Angreifer und Verteidiger, die gezwungen worden waren, ihre Waffen abzugeben, zusammengearbeitet und gemeinsam mit den Bürgern der Stadt die Brände gelöscht.

»Pilsen wird unter der Besatzung zu leiden haben.«

»Das hatten sie unter den Kaiserlichen auch. Die Soldaten müssen versorgt werden, egal, aus welchem Heer sie kommen.«

Hermann musste zugeben, dass der Bauer damit recht hatte. Die Pilsener würden alles verlieren. Mehr als die Hälfte der Stadt war bereits jetzt zerstört. Wenn er jetzt nicht fortginge, würde er es niemals tun.

»Nein, Peter. Ich gehe mit den Kaiserlichen nach Budweis. Sie werden sich dort dem Heer unter Graf von Buquoy anschließen. Komm mit mir. Ich möchte nicht irgendwann gegen dich kämpfen müssen!«

»Ich werde hierbleiben, Hermann. Pilsen ist meine Heimat. Ich möchte sie nicht verlassen!«

»Irgendwann wirst du das müssen. Auch das Heer von Graf von Mansfeld wird nicht ewig in der Stadt bleiben.«

»Dennoch gehe ich nicht mit nach Budweis.«

Hermann sah ein, dass er Peter nicht überzeugen konnte. In den schwierigen Zeiten musste jeder auf seine Weise versuchen, sein Glück zu finden oder zumindest sein Unglück zu vermeiden. Er verabschiedete sich von dem Bauern und schloss sich den Söldnern an, die sich auf den Weg nach Budweis machten. Hermann drehte sich nicht einmal um, als er die Stadt endlich hinter sich gelassen hatte. Unter seinem Wams spürte er den Druck des Beutels, den er von seinem Vater geerbt hatte. Die Hälfte des Geldes hatte er für die Waffen ausgegeben, die sich nun nicht mehr in seinem Besitz befanden. Der Rest würde ihm jedoch noch eine ganze Weile reichen. Das Haus und die Schmiede hatte er nicht verkaufen können. Jetzt war beides zerstört. Sollten die Pilsener neue Gebäude auf dem Gelände errichten. Hermann interessierte das nicht mehr.

Wien, 23. Februar 1619

Eintrag in die kaiserliche Chronik des Heiligen Römischen Reiches Deutscher Nation:

In den Wintermonaten gelang es keiner der verfeindeten Parteien in Böhmen, einen entscheidenden Erfolg zu verzeichnen.

Das Kriegsvolk der Böhmen hält die Kaiserlichen in Budweis und Krummau belagert. Dennoch wagen sie immer wieder Ausfälle und führen Streifzüge in der Herrschaft Schwanberg durch. Etliche Dörfer wurden geplündert und zum Teil abgebrannt. Die Mansfelder halten erfolgreich dagegen und verhindern eine Ausbreitung der Kaiserlichen im Reich.

Graf von Buquoy hat vierzig Wagen mit Beutegut zum Kaiserhof nach Wien geschickt. Dazu gehörten 70.000 Reichstaler und 1.000 Stück Vieh. Ein Heer mit böhmischen und schlesischen Männern hat den Zug zwei Meilen vor Zwetel gestellt und die Begleitmannschaft niedergemetzelt. Lediglich zwei Kaiserliche konnten fliehen.

Graf von Buquoy ist zudem mit tausend Mannen ein Ausfall aus Budweis gelungen. Er griff ein böhmisches Quartier an und es kam zu einem Scharmützel.

Der pfälzische Kurfürst hat einen Boten entsandt und appelliert, die Friedensverhandlungen voranzubringen.

Anton fiel es schwer, sich auf den Eintrag in die Chronik zu konzentrieren. Zeidler konnte nun schon lange nichts mehr sehen und erkannte seinen Schüler lediglich an der Stimme. Anton ging täglich zu seinem Lehrmeister und verbrachte so viel Zeit bei ihm, wie es seine Arbeit zuließ. Längst war er zum ersten kaiserlichen Schreiber aufgestiegen und musste bei allen Beratungen zugegen sein.

Mit Vroni hatte sich Anton seit dem Vorfall mit von Collalto nicht mehr getroffen. Er war froh, dass er das Weib losgeworden war, und kümmerte sich nur noch um Zeidler und seine Arbeit.

Auch Kaiser Matthias hatte mit seiner Gesundheit zu kämpfen. Die Regierung des Reiches wurde mehr und mehr auf Ferdinand übertragen, der mittlerweile zum Erzherzog von Österreich ernannt worden war. Er nutzte seine Macht, um das Kriegsgeschehen in Böhmen voranzutreiben und nutzte jede Gelegenheit, um deutlich zu machen, dass er es den Protestanten nicht zugestehen wollte, einen neuen König zu wählen. Unterstützung fand er dabei bei Maximilian von Bayern, der zwar noch nicht aktiv in den Krieg eingegriffen hatte, aber seinen Feldherrn, Graf von Tilly, das Heer aufrüsten ließ.

Anton entschloss sich, seinen Text später in die Chronik zu übertragen und zunächst nach seinem Lehrmeister zu sehen. Auf dem Weg zu Zeidler beschlich ihn ein ungutes Gefühl. Je näher er sich der Kammer des Mannes näherte, umso mulmiger wurde es ihm.

Als Anton den Raum betrat, spürte er sofort, dass etwas nicht stimmte. Zeidler lag regungslos in seinem Bett und schien sein Eintreten nicht mitbekommen zu haben.

»Wie geht es Euch heute?«, fragte Anton leise, erhielt aber keine Antwort. Zögerlich näherte er sich dem Bett und traute sich kaum, dem Alten ins Gesicht zu schauen. Er hätte Zeidlers Atemzüge hören müssen, aber es war still. Totenstill.

Allmächtiger Herrgott, lass ihn noch am Leben sein. Anton fasste sich ein Herz und griff nach Zeidlers Hand, die verkrampft auf seiner Decke lag. Er spürte Kälte und wusste in diesem Moment, dass seine schlimmsten Befürchtungen eingetreten waren. Jetzt zwang er sich, in die Augen seines Lehrmeisters zu schauen. Sie waren geschlossen. Zeidler musste im Schlaf gestorben sein.

Anton wollte schreien, brachte aber keinen Ton hervor. Er hatte das Gefühl, von einer unsichtbaren Hand gewürgt zu werden und keine Luft mehr zu bekommen. Voller Panik sprang er auf, öffnete das Fenster und atmete die kalte Winterluft ein.

Ich muss dem Heiler Bescheid geben. Anton wusste genau, was zu tun war. Dennoch gelang es ihm nicht, auch nur den kleinsten Schritt zu tun. Wie viel Zeit vergangen war, bis er wieder zu sich selbst gefunden hatte, konnte Anton später nicht sagen. Irgendwann stand er auf dem Flur. Nachdem er das Zimmer verlassen hatte, brach sein Bann. Schreiend rannte er zum Heiler, damit er schnell nach seinem Lehrmeister sah. Auch wenn er genau wusste, dass niemand Zeidler jetzt noch helfen konnte, wollte er, dass sich um den Mann gekümmert wurde.

***

Die Nachricht von Zeidlers Tod verbreitete sich wie ein Lauffeuer durch den Kaiserhof und sorgte für große Betroffenheit. Auch wenn der Mann Zeit seines Lebens als Einzelgänger bezeichnet worden war, hatten ihn doch alle gemocht.

Selbst Kaiser Matthias ließ Anton rufen und sich von dem Schreiber persönlich berichten, was geschehen war. Er war entsetzt, als er sah, wie schlecht es Matthias mittlerweile ging. In den Wochen, in denen sich die beiden nicht gesehen hatten, schien der Regent um Jahre gealtert zu sein. Der Kaiser war sichtlich geschockt und versprach Anton, dass er alles in die Wege leiten würde, damit der Mann ein anständiges Begräbnis bekam.

Als Anton später mit Erzherzog Ferdinand zusammentraf und ihm von Zeidlers Tod berichtete, zeigte der keine Regung. Im Gegenteil wies er seinen Schreiber barsch zurecht, weil der nicht richtig bei der Sache war, als er ihm einen Brief diktierte.

»Es herrscht Krieg«, sagte Ferdinand. »In Böhmen sterben jeden Tag Menschen!«

Anton wollte den König anschreien und ihm klarmachen, dass Zeidler nicht irgendjemand gewesen war. Gerade noch rechtzeitig erinnerte er sich daran, dass er mit dem Erzherzog von Österreich sprach, der außerdem von vielen als nächster Kaiser des Heiligen Römischen Reichs Deutscher Nation gehandelt wurde. Also zwang sich Anton, sich auf seine Arbeit zu konzentrieren. Um seinen Lehrmeister konnte er später noch trauern.

Den restlichen Tag über versuchte Anton, seine Aufgaben so gewissenhaft wie möglich zu erledigen. Als er endlich alle Wünsche von König Ferdinand befriedigt hatte, machte er sich mit müden

Schritten auf den Weg zu Zeidlers Kammer. Er öffnete die Tür und fand den Raum leer vor. Lediglich das zerwühlte Bett erinnerte noch an den alten Chronisten.

Anton fehlte die Kraft, um sich zu erkundigen, was mit dem Leichnam geschehen war. Sicherlich hatte der Heiler längst den Pater gerufen.

Für heute ist es genug. Der erste Schreiber des Kaisers ging zu seiner eigenen Kammer. An diesem Tag wollte er niemanden mehr sehen und schon gar nicht mehr mit jemandem sprechen!

»Da bist du ja endlich!«, sagte eine Frauenstimme, nachdem Anton seine Kammer betreten und die Tür geschlossen hatte.

Warum ausgerechnet jetzt? Anton lief ein eisiger Schauer über den Rücken, als er sah, wer ihn erwartete. *Besitzt dieses Weib nicht den kleinsten Funken Anstand?*

»Was willst du hier?« Eigentlich wollte Anton wütend klingen, seine Stimme hörte sich allerdings eher müde an.

»Ich wollte wissen, wie es dir geht!«, beteuerte Vroni in ihrer typisch unschuldigen Art.

»Und dafür musst du in meinem Bett liegen?«

»Ich dachte mir, dass du vielleicht getröstet werden willst.«

Ganz sicher nicht von dir! »Verschwinde und lass mich alleine.«

»Bist du sicher, dass du dich nicht einen Moment zu mir legen willst?«

Vroni zog die Decke zurück und gewährte Anton einen Blick auf ihren Körper. Der war nicht sonderlich überrascht, als er sah, dass das Weib nackt war. Er wusste noch nicht genau, welchen Plan die Hexe nun wieder verfolgte, wollte es aber auch nicht herausfinden. Nicht an diesem Tag.

»Zieh dich an und lass mich in Ruhe. Zwischen uns gibt es nichts mehr zu bereden. Das weißt du genau. Und selbst wenn es nicht so wäre, mein Lehrmeister ist heute gestorben. Mir steht nicht der Sinn nach Gesellschaft!«

»Ich weiß, dass Zeidler tot ist.«

»Dann solltest du mich jetzt in Ruhe lassen!«

»Du bist nicht der Einzige, der Sorgen hat«, sagte Vroni und begann plötzlich zu weinen.

Anton sah das Weib überrascht an. Sie hatte tatsächlich Tränen in den Augen. Konnten die aber echt sein? Der Schreiber wusste nicht so recht, wie er mit dem Gefühlsausbruch der Ungarin umgehen sollte. Zum ersten Mal, seitdem sie ihm nach Wien gefolgt war, tat sie ihm leid.

»Zieh dich an, dann werden wir reden.«

Vroni schien endlich einzusehen, dass sie Anton an diesem Tag mit ihren Reizen nicht beeindrucken konnte. Während er stumm am Fenster stand und hinausschaute, legte sie ihre Kleidung an und setzte sich dann wieder auf das Bett. »Ich bin fertig.«

»Warum bist du hergekommen?«, fragte Anton, ohne sich zu ihr umzudrehen.

»Ich muss mit dir reden.«

»Einen schlechteren Tag hättest du dir dafür nicht aussuchen können.« Anton blieb am Fenster stehen, drehte sich nun aber um und schaute Vroni an. »Sprich endlich!«

»Ich erwarte ein Kind.«

Nicht auch das noch! Zum zweiten Mal an diesem Tag lief Anton ein eisiger Schauer über den Rücken. Hatte sich heute alles gegen ihn verschworen? Er hatte vieles erwartet. Aber nicht dies.

»Warum kommst du damit zu mir?«

»Zu wem soll ich denn sonst gehen?« Jetzt klang Vroni ehrlich verzweifelt.

»Zu von Collalto!«

»Der ist in Böhmen!«

»Dann mach dich auf den Weg dorthin!«

»Warum sollte ich das tun? Es ist genauso gut möglich, dass du der Vater bist.«

Du verlogenes Miststück wirst mir kein Kind anhängen. »Das glaube ich dir nicht!«

»Du musst mir helfen, Anton. Du weißt, dass von Collalto das Kind nicht als seins anerkennen wird!«

»Und warum sollte ich das tun?«

»Ich dachte, dass du mich liebst. Jetzt, wo du dein Ziel erreicht hast und erster Schreiber bist, können wir zusammen sein.«

Daher weht also der Wind. Anton sah Vroni voller Abscheu an. »Du wagst es tatsächlich, ausgerechnet heute zu mir zu kommen und Forderungen zu stellen?«

»Noch weiß keiner, dass ich guter Hoffnung bin. Bald schon wird man das aber sehen können. Wir haben einen guten Ruf zu verlieren!«

»Oh nein, Vroni. Es gibt kein »Wir« mehr. Nicht, nachdem du es in den alten Stallungen mit von Collalto getrieben hast!« ... *Genau genommen hat es nie ein Wir gegeben.*

»Ist das dein letztes Wort?«, fragte Vroni flehend.

»Hör zu Vroni: Heute ist wirklich nicht der richtige Tag, um darüber zu sprechen. Ich habe jetzt andere Sorgen. Gib mir Zeit über alles nachzudenken.« *Ich werde schon eine Möglichkeit finden, dich ein für alle Mal loszuwerden.* Anton war klar, dass die Hexe die Sache nicht auf sich beruhen lassen würde. Wenn er sie jetzt abwies, würde sie sich sicher etwas einfallen lassen, wie sie ihm schaden konnte. Er musste Zeit gewinnen.

»Gut. Ich werde jetzt gehen. Aber ich komme wieder!«

Anton schaute Vroni nicht nach, als sie seine Kammer endlich verließ. Er war einfach nur glücklich darüber, nun alleine zu sein, legte sich auf sein Bett und dachte an seinen Lehrmeister.

Zwei Tage später wurde Wilhelm Zeidler feierlich bestattet. Kaiser Matthias ließ es sich nicht nehmen, persönlich an der Zeremonie teilzunehmen, auch wenn er sich von der Dienerschaft in einer Sänfte dorthin tragen lassen musste. Selbst König Ferdinand war anwesend. Vroni sah Anton an diesem Tag nicht.

Prag, 02. März 1619

»Was fällt Euch ein?«, fuhr Philipp erbost auf. »Ihr habt kein Recht, in mein Haus einzufallen!«

»Doch, das haben wir«, entgegnete der Hauptmann grimmig und reichte Philipp ein Schreiben, welches von Wenzel Wilhelm von Ruppau persönlich unterzeichnet worden war.

»Was hat das zu bedeuten?«

»Wir werden dieses Haus beziehen. Wir brauchen mehr Platz für die Truppen!«

»Das werde ich nicht dulden!« Philipp konnte nicht verhindern, dass seine Stimme immer schriller wurde.

»Wenn Ihr wünscht, könnt Ihr Euch beim Direktorium beschweren. Zunächst werdet Ihr dieses Haus allerdings freigeben.«

»Was tut Ihr, wenn ich mich weigere?«

»Dann landet Ihr im Kerker. Ihr habt die Wahl.«

Philipp kochte innerlich, wusste aber, dass er zunächst dem Hauptmann, der mit vier Landsknechten vor seiner Tür stand, Folge zu leisten hatte. Später würde sich Polyxena um alles kümmern. In den vergangenen Monaten war es vermehrt zur Beschlagnahmung von Gebäuden durch das protestantische Heer gekommen. Es kamen immer mehr Soldaten in die Stadt, die eine Unterkunft benötigten. Betroffen war bisher nur der katholische Teil der Bürgerschaft. Die Enteigneten hatten die Stadt verlassen oder hatten bei anderen Familien Zuflucht gefunden.

Ein paar Widerspenstige waren im Kerker gelandet oder gleich in ihren Häusern erschlagen worden. Die Prager lebten in der ständigen Angst, die nächsten zu sein, die einen Besuch von den Soldaten abgestattet bekamen.

»Ihr habt zehn Minuten Zeit«, erklärte der Hauptmann. »Danach werde ich das Gebäude räumen lassen.«

Philipp verzichtete auf eine Antwort, die nichts an den Tatsachen geändert, ihn aber wertvolle Zeit gekostet hätte. Er lief in die Küche, wo ihn Magdalena mit ängstlichem Blick erwartete. Er hatte seine Ehefrau weggeschickt, als der Hauptmann mit seinen Männern vor ihrer Tür aufgetaucht war. Vor weniger als einem Jahr hatten die Soldaten noch auf seiner Seite gestanden und hatten die Befehle ihrer Statthalter ausgeführt. Philipp wusste, dass ein Teil der Männer unzufrieden darüber war, welche Entwicklung das Geschehen in der Stadt genommen hatte. Andere hatten dagegen offensichtlich Spaß daran, der Bevölkerung der Stadt ihre Macht zu demonstrieren. Die Männer vor seiner Tür schienen zu dieser Gruppe zu gehören.

»Wir müssen das Haus verlassen.«

»Das habe ich befürchtet«, antwortete Magdalena und ließ mutlos die Schultern sinken. »Wohin sollen wir gehen?«

»Erst einmal zu Polyxena und Diepold. Sie werden uns helfen.«

»Immer wohnen können wir dort aber auch nicht! Was, wenn sie ebenfalls enteignet werden? Die beiden haben schon so viel für uns getan.«

»Ich weiß es nicht, Magdalena. Im Moment haben wir einfach keine andere Wahl. Lass uns schnell das Nötigste zusammenpacken. Reden können wir später.«

»Warum können wir nicht einfach nur in Frieden leben?«

»Ich wünschte, ich wüsste es«, antwortete Philipp. Er ahnte schon lange, dass die Bürger der Stadt irgendwann den Preis für die Rebellion bezahlen mussten. Dabei waren die letzten Wochen trotz des drohenden Krieges die glücklichsten in seinem bisherigen Leben gewesen. Er dankte Gott jeden Tag dafür, dass er ihm Magdalena geschickt hatte. Sie war das größte Geschenk, welches man Philipp hätte machen können. Auch sein Weib war seit der Hochzeit aufgeblüht und hatte ihre Lebensfreude zurückgefunden. Das Einzige, was den beiden zu ihrem Glück noch fehlte, war ein Kind. Jetzt war das junge Paar aber von der Realität eingeholt worden. Die Soldaten hatten alles zerstört.

Philipp und Magdalena beeilten sich damit, ihren Besitz in zwei Beuteln zu verstauen. Es waren hauptsächlich Kleidungsstücke und ein paar Schriften. Ihre Geldbörse trug Philipp immer bei sich.

Auch wenn die nicht üppig gefüllt war, würden sie damit einige Zeit zurechtkommen, sollten sie auch das Anwesen der von Lobkowitzes verlassen müssen.

»Ich hoffe, von Thurn und Graf von Mansfeld bekommen irgendwann die gerechte Strafe für ihr Tun!«

»Sprich nicht so laut«, wies Philipp sein Weib nachdrücklich zurecht. »Wenn der Hauptmann das hört, können wir direkt in den Kerker marschieren! So verlieren wir nur unser Haus, behalten aber unser Leben.«

***

Als Philipp und Magdalena zum Anwesen der von Lobkowitzes kamen, mussten sie mit ansehen, wie Polyxena ebenfalls von einem Hauptmann aufgefordert wurde, eine Gruppe von Soldaten in ihr Haus zu lassen. Die Gräfin schrie, dass man so nicht mit ihr umspringen könne, musste sich aber schließlich auch geschlagen geben und die Forderung erfüllen. Obwohl Philipp Polyxena schon seit Jahren kannte, sah er sie zum ersten Mal mit offenem Haar. Sie musste von den Landsknechten genauso überrascht worden sein wie er und Magdalena eine Stunde zuvor.

»Du musst gleich morgen mit Graf von Thurn sprechen«, forderte Polyxena ihren Ehemann auf. »Wir sind ehrbare Bürger der Stadt. Er kann uns nicht so ohne Weiteres enteignen.«

»Das tut er ja auch nicht«, entgegnete Diepold.

»Hältst du etwa zu dem Graf?«, regte sich Polyxena auf. »Wie würdest du es bezeichnen, wenn unser Haus besetzt wird? Das kommt einer Enteignung gleich!«

»Es ist nur vorübergehend …«

»Dennoch hat niemand das Recht, über unseren Besitz zu verfügen!«

»Du musst dich beruhigen, Polyxena.«

»Nein! Du musst dafür sorgen, dass die Männer wieder verschwinden! Und zwar sofort!« Die Gräfin war jetzt so in Rage, dass ihr die Zornesröte ins Gesicht stieg.

Philipp, der mit dem Ehepaar und Magdalena in der Küche saß, weil die Wohnbereiche besetzt waren, konnte Polyxena durchaus verstehen. Er bezweifelte allerdings auch, dass Diepolds Beschwerde einen Erfolg bringen würde. Die Enteignungen in Prag betrafen ausschließlich katholische Bürger. Einige von ihnen waren bereits verhaftet worden, weil sie sich gegen die Soldaten aufgelehnt hatten. Diepold hatte einmal einen hohen Rang in der Stadt bekleidet und seine Familie war angesehen. Das würde in den jetzigen Zeiten aber nichts an der Tatsache ändern, dass die Söldner nun auch bei ihm Quartier bezogen.

Graf von Thurn war zwar nicht Vorsitzender des Direktoriums, hatte aber die uneingeschränkte Herrschaft über Böhmen. Wenzel Wilhelm von Ruppau tat genau das, was der Feldherr ihm vorschrieb.

»Wenn wir uns alles gefallen lassen, wird uns bald gar nichts mehr bleiben!«, fuhr Polyxena wütend fort. »Wir haben mächtige Freunde. Auch im protestantischen Adel. Wenn von Thurn keine Einsicht zeigt, werden wir mit anderen Mitgliedern des Direktoriums sprechen müssen!«

»Das Heer wird die Stadt bald verlassen«, versuchte Diepold seine Gattin weiter zu beruhigen. »Dann bekommen wir unseren Besitz zurück.«

»Du meinst das, was davon übrigbleibt. Die Männer hausen wie die Wilden.«

»Wir müssen geduldig sein«, sagte Diepold fast flehend. »Graf von Thurn wird in den Krieg ziehen. Spätestens, wenn der Winter vorbei ist, werden wir die Soldaten sicher los sein.«

»Falls nicht, erwarte ich von dir, dass du etwas unternimmst!« Polyxena war anzusehen, dass sie mit dem Verlauf des Gespräches nicht einverstanden war. Sie würde sich aber zunächst mit den Gegebenheiten abfinden müssen.

Philipp erwartete nicht, dass sich Diepold von Lobkowitz gegen das Direktorium durchsetzen konnte. Bereits als Statthalter war er eher ein Mitläufer gewesen und hatte die Entscheidungen vor allem

Martinitz und Slavata überlassen. Vermutlich hatte ihn das am Ende davor bewahrt, aus dem Fenster geworfen zu werden.

»Was sollen wir denn jetzt tun?«, fragte Magdalena nach einer Weile.

»Ihr bleibt selbstverständlich hier!«, antwortete Polyxena bestimmt. »Wir werden schon noch einen Platz für euch finden.

»Und wenn wir einfach gehen?«

»Das kommt nicht in Frage, mein Kind. Wir müssen Stärke zeigen und dürfen nicht alles hinnehmen. Graf von Thurn weiß sehr gut, dass er ohne die katholische Bevölkerung des Reiches nicht lange an der Macht bleiben wird. Glaube ja nicht, dass alle Soldaten im Heer protestantisch sind.«

»Warum kämpfen die Männer für den Grafen, wenn sie seinen Glauben nicht teilen?«

»Weil er sie dafür bezahlt«, beantwortete Polyxena Magdalenas Frage trocken.

***

»Versprich mir, dass du dich nicht in Gefahr begibst«, forderte Magdalena ihren Gatten auf, als sie später zusammen in einer kleinen Kammer auf einem Bett lagen.

»Ich werde dich niemals alleine lassen und immer beschützen«, antwortete Philipp und küsste sein Weib auf die Stirn. »Egal, was passiert. So lange wir uns haben, wird es uns gut gehen!«

»Ich bete zu Gott, dass du recht hast.«

Gerne hätte Philipp Magdalena ein sichereres Leben geboten. Leider musste er sich eingestehen, dass er das weder in Prag, noch an einem anderen Ort in Böhmen konnte. Wenn sein Weib es ausdrücklich verlangte, würde er mit ihr fortgehen. Im Heiligen Römischen Reich gab es genug Orte, an denen die Katholiken noch sicher waren und in Frieden leben konnten.

Vielleicht sollten sie doch noch einmal drüber nachdenken, nach Wien zu gehen. Die Stadt war weit von allen Kriegshandlungen entfernt und sicher. Anton würde ihm sicher helfen, eine Anstellung außerhalb des Heeres zu finden. Als er an seinen Kollegen dachte, beschloss Philipp, ihm einen Brief zu schreiben. Er wusste, dass der Lehrmeister seines Freundes aus Wien sehr krank war, und wollte ihn fragen, wie es Zeidler ging.

»Ich habe Angst«, sagte Magdalena leise.

»Es wird uns nichts geschehen«, sagte Philipp schnell, doch wenig überzeugend.

»Wie kannst du das wissen? Die Zustände in der Stadt werden immer schlimmer. Was passiert, wenn der Kaiser tatsächlich bald mit einem Heer nach Prag vorrückt? Viele Menschen werden sterben! Unschuldige Menschen!«

»Von den Kaiserlichen haben wir nichts zu befürchten.«

»Glaubst du wirklich, dass die Soldaten Unterschiede machen werden, wenn die Stadt in Flammen steht?«

»So weit wird es nicht kommen«, sagte Philipp jetzt entschieden. »Wenn abzusehen ist, dass Prag in eine Schlacht verwickelt wird, verlassen wir die Stadt und suchen uns einen sicheren Ort.«

»Und wo soll der sein?«

»Das kann ich dir jetzt auch nicht sagen.«

Philipp streichelte Magdalena über das Haar und ließ seine Hand auf ihrer Wange liegen. Dann gab er ihr einen langen Kuss. »Mach dir nicht zu viele Sorgen. Es wird alles wieder gut werden.«

»Ich habe einfach Angst. Noch haben wir keine Kinder. Wie werden wir die aber in Zukunft schützen können?«

»Ich verstehe dich sehr gut. Auch ich mache mir Sorgen. Wir werden einfach beobachten müssen, wie sich die Dinge im Reich entwickeln. Wenn es wirklich so schlimm wird, wie du befürchtest, werden wir die Stadt rechtzeitig verlassen!«

Philipp wusste, dass er Magdalena mit seinen Worten nicht völlig überzeugen konnte. Er war sich auch längst nicht so sicher, dass sich die Dinge wieder richten lassen würden, wie er es vorgab. Auch er hatte Angst. Dies würde er seinem Weib gegenüber allerdings nie zugeben. Auch er sorgte sich darum, welche Zukunft sie ihren Kindern bieten konnten, wenn denn mal welche kamen. Bisher gab es keine Anzeichen dafür …

Wien, 19. März 1619

Eintrag in die kaiserliche Chronik des Heiligen Römischen Reiches Deutscher Nation:

Während sich der Gesundheitszustand von Kaiser Matthias I. täglich verschlechtert, hat Erzherzog Ferdinand endgültig die Regentschaft übernommen. Ein Krieg erscheint unvermeidlich.

Derweil sitzt Graf von Buquoy weiterhin im von Graf von Mansfeld belagerten Budweis fest. Die Berichte von Plünderungen und Übergriffen auf das Bauernvolk häufen sich.

Anfang März ist Graf von Dampierre in das böhmische Städtchen Graz eingezogen. Die Besatzung, die aus einer Kompanie Fußvolk bestand, hat sich in das Schloss zurückgezogen und den Dampierrischen mit heftigen Schüssen zugesetzt. Weil der Graf ohne das Schloss die Stadt nicht halten konnte, aber um das Schloss zu beschießen keine Geschütze hatte, hat er das Städtlein plündern und anzünden lassen. Anschließend ist er wieder abgezogen.

Auch im ungarischen Reich erheben sich Stimmen gegen König Ferdinand. Die Stände werden unruhig, verhalten sich allerdings noch friedlich.

Anton atmete tief durch und ließ die Schreibfeder sinken. Seit dem Tod seines Lehrmeisters fühlte er sich einsam in der Bibliothek. Es gab Tage, an denen er es dort kaum aushielt. Über fehlende Arbeit konnte sich der Schreiber nicht beklagen. Seitdem der Kaiser immer schwächer geworden war, ging Ferdinand mit aller Härte vor und forderte seine Feldherren auf, der Rebellion in Böhmen ein Ende zu setzen. Dies musste im Stillen geschehen, weil sich der Erzherzog nicht offen gegen die Protestanten in Böhmen stellen durfte, solange er nicht zum Nachfolger von Kaiser Matthias gewählt worden war.

Immer öfters stellte sich Anton die Frage, ob er sein Leben tatsächlich als kaiserlicher Chronist verbringen wollte. Bald war er ein Jahr am Kaiserhof. Nichts war mehr so wie in den ersten Tagen, in denen ihn Zeidler in seine Arbeit eingewiesen hatte. Er fand kaum

Zeit für sich selbst und musste immer bereitstehen, falls der Erzherzog seine Dienste benötigte. Auch seine Eltern hatte er schon seit Wochen nicht mehr gesehen. Dank der Briefe seiner Mutter wusste er aber zumindest, dass es ihnen gut ging.

Vroni machte dem jungen Schreiber zusätzlich zu schaffen. Er konnte nicht sagen, wie es das Weib anstellte, aber sie schaffte es, Anton täglich mindestens einmal über den Weg zu laufen. Wenn sie sich sahen, warf ihm Vroni böse Blicke zu und strich sich vorwurfsvoll über den Bauch. Selbst wenn es Anton gewollt hätte, fand er aber einfach nicht die Zeit, sich mit ihr zu treffen und über alles zu sprechen. Wenn er am Abend in seine Kammer kam, war er so müde, dass er es gerade noch schaffte, sich seiner Kleidung zu entledigen, bevor er ins Bett fiel.

Es war Anton durchaus bewusst, dass ihm Vroni nach wie vor gefährlich werden konnte. Bisher hatte sie ihren Mund gehalten. Sollte sie ihn aber belasten, wäre es nicht leicht für ihn, seine Unschuld zu beweisen. Bei all den Sorgen, die er im Moment hatte, wäre es vielleicht wirklich am besten, ihrer Forderung nachzugeben und sie zu sich zu nehmen. Bald würde man ihren Zustand erkennen können. Dann wäre es zu spät, sich zu ihr zu bekennen.

Anton entschloss, dass es für diesen Tag genug war. Gähnend verließ er seinen Platz in der Bibliothek und ging in seine Kammer. Trotz seiner Müdigkeit konnte Anton an diesem Abend keine Ruhe finden. Immer wieder drehten sich seine Gedanken um Vroni, von Collalto, den Krieg und die Krankheit des Kaisers. Die Last dieser Sorgen kam ihm wie ein Gewölbe vor, das irgendwann über ihm zusammenbrechen konnte und ihn erdrücken würde.

***

Ein heftiges Pochen an der Tür seiner Kammer riss Anton aus dem Schlaf. Ein Blick aus dem Fenster zeigte ihm, dass die Sonne erst aufging. Es war noch früh.

Was soll das denn?

Anton stand auf, schlurfte verschlafen zur Tür und öffnete sie.

»Du musst sofort mitkommen!«, sagte Vroni außer Atem.

»Um Gottes willen. Was ist passiert, dass du mich zu dieser unchristlichen Zeit aus dem Bett wirfst?«

»Es geht um den Kaiser. Er liegt im Sterben.«

»Was sagst du da?« Innerhalb von Sekunden war Anton hellwach. Jeder im Kaiserhof wusste, dass es mit Matthias zu Ende ging. Dennoch war der Sekretär geschockt, dass er jetzt tatsächlich kurz vor dem Tod stehen sollte. Als Vroni vor seiner Tür stand, hatte er zunächst damit gerechnet, dass sie ihn wegen ihres Kindes sprechen wollte. Auch die Küchenmagd schien aber sehr geschockt und aufgeregt zu sein.

»König Ferdinand hat mich zu dir geschickt. Du sollst sofort zu den Gemächern des Kaisers kommen.«

»Das werde ich!« Anton sah Vroni nicht nach, als die den Flur entlanglief, und beeilte sich damit, seine Gewänder anzuziehen. Dann macht er sich, so schnell er konnte, auf den Weg zu Ferdinand.

Der erwartete ihn im Vorzimmer zu den Schlafgemächern des Kaisers.

»Es steht schlecht um Matthias«, sagte der Erzherzog von Österreich, ohne eine Gefühlsregung zu zeigen und ohne den jungen Chronisten zu begrüßen.

Anton konnte nicht sagen, ob Ferdinand wirklich besorgt um seinen Herrn war, oder ob er sich nun dicht vor seinem Ziel sah, die Regentschaft im Reich zu übernehmen.

»Darf ich zum Kaiser?«

»Der Heiler sagt, dass niemand außer dem Bischof mehr mit Matthias sprechen darf. Der ist in den kaiserlichen Gemächern.«

»Was kann ich tun?«

»Wir können für Matthias beten. Alles andere liegt in der Hand unseres allmächtigen Herrgotts.«

Dann hättet ihr mich auch nicht rufen lassen müssen. Anton verstand nicht, warum er so eilig zum Erzherzog hatte kommen sollte, wenn der nichts Anderes tat, als ungeduldig im Raum auf und abzulaufen. Fast kam es ihm so vor, als würde Ferdinand auf den Tod des Kaisers warten.

Anton war traurig, dass er nach Zeidlers Tod nun auch noch das Ableben des Kaisers erleben musste. Auch wenn er schon seit vielen Wochen mehr mit Ferdinand gearbeitet hatte, war ihm der Umgang mit dem Erzherzog schwerer gefallen als der mit Matthias. Ferdinands Launen waren unberechenbar. Besonders dann, wenn man ihm schlechte Nachrichten überbrachte.

Während der stoisch am Fenster stand und nach außen schaute, setzte sich Anton auf eine Bank und schlug die Hände vor sein Gesicht. Dann begann das Warten.

Nach fast zwei Stunden verließen der Pater und der Heiler das kaiserliche Schlafgemach. Ihren Blicken entnahm Anton, dass es mit Matthias zu Ende gegangen war. Als der Pater dies durch ein leichtes Schütteln des Kopfes bestätigte, trat Ferdinand in den Raum ein und betrachtete stumm den Leichnam. Anton wartete im Vorraum, bis der König zu ihm zurückkehrte.

»Ich erwarte dich in 10 Minuten im kaiserlichen Audienzsaal«, sagte Ferdinand, dem immer noch keine Regung anzumerken war.

»Sehr wohl, Eure Majestät.«

Im Verlauf des Tages kamen unzählige Besucher zum Erzherzog, um sich nach dem Ableben des Kaisers zu erkundigen. Ferdinand empfing die zahlreichen Besucher und ließ keinen Zweifel daran aufkommen, wer künftig die Amtsaufgaben des Regenten übernehmen würde. Als er am späten Abend aus seinem Dienst entlassen wurde, war Anton so müde, dass er im Stehen hätte einschlafen können.

Bevor er sich aber zur Ruhe begab, ergänzte der Sekretär seinen Chronikeintrag vom Vortag:

Am 20. März 1619 hat Kaiser Matthias morgens zwischen sieben und acht Uhr in Wien zu Österreich im Alter von 62 Jahren das Zeitliche gesegnet. Sein Tod ist für Viele sehr betrüblich, weil das Heilige Römische Reich sich in einem gefährlichen Zustand befindet.

Bei der Öffnung des kaiserlichen Leichnams sind Herz, Lunge, Milz, Leber und Nieren gesund vorgefunden worden. Der Magen war schleimig, das Gehirn aber wässrig und brüchig.

Indessen hat König Ferdinand die Regierung des verlassenen Königreichs und über Länder, welche ihm von Erzherzog Albert übergeben worden waren, auf sich genommen.

***

Zehn Tage später rief König Ferdinand Anton erneut zu sich, als dieser gerade aufgestanden war. Ein Bote richtete ihm aus, dass es dringende Schreiben an die Heerführer zu verfassen galt. Anton beeilte sich, dem Ruf seines Herrn zu folgen. Er wusste, wie ungehalten der Erzherzog werden konnte, wenn man ihn warten ließ.

»Da bist du ja endlich!«, empfing König Ferdinand Anton und winkte ungehalten ab, als der sich für sein spätes Erscheinen entschuldigen wollte. »Wir haben keine Zeit zu verlieren. Es gilt, ein eiliges Schreiben an Graf von Buquoy zu verfassen. Der Bote wartet bereits!«

»Ich bin bereit, Eure Majestät.« Anton wusste nur zu gut, wie ärgerlich der König werden konnte, wenn nicht alles so verlief, wie er es wünschte. Daher war der Schreiber immer bemüht, nicht den kleinsten Fehler zu machen.

»An den Feldmarschall Charles Bonaventure de Longueval, Comte de Buqouy«, begann Ferdinand sein Diktat.

»Sicher habt ihr bereits vom traurigen Ableben unseres geliebten Kaisers erfahren. Wien ist gewillt, einen letzten Versuch zur friedlichen Einigung mit den Ständen in Böhmen zu versuchen. Demzufolge habt Ihr das kaiserliche Kriegsvolk unter Eurer Obhut zu bedingungslosem Gehorsam anzuhalten. Die Soldaten sollen sich aller Gewalttätigkeiten enthalten.

Die Proviantbeschaffung soll weiterhin gewährt sein, ohne dabei allerdings mit übertriebener Härte gegen die Bevölkerung vorzugehen. Geld für den Monatssold ist unterwegs. Bis es eintrifft, ist die Truppe bei guter Stimmung zu halten.«

Bevor er Anton aus seinem Dienst entließ, diktierte Ferdinand ihm noch ein Schreiben an Wenzel Wilhelm von Ruppau als Vorsitzendenr des Direktoriums in Prag:

»Nach dem bedauerlichen Tod von Kaiser Matthias beabsichtige ich die Übernahme der Regierung, bestätige Ihnen aber alle bisherigen Privilegien und Freiheiten.

Des Weiteren habe ich mich verpflichtet, anzuerkennen, was den Ständen oder Personen von unseren Vorfahren, Kaiser und Königen zu Böhmen gegeben wurde. Die getroffenen Vereinbarungen und unterzeichneten Dokumente behalten Gültigkeit und werden von mir und dem Heiligen Römischen Reich geachtet.«

Das glaubst du doch selbst nicht. Anton war überrascht, dass König Ferdinand vorgab, eine friedliche Lösung für den Konflikt in Böhmen finden zu wollen. Vor dem Tod von Kaiser Matthias hatte er immer wieder gefordert, mehr Truppen nach Böhmen zu entsenden, um die Rebellion zu beenden. Jetzt hatte er die Möglichkeit dazu. Anton konnte sich nicht vorstellen, dass er nun den protestantischen Ständen tatsächlich nachgeben würde.

Budweis, 17. April 1619

»Jetzt!«, schrie der Rittmeister den Wächtern am Tor zu und ritt als Erster aus der Stadt, nachdem die es eilig geöffnet hatten.

Hermann und weitere zehn Kaiserliche folgten dem Spanier in wildem Galopp. Der Schmied war froh, dass er der Rotte von Raoul Santos zugeteilt worden war. Zwar führte der Rittmeister ein strenges Regiment, er kümmerte sich aber auch darum, dass seine Landsknechte genug zu essen bekamen und bei der Verteilung der Beute angemessen berücksichtigt wurden.

Die protestantische Armee, die unter Graf von Mansfeld einen Belagerungsring um Budweis gezogen hatte, wurde von dem Ausfall überrascht und schaffte es nicht schnell genug, ihre Pferde zu besteigen, um den Reitern folgen zu können.

Die Rufe, die aus dem Feindeslager drangen, kamen zu spät. Angeführt von ihrem Rittmeister, hetzten die Kaiserlichen in hohem Tempo etwa eine Stunde weiter. Dann kam der Befehl zum Halt. Es war bereits der dritte Ausfall, an dem Hermann teilnahm. Er wusste, dass es sehr viel schwerer werden würde, wieder in die Stadt hineinzugelangen, vertraute aber dem Ideenreichtum seines Rittmeisters.

Nach dem Fall Pilsens hatte Hermann keine Schlacht mehr erlebt. Mit seinen Kameraden war es ihm gelungen nach Budweis zu gelangen, bevor die Stadt von den Mansfeldern belagert wurde. Es kam immer wieder zu kleineren Scharmützeln. Keiner der beiden Parteien gelang es aber, einen entscheidenden Vorteil zu erringen.

Die Gruppe hatte von von Buquoy den Auftrag bekommen, Proviant zu besorgen. Das Heer hatte einen harten Winter hinter sich und die Bürger von Budweis waren nicht mehr in der Lage, die Männer zu ernähren. Immer wieder waren sie ins Land gezogen, um sich zu besorgen, was sie zum Überleben brauchten. Hermann war entsetzt gewesen, als er das erste Mal mit ansehen musste, welches Leid dabei über die Bevölkerung gebracht wurde, die immerhin aus seinen eigenen Landsleuten bestand. Dieses Mal hatten sie den Befehl bekommen, die Menschen in den Dörfern zu verschonen. Hermann befürchtete allerdings, dass es dennoch Tote geben würde. Die Bauern würden ihr Hab und Gut verteidigen wollen und sich gegen die Angreifer wehren. Und selbst wenn sie das nicht taten, konnte Hermann nicht einschätzen, ob seine Kameraden sich tatsächlich zurückhalten würden.

Nachdem sie eine Stunde gerastet hatten, setzten die kaiserlichen Soldaten ihren Weg fort. Der Rittmeister schlug nun ein langsameres Tempo an, damit die Tiere nicht zu schnell ermüdeten. Sie mussten immer damit rechnen, dass sie auf feindliche Soldaten trafen und schnell sein mussten. Deshalb hielten sie sich bewusst abseits der normalen Wege. Die Dörfer in der Nähe von Budweis waren längst geplündert. Die Männer mussten das Gebiet, in das sie zur Proviantbeschaffung vorrückten, immer weiter ausdehnen.

Am Abend schlugen die Soldaten ihr Lager in einer schmalen Schlucht zwischen zwei Hügeln auf. Jeweils zwei Männer wurden zur Wache eingeteilt. Hermann hatte das Glück, dass er in dieser Nacht nicht an der Reihe war.

Ab dem dritten Tag sandte Santos zwei Späher aus, die nach Dörfern Ausschau halten sollten. Sie befanden sich jetzt in einem Gebiet, in dem auch Hermann noch nie gewesen war. Gegen Nachmittag meldete einer der Soldaten einen Erfolg. Er war auf ein Dorf mit etwa fünfzig Einwohnern getroffen. Die Menschen dort hatten Rinder und Schafe.

»Wir schlagen hier unser Lager auf«, befahl Santos. »Wir greifen eine Stunde nach Einbruch der Dämmerung an. Dann werden die Bauern müde von der Arbeit sein und sich kaum wehren können.«

Hermann war überzeugt, dass sich die Bauern trotz ihrer zahlenmäßigen Überlegenheit unmöglich gegen die Angreifer verteidigen konnten, die nicht nur die besseren Waffen hatten, sondern auch wesentlich kampferprobter waren. Er betete zu Gott, dass die Menschen dies schnell einsehen würden, und es nicht zu einem Blutbad unter seinen Landsleuten kam.

***

»Wir greifen an!«, befahl der Rittmeister und führte seine Männer in Richtung Dorf an. Hermann ritt als Vorletzter in der Reihe. Noch hatten die Soldaten ihre Waffen nicht gezogen, damit sie davon beim Reiten nicht behindert wurden. Dies würde erst kurz vor Erreichen des Zielortes geschehen.

Die Kaiserlichen hatten den Tag genutzt, um sich vor dem bevorstehenden Angriff auszuruhen. Damit man ihr Lager nicht entdeckte, verzichteten sie darauf, Feuer zu machen. Es regnete leicht und die Männer froren, trotz ihrer dicken Kleidung. Wie angekündigt hatte der Rittmeister den Sonnenuntergang abgewartet. In einer Stunde würden sie das Dorf erreichen und die Einwohner überraschen.

Als die ersten Häuser im Mondschein vor ihnen auftauchten, zogen die Kaiserlichen ihre Waffen. In schnellem Galopp jagten sie dann auf das Dorf zu. Hermann sah, wie einer der Bauern mit beiden Armen winkend auf die Angreifer zurannte. Santos hob seine Muskete und schoss ihm eine Kugel in die Brust. Der Mann fiel im Lauf zu Boden und blieb dort reglos liegen.

Wie so oft in den letzten Wochen musste Hermann gegen den plötzlich auftretenden Brechreiz ankämpfen. An den Anblick von Menschen, die direkt vor ihm den Tod fanden, würde er sich niemals gewöhnen können.

Der Lärm lockte jetzt auch die anderen Bewohner des Dorfes aus ihren Häusern. Zwei mutige Männer rannten mit Mistgabeln auf die Eindringlinge zu, wurden aber mit gezielten Schüssen niedergestreckt, bevor sie diese erreichen konnten.

Hermann wusste, dass den Menschen im Ort nun niemand mehr helfen konnte. Die meisten von ihnen würden den sicheren Tod finden. Er musste entsetzt zusehen, wie einer seiner Kameraden einer alten Frau seine Hellebarde in die Brust stach.

»Brennt alles nieder«, schrie der Rittmeister und sprang von seinem Pferd. Gemeinsam mit zwei seiner Männer stürmte er in eines der Häuser. Zwei weitere Soldaten liefen in eine Schmiede, in der noch das Feuer des Tages glühte. Sie entzündeten jeweils drei Fackeln und liefen damit die Dorfstraße entlang. Wenige Augenblicke später standen die Dächer von vier Häusern in Flammen.

Um dem Feuertod zu entgehen, liefen die Bewohner ins Freie und wurden dort von den Soldaten regelrecht abgeschlachtet. Hermann war starr vor Entsetzen. Hatte von Buquoy nicht ausdrücklich befohlen, dass die Bevölkerung zu verschonen sei? Es waren seine Landsleute, die hier sinnlosem Morden zum Opfer fielen. Er selbst stand unsicher auf der Hauptstraße und war nicht in der Lage, in das Rauben und Morden einzugreifen. Alles in ihm wehrte sich dagegen, auch nur einen Stich mit seiner Waffe gegen einen unschuldigen Bauern zu führen, doch seine Kameraden zurückzuhalten, kam genauso wenig in Frage. Blieb er aber weiter im Abseits stehen, würde der Rittmeister sicher erfahren, dass er sich nicht an dem Beutezug beteiligt hatte. Die Strafe dafür könnte auch Hermann den Tod bringen.

Er lenkte sein Pferd zum Rand des Dorfes zu einer der Stallungen. Als er gerade eintreten wollte, wurde er von einem Bauern mit einem Dreschflegel attackiert. Hermann blieb nichts anderes übrig, als sich zu wehren. Wie im Traum hob er die Muskete an und drückte ab. Die Kugel traf den Mann oberhalb des Nasenbeins in die Stirn. Hermann zwang sich, den Toten nicht anzusehen, stieg über ihn hinweg und betrat den Stall. Dort erbrach er sich in eine der Futterkrippen. Wieder bereute es der junge Schmied, dass er sich dem kaiserlichen Heer angeschlossen hatte. Er war aus Pilsen fortgegangen, um die Welt zu sehen. Jetzt war er einer von denjenigen, die entsetzliches Leid über seine Landsleute brachten. Er war zu einem der Scheusale geworden, die in allen Flugblättern des Reiches aufs Übelste beschimpft wurden.

Hermann versuchte die Schreie von draußen zu ignorieren und band die zwei Pferde los, die in dem Stall untergebracht waren. Er wollte sie ins Freie bringen, bevor auch dieses Gebäude in Flammen aufging.

Als Hermann mit den Tieren nach draußen trat, sah er durch eine geöffnete Tür, wie sich im Haus gegenüber einer seiner Kameraden an einer jungen Magd verging. Sie versuchte sich zu wehren und stieß einen verzweifelten Hilfeschrei aus. Der Soldat schlug ihr mit der Faust ins Gesicht und brachte sie so zum Schweigen. Dann riss er ihr das Gewand vom Oberkörper.

Hermann wandte seinen Blick ab. Er wollte die schrecklichen Bilder nicht sehen. Helfen konnte er der Magd nicht. Alleine für den Versuch würde ihn Santos auf der Stelle hinrichten lassen.

Inzwischen stand die Hälfte der Häuser des Dorfes in Flammen. Unzählige Tote lagen bereits auf der Straße. Kinder flohen vor den Eindringlingen und rannten aus dem Ort hinaus auf ein kleines Wäldchen zu.

Das Gemetzel und Schänden dauerte über eine Stunde. Danach trafen sich die Landsknechte in der Mitte des Dorfes und betrachteten ihre Beute. Sie hatten vier Rinder und an die zwanzig Schafe zusammengetrieben. Außerdem drei Pferde. In unzähligen Säcken waren die Lebensmittel der toten Dorfbewohner gesammelt worden.

»Wir ziehen uns zurück«, schrie Santos über den Platz. »Hier ist niemand mehr, der uns gefährlich werden kann.«

***

Für den Rückweg nach Budweis brauchten die Soldaten zwei Tage länger, weil sie durch das Vieh aufgehalten wurden. Die Proviantsäcke waren auf zwei Wagen geladen worden, die von den erbeuteten Pferden gezogen wurden. Als sie noch etwa einen Kilometer von der Stadt entfernt waren, befahl der Rittmeister zu halten. Sie warten den Einbruch der Dunkelheit ab. Dann wurde ein Melder nach Budweis geschickt, der ihr Kommen ankündigen sollte.

Die Gruppe wartete, bis die Kaiserlichen, die in der Stadt geblieben waren, sich vor den Toren bereitgemacht hatten. So konnten sie ihnen zur Hilfe kommen, falls sie von den Mansfeldern angegriffen wurden. Hermann glaubte aber nicht daran, dass dies geschehen würde. Bei einem ihrer ersten Beutezüge hatten die Protestanten versucht, ihre Feinde am Rückzug in die Stadt zu hindern. Weil die Kaiserlichen aber darauf vorbereitet gewesen waren und die

Belagerer sich nicht so schnell hatten sammeln können, hatten die Mansfelder hohe Verluste hinnehmen müssen.

Als der Bote zurückkehrte, gab Santos den Befehl zum Rückzug in die Stadt. Obwohl sie versuchten, keine Geräusche zu verursachen, wurden sie schnell von den Belagerern bemerkt. Sie hatten gerade einmal die Hälfte des Weges zurückgelegt, als sie von einer Gruppe Reiter angegriffen wurden, die ihre eigene Anzahl um das Doppelte übertraf. Im gleichen Moment rückten die kaiserlichen Soldaten aus Budweis aus, um ihren Kameraden zu Hilfe zu eilen.

Die Pferde, welche die Wagen zogen, wurden angetrieben und auch die dahinter gebundenen Rinder und Schafe wurden mitgezogen. Hermann und seine Kameraden rückten nicht gegen die Mansfelder vor und versuchten stattdessen, ihre Beute zu schützen. Die Musketen krachten los. Auf beiden Seiten fielen getroffene Soldaten von ihren Pferden. Hermann sah, wie einer der Angreifer sich dem ersten Wagen näherte. Er hob seine Hellebarde an und spurtete mit seinem Pferd los, um dem Mansfelder den Weg abzuschneiden. Der hatte nicht auf Hermann geachtet und bemerkte ihn erst in letzter Sekunde. Die Waffen der beiden Männer krachten ineinander. Hermann wollte seine Hellebarde zurückziehen, spürte aber einen Widerstand. Die Spitzen der Piken hatten sich ineinander verhakt. Für einen kurzen Moment war der ehemalige Schmied verunsichert. Dies nutzte sein Gegner aus und zog mit einem kräftigen Ruck an seiner Waffe. Hermann wurde von dieser Attacke völlig überrascht. Er konnte sein Gleichgewicht nicht mehr halten und fiel von seinem Pferd in den Dreck.

Das ist das Ende, dachte Hermann, als er sah, wie sein Gegner über ihm immer größer wurde. Der Mansfelder wollte die Hellebarde gerade nach unten rammen, als er von einem Schuss in den Rücken getroffen wurde.

»Pass das nächste Mal besser auf, Scheidt«, sagte Santos, der ihm gerade das Leben gerettet hatte. Hermann wollte sich bedanken, aber sein Rittmeister hatte sich bereits wieder ins Kampfgetümmel gestürzt.

Die Wagen hatten die Tore der Stadt nun fast erreicht. Die Mansfelder schienen zu merken, dass sie den Kaiserlichen ihre Beute nicht mehr abjagen konnten, und zogen sich zurück. Hermann lief zu seinem Pferd und beeilte sich, seinen Kameraden zu folgen, die sich sammelten und zurück nach Budweis ritten. Die Tore waren gerade lange genug offen, dass die Wagen und alle Soldaten sicher in die Stadt hineingelangen konnten. Die Kaiserlichen stießen jubelnde Schreie aus. Wieder war es ihnen gelungen, ihren Belagerern ein Schnippchen zu schlagen.

Wien, 06. Mai 1619

Eintrag in die kaiserliche Chronik des Heiligen Römischen Reiches Deutscher Nation:

Die Friedensverhandlungen zwischen König Ferdinand und den böhmischen Ständen verlaufen schleppend. Auf Seiten der Habsburger verhandeln die Spanier und die katholische Liga. Das Prager Direktorium findet Unterstützung bei der Protestantischen Union und den Niederlanden.

In Böhmen hat der Graf von Buquoy durch Brandschatzen und Plündern vor Budweis und Krummau einen großen Schrecken unter das Landvolk gebracht. Die Menschen leiden unter Kälte, Hunger und Seuchen.

Unterdessen zieht Graf von Thurn durch die Marktgrafschaft Mähren, um die dortigen Stände zu zwingen, sich auf die Seite Böhmens zu stellen.

Oberst Albrecht Wallenstein ist mit acht beladenen Wagen und einem Heer von zweihundert Söldnern in Wien angekommen und wird heute von König Ferdinand empfangen.

Anton entschloss sich, den Eintrag später zu beenden. Wallensteins Audienz bei König Ferdinand würde sicher neue Erkenntnisse bringen, die er in der Chronik festhalten wollte. Er verließ die Bibliothek und ging in den Beratungssaal. Es würde zwar noch eine Stunde dauern, bis der König Wallenstein empfing, Anton wollte aber nach Möglichkeit vorher noch mit dem Oberst reden. Er war sehr gespannt darauf, welche Nachrichten er für Ferdinand mitbrachte.

Als Anton den Saal betrat, fand er diesen mit Ausnahme der Dienerschaft leer vor. Er nahm an seinem Schreibpult Platz und legte seine Utensilien zurecht, damit er später schreibbereit war. Kurz vor Beginn der Audienz kam eine Gruppe der mährischen Söldner in den Raum und stellte dort die Truhen bereit, die sie bei ihrer Ankunft in der vergangenen Nacht mitgebracht hatte. Erst dann betrat Oberst Wallenstein den Saal.

Anton beobachtete den Mann genau und war erstaunt, welche Selbstsicherheit er ausstrahlte. Obwohl er kurz vor einer Audienz beim König von Böhmen und Erzherzog von Österreich stand, war ihm nicht das kleinste Zeichen von Nervosität anzumerken. Er trug eine dunkelgelbe Uniform und einen gleichfarbigen Spitzhut. Seine Gesichtszüge waren kantig und die hohe Stirn des Mannes zeigte zahlreiche Falten. Der Feldwebel verzichtete auf einen vollen Bart und trug lediglich einen Schnauzer, der an seinen Enden sorgfältig zu Spitzen gedreht war.

Anton war noch nicht klar, welche Rolle der Mann in Mähren gespielt hatte, der, soweit er gehört hatte, seine Konfession hin zur katholischen gewechselt hatte. Auf den Inhalt der Truhen war Anton mehr als gespannt. Eine Möglichkeit mit Wallenstein zu sprechen und ihn darüber zu befragen würde er aber nun vor der Audienz nicht mehr bekommen. Dafür war der Oberst zu spät erschienen.

Endlich betraten Erzherzog Ferdinand und seine Berater den Saal.

»Ich bin Euch zutiefst dankbar, dass Ihr mich empfangt, Eure Majestät«, sagte Wallenstein sofort, nachdem Ferdinand Platz genommen hatte, und verbeugte sich vor dem König.

»Und ich hoffe, dass ich diese Entscheidung nicht bereuen werde«, gab Ferdinand mürrisch zurück.

»Das kann ich Euch versichern!« Wallenstein gab den Söldnern ein Zeichen. Zugleich öffneten sie alle acht Truhen, so dass der Erzherzog einen Blick hineinwerfen konnte.

Auch Anton staunte, als er sah, dass sie randvoll mit Münzen gefüllt waren.

»Das sind 96.000 Taler, Eure Majestät«, sagte Wallenstein nicht ohne Stolz in der Stimme. »Zu Eurer Verfügung.«

»Wie kommt Ihr zu dem Geld?«, fragte Ferdinand nun wesentlich freundlicher. Es war allgemein bekannt, dass dem Kaiserhof die Mittel fehlten, um einen entscheidenden Feldzug gegen Böhmen zu führen. »Berichtet von Anfang an. Welche Nachrichten gibt es aus Mähren?«

»Am 23. April rückte Graf von Thurn in Mähren ein«, begann der Oberst. »In Iglau wurde er von den Bürgern mit begeistertem Jubel als Befreier begrüßt und von den protestantischen Ständen freundlich in Empfang genommen. Auch der katholische Adel, der sich nun um sein Eigentum sorgte, hatte gegen ein Bündnis der beiden Länder nichts mehr einzuwenden. Ich wurde des Verrats bezichtigt. Daher bin ich mit meinem Regiment aufgebrochen, um einen Pass zu besetzen. Dies wäre auch gelungen, doch mein Kriegsvolk wandte sich gegen mich und meuterte. Zu Olmütz habe ich die Kassen des Steuereintreibers geleert und bin mit meinen Soldaten noch in der gleichen Nacht nach Wien aufgebrochen. Graf von Thurn verfolgte uns mit seinem Heer und ich habe den Großteil meiner Regimenter verloren, die sich vom Feind zur Umkehr haben überreden lassen. Ich selbst konnte gemeinsam mit meinen Getreuen entkommen. Nun stehe ich Euch zu Diensten, Eure Majestät.«

Anton sah den Oberst zweifelnd an. Auch wenn er so tat, als sei er dem König treu ergeben, erweckte er bei dem Sekretär doch den Eindruck, lediglich seine eigene Haut retten zu wollen. Der Schreiber musste aber anerkennen, dass Wallenstein äußerst wortgewandt war. Ein Blick in Ferdinands Gesicht verriet ihm, dass auch der Erzherzog von dem Auftreten des Mannes angetan war.

»Was verlangt Ihr als Gegenleistung?«, fragte der König und sah den Oberst skeptisch an.

»Die böhmischen Stände hätten das Geld zur Fortführung ihrer Rebellion genutzt. Dies habe ich verhindern wollen.«

»Dann seid Ihr bereit, für das Reich gegen die Protestanten zu kämpfen?«

»Das bin ich, Eure Majestät.«

»Ich danke Euch für die heldenhafte Tat. Ihr habt dem Reich einen großen Dienst erwiesen.«

Ferdinand entließ den Oberst und seine Gefolgschaft und sagte ihm, dass er weiterhin im Range eines Oberst in seinem Heer dienen solle.

Nachdem Wallenstein den Saal verlassen hatte, begannen die Berater heftig darüber zu diskutieren, ob es rechtens sei, das Geld zu behalten, das die Habsburger dringend gebrauchen konnten. Die Mehrheit der Minister war dagegen und so wurde zu Antons Überraschung beschlossen, die 96.000 Taler zurück nach Olmütz zu schicken. Wenn es noch eine Möglichkeit gab, die Wogen in Mähren zu glätten, wollten sie diese durch Wallensteins Tat nicht gefährden.

Dem Erzherzog war anzumerken, dass er mit dieser Entscheidung nicht zufrieden war. Noch war er allerdings nicht zum Kaiser gewählt und musste sich dem Rat in diesem Punkt beugen.

***

Die Beratungen hatten sich bis zum späten Abend hingezogen. Eine Stunde später, Anton hatte sich gerade zu Bett begeben, stand plötzlich von Collalto in seiner Kammer. Der Schreiber fuhr hoch und sah seinen Besucher erschrocken an.

Was will der denn hier? Anton wusste, dass es kaum etwas Gutes bedeuten konnte, wenn ihn der spanische Offizier in seinem Schlafgemach aufsuchte.

»Ihr müsst sofort mitkommen!«

»Was ist passiert?« Offensichtlich war von Collalto nicht zu ihm gekommen, um ihn zur Rede zu stellen. Was aber war der Grund?

»Es ist wegen dem verlogenen Weibsstück. Zieht Euch an und folgt mir.«

Anton brauchte nicht erst zu fragen, von wem der Spanier sprach. Es konnte nur um Vroni gehen. Was auch immer der Grund dafür war, dass er ihn um diese Zeit in seiner Kammer besuchte, es konnte sich nicht um eine Lappalie handeln. Er zog sich Hose und Schuhe wieder an und streifte dann ein dickeres Hemd über.

»Ich bin bereit.«

Von Collalto sagte nichts, wandte sich aber zum Gehen. So gerne Anton das Ziel des Spaniers erfahren hätte, für den Moment blieb ihm nichts anderes übrig, als dem Mann zu folgen. Der führte den Sekretär auf direktem Weg nach draußen und dann weiter zu den alten Stallungen.

Das ist nicht gut. Anton befürchtete, dass ihn der Graf zu Vroni führen würde. Wollten sie ihn etwa gemeinsam zwingen, die Vaterschaft für das Balg des Weibes anzuerkennen? Der Sekretär wurde mit jedem Schritt ungeduldiger. Was um alles in der Welt wollte der Spanier von ihm? Der machte keine Anstalten, Anton eine Erklärung zu geben und sprach kein Wort, bis sie das alte Gemäuer betreten hatten. »Ich brauche Eure Hilfe«, sagte er dann in einem Tonfall, der keinen Widerspruch duldete.

Anton nahm einen metallischen, unangenehmen Geruch wahr. In diesem Augenblick wurde ihm klar, dass der Spanier ihn mit einem sehr ernsten Problem konfrontieren würde. Von Collalto deutete zu der Wand, hinter der sich beide Männer bereits mit dem teuflischen Weib vergnügt hatten. Langsam näherte sich Anton der Stelle und erstarrte.

»Was in Gottes Namen habt Ihr getan?« Antons Worte waren kaum mehr als ein Keuchen.

»Ich wollte das nicht«, sagte von Collalto leise. »Das Weib war wie von Sinnen. Ich musste mich wehren!«

Anton spuckte würgend den Rest seines Mageninhaltes auf den Boden. Der Anblick der blutüberströmten Leiche war zu viel für seinen Magen. Von Collalto musste Vroni regelrecht abgeschlachtet haben. Aus mehreren klaffenden Wunden war das Blut auf den Boden geflossen. Der Arm des Weibes hing nur noch an einer Sehne am Rumpf. Beim Anblick ihres zerstückelten Körpers vor sich hatte er den Brechreiz nicht mehr unterdrücken können. Jetzt stand er gebückt vor den alten Stallungen und stützte sich mit den Händen an den Oberschenkeln ab. Gierig zog er die kühle Luft in seine Lungen und spürte, wie sich sein Magen ganz langsam erholte.

»Was ist passiert?«, fragte Anton wieder. Zwar konnte er sich in etwa vorstellen, was sich zwischen den beiden abgespielt hatte, er wollte dies aber von von Collalto hören. Erst dann würde er sich entscheiden, ob er dem Mann half, oder direkt zum Erzherzog ging.

»Ich bin heute Mittag in Wien angekommen. Natürlich hat das Weib mitbekommen, dass ich wieder in der Stadt bin und wir haben ein Treffen ausgemacht. Als ich hier ankam, war sie bereits nackt und stürzte sich sofort auf mich.«

Das kann ich mir sehr gut vorstellen.

Als Anton nichts sagte, sprach von Collalto weiter. »Zunächst lief alles wunderbar zwischen uns.«

So genau will ich das gar nicht wissen.

»Dann aber erzählte mir das Weib, sie erwarte ein Kind und ich sei der Vater.«

Wir kommen der Sache näher.

»Ich wollte von ihr wissen, wie sie sich da so sicher sein konnte. Danach schrie sie mich an und forderte mich auf, sie zur Frau zu nehmen.«

Und dann hast du sie hingerichtet. Anton unterbrach den Spanier, der sich regelrecht in Rage geredet hatte, nicht. In seinem Kopf überschlugen sich die Gedanken. Mit Vronis Tod war eine seiner größten Sorgen verschwunden. Wie würde sich von Collalto jetzt ihm gegenüber verhalten? Anton traute dem Spanier nicht. Es war gut möglich, dass er auch ihn selbst ausschalten wollte, damit es keine Mitwisser mehr gab, die den Feldherrn mit Vroni in Verbindung bringen konnten.

»Ich sagte ihr, dass ich das nicht kann. Dann rastete sie völlig aus und stürzte sich auf mich. Plötzlich steckte mein Messer in ihrer Brust. Ich habe im Reflex zugestochen. Es war keine Absicht!«

Du lügst. Warum hattest du ein Messer in der Hand, wenn ihr beide unbekleidet wart?

»Ihr habt mehr als einmal zugestochen. Vronis Körper ist blutüberströmt.« Anton war über das kaltblütige Vorgehen des Spaniers entsetzt.

»Ich war wie im Rausch, glaubt mir. Ich wollte das Weib nicht töten!«

Das hast du aber. Du hattest Angst um deine Karriere und dann hast du das Problem gelöst. Anton sah den Offizier schweigend an. Konnte er ihn wirklich für seine Tat zur Verantwortung ziehen? Er selbst hatte wegen der Hexe in einer ständigen Gefahr geschwebt, alles zu verlieren. Jetzt hatte der Spanier auch Antons Probleme gelöst. Konnte er ihn jetzt wirklich verraten? Nein. Des Weiteren konnte ihm von Collalto selbst auch große Schwierigkeiten bereiten, wenn er behauptete, auch Anton hätte etwas mit Vroni zu tun und wäre in den Mord verwickelt. Stellte er sich gegen den Feldherrn, würde Anton den Mann zwingen, ihn ebenfalls aus dem Weg zu schaffen. Egal, wie man es drehte und wendete. Jetzt saßen sie gemeinsam in einem Boot.

»Ich werde Euch helfen.«

***

Anton und von Collalto wickelten Vronis Leichnam in die Decke ein, die das Weib als Unterlage für ihr Liebesspiel genommen hatte. Das blutbesudelte Stroh, das um die Tote herumgelegen hatte, warfen sie auf ihren Körper. Obwohl sein Magen mittlerweile leer war, hatte Anton während dieser Tätigkeit das ständige Gefühl, sich übergeben zu müssen. Der Geruch nach Schweiß, Blut und Erbrochenem war so allgegenwärtig, dass er befürchtete, ihn nie wieder loszuwerden.

Mit vereinten Kräften trugen sie Vroni aus den Stallungen. Anton musste rückwärtsgehen, hatte aber zumindest durchgesetzt, dass er die Tote an den Füßen packen durfte. Im Freien atmeten sie tief durch und gingen dann weiter Richtung Wald. Der Körper des Weibes war leicht, dennoch fiel es Anton schwer, ihn richtig zu halten. Immer wieder drohte ihm der Stoff der Decke aus den Fingern zu gleiten. Zumindest hatten sie jetzt aber deutlich mehr Platz als in den Stallungen und schafften es schließlich, die ersten Bäume zu erreichen.

»Wir müssen sie begraben«, sagte Anton und wischte sich den Schweiß von der Stirn.

»Ihr habt recht. Wenn man das Weib findet, werden alle im Kaiserhof befragt werden. Wenn man uns beide zusammen gesehen hat, könnte das schon zu einem Problem werden. Besorgt einen Spaten.«

Natürlich. Ruh dich ruhig ein wenig aus und lass mich die Arbeit machen. Der befehlsgewohnte Ton des Offiziers gefiel Anton nicht. Auch wenn er selbst nicht adelig war, gehörte seine Familie zu den angesehensten in der Stadt. Er war kein Laufbursche, sondern inzwischen zum ersten kaiserlichen Schreiber aufgestiegen. Ärgerlich ging er zurück zu den alten Stallungen, wo er hoffentlich Werkzeug finden würde, mit dem sie Vronis Körper begraben konnten.

Anton hatte Glück. In einer Kammer fand er eine Hacke und zwei Schaufeln. Er nahm die Sachen und ging zurück zu von Collalto, der auf dem Boden saß und ins Leere starrte. Als er Anton erblickte, sprang er auf und nahm eine stramme Haltung an.

Schau an. Der feine Herr Graf ist doch nicht so ein harter Hund, wie er es mir glauben machen will. Anton tat so, als hätte er nichts bemerkt. Er drückte ihm die Hacke in die Hand und wartete, bis der so viel Erde gelockert hatten, dass sie sie gemeinsam wegschaufeln konnten.

Nach etwa einer Stunde hatten sie ein Grab ausgehoben, das tief genug war, um Vroni für immer verschwinden zu lassen. Durch den Regen der letzten Tage war der Boden sehr weich. Ihrer beider Kleidung war entsprechend verschmutzt. Anton fragte sich, wie er die Sachen wieder sauber bekommen sollte. Normalerweise kümmerten sich die Mägde um die Wäsche. Die würden ihm aber ganz sicher Fragen stellen, wo er sich herumgetrieben hatte. Das ging die Weiber zwar nichts an, aber er wollte ihnen nicht irgendeine Geschichte vorlügen müssen, die sie dann am Ende noch durchschauten. In seiner Zeit am Kaiserhof hatte er längst gelernt, dass es besser war, bei den Bediensteten des Schlosses nicht ins Gerede zu kommen.

Damit es nicht entdeckt werden konnte, hatten die beiden Männer das Grab vierzig Schritte vom Waldrand entfernt angelegt. Sie legten Vroni in das Loch, schaufelten es wieder zu und verteilten die übrige Erde zwischen den Bäumen.

»Das muss reichen«, sagte der Spanier und wischte sich den Schweiß von der Stirn. »Lass uns so schnell wie möglich von hier verschwinden.«

Anton ärgerte sich über die vertrauensvolle Anrede des Feldherrn, wagte es aber nicht, den Mann darauf hinzuweisen. Sie hatten das Schlimmste hinter sich, und wenn alles normal lief, würde der Sekretär nie wieder etwas mit dem Grafen zu tun bekommen.

Zurück bei den Stallungen reinigten sie ihre Kleidung und das Werkzeug so gut es ging. Sie hatten Glück, dass der Mond voll und die Nacht sternenklar war. So konnten sie genug sehen, um auf ein zusätzliches Licht verzichten zu können.

»Ich bin Euch zu großem Dank verpflichtet«, sagte von Collalto, als sie sich auf dem Rückweg zum Kaiserhof befanden, und verfiel damit wieder in die Anredeform, die Anton zustand.

»Das seid Ihr nicht«, entgegnete Anton zu seiner eigenen Überraschung. »Ehrlich gesagt bin ich selbst froh, das Weib nun ein für alle Mal los zu sein.«

»Dennoch: Solltet Ihr irgendwann einmal meine Hilfe brauchen, lasst es mich wissen!«

Zum ersten Mal, zeigte der Spanier Anton gegenüber so etwas wie eine Gefühlsregung. Er schaute den Schreiber dankbar an und schien seine Worte ernst zu meinen. Der hoffte, dass er den rücksichtslosen Spanier niemals zum Feind haben würde.

Die beiden Männer, deren Leben nun durch ein gemeinsames Geheimnis verbunden war, verabschiedeten sich voneinander. Anton ging zurück in seine Kammer und war froh, sich nie wieder mit der ungarischen Hure befassen zu müssen.

Prag, 21. Mai 1619

»Kann es von Thurn und dem Direktorium gelingen, diesen Krieg zu gewinnen?«, fragte Magdalena besorgt.

»Nein, meine Liebe. Der Graf hat Mähren fast ohne Gegenwehr eingenommen. Ich denke aber, dass er sich jetzt überschätzt und es ein Fehler ist, gegen Wien zu ziehen. Die Habsburger sind mächtig und haben Verbündete, die ihnen beistehen werden.«

»Das müsste von Thurn aber auch wissen.«

»Das wird er auch. Bisher hatte er mit allem, was er unternommen hat, Erfolg. Das wird nicht immer so bleiben.«

»Was bedeutet das für uns?«

»Ich weiß es nicht …« Philipp nahm seine Gattin in den Arm und küsste sie auf die Stirn. Er war sicher, dass die Habsburger die Rebellion auf lange Sicht niederschlagen würden.

»Habe aber keine Sorge. Uns wird nichts geschehen.«

»Wenn die Protestanten König Ferdinand besiegen, wird es für den katholischen Teil des Volkes nicht besser werden.« Magdalena schien wenig überzeugt von Philipps beruhigenden Worten.

»Das werden sie nicht. Von Thurn macht einen großen Fehler. Er verlässt sich darauf, dass von Mansfeld die Kaiserlichen unter von Buquoy schlagen wird. Gelingt das aber nicht, gerät Prag in Gefahr. Der Graf wird teuer für seinen Feldzug bezahlen. Und das böhmische Volk ebenso.« Philipp legte seine volle Überzeugungskraft in seine Stimme.

»Die Niederländer werden helfen, die Kaiserlichen aus Böhmen zu vertreiben«, entgegnete Magdalena.

»Auch von Buquoy wird Unterstützung erhalten. Anton hat mir geschrieben, dass Soldaten aus Spanien kommen werden.«

»Hoffentlich findet die Schlacht nicht hier in Prag statt!«

Philipp versuchte nicht, seine Gattin davon zu überzeugen, dass dies nicht passieren würde. Er selbst hatte große Angst davor, zwischen die Mahlsteine zu geraten, wenn die beiden Heere aufeinandertrafen.

Gemeinsam mit Magdalena wollte er am Morgen auf dem Markt Besorgungen für Polyxena machen. Auf ihrem Weg dorthin wurden sie Zeugen eines endlos erscheinenden Zugs niederländischer Reiter, der durch die Tore in die Stadt einzog.

Die Ankunft der Söldner schien sich in Windeseile in Prag herumgesprochen zu haben. Die Menschen kamen aus ihren Häusern gelaufen, um die Männer zu begrüßen, die für die Freiheit der Bürger kämpfen sollten. An der Hauptstraße versammelte sich das Volk und jubelte den Söldnern auf ihrem Weg zur Steinbrücke zu.

»Gehen wir weiter«, sagte Philipp nach einer Weile. Er konnte nicht verstehen, dass sich so viele über den bevorstehenden Krieg freuten. »Sicher wartet Polyxena bereits auf uns.«

Die beiden gingen die Straße entlang in Richtung Markplatz, als sie plötzlich von vier Landsknechten der Prager Burg aufgehalten wurden.

»Philipp Fabricius?«, fragte einer der Männer, während zwei weitere an den beiden vorbeischritten, um ihnen den Fluchtweg abzuschneiden.

»Der bin ich«, antwortete Philipp selbstsicher.

»Ihr seid verhaftet.«

»Was hat das zu bedeuten?« Philipp sah den Offizier überrascht an.

»Ihr werdet mit uns kommen. Das Weib kann verschwinden.«

»Das muss ein Irrtum sein!«

»Das ist es nicht. Wir haben den Befehl, Euch unverzüglich in die Prager Burg zu bringen. Auch gegen Euren Willen, wenn es denn nötig ist.«

»Was wirft man mir vor?«

»Das werdet Ihr noch früh genug erfahren. Folgt Ihr uns freiwillig, oder müssen wir Euch in Ketten legen?«

»Er hat nichts getan«, schrie Magdalena und stellte sich vor ihren Gemahl.

»Geh mir aus dem Weg.«

»Das werde ich nicht. Mein Mann ist unschuldig. Ihr habt kein Recht, ihn zu verhaften.«

Der Hauptmann holte aus und schlug Magdalena gegen die Schläfe, sodass sie zur Seite taumelte. Philipp schrie entsetzt auf und wollte ihr zur Hilfe eilen. Die beiden Soldaten in seinem Rücken hatten damit aber wohl gerechnet. Sie reagierten blitzschnell und hielten ihn an den Armen fest. Verzweifelt wehrte er sich gegen den Griff und trat nach hinten aus. Der Offizier fackelte nicht lange, zog sein Schwert und hielt es Philipp an die Kehle. Augenblicklich stand er still. Wenn er nicht hier auf dem Markt den Tod finden wollte, blieb ihm nichts anderes übrig, als den Soldaten in die Burg zu folgen, die ihn jetzt einfach mit sich zogen. Um Magdalena kümmerten sich die Männer nicht. Philipp starrte besorgt auf den reglos auf dem Boden liegenden Körper.

»Ihr könnt sie doch nicht einfach im Dreck liegen lassen!«

»Sie ist selbst schuld«, entgegnete der Offizier schulterzuckend. »Sie hätte sich nicht einmischen dürfen.«

Die Gedanken in Philipps Kopf überschlugen sich. Er hatte nicht die geringste Vorstellung davon, warum er von den Soldaten festgenommen worden war. In den letzten Monaten hatte er das Anwesen der von Lobkowitzes nur selten verlassen. Sein eigenes Haus war nach wie vor von den böhmischen Soldaten besetzt. Die Sorge um seine Gemahlin ließ ihn schwer atmen. Der Offizier hatte sie auf brutale Weise niedergeschlagen! Was würde mit ihr geschehen? Bekam sie Hilfe von den Bürgern der Stadt, oder hatten diese Angst, selbst von den Soldaten des Direktoriums gefangen genommen zu werden, wenn sie sich um die junge Frau kümmerten?

»Lasst mich kurz nach meinem Weib sehen. Dann werde ich euch ohne Gegenwehr folgen«, unternahm Philipp einen letzten Versuch, seinen Widersacher zu überzeugen, doch der schüttelte nur den Kopf.

In der Prager Burg wurde Philipp direkt zu den Verliesen geführt. Die Soldaten warfen ihn in eine Zelle und schlossen die Tür.

Philipp schrie und tobte, fluchte und trommelte mit beiden Fäusten gegen die Tür, aber keiner der Wärter nahm Notiz von ihm. Irgendwann verließen ihn seine Kräfte. Philipp legte sich auf einen Haufen Stroh in der Ecke des Kerkerraumes und schaute zur Decke.

Sie hatten ihm noch nicht einmal gesagt, warum er verhaftet worden war.

***

Sie lag im Dreck, spürte den Staub in ihrem Mund und nahm das Geschehen um sich herum nur wie durch Nebel wahr. Magdalena wusste nicht, wie lange sie ohne Bewusstsein gewesen war. Mühsam hob sie den Kopf und sah, wie die Soldaten Philipp am Ende der Straße um eine Hausecke zogen. Es konnte also nicht lange gewesen sein.

Magdalena versuchte aufzustehen, schaffte es aber noch nicht einmal, sich zur Seite zu drehen. Plötzlich spürte sie einen entsetzlich stechenden Schmerz im unteren Bereich ihres Bauches und schrie auf. Krämpfe schüttelten ihren Körper. Wieder schrie sie vor Schmerzen und hatte das Gefühl, man würde ihr ein Schwert in den Unterleib rammen. Magdalena spürte, wie sie zwischen ihren Beinen feucht wurde. Dann verlor sie erneut das Bewusstsein.

***

»Wie geht es Magdalena?«, fragte Philipp besorgt und als erstes, als Diepold von Lobkowitz drei Tage später in seine Zelle kam.

Bis dahin hatte kein Mensch mit ihm gesprochen. Jeden Morgen hatte er einen Krug Wasser und ein Stück trockenes Brot bekommen. Auf seine Fragen reagierten die Wärter jedoch nicht.

Er hatte weiter getobt und verlangt, dass man ihn zu Graf von Thurn bringe, doch niemand hatte ihm Beachtung geschenkt. Die Sorge um sein Weib drohte Philipp innerlich zu zerreißen. Die Frage, wie es ihr nach dem Überfall ergangen war, hatte sich in seinem Kopf festgebrannt. Auch wenn er selbst nicht die geringste Ahnung hatte, warum er verhaftet worden war, machte er sich weniger Gedanken um sich selbst. Alles, was zählte, war Magdalena.

»Sie hat eine Platzwunde am Kopf, aber ansonsten geht es ihr gut. Polyxena kümmert sich um dein Weib.« Die Lüge stand Diepold ins Gesicht geschrieben. Irgendetwas verschwieg er Philipp. Die Miene des ehemaligen Statthalters verriet ihm, dass etwas Schreckliches geschehen sein musste.

»Was ist mit ihr?« Das Sprechen fiel Philipp schwer. Er spürte, wie sich sein Hals zuzog.

»Magdalena geht es den Umständen entsprechend gut. Du musst dir keine Sorgen um sie machen.«

»Was soll das heißen?«, ächzte Philipp. »Welchen Umständen?«

»Sie hat das Kind verloren …« Diepold von Lobkowitz vermied es, Philipp bei diesen Worten in die Augen zu sehen.

Philipp wollte schreien, brachte aber nicht mehr als ein Krächzen zu Stande. Er ballte die Hände zu Fäusten und starrte Diepold fassungslos an. Dabei merkte er nicht, wie sich seine Fingernägel in seine Haut bohrten.

»Es tut mir wahnsinnig leid.«

»Sie hat mir nichts davon gesagt …« Philipp spürte den Schwindel. Er konnte sich nicht mehr auf den Beinen halten und ließ sich auf den Boden sinken. Dann kamen die Tränen.

Diepold ließ Philipp einige Minuten in Ruhe. Dann legte er seine Hand auf die Schulter des Gefangenen. »Dein Weib lebt. Polyxena kümmert sich um sie. Magdalena wird es an nichts fehlen. Jetzt ist es wichtig, dich aus dieser Zelle herauszubekommen.«

»Warum?«, fragte Philipp, hob den Kopf und sah den ehemaligen Statthalter an. Tränen verschleierten seinen Blick. »Was hat das alles zu bedeuten?«

»Ich habe mit von Ruppau persönlich gesprochen. Offenbar haben die Soldaten in deinem Haus einen Beweis gefunden, dass du einer von Ferdinands Kundschaftern bist. Sie wollen vermeiden, dass du Nachrichten an den Kaiserhof schickst. Deshalb bist du hier.«

»Ich habe nichts dergleichen getan!« Wut und Empörung kochten in Philipp hoch. Was erzählte Diepold da?

»Das weiß ich. Davon wird sich von Ruppau aber so einfach nicht überzeugen lassen. Würden wir uns nicht schon so lange kennen, hätte ich noch nicht einmal mit dir sprechen dürfen.«

»Also könnt Ihr mir nicht helfen.« Philipps Wut wich der Hoffnungslosigkeit.

»Nein. Im Moment kann das niemand. Ich verspreche dir aber, dass wir alles dafür tun werden, dich aus dieser Zelle herauszubekommen!«

»Kümmert Euch gut um meine Gemahlin!«

»Magdalena ist in Sicherheit.«

Als Philipp wieder alleine war, kamen die Tränen zurück. »Warum hast du mir nichts davon gesagt?« Seine Stimme war so leise, dass er sie selbst kaum hörte. Hatte Magdalena von dem Kind gewusst? Sie hätte es ihm sagen müssen.

Philipp stand kurz vor dem Durchdrehen. Er musste aus diesem Kerker heraus. Er wollte zu Magdalena, um sie zu trösten. Er wollte bei ihr sein, sie in den Arm nehmen und sie beschützen. In diesem Moment schwor er sich, Prag mit seinem Weib zu verlassen, sobald er aus dem Kerker entkommen war.

Philipp ließ sich das Wenige, das er von Diepold erfahren hatte, durch den Kopf gehen. Was hatten die Soldaten in seinem Haus gefunden? Er konnte sich nicht vorstellen, was ihn mit dem Kaiserhof in Verbindung bringen sollte. Dann fielen ihm mit einem Mal Antons Briefe ein. Waren sie der Grund dafür, dass er jetzt im Kerker der Prager Burg saß? Hatte sein Kind deshalb sterben müssen? Wegen eines harmlosen Briefes von einem Freund?

Heidelberg, 02. Juni 1619

»Es gibt drei logische Anwärter auf die Krone von Böhmen«, sagte Christian von Anhalt und sah Friedrich entschlossen an. »Herzog Karl Emanuel von Savoyen scheidet allerdings alleine dadurch aus, dass er katholisch ist. Die protestantischen Stände würden seine Wahl nicht zulassen. Kurfürst Johann Georg von Sachsen hat bereits mehrfach bekundet, dass er die Wahl nicht annehmen würde. Also bleibt nur noch Ihr.«

»Und wenn ich mich ebenfalls nicht zur Wahl stelle?«, gab der Kurfürst der Kurpfalz zurück. »Wer wird dann König von Böhmen?«

»Ich habe Kunde aus Prag, dass man Euch zum Führer des böhmischen Reichs machen will«, antwortete von Anhalt. »Ihr werdet zu einem der mächtigsten Männer Europas.«

»Zunächst einmal hätte ich einen Krieg zu bestreiten, wenn ich mich gegen den immer noch amtlichen König Ferdinand stelle, der zudem vermutlich bald der neue Kaiser des Heiligen Römischen Reiches ist.«

»Wir müssen die Kurpfalz aus diesem Krieg heraushalten!«, sagte einer der Berater.

»Das wird jetzt nicht mehr möglich sein«, gab von Anhalt energisch zurück. »Glaubt Ihr, Ferdinand weiß nicht, wer das Direktorium in Prag unterstützt? Denkt daran, wer den Vorsitz in der evangelischen Union hat.«

Friedrich hörte seinem Statthalter und seinen Beratern schweigend zu. Sie waren zusammengekommen, um über die Nachricht aus Prag zu sprechen, dass man Ferdinand nun endgültig als böhmischen König absetzen wolle.

»Graf von Thurn zieht gegen Wien«, sprach Christian von Anhalt weiter. »Dort wird er den Habsburgern zeigen, dass ihre Regentschaft in Europa bald ein Ende hat.«

»Glaubt ihr das wirklich?«, fragte der eine Berater und schüttelte den Kopf. »Von Thurn wird Wien niemals einnehmen können. Und selbst wenn ihm das gelänge, würden die Habsburger mit aller Macht zurückschlagen. Die Böhmen verlören einen Großteil ihrer Streitmacht. Womit wollen sie dann noch verhindern, dass sich die Kaiserlichen die Befehlsgewalt über Prag zurückholen?«

»Wir brauchen mehr Verbündete«, sagte von Anhalt. »Die Niederlande stehen auf unserer Seite. Jetzt müssen wir England und Frankreich für die evangelische Sache gewinnen! Vielleicht sogar Schweden. Mit dem ungarischen Reich sind wir so gut wie verbündet.«

»Ich glaube nicht, dass das reichen wird«, gab der zweite Berater zu bedenken.

»Was würdet Ihr unserem Kurfürst raten?«, fragte Christian von Anhalt ärgerlich. »Soll er hier in seiner Residenz sitzen und warten, bis wieder Frieden herrscht? Was glaubt Ihr wohl, wird passieren, wenn sich Erzherzog Ferdinand die Macht über Böhmen zurückholt? Die protestantischen Stände werden noch weniger Rechte haben als vor ihrem Aufstand.«

Friedrich hatte aufmerksam zugehört. Insgeheim stimmte er dem Statthalter zu. Die Kurpfalz konnte sich nicht mehr aus dem Konflikt heraushalten. Auf der anderen Seite verstand er aber auch die Bedenken seiner Berater.

»Wenn Ihr nach Böhmen geht, herrscht Ihr über ein Volk, welches Ihr nicht kennt!«, sagte ein Berater mit eindringlicher Stimme direkt an den Kurfürsten gewandt. »Ihr sprecht die Sprache nicht und Ihr teilt noch nicht einmal ihren Glauben. Auch wenn sich der Kalvinismus und die protestantischen Grundsätze ähneln. Es gibt Unterschiede. Hinzu kommt, dass nach wie vor ein Großteil der Menschen in Böhmen katholisch ist. Wollt Ihr sie alle bekehren?«

»Das ist gar nicht nötig«, herrschte von Anhalt den Berater an. »Es reicht, wenn unser Kurfürst das Volk regiert! Der Feind sitzt in Wien. Wenn wir uns jetzt nicht entschieden gegen Ferdinand wehren, wird der seine Macht weiter ausbauen!«

»Ich habe genug gehört«, meldete sich Friedrich zu Wort. »Ihr habt wohlüberlegte Argumente vorgetragen. Beide Meinungen ergeben Sinn und müssen bedacht werden. Dies werde ich nun tun und Euch meine Entscheidung, ob ich mich zur Wahl stelle oder nicht, morgen früh mitteilen.«

***

»Du hättest keine Königstochter heiraten sollen, wenn dir der Mut fehlt, selbst König zu werden«, sagte Elisabeth am Abend, nachdem Friedrich ihr von dem Gespräch mit von Anhalt und seinen Beratern erzählt hatte. »Lieber esse ich Sauerkraut an einer Königstafel, als mich am Luxus eines Kurfürstenhofs gütlich zu tun.«

»Habe ich nicht alles getan, um dir hier in Heidelberg eine schöne Heimat zu schaffen, in der du dich wohlfühlen kannst? Was fehlt dir hier? Sag mir deine Wünsche und ich werde alles daransetzen, sie dir zu erfüllen!«

»Darum geht es nicht«, sagte Elisabeth sanft. »Du bist zu Höherem geboren. Es ist Zeit, deinen Platz in der Geschichte einzunehmen. Als König von Böhmen hättest du die Macht, sehr viel Gutes für das Volk zu erreichen.«

»Dieser Schritt würde viele Gefahren mit sich bringen. Auch für dich und die Kinder.«

»Uns wird nichts geschehen. Du sagst selbst, dass der Krieg auch in die Kurpfalz kommen könnte, wenn wir uns nicht auf die böhmische Seite stellen. Dann sind wir auch in Heidelberg in Gefahr. In Prag haben wir ein Heer zu unserem Schutz. Wir werden dort sicher sein.«

»Christian rät mir ebenfalls, die Krone im Falle der Wahl anzunehmen.«

»Warum zweifelst du dann?«

»Weil wir alles verlieren könnten. Im Falle eines Krieges stünde nicht nur Böhmen auf dem Spiel. Auch in der Kurpfalz wären wir nicht mehr sicher!«

»Dennoch müssen wir das Wagnis eingehen.« Elisabeth küsste ihren Mann und zog ihn zu sich. »Zeig mir, wie sehr du mich liebst«, hauchte sie ihm ins Ohr.

Friedrich half seinem Weib aus ihrem Nachtgewand und streichelte ihren nackten Körper. Als seine Hand auf ihrem Bauch lag, hielt er inne und sah sein Weib mit leuchtenden Augen an. »Wie lange weißt du es schon?«

»Was meinst du?«

»Dass wir ein weiteres Kind bekommen.«

»Schon seit ein paar Tagen.«

»Und dennoch willst du nach Prag?« Friedrich sah seine Gemahlin besorgt an. Er war überglücklich darüber, dass er wieder Vater werden würde und wollte nicht zulassen, dass sich Elisabeth in Gefahr begab.

»Was hat das eine mit dem anderen zu tun?«

»Es ist eine lange und beschwerliche Reise. In deinem Zustand wird es sehr anstrengend für dich werden, den ganzen Tag in der Kutsche zu sitzen.«

»Das werde ich überstehen, mein König. Das Wichtigste ist, dass wir zusammen sind.«

»Du bist dir also sicher, dass wir gemeinsam nach Böhmen gehen sollen?«

»Das bin ich, Geliebter. Und jetzt hör auf zu reden.«

Friedrich küsste seine Gattin voller Liebe. In den nächsten Stunden dachten sie weder an Böhmen oder die Kurpfalz, noch an die mögliche Krone.

Wien, 04. Juni 1619

Eintrag in die kaiserliche Chronik des Heiligen Römischen Reiches Deutscher Nation:

Fast täglich kommen Boten aus Böhmen, Mähren und Ungarn am Kaiserhof an und vermelden, was sich in den Kampfgebieten zuträgt. Graf von Buquoy harrt mit seiner Armee noch immer in Budweis aus. Diese wurde von viertausend zumeist wallonischen Soldaten verstärkt, die von den Spaniern bezahlt und in das Kriegsgebiet geschickt worden sind.

In Mähren wüteten die protestantischen Stände gegen die katholische Bevölkerung. Die Jesuiten wurden aus dem Land verjagt. Man ließ ihnen keine Zeit ihr Hab und Gut mitzunehmen, aber die meisten kamen mit dem Leben davon.

Am 29. Mai sind böhmische Truppen in die niederösterreichische Stadt Laa an der Thaya eingefallen und haben sie erobert. Von dort aus ist Graf von Thurn mit seinem Kriegsvolk aufgebrochen und wendet sich nun gegen Wien. Die Menschen in der Stadt leben in Angst und Schrecken.

Ein Klopfen an der Tür riss Anton aus seinen Gedanken.

Was ist nun schon wieder los? Kann man hier nie in Ruhe arbeiten?

Die Tür öffnete sich und ein Bediensteter des Königs betrat den Raum. »Ihr müsst sofort in den Audienzsaal kommen!«

»Was ist passiert?«

»Eine Deputation der protestantischen Stände Niederösterreichs verlangt, ihren Erzherzog Ferdinand zu sprechen. Sie lassen sich nicht abweisen. Unsere Majestät schickt mich, um Euch auszurichten, Ihr mögt unverzüglich im Audienzsaal erscheinen.«

Anton atmete tief durch, stand auf und folgte dem Mann.

In den letzten Tagen hatte sich die Lage im Reich erheblich zugespitzt. Der kaiserliche Sekretär fand kaum Ruhe. In der Bibliothek stapelten sich die Schriften, die darauf warteten, gesichtet und archiviert zu werden.

Anton dachte an seinen Lehrmeister. Zeidler würde sich im Grabe herumdrehen, könnte er das Durcheinander sehen, welches derzeit in seiner Bibliothek herrschte.

Als Anton den Raum betrat, saßen dort bereits zwölf Vertreter der protestantischen Stände, die darauf warteten, dass Ferdinand sie empfing. Anton erkannte den Grafen Paul Jakob von Starhemberg, der ungeduldig im Saal auf und ab schritt. Er selbst begab sich an seinen Platz. Im gleichen Moment traten Ferdinand und vier seiner Berater ein. Sie wurden von einer Gruppe von sechs Soldaten begleitet, die den Erzherzog schützen sollten, falls die Situation zu eskalieren drohte.

»Ich hoffe, es gibt einen triftigen Grund für diese Audienz«, herrschte Ferdinand die Männer an. »Die böhmischen Rebellen sind auf dem Weg nach Wien. Ich muss die Verteidigung der Stadt vorbereiten!«

»Aus diesem Grund sind wir hier«, erklärte von Starhemberg.

»Ihr wollt mir helfen, die Stadt zu verteidigen?«

»Wir wollen nicht, dass es zu einem Angriff auf Wien kommt.«

»Wenn das so ist, solltet ihr mit den kriegerischen Rebellen sprechen. Sie sind es, die in unser Reich eingedrungen sind.«

»Es ist noch nicht zu spät für eine friedliche Lösung.«

»Wie soll die aussehen?«, fragte Ferdinand und sah seine Besucher skeptisch an.

»Ihr müsst auf Eure Ansprüche in Böhmen verzichten und den Ständen die Ausübung des evangelischen Glaubens zugestehen.«

»Muss ich das?«, fragte der Kaiser spöttisch.

»Nur so lässt sich ein Krieg noch vermeiden«, sagte von Starhemberg und sah Ferdinand fast flehend an.

Anton war gespannt, wie Ferdinand auf diese Forderung reagieren würde. Der noch immer rechtmäßige König von Böhmen hatte sie bereits unzählige Male abgelehnt. Der Beginn der Rebellion lag jetzt ein Jahr zurück. In dieser Zeit hatte Ferdinand den Forderungen der Protestanten nie nachgegeben. Lediglich die anstehende Kaiserwahl hielt ihn davon ab, ein noch größeres Heer nach Böhmen zu entsenden.

»Ich bin nicht derjenige, der diesen Krieg begonnen hat«, gab Ferdinand mit fester Stimme zurück. »Aber ich werde ihn beenden!«

»Bedeutet dies, dass Ihr auf unseren Vorschlag eingeht?«

»Nein. Es bedeutet, dass ich die Rebellion niederschlagen werde.« Der Erzherzog sah die Adeligen entschlossen an. »Ich werde von Thurn und seine Gefolgschaft nicht noch in ihrem Tun bestärken.«

Das war genau die Antwort, die Anton von Ferdinand erwartet hatte. Es stand zu viel auf dem Spiel. Er konnte den protestantischen Ständen nicht nachgeben, wenn er seine Stellung nicht schwächen wollte.

»Mit dieser Antwort können wir uns nicht zufriedengeben!«, sagte von Starhemberg. Er stand auf und wollte auf den König zugehen. Sein Weg endete vor zwei Soldaten, die sich mit gezogenen Schwertern schützend vor Ferdinand stellten.

Plötzlich drangen Hufschläge von unzähligen Pferden und Schreie durch das offene Fenster des Audienzsaals. Für einen kurzen Moment dachte Anton an einen Angriff der Rebellen, dann erkannte er aber, wer wirklich vor dem Kaiserhof angekommen war. Auch die Vertreter der protestantischen Stände schauten aus dem Fenster auf den Platz, auf dem sich eine ganze Kompanie der dampierrischen Kavallerie versammelt hatte.

»Von Thurn soll ruhig in die Stadt kommen«, sagte Ferdinand und lachte höhnisch. »Wir werden ihm einen gebührenden Empfang bereiten.«

Graf von Starhemberg schien nun einzusehen, dass sie mit ihrer Petition nichts erreichen konnten. Er verneigte sich vor dem König und verließ gefolgt von den anderen Männern zähneknirschend den Saal.

***

Am nächsten Morgen wurde Anton vom Donnerschlag einer Kanone geweckt. Zunächst dachte er an einen schlechten Traum. Dann wiederholte sich der Lärm, und Anton war sofort hellwach.

Was hatte das zu bedeuten? Er stand auf, zog sich eilig an und rannte auf den Flur, wo er auf einen der Dienstboten traf.

»Was ist passiert?«

»Die Protestanten greifen die Stadt an!«

»Was?«

»Das Heer steht bereits vor den Toren Wiens.«

»Sprecht ihr von den böhmischen Truppen?«

»Ja. Sie sind kurz davor, die Vorstadt einzunehmen.«

»Wo ist der Erzherzog?«

»In seinem Audienzsaal.«

Anton bedankte sich hastig und rannte so schnell er konnte zu seinem Herrn, der ihn sicherlich bereits erwarten würde. Wenn Graf von Thurn tatsächlich auf dem Weg in die Stadt war, stand diese kurz vor einer Belagerung. Anton wusste, dass die Böhmen ein riesiges Heer zur Verfügung hatten. Die spanischen Söldner und Ferdinands Regimenter würden dem Feind nicht lange standhalten können.

Den Audienzsaal betrat Anton durch einen Nebeneingang, von dem aus er schnell an sein Schreibpult kam, ohne die Beratungen im Raum zu stören. Selbst hier waren die Donnerschläge der Kanonen zu hören, die nun von beiden Lagern auf den jeweiligen Feind abgeschossen wurden.

»Vielleicht ist es doch besser, wenn Ihr die Stadt verlasst und Euch in Sicherheit bringt, Eure Majestät«, sagte einer der Berater, als Anton gerade Platz genommen hatte.

»Ich soll fliehen?«, gab Ferdinand entrüstet zurück. »Seid Ihr von allen guten Geistern verlassen? Auf keinem Fall werde ich mich von dem protestantischen Rebellenvolk aus meinem Palast vertreiben lassen!«

»Wenn es ihnen gelingt, bis zum Kaiserhof vorzudringen, seid Ihr in großer Gefahr!«

»Soweit wird es nicht kommen. Unser eigenes Heer ist stark genug, den Angriff abzuwehren.«

»Ein großer Teil unserer Streitmacht ist in Böhmen«, gab ein anderer Berater kleinlaut zu bedenken.

»Schickt Boten in jeden Teil unseres Reiches. Sie sollen alle zur Verfügung stehenden Truppen nach Wien schicken!«

»Es wird dauern, bis die Soldaten hier eintreffen …«

»Wir werden so lange aushalten!«

Einerseits bewunderte Anton den Erzherzog dafür, dass er sich von den protestantischen Ständen nicht so leicht einschüchtern ließ, andererseits befürchtete er aber auch, dass Ferdinand die Lage nicht ernst genug nahm. Sicher würden die kaiserlichen Regimenter alles daransetzen, Wien zu verteidigen. Was aber, wenn es von Thurn dennoch gelang, in die Stadt einzudringen?

Den restlichen Tag blieb Anton im Audienzsaal und protokollierte die Berichte der Rittmeister und Obristen, die regelmäßig antraten, um Ferdinand über die Entwicklungen im Bilde zu halten. Von Stunde zu Stunde wurde die Miene des Königs ernster. Dennoch blieb er bei seinem Entschluss, die Stadt auf keinen Fall verlassen zu wollen.

Trotz erbitterter Gegenwehr der kaiserlichen Soldaten und der Bürger von Wien gelang es den böhmischen Protestantischen die Vorstadt zu besetzen. Von dort aus richteten sie ihre Kanonen auf das Herz der Stadt. Anton beobachtete entsetzt, wie selbst der Kaiserhof von den Einschlägen der mächtigen Eisenkugeln getroffen wurde.

Das ganze Gebäude erzitterte und Anton musste sich zusammenreißen, den Raum nicht zu verlassen. Auch die kaiserlichen Berater wurden zunehmend unruhig. Lediglich Ferdinand selbst zeigte sich von den Einschlägen unbeeindruckt und starrte mit finsterer Miene auf den leicht zitternden Kerzenleuchter auf dem Tisch.

Plötzlich zerbrach eine der Fensterscheiben in tausende Einzelteile. Erschrocken fuhr Anton hoch. Von außen drangen nun Schreie ins Innere und auch die Geschütze wurden lauter. Der Wind blies den Brandrauch in den Raum. Anton wurde übel, als er den leicht schwefligen Geschmack auf der Zunge schmeckte.

Mit Einbruch der Nacht wurde es ruhiger. Weil Ferdinand keine Anstalten machte, sich in seine Gemächer zurückzuziehen, blieb auch Anton im Audienzsaal. Die Hauptleute berichteten, dass die Angreifer einen Ring um die Stadt gezogen hatten, es ihnen aber nicht gelang, über den inneren Verteidigungsring nach Wien vorzudringen.

Es war weit nach Mitternacht, als sich der König von seinen Beratern überzeugen ließ, sich für ein paar Stunden zurückzuziehen. Auch Anton nutzte die Gelegenheit und begab sich in seine Kammer. Er legte sich in voller Kleidung auf sein Bett, damit er sofort wieder zu seinem Dienst antreten konnte, falls er gerufen wurde. Er war froh, sich nach dem langen Tag auf der harten Bank im Audienzsaal endlich ausstrecken zu können. An Schlaf war dennoch nicht zu denken. Die Angst vor einem möglichen Einmarsch der Rebellen in die Stadt war allgegenwärtig. Hinzu kam die Sorge um seine Eltern. Anton hatte keine Möglichkeit herauszufinden, wie es ihnen ergangen war. Zwar lebten sie in der Nähe des Kaiserhofs und sollten daher nicht von den Kämpfen betroffen gewesen sein, sicher sein konnte Anton sich dessen aber nicht.

***

»Habt ihr mit von Thurn sprechen können?«, fragte Ferdinand und blickte von Starhemberg herausfordernd an.

»Das habe ich in der Tat«, antwortete der, nachdem er sich vor dem Erzherzog verbeugt hatte.

»Dann könnt Ihr mir nun sicher berichten, warum er mit seinem Kriegsvolk vor Wien auftaucht und die Stadt belagert, obwohl diese ihm und der böhmischen Krone bislang nicht feindlich gesonnen gewesen ist.«

»Ich fürchte, der Graf ist in diesem Punkt anderer Auffassung als Eure Majestät«, antwortete von Starhemberg nüchtern.

»Könnt Ihr mir das näher erklären?«

»Graf von Thurn berichtet von Euren ungarischen und spanischen Söldnern, die sich in seinem Reich mit Raub, Mord und Brand an der Bevölkerung gütlich tun.«

»In seinem Reich?« Ferdinand sah von Starhemberg spöttisch an. »Euer Graf vergisst wohl, dass noch immer ich der König von Böhmen bin.«

»Ein Grund mehr, warum Ihr die Tyrannen sofort zurückbefehlen solltet, damit sie nicht noch mehr Schrecken über das Volk bringen! Wie mir von Thurn berichtete, machen die Unholde noch nicht einmal vor Kindern im Mutterleib halt. Frauen werden geschändet. Ihre Männer werden niedergeschlagen, gefesselt und gezwungen, bei den schändlichen Taten zuzusehen.«

»Es reicht!«, wies Ferdinand den Grafen zurecht. »Ich werde mir diese haltlosen Anschuldigungen nicht länger mit anhören. Was Ihr mir vortragt sind die Propagandareden eines Rebellen, der nur seine eigenen Taten rechtfertigen will. Es waren die Protestanten, die diese Rebellion begonnen haben. Ich habe Euch zu von Thurn geschickt, um zu verhandeln. Ist er bereit, die Belagerung der Stadt aufzugeben?«

»Das ist er.«

Anton schaute von Starhemberg überrascht an. Hatte er sich verhört, oder sprach der Mann tatsächlich davon, dass sich von Thurn zurückziehen wollte? Anton wusste, dass sich der Graf liebend gerne auf die Seiten der böhmischen Rebellen geschlagen hätte, wenn nicht sein eigenes Hab und Gut dadurch in Gefahr geriet. Auch Ferdinand wusste, dass er in von Starhemberg alles andere als einen treuen Untertan hatte. Er würde sich von den Worten des Mannes nicht beeindrucken lassen.

»Welche Forderungen verbindet von Thurn mit seinem Rückzug?«, stellte Ferdinand die entscheidende Frage.

»Die böhmische Krone und Glaubensfreiheit für sein Volk.«

»Ihr wisst, dass ich dem nicht nachgeben werde.«

»Wollt Ihr es Euch nicht noch einmal gut überlegen, Eure Majestät? Ihr könntet dem böhmischen Volk den Frieden zurückgeben.«

»Das werde ich tun, indem ich die Rebellion niederschlage und die Verräter vor den Toren der Stadt erhängen lasse!« Mit diesen Worten machte Ferdinand dem protestantischen Grafen unmissverständlich klar, dass er zu keinerlei Zugeständnissen bereit war.

Von Starhemberg verbeugte sich und verließ mit gesenktem Haupt den Saal.

»Wenn die Sache mit den böhmischen Rebellen ausgestanden ist, werden wir uns näher mit dem protestantischen Adel in Österreich befassen«, sagte der König ärgerlich, als er mit seinen Beratern und Anton alleine war. »Von Starhemberg und seinesgleichen scheinen vergessen zu haben, wer es ist, der dieses Reich regiert.«

Noch bist du nicht der Herrscher. Anton wusste, dass sich Ferdinand sicher war, in Kürze den Kaiserthron des Heiligen Römischen Reichs Deutscher Nation zu besteigen. Weil aber neben Böhmen und Mähren auch das ungarische Reich kurz vor der Rebellion stand, waren die Zeichen dafür so ungünstig wie noch nie. Lediglich die Tatsache, dass es keinen Gegenkandidaten gab, sprach für eine schnelle Thronbesteigung Ferdinands. Eine friedliche Einigung mit den böhmischen Ständen hätte helfen können. Die war nun allerdings weiter entfernt als je zuvor.

»Ruft die Hauptleute herbei«, befahl Ferdinand mit energischer Stimme. »Ich verlange einen Bericht über das Geschehen in der Stadt!«

***

»Es wird den Rebellen nicht gelingen, in den Kern der Stadt vorzudringen!«

»Was macht Euch dessen so sicher?«

Das würde mich auch interessieren. Anton sah Ferdinands Blick an, dass er von den Worten seines Obristen genauso wenig überzeugt war wie er.

»Das Heer ist nicht groß genug, die komplette Stadt zu umschließen. Die Soldaten machen einen schwachen Eindruck. Sie scheinen zu hungern und manche tragen lediglich zerrissene Kleidung am Leib. Um die Moral bei den Mannen von Graf von Thurn kann es nicht gut bestellt sein!«

»Wie kommt es dann, dass ihr die Rebellen noch immer nicht besiegt habt?«, fuhr Ferdinand den Mann an.

»Wir gewinnen stündlich an Boden«, verteidigte sich der Obrist. »Die Geschütze der Angreifer sind zum großen Teil zerstört. Das

Heer hält sich in den Vorstädten verschanzt, wagt sich aber nicht mehr an den inneren Verteidigungsring heran.«

»Dann treibt sie aus ihren Löchern und verjagt sie aus Wien.«

»Wie Ihr befehlt, Eure Majestät.«

Ferdinand sah dem Obristen skeptisch nach, als dieser den Audienzsaal verließ. Genau wie Anton schien er den Worten des Mannes wenig Vertrauen zu schenken. Zwar war es der kaiserlichen Armee gelungen, die Angreifer aufzuhalten, einen entscheidenden Sieg hatten sie allerdings noch nicht erringen können.

Anton hatte am Morgen von einem der Türme des Kaiserhofs auf die Vorstädte geschaut. Die dortigen Verwüstungen hatten ihn erschreckt. Häuser waren eingestürzt oder bis auf die Grundmauern niedergebrannt. Straßen waren durch die umherliegenden Trümmer unpassierbar. Überall lagen Tote.

Wenn es Graf von Thurn doch noch gelang, in den Kern der Stadt vorzudringen, würde bald ganz Wien in Trümmern liegen.

»Vielleicht wäre es doch besser für Eure Majestät, die Stadt bis zur vollständigen Vernichtung der feindlichen Armee zu verlassen«, versuchte es einer der Berater wieder.

»Wenn Ihr mir diesen Vorschlag noch ein einziges Mal unterbreitet, werde ich Euch in den Kerker werfen!«

Anton biss sich auf die Lippen, um ein Lachen zu unterdrücken. Er vermutete, dass die Berater nur zu gerne selbst das Weite gesucht hätten.

»Graf von Thurn könnte weitere Unterstützung aus Böhmen erhalten«, sagte der Mann vorsichtig.

»Genug!«, gab Ferdinand ärgerlich zurück. »Wir haben selbst noch ein Heer in Böhmen. Ich habe einen Boten nach Budweis geschickt. Von Buquoy wird verhindern, dass sich weitere Protestanten auf den Weg nach Österreich begeben.«

Anton hatte den Brief an den Grafen eigenhändig verfasst. Dennoch war er sich bei Weitem nicht so sicher, dass es dem Grafen gelang, den Auftrag des Königs auszuführen. Von Mansfeld war nicht zu unterschätzen. Wenn sich der Feldherr mit seinen Mannen auf den Weg nach Wien machte, konnte dies für die Rebellen den entscheidenden Vorteil bringen.

Budweis, 10. Juni 1619

»Sollten wir unseren Verbündeten nicht beistehen?«, fragte Hermann.

»Fünftausend Ungarn werden es wohl schaffen, eine kleine Gruppe von Mansfelds Musketieren zu besiegen«, entgegnete Santos trocken. »Wir warten auf Graf von Buquoy und nehmen das protestantische Heer in die Zange!«

»Und wenn er nicht kommt?«, gab Hermann zu bedenken.

»Das wird er!«

Gemeinsam mit seinem Rittmeister und sechs weiteren Soldaten stand Hermann auf einem Hügel und schaute auf den Marktflecken Rotelitz herunter. Dort stürmte das Heer mit ungarischen und wallonischen Soldaten von allen Seiten auf den Ort zu.

Hermann sah, wie sich die wenigen Mansfelder auf der Verteidigungsmauer versammelten, um den Angriff abzuwehren. Er teilte die Meinung seines Rittmeisters, dass ihnen dies nicht sehr lange gelingen würde. Dennoch fiel es ihm schwer, tatenlos mit ansehen zu müssen, wie ihre Verbündeten den Kampf führten.

Vor zwei Tagen war ein Späher aus Pilsen mit der Botschaft nach Budweis gekommen, dass sich von Mansfeld mit seinen Truppen mit den böhmischen Soldaten vor der Stadt vereinigen wollte, um die kaiserliche Armee bei ihrem Vorrücken auf Prag zu stoppen.

Dank der Verstärkung, welche die Kaiserlichen durch die Ungarn und tausend Kürassieren von Wallenstein bekommen hatten, konnten es die Protestanten nicht mehr schaffen, den Ausbruch der Armee aus Budweis zu verhindern. Graf von Buquoy hatte befohlen, die Vereinigung der beiden Heere zu unterbinden. Deshalb waren die Kaiserlichen ausgezogen, um den Mansfeldern den Weg abzuschneiden.

Von ihrem Standort aus hatten Hermann und seine Kameraden einen guten Überblick über das Geschehen. Ungarn und Wallonen fielen wie ein Bienenschwarm über den Ort her und überrannten die Verteidigungsmauer. Die Mansfelder kämpften erbittert, hatten aber nicht den Hauch einer Chance, sich gegen die Übermacht zu wehren. Längst war das Tor aus seinen Angeln gehoben, und die Angreifer stürmten in die Straßen des Ortes.

Hermann sah, wie sich jetzt auch die Bürger bewaffneten, um sich gegen die Eindringlinge zu wehren. Damit besiegelten sie ihr Todesurteil. Die ungarischen und wallonischen Soldaten kannten keine Gnade. Sie entzündeten Fackeln und warfen sie auf die Häuser. Binnen weniger Minuten stand der Ort in Flammen.

Hinter sich hörte Hermann, wie nun auch das kaiserliche Heer von Graf von Buquoy mit Wallensteins Reitern anrückte. Sie würden zunächst nicht ins Kampfgeschehen eingreifen.

In Rotelitz vergriffen sich die Soldaten jetzt auch an den Weibern, die aus den brennenden Häusern flohen. Hermann lief ein kalter Schauer über den Rücken. Er konnte es nicht ertragen, mit anzusehen, wie die unschuldige Bevölkerung seiner Heimat litt. Die Mansfelder sah er als seine Feinde an. Nicht aber die armen Bauern mit ihren Familien, die lediglich um ihr Leben kämpften. Hermann schloss die Augen und öffnete sie erst wieder, als er links neben sich Schreie hörte.

Von Mansfeld war vor Rotelitz angekommen und stürmte mit seinem Heer aus dem Wald hinter dem Ort. Damit stand die Schlacht dicht bevor.

***

»Zum Angriff«, schrie von Buquoy seinen Mannen zu und führte sein Pferd den Hang hinunter.

Auch Hermann setzte sich in Bewegung. Seine Kameraden wurden von Wallensteins Reitern überholt, die sich bereits im vollen Galopp befanden und an ihnen vorbei auf den Feind zupreschten. Als erstes würde aber das ungarische Heer mit den Mansfeldern zusammentreffen. Die Protestanten mussten von der Vielzahl an Feinden um sich herum völlig überrascht sein. Vor sich sah Hermann, wie ihre Feinde versuchten, eine Wagenburg aufzubauen, um sich besser gegen die Angreifer schützen zu können. Mehrere der Wagenführer brachen schließlich aber aus und suchten ihr Heil in der Flucht.

Anstelle eines Ringes formierten sich die Protestanten nun zu einem Dreieck. Vorne warteten die Reiter auf ihre Feinde. Dahinter nahm das Fußvolk die Wagen in ihre Mitte. Von Buquoys und Wallensteins Männer waren noch zu weit vom Geschehen entfernt und mussten das Feld zunächst den Ungarn überlassen.

Die gerieten allerdings schnell in große Bedrohung. Die Mansfelder Reiter stürzten sich mit ihren Hellebarden und Musketen in vollem Tempo auf die Angreifer, die zu Fuß nicht schnell genug reagieren konnten und daher innerhalb kürzester Zeit große Verluste hinnehmen mussten. Aus der Ferne sah Hermann, wie die ungarischen Söldner mit Schwertern erschlagen oder einfach niedergeritten wurden. Ihre Schreie mischten sich mit dem Klirren der Waffen.

Dann erreichten Wallensteins Männer den Kampfplatz und kamen den Ungarn zur Hilfe. Das Geschehen wendete sich schnell zu Gunsten der Kaiserlichen. Von Mansfelds Reiter hatten nun mehr als ebenbürtige Gegner und schafften es nicht, ihre Formation zu halten. Immer mehr Kaiserliche strömten in die Reihen der Protestanten und trieben sie auseinander.

Endlich erreichten auch Hermann und seine Kameraden die feindliche Armee. Sie stürzten sich von der anderen Seite des Kampfplatzes auf das Fußvolk. Hermann stieß einem der Mansfelder seine Hellebarde in die Brust. Für einen kurzen Moment spürte er einen Kloß im Hals, als er in das überraschte Gesicht des Mannes schaute, der schwer verwundet zu Boden ging. Der ehemalige Schmied wusste aber nur zu gut, dass er jetzt keine Schwäche zeigen durfte, wenn er nicht selbst zu den Opfern dieser Schlacht gehören wollte.

Plötzlich spürte Hermann, wie sein Pferd mit den Hinterläufen einknickte. Er sprang vom Rücken des Tieres und schaffte es, so weit seitlich zu landen, dass er nicht von dem schweren Leib des Pferdes begraben wurde. Jetzt hatte der Kämpfer den Vorteil gegenüber seinen Gegnern verloren. Gleich zwei der Soldaten stürzten sich auf ihn.

Hermann hob seine Muskete an und schoss einem der Angreifer in die Brust. Der war bereits so nahe an ihn herangekommen, dass der Treffer seinen Schwung nicht mehr aufhielt und er gegen Hermann fiel, als er zu Boden ging. Für einen Moment war Hermann durch den Körper des Feindes behindert. Urplötzlich spürte er einen stechenden Schmerz in der Hüfte. Er drehte sich blitzschnell um und schaffte es so, in letzter Sekunde dem zweiten Pikenstoß seines Gegners auszuweichen. Jetzt ging es für den jungen Soldaten um Leben und Tod.

Der Mansfelder stürmte vor und versuchte dabei, Hermann die Pike in den Leib zu stoßen. Der ließ seine eigene Waffe fallen, drehte sich zur Seite und trat seinem Gegner in die Kniekehlen, als der an ihm vorbeitaumelte. Der Mansfelder konnte sich nicht mehr auf den Beinen halten und fiel zu Boden. Hermann verzichtete darauf, die Hellebarde wieder an sich zu nehmen. Der Schaft der Waffe war zu lang und würde ihn im Nahkampf mit dem Mansfelder nur behindern. Der machte den Fehler, sich weiterhin auf die Pike zu verlassen und hieb damit nach dem Feind. Trotz seiner Verwundung konnte Hermann der Attacke mühelos ausweichen. Er war jetzt direkt über dem Mann, der nach seinem Sturz noch immer am Boden lag. Er stürzte sich auf ihn und schlug ihm mit aller Kraft die Faust gegen die Stirn.

Hermann wollte seinen Gegner selbst jetzt nicht töten und stellte erleichtert fest, dass der Mann vorläufig außer Gefecht gesetzt war. Jetzt spürte er die Schmerzen an seiner Hüfte erst richtig. Er fühlte, wie das Blut warm an seinen Beinen herunterlief. Hermann musste so schnell wie möglich aus dem Schlachtgetümmel heraus und sich um die Wunde kümmern. Um ihn herum kämpften Soldaten beider Parteien. Es herrschte ein Durcheinander von Leibern um ihn herum, und in der staubigen Luft wurde es schwerer, Freund und Feind auseinanderzuhalten. Einige Mansfelder hatten sich hinter den Wagen verschanzt und gaben vereinzelte Schüsse auf die Angreifer ab. Weil sie aber aufpassen mussten, nicht ihre eigenen Kameraden zu verletzen, gingen die meisten Geschosse ins Leere.

Auf einmal explodierte direkt neben Hermann einer der Wagen. Die Druckwelle riss ihn von den Beinen und nahm ihm kurzzeitig sein Hörvermögen. Er landete im Dreck und sah sich entsetzt zu dem brennenden Wagen um. Direkt vor ihm lagen zwei seiner Kameraden, die weniger Glück gehabt hatten und sich nun nicht mehr bewegten. Hermann nahm schützend die Hände vor sein Gesicht, als ein weiterer Wagen Feuer fing und explodierte. Zu seinem Glück lag er noch auf dem Boden und wurde nicht von den umherfliegenden Teilen getroffen. Die Wagen mussten bis unter das Dach voll mit Munition gewesen sein.

Mühsam quälte sich Hermann auf die Beine, was seine Hüfte ihm sehr erschwerte, und schaute über das Schlachtfeld hinweg. Von Mansfeld sah nun offensichtlich seine Felle davonschwimmen. Er versammelte seine Reiter und führte sie weg vom Kampfplatz. Dabei ritten die Söldner einfach durch eine Gruppe ungarischer Soldaten hindurch und metzelten die sich verzweifelt wehrenden Männer nieder.

Durch die Flucht ihres Anführers würde von Mansfelds Fußvolk nun kaum noch eine Chance haben, sich gegen die Übermacht zu wehren. Dennoch verkauften die Männer ihre Haut so teuer wie möglich und kämpften mit vollem Einsatz gegen ihre Feinde.

Die wütenden Schreie der Soldaten hörte Hermann wie durch ein Rauschen. Es kam ihm vor, als würde der Nebel in seinem Kopf jeden Laut dämpfen. Er hinkte zu dem Kadaver eines toten Pferdes, um sich dort vor Beschuss zu schützen. Er wusste, dass es purer Selbstmord war, sich in seinem Zustand noch einmal in den Kampf zu stürzen. Er streifte sein Hemd über den Kopf, band es fest um seine Hüfte, um die Blutung zu stillen und wollte sich gerade hinter dem Tier verschanzen, als ihn etwas kleines Rundes in den Bauch traf.

Der Soldat setzte sich auf den Boden und fand dort den Knopf einer Uniform. Sollten ihn die Mansfelder etwa damit beschossen haben? Hermann würde es nicht wundern, wenn den Männern die Munition ausgegangen war. Immerhin hatte er selbst erlebt, wie zwei Wagen explodiert waren. Konnten sie aber wirklich so verzweifelt sein, mit den Knöpfen ihrer eigenen Uniform zu schießen? Mitten in dieser Überlegung wurde Hermann am Kopf getroffen und er ging bewusstlos zu Boden.

***

Hermann erwachte mit Schmerzen im Kopf und in der Hüfte. Er öffnete die Augen und blickte auf die Decke eines größeren Raums. Irgendjemand hatte ihn also auf dem Schlachtfeld gefunden und gerettet. Als er den Kopf drehte, sah er, dass weitere Verwundete neben ihm lagen. Ein Blick aus dem Fenster verriet ihm, dass er sich in Budweis befand. Er war also in Sicherheit.

Trotz der Schmerzen in seinem Körper wollte Hermann nicht einfach auf seinem Lager liegen bleiben. Er setzte sich auf und stieß einen gequälten Schrei aus. Der Stich in seiner Hüfte zwang ihn, sich wieder zurück auf den Rücken zu legen. Mit seinem Versuch aufzustehen, hatte er aber eine der Schwestern auf sich aufmerksam gemacht. Die junge Frau eilte herbei und gab dem Verwundeten etwas zu trinken.

»Du musst liegen bleiben«, sagte sie dann. »Die Wunde an deiner Hüfte ist tief. Sie wird heilen, aber du wirst dich bis dahin ruhig verhalten müssen, wenn du nicht willst, dass sie wieder aufreißt.«

»Wie bin ich hierhergekommen?« Hermann fasste mit seiner Hand nach der Hüfte und spürte sofort einen stechenden Schmerz. Er konnte nicht sehen, wie schlimm die Verletzung unter dem Verband war.

»Zusammen mit dem restlichen Heer. Man berichtete uns, dass viele Soldaten gestorben sind. Vor allem die Ungarn hat es arg getroffen. Euch Verletzte hat man auf Wagen geladen und hierher gebracht. Du hast Glück, dass du noch am Leben bist.«

»Das habe ich wohl …«

»Kann ich noch etwas für dich tun?«

»Ich muss mit meinem Rittmeister sprechen. Hat er die Schlacht überlebt?«

»Das weiß ich nicht. Ich werde dir aber jemanden schicken, der dir genauer berichten kann, was passiert ist.«

»Danke.«

Als er wieder alleine war, schloss Hermann die Augen und dachte nach. Er konnte sich noch daran erinnern, dass er von einem Knopf in den Bauch getroffen worden war. Danach war alles schwarz. Er wusste noch nicht einmal, wie lange er nun ohne Bewusstsein gewesen war. Er hatte vergessen, die Schwester danach zu fragen.

Nach einer Weile spürte Hermann eine Berührung an seinem Arm. Er öffnete die Augen und schaute in das Gesicht von Hans Langdorn. Er war erleichtert, als er seinen Kameraden, mit dem er gemeinsam als Botschafter geritten war, gesund wieder sah.

»Was ist passiert?«

»Wir haben den Feind besiegt!«, antwortete Hans sichtlich müde, aber mit Stolz in der Stimme. »Mansfeld ist mit seinen Reitern feige geflohen. Die Fußtruppen haben sich erbittert gezeigt, aber eingesehen, dass sie alle sterben würden und sich daher ergeben. Wir haben mehr als tausend von ihnen gefangen genommen.«

»Was soll mit ihnen geschehen? «, fragte Hermann, der Mitleid mit den Männern hatte. Schließlich kämpften sie genauso ums Überleben wie er selbst. »Werden sie verurteilt?«

»Das glaube ich nicht«, antwortete Hans. »Buquoy hat ihnen versprochen, ihnen ein gutes Quartier zu geben und sie gegen einen Monatslohn freizulassen.«

»Ich glaube nicht, dass sich der Graf daran halten wird«, sagte Hermann skeptisch. »Wenn doch, stehen die Männer bei der nächsten Schlacht wieder gegen uns.«

»Das hat Buquoy auch nicht vor. Er hat sie in Gruppen in so engen Kammern zusammengepfercht, dass sie noch nicht einmal richtig liegen oder sitzen können. Sie kommen erst frei, wenn sie in die kaiserliche Armee übertreten.«

»Das werden sie sicher sehr ungern tun. Die Gefahr ist groß, dass sie dennoch wieder zum Feind überlaufen, wenn es zur nächsten Schlacht kommt.«

»Wenn die Männer aus Böhmen wären, würde ich dir Recht geben«, sagte Hans. »Es handelt sich aber um Söldner. Denen ist es egal, für welche Sache sie kämpfen, wenn man sie nur ausreichend dafür entlohnt.«

»Wir werden sehen«, sagte Hermann, der nicht so sehr von den Worten seines Kameraden überzeugt war. »Was ist mit dem Rittmeister?«

»Santos ist tot. Von unserem Spähtrupp sind nur noch wir beide übrig. In der Schlacht sind sehr viele Menschen gestorben. Nicht nur auf der Seite der Mansfelder …«

»Dennoch haben wir die Schlacht gewonnen!« Hermann schaute zuversichtlich auf das, was kommen mochte. Trotz der hohen Verluste hatten sie einen Sieg davon getragen. Diese Tatsache half ihm über die Schmerzen im Kopf und der Hüfte hinweg.

»Das mag sein. Ich bin aber davon überzeugt, dass es noch viele weitere geben wird. Wenn von Buquoy weiter nach Prag zieht, werden die Böhmen ihre gesamten Heere versammeln, um ihn aufzuhalten.«

»Wie lange ist die Schlacht jetzt her?«

»Zwei Tage. Ich habe schon befürchtet, du wachst gar nicht mehr auf.«

Wien, 12. Juni 1619

Eintrag in die kaiserliche Chronik des Heiligen Römischen Reiches Deutscher Nation:

Graf von Mansfeld zog am 8. Juni mit 8 Fahnen zu Fuß an 500 zu Ross aus Pilsen, um zu den Böhmen zu stoßen. Graf von Buquoy erfuhr davon und brach mit 1.000 wallensteinischen Kürassieren und mit fünftausend Mann, ungarischen und wallonischen Soldaten, auf, um die Vereinigung zu verhindern.

Im Marktflecken Rotelitz kam es zur Schlacht, in der die Mansfelder eine empfindliche Niederlage einstecken mussten. Der Graf floh mit seinen Reitern und überließ das Fußvolk dem feindlichen Heer. Über tausend Mann wurden gefangen genommen und traten in die kaiserliche Armee über.

Die Buquoischen haben bei diesem Treffen stattliche Beute gemacht, darunter sieben Cornett und sieben Fahnen, hundert Fass Wein, viele Maulesel, die des von Mansfelds Silberwerk trugen. Über zehntausend Gulden. Außerdem wurden zwei Geschütze erbeutet.

Die Nachricht aus Böhmen rettete Wien vor der Übernahme durch Graf von Thurn. Als dieser von von Mansfelds Niederlage erfuhr, hat er sich sofort auf den Rückweg nach Böhmen gemacht, um zu verhindern, dass Graf von Buquoy gegen Prag marschiert.

Erleichtert verschloss Anton sein Tintenfass und stand auf. Mit dem Abmarsch der böhmischen Armee war auch ihm ein großer Stein vom Herzen gefallen. Zwar hatten die kaiserlichen Regimenter die Angriffe der Rebellen immer wieder abwehren können, es war aber auf beiden Seiten zu großen Verlusten gekommen.

Antons Befürchtung, die protestantischen Stände in Österreich könnten sich auf die Seite von Graf von Thurn schlagen, hatte sich nicht bewahrheitet. Von Starhemberg hatte Ferdinand im Gegenteil sogar versichert, dass er und die anderen Adeligen weiter zum Erzherzog stehen würden. Dass diese Aussage erst getroffen wurde, als klar war, dass es den Böhmen nicht gelingen würde, die Stadt einzunehmen, sprach für sich.

Weil die Stadt letztlich doch noch verschont worden war, sollte heute im Stephansdom ein Dankgottesdienst stattfinden. Den wollte Anton auf keinen Fall verpassen. Ein Großteil der Bürger würde kommen und der Chronist hoffte darauf, seine Eltern zu treffen. Ins Innere der Stadt waren die Rebellen nicht eingedrungen, dennoch würde Anton erst beruhigt sein, wenn er Vater und Mutter gesund vor sich sah.

Ein Blick auf die Bibliotheksuhr zeigte Anton, dass er für den Chronikeintrag länger gebraucht hatte, als eingeplant. Er musste sich beeilen, wenn er rechtzeitig zum Gottesdienst im Dom sein wollte.

Anton durchquerte die Halle und trat ins Freie. Weil es leicht regnete, zog er den Kragen seiner Jacke hoch. Er war sich sicher, dass sich keiner der Menschen in Wien von dem schlechten Wetter aufhalten lassen würde. Fast hatte er sein Ziel erreicht, als er hinter sich eine Frauenstimme hörte.

»Da bist du ja. Endlich habe ich dich gefunden.«

Was ist nun schon wieder passiert?

»Ich suche dich schon den ganzen Tag.«

Anton drehte sich um und schaute in ein Gesicht, das er zwar kannte, aber nicht zuordnen konnte. *Irgendwo habe ich das Weib schon einmal gesehen.*

»Erinnerst du dich nicht an mich? Ich bin Vronis Schwester.«

Um Gottes Willen. Bloß das nicht.

»Ihre Schwester?«

»Wir haben uns in Pressburg getroffen. Nach der Krönung des Königs.«

Langsam kehrten Antons Erinnerungen zurück. Die junge Frau hatte ihm ausgerichtet, dass Vroni nach ihm suchte. Nie im Leben hätte er gedacht, dass die beiden Schwestern waren. Zumal es nicht die geringste Ähnlichkeit gab. Das Weib vor ihm war deutlich zierlicher. Sie hatte kurzes braunes Haar und von Weitem hätte man sie für einen jungen Mann halten können, wenn sie nicht in einem Kleid unterwegs gewesen wäre. Dennoch fand Anton ihre Gesichtszüge hübsch.

»Ich wusste nicht, dass Vroni eine Schwester hat.«

»Sie hat mir geschrieben, dass es hier Arbeit für mich gibt und ich nach Wien kommen soll.«

Ihr könnt schreiben! Beinahe hätte Anton seine Gedanken vor Überraschung ausgesprochen, konnte sich aber gerade noch beherrschen.

»Vroni ist schon lange nicht mehr hier«, sagte er in möglichst unbekümmertem Tonfall.

»Das hat mir das Küchenpersonal auch schon gesagt. Weißt du denn, wo sie ist?«

»Nein. Am besten kehrst du in deine Heimat zurück …«

»Ich kann nicht zurück«, erwiderte Resi nur.

»Wie meinst du das?«

»Ich habe kein Geld. Alles, was ich hatte, habe ich für die Reise nach Wien gebraucht. Vroni sagte, dass sie mir helfen wolle, hier Arbeit zu finden.«

»Wann war das?«

»Der Brief kam vor etwa einem Monat.«

Da war deine Schwester bereits tot.

Anton sah ein, dass er das Weib nicht so schnell loswerden konnte, wenn er nicht riskieren wollte, dass sie weiter nach Vroni forschte. Er glaubte nicht, dass von Collalto ihr gemeinsames Geheimnis verraten hatte, aber man konnte ja nie wissen. Was sollte er nun mit der Besucherin aus Pressburg tun? Er konnte sie ja schlecht töten, damit sie keine unangenehmen Fragen mehr stellen konnte. Er brauchte Zeit zum Nachdenken.

»Komm mit in den Dom. Gleich beginnt ein Gottesdienst, den ich nicht verpassen will. Danach werden wir reden. Wie heißt du überhaupt?«

»Nenn mich Resi.«

***

Wie es Anton erwartet hatte, war der Stephansdom bis auf den letzten Platz gefüllt. Selbst Erzherzog Ferdinand hatte es sich nicht nehmen lassen, an dem Gottesdienst teilzunehmen. Die Bürger aus

Wien hingen dem Bischof regelrecht an den Lippen, als der sein Dankgebet für die Rettung der Stadt sprach. Anton fiel es schwer, den Worten zu folgen.

Resi konnte zu einem ernsthaften Problem für ihn werden. Auch wenn niemand wusste, was wirklich mit Vroni geschehen war, würde ihre Schwester sicher nicht aufhören, Fragen zu stellen. Dennoch tat ihm die junge Ungarin leid. Mit ihrer Reise nach Wien hatte sie alles aufgegeben und stand jetzt vor dem Nichts. Anton entschloss sich, ihr zu helfen. Nur wie sollte er das anstellen?

Er ließ seinen Blick über die dicht besetzten Bänke im Dom schweifen. Endlich entdeckte er seine Eltern, die die Belagerung offensichtlich gut überstanden hatten. Zumindest brauchte er sich um sie keine Sorgen mehr zu machen. Bliebe das Problem Resi. Auch Vronis Schwester schien nervös zu sein. Sie rutschte unruhig auf der Bank hin und her und schaute sich ängstlich nach allen Seiten um.

Nach einer gefühlten Ewigkeit sprach der Bischof endlich das Abschlussgebet. Im Anschluss an das Orgelspiel gehörten Anton und Resi zu den Ersten, die den Dom verließen. Den Chronisten plagte ein schlechtes Gewissen, weil er nicht auf seine Eltern warten konnte. Er wollte ihnen aber nicht erklären müssen, warum er in Begleitung einer ihnen unbekannten jungen Frau war, über die er selbst nicht mehr wusste, als dass sie aus Pressburg stammte.

»Was soll ich denn jetzt tun?«, fragte Resi, als die beiden endlich alleine waren. Sie waren den Weg Richtung Stallungen gegangen, damit sie nicht gleich vom halben Hofstaat gesehen wurden.

Als Anton die Tränen in Resis Augen sah, tat ihm die junge Frau leid. Sie konnte nichts dafür, dass sich ihre Schwester jedem Mann an den Hals geworfen hatte, um sich dadurch einen Vorteil zu verschaffen. Sicher hätte er sie in der Küche des Kaiserhofs unterbringen können. Dort würde sie aber mehr über sein Verhältnis zu Vroni erfahren, als es ihm lieb war. Den Gedanken, Resi bei seinen Eltern unterzubringen, verwarf er im selben Moment, in dem er ihm kam. Die würden ihm ebenfalls Fragen stellen, die er nicht beantworten wollte.

»Nimm dir für heute Nacht ein Zimmer im Gasthaus ›Zum goldenen Fass. Morgen komme ich zu dir und wir sprechen darüber, wie es weiter geht«, Anton legte so viel Zuversicht wie möglich in seine Stimme.

»Ich habe dir doch gesagt, dass ich kein Geld mehr habe.«

Anton drückte Resi drei Münzen in die Hand. »Das sollte reichen.«

»Wo ist das Gasthaus?«

»Ich bringe dich hin.«

***

Nach einer Nacht, in der er fast kein Auge zugetan hatte, stand Anton müde auf. Nach Vronis Tod hatte er gehofft, sein Leben würde wieder in ruhigeren Bahnen verlaufen. Durch den bevorstehenden Krieg hatte er mehr als genug Arbeit und konnte dabei keine Störungen gebrauchen. Resi könnte alles durcheinanderbringen.

Das ist die Lösung!

In aller Hast zog sich Anton an und wäre dabei fast gestolpert. Dann rannte er zu Albert, der für das Personal im Kaiserhof verantwortlich war.

»Ich brauche jemanden, der mich in der Bibliothek unterstützt«, sagte Anton gehetzt.

»Darum kann ich mich nicht kümmern. Zeidler hat seine Gehilfen selbst eingestellt, wenn er welche gebraucht hat.«

»Ich habe schon jemanden.«

»Warum kommst du dann zu mir?«

»Ich brauche eine Kammer, in der die junge Frau wohnen kann.«

»Ein Weib? Das kann unmöglich dein Ernst sein.«

»Die alten Dokumente sind voller Staub und müssen gründlich gereinigt werden. Ich selbst habe zu viel andere Arbeit und kann das nicht tun. Resi kann lesen und schreiben und wird mir eine große Hilfe sein.«

So betrachtet, leuchtet das sogar mir selbst ein. Warum bin ich nicht gleich darauf gekommen?

»Du wirst wissen, was du tust. Im Stockwerk über dir ist noch eine kleine Kammer frei. Sie liegt links am Ende des Ganges. Ein Bett und eine Kommode stehen schon da drin. Für viel mehr ist kein Platz.«

»Das wird ausreichen. Ich danke dir!«

»Ich schicke jemanden hoch, der dort sauber macht.«

Anton hatte darauf gehofft, dass Albert ihm helfen würde, und war nicht enttäuscht worden. Wenn sein Lehrmeister sich Hilfen in die Bibliothek geholt hatte, gab es keinen Grund, warum er dies nicht ebenfalls tun sollte. Wenn sie für ihn arbeitete, hatte er Resi im Blick. Jetzt musste sie das nur noch wollen.

Bevor Anton sich aber weiter um Resi kümmern konnte, musste er seine Eltern besuchen, wenn er nicht endgültig bei seiner Mutter in Ungnade fallen wollte. Auf dem Weg dorthin machte er sich auf die schlimmsten Vorwürfe gefasst und war mehr als überrascht, dass er nicht einmal einen davon zu hören bekam. Genau wie er selbst, waren seine Eltern einfach nur froh, dass alle die Belagerung der Stadt überlebt hatten. Sie begrüßten ihn so herzlich, dass Anton wegen seiner langen Abwesenheit ein schlechtes Gewissen bekam. Er blieb mehr als zwei Stunden in seinem Geburtshaus. Seine Mutter ließ es sich nicht nehmen, ihrem Sohn einen deftigen Eintopf vorzusetzen und behauptete, dass er mager und blass geworden sei.

Es war bereits Nachmittag, als Anton im Gasthaus ankam. Er fragte die Wirtin nach der jungen Frau aus Pressburg. Weil sich die beiden bereits gekannt hatten, als Anton noch ein Kind gewesen war, sagte sie ihm, in welchem Zimmer sie ihren Gast untergebracht hatte. Anton ging leise nach oben und klopfte leicht an die Tür. Als er keine Antwort bekam, trat er einfach ein. Resi lag auf dem Bett und zitterte am ganzen Körper.

»Um Gottes Willen, was ist denn mit dir los?«

»Anton?« Resi, die auf dem Bauch lag und den Kopf zwischen den Armen vergraben hatte, drehte sich langsam um und schaute ihren Besucher an.

»Wen hast du denn sonst erwartet?«

Die junge Frau aus Pressburg sprang auf und sprang Anton um den Hals. Er konnte spüren, dass sie noch immer am ganzen Körper zitterte. Ihr Gesicht war nass. »Ich dachte, du würdest nicht mehr kommen.«

»Das habe ich dir doch aber versprochen.« Er fasste sie an den Schultern und hielt sie auf Armlänge von sich, um sie ansehen zu können.

»Ich bin schon sehr oft enttäuscht worden. In meiner Heimat hatte ich wenig. Hier habe ich nichts mehr.« Resi wandte den Blick beschämt ab.

Anton führte die noch immer schluchzende Pressburgerin zurück zu ihrem Bett und drückte sie sanft nach unten. Dann setzte er sich neben sie.

»Ich habe vielleicht eine Lösung für dein Problem.«

»Wirklich?«

»Wenn du willst, kannst du ab heute im Kaiserhof übernachten. Du bekommst sogar eine Anstellung.«

»Ich darf in der Küche des Königs arbeiten?«

»Besser. Du kommst zu mir in die Bibliothek.«

Resi sah Anton einen Moment zweifelnd an. Als er sie ermunternd anlächelte, fiel sie ihm erneut um den Hals. Dieses Mal vor Freude.

Prag, 21. Juni 1619

Sie hatten ihm alles genommen. Seine Freiheit, seine geliebte Ehefrau und sein ungeborenes Kind. Einen Monat war es jetzt her, dass man Philipp im Kerker der Prager Burg eingesperrt hatte. Seit diesem Tag beherrschte ein Gefühl seine Gedanken. Hass.

An jedem Tag malte Philipp sich aus, wie er es seinen Peinigern heimzahlen konnte. Sie würden sich dafür verantworten müssen, was sie ihm und seiner Familie angetan hatten. Dabei hegte er gegen die Wärter, die ihm jeden Tag Wasser und eine erbärmliche Mahlzeit brachten, keinen Groll. Er wusste genau, wem er es zu verdanken hatte, dass sein Leben in Trümmern lag. Graf Matthias von Thurn. Philipp schwor sich, nicht eher zu ruhen, bis sein Widersacher die gerechte Strafe bekommen hatte, sollte er selbst irgendwann aus diesem Kerker herauskommen.

Was in der Stadt vor sich ging, bekam Philipp nicht mit. Auch wusste er nicht, wie es um den Krieg zwischen den böhmischen Ständen und König Ferdinand stand. Er vertraute darauf, dass das Direktorium, und damit von Thurn, irgendwann scheitern würde. Die Habsburger hatten Macht. Sie würden sich die Rebellion der Protestanten nicht bieten lassen und mit ganzer Härte zurückschlagen. Spätestens, wenn wieder katholische Statthalter die Macht über die Stadt innehatten, würde er aus dem Kerker entkommen. Das konnte allerdings noch lange Zeit dauern.

Philipp konnte noch nicht einmal genau sagen, welche Vorwürfe man gegen ihn nun eigentlich erhob. Die Briefe aus Wien waren harmlos. Auch er selbst hatte Anton nichts geschrieben, was der König gegen die Rebellen hätte nutzen können. Philipp war sich sicher, dass die angeblichen Beweise nur ein Vorwand waren, ihn aus dem Verkehr zu ziehen. Von Thurn hasste ihn. An Slavata und Martinitz kam der Graf nicht heran. Jetzt musste ihr Sekretär den Kopf für die Taten der ehemaligen Statthalter hinhalten.

In den Tagen seit seiner Verhaftung war er nicht ein einziges Mal befragt worden. Nachdem Diepold von Lobkowitz bei ihm gewesen war, hatte man keine weiteren Besucher zu ihm gelassen. Er war in einer Welt gefangen, in der es nichts gab als Steine und die Gitter am Fenster seiner Tür.

Es blieb Philipp nichts anderes übrig, als abzuwarten, was weiterhin geschah. Seine Zelle hatte kein Fenster und so gab es keine Möglichkeit für ihn, nach draußen zu schauen. Die einzigen Menschen, die er sah, waren die Wärter. Und die sprachen nicht mit ihm. Bisher hatten sie ihm nicht eine einzige Frage beantwortet, obwohl er ihnen unzählige gestellt hatte. Er war allein. Selbst mit den Mitgefangenen hatte er keinen Kontakt.

Obwohl es draußen inzwischen sommerlich warm sein musste, blieben die Temperaturen im Kerker immer gleich. Die jämmerliche Decke, die er in seiner Zelle vorgefunden hatte, wärmte ihn kaum. Seine Kleidung war inzwischen völlig verdreckt und hatte einige Löcher. Philipp fühlte sich schmutzig und es gab Momente, in denen er seinen eigenen Geruch nicht ertragen konnte.

Die Einsamkeit machte Philipp noch mehr zu schaffen, als der Hunger und die Kälte. Er sehnte sich nach seiner Frau und konnte es nicht ertragen, nicht zu wissen, wie es ihr ging. Hatte sie sich vom Verlust des Kindes erholt? Nach dem Tod ihrer Eltern musste es furchtbar für sie gewesen sein, von Gott diese weitere Prüfung auferlegt zu bekommen!

Natürlich hatte Philipp nach einer Fluchtmöglichkeit aus dem Kerker gesucht. Die Mauern zeigten aber nicht die kleinste Schwäche. Auch die dicke Holztür, die seine Zelle verschloss, konnte er nicht überwinden. Die Wärter kamen niemals allein zu ihm und einer von ihnen war stets bewaffnet, wenn sie ihm sein Essen brachten. Geld, um sie zu bestechen, hatte er nicht. Wie auch immer er es drehte, seine Situation war ausweglos.

Plötzlich öffnete sich die Tür und ein Philipp unbekannter Hauptmann trat in die Zelle. Was hatte das zu bedeuten? Holte man ihn nun aus dem Kerker, um ihn vor ein Gericht zu stellen? Würde er nun endlich erfahren, warum genau man ihn hierher gebracht hatte?

»Ich bin gekommen, um dir ein Angebot zu machen«, sagte der Hauptmann zu Philipps Überraschung und ohne sich vorzustellen.

»Was soll das bedeuten?«

»Ich kann dafür sorgen, dass du noch heute freigelassen wirst.« Eigentlich hätte Philipp sich darüber freuen müssen, endlich wieder eine Stimme zu hören, die mit ihm sprach. Der Fremde sprach jedoch so emotionslos, dass er ihn lieber schnell wieder losgeworden wäre.

»Und was muss ich dafür tun?« Philipp war misstrauisch. So verlockend der Gedanke, endlich aus diesem Loch herauszukommen auch war, er wusste, dass er dem Mann nicht trauen durfte. Ganz sicher war er nicht als Freund zu ihm in die Zelle gekommen.

»Tritt in die Armee ein und du bist ein freier Mann!«

»Wäre ich das wirklich?« Philipp sah den Hauptmann skeptisch an.

»Du bekommst die Gelegenheit, für dein Land zu kämpfen.«

»Und zu sterben.«

»Soweit muss es nicht kommen.«

Und ob es das muss, dachte Philipp. Er war kein Soldat und hatte keinerlei Kampferfahrung. Wenn er jetzt in den Krieg zog, würde er das nicht überleben. Er dachte kurz darüber nach, ob er eine Möglichkeit zur Flucht bekommen konnte, wenn er das Angebot des Hauptmannes annahm, sah aber ein, dass er bei einem solchen Versuch noch schneller den Tod finden würde als in einer Schlacht.

»Also, was sagst du? Willst du raus aus diesem Loch und für dein Land kämpfen?«

»Ihr meint, ob ich in einem Krieg sterben will, der damit begann, dass man mich aus einem Fenster warf?«

»Willst du lieber den Rest deines Lebens in dieser Zelle verbringen?«

»Besser, als auf dem Schlachtfeld zu sterben.« Weil der Hauptmann nicht auf seine Bemerkung mit dem Fenstersturz einging, vermutete Philipp, dass er nicht wusste, mit wem er es zu tun hatte. Demnach handelte er auch ohne eine Absprache mit Graf von Thurn. Zumindest was ihn selbst betraf. Die protestantischen Stände mussten sehr verzweifelt sein, wenn sie jetzt schon ihre Gefangenen in den Krieg schicken wollten. Das konnte nur bedeuteten, dass die Habsburger an Boden gewannen. Wenn Prag von den Kaiserlichen eingenommen wurde, würde man ihn aus dem Kerker entlassen. Es war besser auf diesen Tag zu warten, als einen schnellen Tod in der Schlacht zu finden.

»Wenn du lieber in diesem Loch verrotten willst, soll es mir recht sein!«, sagte der Hauptmann ärgerlich. Ohne ein weiteres Wort verließ er die Zelle und ließ die Tür laut ins Schloss krachen.

Philipp konnte sich ein Lächeln nicht verkneifen, als er wieder alleine war. Der Besuch des Hauptmanns hatte ihm gezeigt, dass noch lange nicht alle Hoffnung verloren war.

***

»Kind, du musst etwas essen.«

»Ich kann nicht.«

»Du musst!« Polyxena von Lobkowitz sah Magdalena vorwurfsvoll an. »Willst du deinen Ehemann wirklich in einem völlig verwahrlosten und abgemagerten Zustand empfangen, wenn er aus dem Kerker freigelassen wird?«

»Wird das denn jemals passieren?«, gab Magdalena mit leiser, gebrochener Stimme zurück. Vom vielen Weinen waren ihre Augen rot. Die Haare klebten ungepflegt und durcheinander an ihrem Kopf. Ihre Gesichtsfarbe war so blass, dass man fast meinen könnte, man habe es mit einer Toten zu tun. Seit Philipps Verhaftung und dem Verlust ihres Kindes hatte sie die kleine Kammer im Anwesen der von Lobkowitzes nicht mehr verlassen.

»Wir dürfen die Hoffnung nicht aufgeben.«

»Die habe ich schon lange nicht mehr. Unser Kind ist tot und mein Mann sitzt im Kerker und weiß nicht einmal, was man ihm genau vorwirft!«

»Diepold hat bereits mehrfach beim Direktorium beantragt, dass Philipp freigelassen wird.«

»Graf von Thurn wird das niemals zulassen.«

»Die böhmischen Stände haben eine empfindliche Niederlage hinnehmen müssen. Der Feldzug nach Wien endete ohne Erfolg, hat die Regimenter aber deutlich dezimiert. Unsere Verbündeten sind schon lange in Böhmen und nähern sich der Stadt. Wenn Prag fällt, wirst du Philipp wiedersehen!«

»Und wenn nicht? Was, wenn Ferdinand sein Heer aus Böhmen abzieht? Immerhin steht die Kaiserwahl kurz bevor.«

»Ich weiß, dass es schwer ist, mit einem guten Gefühl in die Zukunft zu schauen. Noch haben wir aber einen gewissen Einfluss in der Stadt.«

»Ich weiß ja, dass Ihr alles für meinen armen Philipp tut.«

»Dann hör damit auf, dich in Selbstmitleid zu ertränken und zeige, welche Kraft in dir steckt!«

Polyxenas energische Stimme erschreckte Magdalena und sie sah die Herrin ängstlich an. Dennoch wusste sie genau, dass die Gräfin Recht hatte. Sie durfte sich nicht unterkriegen lassen. Auch Philipp würde nicht wollen, dass sie sich ihrem Kummer ergab.

»Zuerst habe ich meine Eltern verloren, dann meinen Mann und zuletzt mein Kind.«

»Das weiß ich alles. Trotzdem. Noch lebt Philipp und du musst für ihn da sein, wenn er freigelassen wird. Ihr seid beide noch jung. So hart das klingen mag, ihr könnt noch viele Kinder bekommen. Du bist nicht die erste Frau, die eine Totgeburt verkraften musste. Und fang jetzt bitte nicht wieder an zu heulen.«

Magdalena war es nicht gewohnt, dass Polyxena so mit ihr sprach. Sie musste aber zugeben, dass die Gräfin genau die richtigen Worte gefunden hatte. »Ihr habt recht«, sagte sie schließlich. »Ich habe lange genug in diesem Bett gelegen!«

»Genau das wollte ich von dir hören. Und jetzt wirst du etwas essen!«

Wien, 11. Juli 1619

»Wo ist das Weibsbild?«

Anton fuhr hoch und wäre vor Schreck fast aus dem Bett gefallen. Verwirrt schaute er auf und blickte in von Collaltos zornesrotes Gesicht.

»Seid Ihr von allen guten Geistern verlassen? Ihr weckt noch den ganzen Kaiserhof auf, wenn Ihr hier so herumschreit!«

»Sagt mir, wo Ihr dieses verfluchte Weibsbild versteckt haltet!«

Der Kerl meint Resi. Anton verstand jetzt, warum der Feldherr wie ein Irrwisch in seine Kammer geplatzt war. Er musste irgendwie von Vronis Schwester erfahren haben.

»Beruhigt Euch«, sagte Anton, der Resi auf keinen Fall an den Kerl verraten würde, damit der sie genauso aus dem Weg schaffte wie ihre Schwester.

»Ich will jetzt auf der Stelle wissen, wo das Weib ist und was Ihr mit ihm zu schaffen habt!«

»Sie ist in Sicherheit und da wird sie auch bleiben. Ich werde nicht zulassen, dass Ihr der jungen Frau etwas antut.«

»Sie ist eine Gefahr für uns beide!«

»Wenn ihr mit Eurem Geschrei nicht dem ganzen Kaiserhof erzählt, was passiert ist, wird Resi nichts von dem Mord an ihrer Schwester erfahren!«, zischte Anton mit Nachdruck.

»So heißt sie also. Bringt mich zu ihr!«

»Das werde ich nicht tun!« Entschlossen erwiderte Anton den Blick des Feldherrn. Er würde sich von von Collalto nicht einschüchtern lassen. »Was tut ihr überhaupt hier?«

»Ich begleite den König nach Frankfurt«, antwortete der Feldherr herablassend.

Das hätte ich mir eigentlich denken können. Am heutigen Tag wollte Ferdinand mit seinem Gefolge aufbrechen, um seine Wahl zum Kaiser des Heiligen Römischen Reiches vorzubereiten. Auch Anton sollte mit ihm nach Frankfurt reisen. Von Collalto war demnach für den Schutz des Königs verantwortlich. Anton atmete erleichtert auf. Wenn sie beide zusammen auf Reisen gingen, war sichergestellt, dass der Kerl Resi während seiner Abwesenheit nichts antun konnte.

»Was ist nun? Sagt Ihr mir jetzt, wo Ihr das Weib versteckt haltet?«

»Sie weiß nicht, was mit ihrer Schwester passiert ist und wird es von mir auch nicht erfahren.«

»Das soll sie mir selbst sagen!«, brauste von Collalto auf.

»Seid Ihr noch bei Trost? Ihr macht sie nur hellhörig, wenn ihr sie jetzt befragt. Sie denkt, dass ihre Schwester aus freien Stücken aus Wien abgehauen ist. Dabei sollten wir es belassen.«

»Dennoch bin ich der Meinung, dass wir sie aus dem Weg schaffen sollten!«

»Ich lasse Resi bei mir in der Bibliothek arbeiten, damit ich sie im Auge behalten kann. Ich sage es noch einmal: Es geht keine Gefahr von ihr aus!«

»Ihr werdet für einige Zeit weg sein. Wer passt dann auf das Weib auf?«

»Sie bleibt in der Bibliothek. Ich habe Resi in den letzten Wochen kennengelernt. Sie ist froh, dass sie hier einen Platz gefunden hat.«

»Ihr garantiert mir, dass sie niemals erfahren wird, was mit ihrer ehrlosen Schwester passiert ist?«

»Ihr habt mein Wort!«

Der Spanier zögerte kurz, nickte dann aber doch und wurde ruhiger. »Gut. Ich vertraue Euch. Sollte aber jemals ein Mensch vom Tod der Hure erfahren, werde ich Euch zur Rechenschaft ziehen. Dann wird nicht nur die Kleine aus Pressburg sterben!«

***

»Warum kannst du mich nicht mitnehmen?«

Weil dich von Collalto dann bei der ersten Gelegenheit umbringen würde. »Ich habe dir gesagt, dass das nicht geht. Zum einen ist es viel zu gefährlich für dich-« *Du glaubst gar nicht wie gefährlich,* »... und zum Zweiten habe ich zu arbeiten und kann mich nicht um dich kümmern.«

»Das tust du hier aber doch auch«, entgegnete Resi.

»Was?«

»Arbeiten und dich gleichzeitig um mich kümmern.«

»Das ist etwas anderes.«

»Das verstehe ich nicht.«

»Doch, das tust du, Resi. Ich habe dich zu mir in die Bibliothek geholt, weil ich deine Schwester gekannt habe und du nicht wusstest, wohin du gehen solltest.«

»Wieso gekannt *hast*?«

»Weil ich sie eben kenne« Anton hielt für einen Moment inne. Hatte ihn sein kleiner Versprecher verraten? Als Resi nicht weiter auf Vroni einging, sprach er weiter. »Ich gebe zu, dass du hier sehr gute Arbeit leistest und ich froh bin, dich bei mir zu haben. Ich kann dich aber unmöglich mit nach Frankfurt nehmen.« *Erst recht nicht, seitdem ich weiß, dass uns von Collalto begleitet!*

Resi sah Anton traurig an, doch der blieb hart. Sie führten dieses Gespräch nicht zum ersten Mal. Er konnte verstehen, dass seine Helferin Angst hatte, alleine in der Bibliothek des Kaiserhofs zu bleiben, hatte ihr aber mehrfach versichert, dass sie hier in Sicherheit war. Albert würde ein Auge auf sie haben. Das hatte er Anton versprochen.

In den ersten Tagen hatte Resis Anwesenheit in der Bibliothek für Gesprächsstoff unter den Bediensteten gesorgt. Durch ihr freundliches Wesen war sie aber inzwischen bei den meisten beliebt. Erzherzog Ferdinand hatte Anton verwundert angesehen, als er ihm in der Bibliothek einen seiner seltenen Besuche abgestattet hatte, aber nie etwas zu Resis Anwesenheit dort gesagt. Zu tun gab es für die junge Frau genug. Anton hatte nicht gelogen, als er sich bei Albert über die verstaubten Dokumente beklagt hatte. Weil Resi sehr gut lesen konnte, war sie ihm außerdem eine große Hilfe beim Archivieren der Schriften. Zeidler hatte doch vieles unsortiert liegen lassen müssen, als seine Augen schlechter geworden waren.

»Wie lange wirst du weg sein?«

»Ich weiß es nicht. Es kann aber ein paar Wochen dauern, bis ich wieder hier bin. Vermutlich wird Ferdinand zum Kaiser gewählt. Danach wird er wohl bis zu seiner Krönung in Frankfurt bleiben.«

»Ich werde hier vermodert sein, wenn du zurückkehrst.« Schmollend schob Resi ihre Unterlippe vor.

Anton lachte los. »Es wird dir hier gut gehen! Wenn du wirklich einmal nichts zu tun hast, schau dir Wien an. Die Stadt hat einiges zu bieten.«

»Vielleicht mache ich das.«

Nun war der Moment gekommen, an dem Anton sich von Resi verabschieden musste. Ein wenig mulmig war ihm schon zu Mute. Immerhin kam Resi aus Pressburg, wo nicht alle froh über Ferdinands Krönung gewesen waren. Daran, dass sie eine Verräterin sein konnte, glaubte Anton dennoch nicht. In den letzten Wochen hatte er gelernt, ihr zu vertrauen. Es war besser, sie passte auf die Bibliothek auf, als wenn es gar niemand tat.

»Ich muss jetzt gehen.«

Zunächst drehte sich Resi von Anton weg und tat so, als sei sie beleidigt. Dann warf sie sich ihm um den Hals und drückte ihn fest an sich. »Kehre gesund zurück!«

***

Der Tross, der Ferdinand nach Frankfurt begleiten sollte, war um einiges größer als der mit dem er nach Pressburg gereist war. Anton schätzte, dass es alleine die dreifache Anzahl an Soldaten war, die zum Abmarsch bereitstand. Von Collalto war bei seinen Männern und nickte Anton kurz zu als dieser auf den Platz trat. Ferdinand selbst war noch nicht anwesend.

Anton freute sich auf die Reise, auch wenn das für ihn bedeutete, wieder mehrere Tage auf dem Rücken eines Pferdes zu sitzen. Er war gespannt, was Frankfurt zu bieten hatte. Dort würde er sicher mehrere Wochen zubringen und genug Zeit bekommen, sich die Stadt anzuschauen. Auf keinen Fall wollte er das in weiblicher Begleitung tun und sich auch sonst von den Damen fernhalten. Die Auswirkungen seiner Reise nach Pressburg hatten ihm gereicht und waren, wenn er an Resi dachte, auch noch lange nicht ausgestanden.

Endlich kam auch der König und die Reise nach Frankfurt konnte beginnen. Das erste große Ziel des Trosses würde München sein. Von dort aus sollte es dann gemeinsam mit Erzherzog Maximilian von Bayern und seinem Gefolge weiter gehen.

Die Bürger aus Wien hatten sich an den Seiten der Straße zum Haupttor versammelt und jubelten ihrem Erzherzog zu. Sie alle hofften, Ferdinand bei seiner Rückkehr als Kaiser willkommen heißen zu können. Anton genoss das Bad in der Menge, auch wenn nur die wenigsten überhaupt Notiz von dem Chronisten nahmen. Es war schön zu sehen, dass der Erzherzog von den Menschen verehrt wurde. Wenn er daran dachte, wie unbeliebt Ferdinand im ungarischen Reich war, verstand er nicht, was diesen dazu bewogen hatte, die dortige Krone überhaupt anzunehmen.

Bereits zu Beginn ihrer langen Reise spürte Anton die enorme Hitze. Die Sonne hatte ihren höchsten Stand noch lange nicht erreicht und trotzdem klebte die Kleidung bereits auf seiner Haut fest. Bis zur ersten Rast würden noch ein paar Stunden vergehen. An das Reiten würde er sich niemals gewöhnen.

Anton hing seinen Gedanken nach und schaute überrascht auf, als von Collalto auf einmal neben ihm ritt. Er hatte nicht bemerkt, wie sich der Feldherr genähert hatte. Seinem Geruch zufolge litt er unter der Hitze ebenso wie Anton selbst.

»Ich finde Euer Handeln immer noch sehr leichtsinnig«, sagte von Collalto in gedämpftem Ton.

Sagt ein Mann, der alle seine Probleme mit Gewalt löst. »Von Resi geht keine Gefahr aus. Ihr könnt mir da vertrauen!«

»Es wird lange dauern, bis Ihr wieder in Wien seid. Da kann viel passieren.«

»Wie meint ihr das?«

»Das Weib wird sicher nach seiner Schwester suchen.«

»Sie wird sie nicht finden.«

»Aber Fragen stellen.«

»Was soll schon passieren?«, wollte Anton ärgerlich wissen. »Der Einzige, der immer wieder über die Sache spricht, seid Ihr!«

»Ich bin eben vorsichtig.«

Du bist ein Teufel!

»Ich habe Vorkehrungen getroffen, dass das Weib tatsächlich schweigen wird.«

»Wie meint Ihr das?« Anton fuhr der Schrecken durch alle Glieder.

»Einer meiner Männer wird sie beobachten. Sobald sie damit anfängt, die falschen Fragen zu stellen, ist sie tot.«

»Das könnt Ihr nicht machen!« Anton war entsetzt darüber, wie kaltblütig der Feldherr über Leben und Tod entschied.

»Wenn sich die Kleine ruhig verhält, wird ihr nichts geschehen.«

»Ihr seid ein elender Mörder!«

Frankfurt, 28. Juli 1619

Der Einmarsch des angehenden Kaisers in Frankfurt war überwältigend. Anton wusste nicht, wohin er schauen sollte. Überall gab es etwas zu sehen und er wollte nichts Wichtiges verpassen, damit er später einen ausführlichen Bericht schreiben konnte.

Sie ritten zwischen den Häuserzeilen durch eine Menschenmenge. Einfache Bauern standen neben wohlhabenden Kaufleuten. Verschmutzte Mägde neben den Frankfurter Adeligen. Die Gesellschaftsschichten schienen aufgehoben. Jeder wollte den Erzherzog aus Wien sehen, der sicher bald zum Kaiser gekrönt werden würde. Die Stadt schien aus allen Nähten zu platzen. Aus der Umgebung waren Tausende erschienen, um diesem Spektakel beizuwohnen. Ferdinand wurde mit frenetischem Jubel gefeiert. Dabei war der Wahltermin noch nicht einmal angesetzt.

Doch nicht alle Menschen freuten sich über die Ankunft Ferdinands in der Stadt. Auch wenn ihm die meisten Leute zujubelten, gab es auch Besucher, die einfach nur still dastanden und den Tross des angehenden Kaisers mit finsterer Miene anstarrten. Eines hatten aber alle gemeinsam: Sie wollten dabei sein, wenn der Erzherzog von Österreich in die Stadt ritt.

Anton sah eine Gruppe leichter Frauen, die sich nach vorne drängten, um die Männer in Ferdinands Gefolge mit ihren Reizen zu locken. Die Landsknechte versuchten, die Weiber zurückzuhalten, aber sie schafften es immer wieder, sich an ihnen vorbeizuschieben. Wieder schwor sich Anton, in seiner Zeit in Frankfurt den Reizen dieser Frauen nicht zu erliegen. Die würden auch ohne ihn genügend Kunden finden. Sicher waren selten so viele Menschen in der Stadt gewesen wie in diesen Tagen.

An den verschiedenen Fahnen an den Hauswänden, Masten und Wagen erkannte Anton, dass bereits einige Kurfürsten mit ihrem Gefolge in der Stadt sein mussten. Sicher war es nicht einfach, so viele Menschen in Frankfurt unterzubringen. Alleine der Tross von Erzherzog Ferdinand zählte 370 Personen und über 150 Pferde.

Anton genoss auch hier das Bad in der Menge, auch wenn er natürlich wusste, dass keiner der Menschen wegen ihm hier war. Weil es durch die vielen Leute sehr eng in den Gassen geworden war, kamen Ferdinand und sein Gefolge nur sehr langsam voran.

Endlich zogen sie mit ihrem Tross den Römerberg hinauf in Richtung Rathaus. Schon von Weitem konnte Anton die drei Hauptgebäude erkennen. Die prächtige Treppengiebelfassade wirkte wie ein übergroßes »W«. Hier sollte im Kaisersaal Ferdinands Krönung stattfinden. Anton zweifelte nicht daran, dass sein Erzherzog in dieses mächtige Amt gewählt würde. Die protestantischen Kurfürsten hätten zwar lieber einen anderen Kandidaten gesehen, den gab es allerdings nicht.

Auf dem Vorplatz des Römers wurde Ferdinand von tausenden von Menschen erwartet. Gerne hätte sich Anton den Justitiabrunnen angesehen, konnte aber nur die Spitze der Figur erkennen, die bereits in der römischen Mythologie als die Personifikation der Gerechtigkeit angesehen wurde.

Endlich gelangten sie in den Bereich des Römers, in dem Ferdinand mit seiner engsten Gefolgschaft untergebracht werden sollte. Nach der langen Reise war Anton froh, die nächsten Tage nicht auf dem Rücken eines Pferdes zubringen zu müssen. Ihm wurde eine Kammer zugewiesen, die so klein war, dass neben dem Bett nur eine schmale Truhe hineinpasste und die noch nicht einmal ein Fenster hatte. Er würde eine Kerze entzünden müssen, wenn er überhaupt etwas erkennen wollte.

Hier soll ich jetzt in den nächsten Wochen schlafen! Hohe Erwartungen hatte Anton an seine Unterkunft nicht gestellt, war aber dennoch enttäuscht, wenn er daran dachte, wie die hohen Gesandten residierten. Es waren einfach zu viele Menschen nach Frankfurt gekommen.

Anton wollte gerade die Türe schließen, als er hinter sich Schritte hörte.

»Seid Ihr Anton Serger?«

»Der bin ich.«

»Ich habe einen Brief für Euch. Er wurde gestern von einem Boten abgegeben.«

Das muss ein Irrtum sein. Überrascht nahm Anton das Schreiben entgegen. Er war noch nicht einmal einen Tag in Frankfurt. Nur wenige Menschen wussten, dass er überhaupt schon in der Stadt angekommen war.

Als der Bote wieder ohne weitere Worte verschwunden war, drehte Anton den Umschlag um und sah, dass der Brief von Resi stammte. War ihr etwa etwas geschehen? Hatten von Collaltos Männer seine Abwesenheit genutzt und sich an die junge Ungarin herangemacht?

Beruhige dich. Wenn Resi einen Brief schreiben kann, ist ihr nichts geschehen. Anton atmete tief durch. Von Collalto konnte nichts damit zu tun haben, dass sich die Ungarin so schnell bei ihm meldete. Es musste einen anderen Grund geben! Aufgeregt riss er das Siegel auf und faltete das Blatt auseinander. Im gleichen Moment fiel ein weiterer Umschlag zu Boden. Anton hob ihn auf und setzte sich auf das Bett. Im Schein der Kerzen begann er damit, zunächst den Brief von Resi zu lesen. Die berichtete dem Chronisten, dass es ihr gut ging, sie sich aber alleine in der Bibliothek des Kaiserhofs schrecklich einsam fühlte. Sie versprach, bis zu Antons Rückkehr so viele Schriften in die Regale einzusortieren wie möglich.

Anton war erleichtert, dass Resi nichts geschehen war und ein Lächeln stahl sich auf sein Gesicht. Nun war er gespannt, was es mit dem zweiten Schreiben auf sich hatte. In Resis Brief stand, dass es in Wien für ihn abgegeben worden war und sie es sofort nach Frankfurt weitergeleitet hatte.

Der Brief war von Magdalena Fabricius. *Warum schreibt Philipp mir nicht selbst?* Anton öffnete das Schreiben, das bereits vor drei Monaten aus Prag an ihn abgesendet worden war. Fassungslos las er die Zeilen und erfuhr so, dass man seinen Freund in den Kerker geworfen hatte, weil man Briefe aus Wien bei ihm gefunden hatte. Die böhmischen Offiziere bezeichneten ihn als Verräter und hielten ihn daher in der Prager Burg gefangen.

Geschockt ließ Anton das Schreiben sinken. Sein Freund befand sich in einer furchtbaren Lage und er selbst trug einen Anteil daran. Er dachte darüber nach, was er Philipp in seinen letzten Briefen geschrieben hatte, konnte sich aber nicht erinnern, etwas Verdächtiges geäußert zu haben. Zumindest nichts, was vermuten ließe, sein Freund sei ein Verräter. Helfen konnte Anton Philipp nicht. Er wurde in Frankfurt gebraucht und selbst wenn es nicht so wäre, hätte er Philipp alleine niemals befreien können. Er beschloss, mit den böhmischen Gesandten zu sprechen. Vielleicht konnte er sie von der Unschuld des Prager Kollegen überzeugen. *Halte durch, mein Freund!*

Niedergeschlagen stand Anton auf. Er musste in das Sitzungszimmer, wo sich Ferdinand mit den Kurfürsten zu einer ersten Besprechung treffen wollte.

***

»Wir beantragen, den Fortgang der Wahl so lange ruhen zu lassen, bis die böhmischen Unruhen beseitigt sind und wieder Friede im Reich eingekehrt ist«, sagte der Gesandte von Kurfürst Friedrich von der Pfalz und zog sich damit die missbilligenden Blicke der Erzbischöfe von Mainz, Trier und Köln zu.

Die drei geistlichen Kurfürsten standen voll auf der Seite der Habsburger und damit zu Erzherzog Ferdinand.

Jetzt wird es spannend. Anton beobachtete seinen Herrn genau. Er verzog keine Miene. Dennoch war die Anspannung an seinem leicht erröteten Gesicht abzulesen. Gleich in der ersten Sitzung der Kurfürsten wurde klar, dass sich die Wahl des nächsten Kaisers des Heiligen Römischen Reichs Deutscher Nation länger hinziehen würde. Die protestantischen Kurfürsten, die lieber einen anderen Kandidaten gesehen hätten, hatten lediglich ihre Gesandten geschickt.

Die Zusammenkunft fand in einem Raum im Haus Frauenrode statt, in dem sonst der Rat der Stadt Frankfurt tagte. Neben den Kurfürsten und den Gesandten der Abwesenden waren noch mehrere Chronisten und Schreiber dabei, sodass etwa 20 Personen an der Sitzung beteiligt waren.

»Es ist uns wohlbekannt, was derzeit in Böhmen vor sich geht«, entgegnete Erzherzog Maximilian von Bayern.

»Was wollt Ihr damit andeuten?«

»Tut nicht so scheinheilig«, wies der Erzbischof von Köln den Gesandten der Kurpfalz zurecht. »Wenn es der Wahrheit entspricht, dass die Böhmen im Begriff sind, Ferdinand abzusetzen und einen Gegenkönig zu wählen, möge man sich gleich auf einen 20-, 30- oder gar 40-jährigen Krieg gefasst machen! Spanien und das Haus Österreich werden Böhmen nicht aufgeben. Im Gegenteil wird Spanien eher bereit sein, auf die Niederlande zu verzichten, als sich die Herrschaft über Böhmen so schändlich entwinden zu lassen.«

Nach dieser Ansprache des Kölners herrschte für einen Moment Ruhe im Raum. Der Erzbischof hatte auf den Punkt gebracht, was alle Anwesenden insgeheim wussten. Anton glaubte nicht daran, dass sich der Konflikt in Böhmen schnell aus der Welt schaffen ließe. Die Protestanten waren zu weit gegangen und konnten sich jetzt keinen Rückzieher mehr erlauben. Auf den Majestätsbrief würden sie sich nach einer Niederlegung der Revolte nicht mehr berufen können.

»Der Streit um Böhmen wird der Kaiserwahl nicht im Wege stehen«, sagte der Reichskanzler, der gleichzeitig der Kurfürst von Mainz war, entschlossen.

Die Einigkeit der katholischen Fürsten verwunderte Anton nicht. Sie konnten sich keine weiteren protestantischen Kurfürsten oder Könige mehr leisten, wenn sie verhindern wollten, dass diese irgendwann einen ketzerischen Kaiser auf den Thron setzten.

In den folgenden Stunden berieten die beiden Lager in heftigen Auseinandersetzungen die Festlegung der Kandidaten zur bevorstehenden Wahl. Auch wenn Ferdinand keinen Gegenkandidaten hatte, konnten sich die Abgesandten der protestantischen Kurfürsten nicht auf den Erzherzog von Österreich einigen. Schließlich redeten sie sich damit heraus, dass sie keine ausreichenden Instruktionen hatten, um eine Entscheidung zu treffen, und zunächst bei ihren Kurfürsten eine Vollmacht einholen mussten. Damit wurde die Sitzung vertagt. Allen war klar, dass die Protestanten durch dieses Verhalten lediglich einen Aufschub der Wahl erreichen wollten.

***

»Ich hoffe, Ihr habt einen guten Grund, mich zu dieser frühen Zeit treffen zu wollen«, sagte der Gesandte der Kurpfalz und sah Anton mit grimmiger Miene an. »Wenn es darum geht, mich von Erzherzog Ferdinand als Kaiser des Heiligen Römischen Reichs Deutscher Nation überzeugen zu wollen, können wir dieses Gespräch sofort beenden.«

»Nein, es gibt einen anderen Grund, weswegen ich Euch treffen wollte …« Anton stellte sich vor und erfuhr, dass er es mit Richard Schwarzenbeck zu tun hatte. Er wusste, dass er sich in eine heikle Situation begeben hatte. Wenn jemand beobachtete, dass er mit dem Vertreter der Kurpfalz sprach, konnte er selbst schnell mit dem Vorwurf des Verrats konfrontiert werden. Dennoch wollte er nichts unversucht lassen, seinem Freund in Prag zu helfen. Wenn es eine Möglichkeit gab, Philipp aus dem Kerker zu befreien, dann wollte er diese nicht verstreichen lassen!

Bereits am Abend zuvor hatte er einen Bediensteten des pfälzischen Gesandten gebeten, seinem Herrn auszurichten, dass er ihn kurz vor dem Morgengrauen am Justitiabrunnen treffen wollte. Um diese Zeit waren Erzherzog Ferdinand und die anderen katholischen Fürsten bei der Frühmesse.

»Es geht um Philipp Fabricius.«

»Der Name sagt mir nichts.«

»Er war Sekretär in der Prager Burg und wird nun wegen angeblichen Verrats im Kerker festgehalten. Ich verbürge mich dafür, dass der Mann unschuldig ist und bitte Euch nun darum, Euch bei den böhmischen Ständen für seine Freilassung einzusetzen.«

»Wieso kommt Ihr damit zu mir? Ich habe keinen Einfluss auf das Direktorium in Prag.«

»Aber Euer Kurfürst …«

»Auch Friedrich von der Pfalz wird sich nicht in die böhmischen Belange einmischen können.«

»Steht er nicht kurz davor, von den Protestanten zum böhmischen König gewählt zu werden?« Anton wusste, dass er sich auf sehr dünnes Eis begab. Schwarzenbeck könnte sich in die Enge getrieben fühlen, wenn er so direkt auf die Verbindung zwischen Friedrich und den böhmischen Ständen angesprochen wurde. Wenn er seinem Freund aber helfen wollte, durfte er jetzt kein Blatt vor den Mund nehmen.

»Ihr seid ein mutiger Mann«, sagte der pfälzische Gesandte beinahe anerkennend. »Es könnte Euch Euren Kopf kosten, wenn jemand etwas von diesem Gespräch mitbekommt …«

»Ich baue darauf, es mit einem Edelmann zu tun zu haben, der Stillschweigen über die Angelegenheit bewahrt.«

»Das habt Ihr.«

»Werdet Ihr mein Anliegen unterstützen?«, fragte Anton hoffnungsvoll.

»Ich werde versuchen, etwas für diesen Fabricius zu tun. Versprechen kann ich Euch aber nichts.« Schwarzenbeck sah sich unruhig nach allen Seiten um. Offensichtlich hatte er Angst, mit Ferdinands Schreiber gesehen zu werden und wollte das Gespräch so schnell wie möglich beenden. Großes Interesse an Philipp schien er dabei nicht zu haben.

»Ich danke Euch.«

Anton reichte dem Pfälzer zum Abschied die Hand und wartete, bis der Mann verschwunden war. Es war fraglich, ob Schwarzenbeck etwas für Philipp tun konnte und auch wollte. Im Gegenteil schien der Adelige, genau wie alle anderen, nur seine eigenen Interessen im Sinne zu haben. Dennoch hatte Anton einfach mit ihm sprechen müssen, um keine Chance ungenutzt zu lassen.

Er setzte sich auf den steinernen Rand des Brunnentroges und atmete tief durch. Mittlerweile hatten die ersten Sonnenstrahlen die Nacht fast vollständig vertrieben. Auch heute würde ein heißer Tag werden. Anton entschloss sich, die angenehme Kühle des frühen Morgens zu nutzen, und sich den Römer genauer anzusehen.

Er stand auf und blickte auf die über ihm aufragende Statue der Justitia. Die Figur thronte auf einer Steinsäule mit Sirenenstatuen und steinernen Reliefs darunter. Aus vier Holzrohren, die mit einem Zinnkopf versehen waren, lief das Wasser in den Trog, dessen Durchmesser etwa so groß war, wie die Höhe der Justitia. Die Bildhauer hatten ein wahres Meisterwerk vollbracht, das nicht umsonst zum Stolz der Frankfurter Bürger geworden war.

Anton ging an der linken Seite des Rathauses vorbei und umrundete den aus mehreren miteinander verbundenen Gebäuden bestehenden Römer. Dabei genoss er die morgendliche Ruhe und hing seinen Gedanken nach. Die gestrigen Verhandlungen hatten gezeigt, dass es noch mehrere Wochen dauern konnte, bis der neue Kaiser gewählt war. Der Erzherzog würde so lange in Frankfurt bleiben und damit konnte auch Anton die Stadt nicht verlassen. Für Philipp konnte er in dieser Zeit nichts mehr tun. Auch Resi war auf sich alleine gestellt. Auch wenn sie in der Bibliothek des Kaiserhofs sicher war, traute Anton von Collalto nach wie vor alles zu. Man konnte nie sagen, welche Teufelei der Spanier als Nächstes ausheckte.

Frankfurt, 28. August 1619

Eintrag in die kaiserliche Chronik des Heiligen Römischen Reiches Deutscher Nation:

Während der Kanzler in Frankfurt die Kaiserwahl auf den heutigen Tag festgesetzt hat, spitzt sich die Lage im Reich weiter zu.

Nach der Absetzung Ferdinands als König von Böhmen haben die protestantischen Stände in Prag den Kurfürsten Friedrich von der Pfalz zu seinem Nachfolger gewählt. Nachdem sich bereits die Niederlande offen zu den protestantischen Ständen in Böhmen bekannten, haben sich nun die Stände Mährens, Schlesiens, der Ober- und Niederlausitz, Ober- und Niederösterreichs und Böhmens zu einer Konföderation zusammengeschlossen.

Auch in Ungarn haben die Stände Ferdinand als ihren König abgesetzt und Bethlen Gábor, den Fürsten von Siebenbürgen, zu ihrem Herrscher gewählt.

Unterdessen bereitet sich Wien auf eine drohende Belagerung vor. Flugblätter empfehlen, dass sich die Bürger mit Vorräten für eineinhalb Jahre eindecken sollen. Erzherzog Leopold hat im Namen Ferdinands ein Mandat erlassen, dass man in Niederösterreich in allen Städten und auf allen Märkten jegliches Kriegsvolk aufhalten und sich seiner bemächtigen soll.

Niedergeschlagen ließ Anton die Feder sinken. Die Nachrichten, welche von den Boten in den letzten Tagen nach Frankfurt gebracht worden waren, deuteten immer mehr auf einen bevorstehenden Krieg hin. Die protestantischen Stände strebten gen Wien. Eine erneute Belagerung der Stadt schien unausweichlich.

Anton hoffte, dass es bei der heutigen Wahl endlich zu einer Entscheidung zu Gunsten Ferdinands kam. Wien brauchte seinen Kaiser, und auch er selbst wollte so schnell wie möglich in seine Heimat und zu seinen Eltern zurück. Immer öfter dachte Anton auch an Resi, die er mehr vermisste, als er es sich selbst eingestehen wollte.

In den letzten Wochen waren die Sitzungen zur Wahl des Kaisers sehr schleppend vorangegangen. Ferdinand hatte sogar die Zeit gefunden, gemeinsam mit dem Kurfürsten von Köln und dem Landgrafen Ludwig zu Hessen nach Darmstadt zu reisen, um dort an einer Jagd teilzunehmen.

Am 8. August war endlich die sächsische Vollmacht in Frankfurt eingetroffen, und die Vereidigung der Frankfurter zur Vorbereitung der Wahl hatte begonnen. Mitglieder der Reichskanzlei waren mit Trompetern durch die Gassen der Stadt gezogen, um zu verkünden, dass alle Fremden, ausgenommen der Kurfürsten und ihrer Abordnungen, die Stadt verlassen mussten.

Anton spürte die Aufregung in sich aufsteigen. Endlich war es soweit. Ferdinand würde zum Kaiser gewählt und er selbst damit zum ersten Schreiber des Heiligen Römischen Reichs Deutscher Nation. Er vertraute darauf, dass seine Majestät die protestantischen Stände in ihre Schranken weisen würde, wenn er selbst erst einmal die Macht im Reich übernommen hatte. Er wollte nicht daran denken, welches Leid über die Menschen kommen konnte, wenn sie tatsächlich am Beginn eines jahrzehntelangen Krieges standen.

***

»Ich erkenne Friedrich als König nicht an!«, sagte Erzherzog Ferdinand entschlossen und schlug mit der Faust auf den Tisch. »Ich bin der rechtmäßige Herrscher in Böhmen und werde daher für dieses Reich meine Stimme abgeben.«

Bevor die eigentliche Wahlzeremonie beginnen konnte, hatte der Reichskanzler die Kurfürsten zu einer letzten Sitzung zusammengerufen. Keiner der protestantischen Gesandten wagte es, den Worten Ferdinands zu widersprechen, sodass der feierlichen Wahl nun nichts mehr im Wege stand.

Während dieser Zusammenkunft wurden in der Zeit von 7:00 Uhr bis 8:00 Uhr die Kirchenglocken geläutet. Vom Römer aus setzte sich dann die Prozession in Richtung des Kaiserdoms St. Bartholomäus in Bewegung.

Vor dem Römer stand die jubelnde Bürgerschaft bereit und bildete eine Gasse, durch die der angehende Kaiser mit der königlichen

Krone auf erhobenem Haupt schritt. Unter dem tosenden Beifall der Massen folgten ihm zunächst die drei bischöflichen Kurfürsten aus Mainz, Trier und Köln. Danach die anderen Kurfürsten und deren Gesandte.

Nach einer heiligen Messe im Kaiserdom schritten die Stimmberechtigten zur Wahl. Auch wenn es nur einen Sieger geben konnte, starrte Anton wie gebannt auf den Reichskanzler, der es sich nicht nehmen ließ, die Auszählung persönlich vorzunehmen.

»Die Wahl ist einstimmig!«, verkündete der Reichskanzler feierlich und ein Raunen ging durch die Kirche. »Kaiser des Heiligen Römischen Reiches Deutscher Nation ist Ferdinand II.«

Die katholischen Kurfürsten brachen in Jubelstürme aus und klatschten begeistert Beifall. Hochrufe schallten durch den Dom und jeder wollte der Erste sein, der dem neugewählten Kaiser zu seinem Sieg gratulierte. Es war ein heilloses, aber freudiges Durcheinander. Ferdinand stand auf und nahm die Glückwünsche zufrieden entgegen.

Anton konnte sich ein Lächeln nicht verkneifen, als er in die finsteren Mienen der protestantischen Vertreter schaute. Letztlich hatten sie die Wahl des ihnen verhassten Habsburgers nicht verhindern können. Es blieb abzuwarten, welche Folgen der heutige Tag für das Reich haben würde. Konnte es noch eine friedliche Lösung geben, oder war der Krieg nun unvermeidbar? Anton beschloss, sich später mit diesen Problemen auseinanderzusetzen. Zunächst einmal galt es, den Kaiser gebührlich zu feiern.

»Ich lege die Krönung auf den 9. Tag im September fest«, verschaffte sich der Reichskanzler Gehör. Seiner zufriedenen Miene war zu entnehmen, wie erleichtert auch er über das erfolgreiche Ende der Wahl war.

Anton jedoch war entsetzt, als er hörte, dass es nun noch weitere zwei Wochen dauern würde, bis die Krönungszeremonie abgehalten werden würde. Allerdings wusste er auch, wie viele Vorbereitungen noch zu treffen waren. Vor allem galt es jetzt, Krone, Zepter und andere Ornate aus Aachen und Nürnberg nach Frankfurt bringen zu lassen.

Der Reichskanzler verließ die Kirche als Erster. Es folgten Ferdinand und die Kurfürsten. Wieder läuteten die Glocken und die Geschütze auf dem Vorplatz des Römers wurden abgefeuert. Sofort mischten sich die Jubelrufe des Volkes, das sich zu Tausenden auf dem Vorplatz des Römers versammelt hatte, in die Donnerschläge der Kanonen. Als der Kanzler das Ergebnis der Wahl verlas, kannte die Begeisterung der Massen keine Grenzen mehr.

Während die Kurfürsten mit ihrem Gefolge und den Bürgern aus Frankfurt bis spät in die Nacht feierten, verließ der Gesandte der Pfalz die Stadt noch am gleichen Tag. Er würde dem neugewählten König in Böhmen nichts Gutes zu berichten haben.

Prag, 02. September 1619

»Was wird mit den Männern geschehen?«, fragte Magdalena und schaute entsetzt auf die beiden Gefangenen, die in einem Gitterwagen transportiert wurden.

»Wenn sie Glück haben, finden sie einen schnellen Tod ohne weitere Qualen«, antwortete Polyxena von Lobkowitz mit ärgerlicher Stimme. »Es ist furchtbar, wie derzeit im Namen Gottes mit Menschen umgegangen wird!«

»Was sind das für Männer?«

»Ich denke, dass es Jesuiten sind.«

Magdalena konnte den Blick nicht von den bedauernswerten Gefangenen abwenden. Beiden hatte man die Gewänder vom Leib gerissen und stellte sie nackt zur Schau. Blaue Flecken und blutverkrustete Wunden zeugten von der schrecklichen Behandlung, welche die Männer erfahren haben mussten. Als einer von ihnen mit einer Hand nach einem Gitterstab griff, schlug ihm ein Wächter die Unterseite seiner Hellebarde auf die Finger. Der Jesuit stieß einen jämmerlichen Laut aus und ließ den Stab los.

»Das ist so furchtbar«, sagte Magdalena und kämpfte gegen die Tränen.

»Ja. Das ist es, mein Kind«, stimmte Polyxena ihr leise zu.

Hinter dem Wagen mit den beiden Jesuiten liefen etwa dreißig kaiserliche Soldaten. Sie waren mit Seilen an den Händen gefesselt und wurden von böhmischen Landsknechten bewacht.

»Wird man die Soldaten auch töten?«, fragte Magdalena.

»Nein. Es sind Söldner. Sie kommen in den Kerker und werden ganz sicher in wenigen Tagen freigelassen, wenn sie versprechen für die Protestanten zu kämpfen.«

»Was, wenn sie später trotzdem fliehen?«

»Das werden sie nicht«, sagte Polyxena mit finsterer Miene. »Solange sie ihren Sold bekommen, werden sie kämpfen. Es ist ihnen egal, für welche Seite sie ins Feld ziehen. Den meisten zumindest.«

Magdalena fiel es schwer, den Worten der Gräfin zu glauben, auch wenn diese vermutlich Recht hatte. Sie selbst hatte am eigenen Leib erfahren, welches entsetzliche Leid der Krieg über das Volk brachte und wie grausam die Söldner auf beiden Seiten zu Werke gingen. Es war jetzt länger als ein Jahr her, dass sie gemeinsam mit Philipp nach Wien gereist war. Seit diesem Tag hatte sie einen Schicksalsschlag nach dem anderen ertragen müssen und wäre fast daran zerbrochen. In den letzten Wochen hatte sich Magdalena nur langsam vom Verlust ihres Kindes und Philipps Gefangennahme erholt. Dank dem Zuspruch von Polyxena, die ihren jungen Gast immer wieder aufgefordert hatte, an die Zukunft zu denken, ging es ihr mittlerweile tatsächlich besser. Natürlich waren ihre Gedanken immerzu bei ihrem Ehegatten. Jeden Morgen und jeden Abend betete sie für ihn und hoffte darauf, ihn bald wieder zu sehen.

Am heutigen Tag waren Magdalena und Polyxena unterwegs zum Markt, als plötzlich der Tross der Landsknechte mit ihren Gefangenen in der Stadt angekommen war. Nun waren die Straßen von Prag verstopft und es gab kein Durchkommen. Magdalena und Polyxena mussten warten, bis die Gruppe die Steinbrücke überquert hatte, bevor sie ihren Weg fortsetzen konnten.

»Was meint Ihr, wird dieser Friedrich aus der Pfalz die böhmische Krone annehmen?«, wechselte Magdalena das Thema. Auf ihrem bisherigen Weg durch die Stadt hatte sie aus den Gesprächen der Leute herausgehört, dass dies die Frage war, die sich ganz Prag stellte.

»Ja. Ich glaube, dass er das tun wird. Aber ich halte es für einen Fehler. Ferdinand wird sich das als neu gewählter Kaiser des Heiligen Römischen Reichs Deutscher Nation nicht gefallen lassen. Wenn der Kurfürst der Pfalz die Krone Böhmens annimmt, fordert er Ferdinand zum Krieg heraus.«

»Den haben wir doch jetzt schon.«

»Das mag sein, Magdalena. Dennoch wird es keine weiteren Friedensverhandlungen geben, wenn ein anderer als der Kaiser den

Thron in Böhmen besteigt. Ferdinand hat mächtige Verbündete. Es ist nur eine Frage der Zeit, wann die Kaiserlichen ihren Feldzug gegen Böhmen fortsetzen. Wenn das passiert, werden sie Graf von Thurn überrennen.«

»Ich hoffe, dass das passiert. Dann wird auch Philipp endlich frei gelassen!«

»So darfst du das nicht sehen, mein Kind. Der Krieg wird sehr viele Menschen ins Unglück stürzen.«

»Das weiß ich. Dennoch muss ich als erstes an meinen Ehemann denken. Dieser Friedrich wird ihn sicher nicht freilassen.«

»Das kannst du nicht wissen. Der Kurfürst ist kein Protestant.«

»Katholisch ist er aber auch nicht.«

»Er ist Anhänger des kalvinistischen Glaubens. Damit ist er den Protestanten zwar näher als dem Kaiser, es gibt aber dennoch Hoffnung.«

Magdalena war nicht überzeugt davon, dass Polyxena recht behalten würde. Sie vertraute auf den Kaiser. Den hatte sie in Wien kurz gesehen und war beeindruckt von seinem Auftreten gewesen. Der mächtige Habsburger war Philipps einzige Chance. Er musste die Rebellion niederschlagen, damit ihr geliebter Ehemann wieder freigelassen wurde. Danach würde schon alles wieder gut werden.

Endlich wurde der Weg zur Steinbrücke vor Magdalena und Polyxena frei und sie konnten ihren Weg fortsetzen. Die Bürger der Stadt, die herbeigelaufen waren, um zu sehen, ob es etwas Neues gab, kehrten in ihre Häuser oder zu ihrer Arbeit zurück, als der Tross der Söldner aus ihren Augen verschwunden war.

***

Aus Stunden wurden Tage, aus Tagen Wochen und aus Wochen Monate. Die Hoffnung wurde immer geringer und verschwand schließlich ganz. Philipp hatte sich seinem Schicksal ergeben. Der ehemalige Sekretär der Statthalter in der Prager Burg war sich sicher, den Kerker niemals mehr lebend verlassen zu können. Die unendlichen Stunden des Wartens und Bangens hatten den Mann gebrochen. Das Ende schien nahe. Fast sehnte er sich nach dem Tod.

Die Gedanken in seinem Kopf drehten sich schon lange nicht mehr darum, ob und wie er aus dem Kerker herauskommen konnte. Alles versank in einem dunklen Nebel. Seine Kleidung bestand nur noch aus Fetzen, und die Kälte war Philipps ständiger Gefährte. Und der Hunger. Sein ausgemergelter Körper war kraftlos und geschunden. Philipp selbst störte das nicht mehr. Auch den Gestank um ihn herum nahm er nicht mehr wahr. Weder den, der von ihm selbst ausging, noch den, der aus dem provisorischen Abort kam.

Nach dem Oberst, der ihn für das Heer hatte anwerben wollen, waren keine Besucher mehr gekommen. Nicht einmal Diepold von Lobkowitz war zu dem Gefangenen vorgelassen worden. Die einzige Abwechslung des Tages bestand darin, dass Philipp von dem Wärter das Essen gebracht bekam, wovon er immer weniger anrührte.

Eines Tages, Philipp konnte schon lange nicht mehr sagen, welcher Monat, geschweige denn welches Datum gerade war, wurde er von lautem Geschrei geweckt. Er zog sich müde und auf allen Vieren zur Zellentür. Durch die Gitterstäbe, die lediglich einen Blick in einen kleinen Abschnitt des Gewölbes zuließen, konnte er aber nicht erkennen, was vor sich ging. Dem Lärm nach zu urteilen, musste es aber eine große Anzahl an Gefangenen sein, die gerade in die Verliese geführt wurde. Seit seiner eigenen Verhaftung hatte er nur sehr wenig von anderen Menschen mitbekommen, die hierhergebracht worden waren.

An der Sprache, in der sich die Gefangenen lautstark beschwerten, erkannte Philipp, dass die meisten aus Österreich oder Deutschland kommen mussten. Auch einige Spanier waren unter ihnen. Den Schreien nach zu urteilen, gingen die Wärter nicht eben zimperlich mit ihnen um. Die Flüche der Gefangenen und die Beschimpfungen der Wärter hielten noch lange an. Philipp kroch zurück zu seinem Lager und wartete darauf, dass sich die Männer beruhigten.

Plötzlich wurde die Tür zu Philipps Zelle geöffnet. Der ehemalige Sekretär schreckte hoch und starrte entsetzt auf die vier Wärter, die zwei nackte und offensichtlich leblose Gestalten in den Raum schleiften.

»Was soll das bedeuten?«, fragte Philipp mit schwacher Stimme, ohne sich dabei wirklich für eine Antwort zu interessieren. »Bleib auf deinem Platz und gib Ruhe!«, blaffte ihn einer der Wärter an.

»Wer sind diese Männer? Was ist mit ihnen geschehen?«

»Noch einmal warne ich dich nicht.«

Entsetzt sah Philipp, wie der Wärter sein Schwert zog und es gegen ihn richtete. Er beeilte sich, dem Befehl des Mannes nachzukommen und rutschte wieder in seine zusammengekauerte Haltung zurück. Er würde sich später um die beiden Gefangenen kümmern, wenn er mit ihnen alleine war.

Es kam Philipp vor, als wäre eine Ewigkeit vergangen, bis es im Kerker wieder ruhig wurde. Die ganze Zeit über saß er stocksteif auf seinem Lager und wagte es nicht, sich zu rühren. Ein leises Stöhnen eines der beiden Männer riss ihn aus seiner Lethargie. Er kroch zu seinen Mitgefangenen und stellte voller Entsetzen fest, dass ihm keiner der beiden würde sagen können, woher sie kamen und was passiert war. Einem der Männer hatte man den Mund zugenäht. Der andere war tot.

In Philipp wallte Panik auf und er sprang hoch, lief zur Zellentür und rüttelte an den Gitterstäben des kleinen Fensters. »Kommt zurück. Ihr könnt mich nicht zusammen mit einer Leiche einsperren!«

»Gib endlich Ruhe. Wenn wir noch einen Ton von dir hören, verprügeln wir dich so lange, bis du freiwillig den Mund hältst.«

Das könnt ihr nicht machen, dachte Philipp, wagte es aber nicht, dem Wärter zu widersprechen. Er zweifelte keine Sekunde daran, dass der seine Drohung wahrmachen würde. Er ging zurück zu dem Verletzten und rüttelte ihn leicht an der Schulter. Die einzige Antwort, die er bekam, war ein leises Stöhnen.

***

Nach einer schlaflosen Nacht fielen endlich die ersten Lichtstrahlen in Philipps Zelle. Er hatte dem noch lebenden der beiden Männer seine Decke gegeben, damit er nicht erfror. Sein eigener Körper zitterte vor Kälte, als sich am Morgen die Kerkertür öffnete und ein Offizier begleitet von zwei Wächtern eintrat.

»Was ist passiert?«, wollte der Fremde wissen, nachdem er festgestellt hatte, dass einer der Gefangenen tot war.

»Er ist gestorben, nachdem er in diese Zelle geschafft wurde«, erklärte Philipp. »Auch der andere wird hier nicht lange überleben.«

»Das sind Jesuiten. Sie haben es nicht besser verdient«, sagte einer der Wärter. Offensichtlich interessierte ihn der Zustand seiner Gefangenen nicht sonderlich.

»Warum bringt ihr die Männer ausgerechnet zu mir?«, jammerte Philipp.

»Weil alle anderen Zellen voll sind. Wir dachten, dir würde ein bisschen Abwechslung guttun.« Der Fremde brach in ein meckerndes Gelächter aus, in das die beiden Wärter sofort einfielen.

»Ihr müsst etwas tun«, flehte Philipp den Mann an.

»Diese Männer haben ihr Volk verraten«, entgegnete der Offizier. »Genau wie du. Wenn du nicht willst, dass auch der Zweite von ihnen stirbt, kümmere dich um ihn.«

»Wie soll ich das machen? Der Mann hat den Mund zugenäht und kann weder Essen noch Trinken. Könnt ihr ihn nicht wenigstens von dieser Qual befreien?«

»Verdient hat er es nicht. Wir wollen aber nicht, dass später behauptet wird, das Direktorium sei grausam.«

»Ich danke Euch.« Philipp wusste, dass er sich unterwürfig zeigen musste und den Fremden nicht verärgern durfte, wenn er seinem Mitgefangenen helfen wollte. Sein eigenes Schicksal konnte er nicht verbessern. Vielleicht konnte er aber verhindern, dass auch der zweite Jesuit starb.

»Schafft den Toten hier heraus«, befahl der Offizier und ging auf den ohnmächtig auf dem Boden liegenden Jesuiten zu. Er nahm einen Dolch und schnitt den Faden zwischen seinen Lippen durch. Dass er den Mann dabei mit der Klinge verletzte, störte ihn nicht.

»Kann ich sonst noch etwas für dich tun?«, fragte der Offizier spöttisch.

»Wenn der Mann auf dem kalten Boden liegen bleibt, wird er sterben. Könnt ihr ihm etwas Stroh und eine Decke bringen lassen?«

Der Offizier sah den Gefangenen einen Moment lang schweigend und mit finsterer Miene an. Philipp machte sich klein, als ihm klar wurde, dass er gerade eine Forderung gestellt hatte. Dann verließ der Fremde die Zelle.

Als die Wärter ihm später am Tag sein Essen und einen Krug Wasser brachten, bekam der Jesuit tatsächlich ein eigenes Lager. Die Wärter warfen das Stroh und die Decke in der Mitte des Verlieses auf den Boden.

»Um den Rest kannst du dich selbst kümmern«, sagte einer der Männer barsch.

»Zeit hast du ja genug«, fügte der Zweite lachend hinzu.

Philipp verzichtete auf eine Antwort, die ihm ohnehin nichts als weiteren Ärger eingebracht hätte. Als er wieder mit dem Jesuiten alleine war, errichtete er ein Lager für ihn und musste alle Kraft aufwenden, ihn daraufzulegen. Voller Mitleid schaute Philipp auf die eitrigen Lippen und die vielen blauen Flecken am Körper des Mannes.

Zwei Tage später öffnete sein Mitgefangener zum ersten Mal die Augen.

Frankfurt, 09. September 1619

Anton hatte das Gefühl, als hätte er die ganze Nacht kein Auge zugetan. Zu groß waren die Aufregung und die Vorfreude auf die am heutigen Tag anstehende Krönungszeremonie. Er kleidete sich an und verließ seine Kammer. Als er ins Freie trat, war es noch immer dunkel. Es konnte aber sicher nicht mehr lange dauern, bis am Himmel die ersten Sonnenstrahlen zu sehen waren.

Noch war es ruhig in der Stadt. Dies würde sich aber ebenfalls bald ändern. Anton ging in Richtung Küche, wo sicher bereits mit den Vorbereitungen für das köstliche Bankett zu Ehren des Kaisers begonnen worden war. Trotz seiner Aufregung verspürte er Hunger und wollte sehen, ob man dort nicht ein Stück Brot für ihn übrig hatte.

Nachdem er sich gestärkt hatte, zog es Anton wieder zurück ins Freie. Auch wenn es noch mehrere Stunden dauerte, bis die Krönungszeremonie begann, entschloss er sich, bereits jetzt zum Kaiserdom St. Bartholomäus zu gehen. Er wollte sich einen guten Platz sichern, damit er jede Einzelheit der feierlichen Messe mitbekam. Sicher würden einige andere ebenso denken. Daher war es ratsam, als einer der Ersten bei der Kirche zu sein.

Anton hielt sich an den Weg, auf dem die Stadträte und Adeligen später auch Ferdinand zum Kaiserdom führen sollten. Auf der hölzernen Brücke blieb er einen Moment über dem Main stehen. Noch immer war es ungewöhnlich still in Frankfurt. Die Räte hatten alle Tore fest verschließen lassen und Soldaten auf den Wällen postiert, damit niemand in die Stadt eindringen und die Feierlichkeiten stören konnte. Später sollten bewaffnete Bürger an den Wegen Spalier stehen.

Als Anton am Kaiserdom ankam, standen dort tatsächlich bereits zahlreiche Bürger und Menschen aus den Gefolgschaften der Kurfürsten und warteten darauf, eingelassen zu werden. Der Kreuzgang war weiträumig abgesperrt worden. Hier würde Ferdinand später von den geistlichen Kurfürsten, Friedrich von Bayern – dem Erzbischof von Köln –, Lothar von Metternich – dem Erzbischof von Trier – und Johann Schweikhard von Kronberg – dem Erzbischof von Mainz – mit Weihwasser empfangen und durch den Kreuzgang in den Dom geleitet werden.

Während Anton darauf wartete, dass die Tore des Kaiserdoms St. Bartholomäus geöffnet wurden, kamen immer mehr Menschen auf dem Vorplatz zusammen. Dennoch blieb es erstaunlich ruhig. Niemand drängelte sich vor und es gab keine Rangeleien. Voller Stolz schaute Anton in die freudigen Gesichter der Menschen, die auf ihren neuen Kaiser warteten. Auch für ihn selbst war dies ein großer Tag.

Als es hell wurde, begannen Zimmerleute damit, ein Podest vor dem Kaiserdom aufzuschlagen, auf dem sich der Kaiser später seinem Volk präsentieren konnte. Endlich verkündeten die Glocken, dass es nun nicht mehr lange dauerte, bis die Zeremonie beginnen würde.

Zwei Priester öffneten das Tor und ließen die Besucher unter ihren strengen Blicken eintreten. Voller Ehrfurcht schritt Anton durch das südliche Turmportal und die Vorhalle in den Hauptteil des Doms. Hier war bereits alles für die Krönungszeremonie vorbereitet. Marmorsäulen, Statuen und Reliefs glänzten frisch poliert, und auch auf dem Marmorboden spiegelte sich das Licht. Vor dem Altar war ein mit rotem Samt eingeschlagener Betstuhl aufgebaut.

Anton fand seinen Platz in einer der vorderen Reihen. Er spürte, wie sich sein Hals langsam zuzog. Heute war der bisher aufregendste Tag in seinem Leben. Selten war er so glücklich gewesen.

***

Das Orgelspiel begann, und Anton wusste, dass der Kaiser nun am St. Bartholomäusdom angekommen war. Die nächsten Minuten kamen ihm vor wie Stunden. Seine Spannung stieg weiter an, als sich das Tor zum Kreuzgang öffnete.

Als Leiter der Zeremonie betrat der Erzbischof von Mainz Johann Schweikhard von Kronberg den Dom als Erster. Ihm folgten die Erzbischöfe von Mainz und Trier mit Ferdinand in ihrer Mitte. Die Geistlichen führten den Kaiser zum Betstuhl. Als der niederkniete und ein leises Gebet sprach, war es so still, dass Anton noch nicht einmal die Menschen um sich herum atmen hörte. Auch er hielt die Luft an. Ein eisiger Schauer lief ihm über den Rücken. Endlich war die große Stunde seines Herrn gekommen!

Nach dem kaiserlichen Gebet sang ein Chor das *Gloria in excelsis Deo*. Erst dann wurde Ferdinand von den Erzbischöfen zum Altar geführt, wo Johann Schweikhard von Kronberg die Messe las.

Jetzt war der Moment gekommen, an dem der zukünftige Kaiser sich vor seinem Volk bekennen musste. Anton war so aufgeregt, dass er die einzelnen Fragen, die Ferdinand vor dem Altar kniend beantworten musste, kaum verstand. Er gelobte, seine ganze Schaffenskraft zum Wohl des Reiches einzusetzen und kein Unrecht wider sein Volk zuzulassen.

Danach mussten die Kurfürsten bestätigen, dass sie sich der kaiserlichen Majestät unterwerfen und ihm Gehorsam leisten wollten.

Johann Schweikhard von Kronberg salbte Ferdinand mit einer Mischung aus Balsam und Öl auf Scheitel, Brust, zwischen den Schulterblättern, am rechten Arm und am Ballen der rechten Hand. Danach führte er ihn in die Kurkapelle, wo er die alten Gewänder von Karl dem Großen angelegt bekam.

Ein erhabenes Raunen ging durch den Dom, als Ferdinand in dem Gewand aus blauem Samt, das mit goldenen Stickereien verziert war zurück an den Altar schritt. Dort reichte der Mainzer Erzbischof dem Kaiser das Schwert, steckte ihm den Kaiserring an den Finger und legte ihm seinen roten Mantel um. Dann traten die Kurfürsten aus Trier und Köln vor. Von ihnen bekam Ferdinand das Zepter in die rechte und den Apfel in die linke Hand gereicht. Schließlich setzten ihm die drei Geistlichen gemeinsam die Krone auf.

Jetzt ist er der Kaiser des Heiligen Römischen Reichs Deutscher Nation. Anton hatte das Gefühl, als würde sein Herz für einige Schläge aussetzen. Freudentränen liefen ihm aus den Augen, als Ferdinand seinen Eid auf das Evangelium schwor und zum Kaiserthron geleitet wurde, wo er die weitere Messe verbringen würde.

Zum Abschluss des Gottesdienstes wurde der Kaiser von den Erzbischöfen durch das Nordtor ins Freie geführt. Anton hielt sich für einen Moment die Ohren zu, als von außen die Jubelschreie des Volkes in den Kaiserdom schallten.

***

Als Anton den Kaiserdom verließ, saß der Kaiser bereits auf seinem Thron auf dem Podest vor St. Bartholomäus. Unter dem Jubel der Massen gratulierten die nicht geistlichen Kurfürsten nun ihrem Kaiser. Danach kam der Adel, von denen einige Grafen von Ferdinand zum Ritter geschlagen wurden, und zum Schluss die Stadträte von Frankfurt.

»Nun führen wir den Kaiser ins Rathaus«, rief Johann Schweikhard von Kronberg.

Jeder auf dem Platz wusste, was er zu tun hatte. Alle wollten Ferdinand II. auf seinem Weg zum Römer begleiteten. Vorab schritt das Hofgesindel. Danach liefen die kurfürstlichen und nur fürstlichen Räte mit ihrem Gefolge vor den Adeligen der Stadt. Den Schluss bildeten die Kurfürsten und ganz am Ende schritten die Erzbischöfe mit dem Kaiser.

Anton wäre gerne näher bei Ferdinand gewesen und ärgerte sich darüber, dass er selbst bisher noch keine Gelegenheit gefunden hatte, seinen Herrn zu beglückwünschen. Dies wollte er später im Römer nachholen, wo das Kaisermahl gereicht werden sollte. Als erster Schreiber seiner Majestät gehörte Anton zu den Glücklichen, die daran teilnehmen durften.

Über die Holzbrücke, die man inzwischen mit rotem Tuch ausgelegt hatte, zog der Tross den Römerberg hinauf in Richtung Rathaus. Dort stand das Volk bereits zum Spalier bereit. Hunderte von Soldaten sorgten dafür, dass kein Unbefugter dem Kaiser zu nahe kam. Der zog nun unter viel Jubel und Geschrei in den Römer ein.

Hinter Ferdinand kam es zu großem Gedränge im Rathaus, weil jeder einer der Ersten im Festsaal sein wollte. Anton entschloss sich zu warten und ging zu einem der Fenster, um nach draußen zu sehen.

Drei Reiter aus dem Gefolge des Kaisers ritten auf den Platz und warfen Gold- und Silbermünzen in die Menge. Sofort stürzten sich die Menschen auf das Geld und kannten dabei keine Rücksicht mehr. Die wütenden Schreie waren durch die geschlossenen Fenster so gut zu hören, als stünde Anton inmitten der Massen.

Das Volk beruhigte sich erst, als die Soldaten eine Salve in die Luft abschossen. Plötzlich zog der Justitiabrunnen die Aufmerksamkeit der Leute auf sich. Anstelle von Wasser ergoss sich nun roter und weißer Wein in den Brunnen. Jeder wollte etwas von dem köstlichen Trunk abbekommen und die gierigsten ließen sich einfach über den Steinring in das köstliche Nass fallen.

Wie es bei der Krönung eines Kaisers üblich war, sollte auch das Volk nicht zu kurz kommen und seinen Anteil an den vielen Speisen bekommen, die an diesem Tag zubereitet worden waren. Unter dem Schutz der Soldaten, die verhindern sollten, dass es zu erneutem Gedränge kam, zerschnitten zwei Küchenhelfer einen gebratenen Ochsen, der auf einem Wagen auf den Platz vor dem Rathaus gebracht worden war.

Anton gönnte dem Volk seinen Spaß. Die Frankfurter Bürger hatten während der langen Zeit der Wahl auf Vieles verzichtet, weil über zweitausend Menschen zusätzlich hatten versorgt und untergebracht werden müssen. Jetzt sollten sie auch an den ausgelassenen Feierlichkeiten teilhaben können.

Anton knurrte bei dem Anblick der essenden Menschen der Magen und er entschloss sich, nun ebenfalls in den Kaisersaal zu gehen, wo sicherlich die erlesensten Speisen aufgetragen werden würden.

***

Einige Stunden später machte sich Anton müde und leicht betrunken auf den Weg in seine Kammer. Die Feierlichkeiten hatten sich bis tief in die Nacht hineingezogen. Es gab Wein und die köstlichsten Speisen im Überfluss. Musik wurde gespielt und dazwischen erfreuten Komödianten die Anwesenden mit ihren Darbietungen.

Als er in seiner Kammer ankam, lies sich Anton zufrieden auf sein Bett fallen. Er verspürte einen leichten Schwindel, drängte diesen aber zurück. Offensichtlich hatte er entgegen seines festen Vorsatzes doch mehr Wein zu sich genommen, als gut für ihn war. Er musste an seinen Lehrmeister denken, der ihn sicherlich gescholten hätte, wenn er ihn in diesem Zustand hätte sehen können. Dennoch war Antons Herz leicht. Mit der Wahl Ferdinands zum Kaiser des Heiligen Römischen Reichs Deutscher Nation hatten sich auch seine persönlichen Wünsche erfüllt. Es würde jetzt nicht mehr lange dauern, bis sie nach Wien zurückkehrten. Dann war er der erste Schreiber am Kaiserhof. Mit diesem Gedanken fiel Anton in einen tiefen Schlaf.

Heidelberg, 07. Oktober 1619

»Geht es dir wirklich gut?«

»Wie oft willst du mir diese Frage noch stellen?«, gab Elisabeth zurück und sah ihren Gemahl liebevoll an.

»Es ist eine weite Reise bis nach Prag. Ich habe Angst, dass sie zu anstrengend für dich sein wird.«

»Deine Sorge ist unbegründet. Wir haben uns gemeinsam entschieden, diesen Weg zu gehen, und ich bin nicht gewillt, hier in Heidelberg zu bleiben, während du nach Böhmen gehst!«

»Das weiß ich.« Friedrich warf einen letzten Blick in die Kutsche, in der es sich seine Gemahlin so bequem wie möglich gemacht hatte. Karl Friedrich, Karl Ludwig und die kleine Elisabeth saßen mit ihrer Amme in dem Wagen, der hinter dem der Kurfürstin fahren sollte. Noch in diesem Jahr würde Elisabeth ihr viertes Kind bekommen.

Fast zehn Tage war es jetzt her, dass Friedrich die Wahl zum böhmischen König angenommen hatte. Dieser Schritt war ihm nicht leichtgefallen. Es hatte viele Fürsprecher für diese Entscheidung gegeben. Vor allem sein engster Berater Christian von Anhalt hatte ihn immer wieder dazu gedrängt. Und auch Elisabeth hielt es für richtig, wenn sie nach Prag gingen, um sich der böhmischen Sache anzunehmen.

Friedrich hatte aber auch die Warnungen nicht vergessen. Seine eigene Mutter hatte ihm vorausgesagt, dass er nicht nur Böhmen, sondern auch die Kurpfalz verlieren würde, sollte er sich tatsächlich auf den Weg nach Prag begeben. Kurz nachdem man ihm vom Ergebnis der Wahl berichtet hatte, war ihm ein Gutachten der pfälzischen Räte aus Frankfurt übersandt worden, in dem man ihm ausdrücklich von der Annahme der Krone abriet. Seine Gemahlin hatte ein Schreiben an ihren Vater in England verfasst und ihn um Rat gebeten. Bis heute hatte König Jakob I. nicht geantwortet.

Für Friedrich war letztlich entscheidend gewesen, dass er sich göttlich dazu berufen fühlte, die Aufgabe in Böhmen anzunehmen. Dennoch schwankte er zwischen der Heiligkeit seiner Pflicht gegenüber dem Kaiser und dem festen Willen, Glaubensbrüder in einer gerechten Sache zu unterstützen.

Schließlich war der Tag gekommen, Heidelberg zu verlassen. Der Tross, der gemeinsam mit dem Kurfürst und seiner Gemahlin aufbrach, umfasste 568 Personen und 153 Wagen. Die Reise sollte zunächst über Ansbach und Neumarkt nach Amberg führen, wo der zukünftige böhmische König von Christian von Anhalt erwartet wurde. Um die Belange der Kurpfalz sollte sich Johann von Zweibrücken kümmern, der Friedrichs vollstes Vertrauen genoss.

Friedrich ritt auf seinem Pferd immer direkt neben dem Wagen von Elisabeth, damit er sich sofort um sie kümmern konnte, sollte es ihr schlecht gehen. Aufgrund der Größe des Trosses kamen sie nur langsam voran, und weil Friedrich seiner Gemahlin die Reise nicht zusätzlich erschweren wollte, übernachteten sie in Gasthöfen, deren Besitzer sich über die hohen Einnahmen freuten, die sie durch die Bewirtung der Gäste erzielten.

***

»Ich kann Euch nur eindringlich davor warnen, die Weiterreise nach Prag anzutreten und die Wenzelkrone anzunehmen«, sagte Friedrich von Fürstenberg. »Ihr beschwört einen Krieg herauf, den Ihr nicht wieder beenden könnt.«

Der kaiserliche Gesandte wollte einen Schritt auf den pfälzischen Kurfürsten zugehen, wurde aber von Albrecht von Solms aufgehalten, der ihn am Arm festhielt und ihn drohend ansah. Von Fürstenberg war anzusehen, dass er in aller Eile nach Amberg gereist war. Seine Kleidung war schmutzig und die Haare hingen ihm in Strähnen am Kopf. Gesicht und Vollbart des Mannes zeigten den getrockneten Staub, den er während seines Rittes aufgewirbelt haben musste.

Friedrich selbst sagte kein Wort. Umringt von seinen Beratern sah er den kaiserlichen Gesandten nur schweigend an. Als der Kurfürst in Amberg angekommen war, erwartete von Fürstenberg ihn bereits und bat um eine Audienz.

»Ihr habt dem böhmischen König Euer Anliegen vorgetragen«, sagte Christian von Anhalt energisch. »Nun fordere ich Euch auf, Amberg unverzüglich zu verlassen und nach Wien zurückzukehren. Richtet dem Kaiser aus, dass Böhmen keinen Krieg will. Es liegt an Ferdinand selbst, diesen zu beenden.«

»Wie erklärt Ihr Euch dann das Vorgehen der Truppen in Österreich?«, gab von Fürstenberg zurück.

»Dies dient lediglich dem Schutz der protestantischen Sache. Sobald der Kaiser uns seine schriftliche Erklärung gibt, dass er den evangelischen Glauben anerkennt und auf seine Königswürde in Böhmen verzichtet, werden die Truppen zurückgezogen.«

Von Fürstenberg war sichtlich ungehalten über die Antwort Christians von Anhalt, verzichtete aber darauf, das Gespräch fortzuführen. Auch ihm musste klar sein, dass er nun nichts mehr erreichen würde.

Am Abend gab es ein rauschendes Fest, bei dem der zukünftige König und seine Gemahlin gefeiert wurden. Elisabeth zog sich wie üblich früh zurück und überließ es Friedrich, die vielen guten Wünsche des Amberger Adels über sich ergehen zu lassen.

Als der Kurfürst sich ins Schlafgemach begab, fand er Elisabeth dort schweißgebadet in ihrem Bett vor.

»Was um Gottes Willen ist geschehen?«

»Beruhige dich, Friedrich. Es geht mir gut«, erklärte Elisabeth schwer atmend.

»Du glühst regelrecht. Ich werde sofort deine Zofe holen!«

»Du übertreibst. So schlimm ist es nicht. Ich bin lediglich ein bisschen müde. Lass Anne schlafen.«

Friedrich nahm ein Tuch und tupfte damit die Schweißperlen von Elisabeths Stirn. »Gibst du jetzt zu, dass die lange Reise zu anstrengend für dich ist?«, sagte er leise.

»Daran liegt es nicht. Es gab auch in Heidelberg Abende, an denen ich mich nicht wohlfühlte.«

»Trotzdem: In deinem Zustand darfst du dich nicht überanstrengen!« Friedrich küsste seine Gemahlin zärtlich auf die Stirn. Elisabeth blieb weiterhin auf dem Rücken liegen und lächelte Friedrich an.

»Ich weiß ja, dass du dir Sorgen um mich machst. Dennoch musst du mir glauben, dass es mir gut geht. Ich habe bereits drei Kinder geboren. Ich werde auch das Vierte auf die Welt bringen. Und noch viele mehr, wenn du das willst.«

»Natürlich will ich das.« Wieder küsste Friedrich seine Frau. »Wir werden eine Woche hier in Amberg bleiben. Du wirst dich erholen, und wenn es dir bessergeht, setzen wir die Reise fort.«

»Nein, Friedrich. Wir müssen nach Böhmen. Meinst du nicht auch, dass es besser ist, wenn ich unser Kind in Prag zur Welt bringe?«

***

Zwei Tage später setzte sich der Tross in Richtung Waldsassen in Bewegung, wo der zukünftige König von Vertretern der böhmischen Stände gebührend empfangen wurde.

Wien, 18. Oktober 1619

Anton hätte am liebsten einen Freudenschrei ausgestoßen, als vor ihm endlich die Tore von Wien auftauchten. Er war viel zu lang fort gewesen und sehnte sich, nachdem er in Frankfurt in so beengten Verhältnissen gelebt hatte, nach seiner geräumigen Kammer und vor allem der Bibliothek.

Außerdem wollte Anton nun unbedingt wissen, wie es Resi in der Zwischenzeit ergangen war. In der Bibliothek hatte sich sicher viel Arbeit angesammelt, und er würde in den nächsten Wochen alle Hände voll zu tun haben. Als Erstes wollte er aber einen ausführlichen Bericht über die Kaiserwahl und die anschließende Krönung verfassen.

Nach der Abreise in Frankfurt waren sie zunächst nach München gereist. Dort hatte Ferdinand II. mit Erzherzog Maximilian von Bayern einen Vertrag geschlossen, der das Kaiserreich vor den böhmischen Angriffen schützen sollte. Maximilian von Bayern sicherte zu, den Kaiser im Krieg gegen die Protestanten aus Böhmen auf eigene Kosten zu unterstützen. Im Gegenzug versprach Ferdinand dem Erzherzog die Kurwürde über die Pfalz. Damit war der Krieg nun wahrlich nicht mehr aufzuhalten. Nach den Meldungen, die in den letzten Tagen aus Böhmen und Ungarn gekommen waren, glaubte Anton daran aber ohnehin nicht mehr.

Der Chronist hoffte nun bloß, dass von Collalto schnell wieder von Wien abkommandiert wurde. Unterwegs hatte der Feldherr ihm mehrfach angedroht, sich persönlich um das Weibsbild aus Ungarn kümmern zu wollen, wenn sie zurück in Wien waren. Anton wusste nur zu gut, dass er Resi nur schwer vor dem Spanier beschützen konnte, sollte der sie tatsächlich für immer zum Schweigen bringen wollen.

Endlich passierte der Zug um Kaiser Ferdinand II. das Tor in die Stadt. Dort wurde der Regent von den Bürgern auf ein Neues mit Hochrufen und lautem Beifall begrüßt. Ferdinand genoss das Ganze sichtlich und ließ sich daher Zeit. Im Schritttempo führte er sein Pferd durch die Gassen auf den Kaiserhof zu.

Auf den ersten Blick hatte sich in Wien nicht viel verändert. Anton sah, dass zumindest im Innern der Stadt die meisten Schäden der Belagerung durch die böhmischen Stände behoben worden waren. Die zerstörten Häuser vor den Mauern der Stadt hatte man abgerissen und durch Wehrbauten ersetzt. Das nächste Mal würde Wien besser gegen einen Angriff gerüstet sein. Anton betete darum, dass dieser Tag niemals kommen würde.

Die letzten Meter ihrer Reise kamen Anton endlos vor. Er wollte jetzt so schnell wie möglich vom Pferd herunter und in die Bibliothek. Der Platz vor dem Kaiserhof war allerdings so voller Menschen, dass niemand in das Gebäude hineinkam. Die Bediensteten feierten ihren Herrn und der ließ es sich nicht nehmen, langsam an der Reihe der Menschen vorbeizureiten und deren Huldigungen anzunehmen. Dabei hatte er für jeden ein freundliches Wort übrig und dankte seinen Untertanen für die Treue.

Dann kam endlich der Moment, an dem Anton sein Pferd an den Stallknecht abgeben konnte. Nun hielt ihn nichts mehr. Er stürmte in den Palast und rannte die Treppe nach oben. Weil er dabei immer mindestens zwei Stufen auf einmal nahm, wäre er fast gestürzt. Voller Freude riss er die Tür zur Bibliothek auf.

»Ich bin wieder zurück!«

Anton blieb überrascht stehen. Er hatte Resi bereits bei den anderen Bediensteten vor dem Kaiserhof erwartet und war enttäuscht gewesen, sie dort nicht vorzufinden. Spätestens jetzt hätte sie sich ihm aber zeigen müssen. Sicherlich freute sie sich genauso über seine Rückkehr wie er selbst. In der Bibliothek war allerdings keine Menschenseele. Nicht einmal eine Kerze brannte.

War Resi am Ende doch etwas zugestoßen? Hatte von Collalto seine Drohung bereits wahrgemacht?

Voller Sorge ging Anton zu Resis Kammer. Auch dort fand er die junge Ungarin nicht. Ihre Sachen waren noch da. Sie konnte also zumindest nicht abgereist sein. Wo aber steckte sie?

Anton lief mit einem unguten Gefühl hinunter zur Küche, wo die Vorbereitungen für das kaiserliche Willkommensmahl in vollem Gange waren.

»Hat jemand Resi gesehen?«

»Heute Morgen war sie noch da«, antwortete eine der Mägde.

»Jetzt ist sie aber verschwunden«, entgegnete Anton schroff.

»Sicher ist sie in der Stadt. Das kommt häufiger vor.«

Beruhigt war Anton nach der Auskunft, die er erhalten hatte, nicht. Er konnte sich nicht vorstellen, welchen Grund sie haben könnte, den Kaiserhof am Tag seiner Rückkehr zu verlassen. Irgendetwas stimmte hier nicht.

Anton blieb nichts anderes übrig, als sich zurück zum Kaiser zu begeben. Ferdinand hatte ihm gesagt, dass er vor dem Mahl noch die wichtigsten Schreiben durchgehen wolle. Als erster Schreiber musste er dabei anwesend sein, um sich mögliche Antworten diktieren zu lassen. Er konnte jetzt nicht weiter nach Resi suchen.

***

»Wo hast du denn gesteckt?«, rief Anton erleichtert und lief auf Resi zu, die ihm entgegenkam und ihm um den Hals fiel. »Ich habe dich überall im Kaiserhof gesucht!«

In den letzten Stunden war es ihm sehr schwer gefallen, sich auf seine Arbeit zu konzentrieren. Nachdem die wichtigsten Schreiben beantwortet waren, hatte der Kaiser darauf bestanden, dass Anton gemeinsam mit ihm in den Festsaal ging, wo bereits alles zum Mahl gerichtet war. Der Schreiber hatte sich erst zurückziehen dürfen, als der letzte der vier Gänge abgetragen worden war. Daraufhin war er sofort wieder in die Bibliothek geeilt.

»Ich war bei deinen Eltern«, erklärte sich die junge Frau.

»Wieso? Was ist mit ihnen?«

»Dein Vater ist krank.«

»Warum? Was ist los?« Anton trat der Schweiß auf die Stirn. Hatte er sich gerade noch gefreut, dass mit der Ungarin alles in Ordnung war, brachen jetzt die Sorgen über seine Eltern über ihn herein.

»Es geht ihm bereits etwas besser«, sagte Resi zu Antons Beruhigung. »Er hatte lediglich starken Husten und Fieber. Der Hofarzt war bei ihm und hat ihm eine Arznei dagelassen.«

»Ich muss sofort zu ihm!«

»Warte bis morgen. Er wird jetzt schlafen. Deiner Mutter geht es gut. Sie pflegt ihn.«

Natürlich tut sie das. Am liebsten wäre Anton sofort aufgebrochen. Er sah aber ein, dass seine Gehilfin recht hatte. »Danke, dass du die beiden unterstützt hast.«

»Das mache ich gerne. Nun erzähl aber, wie es dir in den letzten Wochen ergangen ist!«

Anton berichtete Resi in aller Kürze von der Reise nach Frankfurt, der Kaiserwahl mit der anschließenden Krönung und den Verhandlungen in München. Im Gegenzug erfuhr er von der Ungarin, dass sich das Volk in Österreich für einen Krieg wappnete. So groß die Freude über den neugekrönten Kaiser war, die Angst war ein unsichtbarer Begleiter der Bürger in Wien. Sie alle hatten den Schrecken der feindlichen Belagerung noch in den Knochen.

Während Resi sprach, merkte Anton immer mehr, wie sehr er die Ungarin vermisst hatte. Es musste eine Möglichkeit geben, wie er die junge Frau vor von Collalto schützen konnte. Immer auf sie aufpassen konnte er nicht, und der Spanier würde sich sicher nicht davon abhalten lassen, in die Bibliothek einzudringen.

Das ist die Lösung. Plötzlich fiel Anton ein, wie er einen großen Teil seiner Sorge mit einem Schlag wegwischen konnte. Er drückte Resi fest an sich und lächelte sie dann an.

»Was hast du auf einmal?«, fragte sie irritiert.

»Ich möchte, dass du meine Frau wirst.«

»Bist du jetzt völlig übergeschnappt?« Resi wich ein Stück von Anton zurück und sah ihn entsetzt an.

Etwas mehr Freude hätte ich schon erwartet.

»Das kann unmöglich dein Ernst sein!«

»Warum nicht?«

»Weil du mich nicht heiraten kannst.«

»Wer sagt das?«

»Vermutlich jeder, den du fragst. Wenn du deine Anstellung im Kaiserhof nicht gefährden willst, musst du dir ein standesgemäßes Eheweib suchen. Ich bin eine einfache Magd aus Ungarn und noch dazu protestantisch!«

»Letzteres kann man ja ändern …« Die überzeugte Art, wie Resi seinen Antrag abgelehnt hatte, verletzte Anton. Vor einigen Monaten war sie mit Nichts nach Wien gekommen. Der Schreiber hatte erwartet, dass sie nun überglücklich auf sein Angebot reagieren würde.

»Dennoch bleibe ich ein Mädchen aus einfacher Herkunft. Deine Eltern würden einer Heirat niemals zustimmen!«

Das könnte in der Tat ein Problem werden. Trotz seines wachsenden Ärgers wusste Anton selbst, wie recht Resi mit ihren Einwänden hatte. Dennoch, von Collalto würde es nicht wagen, etwas gegen sein Eheweib zu unternehmen. Selbst der Spanier wusste, dass er damit zu viel Staub aufwirbeln würde.

»Gefällt es dir nicht in Wien?«

»Doch, Anton. Das ist aber nicht die Frage.«

»Also willst du mich nicht«, stellte Anton fest und konnte dabei einen verbitterten Klang in seiner Stimme nicht verhindern.

»Darum geht es doch gar nicht. Wie kommst du überhaupt so plötzlich auf diese Idee? Wir haben uns seit Wochen nicht gesehen!«

Resi schaute Anton aus feuchten Augen an. Der spürte jetzt erst, wie verängstigt und überfordert die junge Frau war.

»In dieser Zeit ist mir klargeworden, wie viel du mir bedeutest.« *Das ist noch nicht einmal gelogen!*

»Ich bin auch froh, dass du wieder hier bist. Trotzdem kann ich nicht dein Weib werden!«

»Kannst du nicht, oder willst du nicht?« Anton sah der Ungarin direkt in die Augen. Je länger er darüber nachdachte, sie zum Weib zu nehmen, umso sicherer wurde er.

»Gibst du mir etwas Zeit, darüber nachzudenken?«

»Natürlich tue ich das.«

Resi war anzusehen, wie durcheinander sie nach Antons überraschendem Antrag war. Es fiel ihr schwer, ruhig stehen zu bleiben, und ihr Gesicht war deutlich röter als sonst.

»Was liegt denn morgen an?«, wechselte die Ungarin das Thema.

»Ich will meine Eltern besuchen. Wenn du möchtest, kannst du mich begleiten.«

»Ich bleibe lieber hier …«

Anton nickte nur. Er wollte Resi nicht weiter bedrängen. Für heute hatte er ihr genug zugesetzt. Weil er müde von der Reise war und auch die ersten Stunden in Wien anstrengend für Anton gewesen waren, entschloss er sich, früh schlafen zu gehen. Resi wollte noch ein bisschen in der Bibliothek bleiben und ein paar Schriften sortieren.

***

Am nächsten Morgen sah Anton Resi nur kurz. Dabei hatte er das Gefühl, dass sie ihm bewusst aus dem Weg ging. Der Kaiser hatte seinem Schreiber für den Tag frei gegeben. Einem Besuch bei seinen Eltern stand also nichts mehr im Wege.

»Da bist du ja endlich!«, wurde Anton von seiner Mutter begrüßt. Sie hatte die Tür bereits geöffnet, bevor er anklopfen konnte. Natürlich hatten seine Eltern mitbekommen, dass der Kaiser wieder in der Stadt war und den Besuch ihres Sohnes sicherlich sehnlichst erwartet.

»Lass mich doch erst einmal hereinkommen«, sagte Anton lachend, als ihm seine Mutter noch vor der Tür in den Arm fiel.

»Wie war es in Frankfurt? Du musst mir jede Kleinigkeit genau erzählen!«

»Das werde ich. Zunächst aber möchte ich Vater begrüßen. Wie geht es ihm?«

»Er ist sehr krank. Der Husten will nicht besser werden und das Fieber ist auch wieder gestiegen.«

»Resi sagte mir, dass die Medizin des Hofarztes geholfen hat?«

»Das sah gestern auch noch so aus.«

»Kann ich zu ihm?«

»Er schläft jetzt.«

»Trotzdem möchte ich ihn gerne sehen.«

Anton wollte sich von seiner Mutter nicht davon abhalten lassen, sich selbst ein Bild davon zu machen, wie schlecht es seinem Vater wirklich ging. Er öffnete die Tür zum Schlafzimmer und trat an das Bett seiner Eltern.

Josef Serger sah aus, als wäre er in den letzten drei Monaten um Jahre gealtert. Anton erschrak, als er die eingefallenen Gesichtszüge seines Vaters sah. Seine Augen waren geschlossen, aber der Mund war halb geöffnet. Die unregelmäßigen Atemzüge hörten sich an, als würde jemand im Hintergrund mit einer Kette rasseln.

»Wie lange geht das schon so?«, fragte Anton seine Mutter sorgenvoll.

»Es begann vor etwa zwei Wochen. Ab da ging es Josef jeden Tag ein bisschen schlechter.«

»Hast du ihm heute schon seine Medizin gegeben?«

»Er wollte sie nicht.«

»Was soll das heißen?«, blaffte Anton seine Mutter an, bereute es aber sofort, die Stimme erhoben zu haben, als er in ihr erschrockenes Gesicht blickte. »Entschuldige bitte. Ich wollte dich nicht anschreien. Trotzdem kann ich nicht verstehen, warum er die Medizin nicht nehmen will.«

»Er sagt, dass sie ihm nicht hilft.«

»Das kann er gar nicht beurteilen. Ich werde hier warten, bis er wach wird. Dann werde ich ihm das Mittel persönlich geben und darauf achten, dass er es auch schluckt!«

Anton holte zwei Stühle ins Schlafzimmer und setzte sich direkt neben das Bett. Seine Mutter nahm neben ihm Platz. Während sie warteten, erzählte Anton von seinen Erlebnissen in Frankfurt.

»Was ist eigentlich mit Resi?«, fragte Johanna Serger, nachdem ihr Sohn seinen Bericht beendet hatte.

»Was soll mit ihr sein? Sie arbeitet für mich.«

»Und sonst ist da nichts?«

Der Blick, den seine Mutter ihm zuwarf, zeigte Anton, dass sie ihn längst durchschaut hatte. Er würde ihr nichts vormachen können.

»Die Kleine war uns eine große Hilfe, während du in Frankfurt warst und wir mögen sie sehr gerne! Du weißt aber, dass wir einer Verbindung zwischen euch beiden nicht zustimmen können.«

»Wie kommst du auf die Idee?«

»Ich kenne dich, mein Junge. Deshalb möchte ich dich warnen. Pass auf, was du tust. Du hast es in kurzer Zeit geschafft, eine sehr gute Anstellung am Kaiserhof zu finden. Die musst du dir sichern. Alles andere ist unwichtig.«

»Das weiß ich.« Anton schluckte eine weitere Bemerkung herunter. Es machte keinen Sinn, jetzt weiter mit seiner Mutter über Resi zu diskutieren, zumal die Ungarin seinen Antrag noch nicht einmal angenommen hatte. Sollte sie ihre Meinung ändern, würde ihm schon etwas einfallen, wie er seine Eltern überzeugen konnte. »Mach dir keine Sorgen. Es ist alles in Ordnung.«

»Dann ist es ja gut.«

Ein plötzlicher Hustenanfall von Josef Serger lenkte die Aufmerksamkeit der beiden sofort auf den Kranken.

»Hol einen Krug Wasser«, sagte Anton zu seiner Mutter, legte den rechten Arm in den Nacken seines Vaters und half ihm, sich aufzusetzen.

Josef Serger bekam kaum Luft. Als ihm sein Eheweib zu trinken geben wollte, schob er den Krug mit einer müden Bewegung zur Seite.

»Du musst etwas trinken«, sage Anton mit fester Stimme. »Und du wirst deine Medizin nehmen!«

»Das hat keinen Sinn mehr«, antwortete sein Vater krächzend. »Ich werde sterben.«

»Nein, das wirst du nicht!« Anton füllte einen Löffel mit der Medizin und steckte ihn seinem Vater in den Mund. Dem blieb nichts anderes übrig als zu schlucken. Danach nahm er auch den Krug mit Wasser entgegen und trank.

»Morgen wird es dir bessergehen«, sagte Anton, auch wenn er seinen eigenen Worten wenig Glauben schenkte. Seine Mutter sah ihn dankbar an und half ihm dabei, Josef wieder hinzulegen.

»Ich muss jetzt gehen. Morgen komme ich wieder und bringe noch etwas von der Medizin mit!«

Anton verließ das Haus seiner Eltern mit einem sehr unguten Gefühl. Ein Blick in die Augen seines Vaters hatte ihm gereicht, um zu erkennen, wie nahe der Mann dem Tod bereits war. Er konnte nur dafür beten, dass er sich doch noch einmal erholen würde.

Als Anton die Bibliothek leer vorfand, dachte er sich zunächst nichts dabei. Dann sah er den Zettel auf seinem Schreibtisch. *Der kann nur von Resi sein.* Er nahm das Blatt in die Hand, las und stieß einen Schrei aus. *Das kann unmöglich dein Ernst sein!* Noch einmal las er die kurze Botschaft, die ihm die Ungarin hinterlassen hatte.

»Ich möchte deiner Zukunft nicht im Weg stehen. Lebe wohl.«

Niederösterreich, 21. Oktober 1619

»Nun macht endlich, dass ihr auf die andere Seite kommt!«, trieb Graf von Buquoy die Männer in seinem Heer an.

»Es geht nicht schneller«, gab einer der Rittmeister zurück. »Wenn wir den Fluss ohne Verluste überqueren wollen, sollten wir uns die nötige Zeit nehmen.«

»Wir müssen die Brücke zerstören, bevor die böhmischen Reiter hier ankommen«, entgegnete der Feldherr. »Wir sind zu wenige, als dass wir in einer offenen Schlacht gegen sie bestehen könnten!«

Wenn wir ertrinken, haben wir auch nichts gewonnen, dachte Hermann. Er konnte die Angst seines Pferdes spüren, das vorsichtig einen Huf vor den anderen setzte. Von Buquoy ging ein großes Wagnis ein, das seinem Heer große Verluste einbringen konnte, wenn es schiefging. Die Angst, in der Fremde einen ruhmlosen Tod zu finden, ließ den ehemaligen Schmied noch vorsichtiger werden.

Noch nie in seinem Leben war er so weit von seiner Heimat entfernt gewesen. Zunächst hatte ihn die Nachricht, dass sich das Heer auf den Weg nach Wien machen sollte, um die Stadt gegen die Protestanten zu verteidigen, geschockt. Auch wenn es immer sein Wunsch gewesen war, Böhmen zu verlassen, hatte er gezweifelt. Mit jedem Tag, an dem sie sich Österreich weiter näherten, war das schlechte Gefühl etwas gewichen und hatte einer freudigen Erwartung auf das unbekannte Land Platz gemacht.

Die Kaiserlichen wussten, dass die böhmischen Streitkräfte ihnen auf den Fersen waren. Von Thurn wollte sich mit Bethlen Gábor und dem ungarischen Heer vereinen, um dann gemeinsam gegen Wien zu ziehen. Graf von Buquoy war fest entschlossen, dies zu verhindern.

Als sie die Donau erreichten, hatte der Feldherr eilig eine Schiffsbrücke errichten lassen. Die schwimmende Plattform über dem Fluss lag auf mehreren kleineren Booten, die mit Brettern und Tauen miteinander verbunden waren. Dieser behelfsmäßige Übergang über den Fluss konnte von den Pferden nur sehr langsam beschritten werden. Rutschte eines der Tiere ab, würde es mitsamt seinem Reiter von der Strömung der Donau mitgerissen werden.

Hermann war einer der Ersten, der mit seinem Pferd von den Holzplanken herunter ans Ufer der Donau sprang. Erleichtert, den wackeligen Ritt überstanden zu haben, schlug er seinem Tier lobend auf den Hals. Hinter ihm folgten die kaiserlichen Truppen, die vom spanischen Feldherrn weiter angetrieben wurden. Zunächst setzte die Kavallerie über. Danach kamen die Fußsoldaten und der Tross aus Marketendern, Handwerkern und Soldatenfrauen, der das Heer begleitete. Als Letzter ritt Graf von Buquoy über die Brücke.

»Und jetzt sprengt die Brücke in die Luft!«, rief der Feldherr, nachdem er sicher am anderen Ufer angekommen war.

Vier Soldaten befestigten Säcke mit Schwarzpulver unter den Planken und steckten die Zündschnüre an. Zwei weitere Männer hieben mit Äxten die Taue durch, mit denen die Schiffsbrücke an Bäumen befestigt war.

Hermann hielt sich die Ohren zu, hatte aber trotzdem das Gefühl, seine Trommelfelle würden platzen, als das Schwarzpulver explodierte. Obwohl er mindestens zwanzig Pferdelängen von der Brücke entfernt war, konnte er die Druckwelle spüren und musste den Kopf einziehen, um nicht von einem Stück Holz getroffen zu werden.

Durch die Rauchschwaden, die ihm einen beißenden Gestank in die Nase trieben, konnte Anton erkennen, dass das vordere Drittel der Brücke in Flammen stand. Weil sie keine Verbindung mehr zu dieser Seite des Donauufers hatten, wurden die anderen Planken von der Strömung mitgerissen.

»Wir müssen weiter!«, trieb der Feldherr seine Truppen weiter an. »Der Feind kann jeden Moment hier sein.«

Tatsächlich konnte Anton am anderen Ufer der Donau die ersten böhmischen Reiter erkennen. Sicher würden sie schnell eine andere Möglichkeit finden, den Fluss zu überqueren. Das kaiserliche Heer hatte durch die Zerstörung der Schiffsbrücke höchstens ein paar Stunden gewonnen.

***

»Nicht so eilig, junger Freund.«

Resi hörte die Stimme hinter sich und erschrak bis ins Mark. Sie hatte bisher keinen Verfolger bemerkt und sich völlig unbeobachtet gefühlt. Nach ihrer Flucht aus Wien war sie bisher durch Felder und Wälder gelaufen, um vor den kaiserlichen Soldaten sicher zu sein. An der Donau hatte sie den Hauptweg nutzen müssen, damit sie den Fluss über eine Brücke überqueren konnte.

Resi wollte zurück in ihre Heimat. Sie hätte Pressburg niemals verlassen dürfen. Sie wusste, dass der Krieg mittlerweile auch im ungarischen Reich wütete, hoffte aber in ihrer Heimatstadt sicher zu sein. Vielleicht gelang es ihr sogar, ihre alte Anstellung in der Pressburg zurückzubekommen. Nach einem langen Marsch war sie nicht mehr weit von der ungarischen Grenze entfernt, jetzt aber doch entdeckt worden. Ob sie wollte oder nicht, sie würde sich dem Fremden stellen müssen.

Die Ungarin blieb stehen, drehte sich um und sah zwei Landsknechte, die in drohender Haltung auf sie zukamen.

»Was tust du hier?«, fragte einer der beiden.

Resi dachte fieberhaft nach. Weil sie nicht als Frau erkannt werden wollte, hatte sie in der Kaiserburg die Uniform eines Soldaten gestohlen und trug eine Mütze, die sie bis tief über die Stirn gezogen hatte. Würden ihr die beiden ihre Rolle abnehmen?

»Kannst du auch sprechen? Mein Freund hat dir eine Frage gestellt!«

»Warum bist du nicht bei deinem Regiment?«

»Ich bin als Späher unterwegs«, log Resi und versuchte dabei ihrer Stimme einen festen, tiefen Klang zu geben.

»Ohne Waffen?«

»Die wurden mir geraubt.«

»Wir glauben dir kein Wort! Du siehst eher aus wie ein Feigling auf der Flucht!«

»Du wirst mit uns kommen!«

Während dieser Worte waren die beiden Landsknechte näher an Resi herangekommen. Die musste jetzt handeln. Die Ungarin setzte alles auf eine Karte, drehte sich um und rannte los. Die Männer wurden von dieser Aktion überrascht und zögerten einige Sekunden zu lange. Als sie die Verfolgung aufnahmen, war Resi bereits etwa fünfzehn Meter von ihnen entfernt.

Die Ungarin drehte sich nicht um und rannte stur weiter geradeaus auf die Brücke zu. An den Schreien der Männer hinter sich erkannte sie, dass sie ihren Vorsprung erhöht hatte. Resi wusste, dass sie es kaum überleben würde, wenn die Landsknechte sie erwischten, und versuchte noch schneller zu laufen.

Plötzlich tauchten direkt vor der Frau drei weitere Soldaten zwischen den Bäumen auf und stellten sich ihr in den Weg. Sie konnte ihren Lauf nicht mehr abbremsen und rannte mitten in die Männer hinein. Resi fiel zu Boden und schlug dabei hart mit dem Knie auf einen Stein. Sie ignorierte den stechenden Schmerz, sprang auf und sah sich hektisch nach allen Seiten um. Die Landsknechte, die sie verfolgt hatten, waren nun ebenfalls bei ihren Kameraden angekommen. Resi war von fünf Männern umzingelt.

»Das ist kein Soldat!«, sagte einer der Männer, griff Resi am Kragen und riss ihr mit einem gewaltigen Ruck das Hemd auf.

Resi verschränkte die Arme vor der Brust, schaffte es aber nicht schnell genug, ihre Blöße vor den Landsknechten zu verdecken. Jetzt wussten ihre Widersacher, dass sie es nicht mit einem Soldaten zu tun hatten. Wenn nicht ein Wunder geschah, würde sie das Treffen mit den Männern nicht überleben.

»Das ist eine Frau.« Die Überraschung stand den Männern ins Gesicht geschrieben.

»Aber eine verdammt hässliche!«

»Dennoch ist sie ein Weibsbild.« Einer der Soldaten baute sich vor Resi auf und riss ihr die Arme nach unten. »Da ist nicht viel dran.«

»Lasst mich gehen«, flehte Resi die Männer an.

»Das würde dir so passen. Woher wissen wir, dass du keine protestantische Spionin bist?«

»So sieht es aus«, bestätigte der Soldat, der Resi noch immer an den Armen gepackt hielt, die Worte seines Kameraden. »Bist selbst schuld, wenn du dich im Krieg alleine hier herumtreibst.«

»Bitte, lasst mich gehen!« Halbherzig versuchte sie, ihre Arme zu befreien.

»Du gehst nirgendwo mehr hin!«

Resi spürte einen Tritt in die Kniekehle und ging mit einem Schmerzensschrei zu Boden. Sofort spürte sie, wie mindestens drei der Männer an ihrer Kleidung herumzerrten. Trotz ihrer Panik konnte sie den Atem ihrer Peiniger riechen, der nach scharfem Alkohol stank.

»Was geht hier vor sich?«, donnerte plötzlich eine Stimme über die Straße.

»Wir haben eine Streunerin erwischt, Herr Oberst«, antwortete einer der Landsknechte, wobei er sich eilig aufrichtete und stramm stand.

»Sie könnte von den Protestanten in die Gegend geschickt worden sein«, sagte ein Zweiter. »Sie trägt die Kleidung eines Soldaten. Dachte wohl, sie könne uns weismachen, sie wäre ein Mann.«

»Viel Weibliches hat sie aber auch nicht an sich.« Die Landsknechte brachen in schallendes Gelächter aus, verstummten allerdings sofort, als ihr Oberst sie mit schneidender Stimme zur Ruhe rief.

»Geht zur Seite, damit ich mir die Kleine ansehen kann.«

Hoffentlich hat der Oberst ein Einsehen, dachte Resi. Erst jetzt konnte sie erkennen, dass der Mann auf einem Pferd saß. Sein Schatten legte sich wie ein Tuch, das alles verschlingen wollte, über sie. Sie spürte die Schmerzen im Knie, und die Angst schien ihr die Kehle zuzuschnüren. Wenn der Offizier später gekommen wäre, hätte es sehr übel für die Ungarin ausgehen können.

»Viel ist ja wirklich nicht an ihr dran«, bemerkte der Oberst und sah Resi abfällig an. »Wie ist dein Name?«

»Resi« Die Ungarin stöhnte ihren Namen mehr, als sie ihn sprach. Noch immer hielt die Panik sie fest im Griff. Die Narbe im Gesicht des Fremden und sein eiskalter Blick halfen nicht dabei, ihre Angst vor den Männern zu verringern.

»Woher kommst du und was treibst du hier?«

»Ich komme aus dem Kaiserhof in Wien. Dort habe ich gearbeitet.« Resi hoffte, dass sie den Oberst mit ihrer Aussage beeindrucken konnte. Zu viel verraten durfte sie ihm aber nicht, wenn sie nicht wollte, dass die Männer sie wieder zurückbrachten, auch wenn das natürlich besser als der Tod wäre.

»Sie spricht wie eine Ungarin«, stellte ein Landsknecht fest und trat Resi in die Seite. Sie biss sich auf die Lippen, konnte ein schmerzvolles Stöhnen aber nicht unterdrücken. »Die Kleine belügt uns!«

»Ruhe«, schrie der Oberst seinen Untergebenen an und wendete sich wieder an Resi. »Wenn du nicht willst, dass ich dich meinen Männern überlasse, solltest du mir sehr schnell sagen, was du alleine in dieser Gegend treibst.«

»Ich komme tatsächlich aus Pressburg«, gestand Resi. »Ich habe in Wien nach meiner Schwester gesucht, doch die scheint die Stadt bereits wieder verlassen zu haben. Jetzt bin ich auf dem Weg nach Hause.«

»Deine Schwester also.« Der Oberst sah auf die noch immer am Boden liegende Ungarin herunter und runzelte die Stirn. »Ihr Name ist nicht zufällig Vroni?«

»Doch«, antwortete Resi überrascht und sah den Mann hoffnungsvoll an. Zu ihrem Entsetzen brach der in schallendes Gelächter aus.

»Bringt die Kleine in mein Zelt«, befahl der Oberst und lenkte sein Pferd in Richtung Brücke.

***

»Du bist also die Schwester dieser ungarischen Hure«, sagte der Oberst, als er zu Resi in das Zelt kam, vor dem zwei Soldaten standen, um einen Fluchtversuch der Ungarin zu verhindern.

»Ihr kennt sie?« Trotz ihrer Panik keimte plötzlich Hoffnung in Resi aus. Sollte sie jetzt doch erfahren, was mit Vroni geschehen war?

»Bevor ich deine Frage beantworte, sollst du zunächst meinen Namen erfahren. Ich bin Reimbald Graf von Collalto – der Mörder deiner Schwester.«

»Ihr habt Vroni getötet?«, stammelte Resi und sah den Spanier entsetzt an. Sie spürte, wie ihre Knie weich wurden und kurz davor standen nachzugeben.

»Sie hat es nicht anders verdient. Die Hure wollte mir ein Balg andrehen!«

»Dreckiger Mörder!« Resi stürzte auf den Oberst zu und wollte ihm die Faust ins Gesicht schlagen, doch der wich einfach aus und schickte sie mit einem Hieb auf den Rücken zu Boden.

»Wenn du das noch einmal versuchst, bist du die Nächste.« Von Collaltos Stimme war ganz ruhig und beinah sachlich.

Resi war nicht in der Lage eine Antwort zu geben. Vroni war tot? Sie konnte und wollte es nicht glauben! Sie starrte von Collalto vom Boden aus an und schüttelte den Kopf. »Warum?«

»Hat dir dein komischer Schreiber nichts erzählt?«, fragte der Oberst und brach wieder in schallendes Gelächter aus. »Das sieht dem Kerl ähnlich!«

»Was hat er damit zu tun?« Resi hatte das Gefühl, als würde etwas in ihr zerbrechen. Sie hatte die lange Reise nach Wien unternommen, um zu erfahren, dass ihre Schwester ermordet worden war. Jetzt sah es auch noch so aus, als wäre sie von dem einzigen Menschen hintergangen worden, dem sie in Österreich vertraut hatte! Es durfte nicht wahr sein, dass Anton über Vronis Tod Bescheid gewusst hatte. Warum hatte er ihr nichts gesagt?

»Er wollte dich vor mir beschützen. Jetzt bist du mir freiwillig in die Arme gelaufen!« Wieder lachte von Collalto laut und sah auf Resi herunter. »Der feine Herr sah aus wie in Mehl getaucht, als er die tote Hure gesehen hat. Trotzdem musste er mir helfen, sie zu begraben!«

Resi wäre am liebsten in einem tiefen Loch versunken. Sie wollte dem kaiserlichen Oberst nicht weiter zuhören. Er hatte nicht nur Vroni getötet, sondern auch ihr ungeborenes Kind. Anton hatte alles gewusst und trotzdem geschwiegen.

»Steh auf«, sagte von Collalto mit herrischer Stimme.

Als Resi nicht reagierte, trat er ihr in die Seite. Der Schmerz drohte, ihr den Atem zu rauben. Trotzdem kämpfte sie dagegen an und erhob sich langsam. In ihrem Kopf tobte der Hass auf den Mann vor ihr. Dennoch wusste sie, dass sie nicht die geringste Chance auf Gegenwehr hatte, wenn er auch sie aus dem Weg schaffen wollte.

»Und jetzt zieh dich aus!«

»Das werde ich nicht tun.« Resi lief ein eisiger Schauer über den Rücken. Bei dem Gedanken, dass der widerliche Kerl ihren nackten Körper betatschen könnte, drehte sich ihr der Magen um.

»Du tust, was ich dir sage, oder ich überlasse dich meinen Männern!«

Resi wusste nur zu gut, dass der Oberst diese Drohung wahrmachen würde. Die Soldaten würden wie die Wilden über sie herfallen und sie letztlich umbringen. Die Ungarin schwor sich in diesem Moment, ihre Schwester zu rächen. Dazu musste sie aber zunächst lebend aus diesem Lager herauskommen.

»Ich warte nicht mehr lange!«

Resi öffnete den Knoten, mit dem sie ihr Hemd vor der Brust geschlossen hatte. Dann streifte sie den zerrissenen Fetzen ab.

»Die Hose auch!«

Wieder musste die Ungarin dem Befehl nachkommen.

»Jetzt dreh dich um«, sagte von Collalto als Resi nackt vor ihm stand. »Du bist so hässlich, dass ich bei deinem Anblick beinahe alle Lust verliere!«

Auch dieses Mal gehorchte sie. Von Collalto spuckte aus. Dann hörte sie, wie er seinen Gürtel öffnete und langsam auf sie zukam. Er packte die Ungarin an den Hüften und zog sie zu sich.

Mach, dass es schnell vorbeigeht, betete Resi und versuchte an etwas anderes zu denken. Der körperlichen Pein konnte sie nun nicht mehr entgehen. Sie wollte aber so wenig wie möglich davon mitbekommen. Während sie den fauligen Atem des Oberst im Nacken spürte, versuchte sie, sich an ihre Kindheit zu erinnern, in der sie gemeinsam mit ihrer Schwester auf Wiesen und in Wäldern gespielt hatte.

Von Collalto riss Resi hart zurück in die Gegenwart. Er zog ihren Kopf an den Haaren nach vorne und schob gleichzeitig mit der anderen Hand ihre Beine auseinander. Die Ungarin stieß einen lauten Schmerzensschrei aus und versuchte mit beiden Fäusten nach dem Spanier zu schlagen. Der trat seinem Opfer in die Kniekehle, so dass Resi zu Boden ging. Der Schmerz in ihrem Kopf drohte ihr den Verstand zu rauben. Von Collalto hielt sie noch immer an den Haaren fest und zog sie daran wieder auf die Beine.

Der Oberst drang mit aller Gewalt in sie ein. Das Wimmern der Ungarin ging im lustvollen Keuchen ihres Widersachers unter, der seinen Trieben jetzt freien Lauf ließ.

Nach einer gefühlten Ewigkeit ließ von Collalto endlich von Resi ab und stieß sie zu Boden. Dann rief er die Soldaten vor dem Zelt zu sich. »Zeigt der Kleinen, wozu spanische Söldner fähig sind. Dann werft sie in den Fluss!«

Wien, 24. Oktober 1619

Eintrag in die kaiserliche Chronik des Heiligen Römischen Reiches Deutscher Nation:

Der unrechtmäßige König Bethlen Gábor hat ein Heer aufgestellt und ist mit ihm nach Pressburg gezogen. Die Kaiserlichen unter Rudolf von Tiefenbach konnten die Stadt nicht halten und mussten sie aufgeben. Dank der Unterstützung der protestantischen Edelleute gelang es Gábor, die Stephanskrone an sich zu nehmen.

Das ungarische Heer hat sich mit den böhmischen Rebellen vereint und bei Pressburg die Donau überquert. Ein Heer von fünfzigtausend Mann zog am Ufer des Flusses entlang und verwüstete Städte und Dörfer. Graf von Buquoy kehrte aus Böhmen zurück, konnte die Rebellen aber nicht aufhalten. Sie zogen bis nach Wien und belagern nun die Stadt.

Kaiser Ferdinand II. hat seinen Hof nach Graz geführt und in Sicherheit gebracht. Er selbst ist nach Wien zurückgekehrt und verharrt in seiner Hofburg. Aus dem Umland flüchteten zahlreiche Bauern und Landleute in die Stadt. Die Straßen sind überfüllt. Raub und Mord sind die Folge von Hunger und Leid.

Anton ging zum Fenster und schaute in die Straße vor der Kaiserburg. Die Stadt wurde von Angst und Schrecken regiert. Erste Seuchen waren ausgebrochen und vor den Toren Wiens stapelten sich die Toten. Es war keine Zeit sie zu beerdigen. Sie verbreiteten den Geruch von Tod und Verderben durch die ganze Stadt. Dort trug das wehleidige Klagen der noch Lebenden zu dem grausamen Bild bei.

Die Rebellen hatten einen Ring um die Stadt gezogen und ließen niemanden hinein oder hinaus. Anton selbst wäre gerne in Graz geblieben, hatte aber einsehen müssen, dass sein Platz an der Seite des Kaisers war.

Anton hatte Angst. Schreckliche Angst. Nicht nur um sein eigenes Leben, sondern vor allem auch um das seiner Eltern. Seinem

Vater war es in den letzten Tagen nicht besser gegangen. Im Moment konnte er sich nicht um ihn kümmern. Ihm blieb also nichts anderes als zu beten, dass Josef Serger die neuerliche Belagerung überstehen würde.

Im Gegensatz zum Juni war die Übermacht der protestantischen Rebellen dieses Mal erdrückend. Anton bezweifelte, dass die Kaiserlichen die Stadt lange verteidigen konnten. Auch wenn aus allen Gegenden des Reiches Soldaten herbeigerufen wurden, war es unwahrscheinlich, dass sie die Stadt rechtzeitig erreichten. Auch die spanischen Truppen würden zu spät kommen.

Im Moment war Graf von Buquoy die größte Hoffnung der Wiener. Er lag mit seinem Heer innerhalb der Festung und wehrte die Angriffe der Protestanten ab. Auch wenn der Spanier dabei von den Wiener Landsknechten und Teilen der Bevölkerung unterstützt wurde, waren die Kaiserlichen zahlenmäßig hoffnungslos unterlegen.

Anton verließ die Bibliothek. Auf dem Weg zum Kaiser traf er auf Albert und grüßte ihn freundlich.

»Was ist eigentlich aus der jungen Ungarin geworden?«, fragte der Mann. »Ich habe sie schon seit ein paar Tagen nicht mehr gesehen.«

Das wüsste ich auch gerne. »Sie hat die Stadt verlassen.«

»Jetzt, wo die Rebellen vor den Toren Wiens stehen?«

»Resi ist gegangen, bevor die Belagerung begonnen hat …«

»Wo wollte sie denn hin? Ich hoffe, dass sie den Protestanten nicht in die Arme gelaufen ist.«

Die Kaiserlichen wären auch nicht besser. »Sie wollte zurück nach Pressburg. Ich hoffe, dass sie dort gesund angekommen ist!«

»Es herrscht Krieg in Ungarn!«

»Ja. Ich weiß.« Das kurze Gespräch mit Albert schürte Antons Sorgen um Resi aufs Neue. Wie war es der jungen Ungarin nach ihrer Abreise aus Wien ergangen? Würde er sie jemals wiedersehen?

***

»Pass auf«, schrie Hans Langdorn Hermann zu und stieß seinen Kameraden mit aller Wucht zur Seite, bevor er sich selbst neben ihn auf den Boden warf. Sekunden später schlug die Kanonenkugel direkt an der Stelle ein, wo die beiden Soldaten gerade noch gestanden hatten.

Hermann blieb auf dem Boden liegen und nahm die Arme schützend über den Kopf. Gesteinsbrocken und Holzsplitter flogen um ihn herum. Staub wirbelte auf und drang ihm in Mund und Nase. Er wurde von kleineren Teilen getroffen, die ihn aber nicht ernstlich verletzten. Hans hatte dieses Glück nicht. Hermann kroch auf seinen Kameraden zu, der ein Stück neben ihm am Boden lag. »Steh auf. Wir müssen von hier verschwinden!«

Eine Antwort bekam der ehemalige Schmied nicht. Hans musste von einem größeren Stein getroffen worden sein. Er blutete aus einer Wunde aus der Schläfe und rührte sich nach wie vor nicht. Hermann geriet in Panik. Langdorn hatte ihm gerade das Leben gerettet! Es durfte nicht sein, dass er selbst von dem Einschlag getötet worden war!

»Feuer!« Der Befehl des Rittmeisters hallte durch die Reihen der kaiserlichen Armee. Sekunden später donnerten zwölf Geschütze los und schickten ihre Kugeln in die feindlichen Reihen. Hermann hievte sich hoch und sah, welch verheerende Wirkung die Salve bei den Protestanten hinterlassen hatte. Die Rebellen hatten ihre Geschütze gerade so nahe an die Mauern der Stadt gefahren, dass die Kugeln sie erreichen konnten. Damit gaben sie aber auch Ziele für die Geschosse der Kaiserlichen ab. Mindestens drei der gegnerischen Kanonen waren zerstört worden.

Hermann wusste, dass es nun ein paar Minuten dauern würde, bis beide Parteien ihre verbleibenden Geschütze wieder einsatzbereit gemacht hatten. Diese Zeit musste er nutzen, um seinen Kameraden in Sicherheit zu bringen! Viel früher als erwartet, donnerten die Kanonen auf der Seite der Rebellen erneut und schickten ihre tödlichen Geschosse auf die Reise. Hermann sah, wie die Wand über ihm getroffen wurde, und sprang geistesgegenwärtig zur Seite. Die Gesteinsbrocken fielen direkt neben ihm zu Boden und begruben Hans unter sich.

Entsetzt starrte Hermann auf die Beine seines Kameraden, die unter den Trümmern hervorschauten. Jetzt konnte er nichts mehr für ihn tun. Er versuchte, das aufsteigende Würgen zu unterdrücken, aber der Druck war zu groß. Hermann erbrach sich direkt vor die Füße des toten Hans. Als er sicher war, dass sein Magen leer war, ließ er sich auf die Knie sinken und vergrub sein Gesicht in den Händen.

Für die nächsten Minuten nahm Hermann den Kampf, der von beiden Seiten weiterhin mit aller Verbissenheit geführt wurde, nicht mehr wahr. Seine ganzen Gedanken drehten sich um Hans Langdorn, der sein Leben gegeben hatte, um das seines Kameraden zu retten.

***

Anton ging durch die Straßen von Wien und kam sich vor wie in einer anderen Welt. In der Stadt wimmelte es von Verwundeten, die keinen Platz mehr in den Krankenlagern gefunden hatten. Die meisten waren für die Jahreszeit viel zu dünn gekleidet und lagen frierend auf dem Boden. Die Bürger der Stadt versuchten, zu helfen, wo es ging, hatten aber oft selbst kaum genug. Von der Pracht Wiens, die Anton immer so sehr geliebt hatte, war nichts mehr erkennbar. Überall in der Stadt stank es nach Tod.

Traurig ging der Schreiber weiter zum Haus seiner Eltern. Er hatte sich vom Apotheker des Kaisers noch eine Medizin geben lassen und hoffte, dass sie seinem Vater helfen würde. In den letzten Tagen war das Fieber nicht zurückgegangen und der Husten war sogar schlimmer geworden. Anton sorgte sich sehr um Josef Serger. Seit Tagen war der kaum mehr ansprechbar und schien seinen Sohn nicht einmal mehr zu erkennen, wenn er vor seinem Bett stand.

Als er am Haus seiner Eltern ankam, war die Tür nicht verschlossen. Sofort stieg Panik in Anton auf. War seine Familie jetzt auch noch überfallen worden? Er stürmte in den Wohnraum und sah sich gehetzt um. Es sah nicht so aus, als ob sich hier Räuber aufgehalten hatten. Er zwang sich, seinen Atem zu beruhigen und lauschte in die Stille hinein. Endlich hörte er ein leises Schluchzen.

Das kommt aus der Küche. Er stürmte in den Raum und sah seine Mutter mit dem Kopf zwischen ihren Armen am Tisch sitzen. Als sie ihren Sohn hörte, blickte sie auf und sah ihn mit bitteren Tränen in den Augen an.

»Was ist passiert?« Anton lief auf seine Mutter zu und umarmte sie. Sie zog geräuschvoll die Nase hoch und schüttelte den Kopf.

»Josef ist tot.«

Die Nachricht riss Anton fast von den Beinen. Schwankend ging er zum Tisch, setzte sich auf den zweiten Stuhl und legte den Arm tröstend um den Hals seiner Mutter. Beide konnten später nicht sagen, wie lange sie so dagesessen hatten. Es dämmerte bereits, als Anton endlich aufstand.

»Du wirst mich an den Kaiserhof begleiten.«

»Ich bleibe bei deinem Vater.«

Anton lief ein eisiger Schauer über den Rücken. Die Stimme seiner Mutter erkannte er kaum wieder. Es schien, als sei mit dem Tod des geliebten Ehegatten in ihr etwas zerbrochen. Dennoch. Er konnte sie jetzt nicht alleine lassen. In der Stadt war es schon lange nicht mehr sicher, und wenn noch mehr Menschen kämen, war es nur eine Frage der Zeit, bis man sie überfiel. An eine Beerdigung von Josef Serger war im Moment nicht zu denken.

Auf keinen Fall wollte Anton zulassen, dass man ihn vor die Mauern der Stadt warf. Da war es besser, ihn bis zum Ende der Belagerung in seinem Bett liegen zu lassen, auch wenn man das nicht gerade als christlich bezeichnen konnte. Er ging noch einmal ins Schlafzimmer seiner Eltern und verabschiedete sich in einem stillen Gebet. Dann kehrte er zu seiner Mutter zurück und führte sie zum Kaiserhof.

Johanna Serger folgte ihrem Sohn schweigend und mit leerem Blick. Sie schien nichts von dem Tumult in der Stadt zu bemerken. Anton wollte sie in Resis Kammer unterbringen, bis sich die Lage in der Stadt beruhigt hatte. Er wusste, dass sich seine Mutter dort nicht wohl fühlen würde, sah aber keine andere Möglichkeit. Sie jetzt auch noch zu verlieren, würde der junge Schreiber nicht ertragen.

Prag, 31. Oktober 1619

Noch nie hatte Magdalena die Straßen in Prag so voller Menschen erlebt. Jeder der laufen konnte, war aus seinem Haus gekommen, um die Ankunft des Kurfürsten aus der Pfalz in Prag mitzuerleben. Alle wollten den angehenden böhmischen König und seine Gemahlin Elisabeth sehen. Dabei spielte es bei den Prager Bürgern keine Rolle, welche Konfession sie hatten. Der katholische Teil der Bevölkerung war ebenso neugierig wie der protestantische.

Hinzu kamen Adelige aus dem ganzen Reich, die nach Prag gekommen waren und dort bis zur Krönung von Friedrich V. bleiben würden. Der Krieg, der in weiten Teilen Böhmens erbittert geführt wurde, trat für eine kurze Zeit in den Hintergrund.

Auch Polyxena von Lobkowitz hatte es sich nicht nehmen lassen, diesem Ereignis beizuwohnen und war mit Magdalena zur Steinbrücke gegangen, über die der Tross aus der Kurpfalz zur Prager Burg ziehen würde. Diepold würde den künftigen König gemeinsam mit dem Direktorium der Stadt im Rathaus empfangen.

Laute Schreie und eine zur Begrüßung der Pfälzer abgeschossene Salve verkündeten, dass sich der Tross um Friedrich V. nahe der Stadtmauern befand. Als das Tor geöffnet wurde, stieg der Lärm weiter an, und Magdalena musste sich die Ohren zuhalten. Sie wusste, dass nicht jeder der Prager Bürger mit der Wahl Friedrichs V. einverstanden war. Dies schien im Moment allerdings keine große Rolle zu spielen.

Die böhmischen Soldaten versuchten jetzt eine Gasse zu schaffen, durch die der Kurfürst mit seinem Gefolge ziehen konnte. Der Andrang der Massen war aber einfach zu groß. So dauerte es fast eine Stunde, bis der Tross die Steinbrücke erreichte. Friedrich V. führte den Zug auf seinem Pferd an. Die Menschen jubelten ihm zu und der künftige König winkte lächelnd zurück. Aus der ersten Kutsche hinter dem Kurfürsten schaute eine Frau heraus, die den

Massen ebenfalls begeistert zuwinkte. Magdalena vermutete, dass es sich hierbei um Friedrichs Gemahlin Elisabeth handelte.

»Der Kurfürst scheint noch sehr jung zu sein«, sagte Magdalena zu Polyxena, bekam aber keine Antwort, weil ihre Bemerkung in dem Lärm unterging. Friedrich V. konnte kaum älter sein als sie selbst. Auch Elisabeth nicht. Sie entschloss sich, später mit der Gräfin darüber zu sprechen. Auch Diepold hatte sicher Einiges zu berichten, wenn er aus dem Rathaus zurückkehrte.

Wagen um Wagen fuhr an Magdalena vorbei auf die Steinbrücke. Hinzu kamen Dutzende von Reitern. Die Prager Burg konnte unmöglich der gesamten Gefolgschaft des Kurfürsten Platz bieten. Viele von ihnen würden sich auf die Stadt verteilen müssen. Bereits jetzt war es schwer, eine Unterkunft in Prag zu bekommen. Schnell würden nun alle Herbergen bis auf den letzten Platz voll sein. Nach dem Leid, das die Bürger in den letzten Monaten hatten ertragen müssen, würden sie sich jetzt freuen, wenn die vielen Gäste in der Stadt ihre Geldbörsen füllten.

Ein Teil der Bevölkerung folgte dem pfälzischen Tross, nachdem der komplett über die Steinbrücke gezogen war und die böhmischen Soldaten den Weg freigemacht hatten.

»Lass uns gehen«, sagte Polyxena zu Magdalenas Leidwesen. »Wir haben genug gesehen.«

***

Friedrich war glücklich und sein Gefühl, das Richtige zu tun, wuchs mit jedem Meter, den er sich der Prager Burg näherte. Schon auf der Reise in die böhmische Hauptstadt waren er und sein Gefolge überall freudig begrüßt worden. Was den Kurfürsten aber am Ziel seiner Reise erwartet hatte, war unbeschreiblich.

Hüte wurden geschwenkt, Hände in die Höhe gestreckt. Jeder schien den neuen König sehen und ihn grüßen zu wollen. Selbst kleine Kinder, die von ihren Müttern auf dem Arm gehalten wurden, damit sie in der Menge nicht erdrückt wurden, strahlten über das ganze Gesicht.

Das einzige Problem des Kurfürsten der Pfalz war, dass er nicht verstand, was ihm die Menschen in den Straßen zuriefen. Bisher hatte er sich keine Gedanken darüber gemacht, dass er kein Wort Tschechisch sprach. Jetzt begann er zu erahnen, welch große Schwierigkeiten ihm dies noch bescheren würde.

Als sie im Rathaus ankamen, wurde dem Kurfürsten und seinen engsten Vertrauten ein königlicher Empfang bereitet. Friedrich genoss es, derartig vom böhmischen Adel hofiert zu werden, sorgte sich aber gleichzeitig darum, ob die Anstrengungen für seine Gemahlin nicht doch zu groß sein könnten. Immer wieder suchte er Elisabeths Blick, die ihm jedes Mal glücklich aber müde zulächelte.

***

»Du hast mir das Leben gerettet, mein junger Freund. Manchmal denke ich, es wäre besser gewesen, du hättest es nicht getan.«

»Es überrascht mich, solche Worte aus dem Munde eines Mönches zu hören.«

»Ich war bereit, meinem Herrn gegenüberzutreten.«

»Vielleicht wollte er dich noch nicht zu sich holen und es gibt noch eine Aufgabe, die er für dich vorgesehen hat.«

»Womöglich. Im Moment habe ich aber wenig Hoffnung, dass ich diese Zelle noch einmal lebend verlasse.«

So sehr Philipp Bruder Jakob auch verstand, es wunderte ihn, dass der Mönch seinen Lebensmut verloren hatte. Eigentlich hätte er es sein müssen, der Philipp Mut zusprach und nicht umgekehrt. Es hatte eine ganze Woche gedauert, bis der Jesuit in der Lage gewesen war zu sprechen. Am Anfang hatte Philipp ihm in kleinen Schlucken zu trinken gegeben. Als der Mönch dann endlich aus seinem Dämmerzustand erwachte und ein paar Bissen essen konnte, war es ihm von Tag zu Tag besser gegangen.

Philipp war von seinem Mitgefangenen aus seiner eigenen Lethargie herausgerissen worden. Die Aufgabe, sich um den Kranken zu kümmern, hatte seinem eigenen Leben wieder einen Sinn gegeben. Ihn jetzt so sprechen zu hören, tat Philipp in der Seele weh.

»Die Wege des Herrn sind unergründlich«, sagte der Mönch nach einer Weile. »Vielleicht hast du recht.«

»Solange wir leben, gibt es auch Hoffnung.« Philipp erinnerte sich daran, dass er sich vor einigen Wochen selbst den Tod herbeigesehnt hatte, weil er keinen Sinn mehr in seinem Leben gesehen hatte. Bruder Jakob hatte ihm unwissentlich neuen Mut gegeben. Er glaubte noch immer nicht daran, dass seine Widersacher ihn aus dem Kerker entlassen würden. Vielleicht würde es Ferdinand aber doch gelingen, Böhmen zurückzuerobern. Schließlich war er der rechtmäßige König des Reichs.

In den Wochen ihrer gemeinsamen Gefangenschaft hatten die beiden Männer viel Zeit gehabt, sich ihre Lebensgeschichten zu erzählen. So hatte Philipp erfahren, dass Bruder Jakob aus einem kleinen Kloster an der Grenze Österreichs zu Böhmen stammte. Die Jesuiten waren von etwa vierzig Söldnern überfallen worden. Die Männer hatten den Mönchen keine Chance zur Gegenwehr gelassen. Der Abt und die meisten Brüder waren erschlagen worden. Das Kloster wurde verwüstet und niedergebrannt. Lediglich Jakob und sein Bruder Markus hatten überlebt.

Die beiden Jesuiten waren gefoltert worden. Dann hatte man sie in einem Gitterwagen nach Prag gebracht. Unterwegs waren sie von der protestantischen Bevölkerung mit Dreck und Mist beworfen und beschimpft worden. Nach einem Scharmützel war es den böhmischen Soldaten gelungen, eine Gruppe spanischer Söldner gefangen zu nehmen. Beim Verhör in der Prager Burg waren die beiden Mönche schließlich bewusstlos geworden. Bruder Markus war nicht wieder erwacht.

»Es überrascht mich, dass man uns noch immer nicht getrennt hat«, sagte der Mönch und runzelte die Stirn.

»Wie meinst du das?«

»Als man mich zu dir in die Zelle gesteckt hat, war der Kerker voll mit kaiserlichen Soldaten. Jetzt kommt es mir vor, als seien wir die einzigen Gefangenen.«

»Das ist in der Tat verwunderlich.« Bisher hatte Philipp sich über diese Frage keine Gedanken gemacht. Die spanischen Söldner waren freigelassen worden, nachdem sie sich verpflichtet hatten, für das böhmische Heer zu kämpfen. Seitdem war es sehr ruhig im Kerker der Prager Burg.

»Die Protestanten werden sicher einen Grund dafür haben«, sagte Jakob und sah seinen Freund nachdenklich an.

Philipp hatte das Gefühl, dass ihm der Jesuit etwas verschwieg, wollte den Mann aber nicht darauf ansprechen. Wenn er Geheimnisse vor ihm hatte, würde er seine Gründe dafür haben. Dennoch war der Sekretär ein wenig enttäuscht, dass ihm Bruder Jakob nicht sein volles Vertrauen schenkte.

***

»Dieser Kurfürst ist nichts weiter als eine Marionette des Direktoriums«, sagte Diepold von Lobkowitz ärgerlich und schlug mit der Faust auf den Tisch.

»Wie kannst du das wissen?«, entgegnete Polyxena. »Du kennst ihn ja nicht einmal einen Tag.«

»Das Direktorium gaukelt ihm etwas vor und er merkt es noch nicht einmal! Bereits seine Reiseroute durch Böhmen wurde so gelegt, dass sie durch die Gebiete des protestantischen Adels führte. Die Mitglieder des Direktoriums haben ihre Untergebenen dazu angehalten, den pfälzischen Fürsten und seine Gemahlin mit Jubel zu empfangen.«

»Friedrich ist noch sehr jung«, sagte Polyxena. »Er kann in seine Aufgabe hineinwachsen.«

»Wenn ihm die Zeit dazu bleibt«, entgegnete Diepold. »Er ist vielleicht *zu* jung. Ich traue es ihm nicht zu, unserer Reich in den Frieden zu führen. Von Thurns Macht ist ungebrochen. Er will den Krieg mit den Habsburgern und wird ihn nicht beenden.«

»Auf Dauer können die Protestanten nicht gewinnen!«

»Das sehen sie aber nicht ein. Es ist nur eine Frage der Zeit, bis Böhmen erneut unter den Armeen beider Lager zu leiden hat! Auch Prag wird davon nicht ausgenommen sein. Wenn der Krieg in die Stadt kommt, wird es viele Tote geben.« Trübsinnig schaute der Adlige in seinen Weinkrug.

»Wenn Ferdinand sein Königreich zurückerobert, wird er ihm den erhofften Frieden bringen!«, prophezeite seine Frau etwas hoffnungsvoller.

»Mag sein, meine Liebe. Bis dahin wird unser Volk aber noch einen sehr hohen Preis bezahlten müssen.«

»Was können wir dagegen tun?«

»Nichts. Wenn wir uns offen gegen Friedrich stellen, werden wir zwischen die Mahlsteine geraten. Wir müssen neutral bleiben und darauf hoffen, dass wir die Zeit überstehen.«

»Du meinst den Krieg?«, hakte Polyxena nach.

»Ja. Bis dahin können wir nur beten und hoffen, dass der katholische Adel in Prag nicht weitere Repressalien zu ertragen hat.«

Magdalena saß mit dem Ehepaar von Lobkowitz beim Abendessen und hörte dem Gespräch der beiden schweigend zu. Sie dachte an Philipp. Wenn Diepold recht behielt, würde ihr Ehemann vom neugewählten König keine große Hilfe zu erwarten haben. Damit löste sich ihre große Hoffnung, die sie in den Kurfürsten der Pfalz gesetzt hatte, in Nichts auf.

Niederösterreich, 02. November 1619

Es ist so still. Warum höre ich nichts? Was ist passiert? Wo bin ich hier?

In Resis Kopf überschlugen sich die Gedanken. Sie versuchte, die Augen zu öffnen und spürte einen Widerstand an den Lidern. Um sie herum war alles dunkel. Panik stieg in ihr auf. Sie spürte, dass sie auf etwas Weichem lag und es war angenehm warm. Dennoch war irgendetwas falsch. Sie versuchte, sich aufzusetzen. In diesem Moment überkamen sie die Schmerzen.

Die Ungarin war nicht in der Lage, Arme oder Beine zu bewegen. Wenn sie sich rührte, hatte sie sofort das Gefühl, ihr Körper würde mit Nadelstichen übersät. Was war mit ihr geschehen? Resi blieb ruhig liegen und zwang sich zum Nachdenken. Nur langsam kehrten die Erinnerungen zurück. Sie wusste, dass sie aus Wien geflohen war, um nach Hause zurückzukehren. Dann hatte man sie gefangen genommen.

Plötzlich fiel ihr alles wieder ein. Da waren diese furchtbaren Männer. Sie hatten sie geschlagen und sich an ihrem Körper vergangen. Der Oberst war der Schlimmste von ihnen gewesen. Collalto. Der Mörder ihrer Schwester. Vroni. Sie war tot. Resi wollte weinen, aber sie konnte es nicht. Der ungewöhnliche Druck auf ihren Augen ließ es nicht zu. Resi zwang sich, ihre rechte Hand zu ihrem Gesicht zu führen. Sie spürte eine Art Tuch, das unter ihrer Stirn festgebunden war, und schob es zur Seite.

Jetzt konnte sie etwas sehen. Zumindest schemenhaft. Über ihr war eine Decke. Sie lag also in einem Raum. Vermutlich in einem Bett. Resi rieb sich mit der Hand über das rechte Auge und sah plötzlich nichts mehr. Wie konnte das sein? Mit den Fingern strich sie über die Stirn zum linken Auge. Sofort durchzog ein stechender Schmerz ihren Kopf. Es dauerte mehrere Minuten, bis sie sich so weit erholt hatte, dass sie einen zweiten Versuch unternehmen konnte, nach ihrem linken Auge zu tasten. Alles, was sie fühlte, war ein Loch. Resi öffnete den Mund und schrie so laut wie noch nie in ihrem Leben.

***

»Um Gottes Willen, Kind. Du musst dich beruhigen!«

Resi kannte die Stimme der Sprecherin nicht. Dennoch reichte die Tatsache, dass sie nicht mehr alleine war, aus, damit sie die Panik niederkämpfen konnte, die sie wie in einem Würgegriff gefangen hielt. Sie nahm die Hand von dem Auge, mit dem sie noch sehen konnte, und schaute die Fremde in der Tracht einer Nonne an.

»Dem Himmel sei Dank, dass du aufgewacht bist! Wir haben schon befürchtet, du würdest dich nie mehr erholen.«

»Wer seid ihr und wo bin ich hier?«

»Nenn mich Agnes. Wir befinden uns in einem Kloster der Benediktinerinnen. Du bist hier in Sicherheit!«

»Kann ich einen Schluck Wasser haben?«

»Natürlich, mein Kind.« Agnes gab einer jungen Schwester, die sich im Hintergrund aufhielt und die Resi bisher nicht bemerkt hatte, ein Zeichen. Sofort kam diese mit einem Krug an das Bett und hielt ihn der Ungarin an die Lippen.

»Trink langsam. Später werden wir dir noch eine warme Suppe bringen.«

»Ich habe keinen Hunger«, entgegnete Resi, der sich alleine beim Gedanken an etwas zu Essen der Magen umdrehte. Es reichte ihr völlig aus, dass sie ihren Durst hatte stillen können. Jetzt wollte sie wissen, wie sie hierhergekommen war. »Was ist passiert?«

»Du musst dich jetzt vor allem ausruhen und wieder zu Kräften kommen«, wich Agnes Resis Frage aus.

»Bitte. Ich kann mich nur daran erinnern, dass ich gefangen genommen wurde und fliehen konnte. Die Männer könnten aber noch in der Nähe sein.« Auch wenn die Ungarin schnell Vertrauen zu der Nonne gefunden hatte, wollte sie ihr doch nicht alles erzählen, was sie mit von Collalto und seinen Soldaten erlebt hatte. Dafür schämte sie sich viel zu sehr. Sie hoffte, dass der Spanier sie für tot hielt und nicht nach ihr suchen würde. Sicher sein konnte sie sich dessen allerdings nicht.

»Sei unbesorgt. Hier bist du sicher. Wir haben dich am Ufer der Donau gefunden. Du warst völlig unterkühlt und hattest schlimme Verletzungen. Es ist ein Wunder, dass du noch am Leben bist.« Die Schwester schaute sie traurig und voller Schmerz an.

Resi versuchte, das Mitleid zu ignorieren. »Was ist mit meinem Auge?«

»Das war leider nicht mehr zu retten. Unsere Heilerin wird dir später alles erklären. Vorher solltest du noch ein bisschen schlafen.«

»Wie lange bin ich schon hier?«

»Auch darüber sprechen wir, wenn du wieder zu Kräften gekommen bist. Fürs Erste ist es genug.«

Der strenge Blick der Nonne machte Resi klar, dass sie von ihr heute nicht mehr viel erfahren würde. Dennoch konnte sie nicht ewig in diesem Bett liegen bleiben. Noch schmerzte zwar ihr ganzer Körper, wenn sie nur versuchte, sich zu bewegen, aber das würde hoffentlich schnell besser werden.

»Wir werden dich jetzt allein lassen. Heute Abend komme ich wieder.«

»Danke«, sagte Resi leise und schloss ihr Auge. Sie spürte, dass sie bei den Schwestern in Sicherheit war und wollte jetzt ihre Gedanken sortieren. Sie fühlte, wie Agnes den Verband wieder unter ihrer Stirn festband und hörte dann, wie die Nonne mit leisen Schritten zum Ausgang ging. Die Tür wurde geschlossen und die Ungarin war wieder allein.

Viel erfahren hatte Resi von Agnes nicht. Ihr war allerdings bewusst, wie knapp sie dem Tode entkommen war. Sie hatte ein Auge verloren und würde wohl nie mehr ein normales Leben führen können. Mit Grauen dachte sie an den spanischen Offizier und dessen Männer, die sie geschlagen, getreten und sich an ihr vergangen hatten. Irgendwann war sie dann ohnmächtig geworden und erst wieder hier in diesem Zimmer erwacht.

Resis Gedanken wanderten zu Anton. Was hatte er mit Vronis Tod zu tun? Hatte er mit von Collalto gemeinsame Sache gemacht? Wenn das stimmte, war er ebenfalls ein Mörder. Von Collalto würde sterben. Die Soldaten, die sie misshandelt hatten, ebenfalls. Und auch Anton.

***

»Geht es dir jetzt besser?«

Überrascht schaute Resi in das Gesicht der Nonne, die plötzlich an ihrem Bett stand und ihr die Augenbinde abnahm, damit die Ungarin sie sehen konnte. Sie hatte nicht gehört, wie die Frau in ihr Zimmer gekommen war.

»Wie lange habe ich geschlafen? Wo ist Agnes?«

»Es ist alles gut. Die Oberin hat mich zu dir geschickt. Ich habe mich um deine Verletzungen gekümmert. Du kannst mich Maria nennen.«

»Dann könnt Ihr mir sagen, was mit meinem Auge passiert ist?«

»Leider konnte ich es nicht mehr retten. Als du hergebracht wurdest, war dein Körper mit blauen Flecken überzogen. Du hattest beide Beine gebrochen und mehrere Schnittverletzungen. Was immer sie mit dir gemacht haben, es muss furchtbar gewesen sein.«

»Das war es. Irgendwann habe ich das Bewusstsein verloren. Ich weiß nicht, was danach geschehen ist.«

»Gott hat eine schützende Hand über dich gehalten.«

»Werde ich wieder richtig laufen können?« Resi hatte Angst vor der Antwort der Nonne. Was sie bisher erfahren hatte, war schlimm genug. Die Frau hatte ihr bestätigt, dass ihr Gesicht entstellt war. Niemand würde ihr jemals wieder Arbeit geben. Sie konnte nicht mehr nach Hause zurück.

»Das müssen wir abwarten. Wir haben die Brüche geschient. Mit etwas Glück und Gottes Hilfe wachsen die Knochen wieder richtig zusammen.«

»Und wenn nicht?«

»Darüber wollen wir jetzt nicht nachdenken. Du musst jetzt etwas essen. Ich habe dir eine warme Suppe mitgebracht.«

»Ich habe keinen Hunger.«

»Versuche wenigstens ein paar Löffel. Du wirst sehen, es wird dir von Tag zu Tag besser gehen!«

»Und was dann? Ich habe kein Zuhause mehr und kann nirgendwohin.«

»Wo kommst du denn her?«

»Ich stamme aus Ungarn.«

»Was machst du dann hier?«

»Ich habe in Wien nach meiner Schwester gesucht. Sie ist tot. Jetzt habe ich niemanden mehr.«

»Mach dir darüber keine Sorgen. Ich bin mir sicher, dass du hier bei uns bleiben kannst. Du würdest uns eine große Freude damit machen. Arbeit gibt es im Kloster genug, und ich kann dir versichern, dass dir hier niemand etwas antun kann.«

Ich glaube nicht, dass ich das will, dachte Resi, wollte Maria aber nicht enttäuschen und antwortete deshalb nicht. Die Nonne hatte ihr wahrscheinlich das Leben gerettet. Sie wollte sie jetzt nicht traurig machen.

»Wie lange bin ich schon hier?«

»Wir haben dich vor über zwei Wochen gefunden.«

Resi war entsetzt. Hatte sie tatsächlich so lange geschlafen? »Ich dachte, es wären vielleicht ein paar Tage gewesen …«

»Du warst mehr tot als lebendig, als du am Ufer der Donau angespült worden bist.« Maria strich Resi zärtlich mit der Hand über die Stirn. »Wir haben für dich gebetet und gehofft, dass du irgendwann aufwachst.«

»Vielleicht wäre es besser, wenn ich nicht überlebt hätte.«

»So etwas darfst du nicht einmal denken! Versündige dich nicht vor dem Herrn. Er hat seine schützende Hand über dich gehalten und dir ein zweites Leben geschenkt. Dieses darfst du nicht wegwerfen. Und jetzt wird gegessen!«

***

In den nächsten Tagen erholte sich Resi langsam weiter von den Verletzungen, die ihr die Spanier beigebracht hatte. Maria kümmerte sich aufopfernd um sie, und auch Agnes schaute jeden Morgen nach ihr. Die Schmerzen in ihrem Körper ließen langsam nach. Lediglich die Beine konnte die Ungarin noch nicht bewegen. Zumindest aber durfte sie sich aufsetzen und konnte ihre Suppe alleine essen.

»Wann darf ich endlich hinaus ins Freie?«, fragte Resi am fünften Tag im Benediktinerinnenkloster, den sie bewusst erlebte.

»Sobald du deine Beine bewegen kannst.«

»Werde ich das jemals?«

»Du musst Geduld haben, mein Kind. Es geht dir doch jeden Tag besser. Lange wird es nicht mehr dauern, bis du das Bett verlassen kannst.«

»Ich liege hier schon viel zu lange!«

»Was willst du denn tun?«

»Ich würde euch gerne bei der Arbeit helfen.«

»Das musst du nicht.«

So dankbar Resi Maria auch war. Sie war es leid, den ganzen Tag in diesem Zimmer zu verbringen. Dass sie das Kloster nicht verlassen konnte, wusste sie selbst. Zumindest jetzt noch nicht. Sie musste aber bald irgendetwas tun. Je länger sie ans Bett gefesselt war, umso stärker wurde der Hass auf die Männer, die Schuld daran waren. Sie hatte ihren nackten Körper gesehen und auch die Narben, die ihr die Spanier mit ihren Messern beigebracht hatten. Die Soldaten hatten die junge Ungarin völlig verunstaltet.

Kein Mann würde sie jemals wieder ansehen. Sicher. Eine Schönheit war sie nie gewesen. Und einem Mann hatte sie, im Vergleich zu Vroni, wenig zu bieten gehabt. Jetzt war aber sicher, dass sie niemals einen Mann bekommen würde. Und damit keine Kinder. Sie war zu einem Scheusal geworden, das niemand mehr würde bei sich haben wollen. Vielleicht sollte Resi irgendwann Marias Angebot doch annehmen und für immer im Kloster bleiben. Vorher aber wollte sie sich rächen. Nur dieser Gedanke ließ sie die Tage überstehen. Die Spanier glaubten sich sicher und gingen von ihrem Tod aus. Der Tag würde kommen, an dem sie die Männer vom Gegenteil überzeugen konnte!

Von Maria wusste Resi, dass der Krieg im Land immer heftiger wurde. Die Kaiserlichen bekämpften ihre Feinde vor den Toren Wiens. Irgendwo dort würde sie auch von Collalto und seine Männer finden. Anton wollte sie sich bis zum Schluss aufheben. Er sollte als Letzter sterben. Er hatte sie verraten und ihr Vertrauen missbraucht. Der Schreiber sollte nie wieder einen hilfesuchenden Menschen derartig hintergehen können.

***

Eine weitere Woche später konnte Resi zum ersten Mal aufstehen. Zwar musste sie von Maria und einer weiteren Schwester gestützt werden, aber sie schaffte es, ein paar Schritte zu gehen. Diese Übungen setzten sie nun jeden Tag fort. Zwar bedeutete das, auch jedes Mal aufs Neue Schmerzen auszuhalten, aber Resi war fest entschlossen, bald wieder alleine zu laufen und schaffte immer ein paar Meter mehr, ohne dass sie von den Helferinnen festgehalten wurde.

Eines Morgens entdeckte sie beim Waschen ihr Spiegelbild in einem Eiszapfen. Ihr Gesicht sah furchtbar aus und war durch die Augenklappe und die Narbe, die von ihrem rechten Mundwinkel bis zum Ohr verlief, völlig entstellt. Hätte Maria sie in diesem Moment nicht gehalten, wäre Resi zusammengebrochen. Nach diesem Tag wurde ihr Hass auf ihre Peiniger noch größer. Ihr Leben hatte nur noch einen Sinn: Von Collalto musste sterben.

Prag, 04. November 1619

»Wer von euch ist Philipp Fabricius?«, fragte der Wärter und schaute die beiden Gefangenen sichtlich ungehalten an.

»Ich«, antwortete Philipp leicht zögernd.

»Folge mir!«

Überrascht stand Philipp auf und verließ nach dem Wärter, der am Morgen zu den beiden Gefangenen gekommen war, die Zelle. »Wohin bringt Ihr mich?«

»Das wirst du noch früh genug erfahren.«

»Es wundert mich nur, dass ich nach Monaten der Gefangenschaft plötzlich abgeholt werde.«

Der Wärter hob drohend die Faust und schaute Philipp feindselig an. »Sei still. Von mir wirst du keine Antworten bekommen.«

Das ist ja mal was Neues. Philipp war es gewohnt, dass die Wärter in der Prager Burg nicht mit ihm sprechen wollten. Es ergab wenig Sinn, dem Mann weitere Fragen zu stellen. Wenn er ihn nicht wütend machen wollte, war es besser zu schweigen. Dabei platzte er fast vor Neugierde. Natürlich gab es einen triftigen Grund, warum man ihn an diesem Morgen aus der Zelle abführte. Philipp konnte sich aber absolut nicht vorstellen, welchen.

Aus seiner Zeit als Sekretär der Prager Statthalter kannte Philipp die Gänge, durch die man ihn führte, nur zu gut. Dass man ihn aber in den Raum brachte, in dem früher sein Arbeitsplatz gewesen war, überraschte ihn dann doch. Schaudernd ging er an dem Fenster vorbei, aus dem er vor eineinhalb Jahren gemeinsam mit den Statthaltern Martinitz und Slavata herausgeworfen worden war. Nach diesem Tag hatte sich alles geändert, und Philipps Leben war auf den Kopf gestellt worden. Außer Magdalena war ihm in dieser Zeit nichts Gutes widerfahren. Der ehemalige Sekretär verspürte einen Stich im Herzen, als er an sein Eheweib dachte. Wie war es ihr in den langen Monaten ergangen? Bestand noch Hoffnung, dass sich die beiden jemals wiedersehen würden?

In der böhmischen Hofkanzlei wurde Philipp von einem ihm unbekannten Mann und zwei Landsknechten empfangen. Dem Äußeren nach, stammte der Fremde nicht aus Böhmen. Philipp vermutete daher, dass er es mit einem Mitglied des Hofstands von Friedrich V. zu tun hatte. Die mit goldenen Stickereien verzierte Kleidung aus feinem Samt zeigten ihm, dass er eine wichtige Person war.

»Mein Name ist Richard Schwarzenbeck«, stellte sich der Fremde vor.

»Was wollt Ihr von mir?«, kam Philipp direkt zur Sache. Er ging davon aus, dass dem Mann bekannt war, mit wem er es zu tun hatte. Jetzt wollte er wissen, warum man ihn nach so langer Zeit, in der nichts geschehen war, aus der Zelle geholt hatte.

»Zunächst kann ich Euch beruhigen. Ich habe Euch nicht in böswilliger Absicht zu mir bringen lassen. Ich habe in Frankfurt einen guten Freund von Euch getroffen. Er versicherte mir, dass Ihr unschuldig seid, und ich glaube ihm.«

»Dann werdet Ihr für meine Freilassung sorgen?«, fragte Philipp misstrauisch.

»Ganz so einfach ist es nicht.«

Natürlich nicht. Philipp war klar, dass es sich bei dem guten Freund nur um Anton handeln konnte. Vermutlich hatte er sich in Frankfurt an Schwarzenbeck gewandt, um ihm zu helfen. Was hatte der Schreiber aus Wien für einen Plan ausgeheckt? Wie wollte er seinen Kollegen aus dem Kerker freibekommen?

»Ich möchte Euch einen Handel vorschlagen.«

»Einen Handel?« Philipp schaute sein Gegenüber irritiert an. »Ich besitze nichts, was ich Euch anbieten könnte.« Sein Misstrauen wuchs an. Als die Sprache auf Anton gekommen war, hatte Philipp für einen kurzen Moment Hoffnung geschöpft. Jetzt wurde ihm klar, dass Schwarzenbeck ihm nicht uneigennützig helfen wollte. Er war sehr gespannt, welche Gegenleistung für seine Freiheit von ihm erwartet wurde.

»Es geht um den Jesuiten.«

»Ihr meint Bruder Jakob?«

»Wenn das sein Name ist, ja.«

»Was wollt Ihr von ihm?«

»Er weiß Dinge, die für uns von großem Interesse sind.«

Philipp war überrascht. Er konnte sich nicht vorstellen, was sein Mitgefangener der letzten Wochen mit Schwarzenbeck zu tun haben könnte. Wenn der etwas von dem Mönch wissen wollte, konnte er ihn auch direkt selbst fragen. Als er den Mann darauf hinwies, lachte der nur.

»Glaubt nicht, dass die beiden Jesuiten nicht befragt worden sind, bevor man sie zu Euch in die Zelle steckte. Beide haben geschwiegen.«

»Vielleicht wussten sie die Antworten auf Eure Fragen nicht«, sagte Philipp. »Bruder Markus starb, kurz nachdem er zu mir gebracht wurde. Auch Bruder Jakob würde heute nicht mehr leben, wenn ich ihn nicht versorgt hätte.«

»Das Kloster wurde nicht zufällig überfallen. Der Abt besaß wichtige Dokumente. Unsere Männer haben alles durchsucht, konnten das geheime Archiv des Klosters aber nicht finden.«

»Markus und Jakob waren einfache Mönche. Sicher waren sie nicht in alle Geheimnisse des Klosters eingeweiht!«

»Das ist möglich. Dennoch glaube ich, dass der Jesuit eine höhere Stellung im Kloster hatte, als er Euch gegenüber zugibt.«

»Warum sollte er das tun? Ich bin nicht sein Feind.«

»Einem Jesuiten kann man nicht trauen. Nicht einmal in Eurer Lage.«

»Nehmen wir an, Ihr habt Recht und Jakob weiß, wo sich dieses Archiv befindet. Was habe ich mit der Sache zu tun?«

»Das ist ganz einfach. Findet die Antwort auf meine Fragen heraus und sagt mir, wie ich an die gesuchten Dokumente komme. Im Gegenzug sorge ich für Eure Freilassung.«

»Das ist alles?«

»Ja. Seid Ihr einverstanden?«

In Philipps Kopf überschlugen sich die Gedanken. Er wollte seinen neu gewonnen Freund nicht hintergehen. Auf der anderen Seite war Schwarzenbecks Angebot sehr verlockend. Wenn Bruder Jakob tatsächlich nicht aufrichtig zu Philipp gewesen war, warum sollte er ihn dann schonen? Andererseits wusste er nicht, ob er wirklich einen Mann verraten konnte, dem er ein paar Wochen zuvor noch das Leben gerettet hatte.

»Ich werde darüber nachdenken.«

***

Gemeinsam mit tausenden von Prager Bürgern und Gästen, die wegen der Krönung des neuen Königs in die Stadt gekommen waren, stand Magdalena auf dem Vorplatz des Veitsdoms. Polyxena gehörte aufgrund ihres Standes gemeinsam mit Diepold zu den Gästen, die der Krönungszeremonie beiwohnen durften. Sie selbst hatte lange überlegt, ob sie im Anwesen der von Lobkowitzes bleiben, oder sich unter das Volk vor dem Veitsdom mischen sollte. Es war das erste Mal seit Philipps Gefangennahme, dass sie alleine in die Stadt ging.

Als sie vor sich die Prager Burg sah, dachte Magdalena an ihren Ehemann, der irgendwo im Kerker des Gebäudes saß und auf seine Freilassung wartete. Nach den Aussagen Diepolds über den Kurfürsten der Pfalz glaubte sie nicht mehr daran, dass der Tag, an dem sie Philipp endlich wieder in die Arme schließen konnte, nähergekommen war.

Nur mit Mühe gelang es ihr, die Tränen zurückzuhalten. Auf keinen Fall wollte sie von einem der anderen Menschen auf dem Platz angesprochen werden und die Frage beantworten müssen, warum sie traurig war, wo es in dieser Stunde doch allen Grund zum Feiern gab.

Aus dem Stimmengewirr um sich herum erkannte Magdalena, dass auch viele Anhänger aus der Kurpfalz auf dem Platz waren. Sie verstand deren Sprache nicht, sah den Menschen aber an, wie freudig sie auf das Erscheinen ihres Königs warteten. Die Meinungen in der Prager Bevölkerung dagegen waren zwiegespalten. Nicht alle waren froh über die Entscheidung, Friedrich V. zum böhmischen König zu wählen. Keiner wagte es aber, sich lautstark gegen den Kurfürsten zu äußern. Auch wenn die Stimmung auf dem Platz sehr friedlich war, standen überall Landsknechte bereit, um sofort eingreifen zu können, wenn es unter der Bevölkerung zu einem Tumult kam.

Endlich kam der Moment, auf den alle Menschen auf dem Platz warteten. Das Tor zum Veitsdom öffnete sich und eine der Stadtwachen verkündete lautstark, dass der König jeden Moment ins Freie treten würde.

Magdalena spürte ein Kribbeln auf ihren Armen. Noch nie in ihrem Leben hatte sie etwas Ähnliches gesehen. Gespannt starrte sie auf den Dom. Weil sie sehr weit hinten stand, konnte sie nicht sehen, ob jemand aus der Kirche herauskam oder nicht.

Plötzlich entbrannte vor den Toren der Kirche ein regelrechter Jubelsturm. Friedrich V. hatte den Veitsdom also verlassen und zeigte sich seinem Volk.

Die nachfolgenden Stunden erlebte Magdalena wie in einem Wachtraum. Die Menschen feierten ihren König und auch diejenigen, die nicht für den Kurfürsten der Pfalz waren, freuten sich über Fleisch und Brot, das von den Herolden der Stadt im Volk verteilt wurde.

Als sie schließlich zum Haus der von Lobkowitzes zurückkehrte, begann es bereits zu dämmern. Polyxena und Diepold waren noch nicht zurück und würden wohl noch einige Zeit bei den Feierlichkeiten verbringen. Später erfuhr sie von ihrer Gastgeberin, dass die Zeremonie und der anschließende Empfang noch um einiges prächtiger und sicher auch kostspieliger gewesen war, als bei der Krönung Ferdinands zum böhmischen König zwei Jahre zuvor.

***

»Du hättest Elisabeth sehen müssen«, regte sich Polyxena auf. Ihr Gesicht zeigte rote Flecken und ihre sonst tadellos sitzende Kleidung war verrutscht.

»Was ist denn passiert?«, fragte Magdalena überrascht. Sie hatte noch nie erlebt, dass die Gräfin derart außer sich war wie an diesem Tag. Polyxena kam gerade von der Zeremonie zurück, in der Elisabeth zur böhmischen Königin gekrönt worden war. Magdalena war dieses Mal im Haus geblieben. In den letzten drei Tagen war es in Prag zu zahlreichen Streitigkeiten zwischen den katholischen und den evangelischen Bürgern der Stadt gekommen, die unterschiedlich auf ihren neuen König reagierten. Auch Männer aus der Gefolgschaft Friedrichs waren in einige Schlägereien verwickelt gewesen, die inzwischen in den Schänken in Prag zu der Tagesordnung gehörten. Magdalena hatte Angst, ungewollt in eine dieser Auseinandersetzungen hineinzugeraten und deshalb darauf verzichtet, an der Feier anlässlich Elisabeths Krönung teilzunehmen.

»Es ist einer Königin nicht würdig, sich in der Öffentlichkeit so unzüchtig zu zeigen!«, regte sich Polyxena weiter auf. »Schon gar nicht bei ihrer eigenen Krönungszeremonie!«

»Was hat sie den getan?«, fragte Magdalena, die den Grund für Polyxenas Aufregung nicht verstand, erneut.

»Getan hat sie nichts. Sie stand da und hat die Zeremonie lächelnd über sich ergehen lassen.«

»Warum regt Ihr Euch dann so auf?«

»Es war das Kleid!« Polyxenas Gesicht schien noch röter zu werden und die Gräfin musste tief durchatmen. »Reifröcke mögen in England modern sein, sind hier aber völlig fehl am Platz. Das Dekolleté war ein Skandal und passte besser zu einer Dirne, als zu einer Königin!«

»Übertreibt Ihr da nicht ein bisschen?«, fragte Magdalena und musste sich ein Lachen verkneifen. Sie wusste, wie streng ihre Herrin in diesen Dingen war, und konnte sich gut vorstellen, dass sie die kleinste Verfehlung der Königin als Anlass nahm, sich darüber auszulassen.

»Nein. Du musst bedenken, dass Elisabeth kurz vor der Niederkunft ihres vierten Kindes steht!«

»Das ist aber doch erfreulich«, sagte Magdalena.

»Darum geht es nicht. Elisabeth muss lernen, wie sich eine Königin zu verhalten hat! Stell dir vor, sie hat sogar ihren Untertanen die Hand geschüttelt! Ich kenne die Gepflogenheiten am englischen

Hof nicht. Von einer Prinzessin kann man aber ja wohl erwarten, dass sie sich an die Sitten ihres Reiches anpasst!«

Wieder musste sich Magdalena ein Lachen verkneifen, das Polyxenas Wut sicherlich auf sie selbst gezogen hätte. Die Gräfin wetterte noch eine Stunde weiter und beruhigte sich erst, als sie ihrem Gemahl, der kurz nach ihr von der Feier im Rathaus zurückkehrte, ihren Unmut über die Königin ausführlich dargelegt hatte.

Später in ihrem Bett dachte Magdalena wie jeden Abend an Philipp. Die großen Hoffnungen, die sie auf den Kurfürsten der Pfalz und seine Gemahlin gesetzt hatte, waren bitter enttäuscht worden. Ihr blieb nichts, als weiter zu beten und zu hoffen, dass ihr Ehemann seinen Mut nicht verlor.

***

»Sie wollen also, dass du mich aushorchst«, sagte Bruder Jakob und sah Philipp mit bitterer Miene an.

»Schwarzenbeck sagte etwas von einem Versteck im Kloster, von dem nur du weißt, wo es ist.«

»Nur deshalb lebe ich noch«, erwiderte der Mönch nickend.

»Wie meinst du das?«

»Wenn ich den Protestanten sage, was sie wissen wollen, werden sie mich umbringen.«

»Du warst fast tot, als man dich zu mir brachte!«

»Das mag sein. Aber glaubst du, sie hätten zugelassen, dass du mir hilfst, wenn sie mich nicht mehr brauchen würden?«

»Du hast nicht einmal mir etwas von dem Versteck erzählt!«

»Es ist besser, wenn du nicht weißt, wo sich die Dokumente befinden.«

»Warum? Was steht in den Schriften?«

»Auch das solltest du besser nicht wissen.«

Philipp sah den Jesuiten skeptisch an. Dass Jakob ihm so wenig Vertrauen schenkte, grämte ihn mehr, als er dem Mönch gegenüber zugeben wollte. Was konnte so wichtig sein, dass er nicht einmal ihn einweihen wollte?

»Vertraue mir, mein junger Freund. Es ist besser, wenn du das Geheimnis meines Klosters nicht kennst. Das Wissen darum würde dir nur den Tod bringen.«

»Oder die Freiheit …«

»Nein, Philipp. Dieser Schwarzenbeck wird dich nicht freilassen. Wenn ich dir sage, was in den Dokumenten steht, werden die Protestanten nicht das Risiko eingehen, dich am Leben zu lassen.«

»Es reicht, wenn ich ihnen sage, wo das Versteck ist.« Philipp sah nicht ein, dass er wegen eines Geheimnisses, das er noch nicht einmal kannte, in diesem Kerker bleiben sollte. Der Jesuit konnte ihm helfen, hier herauszukommen. Nach allem, was er selbst für Jakob getan hatte, wäre es nicht mehr als richtig, wenn er ihm jetzt half? Philipp glaubte ihm jetzt auch nicht mehr, dass er ein einfacher Bruder im Kloster gewesen war. Sicherlich waren nicht alle Mönche über die Geheimnisse darin eingeweiht!

»Wie stehst du zu Ferdinand?«, fragte Philipp plötzlich.

»Ich bin dem Kaiser treu ergeben. Was soll diese Frage jetzt?« In den letzten Wochen hatte der Jesuit Philipp erzählt, was in der Zeit nach seiner Gefangennahme geschehen war. Daher wusste er von der Krönung in Frankfurt und dem sich immer ausweitendem Krieg.

»Der Inhalt der Schriften wird den Habsburgern großen Schaden einbringen, wenn er an die Öffentlichkeit kommt. Die Schriften dürfen den Protestanten auf keinen Fall in die Hände fallen!«, gestand der Mönch mit einem Seufzen.

»Ich habe nie von deinem Kloster gehört. Wenn die Dokumente tatsächlich so wichtig sind, warum bringt Ferdinand sie dann nicht in Sicherheit?«

»Ich bin mir nicht sicher, ob er von ihrer Existenz weiß. Wir haben bisher immer darauf vertraut, dass niemand in einer so kleinen Gemeinschaft nach den Dokumenten suchen würde.«

»Da habt ihr euch ganz offensichtlich geirrt.« Warum konnte er ihm nicht einfach die Wahrheit sagen? Wenn das Geheimnis wirklich so brisant war, würde er es natürlich für sich behalten! Es ärgerte Philipp, dass Jakob ihm einen Verrat am Kaiser zutraute. Den restlichen Tag sprachen die beiden Männer kein Wort mehr miteinander. Schwarzenbeck hatte mit seinem Angebot einen Keil zwischen sie getrieben. Es lag nun an dem Mönch, dafür zu sorgen, dass er nicht tiefer in ihre Freundschaft eindrang.

Wien, 26. November 1619

»Lange werden wir der Belagerung nicht mehr standhalten können, Eure Majestät«, erklärte Graf von Buquoy mit fester Stimme. »Die Rebellen sind uns zahlenmäßig zu stark überlegen.«

»Ihr müsst die Mauern verteidigen!«, erwiderte der Kaiser energisch. »Es kann nicht mehr lange dauern, bis weitere Soldaten in Wien ankommen. Spanien hat Hilfe versprochen.«

»Müssten die Männer nicht längst hier sein?«, fragte einer der Berater.

»Sie werden kommen.« Ferdinand warf dem Sprecher einen feindseligen Blick zu. »Und kommt mir jetzt nicht wieder damit, dass wir die Stadt früher hätten verlassen sollen!«

Der kaiserliche Berater war klug genug, jetzt nichts zu erwidern. Anton sah dem Mann an, dass er genau diese Bemerkung auf der Zunge gehabt hatte. Seit Beginn der Belagerung durch Graf von Thurn und Bethlen Gábor hatte er Ferdinand immer geraten, die Stadt zu verlassen. Der hatte jedoch davon nichts hören wollen.

Der Kaiser hatte sich mit seinen Beratern und von Buquoy im Audienzzimmer versammelt, um sich über die neusten Entwicklungen informieren zu lassen. Anton saß auf seinem gewohnten Platz und beobachtete den Feldherrn. Er sah müde aus und seine Kleidung war schmutzig. Der Gestank, der von dem Oberst zu ihm herüberwehte, brannte in Antons Nase.

»Sagt den Männern, dass sie einen erhöhten Sold bekommen, wenn sie die Stadt halten!«, befahl der Kaiser.

Wie willst du die Soldaten bezahlen? Die Kassen sind leer. Ein Blick in die Gesichter der kaiserlichen Berater zeigte Anton, dass sie genauso dachten wie er.

Damit war alles gesagt. Von Buquoy stand auf, verbeugte sich leicht und verließ den Raum. Auch der Kaiser schien an einer weiteren Unterredung mit den Beratern nicht interessiert zu sein und erhob sich von seinem Platz. Wenige Minuten später war Anton alleine. Er packte seine Unterlagen zusammen und machte sich auf den Weg in die Bibliothek. Wenn es seine Zeit zuließ, wollte er später noch seine Mutter besuchen.

Nachdem Anton dem Kaiser vom Tod seines Vaters berichtet hatte, hatte der es sich nicht nehmen lassen, seine Mutter zu sich in den Audienzsaal zu rufen und ihr persönlich sein Beileid auszusprechen. Danach hatte Ferdinand alles in die Wege geleitet, damit Josef Serger ein normales Begräbnis bekam und nicht zu den anderen Toten vor der Stadtmauer gebracht wurde. Dies würde Anton dem Kaiser niemals vergessen.

Johanna Serger war nach dem Begräbnis zurück in ihr Haus gegangen. Dort hatte sie Freunde und Nachbarn, die sich um sie kümmerten. In der kleinen Kammer im Kaiserhof wäre sie die meiste Zeit über alleine gewesen. Anton hätte seine Mutter lieber in seiner Nähe behalten. So lebte er in der ständigen Angst, dass er bald auch ihren Tod zu beklagen hatte.

***

»Wenn du zwei Tage hier liegen bleibst und Ruhe gibst, wird es dir besser gehen«, sagte Anna Winter, nachdem sie Hermann das Bein verbunden hatte, und warf ihm ein freundliches Lächeln zu.

»Ich danke dir.«

Die junge Frau ging zum nächsten Verwundeten, der auf einer Liege lag und sich nicht rührte. Der Soldat war bereits versorgt worden. Ein dicker Verband umwickelte seinen kompletten Brustkorb. Anna hatte Hermann erzählt, dass der Mann von mehreren Holzsplittern getroffen worden war und wohl nicht überleben würde. Er beobachtete die Helferin, wie sie dem Verwundeten mit einem feuchten Tuch den Schweiß von der Stirn tupfte. Es beeindruckte ihn, wie aufopferungsvoll sie die Verwundeten versorgte und für jeden ein freundliches Wort übrig hatte, obwohl sie sich vor Müdigkeit selbst kaum auf den Beinen halten konnte.

Das behelfsmäßige Lazarett im Rathaus quoll über vor Verletzten. Viele würden diesen Raum nicht mehr lebend verlassen. Hermann wusste, dass er selbst spätestens am nächsten Morgen von seinem Rittmeister vom Krankenlager weggeholt werden würde. Sein Bein war unter einem Steinbrocken eingeklemmt gewesen und schmerzte entsetzlich. Da er aber in der Lage war, eine Muskete abzufeuern, würde er sich schnell auf der Stadtmauer wiederfinden, um Wien gegen die Rebellen zu verteidigen. Das käme einem Todesurteil gleich, weil der ehemalige Schmied nicht mehr in der Lage war, sich vor den feindlichen Kugeln in Sicherheit zu bringen. Darauf konnte der Rittmeister aber keine Rücksicht nehmen und würde es auch nicht tun. Es waren einfach zu wenige Soldaten in der Stadt und die Übermacht der Protestanten war erdrückend.

Die anhaltende Belagerung hatte ihre Spuren unter den Soldaten hinterlassen. Viele waren krank und hatten Fieber. Das nasskalte Wetter und das wenige Essen zehrten an den Kräften im Heer. Hinzu kamen die Seuchen.

In den letzten Tagen schien sich die Zahl der Ratten in Wien mindestens verzehnfacht zu haben. Der Kaiser hatte befohlen, riesige Massengräber ausheben zu lassen, damit die Toten nicht weiter im Freien verwesten und Krankheiten über das Heer verbreiteten. Aber es war bereits zu spät. Die Menschen berichteten von Schmerzen in der Wirbelsäule, Blindheit und Beschwerden beim Wasserlassen. Viele hatten Pusteln in den Augen, spien Blut oder waren am ganzen Körper voller Geschwülste.

Hermann vermutete, dass auch das protestantische Heer mit Seuchen und Krankheiten zu kämpfen hatte. Warum sonst konnte der alles entscheidende Angriff bisher ausgeblieben sein? Die vereinten Truppen von Bethlen Gábor und Matthias von Thurn waren so gewaltig, dass sie die Stadt irgendwann einfach überrennen *mussten*. Noch konnten sich die Kaiserlichen hinter den Mauern Wiens verschanzen. Bald würde von denen aber nicht mehr genug übrig sein, um ihnen Deckung zu bieten.

Hermann lehnte sich zurück und wartete auf das Donnern der Kanonen. In den letzten Tagen waren die Kämpfe in der Abenddämmerung immer am heftigsten gewesen. Heute blieb es jedoch still. Hermann glaubte nicht daran, dass diese Ruhe etwas Gutes zu bedeuten hatte.

***

Noch nie hatte Anton einen Menschen gesehen, der ein derart verwahrlostes Bild abgab, wie der Landsknecht, der an diesem Morgen gemeinsam mit von Buquoy ins Audienzzimmer des Kaisers gekommen war. Seine Hose war voller Löcher und fehlte unter dem rechten Knie ganz. Anton musste schlucken, als er das blutverkrustete und angeschwollene Schienbein des Mannes sah. Seine Weste hatte keine Knöpfe mehr und war voller Dreck.

Der Schreiber war gespannt, was der Soldat zu berichten hatte. Normal war es nicht, dass ein einfacher Landsknecht in das Audienzzimmer des Kaisers vorgelassen wurde. Auch Ferdinand rümpfte leicht die Nase, als er den verwahrlosten Mann näher betrachtete. »Was hast du mir zu berichten?«, fragte er schließlich.

»Es geht um die ungarische Armee, Eure Majestät. Bethlen Gábors Heer rüstet sich zum Aufbruch.«

»Sie wollen die Belagerung abbrechen?« Anton hatte den Kaiser bisher nur selten überrascht erlebt. Jetzt war einer dieser Augenblicke. Ferdinand schaute den Soldaten ungläubig an. »Du musst dich irren.«

»Ich versichere Euch, dass ich die Wahrheit sage, Eure Majestät. Gábor will nach Ungarn zurückkehren. Ich habe es selbst gehört.«

»Ihr wart also im feindlichen Lager?«

»Ja, Eure Majestät«, antwortete jetzt von Buquoy. »Hans Ruprecht hat beim letzten Angriff der Rebellen so getan, als würde er ins feindliche Lager überlaufen.«

»Und das haben die Rebellen geglaubt?«

»Zunächst wurde ich eingesperrt«, berichtete Ruprecht. »Später hat man mich aber zu Gábor persönlich geführt. Er wollte, dass ich ihm Auskunft über die Schwachstellen der Verteidigung gebe.«

»Was du hoffentlich nicht getan hast!«

»Natürlich nicht, Eure Majestät. Ich habe versucht, die Protestanten in eine Falle zu locken. Später hätte ich meinem Oberst genau sagen können, wo der nächste Angriff zu erwarten ist, und wir hätten die Rebellen zurückgeschlagen.«

»Was ist dann passiert?«

»Ein Reiter ist in das Lager gekommen. Ich habe nicht alles verstanden, weil die Männer Ungarisch gesprochen haben. Wie es aussieht, haben die Polen mehrere Tausend Kosaken über die Karpaten nach Oberungarn geschickt. Gábor muss zurück, um sein Land zu verteidigen.«

»Es ist nicht sein Land«, entgegnete der Kaiser mürrisch.

»Er betrachtet es aber als solches«, erklärte von Buquoy.

»Was ist mit den Böhmen?«

»Als ich die Nachricht aus Ungarn gehört habe, bin ich aus dem Lager der Rebellen geflohen, um Euch zu berichten, Eure Majestät. Ich weiß nur, dass das böhmische Heer sehr unter Kälte, Hunger und Seuchen zu leiden hat. Ohne die Ungarn werden sie die Belagerung nicht lange aufrecht halten können.«

»Ich bin dir dankbar für deine Leistung«, sagte Ferdinand und nickte dem Soldaten anerkennend zu. Dann wandte er sich an von Buquoy. »Sorgt dafür, dass er ein Bad, neue Kleidung und eine warme Mahlzeit bekommt. Dann macht ihn zum Rittmeister.«

»Vielen Dank, Eure Majestät«, sagte Ruprecht und verbeugte sich vor dem Kaiser.

Nachdem von Buquoy das Audienzzimmer gemeinsam mit seinem Soldaten verlassen hatte, ging Ferdinand zum Fenster und riss es weit auf. Anton musste sich ein Grinsen verkneifen. Der Gestank, der von dem Mann ausgegangen war, war wahrlich unerträglich gewesen.

Am Abend berichteten die Späher, dass Bethlen Gábor tatsächlich mit seinem Heer abgezogen war. Auch die Böhmen machten sich bereit, Wien zu verlassen. Die Stadt war tatsächlich erneut mit dem Schrecken davongekommen, auch wenn sie dieses Mal beinahe gefallen wäre. Anton war erleichtert. Er hoffte, dass von Thurn nicht so schnell wieder in der Lage sein würde, einen Angriff auf Wien durchzuführen. Im Gegenteil war jetzt für die Kaiserlichen der Zeitpunkt gekommen zurückzuschlagen.

Prag, 27. Dezember 1619

»Wenn wir den kalvinistischen Glauben in Böhmen verbreiten wollen, dürfen wir jetzt nicht nachlassen!«, sagte Abraham Scultetus aufgeregt. Die an beiden Mundwinkeln heruntergewachsenen Spitzen seines Vollbartes zitterten leicht. »Die katholischen Götzenbilder müssen verschwinden, damit das Volk sehen kann, dass nur die unsrige Religion die richtige ist!«

»Ihr habt den Veitsdom von allen Reliquien befreit?«, fragte Friedrich, der voll auf der Seite seines Hofpredigers stand.

»Nicht von allen. Auch der Marienaltar von Lucas Cranach muss zerstört werden!«

»Tut, was Ihr meint, tun zu müssen«, antwortete Friedrich müde. Seit seinem Regierungsantritt hatte er kaum eine freie Minute genossen. Die Schlange der Bittsteller, die den König um eine Entscheidung zu ihren Gunsten anflehten, schien kein Ende nehmen zu wollen.

»Die Baumeister der Kathedrale weigern sich, meinen Befehlen nachzukommen. Sie sagen, es sei ein Frevel, den Altar zu zerstören. Auch das Domkapitel stellt sich gegen uns.«

»Dann lasst sie in den Kerker werfen!«

»Davon wird der Altar aber nicht zerstört, Eure Majestät.«

»Was kann ich dagegen tun?«

»Ich bitte Euch um die Erlaubnis, ein paar der pfälzischen Landsknechte mit in die Veitskathedrale nehmen zu dürfen. Sie werden die Arbeiter davon überzeugen, meine Befehle zu befolgen.«

Friedrich antwortete seinem Hofprediger nicht sofort. Wenn er seine persönliche Leibgarde in den Veitsdom schickte, würde es der Bevölkerung so erscheinen, als habe der König den Altar persönlich zerstört. Natürlich wollte auch er die Nachlassenschaft der katholischen Regenten beseitigt wissen. Es galt aber zu vermeiden, dass er damit den Hass der Prager Bevölkerung auf sich zog, die diesen

Schritt sicher nicht gutheißen würde. Wenn er Scultetus die Säuberung der Kirchen überließ, hielt er sich die Möglichkeit offen, dem Hofprediger später die Schuld zuzuweisen.

»Habt Ihr dem Domkapitel nicht gestattet, einen Teil der Reliquien in den Gewölben zu verwahren?«

»Natürlich habe ich das, Eure Majestät.«

»Droht damit, alles zu zerstören! Dann werden sie Euren Anweisungen schon Folge leisten.«

»Das werde ich tun. Ich danke Euch.«

»Meinst du nicht, dass du der Prager Bevölkerung zu viel zumutest, wenn du Scultetus wie einen Berserker in der Stadt wüten lässt?«, fragte Elisabeth, nachdem der Hofprediger den Raum verlassen hatte. Bisher hatte sie schweigend in ihrem Sessel gesessen und das Gespräch ihres Gemahls mit dem Hofprediger scheinbar teilnahmslos verfolgt. Noch immer weigerte sie sich eine andere Sprache, als die Englische zu verwenden, auch wenn sie mittlerweile alles verstand, was auf Deutsch gesprochen wurde.

»Im Grunde hat er recht. Wir können den kalvinistischen Glauben in Böhmen nicht festigen, wenn die Bürger die katholischen Götzenbilder immer vor Augen haben.«

»Das mag sein, mein Gemahl. Wie aber wird der Kaiser reagieren, wenn er hört, was in Prag vor sich geht?«

»Was Ferdinand denkt ist nicht mehr von Bedeutung«, entgegnete Friedrich gereizt.

»Ein Krieg mit den Habsburgern wird sich dann aber nicht mehr vermeiden lassen«, sagte Elisabeth.

»Der lässt sich ohnehin nicht mehr verhindern.« Friedrich sah seine Gemahlin an, die ihm einen bitteren Blick zuwarf. »Entschuldige, meine Liebe«, sagte er dann, stand auf, ging zu Elisabeth und nahm sie in den Arm. »Ich wollte dich nicht so anfahren.«

Vor wenigen Tagen hatte Elisabeth ihren Sohn Ruprecht zur Welt gebracht. Friedrich wollte, dass sie sich erholte und sich nicht unnötig aufregte. Zum wiederholten Mal, seitdem er die Wahl zum böhmischen König angenommen hatte, fragte er sich, ob das nicht ein Fehler gewesen war.

***

»Ihr müsst etwas unternehmen!«, forderte Jakob Hüberl Diepold von Lobkowitz auf und sah ihn beinahe flehend an.

»Was ist denn passiert?«, entgegnete der Graf überrascht.

Magdalena unterbrach ihre Näharbeit und blickte zu dem Besucher auf, der unangekündigt in den Saal des Anwesens der von Lobkowitzes geplatzt war. Sie hatte den Mann schon einmal gesehen und wusste, dass er für die Hofbauten der Prager Burg zuständig war. Hüberl war völlig aufgelöst. Schweißperlen glänzten auf der haarlosen Kopfhaut und seine Augen, die unter den fast weißen Brauen hervorzuquellen schienen, bewegten sich unruhig hin und her.

»Bitte. Ich flehe Euch an. Folgt mir in den Veitsdom. Dieser Mensch ist völlig wahnsinnig geworden!«

»Von wem sprecht Ihr?«

»Vom Hofprediger des Königs. Der lässt in der Kathedrale keinen Stein auf dem anderen!«

»Beruhigt Euch und berichtetet von Anfang an.«

Hüberl konnte sich sicher sein, die volle Aufmerksamkeit aller Anwesenden im Raum auf sich zu vereinigen. Magdalena war genauso gespannt, zu hören, was der Hofbauschreiber zu berichten hatte wie Polyxena und Diepold.

»Es begann vor den heiligen Feiertagen. Mitten in der Andacht kam Scultetus in den Dom und hat die heiligen Kreuze entfernen lassen. Bilder wurden abgehängt und mit Lanzen durchbohrt. Wir haben versucht den Frevel zu verhindern, wurden aber einfach zur Seite gestoßen. Gemeinsam mit dem Maler Hans von Feld konnte ich einen Teil der Werke retten und in die Kapellen bringen. Wir haben den Zimmerleuten befohlen, achtsam mit den heiligen Schätzen umzugehen, aber sie haben gewütet wie die Barbaren. Vieles wurde einfach zerstört. Der Hofprediger hat Teile der Reliquien in Körben zu sich nach Hause bringen lassen und dort verbrannt!«

»Was hat das Domkapitel dagegen unternommen?«, fragte Diepold, dessen Miene sich mit jedem Wort des Hofbauschreibers weiter verfinstert hatte.

»Sie konnten nichts dagegen tun. Sie haben aber das Ebenholzkruzifix, das beim Mausoleum stand, und weitere heilige Reliquien und Bilder an einen sicheren Ort gebracht.«

»Warum kommt Ihr erst jetzt zu mir?«

»Ich hatte gehofft, dass dieser schreckliche Frevel ein Ende hat, nachdem Scultetus endlich aus der Kathedrale verschwand. Heute jedoch haben sie begonnen, den Marienaltar in der Sigmundskapelle zu zerstören. Sie wollen sogar das Grab des heiligen Wenzel aufbrechen!«

»Das muss um jeden Preis verhindert werden!«, schrie Polyxena aufgebracht.

»Ich werde sofort in die Prager Burg reiten«, sagte Diepold. »Dieser Frevel muss ein Ende haben. Das Direktorium muss den König in seine Schranken verweisen, wenn es nicht zu einem Aufstand in der Stadt kommen soll.«

***

Schon bevor Diepold die Steinbrücke erreichte, hörte er den Lärm, der von dort aus in die Prager Innenstadt hallte. Er trieb sein Pferd zur Eile an. Es wurden wütende Schreie ausgestoßen, und als ein Schuss fiel, galoppierte der Graf den restlichen Weg. Als er an der Brücke ankam, stockte ihm der Atem.

»Was um Gottes Willen macht Ihr hier?«, schrie er Scultetus an, der sich mit seinen Vasallen und rund einem Dutzend Landsknechten auf der Brücke aufhielt.

Auf beiden Seiten drängten sich wütende Bürger vor, die Steine in den Händen hielten und bereit waren, diese gegen den Hofprediger des Königs einzusetzen. Auf dem gepflasterten Boden lag ein Mann und rührte sich nicht mehr.

»Wir müssen die Stadt von allen Götzenbildern befreien!«, rief Scultetus über den Lärm hinweg und starrte Diepold aus weit aufgerissenen Augen an. »Diese Brücke ist voll davon.«

»Das könnt ihr nicht tun!«, ächzte Diepold und war fast starr vor Entsetzen. Hatte der Mann jetzt endgültig den Verstand verloren?

»Ich handele im Auftrag des Königs.«

»Auch Friedrich hat nicht das Recht, die Stadt zu zerstören!«, entgegnete Diepold zornig. Er wusste, dass es für ihn als katholischen Adeligen gefährlich werden konnte, sich öffentlich gegen den König zu stellen, war aber derart außer sich, dass er sich in diesem Moment keine Gedanken mehr über die möglichen Folgen seines Eingreifens machen wollte.

»Geht mir aus dem Weg!«, forderte der Hofprediger Diepold auf. »Wir werden unsere Arbeit an der Brücke fortsetzen.«

Scultetus befahl seinen Vasallen lautstark, die Skulpturen am Rand der Brücke zu zerschlagen. Sofort flogen die ersten Steine. Diepold wich auf seinem Pferd ein paar Meter zurück. Er wollte nicht zwischen die Auseinandersetzung der Bürger mit dem irren Hofprediger geraten und schon gar nicht eingreifen. Sollte Scultetus jetzt und hier seine gerechte Strafe für seinen Frevel erhalten, wollte er dies auf keinen Fall verhindern.

Die Landsknechte zogen einen engen Ring um den Hofprediger, um ihn zu beschützen. Der Zorn der Bürger richtete sich jetzt auf seine Vasallen. Sie wurden von Steinen getroffen, und als einige Männer mit Knüppeln auf sie losgehen wollten, griff Diepold doch ein.

»Hört sofort auf!«, schrie er über die Brücke. »Lasst die Männer in Ruhe. Sie tun lediglich ihre Arbeit.«

»Sie zerstören unsere Stadt«, kam eine Stimme aus der Menge.

»Das können wir nicht zulassen«, schrie ein Zweiter.

»Nein. Das können wir nicht«, stimmte Diepold dem Mann lautstark zu. »Und das werden wir auch nicht. Ich werde dafür sorgen, dass dieser Wahnsinn ein Ende hat. Verlasst die Brücke und geht zurück an eure Arbeit!«

Nur widerwillig verließen die Bürger die Brücke und machten den Weg frei. Diepold von Lobkowitz war einer der Ihrigen und die Menschen vertrauten darauf, dass der Graf zu seinem Wort stand.

Die Landsknechte geleiteten den Hofprediger, der die Menschen um sich herum mit bleichem Gesicht anstarrte, in Richtung Prager Burg. Diepold hoffte, dass Scultetus für diesen Tag genug hatte und seine blinde Zerstörungswut zunächst gestoppt war.

»Was wollt Ihr gegen diesen Irren unternehmen?«, fragte Hüberl, der inzwischen ebenfalls an der Steinbrücke angekommen war.

»Ich werde mit dem König persönlich reden. Er muss Scultetus in seine Schranken weisen, wenn er nicht will, dass die Bürger der Stadt in die Prager Burg stürmen.«

***

»Was ist geschehen? Warum stürmt Ihr wie ein Irrwisch hier herein?«

»Ich muss zum König!«, beantwortete Diepold die Frage von Graf Wenzel Wilhelm von Ruppau, auf den er in der Eingangshalle des Schlosses traf.

»Friedrich V. darf nicht gestört werden! Seine Exzellenz hat sich zur Ruhe begeben. Ihr könnt nicht so einfach zu ihm gehen und müsst Euch an die Audienzzeiten halten.«

»Die Stadt steht kurz vor einer Revolte«, entgegnete Diepold aufgebracht. »Wenn der König nicht sofort etwas unternimmt, wird er seine Krone verlieren!«

»Was ist passiert?«

In knappen Sätzen berichtete Diepold von den Vorkommnissen an der Steinbrücke und dem Gerücht, dass Friedrich auch das Wenzelgrab aufbrechen lassen wolle. Der Vorsitzende des Direktoriums verstand schnell, wie brisant die Lage in der Stadt geworden war. Sie saßen auf einem Pulverfass.

»Ich begleite Euch zum König«, erklärte von Ruppau schließlich. »Diese Angelegenheit duldet tatsächlich keinen Aufschub.«

Die beiden Männer gingen in Richtung der königlichen Gemächer und trafen dort auf Christian von Anhalt. Der wollte sie zunächst nicht zu Friedrich vorlassen, war aber ebenfalls geschockt, als er vom Ausmaß der Säuberungsaktion des Hofpredigers hörte.

»Geht in den Audienzsaal. Ich werde dafür sorgen, dass seine Majestät in wenigen Minuten dort erscheinen wird!«

Es dauerte länger als eine Stunde, bis Christian von Anhalt gemeinsam mit König Friedrich V. im Audienzsaal eintraf. Er war sichtlich ungehalten über die Störung und forderte Diepold und von Ruppau auf, ihr Anliegen zügig vorzutragen.

»Ich habe vollstes Vertrauen in meinen Hofprediger«, sagte der König, nachdem Diepold seinen Bericht beendet hatte. »Er wird tun, was getan werden muss.«

»Er wird einen Bürgerkrieg verursachen«, sagte Diepold warnend. »Das Volk wird es sich nicht gefallen lassen, wenn die Zerstörungen in der Stadt nicht sofort beendet werden.«

»Die Götzenbilder müssen verschwinden!«, entgegnete der König und schüttelte energisch den Kopf.

»Vielleicht sollten wir dem Ansinnen dieser Männer nachgeben, Eure Majestät«, warf Christian von Anhalt ein. Der engste königliche Berater hatte bis dahin geschwiegen und dem Gespräch mit nachdenklicher Miene zugehört.

»Warum sollte ich das tun?«

»Wir befinden uns im Krieg. Es ist nur eine Frage der Zeit, bis der Ferdinand seine Truppen nach Böhmen schicken wird. Glaubt Ihr, Euer Volk wird für Euch kämpfen, wenn Ihr es gegen Euch aufbringt? Wir dürfen nicht riskieren, dass sich die Bürger der Stadt gegen uns stellen, sollten die Kaiserlichen tatsächlich irgendwann vor den Toren Prags stehen!«

Nach Christian von Anhalts Appell an den König herrschte einige Minuten Schweigen im Saal. Friedrich schaute die drei Männer mit zusammengepresster Miene an. Schließlich nickte er.

»Vielleicht habt Ihr recht. Ich werde Scultetus anweisen, dass die Zerstörungen ein Ende haben müssen. Lediglich im Veitsdom werde ich keine Götzenbilder dulden! Das Domkapitel soll die verbliebenen Reliquien und Gemälde entfernen oder verhängen. Geschieht dies nicht, wird mein Hofprediger diese Aufgabe selbst übernehmen.«

Wien, 19. Januar 1620

Eintrag in die kaiserliche Chronik des Heiligen Römischen Reiches Deutscher Nation:

Die Bürger in Wien erholen sich nur langsam von der neuerlichen Belagerung durch die protestantischen Rebellen. Nach dem Abzug der Heere aus Böhmen und Ungarn wurde das Volk von Hunger und Seuchen heimgesucht. Die winterliche Kälte tut ihr Übriges.

In den Kriegsgebieten sind die Kämpfe zur Ruhe gekommen. Die Soldaten der verfeindeten Lager warten in ihren Winterquartieren auf den Frühling.

Während Graf von Buquoy wieder nach Budweis gezogen ist und dort ausharrt, bereitet Erzherzog Maximilian von Bayern seinen Feldzug nach Oberösterreich vor. Sein Feldherr Johann Reichsgraf von Tilly soll von dort aus im Frühjahr über die Kurpfalz nach Böhmen marschieren.

Kaiser Ferdinand II. hat einen Pakt mit dem protestantischen Kurfürsten von Sachsen geschlossen, in dem Johann Georg verspricht, die Rebellen in der Ober- und Niederlausitz zu bezwingen. Als Lohn verspricht ihm der Kaiser die Lausitz mit der Stadt Bautzen.

König Philipp III. von Spanien hat weitere Hilfe versprochen. Er will die Truppen von Graf von Buquoy in Böhmen verstärken und sagt die Zahlung von einer Millionen Dukaten zu.

Unbeeindruckt von der Bedrohung feiert der unrechtmäßige Träger der böhmischen Krone derzeit in Prag rauschende Feste. In den Zeitungen wird er bereits jetzt als Winterkönig verspottet, weil ihm eine nur kurze Regierungszeit prophezeit wird.

Anton holte tief Luft und blies die Tinte auf den Seiten vor sich trocken. Dann legte er die Schreibutensilien an ihren Platz zurück, stand auf und trat ans Fenster. Für den heutigen Tag hatte sich der kaiserliche Schreiber vorgenommen, ein paar Schriften in der Bibliothek zu sortieren. Ferdinand II. war zur Jagd aufgebrochen und würde Antons Dienste daher nicht mehr benötigen. Der war in den letzten Wochen viel zu selten dazu gekommen, die anfallenden Arbeiten in der Bibliothek zu verrichten.

Wieder einmal wurde Anton schmerzlich bewusst, wie sehr ihm Resi fehlte. Ihre Hilfe in der Bibliothek war unbezahlbar gewesen. Irgendwann würde er sich nach jemandem umsehen müssen, der ihn bei seiner Arbeit unterstützte. Da er aber immer noch darauf hoffte, dass die Ungarin irgendwann zu ihm zurückkehrte, schob er die Suche nach einem neuen Helfer immer weiter auf.

Tief im Innern wusste der Schreiber, dass er Resi für immer verloren hatte. Eingestehen wollte er sich das aber nicht. Er hätte die junge Ungarin auch gegen den Willen seiner Mutter, der es inzwischen etwas besser ging, geheiratet und war davon überzeugt, dass sie gemeinsam hätten glücklich werden können. Mit seinem übereilten Antrag hatte er jedoch alles zerstört.

Plötzlich wurde die Tür zur Bibliothek aufgestoßen. Anton fuhr hoch und sah seinen Besucher, mit dem er hier am allerwenigsten gerechnet hatte, überrascht an.

»Ich habe unser Problem gelöst«, verkündete Oberst von Collalto stolz. »Die kleine Hure ist keine Gefahr mehr!«

***

»Warum kannst du nicht einfach hier bei mir bleiben?« Anna sah Hermann aus traurigen Augen an.

»Du weißt, dass ich meinem Rittmeister verpflichtet bin. Ich kann das Heer nicht verlassen.«

»Du wirst sterben, wenn du nach Böhmen gehst.«

»Nein, Anna. Ich werde zu dir zurückkehren.«

Hermann saß mit der Pflegerin, die er im Lazarett kennengelernt hatte, auf einer Mauer vor der Kirche. Dank ihrer Fürsorge war das Bein des Schmieds verheilt und bereitete ihm keine Probleme mehr. In den letzten Wochen hatten sich die beiden oft getroffen und gemerkt, dass sie viel füreinander empfanden. Hermann wusste aber, dass ihre Liebe keine Zukunft haben konnte. Spätestens wenn der Winter vorüber war, würde er unter der Führung von Oberst von Collalto nach Böhmen zurückkehren, wo sich Graf von Buquoy bereits mit seinen Truppen im Winterquartier befand. Nach der Belagerung von Wien war eine trügerische Ruhe eingekehrt. Diese würde mit dem Ende des Winters verschwinden.

»Du könntest in Wien als Hufschmied arbeiten. In den Stallungen des Kaisers findest du sicher eine Anstellung.«

»Nein, Anna. Wenn ich meine Truppe verlasse, bin ich ein Verräter. Ich werde sicher keine Arbeit finden. Eher hängen sie mich auf, oder werfen mich in den Kerker.«

»Dann begleite ich dich!«

»Das kommt nicht in Frage!«, entgegnete Hermann entsetzt. »Es ist zu gefährlich für dich, wenn du mit dem Heer in den Krieg ziehst.«

»Andere Frauen tun das auch.«

»Das mag sein. Viele von ihnen kehren aber nicht zurück. Ich könnte den Gedanken nicht ertragen, dich in ständiger Gefahr zu wissen.«

»Dann werden wir uns niemals wiedersehen.«

»Doch Anna, ich werde zu dir zurückkehren! Der Krieg in Böhmen wird nicht ewig dauern.« Hermann fühlte sich, als würde ein schwerer Stein auf seiner Seele lasten. Er würde nichts lieber tun, als in Wien zu bleiben und Anna Winter zu heiraten. Das war ihm aber nicht möglich. Von Collalto duldete keinen Verrat. Er würde ihn persönlich zur Rechenschaft ziehen, wenn er sich jetzt von seiner Truppe abwendete.

»Du hast gesagt, dass du mich liebst. War das etwa eine Lüge?«

»Ich komme wieder. Ich verspreche es dir!«

***

»Was wollt Ihr damit andeuten?« Anton sah von Collalto mit einer Mischung aus tiefster Abneigung und aufkeimendem Entsetzen an.

»Ihr scheint nicht sehr gut auf Eure Gehilfin aufgepasst zu haben. Sie ist mir direkt in die Arme gelaufen.«

Als Anton das widerliche Grinsen im Gesicht des Spaniers sah, hätte er sich am liebsten auf ihn gestürzt. Er wusste aber, dass er ihm körperlich unterlegen war.

»Was habt ihr getan? Wo ist Resi jetzt?«

»Sie wird uns keine Sorgen mehr bereiten.«

»Sagt endlich, was passiert ist!« Anton hatte dem Spanier die Worte ins Gesicht geschrien, aber der lächelte ihn lediglich hochnäsig an und stolzierte in der Bibliothek herum wie ein Pfau.

»Ich wusste ja nicht, mit wem ich es zu tun hatte, als die Hure uns in die Hände gefallen ist. Als sie anfing von ihrer Schwester zu reden, bin ich allerdings schnell darauf gekommen, welcher Vogel mir da ins Nest geflattert ist. Ihr habt der Kleinen nichts von Vronis Tod erzählt!«

Offensichtlich hast du das nachgeholt. Anton ballte die Hände so fest zu Fäusten, dass sich die Nägel seiner Finger in die Handballen bohrten.

»Sie hat geheult wie ein Schlosshund, als sie vom tragischen Tod ihrer Schwester gehört hat. Als sie dann auch noch erfuhr, wie sehr Ihr sie hintergangen habt, war sie mit den Nerven am Ende.«

»Was habt Ihr ihr angetan?«

»Zunächst haben meine Männer und ich uns ein paar schöne Stunden mit der Hure gemacht, dann …«

»Ihr habt sie geschändet!«, schrie Anton völlig außer sich.

»Das ist so ein böses Wort. Sagen wir lieber, wir haben uns miteinander vergnügt.«

»Was ist dann geschehen?« Der kaiserliche Schreiber wusste die Antwort bereits, wollte aber aus dem Mund des Offiziers das Geständnis hören, dass sie Resi umgebracht hatten.

»Ich habe sie in den Fluss werfen lassen.«

»Ihr seid ein dreckiger Mörder.«

»Der Krieg fordert eben seine Opfer.«

»Resi hatte nichts mit dem Krieg zu tun!«

»Das würden die Bauern auch sagen, die überall im Reich erschlagen auf ihren Feldern liegen.«

Anton spürte, wie ihm das Blut in den Kopf stieg. Dem Spanier machte es sichtlich Freude, ihm von seinen Taten zu berichten. Anton wurde schlecht. Er war kurz davor, sich zu übergeben.

»Verschwindet sofort aus dieser Bibliothek. Ich möchte nie wieder etwas mit Euch zu schaffen haben!«

»Das werdet Ihr nicht. Es sei denn, die ungarischen Huren haben weitere Schwestern.« Von Collalto stieß ein dreckiges Lachen aus, drehte sich dann aber endlich um und ging auf den Ausgang zu. Anton zitterte am ganzen Körper und musste sich zusammenreißen, sich nicht auf den Mann zu stürzen, der sicher nur auf einen Grund wartete, ihn ebenfalls aus dem Weg zu schaffen. Anton schrie vor Schmerzen auf, als er seine Hände öffnete. Finger und Ballen waren blutverschmiert.

Prag, 27. Januar 1620

»Es muss dringend etwas passieren!«, sagte Friedrich und sah Christian von Anhalt ärgerlich an. »Die protestantischen Stände und allen voran dieser Matthias von Thurn führen meine Befehle nicht aus und halten wichtige Informationen zurück!«

»Die Lage in Böhmen ist schwierig, Eure Majestät. Ihr habt Eure Krone erst vor wenigen Wochen entgegengenommen. Es dauert seine Zeit, bis unsere Ziele verwirklicht werden können.«

»Wir haben keine Zeit! Ich verlange, dass meine Befehle ausgeführt werden. Wie soll ich das Reich sonst vor dem Kaiser und seinen Truppen beschützen?«

»Wir müssen Geduld haben«, sagte Christian von Anhalt eindringlich. »Die wichtigsten Ämter in Prag sind bereits durch unsere Vertrauten besetzt.«

»Was hilft das, wenn das Direktorium seine Weisungen hinter unserem Rücken weitergibt?«

»Vielleicht sollten wir dem protestantischen Adel weiter entgegenkommen?!«

»Wie meint Ihr das?«

»Die Stände sehen ihre Erwartungen gefährdet.«

»Was wollen sie denn?«

»Sie haben die gleichen Forderungen an Euch, die vorher bereits von Ferdinand nicht erfüllt wurden. Sie wollen die Respektierung ihrer rechtlichen, politischen und kulturellen Traditionen.«

»Die habe ich den Ständen bereits mehrfach versichert.«

»Aber Ihr handelt nicht danach.«

»Wie meint Ihr das?«, gab der König ärgerlich zurück. Christian von Anhalt war einer von denen gewesen, die ihn davon überzeugt hatten, die böhmische Krone anzunehmen. Stellte er sich jetzt etwa gegen ihn?

»Mit der Zerstörung ihrer Heiligtürmer im Veitsdom habt Ihr das Volk gegen Euch aufgebracht.«

»Daran ist Scultetus schuld!«

»Das Volk glaubt, dass der Hofprediger in Eurem Namen handelte. Ihr müsst ein Zeichen setzen, dass Ihr auf der Seite der Prager Bürger steht.«

Friedrich sah seinen Berater nachdenklich an. Vielleicht hatte von Anhalt recht. Wenn es nicht gelang, Ruhe in die Straßen Prags zu bringen, konnte es passieren, dass die Bürger sich bei einer Belagerung auf die Seite der Angreifer stellten und die Tore vom Innern der Stadt aus niederrissen. »Was schlagt Ihr vor?«

»Nach der Krönung haben die Menschen in der Stadt weder Euch, noch Eure Gemahlin zu Gesicht bekommen. Wenn Ihr wollt, dass die Menschen Vertrauen zu Euch haben, solltet Ihr Euch ihnen zeigen.«

»Ich soll mich der Öffentlichkeit zur Schau stellen?«

»Ja, Eure Majestät. Von einem König erwarten die Menschen das.«

»Ich verstehe die Leute nicht einmal, wenn sie mir etwas zuschreien.«

»Auch daran müsst Ihr arbeiten.« Christian von Anhalt faltete die Hände vor sich auf dem Tisch zusammen und rückte mit seinem Gesicht näher an Friedrich heran. »Lernt die tschechische Sprache und zeigt dem Volk, dass Ihr zu den Menschen in Böhmen gehört!«

Friedrich wich dem Blick seines Beraters aus. Er hatte nicht die Absicht, sich seines Volkes untertan zu machen. Er war der König und die Menschen hatten zu ihm aufzusehen. Egal, ob es sich bei ihnen um Bauern oder Adelige handelte. Ganz von der Hand zu weisen waren Christians Argumente allerdings nicht.

»Vielleicht sollte ich wirklich versuchen, auf die Menschen zuzugehen. Zunächst aber gilt es, den Krieg mit Ferdinand auszufechten!«

»Gerade dafür braucht ihr die Menschen in Böhmen. Das Volk wird nicht für einen König kämpfen, der sich von ihm abwendet.«

»Also gut«, sagte Friedrich nach einer Weile. »Lasst die Kutsche einspannen und alles Nötige vorbereiten. Ich spreche mit Elisabeth. Wir werden den Prager Bürgern noch heute ihren König und ihre Königin präsentieren.«

»Was ist mit den anderen Teilen des Reichs?«

»Ich werde eine Reise durch Böhmen antreten. Kümmert Euch darum, dass ich Prag in drei Tagen verlassen kann.« Friedrich erhob sich seufzend, um Elisabeth von seinen Plänen zu berichten.

***

»Habt Ihr in der Zwischenzeit über mein Angebot nachgedacht?«

»Ich kann Euch nicht helfen«, beantwortete Philipp Schwarzenbecks Frage. Wieder saßen die beiden im Audienzzimmer der ehemaligen Statthalter.

»Könnt Ihr nicht, oder wollt Ihr nicht?«

»Bruder Jakob hat mir nichts gesagt. Ich kenne das Geheimnis nicht, das Ihr von ihm erfahren wollt.«

Philipp sah den Adeligen herausfordernd an. In den letzten Wochen hatte er seinen Mitgefangenen mehrfach nach dem Inhalt der Schriften in seinem ehemaligen Kloster gefragt, aber nur ausweichende Antworten bekommen. Verziehen hatte Philipp dem Mönch das noch immer nicht. Die Enttäuschung darüber, dass der Jesuit ihm nicht voll vertraute, war nach wie vor groß.

»Ihr wisst, was für Euch selbst auf dem Spiel steht«, forderte Schwarzenbeck Philipp heraus.

»Ich kann Euch nichts verraten, was ich selbst nicht weiß. Warum fragt Ihr den Jesuiten nicht selbst?«

»Das haben wir bereits mehrfach getan. Der Kerl würde lieber sterben, als uns sein Geheimnis anzuvertrauen.«

»Wie kommt Ihr dann darauf, dass er es mir verrät?«

»Weil er in Euch einen Freund sieht.«

Ich wünschte, es wäre so. Seit dem Tag, als ihn Schwarzenbeck das erste Mal zu ihm gerufen hatte, fragte sich Philipp, was Jakob und seine Brüder in ihrem Kloster verborgen hatten. Was war so wichtig, dass die Protestanten derartig dahinter her waren?

»Es würde mir helfen, wenn ich wüsste, welche Information ich dem Mönch entlocken soll.«

»Es ist besser für Euch, wenn Ihr das nicht wisst.«

»Die gleiche Antwort habe ich von Bruder Jakob bekommen. So kann ich Euch nicht weiterhelfen, selbst wenn ich es wollte.«

»Wenn Ihr jemals wieder Eure Freiheit zurückerlangen wollt, solltet Ihr mir bei unserem nächsten Treffen bessere Antworten geben.«

Schwarzenbeck warf Philipp noch einen vernichtenden Blick zu und verließ den Raum. Wenige Augenblicke später wurde auch er selbst von den Wächtern zurück in seine Zelle geführt.

***

»Es sind deutlich weniger Menschen in der Stadt als bei unserer Ankunft.«

»Du hast Recht, meine Liebe«, sagte Friedrich, der genau wie seine Gemahlin aus dem Fenster der Kutsche herausschaute und den Menschen in den Straßen zuwinkte. »Es werden wohl nicht einmal halb so viele sein.«

»Vielleicht hätten wir uns dem Volk doch früher zeigen sollen!«

»Das mag sein. Ändern können wir das allerdings nun nicht mehr.« Friedrich beobachte die Gesichter der Prager Bürger genau. Nicht alle jubelten dem Königspaar zu. Etwa ein Drittel der Anwesenden betrachtete die Kutsche, die von jeweils zehn Landsknechten vorne und hinten begleitet wurde, skeptisch.

»Bist du sicher, dass ich dich bei der Reise durch das böhmische Reich nicht begleiten soll?«

»In Prag bist du sicherer. Ich will, dass du bei den Kindern bleibst.«

»Sagtest du nicht, die Reise sei ungefährlich?«

»Ich habe genug Soldaten zu meinem Schutz dabei. Wir wissen aber nicht, ob uns das Landvolk gewogen ist. Selbst hier in der Stadt haben wir Feinde.«

»Du meinst den katholischen Adel?«

»Nicht nur. Du brauchst dir nur die Leute anzuschauen, die sich in den Straßen versammelt haben.«

Plötzliches Geschrei unterbrach die Unterhaltung des Königspaars. Beide schauten aus dem Fenster, um den Grund für den Aufruhr herauszufinden. Eine junge Frau in einem schlichten schwarzen Kleid versuchte, sich an den Soldaten vorbeizudrängen und zu Friedrich und Elisabeth zu gelangen.

»Stopp die Kutsche«, befahl der König einem der Soldaten.

Als sie angehalten hatten, hörte Friedrich, wie ihnen die Frau etwas zurief, konnte ihre Worte aber nicht verstehen. Sie trat dem Soldaten, der sie festhielt, gegen das Bein und schlüpfte zwischen ihm und seinem Kameraden vorbei. Die Fremde sprang auf die Kutsche zu und warf sich direkt unter dem Fenster auf die Knie. Wieder sprach sie zu Friedrich.

»Was will sie von uns?«, fragte der König einen der Pfälzer Landsknechte.

»Wenn ich sie richtig verstehe, fleht sie Euch um die Freilassung ihres Gemahls an, der im Kerker der Prager Burg sitzt.«

»Wie ist der Name des Gefangenen?«

»Den habe ich nicht verstanden.«

»Dann frag das Weib!«

»Was ist denn los?«, wollte nun auch Elisabeth wissen.

»Die Frau bittet um die Freilassung ihres Gemahls.«

»Was hat er denn verbrochen?«

»Ich weiß es nicht. Bisher kenne ich noch nicht einmal seinen Namen.«

»Der Mann heißt Philipp Fabricius«, warf der Landsknecht, der die Fremde mittlerweile am Oberarm gepackt hatte, ein.

»Sag dem Weib, wir werden uns nach ihm erkundigen!« Friedrich wollte die Frau schnell loswerden, damit sie ihren Weg fortsetzen konnten.

Der Landsknecht sprach mit der Fremden, die dem König einen dankbaren Blick zuwarf und sich vor ihm verbeugte.

»Willst du dieser Person helfen?«

»Das werden wir sehen, meine Liebe. Sicher sitzt der Kerl nicht ohne Grund im Kerker.«

»Ihn freizulassen wäre eine Möglichkeit, Gnade zu zeigen.«

»Christian soll sich um die Sache kümmern.«

***

»Das wird dir eine Lehre sein. Erweise dem König das nächste Mal mehr Respekt, sonst werfen wir dich zu deinem Mann in den Kerker!«

Der Pfälzer trat Magdalena noch einmal in die Seite, dann ließ er sie einfach auf dem Boden liegen. Nachdem der König und seine Gemahlin außer Sichtweite waren, hatten zwei Soldaten so lange auf sie eingeschlagen, bis sie sich nicht mehr auf den Beinen hatte halten können. Ihr ganzer Körper schmerzte und sie spürte den Geschmack von Blut auf ihrer Zunge.

Die Bürger der Stadt kümmerten sich auch dann noch nicht um Magdalena, als die Soldaten verschwunden waren. Sie taten so, als ginge sie das Schicksal der jungen Frau nichts an und gingen einfach fort.

»Ihr feigen Bastarde«, jammerte Magdalena und stützte sich mit zu Fäusten geballten Händen auf dem Boden ab. Es gelang ihr nur sehr langsam, aufzustehen und sie musste alle Kraft dafür einsetzen. Sie dachte an den Tag, an dem Philipp von den Soldaten gefangenen genommen worden war. Da hatte sie ähnlich gedemütigt auf dem Boden gelegen und dabei ihren Sohn verloren. Auch damals hatte ihr niemand aus der Prager Bevölkerung geholfen. Wie so oft in den letzten Monaten bereute sie es, in die Stadt gekommen zu sein. Sie hätte Philipp überreden müssen, mit ihm in ihre Heimat zurückzukehren, als sie es noch konnten. Jetzt war es dafür zu spät.

Mit Tränen der Wut und der Verzweiflung in den Augen machte sich Magdalena an den Nachhauseweg. Sie betete darum, dass der König ihr ihren Wunsch erfüllen und Philipp freilassen würde. Große Hoffnung darauf hatte sie jedoch nicht.

Böhmen, 15. Februar 1620

»Das Dorf wirkt wie ausgestorben«, sagte Friedrich und schaute ärgerlich auf die leere Straße, die durch den kleinen Ort führte. Offensichtlich waren die Bauern über seine Ankunft informiert worden und versteckten sich vor ihm. Nicht einmal ein Hund war zu sehen.

»Die Menschen werden auf den Feldern sein«, sagte Karl Bernburg. Der Rittmeister war für den persönlichen Schutz des Königs verantwortlich und begleitete ihn mit seiner Einheit von rund drei Dutzend Soldaten auf dem Weg durch Mähren, Schlesien und die Lausitzen. Friedrich hatte den Rat Christian von Anhalts befolgt und war zu einer groß angelegten Reise durch das böhmische Reich aufgebrochen. Bisher erwies sich diese jedoch alles andere als erfolgreich.

Von den jubelnden Menschen, die überall auf den König gewartet hatten, als er mit seinem Gefolge nach Prag gereist war, war nichts mehr zu sehen. Wenn sie auf Menschen trafen, zeigten deren Gesichter zumeist verbitterte Mienen, und an manchen Orten mussten sogar die Soldaten eingreifen, um erboste Bürger von Friedrich fernzuhalten.

Der Rittmeister hatte dem König vorgeschlagen, in einer Kutsche zu reisen, doch das hatte Friedrich abgelehnt. Er konnte selbst reiten und sie kamen so wesentlich schneller voran. In den Nächten kehrten sie in Herbergen ein, deren Besitzer dem Prager Direktorium zugetan waren. Bevor der König selbst in einen der Wirtsräume trat, stellten die Soldaten sicher, dass ihn dort keine üblen Überraschungen erwarteten.

»Wir sind an den Feldern vorbeigekommen. Auch da war kein Mensch zu sehen. Es ehrt Euch, dass Ihr versucht mir Zuversicht einzureden. Die Tatsachen liegen aber klar auf der Hand. Die Bauern haben Angst und verstecken sich.«

»Soll ich die Häuser durchsuchen lassen, Eure Majestät?«

»Nein. Ich will nicht, dass den Menschen ein Leid geschieht. Dadurch würde sich die Abneigung des Volkes gegen seinen König nur erhöhen.« Verbittert schaute Friedrich zurück, als sie das Ende des Ortes erreichten. Er hätte nie gedacht, dass die Säuberungsaktion seines Hofpredigers sein Volk so nachhaltig gegen ihn aufbringen würde. Unterwegs hatte er viele Kirchen und Klöster besucht und dort mit den Geistlichen gesprochen. Wenn die Männer die deutsche Sprache nicht verstanden, hatte er die Unterredung lateinisch geführt. Dabei hatte er keine Unterschiede zwischen den Glaubensrichtungen gemacht und die katholischen Priester genauso respektiert wie die protestantischen. In endlosen Gesprächen hatte er viel über das böhmische Volk erfahren. Er würde Geduld haben müssen. Es konnte noch eine ganze Weile dauern, bis die Menschen im Reich ihn als ihren König betrachteten.

Das Dorf lag gerade einmal hundert Schritte hinter ihnen zurück, als sie plötzlich eine Staubwolke am Horizont sahen. Laute Schreie und das Donnern von Pferdehufen, die auf den harten Boden schlugen, dröhnten von Weitem zu ihnen.

»Bringt den König in Sicherheit!«, schrie Bernburg seinen Männern zu.

Die Soldaten wussten genau, was sie zu tun hatten. Während der Großteil von ihnen von den Pferden sprang und die Musketen bereitmachte, nahmen sechs Männer den König in die Mitte und ritten mit ihm gemeinsam zurück ins Dorf.

Friedrich ließ sich von den Soldaten führen. Zwar stand noch nicht fest, ob die Reiter, die immer näher an den Ort herankamen, feindliche Absichten hegten, aber rechnen mussten der König und seine Begleiter damit. Zwei Mal hatten sie ihre geplante Route bisher bereits wegen Einfällen polnischer Reiter ändern müssen.

Die direkten Begleiter des Königs steuerten auf das erste Haus des Ortes zu. Während drei der Männer eintraten, um mögliche Bewohner hinauszuscheuchen, bauten sich die anderen schützend vor Friedrich auf.

Die Reiterhorde war dem Dorf mittlerweile so nahe, dass Friedrich die Männer erkennen konnte. Sie trugen dicke Pelzjacken mit über die Köpfe gezogenen Kapuzen. Mit einer Hand hielten sie die Zügel ihres Pferdes, mit der anderen die Muskete, mit denen sie auf die Bewacher Friedrichs zielten.

Bernburg und seine Männer hatten bereits mit einem Angriff gerechnet und kamen ihren Gegnern zuvor. Die Salve aus ihren Musketen riss vier der heranstürmenden Reiter zu Boden. Die anderen merkten schnell, dass sie in ihr Verderben rannten, drehten ab und versuchten, sich dem Ort von der Seite zu nähern.

Friedrichs Beschützer hatten sich inzwischen davon überzeugt, dass das Haus leer war, und führten ihren König herein. Sofort besetzten sie die wenigen Fenster, um aus sicherer Deckung heraus auf die Angreifer schießen zu können. Bernburg ließ seine Männer aufsitzen, im Galopp in den Ort reiten und im und am Haus Schutz suchen.

Auch die Angreifer hatten sich inzwischen hinter Bäumen und Felsen vor den Kugeln der Verteidiger in Sicherheit gebracht und richteten ihre Musketen auf die Gefolgschaft des Königs. Der gegenseitige Beschuss dauerte fast eine Stunde, ohne dass eine von beiden Parteien größere Opfer zu beklagen hätte. Danach fielen nur noch vereinzelte Schüsse.

»Wir kommen nicht an die Kerle heran«, sagte Bernburg, der sich inzwischen ebenfalls im Haus aufhielt, grimmig. »Wenn es dunkel wird, werden sie wie die Ratten aus ihrer Deckung kommen.«

»Ist es nicht ungewöhnlich, dass sie den Kampf mit uns suchen?«, fragte Friedrich, der es langsam mit der Angst zu tun bekam, dies seinen Männern aber auf keinen Fall zeigen wollte.

»Doch. Es handelt sich auf keinen Fall um eine Räuberbande. Die wäre längst geflohen!«

»Was vermutet Ihr, woher die Männer kommen?«

»Es könnte ein kaiserlicher Spähtrupp sein«, antwortete der Rittmeister.

»Dann werden sie nicht so leicht aufgeben.«

»Nein, das werden sie nicht. Ich habe bereits zwei Reiter losgeschickt, damit sie uns Verstärkung holen. Ich hoffe, es gelingt ihnen, ungesehen an den Angreifern vorbei zu kommen.«

Die folgende Nacht wurde zu einer der längsten, die Friedrich jemals erlebt hatte. Immer wieder waren von draußen Schreie zwischen den Schüssen zu hören. Bernburgs Männer wechselten sich mit der Wache ab und erstickten jeden Versuch der Angreifer, sich dem Ort zu nähern, bereits im Keim. Dennoch war die Anspannung allgegenwärtig. Friedrich schreckte bei jedem Schuss zusammen und rechnete jeden Moment damit, dass die Angreifer durch die Tür gestürmt kamen.

An einem Toten, den die böhmischen Soldaten fanden, erkannten sie, dass es sich bei den Belagerern tatsächlich um spanische Söldner handelte, die nur im Auftrag des Kaisers unterwegs sein konnten.

Am nächsten Morgen waren es dann ausgerechnet die Bauern aus dem Dorf, die dem König und seinen Beschützern zur Hilfe kamen. Die Menschen hatten sich teils in den Häusern und teils in den Wäldern versteckt, um dem ungeliebten König aus dem Weg zu gehen. Jetzt wurden sie durch die Spanier dazu gezwungen, sich mit Friedrich zu verbünden, wenn sie ihr Hab und Gut nicht verlieren wollten. Mit den ersten Sonnenstrahlen stürzten sie sich mit Mistgabeln und dicken Ästen auf die Belagerer und schlugen auf sie ein. Die hatten nicht mit dem Angriff aus dem Hinterhalt gerechnet und wurden davon, genau wie Friedrich und seine Männer, völlig überrascht.

Als der Tumult losging, kam einer von Bernburgs Männern ins Haus gestürzt, um seinem Rittmeister und dem König Bericht zu erstatten.

»Steigt auf eure Pferde und kommt den Bauern zu Hilfe. Eine bessere Möglichkeit, unsere Gegner zu überwältigen, bekommen wir nicht mehr!« Der Soldat bestätigte den Befehl seines Rittmeisters und verschwand genauso schnell, wie er ins Haus gekommen war.

Friedrich beobachtete vom Fenster aus, wie zwei Dutzend böhmische Soldaten aus dem Dorf ritten und mit Brachialgewalt in die Reihen der Belagerer hereinstürmten.

Die Spanier suchten ihr Heil in der Flucht und ritten, soweit sie noch dazu in der Lage waren, eilig davon. Es dauerte nicht länger als eine halbe Stunde, bis Bernburgs Männer mit den Bauern zurück ins Dorf kehrte.

Obwohl der König sich bei jedem einzelnen Dorfbewohner bedankte, ihnen die Hand schüttelte und ein paar aufmunternde Worte zu ihnen sprach, hatte er das Gefühl, dass die ihn so schnell wie möglich wieder loswerden wollten. Daher wies er den Rittmeister an, die Vorbereitungen für die Abreise treffen zu lassen.

In den folgenden Tagen entwickelte sich die Reise durch die böhmischen Kronlande immer mehr zu einem Reinfall. Mehrmals entgingen sie Scharmützeln nur knapp und mussten die Route ändern. Ganze Städte verweigerten die Huldigung. In anderen Orten standen die Bürger schweigend an den Straßen und verzogen keine Miene, als der König an ihnen vorbeiritt.

Als sie sich schließlich endlich wieder in Richtung Prag bewegten, war Friedrich erleichtert, diese Reise überstanden zu haben. Vor allem beglückwünschte er sich selbst zu der Entscheidung, auf Elisabeths Begleitung verzichtet zu haben. Für seine Gemahlin wäre es sicher noch viel schwieriger gewesen, die ablehnende Haltung der böhmischen Bevölkerung zu ertragen als für ihn selbst. Auch wenn er unterwegs mit kostbaren Geschenken überhäuft worden war und über durchaus angenehme Erlebnisse berichten konnten, überwog doch der Ärger über die fast schon feindselige Haltung einiger Bürger der Kronlande.

Friedrich schwor sich, Prag in absehbarer Zeit nicht mehr zu verlassen. Außerdem wollte er in den nächsten Tagen mehrere Empfänge geben, um sich mit klangvoller Musik und erlesenen Speisen von den Anstrengungen der Reise zu erholen.

Prag, 25. März 1620

»Folgt mir«, sagte der Wärter, verließ die Zelle und ließ die Tür offen stehen.

Philipp und Jakob schauten sich überrascht an. »Das hat nichts Gutes zu bedeuten«, sagte der Mönch und kratzte sich nervös am Kopf, an dem seine Tonsur mittlerweile kaum noch zu erkennen war.

»Dennoch sollten wir seiner Aufforderung folgen«, sagte Philipp. Auch er befürchtete das Schlimmste. Blieben sie aber einfach in der Zelle sitzen, würde der Wärter sie sicherlich herausprügeln.

»Muss ich euch Beine machen?«, brüllte der Wärter aus dem Gang heraus.

»Komm«, sagte Jakob und beeilte sich, die Zelle zu verlassen.

»Der Herold erwartet Euch in seinem Wachzimmer.« Der Mann warf ihnen einen missmutigen Blick zu, als Philipp und Jakob bei ihm ankamen. Was auch immer er von ihnen wollte, er schien selbst nicht gerade erfreut über seine Aufgabe zu sein.

»Zieht die Sachen an«, blaffte der Mann und wies auf zwei dreckige Bündel, die auf einem Tisch lagen und einen widerlichen Geruch verströmten.

»Was hat das zu bedeuten?«, entgegnete Jakob.

»Das weiß ich nicht und es ist mir auch egal. Tut, was ich euch sage, damit ich euch loswerde und meine Ruhe habe!«

»Und wenn wir uns weigern?«, hakte der Mönch weiter nach.

»Daran solltet ihr nicht einmal denken.«

Jakob warf Philipp einen zweifelnden Blick zu. Auch der betrachtete die Kleidung vor sich skeptisch. Sicher, seine eigenen Sachen waren mittlerweile so zerrissen, dass er sie sich gerade so am Leib halten konnte, und rochen nicht eben frisch. Die Bündel vor ihnen gaben aber einen Gestank ab, der vermuten ließ, dass ihre Vorbesitzer darin gestorben waren und noch einige Zeit tot darin verbracht hatten. Der Gestank seiner eigenen Sachen war zwar nicht viel besser, kam aber wenigstens von ihm selbst.

Philipp nahm ein Hemd von dem Stapel und rümpfte die Nase. »Das ist widerwärtig und menschenunwürdig«, beschwerte er sich beim Herold.

»Zieh das Zeug endlich an, Bürschchen. Glaubst du mir gefällt es, in diesem Dunst zu sitzen? Wenn ihr endlich verschwindet, nehmt ihr den Gestank mit.« Mit einem gehässigen Lachen schlug der Wärter mit der Faust auf den Tisch. »Beeilt euch. Man erwartet euch bereits.«

»Wo bringt man uns hin?«, fragte Philipp, dessen ungutes Gefühl sich sekündlich steigerte.

»Das interessiert mich nicht.«

Die beiden Bündel bestanden jeweils aus einem Hemd, einer Hose, einer Jacke und Schuhen. Sie hatten keine Löcher und würden eine gewisse Kälte von den beiden Männern abhalten. Philipp vermutete, dass sie die Prager Burg verlassen sollten. Eine andere Erklärung für das Verhalten des Wärters fiel ihm nicht ein. Die Frage war nun, wohin man sie brachte und warum.

»Geht die Treppe hoch und dann in den Burghof«, befahl der Wärter, als Philipp und Jakob sich umgezogen hatten.

Dieses Mal beeilten sich die beiden, der Aufforderung nachzukommen. Vor allem Philipp konnte es nach den langen Monaten im Kerker kaum erwarten, endlich wieder die Sonne über sich zu sehen und die frische Luft im Freien zu atmen. Einmal rutschte er in seiner Eile auf einer der schmalen Stufen der Treppe ab und wäre sicher gestürzt, wenn ihn Jakob nicht gehalten hätte.

Philipp hatte damit gerechnet, im Freien auf Schwarzenbeck zu treffen, wurde jedoch enttäuscht. Vor ihm stand ein Mitglied des böhmischen Adels, welches er zwar schon einmal gesehen hatte, dessen Namen er aber nicht kannte. Bei ihm stand eine Gruppe von etwa dreißig Landsknechten.

»Mein Name ist Matthias von Schlick«, sagte der Mann und deutete auf zwei Pferde, die gesattelt zwischen den böhmischen Soldaten standen. »Steigt auf.«

»Wohin reiten wir?«, fragte Philipp, dem die ganze Sache nicht gefiel.

»Das werdet ihr noch früh genug erfahren!«

Philipp und Jakob stiegen steif und mühselig auf je ein Pferd und wurden dann so an den Händen gefesselt, dass sie die Zügel halten konnten, ihnen aber keine Möglichkeit für einen Fluchtversuch gelassen wurde. Die Soldaten verbanden ihnen die Augen. Dann wurden sie aus dem Hof geführt. Es war noch früh am Morgen und daher ruhig in der Stadt. Kaum jemand der Bürger würde mitbekommen, dass außer den Landsknechten auch zwei Gefangene über die Steinbrücke aus Prag hinausritten.

***

»Ich hätte nie auf Euch hören und die Krone dieses Reiches annehmen dürfen«, sagte Friedrich niedergeschlagen und rückte sich den Spitzenkragen seines Hemdes zurecht. »Mein Volk hasst mich, der Kaiser will die Reichsacht über mich verhängen und meine Verbündeten halten ihre Versprechen nicht ein.«

»Ihr seht das zu verbittert, Eure Majestät«, entgegnete Christian von Anhalt. »Euer Volk steht zu Euch und kämpft für Euch!«

»Tut es das wirklich? Die Söldner kämpfen solange sie dafür bezahlt werden und die Bauern verteidigen ihr Land.«

»Der Kaiser hat bereits zahlreiche Niederlagen erdulden müssen. Seine Kassen sind leer. Er wird unser Reich nicht zurückerobern!«

»Unser Reich?«, Friedrich lachte seinem Berater ins Gesicht. »Böhmen ist nicht unser Reich.«

»Ihr seid der König!«

»Nein, ich trage die Krone. Regieren tun aber andere.«

Christian von Anhalt sah Friedrich eine lange Zeit schweigend an. Dann schüttelte er entschlossen den Kopf. »Wir dürfen nicht aufgeben, Eure Majestät. Ihr seid noch kein halbes Jahr in Böhmen. Das böhmische Volk wird sich auf die Seite seines Königs stellen, wenn es sieht, dass Ihr Euch um die Menschen kümmert und ihnen Frieden bringt. Ihr müsst unsere Verbündeten dazu bringen, für unsere gemeinsame Sache zu kämpfen!«

»Wer bleibt uns da noch? Die Union hält sich zurück. Und das, obwohl ich den Vorsitz über dieses Bündnis habe. Bethlen Gábor ist wie ein Fähnlein im Wind. Wenn der Kaiser ihm die Unabhängigkeit Ungarns verspricht, wird er sich nicht in die böhmische Sache einmischen. Selbst meine eigene Familie missbilligt mein Vorgehen öffentlich.«

»Wir haben aber noch zahlreiche Verbündete im Reich. Auch in Nieder- und Oberösterreich stellen sich die protestantischen Stände gegen ihre katholischen Unterdrücker. Die Niederländer schicken Truppen und Geld!«

»Wird das alles aber reichen, um den Kaiser am Vormarsch in Böhmen zu hindern?«

»Das muss es!«

»Ich hätte in der Kurpfalz bleiben sollen …«, sagte Friedrich mit einem traurigen Seufzer.

»Vielleicht wäre das der einfachere Weg gewesen. Dieser Gedanke ist allerdings müßig.«

»Nicht, wenn ich nach Heidelberg zurückkehre.« Das erste Mal während des Gesprächs sah Friedrich seinem Berater direkt ins Gesicht.

»Glaubt Ihr wirklich, dass der Kaiser Euch dann schonen würde? Maximilian von Bayern wird bald in der Kurpfalz einfallen! Es ist zu spät! Wir müssen kämpfen!«, entgegnete von Anhalt entschlossen und hielt dem Blick seines Königs stand.

Jetzt war es Friedrich, der schwieg und nachdenklich aus dem Fenster schaute. »Ihr habt recht«, sagte er schließlich. »Noch haben wir den Kampf nicht verloren. Heute beginnt der Generallandtag. Ich werde die Steuern und Abgaben erhöhen.«

»Das wird den Ständen nicht gefallen«, sagte Christian von Anhalt.

»Dennoch halte ich es für den richtigen Weg. Wir könnten weitere Söldner anwerben. Des Weiteren werde ich eine Wehrpflicht einführen.«

»Ihr habt recht, Eure Majestät. Das Volk muss für sein Land kämpfen. Es waren die Stände, die den Krieg begonnen haben, nicht Ihr.«

Niederösterreich, 07. April 1620

»Und du bist dir wirklich sicher, dass wir auf dem Weg zu den Ruinen deines Klosters sind?«, fragte Philipp flüsternd.

»Wohin sollte uns von Schlick sonst bringen?«, gab Jakob genauso leise zurück.

»Das weiß ich nicht.«

»Eben. Glaub mir, Philipp. Es gibt keine andere Möglichkeit. Ich habe mir gleich gedacht, dass uns der Graf dorthin bringen will, damit ich ihm das Geheimnis unseres Abtes verrate. Mittlerweile bin ich mir dessen sicher.«

»Wie weit ist es denn bis zum Kloster?«

»Der Weg ist alleine auf einem Pferd in wenigen Tagen zu schaffen. Wir sind aber mehrfach aufgehalten worden, was unserer Reise verzögert hat. Ich schätze, dass wir unser Ziel spätestens übermorgen erreichen.«

Philipp vertraute dem Mönch, der sich besser in der Gegend auskannte als er selbst. Tatsächlich hatte es während ihrer Reise einige Unterbrechungen gegeben. Sie hatten mehrfach gehört, wie ihre Bewacher davon sprachen, dass man feindlichen Truppen ausweichen wolle. Einmal waren sie sogar drei Tage am gleichen Ort geblieben und hatten sich versteckt gehalten.

Seitdem sie unterwegs waren, hatte Matthias von Schlick peinlich darauf geachtet, dass die Augen der Gefangenen immer verbunden waren, wenn sie sich im Freien aufhielten. Selbst in den Nächten waren die Tücher nicht abgenommen worden, es sei denn, sie fanden Unterkunft in einer Scheune. Bruder Jakobs Argumente waren einleuchtend. Warum aber machte der Graf so ein Geheimnis aus dem Ziel ihrer Reise, wenn es so klar auf der Hand lag?

Philipp und der Mönch saßen an einem Baum und waren mit den Händen auf dem Rücken daran gefesselt. In den letzten Tagen hatten sie gelernt, in dieser unbequemen Haltung zu schlafen. Zu

Beginn ihrer Reise hatte die Kälte den beiden am meisten zu schaffen gemacht. Jetzt war es zumindest tagsüber ein bisschen wärmer. Philipp freute sich bereits jetzt auf die Sonnenstrahlen am nächsten Morgen.

Matthias von Schlick hatte während der bisherigen Reise nicht mit den Gefangenen gesprochen. Auch die Soldaten machten nur derbe Scherze, wenn sie sich überhaupt mit ihnen abgaben. Philipp vermutete, dass sie sich inmitten des Kriegsgebietes befanden. Er konnte zwar nichts sehen, hatte aber des Öfteren das Gefühl gehabt, kalten Rauch zu riechen. An einigen Orten, an denen sie vorbeigekommen waren, musste es gebrannt haben. Von Schlicks Truppe war bisher nicht in ein Scharmützel verwickelt worden. Wahrscheinlich hatte der Graf Späher und die Gruppe mit Hilfe dieser an möglichen Feinden vorbeigeführt. Das wäre auch ein Grund dafür, dass sie ihr Ziel nicht schneller erreicht hatten.

»Wenn wir am Kloster ankommen, werden sie dich zwingen, ihnen das Versteck zu zeigen, in dem die Dokumente verborgen sind, von denen du gesprochen hast.«

»Das ist zu befürchten«, bestätigte Jakob Philipps Worte nüchtern.

»Was wirst du dann tun?«

»Ich weiß es nicht. Sicher ist aber, dass diese Schriften auf keinen Fall in die Hände der protestantischen Rebellen fallen dürfen!«

»Warum nicht? Was steht in den Dokumenten?«, versuchte Philipp es erneut.

»Das kann ich dir nicht sagen.«

»Und ich kann dein Schweigen nicht länger akzeptieren. Wenn du recht hast und wir unterwegs zum Kloster sind, gibt es keinen Grund, warum von Schlick mich aus dem Kerker geholt hat! Vermutlich bin ich lediglich als Druckmittel gegen dich gedacht. Wenn ich schon sterben soll, dann will ich wenigstens wissen, wofür. Ich habe ein Recht darauf, die Wahrheit zu erfahren!«, zischte Philipp ungehalten zurück.

»Das hast du tatsächlich, mein Freund …«

Obwohl sie ein ganzes Stück vom Feuer entfernt sein mussten, an dem zwei Landsknechte saßen und vor sich hindösten, und sie die ganze Zeit über sehr leise gesprochen hatten, senkte Jakob seine Stimme noch weiter. Philipp musste sich anstrengen, um die Worte des Mönchs zu verstehen.

»Es geht um die Kronen von Ungarn und Böhmen. Die Dokumente stellen den Anspruch der Habsburger auf diese Erblande in Frage.«

»Der besteht bereits seit hundert Jahren und wurde von Kaiser Karls V. rechtmäßig erworben«, flüsterte Philipp verständnislos.

»Das stimmt nicht ganz, mein Freund«, entgegnete Jakob. »Die Schriften besagen, dass der Anspruch der Habsburger mit dem Tod Karl V. erlischt.«

»Das kann nicht stimmen! Die Schriften müssen gefälscht sein.«

»Sie sind vom Papst Clemens VII. persönlich unterschrieben. Und auch von Karl V.«

»Warum hätte der Kaiser so etwas tun sollen?« Philipp verstand noch immer nicht, was ihm der Mönch sagen wollte. Die Schriften konnten nur gefälscht sein und würden den protestantischen Rebellen keinen Nutzen einbringen.

»Karl V. war König von Spanien und Erzherzog von Österreich, als er 1520 zum Kaiser des Heiligen Römischen Reichs Deutscher Nation gewählt wurde. In den Jahren danach führte der Kaiser Krieg mit Frankreich. Clemens VII. schlug sich zunächst auf die Seite von Karl V., verriet ihn später aber. Die kaiserlichen Truppen eroberten Rom, und der Papst musste in die Engelsburg fliehen.«

»Das weiß ich alles«, unterbrach Philipp den Mönch ungeduldig. »Was aber hat das mit den Erblanden der Habsburger zu tun?«

»Darauf komme ich jetzt. Im Juni 1529 schlossen Clemens und Karl den Frieden von Barcelona. Der Papst bekam die Herrschaft über den Kirchenstaat zurück und krönte Karl V. später offiziell zum Kaiser des Heiligen Römischen Reichs Deutscher Nation. Aus diesen Verhandlungen stammen die Dokumente, die in den Klosterruinen verwahrt werden.«

»Weiß Ferdinand davon?«

»Nein. Und ich habe auch keine Erklärung dafür, wie die protestantischen Ketzer an diese Informationen gelangt sind.«

»Ich verstehe nicht, was sie mit den Schriften anfangen können.«

»Es geht um die Erblande. Wenn die Habsburger keinen Anspruch mehr auf Böhmen und Ungarn haben, gibt es auch keinen Grund mehr für einen Krieg. Ferdinand müsste auf beide Kronen verzichten.«

»Ich bin mir sicher, dass er das nicht freiwillig tun wird.«

»Möglicherweise wird er aber vom Papst gezwungen. Außerdem darfst du nicht vergessen, dass die kaiserlichen Kassen leer sind. Ferdinand kann sich keinen langen Krieg leisten. Die Dokumente würden ihm eine Rückzugsmöglichkeit bieten, bei der er sein Gesicht wahren könnte.«

»Du glaubst also wirklich daran, dass die Schriften den Krieg beenden könnten?«

»So ist es.«

»Wäre es dann nicht besser, wenn wir sie an von Schlick herausgeben?«

»Bist du völlig von Sinnen?! Das darf auf keinen Fall geschehen!«

»Warum nicht?«

»Wenn der Kaiser Böhmen und Ungarn besiegt – und mit Gottes Hilfe wird er das – wird der ketzerische Glaube der Protestanten im Reich ausgelöscht. Das ist unser Ziel. Es kann nur eine Religion geben. Würden aber beide Reiche von Protestanten regiert, würden diese auch im Reichsrat eine Übermacht bekommen und schlimmstenfalls irgendwann einen protestantischen Kaiser wählen.«

Philipp teilte Jakobs Meinung in dieser Sache nicht, schwieg aber. Er wollte sich den Jesuiten jetzt nicht zum Feind machen. Seine Erlebnisse in den vergangenen Jahren hatten ihm gezeigt, welch entsetzliches Leid dieser Krieg über die Menschen brachte. Er selbst sah sich als treuer Katholik und hatte diese Einstellung auch in der langen Gefangenschaft nicht geändert. Konnte es aber tatsächlich Gottes Wille sein, dass Menschen starben, nur weil sie ihn auf eine andere Art anbeteten? In diesem Moment schwor sich Philipp, alles daranzusetzen, dass von Schlick die Dokumente bekam.

***

»Warum sollte ich mit dir gehen? Ich habe noch nie so ein hässliches Weib gesehen wie dich.«

»Weil ich Dinge mit dir tun werde, die noch keine andere Frau mit dir gemacht hat.«

»Welche Dinge sollen das sein?«

»Lass dich überraschen.«

»Du willst nur an mein Geld.«

»Nein, du musst mich noch nicht einmal bezahlen«, sagte sie verführerisch, wobei sie dem Mann mit einem Finger über die Brust strich.

Der Soldat schwankte leicht und sah Resi skeptisch an. Die musste sich zusammenreißen, damit sie dem widerlichen Kerl nicht ins Gesicht spuckte. Er roch nach Schweiß, Wein und Urin. Dennoch, wenn sie ihren Plan in die Tat umsetzen wollte, durfte sie jetzt nicht nachlassen.

In den Monaten im Kloster waren Resis Gedanken von einer Sache beherrscht worden. Sie wollte Rache. Rache an den Männern, die sie geschändet und dann in die Donau geworfen hatten. Und auch an Anton. Es war ihr schwergefallen, den Rat der Schwestern zu befolgen und das Kloster nicht im Winter zu verlassen. Sobald es wärmer geworden war, hatte sie aber nichts mehr aufhalten können.

Resi hatte genug Zeit gehabt, um sich zu überlegen, wie sie vorgehen wollte. Sie würde sich zunächst von Collalto holen. Danach waren seine Männer dran. Anton würde ihre Rache als Letzter zu spüren bekommen.

Sie hatte zunächst nicht gewusst, in welche Richtung sie gehen musste, um von Collalto und seine Männer zu finden. Überall im Reich herrschte Krieg, und der Oberst hielt sich ganz sicher nicht mehr in Wien auf. In der Nähe des Klosters war sie dann in einen Ort gekommen, in dem eine größere Anzahl kaiserlicher Soldaten einquartiert war. Es war nicht leicht gewesen, einen der Männer alleine zu erwischen. Vor einem Wirtshaus war sie schließlich auf den widerlichen Kerl getroffen, der sich in einem Gebüsch erleichtert hatte.

»Du musst mir sagen, was du von mir willst.«

»Ich werde es dir zeigen«, entgegnete Resi und versuchte ihrer Stimme dabei einen verführerischen Klang zu geben.

»Was ist mit deinem Auge?«

»Das ist nicht wichtig. Ich sehe genug. Lass uns gehen. Es wird kalt.«

»Ich werde dir schon einheizen«, sagte der Kerl und verzog das Gesicht zu einem widerlichen Grinsen. Offensichtlich war er nun endlich bereit, auf Resis Angebot einzugehen.

»Dann komm.«

Weil es im ganzen Ort kein freies Bett mehr zu geben schien, führte Resi den Soldaten in eine Scheune, die etwas außerhalb lag. Dort würde sie niemand stören.

»Wie weit ist es noch?«, fragte der Kerl lallend. »Ich habe keine Lust so weit zu laufen.«

»Wir sind gleich da.«

»Warum tun wir es nicht gleich hier?«

»Weil es auf dem Boden zu unbequem ist. Vertrau mir. Du wirst es nicht bereuen.«

Als sie ihr Ziel erreichten, sah sich Resi schnell nach allen Seiten um. Auf keinen Fall wollte sie, dass jemand sah, wie sie mit dem Kerl in der Scheune verschwand. Dann führte sie ihn zu einem Lager, das sie zuvor vorbereitet hatte.

»Zieh dich aus«, forderte Resi den Mann auf. Sie ahnte, dass ihr nicht gefallen würde, was unter der Kleidung des Betrunkenen zum Vorschein kam. Jetzt gab es aber kein Zurück mehr.

»Du zuerst!«

Resi schloss für ein paar Sekunden das Auge. Sie hatte sich nicht vor dem Trunkenbold entblößen wollen. Andererseits durfte sie aber auch nicht riskieren, dass er jetzt noch einen Rückzieher machte.

Sie zog ihr Hemd über den Kopf und ließ den Rock fallen. Danach schlüpfte sie aus ihrem Unterkleid.

»Bist du überhaupt eine Frau?«, fragte der Kerl und lachte dreckig. Dann griff er Resi in den Schritt. »Ein Mann bist du zumindest nicht.«

Wieder hätte die junge Ungarin den Mann am liebsten angespuckt, schaffte es aber auch dieses Mal, sich zu beherrschen. »Jetzt du. Zieh deine Sachen aus.«

Der Mann brummte etwas vor sich hin, was Resi nicht verstand, kam ihrer Aufforderung aber endlich nach. Sie sah, dass seine Männlichkeit erregt war und sich ihr keck entgegenstreckte.

»Leg dich hin.«

»Und was jetzt?«, fragte der Kerl, nachdem er sich auf dem Lager ausgestreckt hatte.

»Schließ die Augen.«

Resi wusste, dass jetzt alles sehr schnell gehen musste. Sie griff nach ihrem Stiefel und zog ein Messer aus der Seite. Dann setzte sie sich auf den Bauch des Mannes und hielt ihm die Klinge an den Hals.

»He, was soll das? Du hast gesagt, dass du etwas mit mir tust, was ich noch bei keinem Weib erlebt habe!« Der Soldat starrte Resi mit weit aufgerissenen Augen an.

»Und das ist auch die Wahrheit«, entgegnete Resi abfällig. »Ich werde dich töten.«

Der Kerl versuchte sofort, sich zu wehren und die Ungarin von sich zu stoßen, doch die drückte die Klinge ein kleines Stück in die Haut des Mannes. Das reichte aus, um ihn zur Vernunft zu bringen.

»Alles, was ich von dir will, ist eine Information. Sag mir, wo ich Oberst von Collalto finde.«

»Den kenne ich nicht!«

Resi drückte das Messer noch ein Stückchen tiefer. Das Blut floss nun in dünnen Rinnsalen den Hals des Soldaten hinab.

»Er ist in Böhmen«, ächzte der Mann.

»Wo genau?«

»Das weiß ich nicht!«

»Noch einmal warne ich dich nicht!«

»Das Letzte, was ich gehört habe war, dass er mit seiner Truppe im Winterquartier war. Mehr weiß ich wirklich nicht!« Nun drang ein leises, verzweifeltes Wimmern aus seiner Kehle.

»Dann bist du mir keine Hilfe mehr.« Resi wartete nicht auf eine Antwort des Mannes. Entschlossen schnitt sie ihm die Kehle durch. Als Blutspritzer ihr Gesicht und ihren nackten Körper trafen, schloss sie angewidert das Auge.

***

Die Sonnenstrahlen blendeten Philipp so stark, dass ihm die Augen schmerzten und er sie fest schließen musste. Es dauerte einige Sekunden, bis er sich an die Helligkeit gewöhnte, nachdem er in den vergangenen zwei Wochen fast nichts gesehen hatte. Verwirrt starrte er den Landsknecht an, der ihm die Augenbinde abgenommen hatte.

»Wir sind am Ziel«, sagte Matthias von Schlick und trat siegessicher auf Bruder Jakob zu. »Jetzt ist der Zeitpunkt gekommen, an dem Ihr mir ein paar Antworten geben werdet.«

Philipp wurde vom Pferd gezerrt und auf den Boden geworfen. Er sah, dass einige Meter weiter Bruder Jakob das gleiche Schicksal widerfuhr. Hinter den Soldaten war die Ruine des Klosters zu sehen. Die Protestanten mussten barbarisch gewütet haben. Kaum ein Stein war auf dem anderen geblieben. Wie sollte man hier noch etwas finden?

»Du wirst mir jetzt sagen, wo ihr die geheimen Schriften versteckt habt!«, schrie von Schlick den Mönch an und verzichtete dabei Jakob gegenüber zum ersten Mal auf die förmliche Anrede.

»Nein, das werde ich nicht tun«, entgegnete der selbstbewusst.

»Dann wird dein Freund sterben. Jetzt, hier und vor deinen Augen.«

Philipp spürte, wie ihm das Blut aus dem Gesicht wich. Er hatte von Beginn an vermutet, dass der Graf ihn lediglich als Bauernopfer mitgenommen hatte. Dies jetzt aber so frei heraus bestätigt zu bekommen, ließ ihn vor Entsetzen erschaudern.

»Ich weiß sehr gut, dass weder Philipp noch ich selbst diesen Tag überleben werden«, sagte der Jesuit mit ruhiger Stimme. »Das ändert aber nichts daran, dass Ihr die Dokumente nicht bekommt.«

»Da irrst du dich gewaltig«, entgegnete von Schlick und schaute abfällig auf Jakob herunter. »Ich weiß, dass du mit deinem Leben abgeschlossen hast. Vielleicht gilt das auch für deinen Freund. Was wirst du aber tun, wenn ich ein Dorf nach dem anderen niederbrennen lasse? Kannst du das vor deinem Herrn verantworten, wenn du ihm später gegenübertrittst?«

Philipp beobachtete, wie sein Leidensgenosse erbleichte. Jakob hatte sich aber erstaunlich schnell wieder im Griff und wirkte fast gelassen. Hatte er etwa eine Möglichkeit gefunden, wie sie doch noch aus ihrer bescheidenen Lage herauskommen konnten?

»Ihr hättet das Kloster nicht auf die Grundmauern niederbrennen dürfen«, sagte Jakob und lachte von Schlick ins Gesicht. »Die Dokumente sind zerstört.«

»Das glaube ich dir nicht. Meine Männer haben hier jeden Stein umgedreht, bevor sie alles angezündet haben. Da waren keine Schriften. Ich bin auch nicht so dumm, dass ich glaube, ihr hättet sie frei herumliegen lassen. Sag die Wahrheit, oder du wirst für den Tod vieler Menschen verantwortlich sein. Mit deinem Freund hier fangen wir an. Hängt ihn auf!«

»Nein«, schrie Jakob, bevor die Landsknechte den Befehl ihres Herrn ausführen konnten. »Ich werde Euch das Versteck zeigen. Bindet mich los.«

Philipp sah den Jesuiten überrascht an. Er wusste, dass Jakob die Dokumente nicht an den Graf herausgeben würde. Ganz egal, wie viele Dörfer der dafür niederbrannte. Eher würde er sterben und den Tod vieler unschuldiger Bauern in Kauf nehmen, als den protestantischen Rebellen den Weg zu den Königreichen Ungarn und Böhmen zu eröffnen. Was hatte der Jesuit nun also vor?

»Ich werde nicht mehr länger warten«, sagte von Schlick drohend.

»Das Versteck liegt unter dem Altar in der Kapelle«, sagte Jakob und stand auf. »Ich werde es Euch zeigen.«

»Wenn du mich anlügst, werde ich deinen Freund persönlich enthaupten!«

Trotz seiner gefesselten Hände griff sich Philipp unwillkürlich an den Hals. Er musste einen Ausweg finden, während von Schlick mit Jakob nach dem Versteck suchte.

»Bindet den Kerl mit einem Strick an den Baum«, sagte von Schlick zu vier seiner Männer. »Wenn irgendetwas passiert, hängt ihn auf. Die anderen kommen mit mir.«

Jakob führte den Graf und die Soldaten über die Trümmerteile hinweg zur Kapelle. Weil eine Wand der Ruine komplett in sich zusammengefallen war, konnte man den Altar von draußen sehen. Der Jesuit ging so langsam, dass von Schlick ihm einen Schlag in den Rücken gab, um ihn anzutreiben.

Philipp bekam kaum mit, wie er von seinen Bewachern zu einem Baum geführt wurde. Er konzentrierte sich voll auf seinen Freund und dessen Widersacher. Er war sich sicher, dass der Mönch etwas vorhatte und noch lange nicht bereit war aufzugeben.

Die Soldaten nahmen ein Seil und knoteten Philipp eine Schlinge um den Hals. Das andere Ende warfen sie um einen Ast über ihm. Sie spannten den Strick und befestigten ihn am Baum. Der Gefangene war nicht dazu in der Lage sich zu rühren und musste nun auf den Zehenspitzen stehen, um noch Luft zu bekommen.

Trotz seiner Lage verfolgte Philipp weiter, was in der Kapelle passierte. Sechs Landsknechte waren dabei, den Altar zur Seite zu schieben. Vier weitere Männer entzündeten Fackeln, damit sie in dem Dunkeln darunter etwas sehen konnten. Auch seine Bewacher schauten nun zur Ruine und beobachteten, wie der Jesuit, gefolgt von Matthias von Schlick und seinen Männern, langsam in einem Loch im Boden verschwand. Es sah aus, als wollte Jakob das Geheimnis seines Ordens tatsächlich preisgeben.

In den nächsten Augenblicken geschah nichts. Philipp starrte wie gebannt zur Kapelle. Keiner der Männer kehrte zurück. Geräusche drangen ebenfalls keine zu ihm herüber. Seine Bewacher schienen genauso angespannt zu sein wie ihr Gefangener und kümmerten sich nicht um ihn.

Plötzlich erklang ein ohrenbetäubendes Getöse. Die Reste der Kapellenwände fielen nach innen und verschütteten das Loch im Boden, durch das die Männer eben noch in die Tiefe gestiegen waren. Durch die schnell entstehende, dichte Staubwolke war nicht zu sehen, was sich nun in der Ruine tat.

Mit blankem Entsetzen beobachtete Philipp die schrecklichen Szenen vor ihm. Was hatte Jakob getan? War es von Anfang an sein Plan gewesen, seine Widersacher mit in den Tod zu nehmen? Hatte er eine letzte Möglichkeit gefunden, die Dokumente zu zerstören, bevor sie in die falschen Hände gerieten? Wenn ja, musste es einen Mechanismus geben, der exakt für diesen Fall eingerichtet worden war.

Philipp starrte weiter gebannt zu der Stelle, an der Jakob und die Anderen verschwunden waren. Lebten die Männer noch, oder waren sie von den Trümmern erschlagen worden? Von Schlick hatte seinen Bewachern befohlen, ihn zu erhängen, wenn er selbst nicht zurückkehrte. Würden die Landsknechte sich an den letzten Befehl des Grafen halten?

»Dafür wirst du bezahlen!«, sagte einer der Männer wutentbrannt und trat auf Philipp zu. Der bekam damit die Antwort auf seine Frage, ob er noch eine Möglichkeit zur Flucht erhalten würde.

»Was auch immer in der Kapelle passiert ist, es ist nicht meine Schuld«, sagte Philipp krächzend. Viel Hoffnung, dass seine Bewacher das glaubten, hatte er nicht. Seltsamerweise verspürte er keine Angst mehr vor dem Tod. In den letzten beiden Wochen war die Befürchtung, von Schlick könnte ihn nur als Kanonenfutter mitgenommen haben, täglich ein Stückchen mehr zur Gewissheit geworden. Hier und jetzt würde die Sache enden. Und damit auch die Pein, die Philipp zu ertragen gehabt hatte, seitdem er vor den Augen seiner Gemahlin verhaftet worden war.

Der Landsknecht schlug Philipp mit der Faust ins Gesicht, so dass dieser für einen kurzen Moment Sterne sah und ihm das Seil schmerzhaft in die Haut schnitt. Er wollte in die Knie sacken, spürte aber sofort den Zug an seinem Hals und richtete sich verzweifelt wieder auf. Als sich sein Blick klärte, schaute er in das entstellte Gesicht des Landsknechtes, dessen Augen vor Überraschung fast überquollen. Der Soldat öffnete den Mund und spuckte einen Schwall Blut. Erst jetzt sah Philipp, dass eine Pfeilspitze von innen aus seinem Hals herausschaute. Dann ging der Mann zu Boden.

Völlig überrascht schaute Philipp auf den leblosen Körper vor sich. Dann fielen ihm die drei anderen Soldaten ein. Hektisch sah er sich um und sah, dass alle seine Bewacher tot waren. Einen hatte ein Pfeil durch den Rücken ins Herz getroffen, die anderen durch die Brust. Wer auch immer sein geheimnisvoller Retter war, er musste ein guter Schütze sein. Alles war so schnell gegangen, dass keiner der Landsknechte auf den Angriff hatte reagieren können.

»Bleib still stehen«, hörte Philipp eine Stimme hinter sich. »Ich binde dich los.«

Gierig sog er die Luft in seine Lunge, als der Druck an seinem Hals endlich verschwunden war. Er drehte sich um und sah drei Männer. Sie waren mit Pfeil und Bogen bewaffnet, sahen aber nicht aus wie Soldaten. Sie trugen alte, aber saubere Hosen und auch ihre Hemden waren in einem wesentlich besseren Zustand, als es bei den meisten Soldaten der Fall war. Einer von ihnen war älter. Philipp vermutete, dass die anderen beiden seine Söhne waren.

»Wer bist du?«, fragte der Ältere.

»Mein Name ist Philipp Fabricius.« Froh, seine Fessel endlich los zu sein, rieb sich Philipp die schmerzende Stelle an seinem Hals.

»Was hast du mit den Männern zu schaffen, die das Kloster zerstört haben?«

»Ich war ihr Gefangener.« Philipp hörte aus den Worten des Älteren heraus, dass er nicht gut auf die protestantischen Rebellen zu sprechen war. Er war erleichtert, dass er es offensichtlich mit katholischen Bürgern zu tun hatte und hoffte, sie würden ihm helfen.

»Dann gehörst du nicht zu der Horde, die die armen Mönche niedergemetzelt hat?«

»Um Gottes Willen, nein. Ich war schon über ein Jahr Gefangener in der Prager Burg. Irgendwann brachten die Wärter einen Jesuiten zu mir, den die Protestanten vorher gefoltert hatten. Er erzählte mir von dem Überfall auf das Kloster. Die Mönche haben ein Geheimnis gehütet. Bruder Jakob wurde hergebracht, damit er dem Grafen und seinen Männer das Versteck zeigte. Ich wurde nur als Druckmittel mitgenommen.«

Die drei Männer hatten Philipps Worte schweigend verfolgt. Schließlich nickte der Ältere. »Ich glaube dir. Mein Name ist Maximilian. Ich betreibe mit meiner Familie eine Mühle in der Nähe. Das sind meine Söhne Gerhard und Anton.«

»Ich muss mich bei euch bedanken! Ihr habt mir das Leben gerettet!« Philipp schüttelte jedem der drei Männer die Hand. Maximilians Söhne waren etwa so alt wie er selbst. Ihre sonnengebräunte Haut und die kräftigen Oberarme zeigten, dass sie es gewohnt waren, im Freien zu arbeiten.

»Leider ist uns das bei den Mönchen nicht gelungen. Wir kamen zu spät. Das Kloster lag bereits in Trümmern, als wir den Überfall bemerkt haben.« Maximilian wirkte traurig, als er von den schrecklichen Vorfällen berichtete. Er schien die Mönche gut gekannt zu haben.

»Vielleicht war das sogar euer Glück«, sagte Philipp tröstend. »Wie hättet ihr es mit dreißig Männern aufnehmen wollen?«

»Da magst du recht haben …«

Die ganze Zeit über hatte Philipp die eingestürzte Kapelle über die Schultern seiner Retter im Blick behalten. Die Staubwolke hatte sich inzwischen fast gelegt. Dort, wo einmal der Altar gestanden hatte, regte sich nichts. »Wir müssen nachsehen, ob noch jemand lebt«, sagte Philipp dann mit einem Nicken in Richtung der Trümmer.

»Wie meinst du das?«

In kurzen Sätzen berichtete Philipp, was sich seit seiner Ankunft am Kloster abgespielt hatte.

Zusammen mit Maximilian und seinen Söhnen durchsuchte er die Trümmer. Sie fanden weder einen Menschen noch den Einstieg in das unterirdische Gewölbe, das es zweifellos geben musste. Sollte noch einer der Männer leben, war er unter der ehemaligen Kapelle begraben. Genau wie das Geheimnis, das die Mönche hier fast ein Jahrhundert lang gehütet hatten.

Prag, 14. April 1620

»Was soll das bedeuten, er ist weg?«

»Philipp ist nicht mehr im Kerker der Prager Burg.«

»Aber wie kann das sein?« Magdalena schrie Diepold von Lobkowitz die Frage ins Gesicht. In ihrem Kopf überschlugen sich die Gedanken. Die Aussage des Grafen brachte sie völlig aus dem Gleichgewicht. Was war mit Philipp geschehen? Hatte man ihn weggebracht? War ihm etwas zugestoßen? Lebte er überhaupt noch? Magdalena spürte, wie ihr schwindelig wurde. Plötzlich waren ihre Beine weich. Hätte Polyxena sie nicht geistesgegenwärtig festgehalten, wäre sie auf den Boden gefallen.

»Berichte von Beginn an«, forderte die Gräfin ihren Ehegatten auf. »Was ist passiert?«

»Ich wollte zu Philipp in den Kerker. Der König hat mir nach mehrfachem Bitten endlich erlaubt, ihn zu besuchen. Die Zelle war aber leer. Der Wärter behauptete zunächst, er wisse von nichts. Als ich ihm zwei Münzen gab, wurde er langsam gesprächiger.«

Magdalena hörte die Worte von Diepold, aber sie verstand sie nicht. Was hatte das zu bedeuten? Ihr Kopf schien kurz vor dem Zerplatzen zu stehen. Sie stöhnte auf und krallte sich so fest an Polyxenas Oberarm, dass diese aufschrie.

»Nun erzähl schon, was mit Philipp ist«, sagte die Gräfin. »Das Mädchen steht kurz vor dem Zusammenbruch.«

»Der Wärter erzählte mir, dass man vor ein paar Monaten einen Jesuiten zu Philipp in die Zelle gesteckt hat. Vor etwa drei Wochen wurden die beiden gemeinsam von einer großen Anzahl Landsknechte aus der Stadt geführt. Wohin, wusste der Wärter nicht.«

»Sie haben ihn umgebracht«, schluchzte Magdalena und brach in Tränen aus.

»Das kannst du nicht wissen«, entgegnete Diepold etwas zu unsicher, um die junge Frau beruhigen zu können.

»Was soll denn sonst geschehen sein?« Magdalena begann zu schreien und schlug um sich. Sie beruhigte sich erst, als ihr Polyxena eine schallende Ohrfeige verpasste.

»Reiß dich zusammen! Solange wir nicht wissen, was genau passiert ist, besteht noch Hoffnung.«

Magdalena schaute die Gräfin aus tränenüberströmten Augen an. In diesem Moment war sie so überrascht, dass sie für ein paar Sekunden nicht an das Schicksal ihres geliebten Mannes dachte.

»Ich glaube auch nicht, dass Philipp tot ist«, stand Diepold seiner Ehegattin bei. »Warum sollte sich das Direktorium die Mühe machen, ihn aus der Stadt zu bringen, wenn sie lediglich ein Urteil vollstrecken wollten? Es muss etwas Anderes hinter der Sache stecken.«

»Aber was?«, fragte Magdalena. Sie wollte den beiden ja glauben, dass es Philipp gut ging. Die Angst um ihn drohte ihr aber den Hals zuzuschnüren.

»Vielleicht hat es etwas mit dem Jesuiten zu tun«, sagte Polyxena und wandte sich an Diepold. »Du musst mit dem König sprechen.«

»Das habe ich schon versucht! Er behauptet, nichts von den Gefangenen zu wissen.«

»Dann gehe noch einmal zu ihm. Oder sprich mit von Ruppau. Es kann nicht sein, dass keiner weiß, wohin man Philipp gebracht hat.«

»Du hast recht. Ich werde gleich morgen um eine Audienz bitten.«

»Nein, Diepold. Das wirst du jetzt tun.«

***

»Ich könnte nach England reisen und mit meinem Vater sprechen«, schlug Elisabeth ihrem Gemahl vor, der niedergeschlagen an seinem Schreibpult in den privaten Räumen des Königspaares saß.

»Das kann ich nicht zulassen. Unser Reich befindet sich im Krieg. Die Reise wäre viel zu gefährlich für dich und die Kinder.«

»Es wäre eine Möglichkeit ihn umzustimmen. Wir brauchen seine Unterstützung!«

»Ja, meine Liebe. Dein Vater könnte uns helfen. Dennoch werde ich dich nicht nach England fahren lassen. Ich hätte keine ruhige Minute. Jakob hat mir mehrfach zu verstehen gegeben, dass er meine Entscheidung, die Krone von Böhmen anzunehmen, missbilligt. Hinzu kommt, dass er mit dem spanischen König darüber verhandelt, die beiden Häuser durch eine Heirat zu verbinden. Er wird nichts unternehmen, was ihm den Unmut von Philipp III. einbringt.«

»Immerhin hat er zugestimmt, dass du in England und Schottland Soldaten anwerben kannst.«

»Ja. Jeweils tausend Mann. Das reicht bei Weitem nicht aus.«

»Was ist mit den Niederlanden?«

»Wir erhalten monatlich eine Zahlung von fünfzigtausend Gulden. Soldaten wurden versprochen, sind aber an eine Waffenhilfe Englands geknüpft.«

»Kannst du weitere Mittel aus der Pfalz beziehen?«

»Nein, meine Liebe. Wir haben bereits zwei Tonnen Gold von dort nach Böhmen gebracht. Wenn wir nicht bald Hilfe bekommen, werden wir das Heer nicht mehr lange bezahlen können.«

Elisabeth ging zu ihrem Gemahl und legte ihm einen Arm um die Schulter. »Verzage nicht, mein Gemahl. Es wird sich alles zum Guten wenden.«

Friedrich antworte nicht. Wie so oft in den letzten Wochen und Monaten bereute er es, die böhmische Krone angenommen zu haben. Davon wollte seine Gemahlin allerdings nichts wissen. Sie genoss das Leben am Hofe zu sehr und würde niemals freiwillig nach Heidelberg zurückkehren.

»Wo willst du hin?«, fragte Elisabeth, als ihr Gemahl aufstand und ein paar Schriften zusammenraufte.

»Ich muss mit Christian sprechen. Vielleicht hat er heute ein paar erfreulichere Neuigkeiten für mich.«

Friedrich gab seiner Gemahlin zum Abschied noch einen Kuss auf die Wange und verließ ihre Gemächer. Auf dem Weg zu seinem Besprechungsraum dachte er über die sture Haltung seines Schwiegervaters nach. König Jakob I. von England brachte seine eigene Tochter in Gefahr, wenn er sich weiterhin weigerte, Böhmen im Kampf gegen die Habsburger zu unterstützen.

Im Flur zu den Amtsräumen traf er auf einen katholischen Adeligen, dessen Namen er nicht kannte. Der Mann verbeugte sich vor seinem König und sprach ihn zu dessen Überraschung in akzentfreiem Deutsch an.

»Verzeiht mir meine Störung, Eure Majestät. Ich würde Euch gerne in einer Angelegenheit sprechen, die leider keinen Aufschub duldet.«

»Fasst Euch kurz. Ich habe wenig Zeit.«

»Es geht um einen Gefangenen, der seit über einem Jahr im Kerker der Prager Burg sitzt und jetzt verschwunden ist. Sein Name ist Philipp Fabricius.«

»Was soll das bedeuten, er ist verschwunden?«

»Ich hoffte, die Antwort auf diese Frage von Euch zu bekommen, Eure Majestät. Die Wärter behaupten, dass sie nicht wissen, wohin man ihn gebracht hat.«

»Ich habe andere Sorgen, als mich um die Gefangenen zu kümmern«, sagte Friedrich ärgerlich. »Es wird schon einen Grund haben, warum man ihn eingesperrt hat.«

»Ihr wisst also nicht, wohin man Fabricius gebracht hat?«

»Nein. Und es interessiert mich auch nicht sonderlich. Wendet Euch an die Palastwache.«

»Darf ich mich dabei auf Euch berufen?«

»Wenn es euch weiterhilft, soll es mir recht sein.«

»Ich danke Euch, Eure Majestät.«

Friedrich sah dem Mann ärgerlich nach, als er nach einer knappen Verbeugung in Richtung Ausgang verschwand. Ihm fiel ein, dass er den Namen Fabricius schon einmal gehört hatte, konnte sich aber nicht erinnern, wo das gewesen war. In diesem Moment kam Christian von Anhalt auf den König zu. Wenige Augenblicke später hatte der den Gefangenen vergessen.

»Berichtet mir«, forderte der böhmische König seinen Berater Christian von Anhalt auf, als sie gemeinsam im Ratssaal saßen. »Wie steht es um das Heer?«

»Die Fronten sind nach wie vor verhärtet. Wir konnten uns bisher keinen Vorteil erkämpfen, die Kaiserlichen allerdings auch nicht. Mein Sohn Christian steht mit seinem Heer in Niederösterreich. Von Mansfeld und von Thurn verhindern den Einzug des katholischen Heers nach Böhmen.«

»Und Gábor? Hat er sich nun entschieden, ob er sich hinter dem Kaiser verstecken, oder sich endgültig auf unsere Seite schlagen will?«

»Der ungarische König hat dem Kaiser ein Ultimatum gestellt, in dem es darum geht, dass Ferdinand mit Böhmen Frieden schließen soll. Die Frist ist in wenigen Tagen abgelaufen. Gábor ist bereit, den vor drei Monaten mit den protestantischen Fürsten geschlossenen Vertrag zur gegenseitigen Verteidigung zu bestätigen.«

»Wie viel Wert hat das Wort des Fürsten von Siebenbürgen? Bereits im Januar hat Gábor gleichzeitig mit Ferdinand verhandelt, als er den Vertrag unterzeichnet hat.«

»Das bleibt abzuwarten, Eure Majestät.«

Niederösterreich, 18. April 1620

»Ich kann dich nur noch einmal eindringlich warnen«, sagte Maximilian und legte Philipp die Hand auf die Schulter. »Es ist viel zu gefährlich, alleine nach Prag zu reisen!«

»Das weiß ich. Dennoch muss ich es tun! Ich will zu meinem Eheweib! Ich vermisse Magdalena.«

»Natürlich tust du das. Vergiss aber nicht, dass der Krieg überall ist.«

»Ich werde den Soldaten aus dem Weg gehen.«

»Es geht nicht nur um die Soldaten. Viel gefährlicher sind die Räuber, die dir die Kehle durchschneiden, ohne zu fragen, wer du bist oder wohin du willst. Recht und Ordnung liegen darnieder.«

»Maximilian, mir ist bewusst, dass du es nur gut mit mir meinst. Ich bin dir sehr dankbar für deine Hilfe und weiß zu schätzen, was du für mich getan hast. Ich kann aber nicht hierbleiben. Ein Leben ohne Magdalena kann ich nicht ertragen. Lieber sterbe ich beim Versuch, zu ihr zurückzugehen, als dass ich mein Weib niemals wiedersehe.«

»Dann bleibt mir nichts weiter übrig, als dir Glück und Gottes Hilfe zu wünschen. Du wirst beides brauchen.«

Die beiden Männer reichten sich zum Abschied die Hand. Dann ritt Philipp vom Hof vor der Mühle. In den letzten Tagen waren Maximilian und seine Familie ihm gute Gastgeber gewesen. Mehrmals hatten sie ihm angeboten, für immer da zu bleiben. Arbeit gab es genug. Auch Gerhard und Anton, die Philipp schnell zu guten Freunden geworden waren, hatten bestürzt reagiert, als er sich von ihnen verabschiedet hatte.

Auf seinem Weg kam Philipp an den Ruinen des Klosters vorbei. Er blieb einen Moment vor den Trümmern stehen und dachte an Bruder Jakob. Ihm hatte das Geheimnis des Ordens letztlich den Tod gebracht. Philipp dagegen wäre ohne den Mönch wohl nicht so schnell aus dem Kerker der Prager Burg herausgekommen. Er verdankte Jakob seine Freiheit.

Gemeinsam mit Maximilian und seinen Söhnen hatte Philipp die Trümmer des Klosters noch mehrfach nach Überlebenden durchsucht. Dabei waren sie auf den Arm von Bruder Jakob gestoßen, den Philipp an einer breiten Narbe am Handgelenk erkannt hatte. Sie hatten Unmengen von Steinen bewegt, aber weder den Leichnam des Mönches freilegen können, noch einen Zugang in die unterirdischen Gänge gefunden. Was auch immer dort verborgen war, blieb für immer verschwunden.

Ausgenommen des Pferdes, auf dem er selbst zum Kloster geritten war, hatte Philipp die Tiere beim Müller gelassen, der sie verkaufen sollte. Im Gepäck der Soldaten fanden sie ein paar Münzen, die Maximilian seinem Gast überließ.

Maximilian hatte Philipp genau erklärt, welchen Weg er nehmen musste, um die Donau zu erreichen. Er würde einige Tage brauchen, um nach Böhmen zu gelangen. Dort würde es dann noch gefährlicher werden, weil die protestantischen Rebellen weite Teile des Landes besetzt hielten. In Niederösterreich waren die Kaiserlichen überlegen. Abgesehen von kleineren Scharmützeln war es im Winter ruhig geblieben. Mit dem Frühling würde aber auch der Krieg neu entfacht werden.

Philipp genoss es, über die Wiesen zu reiten. Es war angenehm warm und die Umgebung erschien friedlich. Mit Grauen gedachte er der langen Monate im Kerker der Prager Burg. Das wollte er nie wieder erleben. Er war fest entschlossen, Prag nach seiner Ankunft dort sofort gemeinsam mit Magdalena wieder zu verlassen.

Als es langsam dämmerte, dachte er darüber nach, ob er eine Herberge aufsuchen sollte. Sein Geld würde dafür ausreichen. Da er aber nicht wissen konnte, was in den nächsten Tagen auf ihn zukam, entschloss er sich, sparsam mit den Münzen umzugehen und im Freien zu schlafen. Seinen ursprünglichen Plan, die Nacht hindurchzureiten und tagsüber zu schlafen, hatte er aufgegeben, weil er einfach zu müde war und sich kaum noch auf dem Rücken seines Tieres halten konnte.

Auf ein Feuer verzichtete Philipp. Aus den Sachen der Soldaten hatte er einen dicken Mantel und eine Decke, die ihm in der Nacht genug Wärme geben würden. Er band sein Pferd an einem Baum fest und legte sich mit dem Rücken gegen den Stamm. Jetzt spürte er die Müdigkeit erst richtig. An diesem Tag war er lange unterwegs gewesen und nun froh, seine Beine ausstrecken zu können.

Philipp fiel in einen Dämmerschlaf und wurde plötzlich von einem Geräusch geweckt. Bevor er der Ursache dafür auf den Grund gehen konnte, spürte er eine kalte Messerklinge an seinem Hals.

»Wenn du dich bewegst, bist du tot.«

***

Das unauslöschliche Verlangen nach Rache brannte wie ein Feuer in Resis Körper und trieb sie weiter an. Bisher war sie nicht näher an von Collalto herangekommen, schwor sich aber, nicht eher zu ruhen, bis der Spanier tot vor ihr lag. Auf ihrem Weg durch Niederösterreich hatte sie drei weitere Kaiserliche befragt und ihnen die Kehle durchgeschnitten. Zwei von ihnen hatten von Collalto nicht einmal gekannt.

Jeder Erfolg über einen Soldaten gab ihr neue Kraft. Mitleid mit ihren Opfern verspürte sie nicht. Ihr selbst war es auch nicht entgegengebracht worden, als sie in den Fängen der Kaiserlichen gewesen war.

Den Reiter hörte sie, bevor sie ihn sah. Resi rannte vom Weg herunter und warf sich hinter einem Gebüsch auf die Erde. Sie wusste, dass sie vorsichtig sein musste. Wenn sie einer Räuberbande oder Soldaten in die Hände fiel, konnte es sehr gefährlich werden. Schaudernd dachte sie daran, wie knapp sie das letzte Mal mit dem Leben davongekommen war, auch wenn sie sich seither mehrfach gewünscht hatte, sie wäre tot.

Angespannt beobachtete sie, wie der Reiter über eine Kuppe kam. Es handelte sich um einen jungen Mann. Seiner Kleidung nach zu urteilen war er weder ein einfacher Bauer noch ein Räuber oder Soldat. Der Fremde ritt sorglos an ihr vorbei. Offensichtlich hatte er die Ungarin nicht bemerkt, die sich noch dichter an den Boden presste, als er direkt vor ihr war.

Resi beschloss, dem Reiter zu folgen. Es dämmerte bereits. Sicher würde er sehr bald eine Pause einlegen. Sie wollte unbedingt wissen, wer er war und wohin er wollte. Wenn er der Ungarin nicht weiterhelfen konnte, sein Pferd würde es können. Resi war sich sicher, dass sie den Fremden überwältigen konnte, auch wenn der nicht so betrunken war wie die vier Opfer vor ihm. Die Überraschung war auf ihrer Seite.

Tatsächlich steuerte der Fremde nach einer Weile eine einsam stehende Eiche an. Resi beobachtete, wie er sein Pferd versorgte und sich dann unter dem Baum niederließ. Sie zwang sich zur Ruhe. Ewig würde es nicht dauern, bis der Mann eingeschlafen war. Wenn er sie aber zu früh bemerkte, würde es schwierig werden, ihn zu überwältigen. Resi war sich darüber im Klaren, dass sie den meisten Männern körperlich unterlegen war. Deswegen musste sie umso schlauer und vorsichtiger vorgehen.

***

»Was wollt Ihr von mir?«

»Zunächst einmal, dass du dich ganz ruhig verhältst.«

»Das werde ich.«

Resi spürte, wie der Fremde vor ihr zitterte. Sie hielt ihr Messer weiterhin an die Kehle des Mannes und war bereit, es ihm sofort durch den Hals zu ziehen, sollte er eine falsche Bewegung machen.

»Wer bist du und was tust du hier?«

»Mein Name ist Philipp Fabricius. Ich bin auf dem Weg nach Prag.«

Das kann doch nicht sein, dachte Resi, versuchte aber, sich ihre Überraschung nicht anmerken zu lassen. Was machte der böhmische Schreiberling hier? Bisher hatte sie angenommen, dass er im Kerker der Prager Burg gefangen gehalten wurde. Sein Eheweib hatte Anton geschrieben und ihn um Hilfe gebeten. Resi glaubte nicht, dass Philipp wusste, wer sie war. Dennoch beschloss sie, ihm nicht ihren richtigen Namen zu sagen. Dass sie Anton kannte, sollte er erst recht nicht erfahren.

»Ich bin Magda. Versprichst du mir, dass du ruhig bist, wenn ich das Messer wegnehme?«

»Ja.«

Resi nahm das Messer von Philipps Hals und setzte sich einen Meter von ihm entfernt auf den Boden. Sie hätte ihn töten können, wollte aber unbedingt erfahren, wie er hierhergekommen war.

»Es ist weit bis nach Prag. Warum reist du alleine?«

»Ich war ein Gefangener der Protestanten und wurde gemeinsam mit einem Mönch in diese Gegend gebracht. Dank der Hilfe einer Müllersfamilie konnte ich fliehen. Jetzt will ich nach Hause zu meinem Weib.«

»Ich will auch nach Prag«, log Resi, die beschloss, dass es hilfreich sein konnte, ein Stück des Weges mit Philipp gemeinsam zu gehen. Nach allem, was sie von ihm gehört hatte, glaubte sie nicht daran, dass er ihr gefährlich werden konnte.

»Du hörst dich an wie eine Ungarin.«

»Und wenn es so wäre?« Resi legte bewusst einen drohenden Ton in ihre Stimme.

»Dann stehen wir womöglich auf unterschiedlichen Seiten.«

»Ich stehe auf gar keiner Seite«, sagte Resi bestimmt. »Wenn du willst, können wir gemeinsam reisen. Wenn nicht, ist es mir auch recht.«

»Kann ich dir trauen?«, fragte Philipp skeptisch.

»Hast du eine andere Wahl?«, gab Resi spitz zurück. »Du wärst ein toter Mann, wenn ich dich hätte ausrauben wollen.«

Philipp sah Resi erschrocken an, nickte aber nach einer Weile. »Du hast recht. Vielleicht sollten wir tatsächlich lieber von hier verschwinden.«

»Hast du Geld?«

»Ich besitze ein paar Münzen, ja.«

»Dann lass uns eine Herberge suchen. Es ist eine gefährliche Gegend, in der wir uns aufhalten. Kann dein Pferd uns beide tragen?«

»Ich denke schon.«

Nachdem Philipp aufgesessen hatte, setzte sich Resi hinter ihn. Sie hatte sich entschieden, den Mann am Leben zu lassen, auch wenn er ein Freund von Anton war. Schließlich hatte er weder etwas mit dem Tod ihrer Schwester, noch mit dem Überfall auf sie selbst zu tun. Sein Pferd und die Münzen würde sie ihm allerdings wegnehmen. Ob Philipp es dann noch schaffte nach Prag zu kommen, interessierte sie nicht. Sie hatte andere Pläne.

Es war schon tief in der Nacht, als die beiden endlich einen Ort erreichten. Zunächst wollte sie der Wirt des Gasthauses nicht hineinlassen. Als Philipp ihm aber ein Silberstück gab, änderte er seine Meinung. Er hatte noch eine Kammer frei, in der sie sich allerdings ein Bett teilen mussten.

»Wenn du mich anrührst, wirst du es bereuen!«, sagte Resi und wartete darauf, dass Philipp einschlief.

***

Philipp wurde von lautem Geschrei geweckt. Er fuhr hoch und brauchte einen Moment, bis er wusste, wo er sich befand. Durch das Fenster fielen die ersten Sonnenstrahlen ins Zimmer und er konnte erkennen, dass er alleine war. Magda war also vor ihm aufgestanden. War sie für die Schreie im Schankraum verantwortlich?

Er wollte gerade aufstehen, als die Zimmertür wuchtig aufgestoßen wurde. Zwei Männer stürmten herein und ergriffen Philipp jeweils an einem Arm.

»Du wirst mit uns mitkommen, Bürschchen«, sagte einer von ihnen ärgerlich.

Auch wenn er nicht wusste, was das alles zu bedeuten hatte, war es wohl besser, wenn Philipp den Männern folgte. Sie sahen nicht so aus, als würden sie sich auf eine längere Auseinandersetzung mit ihm einlassen.

Im Schankraum waren neben dem Wirt und drei Reisenden, die wohl ebenfalls in dem Gasthaus übernachten wollten, noch mindestens ein Dutzend Soldaten, deren Herkunft Philipp nicht einschätzen konnte. Er sah sich in dem Gedränge nach Magda um, fand sie aber nicht.

»Ihr werdet alle mitkommen«, sagte der Anführer der Einheit und sah jeden Einzelnen im Raum drohend an. Dann ging er zum Wirt. »Das gilt auch für dich!«

»Was wollt Ihr von mir?«, jammerte der Mann und wich entsetzt einen Schritt zurück. »Ich habe nichts getan.«

»Das wird sich noch herausstellen.«

Philipp und die anderen Gefangenen wurden auf den Marktplatz geführt, wo weitere Menschen von den Soldaten festgehalten wurden. Auch hier sah er keine Spur von Magda. Wo steckte das Weib? Philipp machte sich bewusst, dass er die junge Frau nicht kannte. Sie hatte ihm weder gesagt, woher sie kam, noch wohin sie unterwegs war. Vermutlich hatte sie ihn schon angelogen, als sie behauptete, ebenfalls nach Prag zu wollen. Auffällig an ihr war die Augenklappe gewesen, die so ähnlich aussah wie die der Freibeuter, die Philipp aus Bildern in alten Schriften kannte. Magda verbarg ein Geheimnis. Er selbst würde dieses wohl nicht mehr lüften können.

»Wir sind auf der Suche nach einem Mörder, der vier unserer Männer hinterhältig getötet und ausgeraubt hat«, dröhnte die Stimme eines Offiziers über den Platz. »Wer etwas weiß, soll sofort vortreten und berichten.«

Philipp erwartete nicht, dass sich jemand melden würde und behielt recht.

»Wir werden jeden von Euch verhören. Stellen wir dabei fest, dass sich der Mörder unter euch befindet, werden wir den kompletten Ort niederbrennen! Wenn ihr den Kerl allerdings ausliefert, wird Euch der kaiserliche Schutz gewiss sein.«

Auch diese Drohung des Offiziers führte nicht dazu, dass sich jemand meldete. Nach und nach wurden die Menschen nun zu ihm geführt und befragt. Philipp musste sich in einer Reihe anstellen, die von den Soldaten bewacht wurde. Befand sich der Mörder tatsächlich unter den Leuten, hatte er keine Möglichkeit mehr, zu entkommen.

Als Philipp endlich vor dem kaiserlichen Offizier stand, kam ihm ein Gedanke, wie er sich vielleicht aus dieser Lage befreien konnte. »Ich bin ein Freund des kaiserlichen Schreibers«, sagte er. »Ihr müsst mich gehen lassen.«

»Muss ich das?«, entgegnete der Offizier und sah Philipp belustigt an. »Ich glaube nicht, dass du hier etwas fordern kannst.«

»Bringt mich zu Anton Serger. Er wird meine Aussage bestätigen.«

»Wird er das?«

»Ja.«

»Wer bist du?«

»Ich heiße Philipp Fabricius und komme aus Prag.«

»Ich glaube kaum, dass der Kaiser etwas mit protestantischen Rebellen zu tun hat.«

»Das habe ich auch nicht«, sagte Philipp mit fester Stimme. Er hatte es geschafft, dass der Offizier sich ernsthaft mit ihm befasste. Jetzt durfte er nicht lockerlassen. »Ich war Sekretär der kaiserlichen Statthalter in der Prager Burg. Ferdinand II. wird nicht wollen, dass Ihr mich gefangen haltet.«

»Kannst du das beweisen?«, fragte der Offizier und lächelte Philipp hintergründig an.

»Nein. Aber ich schwöre bei Gott, dass ich die Wahrheit sage. Ich war einer derjenigen, die zu Beginn des Aufstandes aus dem Fenster der Prager Burg geworfen wurden.«

»Davon habe ich tatsächlich gehört.«

»Dann werdet Ihr mich gehen lassen?«

»Nein. Das werde ich nicht. Aber ich bringe dich nach Wien. Sollte sich dort herausstellen, dass du mich angelogen hast, knüpfe ich dich eigenhändig auf.«

Der Offizier gab zwei seiner Soldaten ein Zeichen. Sie kamen zu Philipp und fesselten ihm die Hände auf den Rücken.

»Schafft ihn zu den anderen Gefangenen. Der Kaiser soll entscheiden, was aus dem Bürschchen wird.«

Philipp atmete innerlich auf. In Wien würde sich für ihn sicher alles zum Guten wenden. Allerdings würde er dort auch noch weiter von Magdalena entfernt sein als jetzt. Die machte sich sicher große Sorgen um ihn und wusste nicht einmal, ob er noch am Leben war.

Wien, 30. Mai 1620

Philipp sah die Mauern von Wien vor sich und hatte das Gefühl, aus einem Alptraum zu erwachen. Gegen die Leiden der letzten Wochen kamen ihm die langen Monate im Kerker der Prager Burg fast angenehm vor. Zwar hatte der Offizier, von dem er noch nicht einmal den Namen wusste, sein Versprechen gehalten und Philipp nach Wien gebracht. Die Umstände während der Reise waren allerdings von Demütigungen und Erniedrigungen geprägt gewesen.

Gemeinsam mit zehn Mitgefangenen war er in einem Gitterwagen transportiert worden. Der war so klein gewesen, dass die Menschen darin hatten stehen müssen. Wenn sie dazu nicht mehr die Kraft hatten, sanken sie in sich zusammen, blieben dabei aber so dicht aneinandergedrängt, dass ihre Knie den Boden des Wagens nicht erreichten. An einem Tag war sogar eine junge Frau tot aus dem Käfig gezogen worden. Der Gestank nach Schweiß, Blut und Urin war entsetzlich.

In den Nächten hatten die Soldaten die Gefangenen aneinandergebunden. Sie bekamen jeder nur einen kleinen Becher Wasser pro Tag und ein kleines Stück Brot, das bei Weitem nicht ausreichte, den Hunger zu stillen. Selbst der widerliche Brei, den man Philipp in Prag vorgesetzt hatte, war nahrhafter gewesen. Sein ganzer Körper schmerzte und seine Lippen waren ausgetrocknet und mehrfach aufgeplatzt.

Am schlimmsten jedoch war die Einsamkeit. Im Kerker war er in den ersten Monaten alleine gewesen und hatte sich bis zu dem Tag, an dem Jakob zu ihm gebracht worden war, daran gewöhnt. Jetzt aber mit anderen Menschen zusammen zu sein, die nicht mit ihm redeten, und lediglich stumm vor sich hinlitten, war unerträglich. Die Soldaten nahmen in keiner Weise Notiz von ihren Gefangenen. Fast hätte sich Philipp gewünscht, sie würden derbe Scherze über sie machen. Dann hätte er wenigstens gespürt, dass er noch da und am Leben war.

Jetzt, kurz vor der Ankunft in Wien, wurde Philipp von neuer Hoffnung erfüllt. Anton würde ihm helfen. Er würde sich waschen können, zu essen bekommen und in einem Bett schlafen. Dann wollte er die Pein der letzten Wochen einfach nur vergessen.

Philipp sah durch die Stäbe des Käfigs, dass sie am Schloss vorbei zu den Gefängnissen fuhren. Dort wurden die Gefangenen aus dem Wagen gezerrt und in die Katakomben geschleift.

»Bringt mich zum kaiserlichen Schreiber«, schrie Philipp den Soldaten an, der ihn am Arm gepackt hielt und mit sich zog. Eine Antwort bekam er nicht. Gemeinsam mit den Anderen wurde er zu den Verliesen gebracht. Als sich die Tür zu der Zelle, die er mit weiteren zwanzig Personen teilte, schloss, erlosch sein letzter Lebenswille. Er hatte keine Kraft mehr und wünschte sich nur noch den Tod.

***

»Wo ist der Mann?«, rief Anton und zog dafür den missbilligenden Blick des Kaisers auf sich. Es war dem Schreiber nicht gestattet, sich in die Gespräche einzumischen, die im Audienzsaal geführt wurden.

Anton hatte das Gefühl gehabt, sein Herzschlag setze für ein paar Schläge aus, als der Offizier davon berichtet hatte, dass einer der Gefangenen behauptete, der Sekretär der ehemaligen Prager Statthalter zu sein. Jetzt musste er sich zur Ruhe zwingen. Er zweifelte keine Sekunde daran, dass es sich um Philipp handelte und wollte sich sofort um ihn kümmern, wenn der Kaiser ihn für diesen Tag aus seinem Dienst entließ.

»Ich hoffe, Ihr habt den Mann anständig behandelt«, sagte der Kaiser und sah den Offizier mit strengem Blick an.

»Er wurde mit den anderen Gefangenen hergebracht.«

»Seid Ihr der Meinung, dass man so mit einem Sekretär der kaiserlichen Statthalter verfährt?«, fragte Ferdinand ärgerlich.

»Nein, Eure Majestät.«

»Warum habt Ihr ihn dann nicht schneller hierhergebracht?«

»Ich habe ihn für einen Hochstapler gehalten.«

»Und ich überlege, ob ich Euch in den Kerker werfen lasse«, schrie der Kaiser den Offizier an. »Ihr habt nicht nur falsch gehandelt, sondern auch unverantwortlich.«

»Ich bitte um Verzeihung, Eure Majestät.«

Anton sah, dass der Mann am liebsten im Erdboden versunken wäre. Sicher hatte er mit einer Belobigung des Kaisers gerechnet, weil es ihm gelungen war, die Grenze zu Ungarn vor Einfällen der Protestanten zu schützen. Jetzt musste er anstelle einer Beförderung mit einer Strafe rechnen.

»Lasst den Gefangenen sofort hierherbringen«, befahl der Kaiser seinem Offizier. »Und wagt es nicht, ihn gefesselt in diesen Saal zu führen!«

Anton war erleichtert, dass sich Ferdinand persönlich um Philipp kümmerte. Wenn er sich tatsächlich bei den anderen Menschen befand, die am Abend vorher in die Verliese gesperrt worden waren, musste er Furchtbares hinter sich haben.

Es dauerte etwa eine halbe Stunde, bis man Philipp in den Audienzsaal brachte. Anton hätte vor Entsetzen fast geschrien, als er seinen Freund sah. Er war so abgemagert, dass sich die Knochen selbst an den Oberarmen unter seiner aschgrauen Haut abzeichneten. Seine Haare waren verklebt und teilweise in ganzen Büscheln ausgerissen. Die Kleidung, die Philipp trug, zeigte so viele Löcher und Risse, dass sich Anton wunderte, dass sie ihm nicht vom Leib fiel.

Auch Ferdinand war sichtlich geschockt, als er den Gefangenen sah. Die Wärter mussten ihn festhalten, damit er nicht fiel.

»Werft ihn in den Kerker!«, befahl der Kaiser. Es fiel ihm sichtlich schwer, dabei mit fester Stimme zu sprechen.

»Da haben wir ihn doch gerade erst hergeholt«, entgegnete einer der Wärter unsicher.

»Ich meine nicht den Gefangenen. Ihn sollt ihr in den Kerker werfen.« Ferdinand deutete mit dem rechten Zeigefinger auf den Offizier, der die ganze Zeit über schweigend auf einem Stuhl gesessen hatte.

***

In den nächsten beiden Tagen schlief Philipp fast durch. Er wachte lediglich auf, um ein paar Schlucke zu trinken oder wenige Löffel Suppe zu essen. Anton kümmerte sich in dieser Zeit um seinen Freund, so gut er es konnte. Er hatte dafür gesorgt, dass er gereinigt worden war und man die Wunden des Mannes versorgt hatte. Was Philipp aber am meisten gebraucht hatte war Schlaf.

Kaiser Ferdinand war noch immer erzürnt über das Verhalten seines Offiziers und hatte bisher keine Gnade gekannt. Anton hatte er erklärt, dass man Philipp hätte beschützen und in allen Ehren nach Wien hätte geleiten müssen, nachdem er sein Leben bereits mehrfach für das Reich eingesetzt hatte. Anton, der ebenfalls noch immer entsetzt darüber war, was Philipp hatte ertragen müssen, tat der Offizier dennoch leid. Er hatte nicht bösartig gehandelt und versucht, seine Pflicht gegenüber dem Kaiser zu erfüllen.

»Geht es dir jetzt ein bisschen besser?«, fragte Anton am dritten Morgen, nachdem man Philipp ins Schloss gebracht hatte.

»Es wird werden«, sagte Philipp schwach, aber dankbar lächelnd.

»Du musst Furchtbares hinter dir haben!«

»Ja, mein Freund. Du glaubst nicht, wie froh ich bin, jetzt hier zu sein.«

Doch das glaube ich. »Der Kaiser hat den Offizier in den Kerker geworfen, der dich hierhergebracht hat. Er will noch heute mit dir sprechen und wird sich für das entschuldigen, was man dir angetan hat.«

»Es ist nicht Ferdinands Schuld.«

»Aber es geschah in seinem Namen. Er wird dich großzügig für deine Leiden entschädigen!«

»Alles was ich will, ist nach Hause zu Magdalena.«

»Das kann ich gut verstehen. Du wirst dich aber noch einige Wochen oder sogar Monate gedulden müssen.«

»Das kann ich nicht! Ich habe mein Weib schon viel zu lange nicht mehr gesehen«, bäumte Philipp sich auf.

»Du kannst nicht alleine nach Prag reisen! Du müsstest durch ein großes Gebiet, in dem nach wie vor der Krieg tobt. Du hast selbst gesehen, dass du selbst bei den Kaiserlichen nicht sicher bist, wenn du erwischt wirst. Es ist zu gefährlich.«

»Was soll ich denn sonst tun? Hier sitzen und darauf warten, dass der Krieg zu Ende ist?«

Anton sah seinen Freund traurig an. Nach allem, was er durchgemacht hatte, wünschte er ihm von ganzem Herzen, dass er endlich wieder zu seinem Weib konnte. Sie mussten eine Möglichkeit finden, Philipp nach Prag zu bringen.

»Ich bitte dich nur, nichts Unüberlegtes zu tun. Es wird nicht mehr lange dauern, bis ein großes Heer nach Böhmen aufbricht. Friedrich V. wird seine Krone nicht mehr lange behalten. Hab Geduld. Komm wieder zu Kräften. Es wird mir schon etwas einfallen, wie ich dir helfen kann.«

»Ich weiß, dass du es nur gut mit mir meinst. Schließlich hast du auch Schwarzenbeck zu mir geschickt.«

»Er hat dir nicht geholfen?«

»Nein.« Philipp erzählte Anton davon, wie man den Jesuiten zu ihm gebracht hatte und was danach geschehen war.

***

Eine Woche später erwartete Anton seinen Freund in der Bibliothek. Er hatte großartige Neuigkeiten für ihn und war gespannt, wie Philipp darauf reagieren würde. Am Morgen hatte er ein ausführliches Gespräch mit Kaiser Ferdinand geführt. Die Habsburger und ihre Verbündeten bereiteten den großen Schlag gegen Böhmen und die Kurpfalz vor, der darin enden sollte, dass Friedrich seine unrechtmäßig erworbene Krone verlor. Damit stand das Ende der protestantischen Revolution bevor. Zumindest, wenn es nach dem Willen und der Überzeugung des Kaisers ging.

Endlich trat Philipp in die Bibliothek. Bei seinem ersten Besuch vor vier Tagen hatte der böhmische Schreiber vor Staunen den Mund nicht zubekommen, als er die unzähligen Schriften und Folianten sah, die in den Regalen vom Boden bis zur Decke aufbewahrt wurden. Anton selbst hatte sich mittlerweile längst an dieses Umfeld gewöhnt, sein Freund wurde von diesem Anblick überwältigt.

»Du kommst spät«, sagte Anton zur Begrüßung.

»Der Hofarzt war bei mir. Er sagt, ich sei nun vollständig genesen und brauche seine Hilfe nicht mehr.«

»Das sind sehr gute Neuigkeiten!«, sagte Anton erfreut.

»Es wird mir jetzt aber noch schwerer fallen, untätig im Schloss zu sitzen.«

»Vielleicht musst du das gar nicht.«

»Wie meinst du das?«

»Ich habe dich heute nicht umsonst zu mir in die Bibliothek gebeten. Ich soll dir im Namen des Kaisers einen Vorschlag unterbreiten.«

»Jetzt spann mich nicht so lange auf die Folter und sag mir, was los ist.«

»Ferdinand hat Maximilian von Bayern mit der Reichsexekution von Böhmen beauftragt.«

»Das war nur eine Frage der Zeit. Was hat das mit mir zu tun?«

»Du wirst das Heer begleiten und den Marschverlauf dokumentieren. Wenn Prag gefallen ist, kannst du dich um Magdalena kümmern. Es steht dir frei, dann dort zu bleiben und deine Stelle als Sekretär auszuüben, oder mit deinem Weib nach Wien zurückzukehren.«

Philipp brauchte einen Moment, um das Gehörte zu verarbeiten. Anton hatte erwartet, dass sich sein Freund mehr über die Neuigkeit freute. Als er ihm jetzt ins Gesicht schaute, erkannte er, wie sehr sich seine Begeisterung in Grenzen hielt.

»Was ist los, mein Freund? Du freust dich ja gar nicht!« Anton konnte nicht verhindern, dass Empörung aus seiner Stimme klang.

»Ich muss immerzu an Magdalena denken. Es wird eine Ewigkeit dauern, bis wir mit dem Heer in Prag sind, wenn wir die Stadt überhaupt erreichen. Kommt es zur Belagerung, ist mein Weib in großer Gefahr!«

»Ihr wird nichts geschehen!«

»Das kannst du nicht wissen, Anton.«

Nein. Aber wenn du hier im Kaiserhof bleibst, siehst du dein Weib erst recht nicht so schnell wieder.

»Du willst das Angebot also tatsächlich ausschlagen?«

»Nein. Ich sehe ein, dass ich es alleine nicht bis nach Prag schaffe. Dennoch habe ich große Angst um Magdalena. Kannst du das nicht verstehen?«

»Natürlich verstehe ich dich. Dennoch: Eine bessere Möglichkeit sehe ich für dich nicht.«

»Du hast recht. Sag dem Kaiser, dass ich einverstanden bin und mich geehrt fühle, die Geschehnisse für ihn dokumentieren zu dürfen.« Ein überzeugendes Lächeln brachte Philipp zwar nicht zustande, er drückte seinem Freund als Zeichen der Dankbarkeit aber dennoch die Schulter.

Niederösterreich, 02. Juli 1620

»Ich bleibe dabei, dass sich ein protestantischer Spitzel in unser Lager eingeschlichen hat!«, sagte Friedrich Wegner und sah seine Kameraden aus funkelnden Augen an. »Wir müssen den Kerl erwischen, bevor er sich einen nach dem anderen von uns holt.«

»Wir hätten es längst bemerkt, wenn ein Fremder im Lager wäre«, entgegnete Richard Küster.

»Was macht dich da so sicher?«, blieb Friedrich bei seiner Meinung. »Schau dich doch mal im Heer um. Wir haben Soldaten aus Ungarn, Spanien, Deutschland, Österreich und Böhmen. Hinzu kommen Handwerker, Marketender und Huren. Glaubst du wirklich, wir würden es merken, wenn sich ein einzelner protestantischer Rebell zwischen all diesen Menschen versteckt?«

»Dann müssen wir eben alle Leute überprüfen«, sagte Karl Zimmermann.

»Das haben wir doch schon mehrfach getan«, gab Richard zurück. »Der Kerl muss mit dem Teufel persönlich im Bunde stehen.«

Hermann verfolgte das Gespräch seiner Kameraden und hing seinen Gedanken nach. Sie saßen um ein Lagerfeuer herum, auf dem ein Stück Rindfleisch gegrillt wurde. Nachdem sie in den letzten Tagen nur wenig zu essen bekommen hatten, freuten sich alle darauf, etwas in den Magen zu bekommen.

Überall im Lager sprachen die Soldaten über ihre ermordeten Kameraden. Nachdem sie bis vor wenigen Tagen nur davon gehört hatten, dass Söldner mit durchgeschnittener Kehle aufgefunden worden waren, hatte es nun zwei Männer aus ihrer eigenen Truppe getroffen. Die Stimmung unter den Soldaten war aufgeladen. Sie waren misstrauisch geworden und vertrauten sich gegenseitig weniger.

»Vielleicht war es nicht immer der gleiche Täter«, sagte einer von Hermanns Kameraden, der genau wie er selbst bisher geschwiegen hatte. »Es kommt immer wieder mal zu Streit.«

»Ich sage euch, wir haben einen protestantischen Meuchelmörder im Lager!«, beharrte Richard auf seinem Standpunkt.

»Lasst uns erst einmal essen«, sagte Karl, nahm das Fleisch vom Feuer und schnitt für jeden der Männer ein Stück ab. Dazu aßen sie Brot, das bereits trocken und hart war.

In den letzten Monaten hatte Hermann sehr oft schlechter gegessen. Das Soldatenleben gefiel ihm von Tag zu Tag weniger. Im Winter waren viele von ihnen an Kälte, Hunger und Krankheiten gestorben. Auch in der wärmeren Jahreszeit ging es einigen schlecht. Zu Kämpfen mit den protestantischen Rebellen kam es selten. Häufiger dagegen waren Scharmützel mit Bauern, die vergeblich versuchten ihr Hab und Gut gegen das allesvernichtende Heer zu verteidigen.

Hermann dachte an Anna Winter. Je länger der Abschied her war, umso mehr vermisste er die junge Frau. Es überraschte ihn selbst, wie stark seine Gefühle für die Pflegerin geworden waren. Schon lange hätte er das Heer am liebsten verlassen und wäre nach Wien zurückgekehrt, wusste aber, dass man ihn alleine bei dem Versuch erschießen würde.

***

»Denk daran, was ich dir gesagt habe«, sagte Richard Schwarz und sah Resi drohend an.

»Wie könnte ich das vergessen. Du erinnerst mich täglich daran!«

»Weil wir eine Abmachung haben. Ich muss an mein Geschäft denken.«

»Keine Sorge. Ich werde im Wagen bleiben und aufpassen, dass mich keiner sieht.«

»Dann ist es ja gut.«

Resi sah Richard zu, wie er die Tür aufzog und im Freien verschwand. Sie hasste den Mann. Wegen seiner ständigen Beleidigungen und den nicht enden wollenden Befehlen und Kommandos, war sie bereits mehrmals kurz davor gewesen, den Hufschmied zu verlassen. Wenn es irgendwann einmal soweit war, würde der Mann vorher sein Leben verlieren. Dieses Versprechen hatte Resi sich bereits in der ersten Woche gegeben, in der sie für den Mann gearbeitet hatte.

Die Vereinbarung zwischen den beiden brachte allerdings große Vorteile. Der Schmied begleitete ein katholisches Heer, das in Richtung Prag unterwegs war. Viel wichtiger war allerdings, dass die Soldaten von Oberst von Collalto angeführt wurden. Weil sie ständig in Scharmützel mit den protestantischen Streitkräften gerieten, kamen sie nur langsam voran. Einmal waren sie sogar zwei Wochen an der gleichen Stelle geblieben, weil es ihnen nicht gelungen war, einen Fluss zu überqueren. Bei Richard war Resi in Sicherheit. So lange dies so war, wollte sie sich zusammenreißen.

Bisher hatte er die Ungarin weder geschlagen noch geschändet. Alles was er wollte, war, dass sie tagsüber im Wagen blieb, damit niemand ihr entstelltes Gesicht sah. Das war ihr allerdings auch recht. Solange sie niemand bemerkte, war sie auch nicht verdächtig.

Resi war von Richard aufgenommen worden und hatte mit ihm vereinbart, dass sie den Wagen sauber hielt und sich um das Essen kümmerte, während er die Pferde der Soldaten mit neuen Hufeisen versorgte. Der Schmied war mindestens doppelt so alt wie Resi und kehrte abends müde von der Arbeit in den Wagen zurück. Weil seine Dienste von den Soldaten geschätzt wurden, verdiente er genug, damit er Essen für sich und seine Gehilfin kaufen konnte.

Insgesamt war es Resi nie besser gegangen, nachdem sie das Kloster verlassen hatte. Philipps Pferd hatte sie zwei Tage nach ihrer Flucht an drei Straßenräuber verloren. Sie selbst war den Männern mit viel Glück entkommen und hatte sich dann weiter in Richtung Böhmen auf den Weg gemacht. Aus Angst, im Schlaf von Betrunkenen überfallen zu werden, hatte sie die meisten Nächte in den Wäldern verbracht und darauf verzichtet, in eine Herberge zu gehen, obwohl sie sich das mühelos hätte leisten können. Münzen hatte sie genug. Das durfte Richard aber nicht erfahren.

Resi dachte an von Collalto. Zu wissen, dass der widerliche Spanier ganz in ihrer Nähe war, aber trotzdem nicht an ihn heran zu können, drohte ihr den Verstand zu rauben. In den vergangenen Wochen hatte sie sich nachts aus dem Wagen geschlichen und erkundet, in welchem Zelt sich der Oberst aufhielt und wie viele Bewacher bei ihm waren. Leider hatte sie noch keine Möglichkeit gefunden, näher an ihn heranzukommen.

Auch die anderen Männer, die sie geschändet hatten, hielten sich im Lager auf. Zwei von ihnen lebten inzwischen nicht mehr. Im Nachhinein musste Resi zugeben, dass es ein Fehler gewesen war, die beiden zu töten. Die anderen Soldaten waren viel vorsichtiger geworden, seitdem sie wussten, dass ein Meuchelmörder in der Nähe war.

Resi stand auf und zog sich eine dunkle Kapuze über den Kopf. Sie schaute aus dem Fenster des Wagens hinauf zu den Sternen und erkannte, dass die Tageswende bereits seit zwei Stunden vorüber war. Richard lag auf seinem Bett und schnarchte wie jede Nacht friedlich vor sich hin. Resis Zeit war gekommen.

Dank ihrer zahlreichen nächtlichen Ausflüge kannte Resi jedes Bodenbrett im Wagen und wusste genau, wohin sie ihre Schritte setzen musste, damit sie kein Geräusch verursachte. Richard hatte am Abend einen großen Krug Wein geleert und würde erst aufwachen, wenn ihm die morgendlichen Sonnenstrahlen ins Gesicht fielen.

Die Ungarin trat ins Freie und fröstelte. Es hatte den ganzen Tag über geregnet und es war viel zu kalt für die Jahreszeit. Im Lager sah sie die Feuer leuchten, an denen sich die Soldaten wärmten. Das letzte Scharmützel lag etwa eine Woche zurück. Es war ruhig und die Männer rechneten nicht mit einem Angriff. Fast alle schliefen, viele waren betrunken.

Von Collaltos Zelt stand in der Mitte des Platzes. Im Schutz der Wagen und Planen schlich sie sich langsam näher heran. Sie wusste, dass der Eingang zum Schlafbereich des Spaniers immer von mindestens zwei Soldaten bewacht wurde. In dieser Nacht war es jedoch nur einer, und der hockte in sich zusammengesunken auf dem Boden und schlief. Eine bessere Gelegenheit würde Resi wohl nicht mehr bekommen.

Im Licht des Mondes schlich Resi auf allen Vieren zu dem Wächter und schnitt ihm im Schlaf die Kehle durch. Sie war selbst überrascht, wie einfach es ihr mittlerweile gelang, einen Menschen zu töten. Mehr als ein letztes leises Gurgeln war von dem Mann nicht zu hören. Sie nahm es in Kauf, dass der Wächter sterben musste. Gegen ihn persönlich hatte sie nichts. Sie wollte aber nicht riskieren, dass er wach wurde, wenn sie sich um den Spanier kümmerte und dazwischenkam.

Im Zelt brauchte sie einen Moment, um sich an die Dunkelheit zu gewöhnen. Mit der Zeit konnte sie die Umgebung schemenhaft erkennen. Das musste ausreichen. Das leise Schnarchen des Spaniers verriet Resi, wo sich von Collaltos Bett befand. Sie hielt ihr Messer fest in der Hand und war bereit, sofort zuzustechen, wenn der Oberst wach werden sollte. Die Ungarin wollte den Mann nicht im Schlaf ermorden. Er sollte sehen, wem er seinen Tod zu verdanken hatte. Sie hielt ihm die Klinge an den Hals und setzte sich dann auf seine Brust.

Der Spanier erwachte und wollte hochfahren, wurde aber von Resis Gewicht gebremst. Sie schlug ihm mit der linken Faust von oben auf die Stirn und achtete dabei darauf, dass das Messer immer auf seine Kehle zielte. Es dauerte einen Moment, bis von Collalto begriff, was los war.

»Du?«, ächzte er und sah Resi überrascht an.

»Ja. Ich.«

»Ich dachte, du seist längst tot. Geh runter von mir!« Von Collaltos Gesichtsausdruck wechselte über Wut zu Panik.

»Das würde dir so passen.«

»Wenn du nicht tust, was ich dir sage, schreie ich nach meinen Männern!«

»Das wirst du nicht. Ich habe lange auf diesen Moment gewartet. Das ist für Vroni.« Resi stieß von Collalto das Messer senkrecht in den Hals.

Der Spanier stieß einen gurgelnden Laut aus und starrte seine Widersacherin mit großen Augen an. Resi spürte wie der Körper unter ihr zuckte und sie verstärkte den Druck auf von Collalto. Lächelnd sah sie auf das Blut, das zäh den Hals des Mannes herunterlief und die Decke rot einfärbte.

Resi sah, wie die Augen des verhassten Spaniers langsam brachen. Mit der freien Hand hielt sie seinen Kopf so, dass er sie ansehen musste. Sie wollte, dass er den Anblick ihres Gesichtes mit in den Tod nahm.

Zufrieden nahm die Ungarin wahr, dass von Collalto immer schwächer wurde und wartete, bis seine Gegenwehr vollständig erloschen war. Erst dann ließ sie von ihm ab. Zufrieden blickte sie auf den toten Körper des Spaniers herab. Er würde keine Frauen mehr schänden und seinen Männern auch nicht mehr den Befehl dazu geben.

Resi säuberte das Messer an von Collaltos Kleidung. Dann ging sie zum Ausgang des Zeltes und schlüpfte geduckt ins Freie. Lange würde es sicher nicht mehr dauern, bis die beiden Toten entdeckt wurden. Bis dahin würde Resi aber schon längst wieder in ihrem Bett liegen. Niemand würde auf die Idee kommen, beim Hufschmied nach dem Mörder zu suchen. Und selbst wenn: Wer glaubte schon daran, dass ein schwaches Weib wie sie in der Lage war, sich gegen einen kaiserlichen Soldaten durchzusetzen?

Seltsamerweise stellte sich die Genugtuung, die Resi erwartet hatte, nicht ein. Alles, was sie fühlte, war eine Leere in ihrem Kopf. Sie hatte ihren größten Feind erledigt. Ihre Rache war damit aber noch lange nicht beendet.

***

Hermann wurde von lautem Geschrei aus dem Schlaf gerissen. Er schreckte hoch und hätte dabei fast in die Glutreste des Lagerfeuers gegriffen. Weil es in der Nacht sehr kalt geworden war, hatte er sich direkt daneben zum Schlafen gelegt. Er brauchte einen Moment, bis er richtig wach wurde. Erst, als ihm ein Kamerad auf die Schulter schlug und ihm sagte, er müsse sofort mitkommen, realisierte er, dass etwas Wichtiges passiert war.

Gemeinsam mit den anderen Soldaten rannte Hermann zum Zelt ihres Heerführers. Sie kamen jedoch nicht nahe heran, weil auf dem Platz davor bereits alles voller Menschen war, die dicht an dicht standen. Die aufgehende Sonne gab noch nicht genug Licht, so dass die Männer nicht erkennen konnten, was sich am Eingang des Zeltes tat.

»Was ist denn passiert?«, fragte Hermann einen spanischen Söldner neben sich. »Warum diese Aufregung?«

»Von Collalto ist tot.«

»Was?« Hermann sah seinen Kameraden verständnislos an.

»Unser Oberst. Er wurde ermordet!« Der Söldner war leichenblass im Gesicht und schaute zum Zelt des Heerführers, als hätte er dort einen Geist gesehen.

»Wie kann das sein?«, fragte Hermann erschrocken. »Das Zelt wurde doch die ganze Nacht bewacht!«

»Mehr kann ich dir auch nicht sagen.«

Die Unruhe der Männer vor dem Zelt des spanischen Oberst wurde immer größer. Jeder wollte wissen, was geschehen war. Endlich trat einer der Rittmeister aus dem Eingang und wurde sofort von den Schreien der Soldaten bedrängt.

»Was ist passiert?«

»Lebt der Oberst noch?«

»Gab es einen Angriff der Protestanten?«

Hermann konnte nicht alle Fragen verstehen, weil die Männer wild durcheinanderschrien. Der Rittmeister bekam in dem Lärm keine Möglichkeit, auch nur eine Antwort zu geben. Schließlich nahm er seine Muskete in die Hand und gab einen Schuss in die Luft ab. Dann herrschte Stille.

»Oberst von Collalto ist tot«, schrie er über den Platz. »Ihm wurde im Schlaf die Kehle durchgeschnitten. Ich will, dass ihr jeden Stein im Lager umdreht, bis der hinterhältige Mörder gefunden ist. Wer den Kerl erwischt, kann mit einer großzügigen Belohnung rechnen.«

Hermann wäre beinahe im darauffolgenden Tumult überrannt worden. Die Männer kannten kein Halten mehr und beeilten sich, den Befehl des Rittmeisters auszuführen. Jetzt würde jeder jeden verdächtigen. Hermann hoffte, dass jetzt keine Unschuldigen unter die Räder gerieten. Daran, dass man den heimtückischen Mörder fasste, glaubte er nicht. Sicher war der schon weit über alle Berge.

Wien, 12. Juli 1620

Eintrag in die kaiserliche Chronik des Heiligen Römischen Reiches Deutscher Nation:

Am 3. Tag des Monats Juli wurde in Ulm unter französischer Vermittlung ein Neutralitätsabkommen zwischen der katholischen Liga und der Protestantischen Union unterzeichnet. Die Vertreter der Union unter Kurfürst Joachim Ernst von Brandenburg versicherten darin, sich aus der böhmischen Sache herauszuhalten und in Friede, Ruhe und Einigkeit in ihren Ländern zu bleiben. Erzherzog Maximilian kann somit seinen Feldzug gegen die Rebellion der protestantischen Stände beginnen.

Der Plan sieht vor, dass der Erzherzog von Bayern zunächst die Ordnung in Oberösterreich und Niederösterreich herstellt und dann in die Kurpfalz einmarschiert. Dort soll sich sein Heer mit den Truppen von Graf von Buquoy verbünden und weiter Richtung Böhmen ziehen. Ebenfalls über die Kurpfalz werden weitere spanische Truppen gegen die protestantischen Stände vorgehen. Der Kurfürst von Sachsen, Johann Georg, wird die Lausitz einnehmen und den Rebellen in Prag in den Rücken fallen.

In den Kriegsgebieten fallen die Söldner unterdessen über die Städte und Dörfer her. Weil die Männer auf beiden Seiten oft vergeblich auf ihren Sold warten, kommt es immer wieder zu Plünderungen, Morden und Brandschatzungen.

Auf dem Weg durch Bayern sind dreihundert Reiter des Grafen von Lippe geflohen. Der Erzherzog bestrafte einige Deserteure, die nicht nach Böhmen gehen wollten, weil es dort nichts mehr zu plündern gab, mit dem Strick.

Müde ließ Anton die Schreibfeder sinken. In den letzten Tagen war er nicht dazu gekommen, einen Chronikeintrag zu verfassen, weil er mit der kaiserlichen Korrespondenz alle Hände voll zu tun hatte. Ferdinands Laune hatte sich deutlich verbessert, seit sein Cousin und Freund Maximilian aufgebrochen war, um die Stände in Oberösterreich zu unterwerfen. Immer wieder prophezeite er seinem Schreiber das Ende der Rebellion. Dabei störte es den Kaiser nicht, dass er ohne die Hilfe aus Spanien nicht in der Lage gewesen wäre, den Sold für die Soldaten zu entrichten. Die Protestanten in Böhmen sollten mit ihrem Hab und Gut für die Kosten aufkommen.

Die erfreulichste Nachricht, die Anton in den letzten Tagen bekommen hatte, handelte allerdings vom Tod von Collaltos. Endlich war er den verhassten Spanier los. Auch wenn der sich nie direkt gegen Anton gestellt hatte, hielt er den Mann für unberechenbar. Irgendwann hätte er auch für den kaiserlichen Schreiber gefährlich werden können.

Die Angst vor dem Meuchelmörder, der das Heerlager unsicher machte, drang nicht bis in den Kaiserhof. In Wien fühlte man sich vor dieser Bedrohung sicher.

Anton dachte an Philipp, der derzeit mit Erzherzog Maximilian in Oberösterreich unterwegs war. Er wünschte seinem Freund von ganzem Herzen, dass er Prag bald erreichen und dort seine geliebte Gemahlin in die Arme nehmen konnte.

Niederösterreich, 12. Juli 1620

»Und du willst wirklich nicht weiter mit uns ziehen?«, fragte Richard und sah Resi fast traurig an. »Du bist mir in den letzten Wochen eine gute Hilfe gewesen!«

»Nein. Ich habe es satt, immer in diesem Wagen eingesperrt zu sein.«

»Du weißt, dass ich an meinen Ruf denken muss.«

»Natürlich. Dennoch habe ich andere Pläne. Sobald das Heer die Protestanten vor Wien vertrieben hat, wird es in Richtung Kurpfalz aufbrechen. Dort will ich nicht hin. Ich habe genug vom Krieg.«

»Dem wirst du nicht mehr entkommen können. Egal, wohin du gehst. Was hast du denn vor?«

»Es gibt hier ganz in der Nähe ein Kloster. Dort werde ich hingehen.« Resi hatte nicht die Absicht dem Hufschmied ihre wirklichen Pläne zu verraten. Wien war nicht weit entfernt. Näher würde sie das Heer nicht an die Stadt heranbringen. Die Männer, die sie am Ufer der Donau geschändet hatten, waren tot. Zumindest die, die persönlich Hand an sie gelegt hatten. Eine Person stand allerdings noch auf ihrer Liste. Auch Anton musste sterben. Erst dann konnte Resi ein Leben in Frieden führen. Wo auch immer das dann sein würde.

»Was willst ausgerechnet du in einem Kloster?«, fragte Richard und begann schallend zu lachen. »Willst du die Schwestern mit deinem Anblick erschrecken?«

Resi antwortete nicht. Sie war es gewohnt, von dem Hufschmied herablassend behandelt zu werden. Dennoch hatte sie ihm viel zu verdanken. Nur deshalb würde sie ihn am Leben lassen. In den letzten Tagen hatte sie ihre Meinung dazu geändert. Richards Tod konnte den Verdacht auf sie lenken. Sicher, bis man ihn fand, wäre sie selbst längst verschwunden. Bisher gingen die Soldaten aber davon aus, dass die Morde von einem Mann begangen worden waren. Resi wollte sie in diesem Glauben lassen.

»Mein Entschluss steht fest«, sagte sie mit fester Stimme. »Bei Einbruch der Dämmerung werde ich dich verlassen.«

»Sei vorsichtig, Mädchen. Im Lager ist ein Mörder unterwegs.«

»Es sind fast nur Mörder im Lager unterwegs.«

»Du weißt genau, was ich meine.« Der Hufschmied sah die Ungarin ärgerlich an.

»Es wird mir nichts geschehen.«

»Und erwarte kein Geld von mir. Die Geschäfte laufen schlecht. Ich kann dir nichts bezahlen.«

»Damit habe ich auch nicht gerechnet«, sagte Resi, die wusste, dass Richard log. In den Scharmützeln der letzten Tage waren die Pferde der Soldaten arg beansprucht worden und der Hufschmied hatte viel zu tun gehabt. Sie wollte aber nicht mehr mit dem Mann streiten. Geld hatte sie genug. Sie fasste mit der Hand an die Innenseite ihrer Hose und fühlte dort die Münzen, die sie in den Stoff eingenäht hatte. Die Soldaten, denen sie das Geld abgenommen hatte, würden es nicht mehr brauchen.

Ohne ein Wort des Abschieds verließ Richard den Wagen. Resi nahm sich vor, verschwunden zu sein, wenn er zurückkehrte.

***

»Lasst nicht nach, Männer!«, schrie Rudolf von Tiefenbach, Generalwachtmeister im Heer des Grafen von Buquoy, seinen Soldaten zu. »Heute werden wir die Rebellen ein für alle Mal aus unserem Reich vertreiben!«

Genau wie seine Kameraden neben ihm, trieb Hermann sein Pferd an. Sie jagten im Galopp auf einen Waldrand zu, wo sich ein Teil des böhmischen Heers von Graf von Thurn verschanzte. Seit Tagen gingen die Kämpfe der verfeindeten Lager hin und her. Heute hatten die Kaiserlichen endlich einen entscheidenden Vorteil erringen können und waren fest entschlossen, den gewonnenen Boden nicht wieder herzugeben.

Hermann hielt die Zügel in der Linken und die Muskete in der Rechten. Er war bereit, sofort abzudrücken, wenn sich einer der

Rebellen vor ihm zeigte. Es waren aber zunächst die Protestanten, die auf ihre Feinde schossen. Hermann sah, wie neben ihm zwei seiner Kameraden getroffen vom Pferd fielen. Bevor er das gleiche Schicksal erlitt, sprang er von seinem Tier, legte sich flach auf den Boden und richtete die Muskete auf den Waldrand. Als sich dort einer der Soldaten zeigte, drückte er ab und traf den Mann in die Brust.

»Gut gemacht«, sagte Rudolf von Tiefenbach, der neben Hermann aufgetaucht war, ohne dass der dies bemerkt hatte.

Auch die anderen Kaiserlichen erreichten jetzt den Waldrand, saßen ab und stürmten zu Fuß zwischen den Bäumen in das dunkle Dickicht. Hermann beeilte sich mit dem Nachladen seiner Muskete und folgte seinen Kameraden. Die Schreie der Kämpfenden wiesen ihm den Weg.

Er stürmte vor, stolperte über eine Wurzel und stürzte zu Boden. Das rettete ihm das Leben: Die Pike eines protestantischen Soldaten stieß knapp über seinem Kopf ins Leere. Sein Widersacher, der durch seine Aktion aus dem Gleichgewicht geriet, stolperte über Hermann und fiel in das Gestrüpp neben ihm. Blitzschnell richtete er die Muskete auf seinen Gegner und drückte ab.

Als Hermann vorsichtig aufstand, atmete er tief durch. Wieder einmal war er in letzter Sekunde mit dem Leben davongekommen. Er stieß ein kurzes Dankesgebet in den Himmel und drang weiter in den Wald ein. Die Protestanten konnten nur wenig gegen die kaiserliche Übermacht ausrichten und wichen immer weiter zurück.

»Lasst sie nicht entkommen«, hörte Hermann die Stimme des Generalwachtmeisters.

Die kaiserlichen Soldaten verfolgten die Rebellen durch den Wald, bis sie an eine große Lichtung kamen. Dort sahen sie, wie ihre protestantischen Widersacher die Flucht ergriffen.

Zurück im Lager befahl Graf von Buquoy einen schnellen Aufbruch. Er befahl seinen Männern, das eroberte Land zu sichern und verlegte die Front mehrere Kilometer in Richtung Kurpfalz. Auf protestantische Soldaten trafen sie an diesem Tag nicht mehr.

Am Abend herrschte eine ausgelassene Stimmung unter den Soldaten. Es wurden mehrere Rinder geschlachtet. Wein und Bier flossen in Strömen. Auch Hermann saß mit seinem Kameraden und ließ es sich nach der gewonnenen Schlacht gutgehen.

Keiner sah, wie sich der Meuchelmörder, der so viel Angst und Zwietracht zwischen die Männer gebracht hatte, auf leisen Sohlen aus dem Lager schlich.

Oberösterreich, 16. Juli 1620

Mit jedem Tag, an dem er mit Herzog Maximilian und seinem Hofstaat durch Bayern zog, bereute es Philipp mehr, das Angebot des Kaisers angenommen zu haben. Sie kamen viel zu langsam voran. Wenn es so weiterging, würde es Monate dauern, bis sie endlich die Grenze zu Böhmen überschritten. Und selbst dann wären sie noch lange nicht in Prag. Unterdessen würde Magdalena krank sein vor Sorge. Sie wusste ja noch nicht einmal, dass ihr Ehemann noch am Leben war.

Der Erzherzog wurde von vielen Fürsten begleitet, die den gewaltigen Tross aufhielten. Ihre zahlreichen Kutschen und Frachtwagen machten ein schnelles Vorankommen unmöglich. An fast jedem Tag gab es irgendein Gefährt, an dem ein Rad gewechselt werden musste, oder dessen Achse gebrochen war. Auch die Jesuiten begleiteten Maximilian auf seinem Weg nach Oberösterreich. Sie sollten dafür sorgen, dass die protestantischen Ketzerbildnisse ausgerottet und das Volk wieder dem rechten Glauben zugeführt wurde. Die Fürsten sollten die Länder des protestantischen Adels übernehmen, den Maximilian enteignen und bestrafen würde.

Unterdessen zog die bayrische Armee mit einigen kaiserlichen Regimentern durch Oberbayern und versetzte das Land in einen Kriegszustand, obwohl es dort keine Feinde zu bekämpfen gab. Maximilian hatte Philipp einen Brief an seinen Feldherrn von Tilly diktiert, in dem er ihm auftrug, dafür Sorge zu tragen, dass die Plünderung der bayerischen Bauern, die enorm unter dem Heer zu leiden hatten, sofort ein Ende fand.

Heute traf der Herzog mit seinem Hofstaat und dem Heer unter Führung von Tilly in Altötting zusammen. Von dort aus sollte der Zug nach Oberösterreich beginnen. Philipp hoffte, dass sie den Ort schnell verlassen würden und es nicht wieder Tage dauerte, bis es endlich weiterging.

Am Nachmittag sahen sie vor sich die ersten Häuser des Ortes. Auch wenn Philipp am liebsten noch am gleichen Tag weitergezogen wäre, freute er sich nach den Strapazen der letzten Tage auf ein gemütliches Bett. Sollte es die Zeit zulassen, wollte er außerdem ein Badehaus aufsuchen, um sich den Staub von der Haut zu waschen. In den letzten Wochen hatte es kaum geregnet und die Sonnenstrahlen hatten den Boden regelrecht ausgedörrt.

Kurz nach dem Herzog und seinem Gefolge traf auch die Armee in Altötting ein. Jetzt sah Philipp den Feldherrn Johann von Tilly zum ersten Mal. Bisher hatte er schon viel über den strengen Katholiken gehört, der bereits im Türkenkrieg zu Ruhm und Ehre gekommen war. Philipp war von der Erscheinung des Feldherrn beeindruckt. Er strahlte zugleich Ruhe und Kraft aus und ließ, auch ohne ein Wort zu sprechen, keine Zweifel daran aufkommen, wer im Heer das Sagen hatte.

Philipp wusste, dass von Tilly das sechzigste Lebensjahr bereits überschritten hatte. Der Feldherr wirkte trotz des ergrauten, kurzgeschnittenen Haares jünger. Zusätzlich zum Knebelbart an seinem Kinn trug er einen hochgezwirbelten Schnurrbart, der ihm einen energischen Ausdruck verlieh. Die mit Spitzen besetzte Halskrause wirkte spanisch und passte nicht so recht zum Gesamteindruck des Offiziers.

Die Bürger in Altötting hatten ihren Herzog bereits erwartet und ein stattliches Fest vorbereitet. Es wurden mehrere Rinder gebraten, was, wie Philipp vermutete, zu hohen Verlusten bei den Bauern führte. Der böhmische Schreiber verzichtete auf den angebotenen Wein und trank über den Abend verteilt lediglich einen Krug Bier. Das ausgelassene Treiben um ihn herum schaffte es nicht, ihn von den Sorgen um sein Eheweib abzulenken. Er hoffte, dass Magdalena weiter bei den von Lobkowitzes lebte.

Am nächsten Tag weihte ein römischer Pater von Tillys Kriegsfahne, die das Abbild der heiligen Maria zeigte, welches über einer Kirche schwebte. Anschließend verteilte der Geistliche Schnipsel seiner Kutte als Talisman unter den Soldaten, die sich regelrecht darum prügelten. Dann stand dem Aufbruch nichts mehr im Weg. Das Heer zog bei Braunau über den Inn ins protestantische Oberösterreich ein. Der Feldzug gegen die Rebellion konnte beginnen.

***

»Wir müssen die Burg einnehmen!«, sagte der Erzherzog zwei Wochen später zu seinem Feldherrn und schlug mit der Faust so stark auf den Tisch, dass das Tintenfässchen, welches Philipp dort abgestellt hatte, zu Boden fiel.

»Wir bestürmen die Rebellen bereits seit fast sechs Stunden«, antwortete von Tilly. »Sie werden nicht mehr lange standhalten.«

»Kennt keine Gnade!«, sagte Maximilian mit energischer Stimme. »Wir müssen einen schnellen Sieg erringen, um den anderen Adeligen im Reich zu zeigen, dass eine Gegenwehr sinnlos ist. Geht jetzt. Ihr seid persönlich dafür verantwortlich, dass das Schloss beschlagnahmt wird. Der Ketzer, der es bisher besetzt hielt, hat seinen Anspruch auf die Besitztümer verwirkt.«

Von Tilly verbeugte sich vor seinem Herzog und verließ das Zelt, in dem Philipp nun alleine mit Maximilian zurückblieb.

Bisher hatten sich die protestantischen Adeligen in Oberösterreich schnell ergeben, als Maximilian und von Tilly mit ihrer Streitmacht in ihren Städten und Dörfer aufgetaucht waren. Die Rebellen hatten erkannt, dass sie einen Kampf gegen das übermächtige Heer nicht gewinnen konnten. Lediglich ein paar Bauern hatten sich gegen die Enteignungen gewehrt und dafür mit ihrem Leben bezahlt.

Vor zwei Tagen hatten sie das Schloss Aistersheim erreicht. Hier war es erstmals zu einer ernstzunehmenden Gegenwehr der Protestanten gekommen. Dabei hatten die Verteidiger den Vorteil, dass die Burg von einem Wasserstreifen umgeben wurde, den die Kaiserlichen nicht so einfach hatten überwinden können. Mehr als fünfzig wallonische Soldaten waren bereits gefallen.

»Wir werden unseren Feldzug bald fortsetzen können«, sagte Maximilian an Philipp gewandt. Dann setzte er sich auf seinen Sessel und nahm einen Weinkelch in die Hand.

»Die Bauern bezahlen einen hohen Preis dafür«, entgegnete Philipp, der in seiner Entrüstung vergaß, dass er gerade mit dem Herzog von Bayern sprach.

»Sie hätten die Rebellen von ihrem Land jagen sollen, anstatt sich mit ihnen zu verbünden.«

»Auch dann wäre es ihnen nicht viel besser ergangen …«

»Wie meint Ihr das?« Der Herzog warf Philipp einen missbilligenden Blick zu. »Seid Ihr etwa nicht der Ansicht, dass das Volk wieder dem rechten Glauben zugeführt werden muss?«

»Natürlich bin ich das«, sagte Philipp, der sich nicht den Zorn des Herzogs zuziehen wollte, schnell. »Ich habe nur Angst, dass es hier bald kein Volk mehr gibt. Unser Heer setzt den Bauern sehr stark zu. Egal, ob sie sich ergeben oder nicht, wenn wir durch ihr Land gezogen sind, bleibt ihnen nicht mehr genug zum Überleben.«

»Ich habe den Männern das Plündern ausdrücklich verboten. Das Eigentum des protestantischen Adels jedoch geht in den kaiserlichen Besitz über.«

Wohl eher in deinen Besitz, dachte Philipp, wagte es aber jetzt nicht mehr, dem Herzog zu widersprechen. Teil der Abmachung zwischen Maximilian und Ferdinand war es, dass die Rebellen mit ihrem Besitz für die Kosten des Krieges aufkommen mussten.

Plötzlich stürmte einer von Maximilians Landsknechten in das Zelt, verbeugte sich vor seinem Herrn und erstattete Bericht. »Die Soldaten haben sich ergeben. Die Burg ist gefallen und wird von den Wallonen gestürmt!«

Als Philipp das Zelt hinter dem Herzog von Bayern verließ, hörte er die Schreie der Männer hinter den Mauern der Burg. Falls Schlossbewohner und Bauern auf die Gnade der Angreifer gehofft hatten, wurden sie nun eines Besseren belehrt. Philipp sah, wie eine Gruppe von Männern wie Vieh über die schmale Brücke über dem Wassergraben getrieben und auf der anderen Seite von Jesuiten und bayerischen Landsknechten in Empfang genommen wurden. Weil der Herzog sich auf den Weg zu den Gefangenen machte, folgte Philipp ihm.

»Seid ihr bereit, eure Sünden zu bekennen und zum wahren Glauben zurückzukehren?«, fragte Maximilian mit lauter Stimme und sah die Soldaten und Bauern mit einem abfälligen Blick an, der den ganzen Ekel ausdrückte, den er bei ihrem Anblick empfand.

»Eher lasse ich mich in tauschend Stücke zerreißen, als ein Schuldeingeständnis zu leisten!«, antwortete einer der Gefangenen laut und deutlich.

»Wie ist dein Name?«, fuhr Maximilian den Mann erbost an.

»Wolf Kessel.«

»Ich verurteile dich hiermit zum Tod, Wolf Kessel. Schlagt ihm den Kopf ab!«

Die Landsknechte beeilten sich, dem Befehl ihres Herzogs nachzukommen. Voller Entsetzen schaute Philipp zu, wie sie einen Richtklotz herbeischafften und Kessel mit Gewalt davor auf die Knie warfen. Der Scharfrichter zögerte keine Sekunde und schlug mit einem mächtigen Eisenschwert zu.

Philipp spürte einen sauren Geschmack auf der Zunge, als er in die gebrochenen Augen sah, die ihn aus dem abgeschlagenen Kopf des Mannes anzustarren schienen. Das Blut war bis zu den Landsknechten gespritzt, die es sich jetzt mit den Ärmeln ihrer Jacken aus dem Gesicht wischten.

»Was ist mit euch?«, fragte Maximilian die anderen Gefangenen, als Kessels Kopf auf dem Boden zur Ruhe kam.

Die etwa zwanzig Soldaten und Bauern gestanden nun eilig ihre Schuld und wimmerten um Gnade.

»Erhängt sie«, sagte Maximilian gelangweilt und deutete auf zwei Eichen am Rande des Wassergrabens. Dann drehte er sich um und schritt über die Brücke auf das Schloss zu.

Wieder folgte Philipp dem Herzog. Er wusste, dass er ihm nicht den geringsten Stein des Anstoßes geben durfte, wenn er sich derartig in Rage befand wie an diesem Tag. Ganz sicher würde Maximilian eine gute Begründung einfallen, wie er dem Kaiser erklären konnte, dass der böhmische Schreiber auf dem Weg nach Prag ums Leben gekommen war. Nach dem Gespräch im Zelt würde der Herzog sicher sehr genau beobachten, wie sich Philipp verhielt.

Je näher sie an das Tor zum Schloss Aistersheim herankamen, umso lauter wurden die Schreie, die hinter seinen Mauern erklangen. In der Eingangshalle trafen sie auf von Tilly, der gerade dabei war, seinen Offizieren weitere Befehle zu erteilen.

»Was in Gottes Namen geht hier vor sich?«, fragte Maximilian erzürnt. »Hatte ich nicht ausdrücklich befohlen, dass jegliche Plünderung zu unterlassen ist?«

»Die Wallonen haben gewütet wie die Barbaren«, entgegnete von Tilly. »Ich konnte sie nicht mehr aufhalten.«

Tatsächlich waren sämtliche Gänge und Räume im Schloss wie leergefegt. Die Leichen der ehemaligen Bewohner waren alles, was die Soldaten zurückgelassen hatten.

***

Mit den ersten Sonnenstrahlen verließ das Heer am nächsten Morgen Aistersheim in Richtung Haag. Bereits jetzt war es sehr warm. Philipp saß auf seinem Pferd und hatte Schweißperlen auf der Stirn. Die trockene und heiße Luft stank nach Brandrauch und verdorbenem Fleisch. Sie kamen an mehreren verbrannten Dörfern vorbei, aus deren Resten noch Rauch aufstieg. An den Wegrändern lagen die Kadaver von Pferden, Kühen, Schweinen und kleineren Tieren, die von den Soldaten geschlachtet worden waren.

Bauern sah Philipp nicht. Diejenigen, die nicht von den plündernden Horden erschlagen worden waren, hatten ihre Felder verlassen, um in die Wälder zu flüchten. Es war ein Bild des Grauens, das sich tief in die Seele des böhmischen Schreibers hineinfraß. Er dachte an Magdalenas Heimatdorf, in dem er den Schrecken des Krieges zum ersten Mal hautnah miterlebt hatte. Jetzt konnte er sich gut vorstellen, wie grausam die Eltern seiner Gemahlin zu Tode gekommen waren. Trotz der Wärme lief ihm ein Schauer über den Rücken und ein beklemmendes Gefühl legte sich auf seinen Magen.

Als sie in Haag ankamen, fanden sie die Häuser und die Burg leer vor. Die Bewohner hatten die Stadt verlassen und sich vor Maximilian und seinem Heer versteckt. Während sich der Herzog und die höchsten Offiziere in den Anwesen der Adeligen einrichteten, musste Philipp mit einem leeren Raum vorliebnehmen, den er sich mit einer Gruppe von Jesuiten teilte. Außer einem kleinen Stück Brot gab es nichts zu essen. Er breitete seinen Mantel auf dem hölzernen Boden aus, legte sich darauf und fiel in einen unruhigen Schlaf.

Am nächsten Morgen wurde Philipp wieder von Schreien geweckt. Obwohl er dies mittlerweile gewohnt war, wurde er sofort hellwach. Er blickte aus dem Fenster und sah, dass die Soldaten einige Häuser in Brand gesteckt hatten, was ihnen am Abend vorher von Maximilian ausdrücklich untersagt worden war.

Philipp begab sich zum Zimmer des Erzherzogs, in dem der seinen Feldherrn von Tilly heftig zurechtwies.

»Ich kann das Brandschatzen und Plündern nicht länger dulden! Die Soldaten zerstören das Eigentum Bayerns. Durch das ungestüme Vorgehen schaden die Männer unserem Reich und letztlich auch dem Kaiser! Ich verlange, dass die Schuldigen zur Rechenschaft gezogen und erhängt werden!«

»Es sind bereits viele Männer gestorben«, entgegnete von Tilly verzweifelt. Er wollte nicht noch mehr Soldaten verlieren und deshalb versuchen, an die Vernunft des Herzogs zu appellieren. »Die Soldaten verhungern. Vielen bleibt keine andere Wahl, als sich Brot zu stehlen, damit sie überleben können.«

»Das gibt ihnen nicht das Recht meine Befehle zu umgehen! Wenn wir jetzt nicht hart durchgreifen, werden sich die Männer auch in Zukunft nicht von unnötigen Morden und Bränden abhalten lassen.«

Philipp schaute dem Herzog in das Gesicht, das eine zornesrote Farbe angenommen hatte. Offensichtlich war Maximilian mehr als erzürnt über das Verhalten in den Truppen.

»Ich werde dafür sorgen, dass es nicht zu weiteren Plünderungen kommt«, erklärte von Tilly in der Hoffnung, Maximilian zum Einlenken zu bewegen.

»Das reicht mir nicht!«, sagte der Herzog jedoch. »Die Schuldigen müssen hängen, damit die Soldaten sehen, dass wir keinen Ungehorsam dulden! Ich bin mir sicher, dass auch Offiziere an den Brandschatzungen beteiligt waren. Deshalb muss es auch hier eine Strafe geben.«

»Wie lauten Eure Befehle?«, fragte von Tilly, dem der Schrecken ins Gesicht geschrieben stand.

»Ein Dutzend Soldaten und einer der Offiziere werden noch heute an einem Baum erhängt. Die Unterführer des Heeres sollen in einem Würfelspiel unter sich ausmachen, wer von ihnen in den Tod gehen wird.«

Philipp erschrak. Er sah dem Feldherrn an, dass er mit diesem Befehl des Herzogs nicht einverstanden war. Dennoch würde von Tilly alles so veranlassen, wie es ihm aufgetragen worden war.

Als am Abend das Urteil vollstreckt wurde, war Maximilian nicht anwesend. Die Soldaten starrten entsetzt auf ihre Kameraden, die mit einem Strick an drei Bäumen aufgehängt wurden. Ein Offizier war nicht unter den Unglücklichen.

Wien, 26. September 1620

Eintrag in die kaiserliche Chronik des Heiligen Römischen Reiches Deutscher Nation:

Das Heer der katholischen Liga unter Erzherzog Maximilian von Bayern hat die böhmischen Rebellen aus Niederösterreich vertrieben. Weite Teile des Landes sind verwüstet. Ganze Dörfer wurden niedergebrannt. Im Gegensatz zu den Adeligen in Oberösterreich haben sich die Protestanten stark zur Wehr gesetzt und erbittert gekämpft.

Die protestantischen Truppen unter Christian von Anhalt, Graf von Thurn und Graf von Mansfeld haben sich nach Böhmen zurückgezogen. Auch dort leidet das Volk unter den Soldaten.

Wien atmet auf. Nachdem die kaiserliche Armee die Protestanten aus Niederösterreich vertrieben hat, besteht keine Gefahr mehr für die Stadt. Der Wiederaufbau gestaltet sich langsam, fast alle Familien haben Verluste zu beklagen.

Die Spanier ziehen unter Graf Spinola durch die Pfalz, um die Kaiserlichen in Böhmen zu unterstützen. Der Kurfürst aus Sachsen ist aus Meißen in die Lausitz eingefallen und belagert Bautzen.

Protestantische Boten vermelden, dass der selbsternannte König Friedrich V. nicht bereit ist, die Krone und das Reich an Ferdinand zurückzugeben. Somit hat er auch die letzte Möglichkeit, den Krieg schnell zu beenden, vertan.

Anton räumte die Schreibutensilien weg, verließ die Bibliothek und verschloss die Tür. Heute Nachmittag hatte er sich vorgenommen, nach langer Zeit endlich einmal wieder seine Mutter zu besuchen. Sie würde schimpfen, weil er sich so lange nicht bei ihr gemeldet hatte, letztlich aber froh sein, ihn zu sehen.

Als er ins Freie trat, kam es ihm vor, als würde ihn die Hitze des Tages erschlagen. In den Bibliotheksräumen war es zwar immer stickig, aber bei Weitem nicht so warm wie draußen. Weil er den Kaiserhof nur noch selten verließ, war er die sommerliche Wärme nicht mehr gewohnt. Er machte sich auf den Weg zu dem Haus seiner

Mutter und ging dabei langsam durch die Straßen von Wien. Es tat ihm gut, für ein paar Minuten an nichts denken zu müssen. Auf die Menschen in seiner Umgebung achtete er daher nicht.

***

Ich muss nur abwarten, dachte Resi und spähte aus ihrem Versteck zum Haus von Antons Eltern. *Irgendwann muss der Kerl hier auftauchen.*

Die junge Ungarin spürte, wie der Hass auf den kaiserlichen Schreiber ihr die Kehle zuschnürte. Trotz der vielen Toten, die sie auf ihrem Weg zurückgelassen hatte, war das Feuer der Rache in ihrem Körper noch nicht erloschen. Auch Anton musste sterben! Er hatte sie verraten. Er war mitschuldig am Tod ihrer Schwester!

Nachdem sie das Lager der kaiserlichen Soldaten verlassen hatte, war Resi direkt nach Wien gegangen und hatte sich dort in einer Herberge eingemietet, in der der Wirt keine Fragen zu ihrem entstellten Gesicht gestellt hatte. Einmal am Tag leistete sie sich dort eine warme Mahlzeit, die sie in der Küche einnahm, wo sie von den anderen Gästen nicht gesehen wurde.

Resi versuchte sich in Wien so unauffällig wie möglich zu verhalten und ging den anderen Menschen in der Stadt aus dem Weg. Weil es schwer werden würde, an Anton heranzukommen, wenn er sich in der Kaiserburg aufhielt, beobachtete sie das Haus seiner Mutter.

Sie hatte die Frau bereits mehrfach gesehen und war erschrocken, wie alt sie in den letzten Monaten geworden war. Resi dachte an Antons kranken Vater. War er etwa inzwischen verstorben? Das würde die Niedergeschlagenheit seines Weibs erklären, und auch, warum sie weder ihn selbst noch einen Arzt gesehen hatte.

Resi hatte großes Mitleid mit Johanna Serger. Wenn es sich vermeiden ließ, wollte sie ihr nichts tun. Sie konnte nichts für das, was Anton der Ungarin und ihrer Schwester angetan hatte und war immer freundlich zu Resi gewesen.

Durch die Belagerung waren viele Häuser in Wien zerstört worden. Einige hatten die Bürger der Stadt mittlerweile wiederaufgebaut, andere standen jedoch leer. Resi fand ihr Versteck in einem eingestürzten Häuschen, in dem früher eine kleine Familie gewohnt haben musste. Es lag auf dem Weg, den Anton ging, wenn er seine Mutter besuchen wollte und ließ außerdem einen Blick auf das Anwesen der Familie Serger zu. Für Resi war es das ideale Versteck.

An diesem Tag war es noch heißer als zuvor. Resi war so verschwitzt, dass ihr Hemd und Hose am Körper festklebten. Ihre leere Augenhöhle juckte furchtbar. Daher hatte sie die Binde abgenommen. Hier würde sie niemand sehen und selbst wenn, in Wien gab es dutzende von Verwundeten, die ein ebenso scheußliches Bild abgaben wie sie selbst. Resi strich mit dem Zeigefinger über die mittlerweile verheilte Augenhöhle. Sofort spürte sie eine Welle des Hasses in sich aufsteigen. Ihre Verstümmelung erinnerte sie täglich mehrmals an den einzigen Lebenszweck, den sie noch hatte: Rache!

Nachdem sie weitere zwei Stunden in ihrem Versteck ausgeharrt und die Hoffnung fast aufgegeben hatte, sah sie Anton plötzlich die Straße entlanggehen. Sofort war Resi hellwach. Viel zu lang hatte sie auf diesen Moment gewartet. Resi versicherte sich, dass sie ihr Messer griffbereit in einer Schnalle an der Hose hatte, und nahm einen Knüppel in die rechte Hand. Dann verließ sie ihr Versteck.

Anton war inzwischen an der Ungarin vorbei. Er war nicht mehr weit vom Haus seiner Eltern entfernt und schien tief in Gedanken versunken zu sein. Für Resi war es leicht, ihm unbemerkt zu folgen.

Sie dachte daran, dass der verlogene Kerl, der so getan hatte, als sei er ihr Freund, nun endlich seine gerechte Strafe erhalten würde. Als sie nur noch wenige Meter hinter ihm war, drehte er sich plötzlich um. Resi schwang ihren Knüppel, sprang ein paar Schritte vor und schlug zu. Anton reagierte zu spät und konnte nicht mehr verhindern, dass er an der Stirn getroffen wurde. Er drehte sich noch leicht zur Seite, was den Schlag ein wenig abmilderte. Dann stürzte er zu Boden und blieb reglos liegen.

Für einen Moment hatte Resi Angst, dass sie Anton bereits jetzt getötet hatte. Auch wenn sie genau das vorhatte, sollte es nicht so schnell gehen. Er sollte die gleichen Qualen erleiden müssen, die ihr selbst zugefügt worden waren, als die Spanier sie geschändet und in den Fluss geworfen hatten. Schließlich war es seine Schuld, dass sie überhaupt in die Hände dieser Männer geraten war. Hätte Anton Vroni nicht den Kopf verdreht, wäre die nie mit ihm nach Wien gegangen und Resi hätte ihr später nicht folgen müssen. Sie bückte sich zu dem Mann herunter und stellte erleichtert fest, dass er noch atmete.

Resi sah sich nach allen Seiten um. Außer ihr selbst und Anton war kein Mensch auf der Straße zu sehen. Niemand hatte den Vorfall bemerkt. Sie packte den Besinnungslosen unter den Achseln und schleifte ihn auf das Haus seiner Eltern zu. Dabei wunderte sie sich darüber, wie schwer der kaiserliche Schreiber war. Die Anstrengung und die Hitze trieben ihr den Schweiß aus allen Poren und sie musste mehrere kleinere Pausen einlegen. Heute schien der allmächtige Gott auf ihrer Seite zu sein. Niemand bemerkte etwas davon, wie sie den Bewusstlosen Stück für Stück mit sich zog.

In Antons Elternhaus wollte Resi ihn nicht bringen und steuerte deshalb den Lagerraum der Sergers an, an dem es eine Hintertür gab. Bereits vor Tagen hatte sie sich in einer Nacht einen genauen Überblick über die Gegebenheiten an diesem Ort verschafft und war ins Innere eingedrungen. Sie wusste auch, dass Antons Mutter nur noch selten in den Raum kam. Nach dem Tod ihres Mannes hatte sie die Geschäfte nicht weitergeführt. Offensichtlich bekam sie von ihrem Sohn genug Geld, um sich alles zu kaufen, was sie zum Leben brauchte. Damit war es jetzt vorbei.

Als sie den Lagerraum endlich erreichte, war Resi am Ende ihrer Kräfte. Sie wusste aber, dass sie Anton zunächst ins Innere bringen und fesseln musste. Erst dann konnte sie sich ausruhen. Die Gefahr, entdeckt zu werden, war noch immer groß, auch wenn sie bis zu diesem Moment Glück gehabt hatte.

Resi öffnete die Tür und schleifte Anton in den Lagerraum. Die Hitze, die ihr entgegenschlug, drohte ihr den Atem zu rauben. Im Freien war es bereits unerträglich, im Inneren stand die Luft jedoch und schien zu kochen. Es musste ewig her sein, dass man hier gelüftet hatte. Sie zog Anton auf einen Stuhl und band ihn an Händen und Füßen fest. Dann setzte sie sich neben ihn auf den Boden. Sie hatte es geschafft.

Mit jeder Sekunde, die Resi auf dem Boden saß und wartete, dass Anton erwachte, wurde sie ungeduldiger. Sie wusste nicht, wie viel Zeit sie inzwischen im Lagerraum verbracht hatte. Weil es kein Fenster gab, konnte sie sich nicht am Stand der Sonne orientieren. Schließlich hatte sie genug von der Warterei, stand auf und holte einen Eimer mit Wasser aus dem Haus der Sergers, nachdem sie sich überzeugt hatte, dass Antons Mutter nicht in der Nähe war. Sie nahm einen Schluck und spuckte die warme, übelriechende Brühe sofort wieder aus. Dann schüttet sie Anton den kompletten Inhalt über den Kopf.

***

Anton spürte das Wasser auf seinem Kopf und wollte aufspringen. Es blieb bei dem Versuch. Er wurde zurückgezogen und es kam ihm vor, als würde er an Armen und Beinen festgehalten.

Was zum Teufel ist hier los?

Nur mit Mühe gelang es Anton, die Augen zu öffnen. Er hatte furchtbare Kopfschmerzen. Es fühlte sich an, als stand die Stirn über seinen Augen kurz vor dem Platzen. In dem dämmrigen Licht war kaum etwas zu erkennen.

Ist das der Lagerraum meiner Eltern? Wie komme ich hierher?

Anton konnte sich nur noch daran erinnern, dass er auf dem Weg zu seiner Mutter gewesen war. Er hatte hinter sich ein Geräusch gehört, sich umgedreht und einen Schlag gegen den Kopf bekommen.

»Ich dachte schon, du wachst überhaupt nicht mehr auf«, hörte er plötzlich eine wohlbekannte Stimme vor sich, konnte die Sprecherin aber nicht sehen.

»Resi?«, brachte er mühsam hervor. Langsam wurde ihm klar, dass er gefesselt war.

»Es überrascht mich, dass du mich noch kennst.«

»Was soll das denn?«

»Du hast wohl nicht mehr damit gerechnet, mich noch einmal wiederzusehen.«

Resi trat aus dem Dunkel hervor und blieb vor Anton stehen. Der erschrak, als er in das Gesicht von Vronis Schwester schaute. Es glich einer Fratze.

»Jetzt hast du Angst«, sagte die Ungarin triumphierend. »Und dazu hast du auch allen Grund. Dieses Mal kann dich von Collalto nicht beschützen!«

»Ich habe nichts mit dem Spanier zu tun.« Die Gedanken in Antons Kopf kreiselten und die Kopfschmerzen machten es ihm nicht leichter, sich auf die junge Ungarin zu konzentrieren. Wo kam sie plötzlich her? Nachdem von Collalto ihm gesagt hatte, sie sei tot, hatte er um Resi getrauert. Er war froh, sie jetzt vor sich zu sehen und verstand nicht, warum sie auf einmal so zornig auf ihn war.

»Lüg mich nicht an. Er hat mir etwas ganz Anderes erzählt!«

»Was soll das, Resi? Binde mich los und wir können über alles reden!« In Antons Kopf überschlugen sich die Gedanken. Wo kam Resi so plötzlich her und was hatte sie vor? Von Collalto war mit durchgeschnittener Kehle aufgefunden worden. War die Ungarin etwa für seinen Tod verantwortlich? Anton fiel es schwer, zu glauben, dass dieses zierliche Geschöpf einen Menschen umbringen konnte. Andererseits bekam er es selbst mit der Angst zu tun, wenn er sie jetzt vor sich sah.

»Das würde dir wohl gefallen«, antwortete die Ungarin und lachte verächtlich. »Ich bin nicht mehr das kleine Mädchen, das du in deiner Bibliothek einsperren kannst.«

»Ich wollte dich lediglich vor von Collalto beschützen.«

»Das glaube ich dir sogar. Leider ist es dir nicht gelungen!«

»Was ist geschehen? Ich schwöre bei Gott, dass ich nichts mit dem Spanier zu schaffen hatte!«

»Ich hatte wohl einfach nur Pech. Nachdem du mir vorgelogen hast, mich heiraten zu wollen, habe ich mich auf den Weg nach Hause gemacht.« Resis Augen wirkten so kalt, dass Anton das Gefühl hatte, ihm würde das Blut in den Adern gefrieren.

»Ich habe nicht gelogen!« Anton kämpfte gleichsam mit der Verzweiflung an seiner eigenen Lage als auch mit dem Gefühl der ehemaligen Zuneigung zu Resi. Wie hatte es zwischen ihnen nur so weit kommen können?

»Das glaube ich dir nicht! Allerdings spielt das jetzt auch keine Rolle mehr. Ich bin von Collaltos Söldnern direkt in die Arme gelaufen. Nachdem dein Freund mir voller Freude erzählt hat, er habe meine Schwester getötet, ist er wie ein wildes Tier über mich hergefallen und hat mich danach seinen Männern überlassen. Es ist ein Wunder, dass ich noch lebe!«

»Von Collalto war nicht mein Freund«, spuckte Anton angewidert aus.

»Er behauptete etwas Anderes.«

»Was hat er dir erzählt?«

»Er hat mit Vronis Tod geprahlt und hat behauptet, dass du ihm geholfen hast.«

»So war es nicht. Das musst du mir glauben!«

»Hast du gewusst, dass er sie ermordet hat oder nicht?« Resi hatte mit einer Schärfe in der Stimme gesprochen, die Anton erschreckte. Er erkannte die Ungarin kaum wieder. Sie musste Furchtbares hinter sich haben, dass sie sich so verändert hatte.

»Er kam zu mir und hat mich gebeten, ihm dabei zu helfen Vroni zu beerdigen.«

»Wusstest du, dass sie ein Kind erwartete?«

»Ja.«

Der Schlag, der Anton gegen die rechte Kopfseite traf und ihn mitsamt dem Stuhl zu Boden schleuderte, schien aus dem Nichts zu kommen. Resi musste ihn mit aller Kraft ausgeführt haben, zu der sie fähig war. In diesem Moment wurde dem kaiserlichen Schreiber klar, dass er diesen Tag nicht überleben würde.

***

Resi hatte so fest zugeschlagen, dass ihr nun selbst die Hand schmerzte. Ihr Zorn war verflogen und hatte einer bitteren Enttäuschung Platz gemacht. Wie hatte sie sich nur so in Anton täuschen können? Er hatte nicht einmal versucht, seine Tat zu leugnen. Als sie zum ersten Mal nach Wien gekommen war, hatte er sich als ihr großer Helfer ausgegeben, und Resi hatte ihm geglaubt. Jetzt lag er samt Stuhl winselnd auf dem Boden vor ihr. Resi spürte eine tiefe Abscheu gegen den Mann, dessen Weib sie beinahe geworden wäre.

»Du musst mir glauben, dass ich nichts mit dem Tod deiner Schwester zu tun hatte«, keuchte er.

»Warum hast du den Spanier dann nicht verraten? Du hättest ihm nicht helfen müssen, wenn du tatsächlich so unschuldig gewesen wärst, wie du behauptest.«

»Vroni wusste nicht, wer sie in ihre Umstände versetzt hatte. Zunächst ist sie zu mir gekommen und hat behauptet, ich sei der Vater ihres ungeborenen Kindes. Als sie von Collalto das Gleiche sagte, ist der Spanier ausgerastet und hat deine Schwester erschlagen. Wenn ich ihn verraten hätte, wären auch meine Sünden mit Vroni herausgekommen. Ich hätte meine Anstellung im Kaiserhof verloren.«

»Ist das der Grund?« Resi schaffte es jetzt nicht mehr, sich zu beherrschen. Sie schrie Anton die Worte ins Gesicht und war kurz davor, den Wehrlosen gegen den Kopf zu treten. »Vroni musste sterben, weil du ein elender Feigling bist, der nicht zu seinen Sünden stehen konnte?«

»So war es nicht.«

»Doch, so war es! Du hast meine Schwester nur ausgenutzt. Dabei habe ich sie davor gewarnt, mit dir nach Wien zu gehen! Sie hätte in Pressburg bleiben sollen. Genau wie ich.«

»Resi, bitte. Du musst mir glauben. Bind mich los und ich verspreche dir, dass du ab jetzt ein sicheres Leben führen kannst!«

»Dafür ist es zu spät. Ich möchte nie wieder etwas mit dir zu tun haben!« Resi wunderte sich über ihre eigenen Worte. Bis vor wenigen Augenblicken hatte sie sich nichts sehnlicher gewünscht als Antons Tod. Jetzt spürte sie, dass sie ihren Seelenfrieden auch dann nicht mehr zurückerlangen würde, wenn sie ihm genau wie den Anderen die Kehle durchschnitt. Plötzlich wollte sie nur noch so weit weg von diesem Ort wie möglich. Sie warf Anton noch einen abfälligen Blick zu. Dann verließ sie den Lagerraum ohne ein weiteres Wort.

Prag, 28. September 1620

»Ich hoffe, Ihr habt heute erfreulichere Nachrichten für mich«, begrüßte Friedrich seinen Berater Christian von Anhalt in seinem Audienzzimmer. »Was schreibt Euer Sohn? Ich habe gehört, heute Morgen sei ein Bote eingetroffen.«

»Christian konnte sich mit seinen Truppen nicht länger in Niederösterreich halten. Ohne die Hilfe aus Ungarn sind die Kaiserlichen übermächtig geworden. Zudem werden sie nun von der katholischen Liga unterstützt. Mein Sohn berichtet, dass die Heere grausam gegen die Bevölkerung des Reiches vorgehen. Dörfer und Felder brennen. Das Volk wird regelrecht abgeschlachtet.«

»Das bedeutet, dass der Herzog von Bayern mittlerweile nach Böhmen vorgerückt ist?«

»So ist es. Es wird nicht mehr lange dauern, bis er sich in Budweis mit Graf von Buquoy zusammenschließt. Dann haben wir ein starkes Heer in unmittelbarer Nähe zu Prag.«

»Aus der Kurpfalz sind Berichte gekommen, dass spanische Soldaten das Reich erobern. Auch dieses Heer wird früher oder später nach Böhmen kommen.« Friedrich war verzweifelt. Die Meldungen wurden jeden Tag niederschmetternder. Auch die Lausitz schien verloren, nachdem es dem Kurfürsten von Sachsen gelungen war, Bautzen einzunehmen.

»Was ist mit Bethlen Gábor und seinem Versprechen, uns im Kampf gegen Ferdinand zu helfen?«

»Der Fürst aus Siebenbürgen scheint sich damit zufriedenzugeben, dass er seine eigenen Schäfchen im Trockenen hat. Von ihm ist keine Hilfe zu erwarten.«

»Am liebsten würde ich diesen Verräter hinrichten lassen!«, schimpfte Friedrich zornig. »Wenn er von Anfang an für Böhmen gekämpft hätte, wären unsere Feinde niemals so weit in das Reich vorgedrungen!«

»Da mögt Ihr recht haben, Eure Majestät.«

»Auf die Stände in Böhmen können wir uns auch nicht mehr verlassen. Viele der Protestanten bereuen es inzwischen, dass sie sich auf die Seite der Rebellion geschlagen haben. Wenn nicht bald etwas geschieht, ist das Reich dem Untergang geweiht.«

»Noch können wir kämpfen«, entgegnete Christian von Anhalt.

»Natürlich können wir das. Und wir werden auch kämpfen. Ich befürchte nur, dass es bald kein böhmisches Reich mehr geben wird. Wenn die Menschen ermordet werden oder verhungern, bleibt kein Volk mehr übrig, über das ein König regieren kann.«

»Es gibt leider nicht mehr viel, was wir dagegen unternehmen können, Eure Majestät.«

»Das ist mir bewusst. Dennoch werde ich mich der Sache persönlich annehmen. Ich habe die böhmische Krone nicht angenommen, um mich vom Kaiser wieder aus dem Reich vertreiben zu lassen!«

»Was habt Ihr vor?«

»Ich begebe mich zu meiner Armee.«

***

»Philipp lebt!«, schrie Diepold von Lobkowitz und stürmte in den Raum, in dem seine Gemahlin Polyxena und Magdalena mit Näharbeiten beschäftigt waren.

Beide Frauen ließen alles auf den Boden fallen, was sie in der Hand hatten und sprangen auf.

»Ist das wirklich wahr?«, rief Magdalena, stürmte auf den Hausherrn zu und fiel ihm um den Hals. Sekunden später merkte sie, dass sie dem Adeligen damit zu nahe gekommen war, und wich einen Schritt zurück. »Entschuldigt bitte.«

»Es ist alles gut«, sagte Diepold und lächelte die junge Frau an. »Ich kann deine Freude verstehen.«

»Wo ist er denn jetzt?«, fragte Magdalena. Noch immer konnte sie es nicht fassen, was ihr Gastgeber da gerade gesagt hatte. Ihre Gedanken überschlugen sich. Nachdem sie monatelang nichts von ihrem Liebsten gehört hatte, und die Hoffnung täglich gesunken war, konnte sie es nicht fassen, dass ihr Philipp tatsächlich noch am Leben war. Magdalena spürte, wie ihre Beine weich wurden. Sie musste sich auf einen Stuhl setzen und sah Diepold herausfordernd an.

»Nun erzähl schon!«, forderte auch Polyxena ihren Gatten auf, endlich mit der Sprache herauszurücken.

»Ich erhielt die Nachricht eben von einem katholischen Späher, der vom Erzherzog von Bayern geschickt wurde, um die Verhältnisse in Prag zu erkunden. Das Heer der katholischen Liga ist in Böhmen eingetroffen und bereitet sich auf den Feldzug gegen Prag vor.«

»Darüber können wir später sprechen«, wies Polyxena Diepold zurecht. »Jetzt wollen wir wissen, was mit Philipp geschehen ist!«

»Natürlich. Der Mann berichtete mir, dass vor einigen Monaten ein böhmischer Schreiber nach Wien gebracht worden sei. Der Kaiser persönlich habe sich für sein Wohlergehen eingesetzt, nachdem er vorher stark unter der Gefangennahme durch einen katholischen Offizier gelitten hatte. Jetzt ist Philipp als Chronist mit Herzog Maximilian von Bayern und dem katholischen Heer unterwegs und nicht mehr weit von Prag entfernt!«

»Warum ist er nicht längst hierhergekommen?«, fragte Magdalena, in deren Kopf sich die Gedanken widersprachen. Einerseits war sie überglücklich, ein Lebenszeichen von ihrem Gemahl zu bekommen, auf der anderen Seite fühlte sie sich verletzt, dass er nicht sofort zu ihr zurückgekehrt war, als er freigelassen wurde. »Warum arbeitet er für den Herzog?«

»Beruhige dich, Magdalena«, sagte Diepold. »Es wäre viel zu gefährlich für Philipp geworden, wenn er sich alleine auf den Weg nach Prag gemacht hätte. Vermutlich wäre er hier nie lebend angekommen. Wenn er selbst von den Kaiserlichen gefangen genommen worden ist, wäre er von den protestantischen Truppen sicher nicht am Leben gelassen worden, wenn sie ihn erwischt hätten.«

»Er hätte mir wenigstens eine Nachricht zukommen lassen können, dass es ihm gut geht!«

»Vielleicht konnte er das nicht«, schlug sich Polyxena auf die Seite ihres Gemahls. »Sei froh, dass Philipp noch lebt. Ich bin mir sicher, dass er sich genauso nach dir sehnt wie du dich nach ihm.«

»Ihr habt ja recht. Ich vermisse ihn nur so entsetzlich.«

»Das wissen wir«, sagte Polyxena.

In der Nacht bekam Magdalena kein Auge zu. Sie konnte ihr Glück nicht in Worte kleiden. Die Nachricht, dass Philipp noch lebte, hatte ihr ihren Lebensmut zurückgegeben. Die letzten Wochen waren von der Angst beherrscht worden, dass sie ihren Ehemann niemals wiedersehen würde. Jetzt würde sie ihn bald wieder in die Arme schließen können.

***

»Du willst was?«

»Ich werde zu meinem Heer reiten und es im Kampf gegen die Kaiserlichen anführen!«

»Bist du völlig von Sinnen? Das kannst du nicht tun!« Elisabeth schaute ihren Gemahl mit einer Mischung aus Zorn und Entsetzen an. Ihr Kopf wurde rot. Die Hände hielt sie zu Fäusten geballt und an ihre Taille gestützt.

»Das Volk braucht seinen König jetzt.«

»Das ist Unsinn. Ich brauche meinen Gemahl und die Kinder ihren Vater. Du kannst dich nicht mitten im Kriegsgebiet aufhalten!«

»Ich kann es nicht nur, ich muss es tun!« Friedrich wunderte sich nicht, dass Elisabeth kein Verständnis dafür zeigte, dass er zu den Truppen gehen wollte. Dennoch war er fest entschlossen, seinen Plan in die Tat umzusetzen. »Wenn die Kaiserlichen unser Heer schlagen, werden sie Prag überrennen. Dann sind wir auch in der Stadt nicht mehr sicher.«

»Was willst du alleine dagegen ausrichten?«, gab Elisabeth zornig zurück. »Willst du dich etwa mit einer Pike auf die Feinde stürzen?«

»Ich werde dafür sorgen, dass die Moral unter den Männern steigt. Wenn sie ihren König bei sich wissen, werden sie besser kämpfen!«

»Glaubst du das wirklich?«

»Ich bin felsenfest davon überzeugt.«

»Ich flehe dich an, vorsichtig zu sein. Ich möchte nicht als Witwe zurück nach England gehen müssen.«

»Das wirst du nicht!« Friedrich ging zu seiner Gemahlin, nahm sie in den Arm und küsste sie auf die Stirn. »Du musst mich verstehen. Ich sorge mich um euch. Wenn wir Prag verlassen müssen, können wir nirgendwo mehr hin. Oder glaubst du, Ferdinand wird uns in Frieden leben lassen, wenn wir jetzt nach Heidelberg zurückkehren?«

»Wir könnten beide nach England gehen …«

»Und dann? Ich hätte dann nicht nur meine Kurwürde verloren, sondern auch eine Krone. Glaubst du wirklich, ich würde jemals wieder ein Bein auf die Erde bekommen, wenn ich jetzt fliehe?«

»Vielleicht nicht. Aber wir könnten glücklich zusammenleben.«

»Das glaube ich nicht. Es tut mir leid, Elisabeth. Mein Entschluss steht fest. Morgen früh reite ich zu meinen Männern!«

Prag, 07. November 1620

Philipp zitterte am ganzen Körper, als er vor sich den Gipfel des weißen Berges sah. Nach Monaten der Entbehrung war er seinem geliebten Weib nun so nahe wie schon lange nicht mehr. Er musste sich zur Ruhe zwingen, um seinem Pferd nicht die Sporen zu geben und sofort in die Stadt zu reiten. Dies würde einem Todesurteil gleichkommen. Es gab keine Möglichkeit unbemerkt an den protestantischen Wachen vorbei zu kommen, die ihn sicher sofort töten würden, wenn er sich dem Stadttor näherte.

Philipp betete darum, dass es jetzt eine schnelle Entscheidung zwischen den Protestanten und dem kaiserlichen Heer gab, und die Rebellion der böhmischen Stände beendet wurde. Er hoffte auch, dass seine Heimatstadt dabei so wenig Schaden nahm wie möglich.

Das Ziel vor Augen hatte Herzog Maximilian seine Truppe angetrieben. Jetzt waren sie kurz vor dem Ziel und konnten sich für die Entscheidungsschlacht rüsten. Seit ihrem Aufbruch aus Bayern war das Heer stark reduziert worden. Von den ehemals dreißigtausend Mann war nur noch die Hälfte übrig. Dabei waren die wenigsten durch die Hand des Feindes gestorben. Der Großteil war verhungert oder durch Krankheiten dahingerafft worden. Die Moral unter den Soldaten war entsprechend schlecht.

Es gab wenig zu essen und mit den Münzen, welche die Männer in den Taschen hatten, konnten sie selten etwas kaufen, weil alles überteuert war, oder auch die Bauern schlichtweg keine Vorräte mehr hatten. Die Aussicht auf ein Ende des Feldzuges und die Beute, die in Prag auf die Männer wartete, mobilisierte die letzten Kräfte der Soldaten. Sie waren fest entschlossen, die anstehende Belagerung noch vor Einbruch des Winters erfolgreich zu beenden.

Am Fuße des Berges ließ Maximilian das Lager aufschlagen. Philipp half bei der Errichtung des Zeltes für den Kommandanten, war aber durch die Gedanken an Magdalena so abgelenkt, dass er mehrmals zurechtgewiesen wurde, er möge aufpassen, was er tue.

»Wir können diesen Berg nicht einnehmen!«, sagte Reichsgraf von Tilly am Abend in einer Zusammenkunft mit Herzog Maximilian und Graf von Buquoy, bei der auch Philipp anwesend war, um den Feldzug weiter zu dokumentieren. Vor dem Zelt des Kommandanten standen vier Wachen und würden dafür sorgen, dass die Männer bei ihrer Kriegsplanung ungestört waren.

»Natürlich können wird das!«, entgegnete von Buquoy, der das Heer der katholischen Liga mit fast fünfundzwanzigtausend Soldaten verstärkt hatte. »Wir sind den Rebellen drei zu eins überlegen.«

»Das mag sein. Unsere Feinde haben aber die strategisch günstigere Position. Auch in der Unterzahl haben sie klare Vorteile und können unsere Männer von oben herab abwehren.«

»Was schlagt Ihr stattdessen vor?«, fragte der Herzog seinen Feldherrn und sah ihn aus finsteren Augen an.

»Wir sollten die Stadt belagern.«

Um Gottes Willen, nein, dachte Philipp, der wusste, dass es noch Wochen dauern konnte, bis er Magdalena wiedersah, wenn Maximilian auf von Tillys Vorschlag einging.

»Das kommt nicht in Frage!«, sagte der Herzog entschlossen. »Eine Belagerung würde auch unser Heer weiter dezimieren. Die Männer haben nicht mehr die Kraft für eine lange Auseinandersetzung!«

»Außerdem steht der Winter kurz bevor«, ergänzte von Buquoy.

»Ihr wollt also angreifen?«

»Genau das werden wir tun!«, bestätigte Maximilian von Tillys Vermutung. »Und zwar gleich morgen früh!«

***

Auch Hermann war mit den Truppen von Graf von Buquoy am Fuße des weißen Berges angekommen. Er fühlte sich so schwach wie noch nie in seinem Leben. Er war müde und würde nichts lieber tun, als nach Wien zurückzukehren und Anna Winter zu heiraten. Er dachte jeden Tag an die junge Frau. Seine Erinnerungen wurden jedoch von den abscheulichen Szenen beherrscht, die das Bild der jungen Pflegerin in den Hintergrund drängten.

In den letzten Monaten hatte er viele seiner Kameraden sterben sehen. Etliche waren verhungert. Die Bauern in Böhmen hatten die mehrfachen Plünderungen nicht überstanden und waren aus weiten Teilen des Reiches verschwunden. Felder lagen brach und verwilderten. Genau wie seine Kameraden sehnte Hermann sich nach dem Ende des Krieges. Der Sold blieb aus und sie besaßen nur noch das, was sie am Leibe trugen. Eine Flucht kam nicht in Frage, weil sie dann noch weniger zu essen gehabt hätten. Also mussten sie aushalten und sich mit dem Wenigen zufriedengeben, das sie hatten.

Wie immer in den letzten Monaten schlief Hermann im Freien. Weil die Nächte schon lange wieder kälter geworden waren, wärmten sich die Soldaten an einem Feuer. Morgen sollte für das Heer der katholischen Liga und die Kaiserlichen ein großer Tag werden. Die Soldaten brannten darauf, die Mauern von Prag niederzureißen und das Ende der Rebellion so herbeizuführen.

Heute war einer der besseren Tage. Nachdem das Heer den weißen Berg erreicht hatte, waren Rinder und Schweine an die Männer ausgegeben worden, die diese sofort geschlachtet hatten. Jetzt grillten sie das Fleisch auf dem Feuer und warteten darauf, die Löcher in ihren Mägen füllen zu können. Nach dem Essen wollte Hermann dann nur noch schlafen und hoffte, dass ihn die Alpträume, die zu einem ständigen Begleiter geworden waren, in dieser Nacht in Ruhe ließen.

***

»Wann hat dieser furchtbare Krieg endlich ein Ende?«

»Vielleicht bald«, beantwortete Polyxena von Lobkowitz Magdalenas Frage. »Zumindest hier in Böhmen. Prag wird fallen.«

»Und es werden wieder tausende Menschen sterben.«

»Das werden sie. Dennoch, lieber ein Ende mit Schrecken, als ein Schrecken ohne Ende. Unsere Stadt wird erst dann Ruhe finden, wenn das Reich wieder von einem Habsburger regiert wird!«

Die Frauen saßen im Anwesen der von Lobkowitzes und warteten auf Nachricht von Diepold, der unterwegs war, um mit Wenzel von Ruppau zu sprechen. Sie hörten die Schreie aus der Stadt. Mit dem kaiserlichen Heer waren auch viele Bauern in Richtung Prag gezogen, um vor den Soldaten zu flüchten. Sie suchten Schutz hinter den Mauern der Stadt. Dort kam es immer wieder zu Auseinandersetzungen zwischen Soldaten und Bürgern, die sich verzweifelt gegen die Plünderungen wehrten oder einfach nur die wenigen Nahrungsmittel verteidigten, die ihnen noch geblieben waren. Die Straßen waren völlig überfüllt. Überall lagen Leichen oder Kranke, die nicht mehr lange zu leben hatten und stöhnend vor Schmerzen auf ihre Erlösung warteten. Polyxena und Magdalena wagten es nicht mehr, das Haus zu verlassen. Hier waren sie sicher und würden auch von den Soldaten Ferdinands nichts zu befürchten haben, wenn diese in die Stadt einfielen.

»Warum kann dieser Friedrich die Krone nicht einfach wieder an Ferdinand zurückgeben?«, fragte Magdalena nach einer Weile. »Wenn das protestantische Heer den Kampf aufgibt, ist die Schlacht beendet und niemand muss sterben.«

»Da irrst du dich aber gewaltig, mein Kind. Die Soldaten werden keine Rücksicht kennen. Viele sind am Verhungern. Glaub mir, die nehmen sich alles, was ihnen ihrer Meinung nach zusteht. Hinzu kommt, dass Friedrich viel zu stolz ist, die Krone jetzt niederzulegen. Er müsste sich in Ferdinands Gefangenschaft begeben. Das wird er nicht tun. Selbst wenn der Kaiser ihm Gnade gewähren würde, wohin sollte Friedrich gehen?«

In diesem Moment kam Diepold in den Raum. An seinem hochroten Gesicht erkannte Magdalena, dass er in aller Eile von seinem Gespräch zurückgekehrt war.

»Die Truppen von Herzog Maximilian und Graf von Buquoy haben am Fuße des weißen Berges Stellung bezogen«, berichtete der Graf noch völlig außer Atem.

Polyxena reichte ihrem Gemahl einen Krug Wasser und wartete, bis er getrunken hatte. »Werden die Kaiserlichen die Stadt einnehmen?«, fragte sie dann.

»Davon gehe ich fest aus. Wenzel von Ruppau behauptet zwar, dass das protestantische Heer Prag verteidigen kann. Daran glaube ich aber nicht. Die Übermacht der Belagerer ist zu groß.«

»Bedeutet dies, dass Philipp in der Nähe ist?«

»Ja, Magdalena«, antwortete Diepold. »Er kann jetzt aber unmöglich in die Stadt hineingelangen und wird warten müssen, bis die Truppen Prag in ihrer Hand haben.«

»Bis dahin ist er in Gefahr«, sagte Magdalena und konnte die Tränen nicht zurückhalten. Einerseits war sie überglücklich, Philipp in der Nähe zu wissen, andererseits hatte sie aber große Angst um ihn.

»Nicht unbedingt«, widersprach Polyxena und auch Diepold schüttelte den Kopf.

»Philipp wird nicht direkt mit dem Kampf zu tun haben, sondern gemeinsam mit dem Erzherzog in sicherer Entfernung den Schlachtverlauf beobachten. So schwer es dir auch fällt, du darfst jetzt nicht die Nerven verlieren. Wir müssen einfach darauf hoffen, dass die Truppen der Liga und die Kaiserlichen die Protestanten möglichst schnell und ohne große Verluste auf beiden Seiten bezwingen.«

»Und wenn das nicht gelingt?«, fragte Magdalena schluchzend.

»Dann steht Prag vor einem Blutbad«, antwortete Diepold und fing sich dafür den erbosten Blick seiner Gemahlin ein.

***

»Wir brauchen mehr Geschütze, Eure Majestät«, berichtete Christian II. von Anhalt seinem König, mit dem er gemeinsam im Zelt des Heerführers über eine Karte gebeugt stand.

»Es sind weitere Kanonen unterwegs«, erklärte Friedrich. Er wusste genau, wie recht von Anhalt hatte. Die Kaiserlichen waren ihnen nicht nur in der Anzahl an Soldaten überlegen, sie konnten auch eine deutlich größere Menge an Geschützen aufbieten.

»Werden sie rechtzeitig hier sein?«

»Ich fürchte, nein.«

»Dann wird es schwer werden, den Berg gegen die Angreifer zu verteidigen.«

»Das weiß ich«, sagte Friedrich und nickte betroffen. »Dennoch müssen wir alles daransetzen, den Einmarsch unserer Feinde in Prag zu vermeiden. Ich mag gar nicht daran denken, was es für die Bürger bedeutet, wenn die Horden in ihre Stadt einfallen!«

»Es wird viele Tote geben«, stimmte Christian von Anhalt seinem König zu.

»Und deshalb müssen wir aushalten. Es ist Hilfe aus den Niederlanden unterwegs. Auch von Mansfeld ist mit seiner Armee auf dem Weg nach Prag!«

»Die Moral unter den Männern ist schlecht«, gab der Statthalter zu bedenken. »Viele haben schon lange keinen Sold mehr erhalten. Ich weiß nicht, ob sie alle ein weiteres Mal für uns kämpfen werden.«

Friedrich drehte sich von der Karte weg und durchschritt schweigend das Zelt, während von Anhalt am Pult stehen blieb, um seinen König in Ruhe nachdenken zu lassen. In den letzten Wochen hatte Friedrich für seine Männer getan, was in seiner Macht stand. Die Kriegsführung hatte er seinen Generälen überlassen, die sich besser damit auskannten. Er selbst hatte für Nachschub an Nahrung und Waffen gesorgt, die Anlagen befestigen lassen und sich um die Versorgung der Verwundeten gekümmert. Viele der Männer hatten sich vom Einsatz des Königs beeindruckt gezeigt und auch ohne den lange überfälligen Sold weiter für ihn und Böhmen gekämpft. Jetzt brauchte das protestantische Heer ein Wunder, wenn es gegen die Übermacht am Fuße des weißen Berges bestehen wollte.

»Ich muss zurück in die Stadt«, erklärte Friedrich seinem Heerführer schließlich. »Der englische König hat einen Botschafter geschickt. Vielleicht sagt er mir jetzt endlich die Hilfe zu, auf die wir schon so lange warten.«

»Hoffentlich ist es nicht schon zu spät«, entgegnete Christian von Anhalt skeptisch.

»Bevor ich aber gehe, werden wir den Kaiserlichen noch unsere Stärke demonstrieren!«

»Unsere Stärke? Die Truppen von Herzog Maximilian und von Buquoy sind uns deutlich überlegen. Wir haben gerade einmal dreizehntausend Männer. Dort unten steht mindestens die dreifache Anzahl!«

»Das braucht der Feind ja nicht zu wissen. Es ist neblig. Lasst das Heer sich in einer breiten Reihe am Berg aufstellen. Unsere Feinde sollen denken, dass sie im Dunkel überrollt werden.«

»Ihr wollt die Soldaten in der Nacht angreifen lassen?« Christian von Anhalt sah seinen König sichtlich entsetzt an.

»Nein. Unser Heer soll sich dem Feind nur zeigen. Selbst ich weiß, dass wir von hier oben aus die besseren Verteidigungsmöglichkeiten haben. Ich will Maximilian nur ein bisschen beschäftigen. Wenn der Herzog damit rechnet, dass wir den Hang heruntergestürmt kommen, wird er sein Lager befestigen. So greifen die Kaiserlichen vielleicht nicht im Morgengrauen an und wir gewinnen vielleicht ein paar Tage Zeit …«

Friedrich beobachtete persönlich, wie von Anhalt das von ihm vorgeschlagene Manöver umsetzen ließ. Die Schreie am Fuße des Berges zeigten ihm, dass sie damit zumindest bei den feindlichen Soldaten einen gewissen Eindruck hinterlassen hatten. Danach machte sich der König auf den Weg in seinen Palast, wo ihn nicht nur Elisabeth, sondern auch der englische Botschafter erwarten würde. Er betete darum, dass ihm sein Schwiegervater in letzter Minute noch die so dringend benötigte Unterstützung gewährte.

Wien, 08. November 1620

»Dem Treiben unserer Soldaten in Böhmen muss Einhalt geboten werden!«, schrie Kaiser Ferdinand II. und schlug einen Weinkelch vom Tisch. Sofort sprang einer der Bediensteten herbei, um den Schaden zu beseitigen, wurde aber von seinem Herren mit einer unwirschen Handbewegung gestoppt. »Die Plünderungen und Schändungen müssen aufhören! Was nutzt es mir, die Krone eines Reiches zurückzuerobern, wenn das Volk sein Land verlassen musste?«

Anton erschrak. In seiner bisherigen Zeit am Kaiserhof hatte er Ferdinand noch nie so außer sich erlebt. Die vier Berater, die mit ihm an der Tafel saßen, schwiegen und schauten betreten zu Boden.

»Wenn es stimmt, was Fabricius in seinem Bericht schreibt, haben die Männer in den Dörfern und Städten entsetzlich gewütet!«

Ich bin mir sicher, dass jedes Wort, das Philipp geschrieben hat, der Wahrheit entspricht. Anton zweifelte keine Sekunde daran, dass sein böhmischer Freund die Ereignisse korrekt dargestellt und eher noch untertrieben hatte. Am frühen Morgen war ein Bote in Wien angekommen, der dem Kaiser einen Bericht von der Lage in Böhmen überreicht hatte.

»Der Schreiber berichtet aber auch, dass das Heer Prag bald erreicht hat«, versuchte einer der Berater den Kaiser zu beruhigen.

»Das wird auch Zeit. Die Stadt muss vor dem Wintereinbruch fallen!«

Anton sah dem Kaiser an, dass er noch immer zornig war. Philipp schrieb, wie mühselig das Vorankommen des Heers war. Es kam immer wieder zu Scharmützeln, bei denen einige Kaiserliche das Leben verloren hatten. Dabei nutzten die protestantischen Rebellen den Schutz des Nebels aus, um ihre Feinde zu überraschen.

»Der Sieg steht kurz bevor. Wenn Prag in der Hand des Herzogs von Bayern ist, wird sich das Reich von dem Krieg erholen können.«

»Wir werden noch lange keinen Frieden haben«, wies der Kaiser seinen Berater zurecht. »Ich werde nicht warten, bis sich die Protestanten neu gesammelt haben! Die Kurpfalz muss genauso von den Ketzern befreit werden wie alle weiteren Gebiete im Reich!«

»Wir haben auch Verbündete unter den protestantischen Kurfürsten«, gab ein Berater zu bedenken.

»Sie mögen jetzt auf unserer Seite stehen. Ich verlasse mich allerdings nicht darauf, dass dies so bleibt.«

Und wer soll einen länger andauernden Krieg bezahlen? Auch Anton glaubte nicht an einen schnellen Frieden. Dafür war die Lage auch außerhalb von Böhmen zu angespannt. So einfach, wie sich der Kaiser das vorstellte, würde es allerdings nicht werden, die Protestanten aus dem Heiligen Römischen Reich Deutscher Nation zu vertreiben.

Die Versammlung löste sich auf. Anton musste bei Ferdinand bleiben, der ihm einen längeren Brief an Maximilian diktierte, in dem er dem Herzog befahl, die Menschen im Reich zu schonen, aber mit aller Härte gegen die protestantischen Rebellen vorzugehen. Danach wurde Anton entlassen und begab sich in die Bibliothek.

Als er an seinem Schreibtisch saß, dachte er wie so oft an Resi. Nachdem ihn die junge Ungarin überfallen hatte, schien sie wie vom Erdboden verschluckt zu sein. Einmal hatte er geglaubt, sie an einer Hausecke zu sehen. Er war zu der Stelle gerannt, hatte dort aber niemanden mehr vorgefunden. Anton hoffte, dass Resi in ihre Heimat zurückgekehrt war. Trotz allem, was passiert war, wünschte er der jungen Ungarin, dass sie dort ihren Frieden fand.

***

Sie war müde, ihr Kopf war leer und ihr Körper kraftlos. Resi hatte keine Ziele mehr und fühlte sich von Tag zu Tag schlechter. Nach ihrer Rache an von Collalto und seinen Männern hätte sie eigentlich zufrieden sein müssen. Genau das war aber nicht der Fall. Nachdem sie es nicht fertiggebracht hatte, auch Anton zu töten, war nichts übriggeblieben, was sie noch zu tun hatte.

Zunächst war Resi noch ein paar Wochen in Wien geblieben und hatte den kaiserlichen Schreiber dort viermal gesehen, als er seine Mutter besuchte. Der feige Kerl ging nur noch in Begleitung von zwei Wachen in die Stadt, und Resi wäre nicht mehr so einfach an ihn herangekommen, wenn sie es denn gewollt hätte. Einmal hatte er sie entdeckt und war ihr hinterhergerannt. Sie war mittlerweile aber geübt darin, in der Masse unsichtbar zu werden.

Danach hatte Resi die Stadt verlassen. Sie ertrug es nicht mehr, den Mann zu sehen, der sie so schrecklich hintergangen hatte, für den sie aber dennoch größere Gefühle empfand, als sie sich selbst gegenüber zugeben wollte.

In ihre Heimat zurückzukehren, kam für Resi nicht in Frage. Freunde hatte sie dort nicht mehr und so wie sie jetzt aussah, würde sie sich überall wie eine Ausgestoßene vorkommen. Auch ein Leben bei den Ordensschwestern konnte sie sich nicht vorstellen. Sie hatte mit dem Gedanken gespielt und war sogar so nahe an das Kloster herangegangen, dass sie es hatte sehen können, aber schließlich hatte sie doch den Mut verloren. Auch wenn man sie dort gut behandelt hatte, passte sie einfach nicht zu den Schwestern.

In der vergangenen Nacht hatte sie kein Auge zugetan und lief seit den frühen Morgenstunden ziellos im Nebel umher. Der Weg führte sie auf ein Hochplateau. Dort stand sie nun und schaute auf die Stadt Wien herunter, die sie niemals hätte betreten sollen. Vor der jungen Ungarin fiel eine Felswand mindestens dreißig Meter in eine Schlucht ab.

Resi wurde von ihrem Lebenswillen verlassen. Sie hatte niemanden mehr, zu dem sie gehen konnte. Ihr ganzes Dasein war sinnlos geworden. Mit diesem Gedanken trat sie einen Schritt nach vorne und ließ sich fallen. In den wenigen Sekunden bis zum Aufprall zwischen den Felsen fühlte sie, dass sie die richtige Entscheidung getroffen hatte.

Prag, 08. November 1620

Schweigend saßen Hermann und seine Kameraden um die Reste des Feuers der vergangenen Nacht herum. Jeder hing seinen Gedanken nach und bereitete sich innerlich auf die bevorstehende Schlacht vor.

Plötzlich sahen sie eine schemenhafte Gestalt im Nebel auf sie zukommen. Drei der Soldaten sprangen auf, zückten ihre Musketen und legten auf den Fremden an.

»Hört sofort auf!«, schrie Hermann entsetzt. »Das ist ein Glaubensbruder. Ihr dürft auf keinen Fall schießen!«

Als der Fremde näher herankam, sahen auch die anderen die Mönchskutte und ließen die Waffen sinken. Der Mann taumelte mehr, als dass er ging. Hermann sprang auf und lief auf ihn zu, um ihn zu stützen. Erst jetzt sah er, dass der geheimnisvolle Besucher ein Bild in der Hand hielt, von dem aber nur die Rückseite zu sehen war.

»Ihr müsst mich zu Eurem Kommandanten bringen«, ächzte der Mönch.

Hermann und einer seiner Kameraden nahmen den Mönch in ihre Mitte und führten ihn zum Zelt des Herzogs. Die anderen Soldaten aus seiner Gruppe folgten ihnen. Unterwegs zu Maximilian schlossen sich ihnen weitere Männer an, die offensichtlich bemerkt hatten, dass etwas Ungewöhnliches vor sich ging. Weil der Mönch gestützt werden musste, kamen sie nur langsam voran.

Auch der Herzog, von Tilly, von Buquoy und der Sekretär hatten inzwischen von der Aufregung im Lager mitbekommen und waren vor das Zelt getreten.

»Was ist hier los?«, fragte Maximilian mit energischer Stimme und wandte sich dann direkt an den Fremden. »Wer bist du?«

»Mein Name ist Bruder Dominicus vom Orden der Brüder der allerseligsten Jungfrau Maria. Ich komme direkt aus Strakonice. In der dortigen Kirche hat sich Furchtbares ereignet. Ich brauche Eure Hilfe.«

Immer mehr Soldaten versammelten sich nun um das Zelt des Herzogs herum. Jeder wollte hören, was der geheimnisvolle Mönch zu berichtet hatte. Die Nachricht vom Eintreffen des Mannes hatte sich wie ein Lauffeuer im Lager verbreitet.

»Berichte weiter!«, forderte Maximilian Dominicus auf. »Was ist passiert?«

Der Mönch drehte das Bild um und hielt es hoch, damit der Herzog es sehen konnte. »Die Ungläubigen sind in den Ort eingefallen und haben ihn geplündert und die Frauen geschändet. Selbst vor der Kirche haben sie nicht haltgemacht. Seht, was sie mit dem Bildnis der Heiligen Familie angerichtet haben.«

Dominicus drehte das Bild nun so, dass jeder der Männer es betrachten konnte.

Schreie der Wut und des Entsetzens gingen durch die Reihen der Soldaten, als sie erkannten, dass Maria und Josef die Augen ausgestochen worden waren. Auch Hermann musste schlucken, als er das zerstörte Abbild sah.

»Dieser Frevel muss gerächt werden!«, rief Dominicus so laut, dass ihn jeder verstehen konnte. »Im Namen der Heiligen Jungfrau Maria: Vertreibt die Protestanten von diesem Berg!«

Bevor Maximilian oder von Tilly reagieren konnten, ergriffen die Soldaten ihre Waffen und stürmten den Hang des weißen Berges hinauf. Tausende schlossen sich ihnen an, und auch Hermann war einer der Männer, die in den vordersten Reihen rannten.

***

Voller Zorn schaute Maximilian den Kaiserlichen nach, die auf der rechten Seite den Hang hinaufstürmten und langsam im Nebel verschwanden. Philipp konnte die pulsierende Halsschlagader des bayerischen Fürsten erkennen und wusste, dass der Mann kurz vor einem Tobsuchtsanfall stand.

»Seht Ihr, was Ihr angerichtet habt?«, schrie der Herzog den Mönch mit vor Zorn vibrierender Stimme an. »Meine Männer rennen in den sicheren Tod!«

»Sie werden die Protestanten bezwingen«, entgegnete Dominicus ruhig.

»Wie könnt Ihr das wissen? Die Rebellen haben leichtes Spiel, wenn sie unsere Leute von oben abschießen.«

»Die Heilige Jungfrau wird mit den Gerechten sein.«

»Wenn nicht, haben wir gerade einen entscheidenden Vorteil verloren!«

»Wir sollten auch die anderen Männer in den Kampf schicken«, schlug von Tilly vor. »Vielleicht können wir den überraschenden Angriff noch zu unserem Vorteil nutzen.«

»Ihr habt recht«, antwortete Maximilian noch immer ärgerlich. »Lasst die spanische und die wallonische Kavallerie auf der linken Seite angreifen. Wir werden sehen, zu welcher Gegenwehr die Protestanten in der Lage sind.«

Von Tilly und von Buquoy machten sich auf, um den Befehl des Herzogs zu befolgen, der mit Philipp und Dominicus am Zelt stehen blieb. Maximilian sah den Mönch noch eine Zeitlang zornig an. Dann übergab er ihn der Obhut von zwei Soldaten, die sich darum kümmern sollten, dass der Mann etwas zu essen bekam.

Die Mittagsstunde war gerade verstrichen. Philipp versuchte, in den sich langsam verziehenden Nebelschwaden etwas zu erkennen, sah die Soldaten beider Lager, wenn überhaupt, aber nur schemenhaft.

In die Schreie der Männer mischten sich die Donnerschläge der kaiserlichen Kanonen. Die Protestanten schienen nur wenige Geschütze zur Verteidigung zur Verfügung zu haben und richteten nur geringe Schäden unter den Angreifern an.

Von Buquoy und von Tilly kehrten zum Zelt des Herzogs zurück und erläuterten dem Oberbefehlshaber die Strategie anhand einer Karte. Die Truppen rückten von zwei Seiten auf den Berg vor und versuchten, die Rebellen dort in die Zange zu nehmen. Die italienische und die polnische Kavallerie standen noch in Reserve bereit und konnten dort eingreifen, wo sie am dringendsten benötigt wurden. Gleiches galt für etwa zehntausend Söldner.

»Der Feind zieht sich zurück!«, rief von Tilly überrascht und deutete zum Gipfel des Berges. Dort gaben tatsächlich Teile des protestantischen Heers ihre Stellung auf und flüchteten in Richtung Prag.

»Jetzt schlagen wir die Rebellion nieder!«, sagte Maximilian nun sichtlich zufrieden. »Wenn wir einmal einen Keil in die Reihen der Verteidiger geschlagen haben, werden wir sie im Nahkampf besiegen!«

Philipp teilte die Zuversicht des Herzogs nicht ganz, schaute nun aber auch zuversichtlicher in die Zukunft. Es sah nicht so aus, als müsse sich das Heer auf eine lange Belagerung einstellen. Somit würde es auch nicht mehr lange dauern, bis er zu Magdalena zurückkehren konnte.

***

»Bleibt stehen und kämpft, ihr feigen Schweine!« Christian II. von Anhalt schrie den flüchtenden Soldaten hinterher, konnte sie aber nicht mehr aufhalten. Zunächst konnte sich der Sohn des Oberbefehlshabers Christian I. von Anhalt nicht um die Deserteure kümmern. Der Feind rückte unerbittlich vor, und er musste versuchen, die Kaiserlichen mit seinen verbliebenen Männern zurückzuschlagen.

Die Hoffnung auf Unterstützung hatte der junge Offizier mittlerweile aufgegeben. Von Mansfeld war weit entfernt und mehr Verbündete hatte der böhmische König nicht mehr. Die schlechte Moral und der ausgebliebene Sold hatten das Heer so stark geschwächt, dass die Niederlage nur noch eine Frage der Zeit war.

»Besetzt die Gräben und haltet Musketen und Piken bereit!«, schrie Christian II. seinen Männern zu. Sie befanden sich auf der linken Seite des Berges und sahen die feindliche Kavallerie auf sich zudonnern. Erst als sich der Offizier selbst in die richtige Position brachte, um dem Angriff zu begegnen, folgten ihm auch seine Männer.

Die Soldaten richteten ihre Musketen auf die Reiter und drückten auf Christians Kommando ab. Einige der Feinde wurden getroffen und von ihren Pferden geworfen. Der weitaus größere Teil stürmte aber weiter auf die Stellung der Verteidiger zu.

»Hoch mit den Piken!«, schrie Christian, als die Reiter nur noch wenige Meter von ihnen entfernt waren.

Die Angreifer konnten ihre Pferde nicht mehr schnell genug stoppen und ritten mit voller Wucht in die Spitzen der Piken hinein. Einige der getroffenen Tiere fielen mit ihren Reitern in die Gräben auf die Verteidiger und zermalmten die, die sich nicht schnell genug in Sicherheit bringen konnten. Christian sah, dass die Reihe seiner Männer regelrecht zerrissen worden war. Alles war voller Blut und überall lagen tote Menschen und Tiere in den Gräben. Aber auch die Angreifer hatten große Verluste hinnehmen müssen. Die verbleibenden Reiter sammelten sich bei einem ihrer Offiziere, der ihnen den Rückzug befahl. Die Protestanten hatten eine kurze Galgenfrist bekommen.

»Wir müssen ihnen nachsetzen!«, schrie Christian, nachdem er seine Muskete nachgeladen hatte, und sprang aus dem Graben. Die Schreie um ihn herum zeigten ihm, dass ihm seine Männer auch dieses Mal folgen würden. Geduckt liefen sie den Hang herunter direkt auf eine Gruppe wallonischer Reiter zu. Die hatten nicht mit einem Gegenangriff gerechnet. Mindestens zwei Dutzend von ihnen fielen dem Beschuss aus den protestantischen Musketen zum Opfer.

»Sehr gut«, brüllte Christian und gab den Männern ein Zeichen, sich zu sammeln. Aus den Augenwinkeln sah er eine Gruppe ungarische Reiter, die ihnen zu Hilfe gekommen waren und den Kaiserlichen nachsetzten.

Noch haben wir den Kampf nicht verloren!, dachte Christian und war fest entschlossen, die Stellung auf dem Berg gegen die Angreifer zu halten.

***

Mit einer gehörigen Portion Wut im Bauch ritt Friedrich auf das Stadttor zu. Er wollte zurück zu Christian II. von Anhalt und den Truppen, um sich persönlich vom Fortgang der Schlacht zu überzeugen.

Das Gespräch mit dem englischen Botschafter hatte nichts eingebracht, und Friedrich lediglich Zeit gekostet. Am Vorabend hatten sie trotz der Bedrohung durch die kaiserliche Armee einen Empfang im Palast gegeben, um dem Vertreter von König Jakob den nötigen Respekt zu erweisen. Erst am heutigen Morgen hatte er Friedrich dann mitgeteilt, dass er weder mit weiteren Truppen noch mit Geld rechnen könne. Nach Ansicht des englischen Königshauses war es zu spät, wirkungsvoll gegen Kaiser Ferdinand vorzugehen, und Friedrich wurde geraten, Böhmen mit seiner Familie zu verlassen.

Der böhmische König dagegen wollte sich nicht so leicht geschlagen geben. Noch war die Stadt nicht gefallen. Als er jedoch am Tor ankam, musste er erkennen, dass sie Prag wohl nicht mehr lange halten würden. Tausende Soldaten stürmten in die Stadt und würdigten ihren König keines Blickes.

»Was geht hier vor sich?«, fragte Friedrich ärgerlich, als sein Oberbefehlshaber Christian I. von Anhalt gemeinsam mit Graf von Thurn durch das Tor in die Stadt geritten kam.

»Unsere Truppen verweigern den Kampf. Die Schlacht ist verloren«, erklärte Christian atemlos. »Alles, was uns jetzt noch bleibt, ist die Flucht.«

»Ich werde mich nicht vor dem Kaiser beugen und mich wie ein Hund aus der Stadt schleichen!«, entgegnete Friedrich zornig.

»Es wird Euch nichts anderes übrigbleiben, wenn Ihr dem Galgen entgehen wollt, Eure Majestät«, sagte von Thurn spöttisch.

»Was ist mit Eurem Sohn?«, fragte Friedrich seinen obersten Berater.

»Er kämpft weiterhin gegen die kaiserliche Armee«, antwortete Christian mit finsterer Miene. »Ich hoffe, ihm gelingt es, vor den Angreifern zu fliehen.«

»Er soll nicht vor ihnen fliehen, sondern sie aufhalten! Das Gleiche galt für Euch und die Soldaten, die sich jetzt feige in der Stadt verstecken!«

»Verzeiht, Eure Majestät«, erklärte Christian unterwürfig. »Dieser Kampf ist aussichtslos. Wir können ihn nicht gewinnen!«

»Wir können also nichts mehr gegen die Belagerer tun?«

»Nein, Eure Majestät«, antwortete Christian. »Wir sollten so schnell wie möglich zum Schloss reiten und Eure Familie holen. Ich kenne einen geheimen Weg aus der Stadt. Wir sollten Prag noch vor Einbruch der Dunkelheit verlassen!«

Friedrich erschrak. Zwar hatte er das Unheil auf die Stadt zukommen sehen, den Ernst der Lage aber dennoch unterschätzt. Wenn ihm sein langjähriger Berater derart intensiv zur Flucht riet, sollte er auf sein Urteil vertrauen.

***

»Jetzt holen wir uns den Berg!«, schrie Maximilian begeistert und schlug seinem Feldherrn von Tilly auf die Schulter. Der hatte jetzt auch die italienische und polnische Kavallerie ins Feld geschickt, die nun die Gruppe der ungarischen Reiter zersprengte und den Berg hinunter auf die Moldau zutrieb.

Der Nebel hatte sich inzwischen vollständig verzogen und die Befehlshaber konnten den Verlauf der Schlacht von ihrer Position aus verfolgen. Die Kämpfe dauerten noch nicht einmal zwei Stunden an. Es stand jetzt allerdings bereits fest, wer als Sieger vom Feld gehen würde. Nachdem Teile des sich ohnehin schon in der Unterzahl befindlichen protestantischen Heers geflohen waren, konnten sich die verbliebenen Männer nicht mehr wirkungsvoll verteidigen.

Herzog Maximilian hatte die Parole ausgegeben, dass so viele der feindlichen Offiziere gefangen genommen werden sollten wie möglich. Ihnen würde der Prozess gemacht werden. Kaiser Ferdinand wollte die Aufwiegler der Rebellion persönlich zur Rechenschaft ziehen.

Bisher hielten sich die Verluste auf beiden Seiten in Grenzen, wobei die Protestanten mindestens die vierfache Anzahl an Toten zu beklagen hatten wie die kaiserliche Armee. Bisher mochten es bei den Mannen von von Tilly und von Buquoy vielleicht fünfhundert sein.

Wenn Philipp daran dachte, wie viele auf dem Weg nach Prag verhungert waren, zeigte dies, dass der wahre Schrecken des Krieges nicht in seinen Schlachten lag.

Der Herzog kam auf Philipp zu und riss ihn so aus seinen Gedanken. »Ihr habt mir gute Dienste geleistet und ich danke Euch dafür!«

»Ich habe lediglich meine Aufgabe erledigt.«

»Eure Bescheidenheit ehrt Euch. Ich werde dem Kaiser von Eurem Fleiß und Eurer Treue berichten. Nun aber liegt es Euch frei zu gehen. Ich weiß, dass Eure Gemahlin in der Stadt auf Euch wartet. Geht zu ihr und führt ein glückliches Leben in Prag! Ich werde dafür sorgen, dass Ihr Eure Anstellung in der Prager Burg zurückerhaltet, wenn die Schlacht geschlagen ist!«

»Ich danke Euch.« Völlig überrascht, aber überglücklich verabschiedete sich Philipp von Maximilian, von Tilly und von Buquoy. Endlich konnte er zu Magdalena zurückkehren! Er wusste, dass er vorsichtig sein musste, wenn er durch das Tor in die Stadt ging, und nahm sich vor zu warten, bis die Kaiserlichen dieses gestürmt hatten. Das konnte jetzt nicht mehr lange dauern.

***

Friedrich trieb sein Pferd zum Schloss. Dort gab er es einem Bediensteten an und rannte die Treppen nach oben zu den Audienzgemächern seiner Gemahlin. Der König nahm zwei Stufen auf einmal, als er die Treppen hinaufstürmte. Er riss die Tür zu dem Raum auf, in dem er Elisabeth und den englischen Botschafter vermutete.

»Was ist los mit Euch?«, wurde Friedrich von seiner Gemahlin begrüßt, die immer, wenn Dritte dabei waren, die förmliche Anrede wählte. »Warum stürmt Ihr hier herein? Ihr seid ja völlig außer Atem!«

»Wir müssen die Stadt sofort verlassen!«

»Das ist völlig ausgeschlossen«, entgegnete Elisabeth entrüstet, während ihr Gast aus England den König nur verächtlich ansah. »Ich wollte Sir Montfort heute den Dom zeigen, in dem wir gekrönt wurden!«

»Dazu bleibt keine Zeit mehr!«, sagte Friedrich ärgerlich. »Wir müssen fliehen. Das gilt auch für unseren englischen Gast.«

»Wo sollen wir denn hin?«, fragte Elisabeth, die offensichtlich noch immer nicht gewillt war, der Aufforderung ihres Gemahls nachzukommen. »Ich habe den Diener gerade gebeten, etwas Gebäck und Tee zu reichen.«

»Zum Teufel noch mal! Es gibt keinen Tee und auch kein Gebäck. Pack das Wichtigste zusammen und sag den Kindermädchen Bescheid.«

»Warum regt Ihr Euch so auf?«

»Weil die Kaiserlichen mit rund dreißigtausend Soldaten vor den Toren Prags stehen und unser eigenes Heer sich gerade in der Auflösung befindet! Wenn wir jetzt nicht gehen, werden wir in die Gefangenschaft des Kaisers geraten! Willst du das?«

»Selbstverständlich nicht!« Elisabeth schien nun endlich zu begreifen, wie ernst die Lage geworden war, und alle Farbe wich ihr aus dem Gesicht.

»Ich muss doch sehr bitten«, sagte Sir Montfort stirnrunzelnd. »Wo habt Ihr Eure Manieren gelassen. Wir werden ja hoffentlich mit dem nötigen Schutz aus der Stadt geleitet?«

»Wir können froh sein, wenn wir lebend aus der Stadt gelangen! Ihr könnt aber gerne hierbleiben, wenn das Euer Wunsch ist!«, blaffte Friedrich den Engländer an.

»Ich werde König Jakob über die Vorfälle in diesem furchtbaren Land informieren!«

»Tut, was Ihr nicht lassen könnt!« Friedrich verspürte keine Lust mehr, weiter mit seinem britischen Gast zu sprechen, der ihm gehörig auf die Nerven ging. Sollte er seinem König berichten, was er wollte. Jetzt war es nicht mehr wichtig, ob Elisabeths Vater seinen Schwiegersohn unterstützte. Die Hilfe hätte Friedrich vorher benötigt.

Die Kinder wurden nun endlich von ihren Ammen in den Raum geführt. Auch Elisabeth hatte sich umgezogen und eilig ihre wertvollsten Habseligkeiten zusammengepackt. In diesem Moment betrat Christian von Anhalt den Raum.

»Es ist alles für die Flucht vorbereitet, Eure Majestät. Ich muss Euch bitten, Euch zu beeilen. Die ersten kaiserlichen Soldaten sind soeben in die Stadt gestürmt!«

***

In letzter Sekunde konnte Hermann den Schwerthieb seines Kontrahenten mit seiner eigenen Waffe abwehren und trat ihm mit aller Kraft in den Bauch. Der Mann ging in die Beuge und war seinem Gegner somit hilflos ausgeliefert. Hermann zögerte keine Sekunde und trieb dem Feind seine eigene Klinge in den Rücken. Erleichtert sah er sich um. Auch seine Kameraden waren in Nahkämpfe mit den Protestanten verwickelt. Hinter ihnen hatten sich nun auch die restlichen kaiserlichen Truppen in Bewegung gesetzt.

»Wir müssen nur noch einen kleinen Moment aushalten«, rief Hermann den Anderen zu. Dann suchte er sich unter den Feinden den nächsten Gegner und drosch mit dem Schwert auf ihn ein. Ihre Musketen hatten die Soldaten beider Lager bereits abgefeuert. Zum Nachladen ließen sie sich gegenseitig keine Zeit.

Der Tscheche, mit dem es Hermann jetzt zu tun hatte, kämpfte deutlich geschickter als der Söldner, den er vor wenigen Augenblicken besiegt hatte. Er ließ die Schläge in so schneller Abfolge auf den ehemaligen Schmied niederfahren, dass der sie nur mit allergrößter Mühe abwehren konnte und in arge Bedrängnis geriet. Plötzlich tauchte einer von Hermanns Kameraden hinter dessen Gegner auf und stieß ihm seine Waffe durch den Rücken ins Herz.

»Danke«, stöhnte Hermann völlig außer Atem. Nur wenige Sekunden länger und er hätte selbst tot auf dem Schlachtfeld gelegen.

Die Kaiserlichen kämpften sich weiter vor. Weitere böhmische Soldaten suchten nun ihr Heil in der Flucht. Plötzlich hatten sie mit sechs Männern einen der gegnerischen Offiziere umzingelt. Der sah ein, dass er gegen die Übermacht nicht bestehen konnte, und ließ seine Waffe sinken.

»Wie ist Euer Name?«, fragte Hermann, der erleichtert war, dass der Mann offensichtlich klug genug war, sich nicht in den sicheren Tod zu stürzen.

»Christian II. von Anhalt.«

»Begebt Ihr Euch freiwillig in unsere Gefangenschaft?«

Zur Antwort ließ der Offizier seine Waffe fallen und wurde von zwei Kaiserlichen abgeführt. Hermann und seinen Kameraden war es gelungen, auch die letzte Stellung der Verteidiger zu zerschlagen. Sie hatten die Schlacht gewonnen.

***

Schon bevor Philipp am Stadttor ankam, hörte er das Geschrei der kämpfenden Männer, das von dort aus zu ihm herunterhallte. Als er näher herankam, sah er, wie die Kaiserlichen die Verteidiger regelrecht überrannten. Die verbliebenen Protestanten ließen ihre Waffen fallen und flohen.

Philipp wartete, bis die Soldaten in die Straßen von Prag eingezogen waren. Er konnte sich leider nur zu gut ausmalen, was jetzt auf die Bürger der Stadt zukam. Auch wenn Herzog Maximilian noch einmal ausdrücklich betont hatte, dass es nicht zu Bränden in der Stadt kommen dürfe, würden sich die Männer nicht vom Plündern und Schänden abhalten lassen. Die Entbehrungen der letzten Monate hatten ihre Spuren hinterlassen. Jetzt bestand die Aussicht, sich für die erlittenen Strapazen zu entschädigen. Diese Gelegenheit würden sich die Soldaten nicht entgehen lassen.

Noch bevor er selbst die Stadt betrat, hörte Philipp bereits die Schreie der Verzweiflung, des Zorns und des Schmerzes, die überall in Prag ertönten. Er selbst wollte sich aus den Scharmützeln, die sich die Soldaten überall mit den Bürgern lieferten, heraushalten. Für ihn gab es jetzt nur noch ein Ziel: Magdalena. Philipp hoffte, dass er sein Eheweib im Anwesen der von Lobkowitzes finden würde, wo sie die letzten Tage halbwegs sicher gewesen wäre. Daher schlug er den direkten Weg zum Haus von Polyxena und Diepold ein.

Auf dem Platz vor dem Hauptgebäude hörte Philipp einen Schrei, der alle Freude ausdrückte, die ein Mensch empfinden konnte. Dann kam Magdalena aus der Tür gestürmt, rannte auf ihren Mann zu und fiel ihm um den Hals.

Philipp spürte, wie ihm die Tränen der Freude aus den Augen liefen. »Ich habe dich so schrecklich vermisst«, hauchte er in Magdalenas Ohr und drückte sie fest an sich.

»Du bleibst jetzt hier bei mir!«, antwortete Magdalena schluchzend.

»Ich werde dich nie wieder verlassen.«

Die beiden blieben einige Minuten einfach so stehen. Dann hörten sie die Stimme von Polyxena.

»Kommt ins Haus! Hier ist es sicherer!«

Philipp nahm Magdalena an die Hand und ging gemeinsam mit ihr ins Innere. Er konnte seinen Blick nicht von ihr nehmen.

Auch Polyxena und Diepold waren sichtlich erleichtert, dass Philipp wieder gesund nach Prag zurückgekehrt war. Er bekam etwas zu essen und musste berichten, wie es ihm in den letzten Monaten ergangen war. Im Gegenzug erfuhr er von den Ereignissen in der Stadt. Die Vier sprachen noch bis weit in die Abenddämmerung hinein. Immer wieder mussten sie dabei ihre Stimmen erheben, um die Schreie zu übertönen, die aus der Stadt zu ihnen in den Raum hallten.

Schließlich hatte Polyxena jedoch ein Einsehen mit dem jungen Paar und wünschte Philipp und Magdalena eine gute Nacht.

»Ist dieser furchtbare Krieg jetzt endlich vorbei?«, fragte Magdalena, nachdem sie sich mehrere Stunden mit Küssen überdeckt und geliebt hatten und es draußen bereits wieder zu dämmern begann.

»Nein, meine Liebe. Ich fürchte, er hat gerade erst begonnen …«

Prag, 21. Juni 1621

Eintrag in die kaiserliche Chronik des Heiligen Römischen Reiches Deutscher Nation:

Nachdem Böhmen von der Rebellion befreit wurde, tobt der Krieg nun vor allem in der Pfalz. General Spinola hat mit seinem spanischen Regiment weite Teile der Kurpfalz eingenommen und besetzt.

Während sich Bethlen Gábor auf dem Weg nach Mähren befindet, hat Graf von Buquoy Pressburg eingenommen. In Schlesien mussten die antihabsburgischen Truppen unter Johann Georg von Jägerdorf fliehen und zogen ebenfalls nach Mähren.

Von Mansfeld hat Pilsen an das Heer der katholischen Liga unter von Tilly verloren, konnte ihn aber später bei Waidhaus in der Oberpfalz abwehren.

Die Protestantische Union wurde aufgelöst.

Friedrich V., über den inzwischen die Reichsacht verhängt wurde, konnte mit seinem Berater Christian von Anhalt ins niederländische Exil fliehen. Auch der im Reich ebenfalls geächtete Matthias von Thurn ist weiter auf der Flucht.

Heute ist in Prag der Tag der Abrechnung gekommen. Den Anführern der Rebellion wird der Prozess gemacht. Die Urteilsvollstreckung ist noch für den gleichen Tag vorgesehen.

Anton verließ das Amtszimmer der Prager Burg und trat ins Freie, wo er bereits von seinem Freund Philipp und dessen Weib Magdalena erwartet wurde. Vor zwei Tagen war er mit Kaiser Ferdinand II. in Prag angekommen. Hier sollten die Aufwiegler und Rebellen nun ihre gerechte Strafe erhalten.

»Du siehst gut aus!«, begrüßte Anton seinen Freund, den er durch einen Boten gebeten hatte, ihn heute zu treffen. In den vergangenen Stunden war dem kaiserlichen Schreiber leider nicht die Zeit geblieben, Philipp zu besuchen. Nachdem sein böhmischer Kollege vor fast einem Jahr mit Herzog Maximilian aufgebrochen war, hatte er ihn nicht mehr gesehen und freute sich nun darauf, ihn in die Arme zu schließen.

»Vielen Dank. Die letzten Monate haben mir und meiner Gemahlin gutgetan. Ich bin mehr als erleichtert, dass wir die schreckliche Zeit überstanden haben!«

»Wie ich sehe, darf ich euch gratulieren«, sagte Anton und deutete auf die Wölbung von Magdalenas Bauch, die sich bereits sehr deutlich unter ihrem Kleid abzeichnete.

»Wir hoffen, dass dieses Mal alles gut geht«, sagte Philipp freudestrahlend.

»Ich werde für euch beten.«

»Wie ist es dir ergangen, seit wir uns das letzte Mal gesehen haben?«

»Mir geht es gut«, antwortete Anton. »Der Kaiser sorgt dafür, dass ich immer genug zu tun habe. Seitdem er die Herrschaft über Böhmen zurückerobert hat, habe ich unzählige Briefe für ihn schreiben müssen.«

»Denkst du, dass der Krieg bald zu Ende ist?«

»Nein. Im Moment stehen die Spanier in der Kurpfalz und auch das Heer von Oberbefehlshaber von Tilly kämpft weiter gegen die Truppen von Graf von Mansfeld. Ich fürchte, der Krieg wird erst beendet werden, wenn das komplette Heilige Römische Reich Deutscher Nation katholisch geführt wird.«

»Und wenn sich die Protestanten durchsetzen?«, gab Philipp zu bedenken, der nicht völlig von Ferdinands Sieg überzeugt zu sein schien.

»Das wird nicht passieren!«

»Da bin ich mir nicht so sicher. Europa wird nicht tatenlos zusehen, wie die Habsburger ihre Macht ausweiten und die Protestanten in die Knie zwingen.«

»In dem Punkt gebe ich dir recht. Es kann Jahrzehnte dauern, bis das Reich seinen Frieden zurückbekommt. Letztlich wird aber der rechte Glaube siegen. Was ist mit dir? Wirst du wieder als Sekretär für die Statthalter arbeiten?«

»Nein, Anton. Ich habe eine Anstellung als Verwalter bei Albrecht von Wallenstein angenommen. Er will sich hier in Prag eine neue Residenz errichten.«

»Du könntest viel mehr erreichen! Auch unter Wallenstein.«

»Das mag sein. Ich will aber sicher sein, dass ich die Stadt nicht mehr verlassen muss. Als Gutsverwalter bin ich an Prag gebunden und kann mit meiner Familie gut leben. Außerdem möchte ich nicht jeden Tag an die Ereignisse von vor drei Jahren erinnert werden.«

Anton konnte Philipp verstehen. Nach allem, was er und Magdalena durchgemacht hatten, gönnte er es ihnen von ganzem Herzen, jetzt ein ruhigeres Leben führen zu können.

Die Drei gingen in Richtung Altstadt, wo die Urteile an den Aufrührern vollstreckt werden sollten. Unterwegs sah er, wie sehr Prag unter den Plünderungen der Kaiserlichen gelitten hatte. Aus Philipps Berichten wusste er zwar, dass die Soldaten arg gewütet und keine Rücksicht gekannt hatten, war aber dennoch überrascht, welch großen Schaden sie in der Stadt angerichtet hatten. Viele Häuser waren ausgebrannt, ganze Straßen dem Erdboden gleichgemacht. Anton dachte an Wien, das durch die Belagerung ebenfalls schwere Zeiten erlebt hatte.

Die Drei erreichten das Rathaus, vor dem bereits ein Podest aufgebaut worden war, auf dem die Urteile an den Rebellen sofort nach ihrer Verkündung vollstreckt werden sollten. Die Richtstätte wurde von den Soldaten Wallensteins bewacht. Alle Stadttore waren fest verschlossen. Heute würde enden, was vor über drei Jahren damit begonnen hatte, dass man Philipp und zwei Statthalter aus dem Fenster der Prager Burg geworfen hatte. Anton hatte sich die Stelle angesehen und konnte noch immer nicht fassen, dass alle drei überlebt hatten.

Obwohl der Platz bereits voller Menschen war, fanden sie noch eine Stelle, von der aus sie gut auf die Bühne sehen konnten. Magdalena hielt sich aus dem Gespräch heraus und stellte sich hinter die beiden Männer. Immer, wenn sie sich unbeobachtet fühlte, strich sie liebevoll mit der rechten Hand über ihren Bauch.

Graf von Schlick war der Erste, der unter dem strengen Blick von Kaiser Ferdinand, der mit seinen Beratern auf einem Balkon stand, von drei Stadtrichtern zum Richtklotz geführt wurde. Ein

Herold verkündete das Urteil, welches kurz zuvor im Rathaus gefällt worden war. Mit gemischten Gefühlen sah Philipp zu, wie dem Mann der Oberkörper entblößt wurde, er auf einem schwarzen Tuch niederkniete und sein Haupt darbot. Er war einer derjenigen gewesen, die ihn damals durch das Fenster gestoßen hatten. Dennoch empfand er keine Genugtuung, als der Henker sein Schwert nahm und von Schlick zuerst den Kopf und dann eine Hand abschlug. Diesen Tod hatte der Mann nicht verdient. Vier maskierte Männer trugen den Leichnam des Grafen schließlich von der Bühne.

Unter der Begleitung etlicher Trommeln wurden in der Folge dreiundzwanzig weitere Männer enthauptet, die Philipp allesamt kannte. Vor der Rebellion hatte er friedlich mit ihnen zusammengelebt, und ein paar der Männer waren des Öfteren Gäste in der Prager Burg gewesen. Die Menschen auf dem Platz verhielten sich überraschend ruhig. Einige weinten oder stießen erbitterte Schluchzer aus. Nur wenige klatschen Beifall, als die Urteile vollzogen wurden. Fast allen stand der Schrecken des abscheulichen Blutgerichts deutlich ins Gesicht geschrieben.

Besonders grausam ging der Scharfrichter mit Doktor Jesenius um. Ihm zog er mit einer Zange die Zunge aus dem Mund, schnitt sie ihm mit einem Messer ab und enthauptete den Mann danach.

»Was ist los?«, fragte Anton seinen Freund. »Warum bist du so schweigsam?«

»Mir tun die Männer leid.«

»Warum? Sie haben eine Rebellion angezettelt und sind zu Recht zum Tode verurteilt worden.«

»Sie haben aus ihrer Sicht das Richtige getan«, entgegnete Philipp. »Viele waren aufrichtige Männer, die den Fehler gemacht haben, für die falsche Sache einzustehen. Sie haben aber an ihre Ziele geglaubt. Kann man ihnen das wirklich zum Vorwurf machen?«

»Die Männer sind schuld daran, dass tausende unschuldige Menschen den Tod fanden!« *Warum hast du auch noch Mitleid mit diesen Verbrechern. Nach allem, was sie dir angetan haben.*

»Sind sie das? Die wahren Rädelsführer, Graf von Thurn und Wenzel von Ruppau, wurden bisher nicht gefasst. Auch der sogenannte Winterkönig ist weiter auf der Flucht …«

»Auch sie werden ihrer gerechten Strafe nicht entgehen können!«

»Ist es aber wirklich gerecht, was hier passiert? Der komplette protestantische Adel in Böhmen wurde enteignet. Selbst den Familien derer, die im Krieg gefallen sind, hat man alles genommen. Wäre es nicht ein Akt des guten Willens gewesen, wenn der Kaiser Gnade vor Recht hätte walten lassen?«

»Nein, Philipp! Ferdinand musste ein Zeichen setzen, damit sich die Vorfälle in Böhmen nicht wiederholen. Das hat er heute getan. Es wundert mich, dass du dich nach allem was passiert ist, auf die Seite der Rebellen stellst.«

»Das tue ich nicht. Verstehe mich nicht falsch, mein Freund. Ich bin lediglich der Meinung, dass die Strafe hätte milder ausfallen können. Viele der heute Verurteilten waren lediglich Mitläufer.«

»Und genau damit haben sie sich schuldig gemacht«, entgegnete Anton energisch. »Es wäre die Pflicht der Männer gewesen, die Rebellion im Keim zu ersticken. Außerdem sind nicht alle Adeligen zum Tode verurteilt worden! Sechzehn sitzen noch immer im Gefängnis.«

»Werden sie jemals wieder freikommen?«

»Wenn sie auf den rechten Pfad zurückkehren, halte ich das für möglich.«

Plötzlich ertönten Schreie auf dem Platz. Philipp und Anton schauten zur Bühne, wo den drei verbliebenen Verurteilten die Hände auf den Rücken gebunden wurden. Unter Weinen und Wehklagen der Bevölkerung wurden zwei von ihnen am Balkon des Rathauses und einer an der Justitia aufgehängt.

Des Kaisers Rache an den Wortführern der Rebellion dauerte weniger als fünf Stunden. Philipp hatte mit ansehen müssen, wie der Henker insgesamt vier Schwerter an den Hälsen der Delinquenten stumpf schlug.

***

Drei Tage später traf sich Anton mit Philipp, um sich von seinem Freund zu verabschieden. Die Folgen des Blutgerichts waren überall in der Stadt sichtbar. Zwölf Köpfe der Enthaupteten waren an den Brückenturm in der Nähe des Rathauses zur Abschreckung auf Eisenstäbe gesteckt worden.

Unterdessen war die Enteignung des protestantischen Adels in vollem Gang. Zu den Gewinnern gehörten vor allem die Jesuiten. Auch verdiente Gefolgsleute Ferdinands, unter anderem Polyxena und Diepold von Lobkowitz, wurden großzügig bedacht. Albrecht von Wallenstein wurde zum Oberbefehlshaber in Böhmen. Die Herren Martinitz und Slavata bekamen den Titel eines Grafen. Auch ihnen wurden Ländereien und andere Güter zugesprochen. Außerdem plante der Kaiser, den beiden ehemaligen Statthaltern ein Denkmal in Prag zu setzen.

»Ich wünsche dir und Magdalena alles Gute für die Zukunft«, sagte Anton und reichte Philipp zum Abschied die Hand. »Wenn ihr Prag doch irgendwann verlassen wollt, werdet ihr in Wien willkommen sein!«

»Ich danke dir. Wir sind uns aber einig, zunächst hier zu bleiben. Wir wissen, dass der Krieg noch lange nicht zu Ende ist. Vielleicht wird aber zumindest Böhmen von weiteren Schlachten verschont bleiben. Das Volk hat genug gelitten.«

»Ich wünsche euch sehr, dass es so kommen wird.« Es konnte Jahre dauern, bis sich Böhmen von den Folgen der Rebellion erholen würde. Bis dahin standen vor allem den Bauern schwere Zeiten bevor. Anton wusste, dass es auch in Österreich Gebiete gab, die von ihren Bewohnern verlassen worden waren. Dies würde bald auch in der Kurpfalz und in Mähren der Fall sein.

»Leb wohl, Anton. Ich hoffe, dass wir uns bald aus erfreulicheren Anlässen wiedersehen, als es in diesen Tagen der Fall war.«

ENDE

Personenregister

Die im Folgenden kursiv gedruckten Personen basieren auf realen historischen Persönlichkeiten. Weitere Figuren wurden zum Zwecke der Anschaulichkeit hinzugefügt.

Von Anhalt, Christian I.	**protestantisch**; Fürst; engster Berater Friedrichs V. und Kanzler der Kurpfalz
Von Anhalt, Christian II.	**protestantisch**; Sohn des Fürsten; Heerführer
Von Bayern, Maximilian I.	**katholisch**; Begründer der katholischen Liga; Kurfürst Bayerns; Onkel Ferdinands II.
Von Bayern, Friedrich	**katholisch**; Erzbischof und Kurfürst Kölns
Bernburg, Karl	**protestantisch**; Rittmeister; auf der Reise durch Böhmen für Friedrichs V. persönlichen Schutz zuständig
Von Buquoy, Karl Bonaventura	**katholisch**; spanischer Graf und Feldherr
Von Collalto, Reimbalt	**katholisch**; spanischer Graf und Obrist; Liebhaber und Mörder Vronis
Dampierre, Jakob	**katholisch**; Graf und Obrist
Fabricius, Philipp	**katholisch**; Sekretär der Prager Statthalter; Opfer des Prager Fenstersturzes
Gábor, Bethlen	**protestantisch**; Fürst von Siebenbürgen; gewählter König Ungarns nach Ferdinands Absetzung

Kardinal Klesl	**katholisch**; Bischof von Wien und kaiserlicher Kanzler unter Matthias; wird durch Ferdinand II. seines Amtes enthoben
Von Kronberg, Johann Schweikhard	**katholisch**; Erzbischof und Kurfürst Mainz; Reichskanzler
Langdorn, Hans	**katholisch**; mit Hermann befreundeter Soldat
Lava, Magdalena	**katholisch**; Wirtstochter; später Philipps Ehefrau
Von Lobkowitz, Diepold	**katholisch**; Prager Statthalter und reicher Adliger; Graf; den Protestanten freundlich gesinnt, weshalb er beim Fenstersturz verschont wird
Von Lobkowitz, Polyxena	**katholisch**; Ehefrau Diepolds
Von Mansfeld, Ernst	**protestantische Seite**, aber Katholik; Graf und Truppenführer; kämpft für die protestantische Seite, weil er auf katholischer keine Beförderung erfuhr
Martinitz, Jaroslav Borsita	**katholisch**; Statthalter von Prag; Opfer des Fenstersturzes; Unterdrücker von Protestanten
Von Metternich, Lothar	**katholisch**; Erzbischof und Kurfürst Triers
Von Ruppau, Wenzel Wilhelm	**protestantisch**; Graf und Vorsitzender des Prager Direktoriums
Von Sachsen, Johann Georg Friedrich I.	**katholische Seite**, aber Protestant; Kurfürst Sachsens; kämpft für die katholische Seite, weil ihm Land versprochen wurde
Santos, Raoul	**katholisch**; Rittmeister unter Buquoy

Scheidt, Hermann	**katholisch**; einfacher Schmiedssohn und Soldat; tritt nach dem Tod seiner Mutter den kaiserlichen Truppen bei
Von Schlick, Matthias	**protestantisch**; Graf; mit dem Lüften des Kloster-Geheimnisses betraut
Von Schlick, Joachim Andreas	**protestantisch**; wird als einer der Rädelsführer der Rebellion beim Prager Blutgericht als erster hingerichtet
Schwarzenbeck, Richard	**protestantisch**; Vertreter der Kurpfalz; später in Prag mit den Verhören Gefangener betraut
Scultetus, Abraham	**protestantisch/kalvinistisch**; kalvinistischer Hofprediger Friedrichs V.; zuständig für die Vernichtung katholischer Reliquien in Prag
Serger, Anton	**katholisch**; Lehrling des kaiserlichen Chronisten in Wien, später selbst kaiserlicher Chronist
Slavata, Wilhelm	**katholisch**; Statthalter von Prag; Opfer des Fenstersturzes; Unterdrücker von Protestanten
Von Solms, Albrecht	**protestantisch**; Graf und später Heerführer unter von Mansfeld
Spinola, Ambrosio	**katholisch**; spanischer Graf und Heerführer zur Unterstützung der Kaiserlichen
Von Starhemberg, Paul Jakob	**katholische Seite**, aber Protestant; Graf bei Wien, der um sein Hab und Gut fürchtet und daher nicht die Seiten wechselt

Von Sternberg, Ladislaus	**katholisch**; Prager Statthalter; den Protestanten freundlich gesinnt, weshalb er beim Fenstersturz verschont wird
Von Thurn, Matthias	**protestantisch**; Graf und Heerführer; Rädelsführer des protestantischen Aufstandes und Begründer des Prager Direktoriums
Von Tiefenbach, Rudolf	**katholisch**; Generalwachtmeister im Heer von Buquoys
Von Tilly, Johann	**katholisch**; Reichgraf; Feldherr von Maximilian von Bayern; erprobter Kriegsführer
Von Wallenstein, Albrecht	**katholisch**; Oberst und Feldwebel
Zeidler, Wilhelm	**katholisch**; kaiserlicher Chronist
Ferdinand II.	**katholisch**; König Böhmens, später auch Ungarns; nach dem Tod Matthias' Kaiser des Heiligen Römischen Reichs Deutscher Nation; Habsburger
Matthias	**katholisch**; Kaiser des Heiligen Römischen Reichs Deutscher Nation; verstirbt bereits 1619
Friedrich V.	**protestantisch/kalvinistisch**; Kurfürst der Pfalz mit Residenz in Heidelberg; als Kalvinist den Protestanten näher als den Katholiken; Oberhaupt der Protestantischen Union; nach Absetzung Ferdinands gewählter König Böhmens; später auch unter seinem Spottnamen »der Winterkönig« bekannt

Elisabeth Stuart	**protestantisch/kalvinistisch**; Ehefrau Friedrichs V.; Tochter des englischen Königs Jakob I. und Anna von Dänemark
Vroni	befindet sich aufgrund der Anstellung am Kaiserhof auf katholischer Seite; Küchenangestellte in der Burg Pressburgs, später Wiens; Liebhaberin Antons und von Collaltos
Resi	befindet sich aufgrund der Anstellung am Kaiserhof auf katholischer Seite; Schwester Vronis
Leopold (Erzherzog)	**katholisch**; Erzherzog Wiens
Bruder Jakob	**katholisch**; gefangengenommener Mönch und Mithäftling Philipps; Geheimnishüter seines Klosters
Philipp III.	**katholisch**; König Spaniens; Unterstützer der katholischen Seite

Historische Eckdaten

Alle im Folgenden genannten Ereignisse finden sich ex- oder implizit in dem Roman »Der Winterkönig« wieder.

23. Mai 1618	»Zweiter Prager Fenstersturz«: Die protestantischen Stände erheben sich gegen den Kaiser des Heiligen Römischen Reichs Deutscher Nation und den böhmischen König. Sie werfen die Statthalter Jaroslav Borsita Martinitz und Wilhelm Slavata, sowie den Kanzleisekretär Philipp Fabricius aus einem Fenster in der Prager Burg. Diese Handlung gilt heute als Beginn des Dreißigjährigen Krieges.
24. Mai 1618	Die aufständischen Protestanten wählen aus ihren Reihen ein dreißigköpfiges Direktorium und entheben die bisherigen Regenten ihrer Macht. Zum Vorsitzenden wird Wenzel Wilhelm von Ruppau gewählt. Kurz danach wird unter dem Oberbefehlshaber Matthias von Thurn mit dem Aufbau einer Armee begonnen.
01. Juni 1618	Ferdinand II. wird zum Ärger des ungarischen Adels im Martinsdom in Pressburg zum König von Ungarn gekrönt.

26. Juli 1618	Die böhmische Stände bitten den pfälzischen und sächsischen Kurfürsten um Vermittlung.
09. November 1618	Böhmische Truppen besiegen die Kaiserlichen unter ihrem Heerführer Karl Bonaventura Graf von Buquoy bei einem Gefecht in Südböhmen.
21. November 1618	Die königstreue Stadt Pilsen wird von den böhmischen Truppen unter Graf Ernst von Mansfeld erobert. Die kaiserlichen Soldaten dürfen die Stadt ohne ihre Waffen verlassen.
20. März 1619	Kaiser Matthias stirbt nach monatelanger Krankheit in Wien.
5. Juni 1619	»Sturmpetition«: Die niederösterreichischen protestantischen Stände versuchen in der Wiener Hofburg, Kaiser Ferdinand II. zu einem Verzichtfrieden zu bewegen. Einen Tag später steht das böhmische Ständeheer unter Matthias von Thurn vor Wien.
10. Juni 1619	Die böhmischen Truppen unter Ernst von Mansfeld unterliegen gegen die Kaiserlichen unter Karl Bonaventura Graf von Buqouy bei Zablat (Südböhmen).
25. August 1619	Bethlen Gábor wird zum ungarischen König gewählt.
26. August 1619	Die böhmischen Stände wählen Friedrich V., den Kurfürsten der Pfalz, zum König von Böhmen.

28. August 1619	Die Wahl Ferdinands II. zum Kaiser des Heiligen Römischen Reichs Deutscher Nation findet in Frankfurt statt.
09. September 1619	Ferdinand II. wird in Frankfurt zum Kaiser des Heiligen Römischen Reichs Deutscher Nation gekrönt.
8. Oktober 1619	Erzherzog Maximilian von Bayern sagt Kaiser Ferdinand II. die Unterstützung gegen die böhmischen Stände zu und erhält dafür das Versprechen der Übertragung der Pfälzer Kurwürde.
14. Oktober 1619	Bethlen Gábor gelingt mit seinen Truppen die Einnahme von Pressburg gegen die kaiserlichen Truppen unter Rudolf von Tiefenbach.
24. Oktober 1619	Karl Bonaventura Graf von Buquoy verteidigt Wien gegen böhmische Streitkräfte unter Matthias von Thurn.
4. November 1619	Friedrich V. von der Pfalz wird in Prag zum König von Böhmen gekrönt.
17. Dezember 1619	»Bildersturm« im Prager Veitsdom: Abraham Scultetus, Theologe und der Hofprediger Friedrichs V., lässt im Namen des Königs die Kunstschätze im Veitsdom wegbringen bzw. vernichten. Die Bürger der Stadt hindern ihn daran, auch „die Götzenbilder“ an der Steinbrücke zu entfernen.

6. Juni 1620	Ferdinand II. beauftragt Maximilian I. von Bayern mit der Reichsexekution in Böhmen.
12. Juli 1620	Matthias von Thurn wird mit seinen protestantischen Truppen in der Nähe von Wien von den Kaiserlichen in die Flucht geschlagen.
31. Juli 1620	»Ulmer Vertrag«: Unter französischer Vermittlung schließen die katholische Liga und die protestantische Union ein Neutralitätsabkommen.
8. November 1620	Schlacht am weißen Berg: Innerhalb von wenigen Stunden und mit geringen eigenen Verlusten schlägt das kaiserliche Heer unter General von Tilly das böhmisch-pfälzische Heer vernichtend und zieht nach Prag ein.
09. November 1620	Friedrich V. von der Pfalz flieht ins niederländische Exil.
22. Januar 1621	Über Friedrich den V. von der Pfalz wird die Reichsacht verhängt.
21. Juni 1621	»Prager Blutgericht«: Auf dem Platz vor dem Altstädter Rathaus in Prag werden 28 böhmische Adelige erhängt, die vorher als Rädelsführer der Rebellion zum Tode verurteilt wurden.

Historische Anmerkung

Verwüstung, Hungersnöte, Armut und Pest kosteten zwischen 1618 und 1648 rund sechs Millionen Menschen das Leben. In dieser schrecklichen Zeit, die als der Dreißigjährige Krieg bekannt ist, wurden ganze Landstriche in Deutschland verwüstet und entvölkert.

Bei diesem Roman handelt es sich um eine fiktive Darlegung und Annäherung an die Geschehnisse dieser Zeit. So entsprechen die dargestellten Schauplätze den überlieferten Daten, ebenso wie reale historische Persönlichkeiten Vorbild für einen Großteil der handelnden Personen sind. Die Lücken in den Überlieferungen aus der damaligen Zeit wurden für künstlerische Spekulationen und Ausschmückungen genutzt.

Zum Beispiel hat der böhmische Sekretär Philipp Fabricius tatsächlich gelebt und wurde gemeinsam mit den Statthaltern Slavata und Martinitz von den protestantischen Rebellen aus einem Fenster in der Prager Burg geworfen. Alle drei überlebten diesen Sturz. Den Schreiber Anton Seger hat es, genau wie Resi und Vroni, nie gegeben, auch Magdalena, Bruder Jakob und Maximilian sind fiktive Figuren. Der Brand in Pressburg dagegen ist tatsächlich während den Krönungstagen von Ferdinand II. ausgebrochen. Um ein für den Leser umfassendes Bild der Facetten des Dreißigjährigen Kriegs zu entwerfen, wurden weitere fiktive Charaktere hinzugefügt. So zum Beispiel der Soldat Hermann Scheidt, der dazu dient den Alltag der Söldner näherzubringen. Alle namentlich erwähnten Offiziere und Adelige beider Lager hat es allerdings tatsächlich gegeben.

Die im Roman beschriebenen Schlachten und politischen Ereignisse haben in ähnlicher Form stattgefunden.

Der Autor

Jörg Olbrich, Jahrgang 1970, lebt in Mittelhessen.

Das Heimatdorf des Autors, das zwischen Wetzlar und Braunfels liegt, wurde während des Dreißigjährigen Krieges von spanischen Truppen verwüstet. Die Spanier wollten die Kirchenglocke einschmelzen, um Waffen herzustellen. Die Dorfbewohner versteckten die Glocke jedoch, woraufhin die feindlichen Truppen das Dorf niederbrannten.

Nach der Veröffentlichung seiner ersten Kurzgeschichte 2003 folgten Beiträge in Anthologien. Die Kurzgeschichte *Herz aus Stein* wurde 2008 in der Kategorie „Beste deutschsprachige Kurzgeschichte" mit dem Deutschen Phantastik Preis ausgezeichnet. 2010 belegte sein Roman *Das Erbe des Antipatros* dort in der Kategorie „Bestes Romandebüt, national" den 3. Platz.

Weitere Titel im acabus Verlag

Matthias Eckoldt und Tatjana Rese

Freies Geleit für Martin Luther
Historischer Krimi

ISBN: 978-3-86282-485-4
BuchVP: 13,00 EUR
224 Seiten, Paperback

Worms 1521: Ein Reichstag, der in die Geschichte eingehen wird. Vorgeladen ist der Theologe und Augustinermönch Martin Luther. Kaum hat er seine beiden Anhörungen vor den Mächtigen Europas ohne den Widerruf seiner Thesen überstanden, wird ein Toter in der Stadt gefunden. Luther gerät unter Verdacht. Rasch kursiert ein Haftbefehl. Zusammen mit seinem Ordensbruder Petzensteiner gelingt dem Wittenberger die Flucht vor den Söldnern. Fieberhaft versuchen sie, den wahren Schuldigen zu finden. Doch die Drucker und Mönche, die Adligen und hohen Geistlichen, zu denen sie ihre Ermittlungen führen, hüten ihre Geheimnisse gut. Die Wahrheit scheint immer tiefer vergraben. Die Zeit läuft unerbittlich gegen Luther, denn seine Feinde versuchen alles, um den abtrünnigen Mönch auf den Scheiterhaufen zu bringen.

Die Autoren haben die Lücken in den historischen Überlieferungen genutzt, um sie mit einem fesselnden Kriminalfall zu füllen, in dem Fakten und Fiktion verschmelzen. Alles könnte so geschehen sein, und vielleicht war es auch so …

Klaus-Jürgen Wrede

Das Geheimnis des Genter Altars

ISBN: 978-3-86282-367-3
BuchVP: 14,90 EUR
444 Seiten, Paperback

Ein toter Freund. – Ein gestohlenes Meisterwerk. – Verschlüsselte Botschaften im berühmten Genter Altar – Und eine ominöse Organisation …

Als Daniel seinen Freund ermordet in dessen Wohnung findet, wird er unweigerlich in die rätselhaften Geschehnisse rund um einen aufsehenerregenden Kunstraub von 1934 hineingezogen. Mit Hilfe der undurchschaubaren Mara stößt er auf mysteriöse Botschaften in der bis heute verschollenen Tafel des Genter Altars und entdeckt ein unfassbares Geheimnis …
Basierend auf historischen Ereignissen rund um einen der spektakulärsten Kunstdiebstähle aller Zeiten entwickelt sich ein spannungsreicher Thriller, der von Köln über Gent quer durch Europa und tief in das immer noch ungelöste Rätsel des bekannten Genter Altars der Brüder van Eyck führt …

„Ein großartiger Roman des Spieleautors Klaus-Jürgen Wrede („Carcassonne"). Spannend bis zur letzten Seite."

Robert Focken

Arnulf
Die Axt der Hessen

ISBN: 978-3-86282-340-6
BuchVP: 12,90 EUR
380 Seiten, Paperback

Es ist die Zeit Karls des Großen. Als heidnische Sachsenstämme unter Führung des legendären Widukind in Hessen einfallen, versammelt Karl ein riesiges Heer am Main. Wider Willen wird der mittellose Arnulf zum Dienst im Heerbann gezwungen. In blutigen Gefechten erwirbt er sich mit seiner Streitaxt Waffenruhm und gewinnt das Wohlwollen des Königsberaters Einhard. Als Arnulf schließlich die Irminsul, das größte sächsische Heiligtum, zerstört, scheint ihm eine glänzende Zukunft zu winken. Doch eine Geisel am Königshof bringt die Welt des Kriegers ins Wanken: Es ist Widukinds Schwester. Und gegen ihre Reize hilft dem Hessen kein Schild und keine Axt …

Mit dem ersten Band der Arnulf-Saga entwirft der Autor ein packendes Porträt des ausklingenden 8. Jahrhunderts, geprägt von Aberglaube und Brutalität, Frömmigkeit und Leidenschaft.

Sven Kantelhardt

Hengist und Horsa
Die Britannien-Saga

ISBN: 978-3-86282-322-2
BuchVP: 14,90 EUR
424 Seiten, Paperback

Dort wo die Geschichtsschreibung der römischen Antike vom heraufziehenden Dunkel des Mittelalters überschattet wird, leuchten die Namen zweier Helden noch schwach bis in unsere Zeit: Hengist und Horsa.

Britannien, 5. Jahrhundert n. Chr.
Die Pikten fallen in Hochkönig Vortigerns Reich ein. Um der drohenden Gefahr aus dem Norden Herr zu werden, entsendet Vortigern seinen Untertan Ceretic nach Nordgermanien: Er soll den berühmten sächsischen Söldnerfürsten Hengist für den Kampf gegen die Pikten anwerben. Begierig auf das versprochene Silber und reiche Beute willigt Hengist ein und führt sein Heer an die schottische Küste. Ceretics Auftrag ist erfüllt – was auch die schmerzvolle Trennung von Rowena, Hengists Tochter, bedeutet –, doch der Untergang Britanniens ist nicht mehr aufzuhalten … Wieviel Silber ist Treue wert? Ist Verrat der Preis der Liebe?

Unser gesamtes Verlagsprogramm
finden Sie unter:

www.acabus-verlag.de
http://de-de.facebook.com/acabusverlag

acabus